$2⁰⁰

05/2024

AU BORD DE LA RIVIÈRE

DU MÊME AUTEUR

Saga LE PETIT MONDE DE SAINT-ANSELME :
Tome I, Le petit monde de Saint-Anselme, chronique des années 30, roman, Montréal, Guérin, 2003, format poche, 2011.
Tome II, L'enracinement, chronique des années 50, roman, Montréal, Guérin, 2004, format poche, 2011.
Tome III, Le temps des épreuves, chronique des années 80, roman, Montréal, Guérin, 2005, format poche, 2011.
Tome IV, Les héritiers, chronique de l'an 2000, roman, Montréal, Guérin, 2006, format poche, 2011.

Saga LA POUSSIÈRE DU TEMPS :
Tome I, Rue de la Glacière, roman, Montréal, Hurtubise, 2005, format compact, 2008.
Tome II, Rue Notre-Dame, roman, Montréal, Hurtubise, 2005, format compact, 2008.
Tome III, Sur le boulevard, roman, Montréal, Hurtubise, 2006, format compact, 2008.
Tome IV, Au bout de la route, roman, Montréal, Hurtubise, 2006, format compact, 2008.

Saga À L'OMBRE DU CLOCHER :
Tome I, Les années folles, roman, Montréal, Hurtubise, 2006, format compact, 2010.
Tome II, Le fils de Gabrielle, roman, Montréal, Hurtubise, 2007, format compact, 2010.
Tome III, Les amours interdites, roman, Montréal, Hurtubise, 2007, format compact, 2010.
Tome IV, Au rythme des saisons, roman, Montréal, Hurtubise, 2008, format compact, 2010.

Saga CHÈRE LAURETTE :
Tome I, Des rêves plein la tête, roman, Montréal, Hurtubise, 2008, format compact, 2011.
Tome II, À l'écoute du temps, roman, Montréal, Hurtubise, 2008, format compact, 2011.
Tome III, Le retour, roman, Montréal, Hurtubise, 2009, format compact, 2011.
Tome IV, La fuite du temps, roman, Montréal, Hurtubise, 2009, format compact, 2011.

Saga UN BONHEUR SI FRAGILE :
Tome I, L'engagement, roman, Montréal, Hurtubise, 2009, format compact, 2012.
Tome II, Le drame, roman, Montréal, Hurtubise, 2010, format compact, 2012.
Tome III, Les épreuves, roman, Montréal, Hurtubise, 2010, format compact, 2012.
Tome IV, Les amours, roman, Montréal, Hurtubise, 2010, format compact, 2012.

Saga AU BORD DE LA RIVIÈRE :
Tome I, Baptiste, roman, Montréal, Hurtubise, 2011, format compact, 2014.
Tome II, Camille, roman, Montréal, Hurtubise, 2011, format compact, 2014.
Tome III, Xavier, roman, Montréal, Hurtubise, 2012, format compact, 2014.
Tome IV, Constant, roman, Montréal, Hurtubise, 2012, format compact, 2014.

Saga MENSONGES SUR LE PLATEAU MONT-ROYAL :
Tome I, Un mariage de raison, roman, Montréal, Hurtubise, 2013.
Tome II, La biscuiterie, roman, Montréal, Hurtubise, 2014.
Rééditée en un seul tome en format compact, 2015.

Le cirque, roman, Montréal, Hurtubise, 2015.

MICHEL DAVID

AU BORD
DE LA RIVIÈRE

TOME 3 : XAVIER

Hurtubise

Catalogage avant publication de Bibliothèque et Archives nationales du Québec et Bibliothèque et Archives Canada

David, Michel, 1944-2010, auteur

Au bord de la rivière / Michel David.

Édition originale: 2011-2012.

Sommaire: 1. Baptiste -- 2. Camille -- 3. Xavier -- 4. Constant.

ISBN 978-2-89781-151-8 (vol. 1)
ISBN 978-2-89781-152-5 (vol. 2)
ISBN 978-2-89781-153-2 (vol. 3)
ISBN 978-2-89781-154-9 (vol. 4)

I. David, Michel, 1944-2010. Baptiste. II. David, Michel, 1944-2010. Camille.
III. David, Michel, 1944-2010. Xavier. IV. David, Michel, 1944-2010. Constant.
V. Titre.

PS8557.A797A9 2018   C843'.6   C2017-942534-X
PS9557.A797A9 2018

Les Éditions Hurtubise bénéficient du soutien financier du gouvernement du Québec par l'entremise du programme de crédit d'impôt pour l'édition de livres et de la Société de développement des entreprises culturelles du Québec (SODEC). L'éditeur remercie également le Conseil des arts du Canada de l'aide accordée à son programme de publication.

Financé par le gouvernement du Canada | Canadä

Conception graphique: René St-Amand
Illustration de la couverture: Luc Normandin
Maquette intérieure et mise en pages: Andréa Joseph [pagexpress@videotron.ca]

Copyright © 2012, 2014, Éditions Hurtubise inc.

ISBN 978-2-89781-153-2 (version imprimée)
ISBN 978-2-89647-881-1 (version numérique PDF)
ISBN 978-2-89647-882-8 (version numérique ePub)

Dépôt légal: 1er trimestre 2018
Bibliothèque et Archives nationales du Québec
Bibliothèque et Archives Canada

Diffusion-distribution au Canada:
Distribution HMH
1815, avenue De Lorimier
Montréal (Québec) H2K 3W6
www.distributionhmh.com

Imprimé au Canada
www.editionshurtubise.com

L'érable symbolise bien
La surnaturelle endurance
De cette âpre race de France
Qui pousse en plein sol canadien:
Robuste et féconde nourrice
Dont le flanc, tant de fois blessé,
Des rudes coups d'un fier passé
Porte l'illustre cicatrice.

Nérée Beauchemin
L'érable

Les principaux personnages

Rang Saint-Jean

La famille Beauchemin

Marie Camirand : veuve du cultivateur Baptiste Beauchemin, âgée de 51 ans et mère de : Camille (29 ans, épouse de Liam Connolly), Donat (26 ans, époux d'Eugénie âgée de 24 ans, et membre du conseil, président de la commission scolaire et père du petit Alexis âgé de 1 an et demi), Emma (23 ans, épouse de Rémi Lafond âgé de 26 ans et mère de Flore (5 ans) et Joseph (3 ans) habitant plus loin dans le rang Saint-Jean), Xavier (22 ans, célibataire résidant au bout du rang Sainte-Ursule), Hubert (21 ans, célibataire) et Bernadette (20 ans, célibataire)

La famille Connolly

Liam Connolly : cultivateur âgé de 38 ans, marié à Camille Beauchemin et père d'Ann (13 ans), Patrick (11 ans), Duncan (10 ans) et Rose (6 ans)

Paddy Connolly : oncle de Liam âgé d'une cinquantaine d'années

Constant Aubé : cultivateur, meunier, sellier et cordonnier

Tancrède Bélanger : époux d'Émérentienne et voisin des Lafond

Conrad Boudreau : un des premiers cultivateurs arrivés dans la région et voisin immédiat des Beauchemin

Cléomène Paquette : cultivateur, époux d'Aurélie

Rang Sainte-Ursule

La famille Benoît

Laura Benoît : veuve de Léopold Benoît, âgée de 47 ans, mère de Cyprien (25 ans, époux de Marie-Rose, 22 ans) et de Catherine (20 ans, célibataire)

Anatole Blanchette : cultivateur et membre du conseil

Évariste Bourgeois : forgeron

Angèle Cloutier : veuve âgée d'une cinquantaine d'années, occupant le terrain voisin de la chapelle

Antonius Côté : cultivateur et membre du conseil

Télesphore et Alexandrine Dionne : propriétaires du magasin général et parents d'Angélique

Samuel Ellis : cultivateur âgé de 50 ans, époux de Bridget (également ménagère du curé) et président du conseil

Thomas Hyland : membre du conseil, tanneur, cultivateur et propriétaire de la scierie

Antonin Lemoyne : homme engagé de Xavier Beauchemin

Rang Saint-Paul

Hormidas Meilleur : facteur

Agénor Moreau : bedeau et père de Delphis

Eudore Valiquette : notaire nouvellement établi à Saint-Bernard-Abbé

Autres

Armand Beauchemin : cultivateur de Sainte-Monique, frère de Baptiste et époux d'Amanda

Mathilde Beauchemin : sœur de Baptiste, religieuse sous le nom de sœur Marie du Rosaire

Josaphat Désilets : curé de Saint-Bernard-Abbé

Amédée Durand : inspecteur scolaire

Sœur Émérentienne : sœur Grise, cousine de Laura Benoît

Anthime Lemire : organisateur conservateur dans le comté de Drummond-Arthabasca

Eugène Samson : docteur de Saint-Zéphirin

Chapitre 1

La dernière veillée

Le soleil se couchait derrière de lourds nuages plongeant progressivement les maisons du rang Saint-Jean dans l'ombre. Les eaux de la rivière Nicolet que longeait la petite route étroite et enneigée étaient figées dans un carcan de glace. De loin en loin, de la fumée s'élevait des cheminées des maisons, c'était le seul signe de vie en ce début de soirée hivernale.

Une *sleigh*, à peine éclairée par un fanal suspendu à l'avant, quitta la ferme de feu Baptiste Beauchemin. Le bruit des grelots de son attelage vint briser le silence pesant qui écrasait la campagne. Les derniers visiteurs se retiraient pour laisser à la famille du disparu le temps de se reposer un peu avant la longue soirée qui l'attendait.

— M'man veut pas venir manger, dit à voix basse Bernadette à sa sœur Camille qui était en train de vérifier si les deux pâtés à la viande qu'elle venait de sortir du four étaient suffisamment chauds.

La femme de Liam Connolly referma la porte du fourneau après y avoir remis les deux pâtés.

— Les tourtières sont pas encore prêtes, dit-elle à mi-voix. Va voir ce qu'Eugénie a à traîner en haut, je m'occupe de m'man. Dis-lui de descendre avec le petit. Le souper est presque prêt. De toute façon, les garçons sont à la veille de revenir des bâtiments.

La jeune institutrice de vingt ans monta à l'étage pour aller prévenir sa belle-sœur pendant que sa sœur s'approchait de la porte ouverte du salon.

La pièce n'était éclairée que par une lampe à huile et deux cierges à demi consumés, placés à la tête et au pied du cercueil posé sur des tréteaux. Baptiste Beauchemin y reposait depuis un peu plus de deux jours, en ce lendemain de Noël 1871. Avec sa disparition, Saint-Bernard-Abbé venait de perdre son premier habitant et celui à qui la mission devait son école et sa chapelle. Lourdement handicapé douze mois auparavant par ce que le docteur Samson avait appelé un «coup de sang», son départ n'en était pas moins inattendu pour les siens et son entourage.

Vêtue d'une robe noire, sa veuve était assise, seule, près de la dépouille de son mari, apparemment absente à tout ce qui l'entourait. La petite femme bien en chair aux traits tirés par la fatigue avait posé une main sur les mains jointes de son mari défunt.

— M'man, c'est le temps de venir manger, lui dit sa fille aînée en s'approchant d'elle.

— J'ai pas faim, fit Marie Beauchemin sans se donner la peine de tourner la tête vers elle.

La quinquagénaire «avait pris un coup de vieux», comme l'avait chuchoté sa bru à son mari, le matin même. Le départ de son compagnon de vie la laissait totalement désemparée. Les siens avaient du mal à reconnaître la maîtresse de maison aux idées très tranchées qui avait toujours dirigé sa maisonnée d'une main de fer.

— Écoutez, m'man, c'est pas en vous laissant mourir de faim que vous allez arranger quelque chose, reprit patiemment Camille. Vous avez rien mangé de la journée. Vous allez finir par tomber malade.

— Ça me dit rien de manger, répliqua sa mère dans un souffle.

— Il faut vous forcer, insista la jeune femme au visage rond dont les yeux bruns étaient largement cernés par la fatigue des derniers jours. Il y a encore toute la soirée et toute la nuit à veiller. Si vous mangez rien, vous allez vous évanouir. Soyez raisonnable, venez.

Marie Beauchemin finit par se lever et suivit sa fille aînée. Au moment où elles sortaient du salon, la porte de la cuisine d'été s'ouvrit sur Donat et Hubert de retour des bâtiments.

— On gèle tout rond dehors, déclara Donat en s'approchant du poêle. J'espère qu'on n'aura pas de neige demain, ajouta-t-il, apparemment inquiet.

— Il manquerait plus que ça, dit Bernadette.

— Je vous sers dans deux minutes, annonça Camille aux nouveaux arrivants.

— On va d'abord aller chercher une couple de brassées de bois dans la remise, dit Hubert. C'est pas le temps de laisser s'éteindre le poêle dans la cuisine d'été parce qu'on risque d'avoir encore pas mal de monde à soir.

Son frère l'accompagna dans la remise voisine et tous les deux revinrent les bras chargés de bûches qu'ils laissèrent tomber bruyamment dans chacun des coffres à bois placés près des poêles. Après s'être lavé les mains, les deux hommes prirent place à table. Leur mère s'était assise à l'extrémité habituellement occupée par leur père décédé. Durant la dernière année, elle avait dû s'installer là, près de son mari, pour le faire manger à chaque repas.

Bernadette descendit de l'étage des chambres, suivie de près par Eugénie portant Alexis dans ses bras.

— Elle était tellement fatiguée qu'elle s'était endormie avec le petit, expliqua Bernadette en s'approchant de Camille pour l'aider à servir le repas.

Camille lança un regard à la jeune femme au chignon noir qui venait d'installer son fils âgé d'un peu plus d'un an dans sa chaise haute dans l'intention de lui donner à manger. L'épouse de Donat arborait un visage fatigué que rien ne justifiait. Fidèle à son habitude d'en faire le moins possible, Eugénie s'était reposée sur ses belles-sœurs pour recevoir tous les gens venus offrir leurs condoléances. Elle avait trouvé le moyen de s'esquiver chaque fois qu'il avait fallu préparer et servir de la nourriture. Bref, elle avait su largement profiter du fait que sa belle-mère n'était pas en mesure de la houspiller pour disparaître très souvent dans sa chambre.

Marie récita le bénédicité, puis le souper se prit dans un silence que l'épuisement de tous, après deux nuits et trois jours de veille, expliquait aisément.

— Il y a personne avec votre père, dit soudain Marie au milieu du repas en esquissant le geste de se lever.

— Restez assise, m'man, intervint Donat. On va y aller dans cinq minutes. Il faut d'abord manger.

— Est-ce qu'on a tout ce qu'il faut pour la soirée? demanda Bernadette à sa sœur Camille.

— Avec le pain que j'ai fait à matin, on devrait être capables de se débrouiller. Emma est supposée apporter deux gâteaux. En plus, il nous reste encore des tartes.

Pendant cet échange, Hubert ne dit rien, se contentant de regarder sa mère qui avait peine à garder les yeux ouverts. Le jeune homme de vingt et un ans disait avoir quitté définitivement les frères de Saint-Joseph et n'était de retour à la maison paternelle que depuis quelques jours. Ce grand jeune homme bien découplé avait du mal à concevoir qu'il n'était revenu que pour assister au départ de son père.

— Bon, moi, je vais nettoyer un peu la cuisine d'été pendant que vous remettez de l'ordre ici dedans, déclara-t-il en se levant. Vous, m'man, vous devriez aller vous coucher une heure avant que le monde commence à arriver. Si vous faites pas ça, vous serez pas capable de veiller cette nuit.

Marie commença par refuser, mais devant l'insistance de ses enfants, elle finit par céder contre la promesse des siens de la réveiller dès que le premier visiteur se présenterait.

Elle disparut dans l'unique chambre du rez-de-chaussée, située au pied de l'escalier.

— Je pense que je vais faire la même chose, déclara Eugénie en essuyant le visage d'Alexis.

— Tu dois pas être si fatiguée que ça, intervint vivement sa belle-sœur Bernadette en lui tendant un linge. T'as fait un somme tout à l'heure. Donne-nous d'abord un coup de main à laver la vaisselle et à replacer la cuisine.

La jeune mère prit le linge à contrecœur et dut se mettre au travail. Pour sa part, son mari alla rejoindre son frère dans la cuisine d'été pour l'aider, laissant les femmes dans la cuisine d'hiver.

— Comment est-ce que les enfants se débrouillent sans toi ? demanda Bernadette à sa sœur aînée qui avait entrepris de laver la vaisselle.

— Ils risquent pas de mourir de faim, laissa tomber Camille. Ils ont du manger en masse et je peux compter sur Ann pour voir à ce que la maison soit pas trop à l'envers quand je vais revenir.

— Ça dérange pas trop Liam que tu restes à dormir ici dedans depuis la mort de p'pa ?

— Il comprend, se contenta de répondre Camille.

En fait, Liam Connolly comprenait surtout que Camille profitait de l'occasion pour l'éviter. Il n'acceptait pas du tout que la femme, qu'il avait épousée moins de deux mois auparavant, le repousse régulièrement quand il voulait l'obliger à accomplir son devoir conjugal. Il n'avait toujours pas compris en revanche qu'elle ne lui avait pas pardonné de l'avoir violée dès le premier soir de leur mariage. Si le veuf, père de quatre enfants, avait cherché une mère pour eux en l'épousant, il avait surtout désiré une femme capable de le satisfaire, ce qui était loin d'être le cas. Le manque d'enthousiasme évident de Camille pour tout ce qui touchait les relations physiques le frustrait au plus haut point.

L'après-midi même, il avait fait une courte apparition chez les Beauchemin avec les enfants. À la vue de ces derniers, Camille avait regretté d'avoir été obligée de gâcher involontairement le premier Noël qu'elle aurait dû passer avec eux. Elle les aimait comme s'ils étaient ses propres enfants.

La veille de Noël, quelques heures après le décès de Baptiste, Liam et ses enfants, en route pour la messe de minuit, s'étaient arrêtés quelques instants chez les Beauchemin pour offrir leurs condoléances aux membres de la famille. Liam, nouveau maître-chantre de la mission, ne pouvait rater cette cérémonie religieuse. Par ailleurs, les enfants avaient semblé bouleversés de constater à quel point cette mort faisait de la peine à leur mère adoptive. Rose et Ann, en particulier, s'étaient empressées de venir l'embrasser pour la consoler.

Le jour même, avant de retourner à la maison pour faire le train, Liam avait parlé à sa femme en aparté et lui avait pratiquement ordonné de venir coucher à la maison.

— Il y a pas de raison que tu couches ici quand ta maison est à une dizaine d'arpents, lui avait-il chuchoté, furieux.

— C'est la dernière nuit où je peux veiller mon père, s'était-elle bornée à dire, sans paraître impressionnée par sa colère. J'irai dormir chez nous après les funérailles, demain avant-midi.

— Et moi, là-dedans? avait-il fini par demander sèchement.

— Ben toi, t'attendras, avait-elle déclaré sur le même ton, révoltée par autant d'égoïsme.

Il l'avait quittée, incapable de dissimuler sa colère.

Camille revint à la réalité en entendant sa sœur lui parler.

— D'après toi, est-ce que Xavier a fait sa demande hier soir, comme il en avait l'intention? lui demanda Bernadette à voix basse.

— Ça me surprendrait pas mal. Il a passé la soirée avec nous autres, répondit Camille sur un ton neutre. Là, c'est vraiment pas le temps de parler de cette affaire-là. M'man en a déjà bien assez sur le dos sans ça.

Le mois précédent, le curé Désilets avait appris à Marie Beauchemin que son fils Xavier s'apprêtait à demander la main de Catherine Benoît, une fille-mère, objet de scandale dans Saint-Bernard-Abbé. Cette nouvelle avait donné lieu à une scène pénible entre la mère et le fils et ce dernier avait juré de ne plus remettre les pieds dans la maison de ses parents, tant et aussi longtemps que la jeune fille serait rejetée par les siens. Bien entendu, Xavier avait mis fin à sa bouderie la veille de Noël quand son beau-frère Rémi était venu lui apprendre la mort subite de son père. Depuis, il n'avait quitté la maison que pour aller soigner ses bêtes dans sa ferme du rang Sainte-Ursule, et aucun membre de la famille n'avait songé à l'interroger sur son intention de demander la main de sa jeune voisine.

Le bruit d'un attelage pénétrant dans la cour attira Bernadette à l'une des deux fenêtres de la cuisine d'hiver.

— Tiens, en parlant du loup, annonça-t-elle. V'là Xavier et Antonin qui arrivent.

Peu après, il y eut des bruits de pieds frappant la galerie pour faire tomber la neige des bottes, et la porte de la cuisine d'été s'ouvrit sur le jeune cultivateur et son homme engagé.

— Emma et Rémi s'en viennent, annonça Xavier en retirant son manteau et en le suspendant à un crochet derrière la porte. Ils sortaient de chez eux quand je suis passé devant leur maison.

— Avez-vous eu le temps de souper ? demanda Camille aux nouveaux arrivants.

— Oui, on a mangé un reste de fricassée, lui répondit son frère.

Quelques instants plus tard, la porte s'ouvrit de nouveau pour livrer passage à Emma et à son mari.

— On a fait garder les deux petits par la femme de Tancrède Bélanger, déclara Rémi Lafond. Elle va s'en occuper jusqu'après le service, demain avant-midi.

— Il commence à neiger, dit Emma en secouant quelques flocons qui s'étaient déposés sur son manteau de drap gris. Où est m'man ?

— On l'a obligée à aller se reposer un peu, lui répondit Bernadette.

Tout le monde se regroupa dans la cuisine d'hiver. À la vue des six enfants de Baptiste et Marie Beauchemin, il était étonnant de constater qu'ils se ressemblaient par paire. Xavier et Hubert étaient grands, séduisants et plutôt costauds, le second avait étonnamment gagné en force depuis son retour à la ferme. Camille et Donat, les deux aînés, étaient plus trapus et dotés d'un visage rond assez agréable, comme l'était celui de leur père. Alors que Bernadette et Emma, la femme de Rémi Lafond, étaient deux jeunes femmes élancées aux traits particulièrement fins : l'une était brune alors que l'autre était la seule blonde de la famille.

— Est-ce qu'il y a quelque chose que je peux faire en attendant le monde ? demanda Emma, toujours aussi vaillante.

— Non, tout est prêt, l'informa Camille. Toi, tu ferais peut-être mieux de te ménager un peu dans ta situation.

La jeune femme blonde, même si elle était enceinte de son troisième enfant, était toujours la première au travail. Pendant que les quatre hommes allumaient leur pipe, les femmes se dirigèrent vers le salon et prirent place sur les chaises et les bancs disposés autour de la pièce.

❧

Quand les premiers visiteurs apparurent peu après sept heures, Bernadette alla réveiller sa mère. Celle-ci n'avait retiré que ses souliers avant de s'enfouir sous les épaisses couvertures.

— M'man, le monde commence à arriver, lui chuchota-t-elle après avoir allumé la lampe de service sur la table de nuit. Vous levez-vous ?

Pendant un bref moment, Marie, les yeux ouverts, sembla perdue, se demandant où elle était exactement. Puis elle parut reprendre pied dans la réalité et elle s'empressa de s'activer. Du bout des doigts, elle vérifia l'état de son chignon poivre et sel et quitta sa chambre sur les talons de sa fille. Elle retrouva Angélina et Alcide Proulx dans le salon où Camille venait de les faire entrer en même temps que les voisins immédiats des Beauchemin, les Gariépy.

Quelques minutes plus tard, la porte s'ouvrit sur Armand Beauchemin et sa femme Amanda qui avaient été les premiers membres de la famille à se présenter à la maison la veille de Noël. Il était visible que le gros cultivateur de Sainte-Monique était passablement affecté par la perte de son frère cadet. Cependant, en cette dernière soirée de veillée au corps, sa femme et lui étaient accompagnés de deux sœurs Grises, sœur Marie du Rosaire et sœur Sainte-Anne. La première, une grande et grosse femme au geste impérieux et à la voix de stentor, était la sœur du disparu. Elle embrassa rapidement sa belle-sœur, ses neveux et ses nièces avant de s'emparer du meilleur siège du salon.

— Comment ça se fait que j'ai pas été avertie de la mort de ton père ? demanda-t-elle à Camille avec une voix remplie de reproches.

— Comment vouliez-vous qu'on vous prévienne, ma tante ? répondit l'aînée de la famille. Vous êtes à Sorel, c'est pas la porte à côté. J'ai pensé que mon oncle Armand irait vous chercher…

— Pantoute, ma petite fille. J'ai appris la nouvelle par hasard, déclara la religieuse assez fort pour être entendue par les autres membres de la famille regroupés dans le salon. J'avais prévu d'aller passer la semaine du jour de l'An chez ton oncle. Il m'a appris la mort de ton père quand je suis arrivée là avec ma compagne cet après-midi. Je te dis pas le choc que ça m'a fait. On a juste deux ans de différence…

— Il était bien malade, ma tante, dit Camille dans une vaine tentative pour endiguer le flot de paroles qui allait se déverser sur elle.

— Quand même ! laissa sèchement tomber son interlocutrice.

Et la religieuse, une bavarde impénitente, se mit à raconter des souvenirs de jeunesse dans lesquels son frère défunt jouait un rôle.

— Vous m'excuserez, ma tante, je dois aller m'occuper du monde qui arrive, finit par lui dire Camille après quelques minutes d'écoute impatiente.

L'épouse de Liam Connolly attira sa sœur Emma à l'écart et lui demanda de se dévouer et de s'occuper un peu de leur tante de manière à ce qu'elle n'aille pas embêter leur mère avec son bavardage incessant.

Dans les minutes suivantes, la maison se remplit peu à peu de parents éloignés, de voisins et de connaissances venus offrir leurs condoléances à la famille en cette dernière veillée. Ce soir-là, Anselme Camirand et sa femme Françoise vinrent de Saint-Zéphirin en compagnie de leurs deux grands enfants. Les deux sœurs de Marie arrivèrent ensuite de Nicolet en même temps que les Boudreau et les Paquette.

Les syndics Samuel Ellis, Anatole Blanchette, Antonius Côté et Thomas Hyland se présentèrent aussi sur les lieux avec leur épouse, peu après Télesphore Dionne, le marchand général, accompagné de sa femme Alexandrine et de leur fille Angélique. Le facteur Hormidas Meilleur suivait la veuve Angèle Cloutier, et Liam Connolly pénétra dans la maison de ses beaux-parents au même moment que ces derniers.

En le voyant, Camille s'approcha de lui.

— Où sont les enfants ? lui demanda-t-elle à voix basse.

— Je les ai laissés à la maison. Je me doutais qu'il y aurait ben du monde ici dedans à soir et ils auraient été une nuisance plus qu'autre chose. Ann s'en occupe.

Sur ces mots, il lui tourna le dos et se glissa tant bien que mal dans le salon pour saluer quelques parents de sa femme avant de retraiter dans la cuisine d'été où les hommes s'étaient déjà rassemblés.

Soudain, sœur Marie du Rosaire quitta sa chaise pour s'agenouiller au milieu du salon.

— On va dire un chapelet pour le salut de mon frère, déclara-t-elle sur un ton péremptoire ne donnant aucun choix aux personnes qui l'entouraient.

Elle attendit patiemment que les femmes s'agenouillent à côté d'elle. Les hommes présents dans la pièce se glissèrent dans la cuisine d'hiver et disparurent dans la cuisine d'été où Donat venait de sortir un cruchon de bagosse pour en servir aux visiteurs. Évidemment, Hormidas Meilleur fut le premier à demander une seconde rasade sous le prétexte qu'il devait combattre une bien vilaine grippe, ce qui fit sourire tous les gens de Saint-Bernard-Abbé qui connaissaient bien son goût pour l'alcool. En quelques minutes, un nuage de fumée se mit à flotter près du plafond, la plupart des invités ayant allumé leur pipe.

Hubert alla fermer la porte de communication pour que les conversations bruyantes de cette pièce ne troublent pas la prière récitée dans le salon et la cuisine d'hiver.

Xavier avait rejoint son oncle Armand et deux cousins Camirand avec qui il s'entretenait du prix offert par les compagnies forestières pour le bois qu'ils couperaient durant l'hiver. Un peu plus loin, Donat avait temporairement rangé le cruchon d'alcool et s'était joint à titre de plus jeune syndic de la mission aux autres membres du conseil.

— Demain matin, je vais venir à huit heures, lui déclara Anatole Blanchette, propriétaire du corbillard.

— Je vais venir avec lui pour visser le couvercle, intervint Thomas Hyland qui avait confectionné le cercueil en pin dans lequel reposait Baptiste Beauchemin.

— C'est ben correct, fit Donat. Le service est à neuf heures. Après ça, on va monter au cimetière de Sainte-Monique.

— Le curé Lanctôt était pas plus content qu'il faut qu'on vienne mettre p'pa dans le charnier de sa paroisse, intervint Xavier qui venait de s'approcher du groupe.

— Il a rien à dire, fit sèchement son frère aîné. Les Beauchemin ont un lot dans son cimetière. Il a pas le choix de le garder.

— Je pense que ce qu'il a moins aimé, c'est que je lui ai dit que p'pa serait pas enterré là, mais ici, dans notre nouveau cimetière, le printemps prochain.

— Il me semble qu'il devrait comprendre qu'on n'a pas encore trouvé le temps ni l'argent pour bâtir un charnier à Saint-Bernard, déclara Samuel Ellis. On est déjà endettés jusqu'au cou avec le jubé que monsieur le curé a voulu à tout prix faire construire cette année.

Les syndics présents hochèrent la tête. Le jubé imposé par le curé Désilets au début de l'automne allait peser lourd sur les finances de la mission. Comme le prêtre leur avait fait comprendre que sa construction était nécessaire pour que l'inspecteur délégué par monseigneur Laflèche fasse un rapport favorable à leur demande de devenir une paroisse, ils avaient accepté bien malgré eux cette lourde dépense. Cependant, ils avaient l'impression d'avoir été manipulés et cela les agaçait prodigieusement.

On frappa à la porte. Xavier quitta le groupe en faisant signe à son frère de ne pas bouger. Le jeune homme ne fut qu'à moitié surpris de découvrir sur le pas de la porte la famille Benoît au complet venue présenter ses respects aux Beauchemin. À Saint-Bernard-Abbé, comme dans toute la région, les inimitiés s'estompaient devant le deuil. À l'occasion de la mort de Léopold Benoît, un an et demi auparavant, pratiquement tous les habitants de la mission s'étaient déplacés pour venir prier au corps, même si la famille Benoît avait été mise à l'index à cause de la mauvaise réputation de Catherine.

Un bref silence accueillit l'entrée de Laura Benoît accompagnée de sa fille Catherine, de son fils Cyprien et de sa femme. Xavier leur souhaita la bienvenue, les remercia d'être venus et s'empressa de les débarrasser de leur manteau. Cyprien et Marie-Rose lui offrirent leurs condoléances du bout des lèvres. À les voir, il était évident qu'une antipathie naturelle les séparait. Le couple ne lui pardonnait pas d'être responsable du retour de Catherine à Saint-Bernard-Abbé. Si celle-ci n'avait pas été amoureuse de lui, elle serait demeurée à Montréal et les gens de la mission auraient fini par oublier qu'elle avait eu un enfant de leur homme engagé. De plus, Cyprien, un être fruste et rancunier, n'avait pas oublié que son jeune voisin l'avait sévèrement secoué l'année précédente et lui avait promis une raclée si jamais il le reprenait à lever la main sur sa sœur.

Les conversations un moment interrompues reprirent dès que Xavier eut entraîné les nouveaux arrivants dans la cuisine d'hiver. Celui-ci les précéda et leur ouvrit un chemin jusqu'au salon. Tous les quatre s'immobilisèrent un instant devant la dépouille de Baptiste Beauchemin pour une courte prière avant que le jeune homme les conduise jusqu'à sa mère, alors encadrée par Bernadette et Emma.

Marie ne sursauta même pas en les apercevant. Elle les remercia sans aucune chaleur d'être venus et échangea quelques mots avec eux. La veuve ne fit aucune allusion au fait que son fils cadet s'apprêtait à demander la main de Catherine. Xavier, les traits figés par la colère, se tenait sans rien dire près de la jeune fille, qui semblait profondément mal à l'aise. Dans cette pièce surpeuplée, au milieu du brouhaha des conversations échangées à mi-voix, il allait de soi que plusieurs surveillaient les Benoît du coin de l'œil.

L'arrivée du curé Désilets créa une heureuse diversion qui permit à Xavier de les entraîner un peu à l'écart.

Le prêtre âgé d'une quarantaine d'années compensait un front passablement dégarni par d'épais favoris poivre et sel. De taille moyenne, il avait de petits yeux noirs fureteurs dissimulés en partie par des lunettes à fine monture de métal.

Dès qu'il se présenta à l'entrée du salon, sœur Marie du Rosaire abandonna les dames avec qui elle s'entretenait depuis plusieurs minutes pour se porter à sa rencontre et se présenter.

— J'ignorais que monsieur Beauchemin avait une sœur chez les religieuses, dit le curé de Saint-Bernard-Abbé.

— Oui, monsieur le curé, et son garçon Hubert est chez les frères de Saint-Joseph, déclara fièrement Mathilde Beauchemin.

— Ah oui! fit Josaphat Désilets, surpris. Est-ce qu'il est ici?

— Hubert, viens donc ici une minute, fit la religieuse en faisant un signe de la main à son neveu qui s'apprêtait à aller rejoindre les hommes dans la pièce voisine.

— Oui, ma tante?

— Je viens de dire à monsieur le curé que t'étais chez les frères.

Hubert réalisa que sa tante ignorait qu'il avait quitté définitivement la communauté et il allait mettre les choses au point quand le prêtre l'apostropha avec autorité.

— Est-ce que je peux savoir, mon garçon, comment il se fait que tu portes pas ta soutane?

— Monsieur le curé, je dois vous…

— Est-ce que par hasard t'aurais honte de ton état de religieux?

— Non, monsieur le curé, j'ai pas ma soutane parce que je suis plus chez les frères, expliqua Hubert, un ton plus bas, bien conscient que plusieurs têtes s'étaient tournées vers eux pour savoir de quoi il s'agissait.

— Es-tu en train de me dire que ma paroisse a un défroqué? demanda Josaphat Désilets en montant le ton de sa voix.

— Pantoute, répondit sèchement Hubert à qui la moutarde commençait à monter au nez, j'ai jamais prononcé de vœux.

— Comment ça se fait que tu nous l'as pas dit? intervint sœur Marie du Rosaire, scandalisée.

— Parce que ça vous regarde pas, ma tante, répondit abruptement son neveu d'une voix cassante. Le seul que ça regarde, c'est moi, ajouta-t-il en visant clairement le prêtre qu'il dominait presque d'une tête.

Sur ces mots, le jeune homme fit demi-tour et se dirigea vers la cuisine d'été. Angélique Dionne, la fille unique du marchand général de Saint-Bernard-Abbé, l'intercepta avant qu'il passe dans la pièce voisine.

— T'as bien fait de les remettre à leur place, lui souffla la jeune fille à qui il n'avait parlé qu'en deux occasions depuis son retour à la ferme.

Angélique Dionne, sûre de son charme, lui proposa de s'asseoir quelques instants pour parler. Revenue chez ses parents depuis peu, après être demeurée plusieurs années auprès d'une vieille tante, la fille de Télesphore était dotée de magnifiques yeux bleus et d'une épaisse chevelure brune bouclée qui mettait en valeur ses traits fins. Dès qu'elle l'avait vue, quelques jours avant Noël, Bernadette Beauchemin avait tout de suite compris qu'elle se trouvait devant une concurrente au titre de plus belle fille de Saint-Bernard-Abbé.

Pour sa part, Hubert avait surtout fait la connaissance de la jeune fille lors d'une excursion en raquettes qui avait eu lieu la veille de Noël.

Le tête-à-tête entre les deux jeunes gens fut plutôt bref puisque sœur Marie du Rosaire venait de se charger de rassembler toutes les personnes installées dans les deux cuisines pour la récitation d'une prière que le curé Désilets s'apprêtait à prononcer. Les conversations se turent et tout le monde se mit à genoux pour se recueillir en pensant à Baptiste Beauchemin.

Un peu plus tard, Camille entraîna ses sœurs et sa belle-sœur Eugénie vers la cuisine d'hiver pour offrir de la nourriture aux visiteurs encore présents. Les femmes servirent non seulement les deux gâteaux d'Emma et les tartes cuisinées par Camille et Bernadette, mais aussi quelques mets apportés par des voisines charitables.

Vers dix heures et demie, après le départ du curé Désilets, les gens commencèrent à quitter les lieux en souhaitant bon courage aux parents du défunt. Constant Aubé, l'amoureux de Bernadette, partit l'un des derniers, au moment où il ne restait plus sur place que la parenté toute proche.

— Il vous reste pas mal de monde à coucher, dit-il à voix basse à la jeune institutrice. Si ça peut vous arranger, je peux toujours en héberger quelques-uns pour la nuit.

Bernadette s'empressa de transmettre son offre à ses oncles, tantes et cousins.

— Chez moi aussi, il y a de la place à coucher, s'empressa d'offrir Emma, qui demeurait au bout du rang.

Les gens sur place se consultèrent et déclinèrent ces offres. Ils avaient décidé de veiller le disparu durant la nuit. Ils allaient occuper les lits de la maison à tour de rôle, si besoin était.

Pour sa part, Liam Connolly attendit pour voir si son épouse avait changé d'idée et allait le suivre à la maison. Comme elle s'était mise à remettre la cuisine et le salon en ordre avec l'aide des autres femmes présentes, il endossa son manteau en cachant mal son mécontentement et rentra seul chez lui. Constant quitta la maison peu après en promettant à Bernadette d'être de retour très tôt le lendemain matin. Cette dernière le regarda par la fenêtre quitter la cour de la ferme en boitant, engoncé dans son épais manteau d'étoffe du pays.

D'un commun accord, on laissa s'éteindre le poêle de la cuisine d'été et on s'installa tant bien que mal dans le salon. Xavier sortit chercher du bois dans la remise pour alimenter le poêle et il s'attarda un long moment dans la cuisine. Camille s'en rendit compte et vint le retrouver.

Le jeune homme s'était versé une tasse de thé et était assis au bout de la table, solitaire, l'air si profondément malheureux que sa sœur se sentit obligée de venir le consoler.

— P'pa était bien malade depuis un an. C'est peut-être mieux qu'il soit parti comme ça, sans souffrir, lui dit-elle en s'assoyant près de lui.

— Je le sais ben, répliqua-t-il à voix basse. C'est pas ça, reprit son jeune frère en secouant la tête après un court silence. M'man lui a pas dit un mot. Rien. Elle a presque fait comme si elle avait pas été là.

— De qui est-ce que tu parles ? lui demanda Camille, intriguée.

— De Catherine... Si elle pense que ça va m'empêcher de la marier, elle se trompe en blasphème, ajouta-t-il, l'air buté.

— Écoute, m'man est au bout du rouleau. Elle a presque pas dormi depuis trois jours. Donne-lui le temps de s'habituer à l'idée, reprit sa sœur d'une voix apaisante.

— Ça fait plus qu'un an que je la fréquente. Tu me feras pas croire qu'elle se doutait pas que je finirais par la demander en mariage, répliqua son frère.

— Tu la connais, elle est fière. C'est pas facile pour elle d'accepter dans la famille une fille comme ta Catherine. Le temps finira bien par arranger les choses.

Xavier se borna à secouer la tête et sa sœur le quitta pour retourner dans le salon où elle entreprit de convaincre sa mère d'aller dormir quelques heures.

— Allez vous coucher un peu, m'man. La nuit va être longue. J'irai vous réveiller tout à l'heure.

Marie finit par accepter d'aller s'étendre une heure ou deux. Après son départ, on résolut de se diviser en trois groupes, chacun assurant la veillée du corps durant trois heures.

— Moi, je veux pas rester debout en même temps que ma tante Mathilde, chuchota Bernadette à sa sœur aînée et à son frère Donat. J'ai pas envie de me faire étourdir pendant des heures en l'entendant me raconter sa vie.

— Dans ce cas-là, t'es mieux de monter te coucher tout de suite parce qu'elle vient de me dire qu'elle veut rester debout jusqu'à une heure du matin, lui conseilla son frère.

— Moi, je vais rester avec elle, sœur Sainte-Anne, mon oncle Armand et Emma, annonça Camille, malgré la fatigue.

Les gens venaient à peine de monter à l'étage pour se partager les lits disponibles que sœur Marie du Rosaire vint s'asseoir près de sa nièce.

— Je savais pas que ton frère Hubert était sorti de chez les frères, murmura-t-elle.

— …

— Ça a dû faire tout un choc à ta mère, poursuivit la religieuse, non découragée par l'absence de réaction de son interlocutrice.

— Elle en a pas parlé, ma tante, se borna à dire Camille.

— Qu'est-ce que ton frère va faire ?

— Il paraît qu'il va donner un coup de main à Donat. C'est pas l'ouvrage qui manque. Est-ce qu'on dit un chapelet, ma tante ? demanda la jeune femme pour mettre un frein à la curiosité insatiable de la sœur Grise.

— C'est une bonne idée. On va prier pour ton père.

Un peu après une heure, Eugénie, Donat et d'autres parents vinrent prendre la relève. À voix basse, on décida de laisser dormir Marie encore quelques heures.

— Demandez à quelqu'un de venir me réveiller vers quatre heures, demanda Camille. À ce moment-là, je réveillerai m'man.

Elle retira discrètement ses souliers et entra dans la chambre de sa mère dont elle partageait le lit depuis la veille de Noël. Elle prit grand soin de ne faire aucun bruit et se glissa silencieusement sous les couvertures.

Les yeux ouverts dans le noir, elle songea d'abord à Liam dont la sécheresse de cœur ne cessait de la peiner. Lorsque Bernadette, en larmes, était venue la prévenir de la mort subite de leur père, son mari s'était contenté de dire :

— C'est aussi ben pour tout le monde. De toute façon, arrangé comme il l'était, il était plus utile à grand chose.

Durant les trois derniers jours, il n'avait fait que des visites sporadiques chez les Beauchemin, et jamais dans le but de lui apporter son soutien. Chaque fois, c'était pour l'inciter à revenir le plus tôt possible à la maison. Puis, sa pensée dériva vers Xavier et ses projets d'avenir avec Catherine. Bien sûr, le passé de la fille de Laura Benoît la choquait. Elle ne concevait pas qu'une jeune fille comme il faut ait manqué de principes au point d'être tombée enceinte sans être mariée. Cela allait trop à l'encontre de son éducation. Il n'existait pas de mots assez durs pour condamner un tel comportement… Par ailleurs, Xavier avait l'air de tellement l'aimer qu'il semblait prêt à surmonter tous les obstacles sur sa route pour la conduire au pied de l'autel. Il l'aimait sûrement plus que Liam ne l'aimait. Peut-être devrait-elle essayer de convaincre sa mère d'adoucir ses positions et de donner une chance au jeune couple…

Le sommeil l'emporta avant qu'elle prenne une décision.

Chapitre 2

Les funérailles

Camille se réveilla en sursaut en entendant des chucho-tements de l'autre côté de la porte de la chambre à coucher. Elle se leva sans bruit et ouvrit la porte au moment où Bernadette s'apprêtait à frapper.

— Il est presque quatre heures, murmura la jeune fille. Je venais te réveiller. Est-ce que m'man dort encore?

— Je la réveille, se borna à lui répondre sa sœur en refermant la porte.

Camille alluma une lampe, ce qui eut pour effet de réveiller sa mère qui se fâcha un peu en apprenant l'heure.

— Mais vous m'avez laissée dormir presque toute la nuit, reprocha-t-elle à sa fille aînée.

— Il est même pas quatre heures, m'man, se défendit Camille. Vous aviez besoin de sommeil pour passer à travers ce qui vous attend.

Les deux femmes prirent quelques instants pour remettre un peu d'ordre dans leur tenue et dans leur coiffure avant de rejoindre ceux qui étaient descendus un peu après trois heures pour prendre la relève.

La porte de la cuisine d'été s'ouvrit soudainement sur Xavier, les épaules couvertes de neige.

— Bon, j'ai attelé. Je m'en retourne chez nous faire le train avec Antonin. Je vais revenir aussitôt que j'en aurai fini, annonça-t-il, ajoutant qu'il neigeait à plein ciel.

Un peu plus tard, Donat et Hubert quittèrent la maison à leur tour pour aller soigner les animaux pendant que les femmes qui ne dormaient pas venaient aider Camille et Bernadette à préparer le déjeuner. En quelques minutes, le poêle de la cuisine d'été fut rallumé. Quand tout fut prêt, on alla réveiller ceux qui se reposaient, et les gens, le visage chiffonné par une nuit trop brève, s'entassèrent autour des tables dans les deux cuisines. Tous levèrent la tête en entendant des bruits de bottes sur la galerie. La porte s'ouvrit sur Donat et Hubert, couverts de neige.

— Torrieu ! il est tombé au moins un pied de neige et ça a pas l'air de vouloir se calmer, déclara Donat en secouant sa casquette qu'il venait d'enlever. J'espère qu'on n'aura pas de misère à monter la côte du rang Sainte-Ursule.

— Au moins, il vente pas trop, ajouta Hubert en retirant son manteau.

Peu après, le bruit des grelots d'un attelage attira Bernadette à l'une des fenêtres. Elle vit son frère Xavier descendre de sa *sleigh*, déposer une épaisse couverture sur le dos de son cheval et se diriger vers la maison.

— De quoi a l'air le chemin ? se dépêcha de lui demander Donat.

— Ça peut encore aller, répondit celui dont la ferme était située à l'extrémité du rang Sainte-Ursule, juste après le long virage.

— Et la côte ? fit Hubert.

— Pour la descendre, il y a pas de problème, mais pour la monter tout à l'heure, ça va être une autre paire de manches.

À sept heures, bien avant le lever du soleil, tout le monde avait mangé et la vaisselle était lavée et rangée. Chacun s'empressa alors de faire sa toilette avant l'arrivée de Blanchette et de Hyland. Lorsque les gens étaient prêts, ils venaient se joindre à Marie déjà assise dans le salon près de la dépouille de son mari.

Comme prévu, dès huit heures, Anatole Blanchette vint immobiliser son grand traîneau devant la porte principale de la maison des Beauchemin. Le cocher avait pris la peine de doter la tête de son cheval d'un long plumet noir. Il se joignit à la famille en attendant Thomas Hyland. Celui-ci arriva quelques minutes plus tard en compagnie de son employé. Les deux hommes furent suivis par Liam Connolly et ses quatre enfants ainsi que par Constant Aubé et Rémi Lafond.

— Il faudrait penser à y aller si on veut arriver à temps à la chapelle, murmura Blanchette à Donat.

Ce dernier hocha la tête et s'approcha du cercueil dans lequel son père reposait.

— Faisons une dernière prière, se contenta-t-il de dire aux gens entassés dans la pièce.

Aussitôt, tous s'agenouillèrent et sœur Marie du Rosaire récita trois *Ave Maria*. Thomas Hyland et son employé s'avancèrent pour visser le couvercle de la bière. Camille et Bernadette s'empressèrent alors d'entraîner leur mère à l'extérieur de la pièce et toutes les autres personnes présentes les suivirent. Blanchette referma la porte du salon.

Quand Hyland sortit, tout le monde avait déjà endossé son manteau et chaussé ses bottes. On attendait patiemment dans les deux cuisines le signal du départ. Les trois fils de Baptiste Beauchemin et Rémi Lafond s'avancèrent pour soulever le cercueil. Emma leur ouvrit la porte de la façade et les quatre hommes allèrent déposer la dépouille sur le long traîneau-corbillard noir.

En quelques instants, la maison se vida et les gens s'entassèrent dans les *sleighs* et les traîneaux. Ann, l'aînée de Liam Connolly, fut la seule à demeurer sur place pour garder le petit Alexis. On avait retiré les couvertures déposées sur le dos des bêtes dont les naseaux fumaient. La neige tombait dru au point de cacher la rivière qui serpentait à une centaine de pieds à gauche de la route étroite.

Le convoi d'une dizaine de véhicules se mit lentement en marche derrière le corbillard. Il parcourut tout le rang Saint-Jean jusqu'au petit pont et s'engagea dans la côte abrupte du rang Sainte-Ursule. Les chevaux peinèrent et dérapèrent en quelques occasions avant de parvenir au sommet de la pente. La plupart des conducteurs durent descendre, la neige à mi-jambe, et s'emparer du mors de leur cheval pour inciter la bête à avancer. Quelques arpents plus loin, la chapelle, que le défunt était parvenu à faire ériger à force d'entêtement, se dressait fantomatique, comme reposant sur un épais linceul blanc.

La famille Beauchemin ne fut qu'à moitié étonnée de constater qu'un bon nombre de *sleighs* étaient déjà station-nées près du temple. Baptiste avait toujours été un homme fort apprécié pour son dévouement dans la petite commu-nauté de Saint-Bernard-Abbé. Anatole Blanchette arrêta son long traîneau noir devant le parvis en bois que le vieil Agénor Moreau, le bedeau, venait tout juste de déneiger. Immédiatement, les quatre porteurs soulevèrent le cercueil et le transportèrent dans la chapelle où une quarantaine de personnes étaient déjà assises.

Samuel Ellis, le président du conseil des syndics, avait pensé à apporter les deux tréteaux qui avaient été utilisés lors du service funèbre du curé Ouellet au mois de juillet précédent. On déposa le cercueil sur les tréteaux devant la sainte table. La famille immédiate prit place dans les premiers bancs, face à l'autel. Camille laissa ses sœurs Bernadette et Emma s'asseoir de chaque côté de leur mère dans le premier banc. Elle s'agenouilla dans le second en compagnie de Liam et de ses trois enfants adoptifs. La petite Rose, sentant sa peine, se colla contre elle, ce qui contribua à la réconforter quelque peu.

Vêtu de ses ornements noirs, le curé Désilets traversa la nef, encadré par deux enfants de chœur, et entreprit de célé-brer les funérailles du fondateur de Saint-Bernard-Abbé.

Lors de son bref sermon, le prêtre adressa des paroles de réconfort à la famille éprouvée et fit l'éloge du disparu. À la fin de la cérémonie, il endossa sa chape noire et accompagna la dépouille du défunt jusqu'à la porte de la chapelle. Sur son passage, les fidèles présents se levèrent en signe de respect.

La petite foule recueillie sur le parvis se dispersa rapidement. Les voisins et les connaissances venus assister à la cérémonie funèbre rentrèrent chez eux tandis qu'un petit convoi d'une demi-douzaine de *sleighs* et de berlots prenait la direction de Sainte-Monique, malgré la neige qui n'avait pas cessé de tomber.

Enfouis sous d'épaisses couvertures de fourrure, les gens tentaient de se protéger le mieux possible du froid, mais le mauvais état de la route rendait le déplacement lent et pénible.

Dès la seconde côte rencontrée par le cortège, le lourd corbillard de Blanchette s'immobilisa au milieu de la pente. Son cheval, pourtant un solide percheron, semblait incapable de la gravir. Aussitôt, tous les hommes du convoi se précipitèrent hors de leur véhicule pour prêter main-forte au cocher en difficulté.

— Mon Dieu! s'exclama Emma. Il manquerait plus qu'il arrive quelque chose à p'pa.

En fait, le corbillard s'était mis à reculer dangereusement et le cercueil en pin risquait de basculer hors du véhicule. Même s'ils étaient engoncés dans de lourds vêtements, les six hommes présents parvinrent à pousser le traîneau pendant qu'Anatole Blanchette tirait sa bête par le mors en l'injuriant abondamment. Quand le corbillard se retrouva sur le faîte, on poussa un soupir de soulagement et chacun regagna sa *sleigh* ou son berlot. Cependant, pour éviter un accident, on attendit que chaque véhicule ait escaladé la pente avant qu'un second se mette à monter.

On dut pousser le corbillard à deux autres reprises dans des côtes et le berlot d'Armand Beauchemin versa même dans un virage, au grand dam de son propriétaire qui ne put s'empêcher d'échapper un « Christ d'hiver ! » retentissant en reprenant pied sur la route.

— Armand ! Tu devrais avoir honte ! se scandalisa sœur Marie du Rosaire qui l'avait entendu sacrer.

— Toi, achale-moi pas ! répliqua son frère hors de lui, en secouant la neige qui le couvrait.

Quelques commentaires furent échangés entre les passagers des autres véhicules immobilisés derrière, attendant que le convoi reprenne la route.

— Ce serait pas arrivé si ma tante Mathilde et sœur Sainte-Anne avaient voyagé avec vous plutôt qu'avec Constant Aubé, dit Hubert, narquois, à son oncle après avoir aidé à remettre sur ses patins le lourd véhicule en bois.

— Pourquoi tu dis ça, mon garçon ? demanda sœur Marie du Rosaire, qu'il n'avait pas vue s'approcher. Est-ce parce que je suis grosse ? ajouta-t-elle, l'air mauvais.

— Pantoute, ma tante, se borna à répondre le jeune homme, tout de même satisfait de s'être un peu vengé de celle qui l'avait placé dans une situation gênante la veille lors de sa rencontre avec le curé Désilets.

Durant une bonne partie du trajet, Donat jura à mi-voix contre Anatole Blanchette dont le corbillard, en tête du convoi, ne cessait de s'embourber.

— Tu parles d'un sans-génie, répétait-il pour la troisième fois. Il me semble qu'il aurait dû penser à matin à atteler deux chevaux à son maudit corbillard. Il devait ben savoir que juste un suffirait pas à la besogne.

Finalement, tous les véhicules vinrent s'immobiliser à l'entrée du cimetière de Sainte-Monique un peu après midi.

— Qu'est-ce qu'on fait ? demanda Xavier en descendant de sa *sleigh* pour rejoindre les autres hommes qui avaient mis pied à terre. Pour moi, monsieur le curé a pas fini de dîner.

— C'est vrai qu'on est en retard sans bon sens, fit remarquer sa mère qui avait pleuré tout au long du trajet.

— Je veux ben le croire, m'man, fit Donat, mais on est gelés ben dur et on n'est tout de même pas pour attendre que le curé Lanctôt ait fini de digérer pour venir s'occuper de p'pa.

— Qui va y aller? demanda Bernadette, qui grelottait depuis quelques minutes, même si son visage était en grande partie dissimulé derrière une épaisse écharpe de laine.

— On y va tous les trois, déclara Hubert en secouant la neige qui le couvrait.

Les trois fils de Baptiste Beauchemin montèrent l'escalier qui conduisait à la porte d'entrée de l'imposant presbytère. Donat sonna. La servante du curé Lanctôt, l'air toujours aussi revêche, vint leur ouvrir. En apercevant le corbillard stationné devant le presbytère, elle comprit immédiatement la raison de leur présence.

— Entrez, mais essayez de pas mettre de la neige partout sur mes planchers, leur dit-elle. Je vais prévenir monsieur le curé que vous êtes enfin arrivés. Il a pas fini de manger.

La dame se rendit au bout du couloir, entrouvrit une porte et dit quelques mots à voix basse. Il y eut un raclement de pattes de chaise sur le parquet en bois et un prêtre au ventre confortable, suivi par sa ménagère, vint vers les trois hommes demeurés près de la porte d'entrée.

— Je suppose que c'est pour Baptiste Beauchemin? leur demanda l'ecclésiastique.

— Oui, monsieur le curé, répondit Donat. On s'excuse pour le retard, mais avec la neige qui arrête pas de tomber, on a fait du mieux qu'on a pu.

— C'est correct, je vous attendais, dit le prêtre d'une voix étonnamment conciliante. Madame Lapierre, mettez le reste de mon dîner au réchaud. Je le mangerai en revenant, ajouta-t-il en se tournant vers sa servante et en tendant une main vers son épais manteau de chat sauvage suspendu à la patère près de la porte d'entrée.

Xavier aida le prêtre à endosser son manteau.

— C'est dommage, fit Louis-Georges Lanctôt, j'ai renvoyé mes deux enfants de chœur. Toi, dit-il en s'adressant à Hubert, tu vas aller chercher la croix, le bénitier et le goupillon qui ont été laissés dans la sacristie. Viens nous rejoindre au cimetière.

Hubert s'éclipsa pour aller chercher ce que le prêtre venait de lui demander pendant que ses deux frères accompagnaient le curé de Sainte-Monique à l'extérieur.

— Le bedeau avait pelleté un chemin jusqu'au charnier hier après-midi, déclara le prêtre en descendant l'escalier, mais j'ai bien peur qu'il soit disparu avec toute cette neige-là.

— C'est pas ben grave, monsieur le curé, répliqua Donat, on va se débrouiller.

En fait, le jeune homme avait du mal à reconnaître le prêtre irascible qui avait si souvent mis son père en colère. Durant les dernières années, les affrontements entre les deux hommes avaient été nombreux.

Jusqu'à l'automne précédent, Louis-Georges Lanctôt ne semblait pas prêt à pardonner à Baptiste Beauchemin de lui avoir fait perdre une cinquantaine de familles de sa paroisse en faisant signer une pétition pour la création de Saint-Bernard-Abbé. Inutile de préciser que les Beauchemin n'étaient guère en odeur de sainteté à Sainte-Monique depuis ce temps et le curé n'avait jamais raté une occasion de déblatérer contre eux. En cette froide matinée de décembre, tout laissait croire que la mort du cultivateur de Saint-Bernard-Abbé avait finalement eu raison de la rancune de l'ecclésiastique.

Dès l'apparition du prêtre, tous les gens du convoi se rassemblèrent près de lui.

— Ce sera pas long, dit le curé Lanctôt. L'un d'entre vous s'en vient avec la croix et le bénitier.

Hubert apparut peu après, portant les objets du culte demandés. Louis-Georges Lanctôt tendit la croix à Patrick, le fils de Liam Connolly âgé de onze ans, en lui disant de marcher lentement devant eux et il confia le bénitier et le goupillon à son frère cadet Duncan.

— On peut y aller, dit-il aux hommes prêts à soulever le cercueil. Vas-y, mon garçon, ordonna-t-il à Patrick en lui montrant le charnier au bout du cimetière.

Liam et Constant Aubé se joignirent aux trois frères Beauchemin et à leur beau-frère Rémi pour porter la bière devant le curé Lanctôt. Tout le monde avançait lentement, de la neige à mi-jambe.

— Ouvrez la porte. Il y a deux chevalets à l'intérieur, dit le prêtre à Armand Beauchemin.

Ce dernier sortit les deux trépieds et le cercueil fut posé dessus. Le curé fit signe aux gens de se rassembler autour de lui. Il aspergea la bière d'eau bénite et récita quelques prières avant de confier la dépouille de son ancien paroissien au charnier d'où elle ne serait retirée qu'au printemps suivant lorsque le sol serait dégelé.

Marie se serait effondrée si deux de ses fils ne l'avaient soutenue. Camille, stoïque, tapa doucement dans le dos de Bernadette qui ne pouvait s'arrêter de pleurer. Elle avait toujours été l'enfant préférée du disparu. La gorge étreinte par l'émotion, les autres membres de la famille regardèrent Constant Aubé, Liam Connolly et deux cousins soulever le cercueil pour le porter à l'intérieur du charnier. Quand ils sortirent de l'édicule, le bruit de la porte se refermant derrière eux eut quelque chose de définitif. Beaucoup de membres de la famille Beauchemin avaient l'impression qu'une partie importante de leur passé venait de disparaître avec l'homme qu'on avait déposé à l'intérieur.

Tous les gens présents quittèrent lentement les lieux. Parvenu à la sortie du cimetière, le curé Lanctôt eut quelques paroles d'encouragement pour la veuve et ses enfants avant d'attirer Donat à l'écart pour lui dire :

— Le printemps prochain, préviens-moi une semaine à l'avance quand t'auras l'intention de venir chercher ton père pour l'enterrer à Saint-Bernard.

— Oui, monsieur le curé. Et merci pour tout.

Le prêtre le salua de la tête et rentra dans son presbytère. Armand Beauchemin, dont la ferme était située à la sortie du village, invita tout le monde à venir se réchauffer à la maison avant de reprendre la route pour rentrer.

— Venez, notre homme engagé est supposé avoir chauffé la maison pendant qu'on était partis. On va ben trouver quelque chose à manger en cherchant un peu, insista-t-il, insensible au regard meurtrier que lui adressa sa femme de nature peu hospitalière.

Les gens étaient si frigorifiés après toutes ces heures passées sous la neige qu'ils s'empressèrent d'accepter l'invitation du gros homme.

— Seigneur, ma tante va bien en faire une maladie ! chuchota Bernadette à sa sœur Emma. Voir autant de monde débouler dans sa cuisine en même temps, elle va avoir une attaque.

— En tout cas, j'en connais un qui a pas fini d'en entendre parler, répliqua la femme de Rémi Lafond en songeant à son oncle Armand.

— Je pense que je vais rentrer, annonça Constant Aubé, gêné à l'idée d'aller s'imposer chez de parfaits inconnus.

— Fais pas le fou, lui ordonna Bernadette, t'es aussi gelé que tout le monde. En plus, c'est peut-être la seule chance de ta vie de voir de quoi a l'air le dedans de la maison de ma tante Amanda. Viens.

En montant dans la *sleigh* de Liam avec les trois enfants déjà enfouis sous la couverture de fourrure, Camille ne put s'empêcher de dire à son mari :

— J'espère juste que ma tante Mathilde s'est pas mis dans la tête de revenir s'installer quelques jours chez ma mère. Là, ce serait trop pour elle.

— C'est pas de nos affaires, laissa-t-il tomber, apparemment indifférent.

— Peut-être pas des tiennes, mais moi, ça me regarde, rétorqua-t-elle sèchement.

Il lui jeta un regard étonné, peu habitué à la voir se rebiffer aussi vite.

Les gens s'empressèrent d'envahir la maison ancestrale des Beauchemin, trop heureux de trouver enfin un peu de chaleur. Les manteaux furent empilés sur le lit de la chambre des maîtres.

Armand sortit un cruchon de bagosse pour réchauffer tout le monde pendant que les femmes offraient leur aide à la maîtresse de maison débordée par une telle affluence dans sa cuisine. De toute évidence, Amanda Beauchemin n'avait pas prévu recevoir beaucoup durant la période des fêtes puisqu'elle n'avait pratiquement rien cuisiné. Chez elle, les invités durent se contenter d'une soupe chaude et des restes d'un rôti de porc à qui ils eurent tôt fait de réserver un sort. Faute de mieux, on mangea beaucoup de pain trempé dans du sirop d'érable et on but de grandes tasses de thé noir pour faire descendre le tout.

Anatole Blanchette avait été le premier à s'éclipser après s'être restauré. Un peu plus tard, vers deux heures trente, Donat donna le signal du départ.

— Je pense que je vais aller passer quelques jours avec ta mère pour l'aider à remonter la pente, déclara sœur Marie du Rosaire à Camille, horrifiée par une telle éventualité.

— Ma pauvre ma tante, c'est dommage, ma mère vient justement d'accepter de venir passer la semaine chez nous pour se changer les idées, mentit Camille sans vergogne.

— Si c'est comme ça, je pense que je vais rester chez ton oncle Armand, fit la religieuse, dépitée.

Liam avait assisté à toute la scène sans rien dire. Dès que Mathilde Beauchemin se fut un peu éloignée, il ne put s'empêcher de lui demander :

— C'est pas vrai ! J'espère que t'as pas invité ta mère chez nous ?

— Inquiète-toi pas, répondit sa femme. Elle viendra pas te déranger. C'était juste pour que ma tante vienne pas l'encombrer.

Les gens quittèrent peu à peu la grande maison d'Armand Beauchemin après avoir remercié leurs hôtes. Marie endossa son manteau à son tour et s'approcha de sa fille Camille.

— Dis donc, toi, l'apostropha-t-elle à voix basse, la prochaine fois que tu conteras une menterie, avertis-moi.

— Pourquoi vous me dites ça, m'man ? s'étonna sa fille aînée.

— Ta tante Mathilde avait l'air bien déçue de pas pouvoir revenir rester à la maison une couple de jours.

— Je peux aller lui dire que vous avez changé d'idée et que vous aimez mieux rester chez vous pour la recevoir, si vous le voulez, plaisanta Camille.

— Laisse faire, je pense que t'as eu une bonne idée. Je suis pas pantoute d'humeur à l'endurer.

Eugénie et sa belle-mère montèrent avec Donat. Camille alla rejoindre Liam et les enfants, qui l'attendaient déjà dans la *sleigh*. Hubert aurait bien aimé faire le trajet avec Xavier à qui il n'avait guère eu l'occasion de parler depuis son retour à la maison, mais sa mère, malgré son chagrin, avait encore l'œil. Quand elle vit Bernadette s'apprêter à monter dans la *sleigh* de son amoureux, elle ordonna à son fils de monter avec eux.

— Une vraie tête folle ! ne put-elle s'empêcher de dire à Donat. Comme si ça se faisait de voyager toute seule avec un homme, sans chaperon.

Heureusement, la neige avait cessé de tomber durant le repas improvisé chez Armand Beauchemin et le retour s'annonçait tout de même un peu moins périlleux que l'aller.

— J'espère que Blanchette a pas eu de problème avec son traîneau sur le chemin, dit Donat à sa mère. Tout seul dans une côte, ça peut être compliqué s'il reste coincé.

— De toute manière, il est parti il y a juste une heure, lui fit remarquer sa femme. S'il est pris quelque part, on va le rencontrer et vous allez être capables de l'aider.

Toutefois, tout laissa croire que le lourd traîneau noir du cultivateur du rang Saint-Paul était parvenu à bon port parce qu'on ne le rencontra pas en cours de route.

Alors que Constant laissait Bernadette et son frère Hubert devant leur porte, il leur suggéra :

— Peut-être que ce serait une bonne idée de ranger au grenier le fauteuil roulant de votre père. Le voir continuel-lement dans la place va être pas mal difficile pour votre mère.

— T'as raison, l'approuva l'institutrice, on va s'en occu-per en entrant.

— Si vous avez besoin de quelque chose, gênez-vous pas, leur offrit le meunier. Jusqu'à samedi, j'ai pas l'intention de bouger de la maison. J'ai des bottes à faire.

— Parles-tu des bottes neuves de la belle Angélique ? lui demanda Bernadette, toujours taraudée par la jalousie.

— Non, elle a eu ses bottes la veille de Noël. Elle tenait absolument à les étrenner à la messe de minuit, tint à lui préciser Constant.

Quelques minutes plus tard, Liam Connolly immobilisait sa *sleigh* devant la galerie des Beauchemin au moment où Constant rentrait chez lui. Il ne se donna pas la peine de descendre ; Camille alla rapidement chercher Ann et toute la famille rentra à la maison.

Ce soir-là, Marie Beauchemin sembla retrouver toute son énergie, malgré son épuisement. Elle houspilla sa bru et Bernadette pour que la literie de tous les lits soit changée avant même que le souper soit sur le feu.

— Voyons, m'man, il y a rien qui presse, se rebiffa Bernadette qui ressentait durement le manque de sommeil des derniers jours.

— Les hommes sont déjà aux bâtiments à soigner les animaux. Nous autres, on doit remettre la maison d'aplomb. Il est pas question qu'on couche dans des lits où tout un chacun est venu dormir depuis trois jours.

Déjà, Donat et Hubert s'étaient empressés de faire disparaître le fauteuil roulant ainsi que les deux tréteaux sur lesquels le cercueil de leur père avait été posé. Bernadette avait fait de même avec les restes des cierges.

Ce soir-là, le souper se prit en silence. Subitement, on réalisait que le père ne viendrait plus jamais occuper sa place habituelle au bout de la table et l'atmosphère en était appesantie.

Après le repas, les femmes remirent de l'ordre dans la maison pendant que Donat et Hubert se chargeaient du déneigement, ce qui les occupa une bonne partie de la veillée. À leur retour à la maison, ils étaient si fatigués qu'ils allèrent se coucher, même s'il était à peine neuf heures. Eugénie, Bernadette et sa mère décidèrent de les imiter.

Comme il en avait pris l'habitude depuis l'infarctus de son père, Donat remonta le mécanisme de l'horloge et déposa dans le poêle deux grosses bûches d'érable alors que son frère et sa sœur montaient l'escalier conduisant aux chambres. Eugénie les suivit de près après avoir recommandé à son mari de ne pas faire de bruit en venant la rejoindre pour ne pas réveiller Alexis.

Pour la première fois depuis la mort de Baptiste, Marie se retrouva seule dans son lit. Depuis la veille de Noël, Camille l'avait partagé avec elle. Elle souffla sa lampe après s'être étendue sur le côté gauche de la paillasse, comme si son mari était encore là, à sa place habituelle. Elle pleura durant de longues minutes, seule dans le noir, et le sommeil finit par l'emporter.

Dans la chambre bleue, au-dessus d'elle, Donat avait rejoint sa femme. Eugénie l'attendait, beaucoup moins fatiguée que lui. La petite femme au chignon noir s'était beaucoup ménagée durant les derniers jours, comme à son habitude. Dès qu'elle sentit son mari près d'elle, elle ne put s'empêcher de lui chuchoter :

— J'espère que ta mère va comprendre que la grande chambre du bas nous revient à cette heure. On est trois tassés sans bon sens ici dedans. Elle est toute seule dans la grande chambre.

— Tu vas au moins laisser la place du père se refroidir avant de l'achaler avec ça, j'espère ? dit Donat en se soulevant sur un coude.

— Bien oui.

— Dans ce cas-là, il y a rien qui presse. Là, j'en peux plus. Laisse-moi dormir tranquillement.

Deux fermes plus loin, Liam Connolly venait de terminer le déneigement de sa portion de la route et il rentra dans la maison après avoir dételé et soigné son cheval. Il avait espéré que sa femme l'ait attendu avant de se mettre au lit, mais il n'en était rien. Camille dormait déjà profondément depuis une heure quand il retira son manteau et ses bottes. La jeune femme avait dormi à peine trois heures par nuit les trois derniers jours et elle avait travaillé sans relâche pour nourrir tous les visiteurs.

Liam mit du bois dans le poêle avant de se diriger vers leur chambre à coucher. Il ne prit aucune précaution pour ne pas réveiller Camille. Il se déshabilla rapidement et se glissa sous les épaisses couvertures. Incapable de se retenir, il l'attira à lui avec une certaine brusquerie. Sa femme était si épuisée qu'elle ne se réveilla à moitié que lorsqu'il entreprit de lui faire l'amour avec sa brutalité habituelle. Elle ne réagit pas et attendit qu'il en ait fini avant de lui dire sur un ton lourd de reproches :

— T'aurais pas pu attendre que je sois moins fatiguée, non ?

— Je commence à te connaître, Camille Beauchemin, rétorqua-t-il en se tournant de l'autre côté, satisfait d'être parvenu à ses fins, tu te serais encore trouvé une défaite.

La jeune femme ne se donna pas la peine de répliquer. Elle se leva péniblement et sortit de la pièce pour aller faire un brin de toilette. Quand elle rentra dans la chambre, elle fut accueillie par les ronflements sonores de celui qu'elle avait épousé à peine deux mois auparavant.

Chapitre 3

La vie après Baptiste

Le lendemain, la vie reprit son cours tant bien que mal chez les Beauchemin. Donat et Hubert retournèrent bûcher dans le bois après le déjeuner alors que Marie tentait de surmonter son chagrin en reprenant le contrôle de ce qu'elle appelait « sa maisonnée ».

— À matin, il va falloir faire du pain. Il en reste presque plus dans la huche, dit-elle à Eugénie et Bernadette. Je vais m'en occuper. Toi, Bernadette, tu vas faire le lavage et étendre le linge dans la cuisine d'été. Pendant ce temps-là, Eugénie, tu vas t'occuper du ménage des chambres. Ça a pas d'allure, la maison est tout à l'envers.

— Mais, madame Beauchemin, c'est pas nécessaire de tout faire le même jour, fit sa bru d'une voix geignarde.

— Demain, on va faire le ménage en bas et il va falloir cuisiner pour le jour de l'An.

— Pourquoi, m'man ? lui demanda Bernadette. Avez-vous l'intention d'inviter du monde ?

— Non, on est en deuil. Mais on va tout de même recevoir Camille, Emma et Xavier avec Antonin. Le garde-manger est presque vide. Il va falloir se grouiller.

Cette dernière précision mit fin à toute contestation et les trois femmes se mirent au travail. Si Bernadette avait remarqué, la veille, à quel point sa mère avait vieilli depuis le départ de son père – des mèches blanches étaient apparues dans son chignon et sur ses tempes et de nouvelles rides sillonnaient son front –, cela n'avait en rien atténué son caractère déterminé de maîtresse de maison.

La jeune institutrice alla chercher les deux cuves et la planche à laver qu'elle posa sur un banc. Elle remplit les cuves d'eau chaude tirée du réservoir du poêle. Elle agita un peu de bleu à laver dans l'une des cuves avant de trier les vêtements sales de la famille et de se mettre à les frotter vigoureusement sur la planche après les avoir enduits de savon. Dès qu'un certain nombre de vêtements étaient lavés et rincés, elle quittait la cuisine d'hiver pour aller les étendre dans la cuisine d'été où des cordes avaient été préalablement tendues.

— Mets-toi une veste sur le dos quand tu vas de l'autre côté, lui ordonna sa mère quand elle la vit rentrer. On gèle dans la cuisine d'été, tu vas attraper ton coup de mort. Avec tout ce qui nous arrive, on n'a pas besoin de ça, ajouta-t-elle.

— Avez-vous déjà fini de préparer votre pâte à pain? lui demanda la jeune fille.

— Oui, j'attends juste qu'elle lève. Là, je vais aller faire le ménage du salon avant de commencer à préparer le dîner.

— Je traînerai pas avec le lavage, lui promit sa fille.

— Parlant de traîner, reprit sa mère, où est passé le fauteuil de ton père? Je l'ai pas vu nulle part.

— Hubert est allé le porter dans le grenier, m'man. C'est une idée de Constant. Il trouvait que ça vous ferait de la peine pour rien si vous deviez le voir tout le temps.

Marie ravala sa salive et ses yeux s'embuèrent. Elle finit tout de même par dire, la voix un peu changée:

— C'est une bonne idée, je trouve que ce garçon-là est pas mal délicat.

Bernadette hocha la tête. Sa mère avait raison. Constant boitait et n'était peut-être pas le plus beau, mais il était attentionné et jamais à court de ressources. De plus, il fallait reconnaître que le jeune meunier de Saint-Bernard-Abbé était un homme intéressant qui possédait plus d'une corde à son arc. Elle n'était pas encore certaine de l'aimer, mais elle n'acceptait pas qu'une autre fille cherche à l'attirer dans ses filets. En admettant cela, elle songeait surtout à la belle Angélique Dionne dont elle se méfiait particulièrement. La fille des propriétaires du magasin général lui semblait tourner un peu trop autour de son cavalier, et cela l'énervait au plus haut point. D'accord, Constant ne lui avait encore donné aucune raison précise d'être jalouse, mais elle l'était tout de même.

❧

Deux fermes plus loin, après le dîner, Liam Connolly avait exigé que ses deux fils le suivent dans la forêt au bout de sa terre pour l'aider à charger le bois débité durant les derniers jours. Camille, demeurée seule à la maison avec Ann et Rose, avait entrepris de regarnir le garde-manger mis à mal durant ses trois jours d'absence.

— On n'est tout de même pas pour se priver de manger durant les fêtes, dit-elle à ses deux filles adoptives en s'efforçant de mettre dans sa voix une joyeuse animation. Il nous reste quatre jours avant le jour de l'An, on a amplement le temps de faire à manger.

— P'pa trouve qu'on gaspille bien trop en manger, laissa tomber Ann.

— Et toi, qu'est-ce que t'en penses? lui demanda Camille en s'essuyant les mains sur son tablier.

— Je trouve qu'on mange bien, répondit l'adolescente sans la moindre hésitation.

— Moi aussi, ajouta la petite Rose du haut de ses six ans.

— C'était pas comme ça quand m'man vivait, poursuivit l'adolescente sur un ton attristé. Chaque fois qu'elle faisait une tarte ou un gâteau, p'pa s'enrageait après elle et la faisait pleurer.

— Ben, mes petites filles, c'est pas comme ça que ça va se passer avec moi, déclara Camille sur un ton décidé.

Si vous voulez dire comme moi, on n'en fera pas un drame et on va continuer comme avant. On ne se laissera pas mourir de faim pour faire plaisir à votre père.

Un éclat de rire des deux sœurs salua cette phrase de celle qu'elles considéraient comme leur confidente.

Depuis son mariage célébré à la fin du mois d'octobre précédent, la jeune femme avait découvert que son mari avait tendance à être brutal autant qu'avaricieux. Pendant un an, elle était venue aider Ann à cuisiner et jamais elle ne l'avait entendu se plaindre que cela lui coûtait trop cher. Soudain, voilà qu'il trouvait que les provisions disparaissaient trop rapidement. Durant un instant, elle se demanda comment sa défunte femme avait pu supporter un tel homme. En tout cas, il allait trouver à qui parler s'il entendait commencer à rationner les siens. Elle venait d'une famille où, sans être riche, on mangeait à sa faim tous les jours.

— Pour moi, sa Julia était une sainte femme, murmurat-elle dès qu'elle se retrouva seule dans la cuisine en train de placer ses boules de pâte à pain dans des moules avant de les déposer dans le fourneau.

Un bruit de grelots attira Rose à l'une des deux fenêtres de la cuisine.

— Il y a quelqu'un qui arrive, Camille, dit la gamine tout excitée.

— C'est un homme, précisa Ann, qui venait de rejoindre sa petite sœur à la fenêtre. Je le connais pas.

— Va lui ouvrir, lui dit Camille. Si c'est un *peddler*, dis-lui qu'on n'a besoin de rien.

L'homme frappa à la porte et l'adolescente alla lui répondre. On entendit des voix et la fille de Liam revint dans la cuisine, suivie par un petit homme engoncé dans un épais manteau de fourrure qui s'immobilisa sur le pas de la porte, la figure rougie par le froid et fendue d'un large sourire.

— Camille, il dit qu'il est l'oncle de p'pa, annonça Ann à la jeune femme.

— Bonjour, fit l'inconnu. Tu me connais pas, je suis Paddy Connolly, l'oncle de ton mari.

Stupéfaite, la jeune femme demeura un bref moment sans voix, hésitant sur le comportement à adopter. Puis elle s'avança rapidement vers le nouvel arrivant pour lui souhaiter la bienvenue et le prier d'enlever son manteau. L'homme s'exécuta volontiers et retira ses bottes. Ensuite, il empoigna son hôtesse par les deux épaules et l'embrassa sans façon sur les deux joues en manifestant une bonne humeur communicative.

— Venez vous réchauffer proche du poêle, l'invita Camille, tout de même un peu surprise par une telle familiarité de la part de quelqu'un qu'elle ne connaissait pas cinq minutes auparavant. Vous devez être gelé.

— C'est pas si pire, déclara l'oncle en prenant place dans l'une des deux chaises berçantes placées près du poêle.

Paddy Connolly était un petit homme âgé d'une cinquantaine d'années, bien en chair et doté d'un visage rubicond encadré par de larges favoris blancs. Il était vêtu d'une longue jaquette noire passée sur une veste de satin gris perle assez élégante. Une chaîne en or barrait son ventre confortable. Il avait des petits yeux gris et vifs dissimulés en partie sous d'épais sourcils. Il possédait surtout une voix de stentor et la timidité ne semblait pas faire partie de ses faiblesses.

— Voulez-vous boire une tasse de thé ? lui offrit Camille, alors que Rose et Ann demeuraient à l'écart.

Elles regardaient avec curiosité cet étranger qui se disait l'oncle de leur père.

— Avec plaisir. Est-ce que ce sont les enfants de mon neveu ? demanda Paddy Connolly en examinant les deux filles de Liam.

— Oui, Ann est l'aînée et Rose la cadette, répondit Camille. Il a aussi deux garçons, Duncan et Patrick, qui ont dix et onze ans.

— *God*, que le temps passe vite! déplora le visiteur. La dernière fois que j'ai vu Liam, c'était à ses premières noces. J'aurais ben aimé venir à vos noces cet automne, mais j'ai pas pu.

— C'est pas grave, monsieur Connolly, fit la jeune femme. On fait pas toujours ce qu'on veut dans la vie.

— À qui le dis-tu, l'approuva-t-il.

Un long silence assez gênant s'installa dans la cuisine, comme si tout avait été dit entre ces inconnus. Finalement, l'épouse de Liam Connolly, mal à l'aise, demanda au visiteur:

— Êtes-vous l'un des deux oncles de Liam qui restent à Montréal?

— En plein ça, mon frère Glen est mort à la fin de l'été passé, et il m'a fait promettre de venir voir Liam parce qu'il est le seul Connolly qui reste, à part moi, ben entendu.

— Vous êtes pas marié?

— Non, j'ai toujours été vieux garçon, comme mon frère. Il faut croire qu'on n'avait pas le caractère qu'il faut pour qu'une femme nous endure, ajouta-t-il avec un gros rire communicatif.

— Et si je comprends bien, vous venez tenir votre promesse, reprit Camille. Ann, sers donc à ton grand-oncle une pointe de tarte aux raisins, dit-elle en se tournant vers l'adolescente qui écoutait sans rien dire depuis un bon moment.

Ann alla chercher une tarte dans le garde-manger, en découpa un morceau qu'elle déposa sur une assiette et l'apporta au visiteur qui ne se fit pas prier pour le manger.

— C'est toi qui fais aussi ben à manger? demanda-t-il à Camille.

— Non, c'est Ann.

— *God* ! Ça va faire ben vite une fille bonne à marier, dit Paddy avec un sourire.

Cette remarque fit rougir l'adolescente qui s'empressa d'aller ranger la tarte.

— Est-ce que vous restez toujours à Montréal ? lui demanda Camille, curieuse.

— Certain.

— Travaillez-vous encore ?

— Non, j'ai arrêté cet automne. J'avais plus le goût de continuer après la mort de mon frère. On était dans le commerce du fer depuis plus que trente ans, précisa-t-il. Il était temps que je vende ma *business* pour me reposer un peu. C'est ben beau faire de l'argent, mais il faut prendre le temps de vivre aussi.

— Vous avez bien raison, admit sa nièce par alliance du bout des lèvres.

— Ça fait que hier matin, en me levant, je me suis dit qu'il était temps que je vienne voir Liam, sa nouvelle femme et ses enfants. J'ai couché à Sorel et me v'là.

— Je suis certaine que ça va faire plaisir à votre neveu, mentit Camille, qui ne savait pas vraiment quel accueil son mari réserverait à ce vieil oncle qui ne s'était jamais soucié de son sort ni de celui de sa famille.

— Est-ce que tu penses que ce serait trop te demander que de coucher chez vous à soir ? s'enquit l'oncle.

— C'est certain qu'on va vous garder à coucher, lui promit la maîtresse de maison, prise de court par la requête.

— Si c'est comme ça, je vais aller dételer.

— Il y a de la place dans l'écurie pour votre cheval.

Paddy Connolly se leva et endossa son manteau avant de sortir s'occuper de sa bête. Dès qu'il fut dehors, Camille envoya Ann changer la literie du lit de Rose.

— Tu vas coucher avec ta grande sœur, à soir, la prévint-elle. Tu vas prêter ton lit à l'oncle de ton père.

Quelques minutes plus tard, l'invité rentra dans la maison en portant une petite valise.

— Vous pouvez suivre Ann en haut, monsieur Connolly, lui annonça Camille. Ann vous a préparé une chambre. Installez-vous. Liam devrait pas tarder à rentrer avec les garçons.

À la fin de l'après-midi, Camille entendit Liam et ses fils pénétrer dans la cour de la ferme. Par la fenêtre, elle vit son mari immobiliser le traîneau surchargé de billes de bois devant la porte de la remise. Il entreprit ensuite de dételer son cheval pour l'entraîner vers l'écurie.

— Est-ce que tu veux que j'aille prévenir p'pa qu'on a de la visite ? lui demanda Ann.

— C'est pas nécessaire, fit Camille d'une voix neutre en adressant un sourire à Paddy Connolly qui était parvenu à amadouer Rose avec qui il parlait. Il va bien voir qu'il y a un cheval dans l'écurie.

De fait, quand Liam poussa la porte de la maison moins de cinq minutes plus tard, il s'enquit avec humeur :

— Veux-tu ben me dire à qui est le cheval qui est dans l'écurie ?

— À notre visite, se borna à répondre sa femme.

Liam s'arrêta sur le seuil et mit un bon moment avant de reconnaître son oncle qu'il n'avait pas vu depuis près de quinze ans.

— Calvas ! ça parle au diable ! Si c'est pas mon oncle Paddy.

— En chair et en os, mon garçon, déclara le petit homme en quittant sa chaise pour aller à la rencontre du maître de la maison.

— Savez-vous qu'un peu plus et je vous reconnaissais pas pantoute, ajouta Liam en s'avançant à son tour pour lui serrer la main.

— Viens pas me dire, toi, que j'ai vieilli à ce point-là, plaisanta le visiteur.

— Pantoute, mon oncle.

— Comme tu vois, j'étais pas à plaindre. Je me fais gâter par toutes les femmes de la maison depuis que je suis arrivé.

— Dis donc aux garçons d'entrer se réchauffer, suggéra Camille à son mari. T'as bien le temps de jaser un peu avec la visite avant d'aller faire ton train.

— Beau dommage ! fit Liam avec une bonne humeur forcée en ouvrant la porte pour crier à Patrick et Duncan d'entrer.

Ses deux fils obéirent et il les présenta à son oncle avant d'accepter la tasse de thé que sa femme venait de lui verser.

Camille sentait qu'il y avait quelque chose de peu naturel dans l'enthousiasme manifesté par son mari. Ce dernier s'assit dans l'autre chaise berçante sans prendre la peine de retirer son manteau. Il prit des nouvelles de son oncle Glen. La nouvelle de sa mort récente sembla le peiner passablement, ce qui était plutôt étrange de la part d'un neveu à qui le disparu n'avait pas donné de nouvelles depuis une quinzaine d'années.

Profitant d'une courte pause dans les échanges entre l'oncle et le neveu, Camille annonça à son mari que son oncle avait accepté de coucher chez eux ce soir-là.

— Je vais même rester une couple de jours de plus pour fêter le jour de l'An avec vous autres si vous m'invitez, dit Paddy Connolly avec un sans-gêne renversant. C'est assez rare que je retrouve de la famille, je vais prendre le temps d'en profiter un peu.

— Bien sûr que vous êtes invité, monsieur Connolly, s'empressa de lui dire sa nièce par alliance.

— Tu vas me faire le plaisir d'abord d'arrêter de m'appeler monsieur Connolly. Appelle-moi mon oncle, lui ordonna-t-il, jovial, en se tournant vers elle.

— C'est correct, mon oncle.

Durant quelques minutes, l'invité monopolisa l'attention de tous les membres de la famille en racontant comment son frère et lui étaient devenus des membres plus que respectés de la communauté irlandaise de Montréal.

— Ton oncle et moi, on a brassé de ben grosses affaires. On s'est fait un nom en passant des gros contrats de fourniture avec les compagnies de chemins de fer, déclara le petit homme, sur un ton avantageux, les pouces passés dans les entournures de son gilet. À Montréal, tu peux demander à n'importe qui qui sont Paddy et Glen Connolly, on est connus comme Barabbas dans la Passion, ajouta-t-il, l'air suffisant.

— Mais pendant que vous êtes pas là, qui s'occupe de vos affaires, mon oncle? lui demanda un Liam nettement impressionné.

— Personne. Comme je venais de le dire à ta femme, après la mort de ton oncle Glen, j'avais plus le goût pantoute de continuer à faire des affaires. J'ai vendu ma *business*. J'ai tellement d'argent que je vivrai jamais assez vieux pour en dépenser même la moitié. Là, j'ai gardé juste cinq maisons et j'ai demandé à mon notaire de voir s'il pourrait pas les vendre un bon prix, prit-il soin d'ajouter.

— Qu'est-ce que vous faites à cette heure?

— Je me repose, affirma le petit homme, je profite des dernières années de ma vie.

— Vous faites bien, mon oncle, l'approuva Camille. Tout cet argent-là, vous l'emporterez pas dans votre tombe.

— C'est en plein ce que j'arrête pas de me dire, avoua Paddy Connolly en sortant de la poche de poitrine de sa jaquette un énorme cigare qu'il se mit en frais d'allumer.

Les enfants de Liam le regardèrent faire, les yeux ronds. Ils n'avaient jamais vu de cigare et son odeur prenante les surprit.

— Bon, c'est ben beau tout ça, mais il va falloir aller faire le train, déclara Liam en quittant sa chaise.

Ses deux fils l'imitèrent et endossèrent leur manteau.

Ce soir-là, Camille servit du pâté à la viande et des pommes de terre au souper. L'invité mangea avec appétit et la félicita pour son ketchup vert dont il avait versé un quart du pot dans son assiette pour accompagner le mets principal. Au dessert, il ne se fit pas prier pour accepter une deuxième pointe de tarte.

Durant toute la soirée, Paddy Connolly se raconta en long et en large et parla abondamment de la vie à Montréal et de tous les divertissements qu'une aussi grande ville pouvait offrir. Il décrivit les tramways qui sillonnaient maintenant quelques-unes des artères principales de la ville ainsi que le nouvel éclairage au gaz que les autorités venaient de faire installer. Il mentionna les élections municipales qui allaient avoir lieu au mois de février et parla aussi de monseigneur Bourget avec qui, s'il fallait le croire, il s'était entretenu à plusieurs reprises durant les dernières années.

À neuf heures, Camille annonça qu'on allait faire la prière pour permettre aux enfants d'aller au lit.

— On pourrait ben laisser faire pour à soir, intervint Liam, sous le charme de tout ce que racontait son oncle.

— Il y a pas de raison, répliqua-t-elle en s'agenouillant déjà.

Paddy l'approuva et tous durent imiter la maîtresse de maison. Après la prière, les enfants montèrent dans leur chambre et les adultes continuèrent à parler. Quand Liam mentionna la mort toute récente du père de Camille, l'invité offrit sans manifester trop de sympathie ses condoléances à son hôtesse. Peu après, le maître de la maison parla d'aller au lit. De toute évidence, il était fatigué par sa longue journée passée à bûcher.

— Je mangerais ben un petit quelque chose avant d'aller me coucher, déclara Paddy en affichant une mine gourmande.

— C'est pas trop dans nos habitudes de manger avant d'aller nous coucher, mon oncle, lui fit remarquer Camille, agacée par son sans-gêne. Si vous avez une petite faim, je peux toujours vous donner une tranche de pain avec de la graisse de rôti.

— Ça va faire l'affaire. Je me reprendrai demain matin au déjeuner.

L'oncle s'assit à table et attendit que Camille eût déposé sur la table une miche cuite le matin même et un bol de graisse de rôti. Pendant ce temps, Liam remonta le mécanisme de l'horloge et alluma une lampe de service avant de jeter deux rondins dans le poêle.

— Bon, nous autres on va aller se coucher, annonça-t-il à son oncle. Quand vous aurez fini de manger, vous aurez juste à prendre la lampe et à monter. Bonne nuit.

Le mari et la femme disparurent dans leur chambre à coucher, laissant seul leur invité attablé. Ils se déshabillèrent rapidement dans la pièce glaciale, pressés d'aller se réchauffer sous les couvertures.

— Sais-tu que je le trouve pas mal effronté, ton oncle, chuchota Camille, après avoir soufflé la lampe.

— Pourquoi tu dis ça?

— Tu m'as dit que t'en as pas entendu parler depuis des années et v'là qu'il arrive et qu'il s'installe chez nous comme s'il était chez eux.

— C'est de la famille, murmura Liam.

— Je trouve ça drôle qu'il s'en rappelle seulement aujourd'hui… laissa-t-elle tomber. Il me semble qu'il aurait pu penser apporter un petit quelque chose aux enfants pour les fêtes ou encore un cadeau de noces, non?

— Il y a pas pensé. À part ça, c'est pas important pantoute. Dis-toi que ce qui est important, c'est qu'il est pas mal riche et qu'on est sa seule famille, ajouta-t-il, laissant deviner ce à quoi il songeait.

— Je veux pas être regardante, dit sa femme, mais d'après moi il va rester riche longtemps s'il dépense pas plus que ça.

— S'il avait passé sa vie à dépenser à gauche et à droite, c'est sûr qu'il serait pauvre, assura Liam avec une certaine impatience. En plus, il y a rien qui dit qu'il nous donnera pas un gros montant au jour de l'An.

— En tout cas, je commence à comprendre pourquoi tu lui fais une si belle façon, dit-elle, sarcastique. Je suppose que t'espères hériter.

— C'est sûr, reconnut-il sans la moindre honte. C'est mon oncle et je suis le seul Connolly qui reste après lui. Ce serait normal que j'hérite.

— Moi, je me demande si c'est vrai tout ce qu'il nous a raconté à soir, conclut-elle en lui tournant le dos.

— Pourquoi ça le serait pas?

— A beau mentir qui vient de loin, comme le disait mon père, répliqua-t-elle. Tiens, pendant que j'y pense, viens pas te lamenter que les provisions baissent vite. Si tu veux savoir pourquoi, t'as juste à regarder manger ton oncle.

Liam Connolly ne jugea pas utile de répondre et se tourna sur le côté pour trouver une position plus confortable pour dormir.

❧

Deux jours plus tard, Xavier Beauchemin, assis à table, finissait de se raser avec soin devant un petit miroir. En ce dernier samedi de décembre, le jeune homme avait houspillé son employé pour faire le train dès quatre heures.

— Je vais veiller à soir et je veux souper de bonne heure, lui avait-il déclaré.

Antonin n'avait rien dit, mais il était heureux de voir que son patron et ami avait cessé de broyer du noir. Depuis le décès de son père la semaine précédente, Xavier parlait à peine et rien ne semblait l'intéresser. Il n'avait pas voulu retourner bûcher et il n'avait accepté de travailler à la finition des chambres de sa maison neuve que parce que l'adolescent s'en occupait quand ils n'allaient pas bûcher.

Après le souper, les deux hommes avaient lavé la vaisselle et préparé un rôti de porc dont Antonin devait surveiller la cuisson pendant que Xavier irait passer la soirée à la ferme voisine, chez Catherine Benoît.

Xavier disparut dans sa chambre quelques minutes et revint endimanché dans la cuisine pour se peigner.

— Sacrifice ! s'exclama l'adolescent en regardant son patron se pomponner. Est-ce qu'il y a quelque chose de spécial à soir ?

— C'est à soir que je fais ma grande demande, déclara Xavier Beauchemin en montrant une assurance qu'il était bien loin d'éprouver.

— Est-ce que ça veut dire que je suis à la veille de faire mon paquetage ? s'enquit Antonin, soudainement inquiet.

— Pantoute, répondit Xavier sans hésiter. Tu vas toujours avoir ta place ici dedans aussi longtemps que tu vas vouloir travailler avec moi.

Soulagé, l'orphelin le regarda endosser son épais manteau d'étoffe du pays et coiffer sa casquette.

— Souhaite-moi bonne chance, lui ordonna Xavier, la main sur la poignée de la porte.

— Je suis sûr qu'elle va dire oui, fit Antonin.

Dès qu'il se retrouva dehors à marcher en direction de la ferme des Benoît, le jeune homme perdit passablement de sa superbe. Il avait conscience de s'apprêter à faire une démarche qui allait être lourde de conséquences pour toute sa vie. Dans quelques minutes, il allait demander la main d'une fille qu'aucune maison honnête de Saint-Bernard-Abbé n'accepterait de recevoir. Pire, sa propre mère la rejetait et désapprouvait ses projets, comme son père l'aurait fait s'il avait été encore vivant. Pour le reste de sa famille, il était incapable de deviner la réaction de chacun quand on apprendrait qu'il épousait la honte de la paroisse.

— Je m'en sacre ! dit-il à haute voix en serrant les dents. C'est elle que je veux et je vais l'avoir. Ils la connaissent pas. Moi, je sais que c'est une bonne femme.

Il eut une pensée fugitive pour Cyprien Benoît et sa Marie-Rose. Tous les deux allaient certainement être heureux de voir partir Catherine. Ils ne pouvaient la souffrir et étaient intimement persuadés d'être boudés par le voisinage parce qu'ils l'abritaient.

— Eux autres, que le diable les charrie! fit-il en frappant à la porte de la maison grise de la ferme voisine, située à l'entrée de la longue courbe du rang Sainte-Ursule.

Catherine vint lui ouvrir et s'empressa de l'inviter à entrer. Comme chaque fois qu'il posait les pieds dans la maison des Benoît, il salua les personnes présentes dans la pièce. Seule Laura Benoît lui rendit son salut. Le fils et la bru de la veuve firent comme s'ils n'avaient rien entendu. Catherine s'empara d'une lampe et l'entraîna dans le salon dès qu'il eut retiré son manteau et ses bottes.

Ils prirent place tous les deux sur le vieux canapé rembourré de crin. Après avoir pris des nouvelles de la jeune fille, Xavier passa tout de suite au vif du sujet.

— Tu te rappelles qu'on avait convenu que je demanderais ta main à ta mère le soir de Noël.

Catherine hocha la tête.

— Je l'ai pas fait à cause de la mort de mon père. Si t'es toujours d'accord, je vais le faire à soir.

— Penses-tu que c'est convenable en plein deuil? s'inquiéta Catherine à voix basse.

— Pourquoi pas? répondit Xavier. On se mariera pas demain matin. Qu'est-ce que tu dirais si on annonçait à ta mère qu'on veut se marier le dernier samedi de juin?

— C'est correct, accepta-t-elle après une légère hésitation.

— Dans ce cas-là, demande à ta mère de venir dans le salon, dit-il en se levant.

La jeune fille quitta la pièce un court moment et revint en compagnie de sa mère. Debout au centre du salon, ne sachant trop quoi faire de ses mains et le visage un peu pâle, le fils de Baptiste Beauchemin attendit que Catherine vienne le rejoindre pour s'adresser à la veuve de Léopold Benoît:

— Madame Benoît, j'aimerais vous demander la main de votre fille. Ça fait plus qu'un an qu'on se fréquente et je pense qu'on se connaît ben.

— Je te la donne si Catherine est d'accord, dit Laura Benoît sans la moindre hésitation.

— Je lui ai dit oui, m'man, fit sa fille.

— Qu'est-ce que ta mère dit de ça ? s'enquit la maîtresse de maison.

— Je lui en ai pas encore parlé, avoua le jeune fermier, mais je vois pas pourquoi elle serait contre, mentit-il effrontément.

La veuve ne fut pas dupe de cette réponse, mais cette demande en mariage était si inespérée qu'elle n'osa pas insister.

— Quand avez-vous l'intention de vous marier ?

— J'en ai parlé avec votre fille tout à l'heure, répondit Xavier. Je pense que ce serait plus convenable d'attendre après la Saint-Jean à cause de la mort de mon père. En même temps, ça me permettrait de finir le dedans de ma maison.

— Et Catherine trouvera aussi le moyen d'ajouter quelques morceaux à son trousseau, poursuivit Laura. Cyprien ! Marie-Rose ! venez donc dans le salon une minute, héla Laura Benoît en faisant un pas vers la porte.

Son fils et sa bru apparurent à l'entrée du salon sans montrer le moindre empressement et en affichant leur visage fermé habituel.

— Xavier vient de me demander Catherine en mariage. J'ai accepté. Qu'est-ce que vous attendez pour les féliciter ?

Tous les deux ne purent que présenter des félicitations, mais ils le firent du bout des lèvres, même si ce mariage était leur vœu le plus cher.

À son retour à la maison en fin de soirée, Xavier exultait. Le temps des hésitations était terminé. Il avait franchi le pas. Plein d'optimisme, il se répétait qu'il avait près de six mois pour habituer les siens à l'idée qu'il allait épouser Catherine.

⇀

Le lendemain, avant-veille du jour de l'An, Camille réalisa en préparant les enfants pour la messe que la *sleigh* ne pourrait accommoder tout le monde plus l'oncle Paddy. Ce dernier allait devoir atteler, mais, comme l'invité n'avait pas l'air de vouloir bouger de la chaise berçante qu'il s'était appropriée depuis la veille, elle dut le lui rappeler.

— Mon oncle, il va falloir que vous alliez atteler parce qu'on n'a pas assez de place dans notre *sleigh*.

— Ton plus vieux pourrait peut-être le faire quand il aura fini d'aider son père à faire le train.

— Il aura pas grand temps. Il va falloir qu'il se change pour aller à la messe, lui fit remarquer Camille.

— Il aura juste à faire ça un peu plus vite, répliqua Paddy Connolly en allumant son premier cigare de la journée.

Camille ne dit rien, mais elle lui lança un regard sans aménité. Elle commençait à trouver que le célibataire montréalais manifestait un sans-gêne assez agaçant. Évidemment, Liam ne trouva rien à redire quand son oncle ordonna à Patrick d'aller atteler son cheval pendant qu'il continuait à se chauffer béatement près du poêle.

À leur arrivée à la chapelle, Liam exigea que Patrick aille se trouver une place au jubé pour permettre à son oncle de s'asseoir dans le banc loué par la famille. Lui-même devait monter au même endroit pour remplir son tout nouveau rôle de maître-chantre de la chorale paroissiale. Camille remarqua que, pour la première fois, son frère Xavier avait pris place aux côtés de Catherine Benoît dans le banc des Benoît. Elle en déduisit immédiatement qu'il avait demandé sa main et elle se demanda comment sa mère allait réagir en le voyant s'afficher ouvertement avec cette fille devant tout le monde. Heureusement, elle n'aperçut que Donat,

Eugénie et Bernadette dans le banc familial, signe que sa mère était demeurée à la maison pour prendre soin d'Alexis.

— Tant mieux, murmura-t-elle, elle l'apprendra bien assez vite.

— Qu'est-ce que tu dis ? lui demanda Paddy en se tournant vers elle.

— Rien, mon oncle, je parlais à Rose, mentit-elle.

En ce dernier dimanche de l'année, le curé Désilets réservait une surprise à ses fidèles après son long sermon portant sur les occasions de pécher durant la période des fêtes. Il était revenu encore une fois sur les danses lascives et sur les malheurs engendrés par l'alcool. Il avait aussi lourdement insisté sur les responsabilités des parents de bien surveiller leurs enfants et de leur donner l'exemple de la vertu. À la stupéfaction des visiteurs étrangers, pas un seul homme n'avait osé sortir pour aller fumer durant le prône pour l'excellente raison que le bedeau et Anatole Blanchette, à la demande de leur curé, étaient postés près de la porte de la chapelle pour décourager tout contrevenant.

Au moment où les fidèles s'attendaient à voir leur curé retourner à l'autel pour poursuivre la célébration de la messe, le prêtre demeura sur place.

— Avant de poursuivre la sainte messe, déclara Josaphat Désilets, je dois vous lire une lettre pastorale de monseigneur notre évêque adressée spécifiquement aux fidèles de la mission Saint-Bernard-Abbé. Il m'est demandé expressément de vous la lire du haut de la chaire.

Les gens dans l'assistance se regardèrent, étonnés. Ils ne se rappelaient pas que cela se soit déjà produit par le passé. Pour leur part, Samuel Ellis et Thomas Hyland, l'air réjoui, tournèrent la tête vers Donat Beauchemin et murmurèrent en même temps : « Ça y est, monseigneur a accepté qu'on devienne une paroisse. » Le curé fit comme s'il ne remarquait pas l'agitation de la foule et entreprit la lecture de la lettre pastorale que monseigneur Laflèche lui avait fait parvenir quelques jours plus tôt.

Dans la missive, le prélat encourageait ses ouailles à faire montre de fermeté dans la foi et à résister à toutes les idées fausses véhiculées par ceux qui se disaient libéraux. Il les encourageait à obéir à leur prêtre et à suivre ses directives, ce qui était le meilleur moyen pour trouver le chemin du ciel.

> *« Chers enfants de Dieu de la mission de Saint-Bernard-Abbé, je profite de l'occasion pour vous rappeler qu'il est de votre responsabilité de loger convenablement votre pasteur et de lui assurer un minimum de confort.*
>
> *Enfin, je vous souhaite de la santé et le paradis à la fin de vos jours à l'aube de la nouvelle année. »*

— J'espère que tous ont compris le message de notre évêque, prit la peine de déclarer Josaphat Désilets avant de se signer et de retourner à l'autel.

À la fin de la messe, les gens se rassemblèrent sur le parvis malgré le froid intense pour commenter les dernières nouvelles. Pour leur part, les cinq syndics de la mission, entourés de quelques fermiers, n'avaient pas le cœur à rire.

— Torrieu ! j'étais sûr que monsieur le curé allait nous annoncer que monseigneur faisait de Saint-Bernard-Abbé une paroisse comme les autres, s'exclama Antonius Côté, ouvertement dépité.

— Ben, c'était pas ça pantoute, laissa tomber Anatole Blanchette, l'air sombre.

— Moi, j'ai comme l'idée que notre curé a écrit à monseigneur qu'il gelait dans la sacristie et que c'était pas vivable, fit Donat Beauchemin après avoir allumé sa pipe. Ça peut pas être autre chose.

— Je dirais comme toi, le jeune, intervint Thomas Hyland. Du temps du curé Ouellet, on n'a jamais reçu une lettre comme ça.

— Mais pourquoi il s'est pas plaint à nous autres ? demanda Samuel Ellis, président des syndics.

— Entre nous, Sam, ça aurait changé quoi ? lui demanda Hyland sur un ton raisonnable. On le sait que la sacristie est trop grande pour être ben chauffée juste par le poêle, mais on peut pas faire plus.

— Le curé Ouellet a vécu là l'hiver passé et il en est pas mort, fit remarquer Blanchette.

— Bon, qu'est-ce qu'on fait ? demanda Côté.

— Moi, je serais d'avis de faire le mort, déclara Donat. Après tout, il nous en a pas parlé. On va attendre qu'il vienne se plaindre…

— C'est ça, approuva Ellis, et là, je lui dirai qu'on peut pas faire plus.

Camille s'approcha de son frère Donat et lui adressa un signe discret lui indiquant qu'elle voulait lui parler. Donat s'avança vers elle.

— Je suppose que t'as remarqué comme moi où Xavier était assis à matin ? lui demanda-t-elle.

— Oui, j'ai vu, répondit-il, l'air sombre.

— Qu'est-ce que tu dirais si on n'en parlait pas à m'man ? fit-elle. Il me semble qu'elle en a bien assez à endurer ces temps-ci.

— C'est correct, je vais avertir les autres.

Au même moment, elle vit Liam descendre les marches du parvis en compagnie de Céleste Comtois, l'accompagnatrice au clavecin de la chorale. Elle l'attendit et tous les deux allèrent rejoindre les enfants déjà réfugiés sous les épaisses couvertures en fourrure dans la *sleigh*. Au passage, ils virent Paddy Connolly en grande conversation avec Tancrède Bélanger, Évariste Bourgeois et Télesphore Dionne.

— Il y a pas à dire, dit-elle à son mari, ton oncle a pas pris trop de temps pour se faire connaître.

— C'est un homme habitué à brasser des grosses affaires et à parler au monde. Il y a pas grand-chose qui le gêne, affirma Liam, avec une certaine fierté.

Ce dimanche-là et le lendemain, veille du jour de l'An, Paddy Connolly ne rentra à la maison qu'à l'heure des repas. À voir sa trogne rouge, il était assez évident qu'il avait fait honneur à l'alcool que ses nouvelles connaissances lui avaient offert. À l'entendre, il y avait du monde bien intéressant qui se tenait au magasin général.

— Le magasin général est fermé le dimanche, mon oncle, lui fit remarquer Camille, étonnée.

— Pas pour tout le monde, ma petite fille, lui répondit le marchand de Montréal. Télesphore Dionne et sa femme ont l'air ben intéressés par tout ce qui se passe en ville.

— En tout cas, on peut pas dire que vous avez l'air de vous ennuyer de Montréal, dit-elle.

— Pantoute, je pense même que je commence à aimer mieux la campagne.

La jeune femme ne dit rien, mais elle se demanda si l'invité n'allait pas chercher à s'incruster un peu plus longtemps. Déjà chargée de quatre enfants et d'un mari peu facile à vivre, elle se voyait mal ajouter à sa tâche l'entretien de cet oncle plutôt effronté.

Chapitre 4

Ressentiments et rivalités

Bien peu de gens de la région songèrent à se plaindre du froid mordant qui régnait en ce 1er janvier 1872. Les années précédentes, tant de tempêtes de neige avaient empêché les réunions familiales du jour de l'An qu'il aurait été mal vu d'en vouloir au mercure ce jour-là.

Marie avait repris sa routine et avait été la première à se lever. Elle s'était réveillée peu après cinq heures et la pensée de son premier jour de l'An sans son mari la fit longuement pleurer, étendue dans son lit, dans le noir. Elle dut se secouer pour mettre fin à sa crise de larmes et se décider à poser les pieds sur le parquet glacial. Elle s'empressa ensuite de jeter un châle sur ses épaules et d'allumer la lampe avant de quitter sa chambre qui lui semblait si grande maintenant en l'absence de Baptiste.

Elle déposa la lampe sur la table de la cuisine et alla jeter deux rondins sur les tisons qui achevaient de se consumer dans le poêle. Comme elle ne se rappelait pas s'être levée après deux heures du matin, Donat avait dû descendre plus tard et mettre une bûche dans le poêle. Mais, malgré cela, la maison était glaciale.

En s'approchant de l'une des fenêtres, elle se rendit compte qu'elle était couverte d'une épaisse couche de givre. Elle y appliqua la paume de sa main afin de faire fondre celui-ci pour tenter de voir à l'extérieur. Tout était blanc et le fond de l'air semblait bien froid.

— Ces pauvres enfants, dit-elle à mi-voix en songeant aux siens, ils vont avoir un jour de l'An bien triste. L'année passée, on a chanté et on s'est raconté des histoires durant toute la soirée. Cette année, on pourra rien faire de tout ça.

Elle se retourna dans l'intention d'aller déposer la théière sur le poêle qui s'était mis à ronfler, puis elle réalisa qu'elle ne pourrait pas boire de thé si elle désirait aller communier. Elle eut la tentation de s'asseoir dans l'une des chaises berçantes en attendant que l'eau du réservoir soit assez chaude pour sa toilette, mais elle résista et décida de retourner dans sa chambre faire son lit et s'habiller.

Quand elle revint dans la cuisine, elle y trouva Donat et Hubert en train d'endosser leur manteau pour aller faire le train.

— C'est toi qui t'es levé pendant la nuit pour mettre du bois dans le poêle? demanda-t-elle à son fils aîné.

— Oui, il était en train de s'éteindre, répondit ce dernier. Je vous dis que c'est pas pratique pantoute de descendre chaque fois que le poêle a besoin de bois, sentit-il le besoin d'ajouter.

Marie saisit l'allusion et répliqua sèchement:

— T'es pas obligé de t'en occuper. L'hiver passé, je me suis levée durant tout l'hiver pour chauffer et j'en suis pas morte.

— Moi aussi, je peux le faire, offrit Hubert avant d'enfoncer une tuque sur sa tête.

Les deux jeunes hommes quittèrent la maison et leur mère prit un broc d'eau chaude dans le réservoir pour se laver.

— Ça, il y a de l'Eugénie en dessous de cette affaire-là, murmura-t-elle pour elle-même. La petite maudite veut avoir ma chambre depuis un bon bout de temps. Même du vivant de Baptiste, elle se gênait pas pour faire remarquer que leur chambre en haut était pas mal petite pour trois. Mais elle se trompe si elle pense l'avoir. C'est ma chambre et c'est ma terre. Il y a personne qui va m'obliger à les donner si je le veux pas.

Forte de cette décision, elle s'attaqua à son chignon qu'elle voulait impeccable. Quand Bernadette et sa belle-sœur descendirent à leur tour dans la cuisine, elles la trouvèrent en train de réciter son chapelet, habillée, coiffée, prête à partir pour la messe, même si cette dernière n'aurait lieu qu'une heure trente plus tard. En voyant arriver les deux jeunes femmes, elle remit son chapelet dans son étui et se leva.

— J'ai sorti un jambon tout à l'heure. On va le mettre au fourneau avant de partir pour la messe. Je pense qu'on devrait en avoir assez avec les tourtières pour tout le monde au souper.

— Je me demande bien pourquoi il faut que ce soit toujours nous autres qui recevions durant les fêtes, osa dire Eugénie en déposant son fils sur une couverture sur le parquet.

— Tout simplement parce qu'Emma est en famille et en arrache et parce que Camille a déjà les quatre enfants de Liam et son oncle sur le dos, répondit sèchement sa belle-mère en ne dissimulant pas son mécontentement. En plus, c'est normal que les enfants viennent chez leurs parents au jour de l'An, il me semble.

Remise à sa place, Eugénie n'osa rien dire.

— Et qu'est-ce qu'on va manger à midi ? s'enquit Bernadette, désireuse de détourner la colère de sa mère.

— Il reste un peu de lard du souper d'hier. On va se contenter de ça avec de la galette de sarrasin. Eugénie, tu prépareras le mélange pendant qu'on va être à la messe, ordonna-t-elle à sa bru.

❧

Ce matin-là, Donat fit en sorte d'arriver à la chapelle du rang Sainte-Ursule une bonne trentaine de minutes avant le début de la grand-messe. Il avait été convenu avec les autres syndics de la mission qu'ils iraient présenter leurs vœux de bonne année au curé Désilets avant la célébration de la messe.

À son entrée dans le temple, il laissa sa mère, Hubert et Bernadette aller s'installer dans leur banc pour se joindre à Ellis, Hyland, Côté et Blanchette. Plusieurs bancs étaient déjà occupés par des fidèles et les membres de la chorale tenaient une courte répétition au jubé avant la célébration de la cérémonie religieuse. Les syndics allèrent frapper à la porte de la sacristie. Bridget Ellis vint leur ouvrir. L'épouse de Samuel, fidèle à son rôle de ménagère du curé, était là depuis près de deux heures à préparer les repas de la journée du prêtre.

Josaphat Désilets, déjà vêtu de son aube blanche, déposa son bréviaire sur une crédence et s'avança vers les visiteurs.

— On est venus vous souhaiter une bonne année, déclara Samuel Ellis en tendant la main au curé de Saint-Bernard-Abbé.

Le prêtre serra la main de chacun des administrateurs de la mission et formula des vœux de bonne santé et d'une nouvelle année remplie de bonheur. Il semblait d'excellente humeur.

— Allez-vous chez de la parenté aujourd'hui, monsieur le curé ? lui demanda Antonius Côté.

— C'est possible que j'aille souper chez ma sœur, mais rien n'est décidé encore, dit le prêtre sans préciser où elle demeurait.

— Ça va vous permettre de vous réchauffer, ajouta malencontreusement Anatole Blanchette, s'attirant immédiatement des regards réprobateurs de ses compagnons.

— C'est certain, s'empressa d'approuver Josaphat Désilets. Comme vous pouvez le voir, c'est pas chaud ce matin dans la sacristie, même si j'ai chauffé toute la nuit.

— C'est tout de même pas pire que dans ben des maisons de la mission, voulut temporiser Samuel Ellis.

— Oui, c'est pire, déclara le curé en élevant légèrement la voix. Il y a des nuits où je suis obligé de dormir avec mon manteau sur le dos. Vous trouvez ça normal, vous autres ?

— Et c'est de ça que vous vous êtes plaint à monseigneur ? s'enquit Donat, uniquement pour s'assurer du fait.

— En plein ça… Et comme vous avez pu vous en rendre compte par sa lettre, il a pas l'air de trouver ça plus normal que moi.

— Bon, je pense qu'on va vous laisser finir de vous préparer pour la messe, dit Samuel Ellis en jetant un coup d'œil à l'horloge.

Les syndics prirent congé et rentrèrent dans la chapelle qui était maintenant presque entièrement occupée par les fidèles. En levant la tête vers le jubé, Donat aperçut ses beaux-frères Liam et Rémi debout près du clavecin avec les autres membres de la chorale.

— T'avais ben besoin de lui faire remarquer que c'était pas chaud dans la sacristie, reprocha Ellis à Blanchette.

— En tout cas, ça nous a au moins permis de savoir qu'il s'était ben lamenté d'avoir froid à monseigneur, intervint Donat avant de quitter les syndics pour aller rejoindre les siens.

À son entrée dans le banc, il se rendit compte immédiatement que quelque chose n'allait pas. Sa mère, le regard obstinément fixé vers l'avant et les traits figés, se tenait toute droite. Il saisit le signe discret de Bernadette.

— Qu'est-ce qui se passe encore ? demanda-t-il, excédé, à sa mère.

— Regarde en arrière et tu vas le savoir, fit-elle abruptement sans tourner la tête.

Donat regarda et ne vit rien de spécial.

— Je vois rien.

— Ton frère est là, dans le banc des Benoît, à côté de la Jézabel, expliqua-t-elle en ne faisant aucun effort pour cacher son mépris.

Donat se retourna à nouveau et remarqua cette fois-là que son frère était assis près de Catherine Benoît. Sans approuver la chose, il n'était pas prêt à en faire un drame.

Deux jours plus tôt, sur la recommandation de Camille, il avait prévenu les autres membres de la famille de ne pas mentionner ce fait à sa mère. Maintenant que celle-ci avait vu Xavier assis à côté de Catherine, elle était persuadée à son tour qu'il lui avait demandé sa main.

— Écoutez, m'man, reprit-il à voix basse sur un ton raisonnable. Vous êtes pas pour en faire une maladie. On dirait ben qu'il est décidé à la marier, même si vous êtes pas d'accord. Vous aurez beau mener le diable, je pense pas qu'il va changer d'idée. Il fait pas ça pour vous faire de la peine ni pour vous faire enrager.

— Il sait pas pantoute ce qui l'attend, le niaiseux, répliqua Marie, l'air mauvais.

— Il est pas fou pantoute, m'man. Il se rend compte qu'il y a personne à Saint-Bernard qui veut avoir affaire avec les Benoît. Mais comme vous pouvez le voir, ça a pas l'air de le déranger. Moi, je pense que si vous l'étrivez trop là-dessus, il va finir par ne plus venir nous voir. On est peut-être mieux de laisser faire le temps, vous pensez pas?

L'entrée du célébrant dans le chœur dispensa Marie de répondre. Hubert avait tout entendu de l'échange entre son frère et sa mère et hocha la tête en signe d'approbation.

À ses côtés, Bernadette broyait du noir depuis quelques minutes, c'est-à-dire depuis qu'Angélique Dionne s'était arrêtée un court moment à leur banc pour chuchoter quelques mots à l'oreille de son frère Hubert. La fille cadette de Marie Beauchemin avait feint de ne pas la voir et, age-nouillée, avait fait comme si elle priait. Elle se rassit dès qu'Angélique eut regagné le banc occupé par ses parents.

74

— Qu'est-ce qu'elle te voulait? avait-elle demandé à son frère.

— Elle m'a juste invité à une fête que son père organise cet après-midi. Il va y avoir de la danse.

— Dis-moi pas que t'es tombé dans l'œil de la belle Angélique? avait-elle fait, moqueuse.

— Pantoute, s'était empressé de dire Hubert. Je pense qu'elle a invité tous les garçons de Saint-Bernard. Elle m'a dit qu'elle a invité Amable Fréchette et Constant Aubé. Elle a dû inviter aussi des filles.

Bernadette n'avait pu que noter que la fille de Télesphore Dionne ne l'avait pas invitée.

— Lui as-tu dit que t'étais en deuil?

— Ben oui. Elle le savait que je refuserais, mais elle m'a invité par politesse.

— La maudite vache! marmonna-t-elle en se levant pour accueillir le prêtre qui venait de s'arrêter au pied de l'autel, face au tabernacle.

Bernadette était persuadée que la belle Angélique n'avait nullement renoncé à séduire son cavalier, même si elle savait très bien que Constant Aubé la fréquentait depuis plusieurs mois. Elle ne cessa de retourner dans sa tête toutes sortes d'idées de vengeance.

— Si elle vient me souhaiter une bonne année à la fin de la messe, je lui arrache les yeux, se dit-elle, folle de rage.

À la fin de la messe, la plupart des fidèles firent fi du froid qui régnait à l'extérieur et prirent le temps de s'adresser de bons vœux à l'occasion de la nouvelle année. Pour sa part, Camille entraîna ses quatre enfants vers sa mère, sa sœur et ses frères pour qu'ils leur souhaitent une bonne année. Comme l'oncle Paddy l'avait suivie, elle ne put faire autrement que de leur présenter l'oncle de son mari. Ce dernier, toujours aussi à l'aise avec les gens, se montra si charmant que Marie l'invita à se joindre aux siens pour le souper qu'elle allait offrir. Rémi Lafond et Liam rejoignirent le petit groupe après avoir salué les autres membres de la chorale.

Marie fit un signe discret à sa fille aînée. Cette dernière comprit et s'éloigna de quelques pas pour lui parler.

— T'as remarqué Xavier ? se contenta-t-elle de lui demander.

— Oui.

— D'après toi, est-ce que ça veut dire qu'il l'a demandée en mariage ?

— C'est ce qu'il avait dit qu'il ferait, m'man, répondit sa fille aînée sur un ton raisonnable.

— Bondance de tête de cochon ! s'emporta-t-elle, les dents serrées. Combien de fois je...

— M'man, la coupa Camille, vous pensez pas qu'il est temps de vous faire à l'idée qu'il va la marier, que vous le vouliez ou pas ?

— ...

— Nous autres, on s'est tous fait à l'idée, même si ça nous fait pas plaisir pantoute.

— Il est là-bas, avec les Benoît, reprit Marie, malheureuse. Dis à un de tes gars d'aller me le chercher.

— Vous allez pas lui faire une crise devant tout le monde, j'espère ? fit Camille, inquiète.

— Ben non, la rassura sa mère.

Camille héla Duncan et lui demanda d'aller prévenir Xavier que sa mère voulait lui parler. Le fils de Liam revint un moment plus tard en compagnie du jeune homme. Il était évident que Xavier craignait un esclandre devant les gens de Saint-Bernard-Abbé. À son arrivée, la conversation avait cessé dans le petit groupe de la famille Beauchemin et chacun épiait ce qui allait se produire entre la mère et le fils rebelle. Seul Paddy Connolly continuait à pérorer, inconscient du fait que son auditoire ne l'écoutait plus.

— Eh bien, mon garçon, est-ce que c'est rendu qu'il faut t'envoyer chercher pour que tu te décides à venir offrir tes vœux de bonne année à ta mère ? demanda Marie, agressive, à son fils.

— Pantoute, m'man, je vous avais pas oubliée. Je m'en venais. Je vous souhaite une bonne année, s'empressa-t-il d'ajouter en se penchant pour déposer deux baisers sonores sur les joues froides de sa mère.

— Moi aussi, mon garçon, je te souhaite une bonne santé, le paradis à la fin de tes jours… et un peu de jugeote avant qu'il soit trop tard.

— M'man, je…

— Pendant que j'y pense, le coupa-t-elle, tu viendras souper à la maison à soir avec toute la famille.

— Je sais pas si…

— T'emmèneras ta fiancée avec toi. Bon, là, je suis gelée d'un bord à l'autre. On se reverra cet après-midi, ajouta-t-elle précipitamment avant que son fils ne soit revenu de sa stupéfaction.

Là-dessus, la petite femme le planta là et fit signe à Donat qu'il était temps de rentrer. Ce dernier adressa un clin d'œil à Xavier avant d'aller chercher la *sleigh* stationnée au bout du terrain. Pendant ce temps, le jeune cultivateur du rang Sainte-Ursule, transporté de joie à l'idée que sa mère avait invité Catherine, embrassa ses sœurs et serra la main de Hubert et de ses deux beaux-frères en leur souhaitant une bonne année. Sa joie faisait plaisir à voir.

De retour à la maison, Bernadette se dépêcha d'apprendre la grande nouvelle à Eugénie, demeurée sur place pour prendre soin d'Alexis pendant que sa mère allait changer de robe.

— On chantera et on dansera peut-être pas à cause de notre deuil, déclara la jeune institutrice au retour de sa mère dans la cuisine, mais on va passer tout de même un bien beau jour de l'An.

Le fait que sa mère ait accepté de recevoir la fiancée de Xavier lui avait fait oublier sa rage contre Angélique Dionne.

De retour dans la cuisine, Marie se rendit compte de l'euphorie de sa fille cadette et en devina la raison.

— En vieillissant, ma fille, tu vas vite t'apercevoir qu'on est obligé bien souvent de piler sur son orgueil pour ses enfants.

— Je comprends, m'man.

— Ça me surprendrait que tu comprennes, reprit sèchement sa mère, les traits durcis. C'est pas de gaieté de cœur pantoute que je reçois Catherine Benoît chez nous. Ici dedans, c'est une maison honnête et une fille comme elle y a pas sa place. Je la reçois parce que ton insignifiant de frère s'est mis dans la tête de la marier. Tout ce qu'il me reste à faire, c'est de continuer à prier pour qu'il change d'idée avant que l'irréparable se fasse.

Là-dessus, la maîtresse de maison entreprit d'aider Eugénie à mettre le couvert. Quand elle passa dans la cuisine d'été pour aller y chercher quelque chose, Bernadette ne put s'empêcher de murmurer à sa belle-sœur :

— Je te dis qu'on va avoir un drôle de souper à soir si m'man fait cette tête-là.

❧

Deux fermes plus loin, dans le rang Saint-Jean, Liam avait laissé sa femme et ses enfants près de la maison avant de poursuivre sa route jusqu'à l'écurie où son oncle l'avait devancé avec son attelage.

Camille s'empressa de jeter une bûche dans le poêle qui était en train de s'éteindre, après avoir enlevé son manteau et ses bottes. Elle était heureuse d'avoir aidé à rétablir les ponts entre son frère et sa mère et elle se promit de se montrer vigilante et de faire son possible pour éviter tout affrontement entre sa mère et Catherine lors du souper.

— Gardez vos beaux habits, dit-elle aux enfants qui s'apprêtaient déjà à monter à l'étage pour aller changer de vêtements. Vous vous changerez après avoir reçu la bénédiction de votre père.

— C'est quoi, ça ? demanda Patrick, intrigué.

— Comment ? Venez pas me dire que vous avez jamais demandé la bénédiction paternelle au jour de l'An ? fit leur mère adoptive, réellement stupéfaite.

— On n'a jamais fait ça, reconnut Ann.

— Bien, mais ça va changer à partir de cette année. Dans toutes les familles, les enfants demandent à leur père de les bénir au jour de l'An. Ici dedans, ça va être comme partout ailleurs.

— On sait pas comment faire ça, nous autres, intervint Duncan, en passant ses doigts dans sa tignasse rousse.

— T'as juste à te mettre à genoux devant ton père avec ton frère et tes sœurs. Ton père va être content de te bénir. Tu vas voir, ça va te porter chance durant toute l'année.

— Est-ce que ça veut dire qu'il nous donnera plus la volée ? demanda Patrick, intrigué.

— Seulement si vous le méritez, répondit Camille, le cœur serré à l'idée que les enfants voient leur père comme quelqu'un d'uniquement intéressé à les frapper.

— Qui va demander ça ? demanda Duncan.

— Normalement, c'est l'enfant le plus vieux.

— Ça me gêne de faire ça, reconnut Ann, apparemment mal à l'aise.

— Voyons, Ann, c'est à toi que ça revient de le faire. Ton père te mangera pas. Il va être content. Dis-toi que j'ai toujours fait ça chaque année chez nous parce que j'étais la plus vieille et j'en suis pas morte.

Ses traits s'assombrirent brusquement et ses yeux se remplirent de larmes à la pensée que c'était la première fois qu'elle ne recevrait pas la bénédiction paternelle.

— Là, vous allez rester tranquilles et me laisser dire deux mots à votre père quand il va rentrer, avant de lui demander sa bénédiction.

Lorsque Liam rentra en compagnie de son oncle, elle suivit son mari jusque dans la chambre à coucher dont elle referma la porte derrière eux.

— Les enfants t'attendent pour te demander ta bénédiction, lui dit-elle.

— C'est quoi cette niaiserie-là? On n'a jamais fait ça dans ma famille.

— Dans la mienne, on l'a toujours fait. Ce serait normal que tu le fasses. C'est une façon pour tes enfants de te prouver qu'ils t'aiment et qu'ils te respectent.

— C'est pas nécessaire pantoute, se défendit-il, de toute évidence très embarrassé et aussi vaguement tenté.

— Je peux pas t'obliger à le faire si tu veux pas, finit par dire Camille.

— C'est correct, je vais les bénir, fit-il sur un ton agacé.

Il enleva son veston et ouvrit son collet de chemise avant de la suivre dans la cuisine où Paddy Connolly venait de s'asseoir sur l'une des chaises berçantes placées entre la fenêtre et le poêle. Camille fit un signe discret à Ann avant de se diriger vers le garde-manger d'où elle sortit un gâteau cuisiné la veille.

— P'pa, est-ce que vous voulez nous bénir? demanda l'adolescente à son père d'une voix un peu tremblante.

— Certain, répondit-il, visiblement mal à l'aise en regardant ses quatre enfants s'agenouiller en demi-cercle devant lui.

L'oncle arrêta de se bercer et fixa la scène aussi intensément que Camille qui, les yeux humides, regardait ceux qu'elle considérait maintenant comme ses propres enfants. Liam murmura une courte prière et posa les mains sur la tête de chacun de ses quatre enfants agenouillés devant lui avant de se signer. Les enfants se signèrent à leur tour et se relevèrent.

Liam avait les yeux embués et, pour cacher son émotion, il s'empressa d'aller chercher le cruchon de bagosse.

— On a le temps de boire un petit remontant avant le dîner, déclara-t-il à son oncle. Après tout, on est au jour de l'An.

— Tu vois, mon garçon, c'est en voyant des affaires comme ça que je regrette parfois d'être resté vieux garçon, lui dit Paddy d'une voix changée.

Camille ordonna aux enfants d'aller changer de vêtements. Quand ils revinrent dans la cuisine, elle demanda à Ann et à Rose de finir de mettre la table pendant qu'elle s'éclipsait un court moment dans sa chambre à coucher. Elle revint avec différents petits paquets. Liam sursauta légèrement en la voyant les déposer sur un coin de la table.

— Qu'est-ce que c'est, toutes ces affaires-là? demanda-t-il, intrigué.

— T'oublies qu'on est au jour de l'An, lui fit remarquer sa femme avec bonne humeur. C'est la fête des enfants.

— Ben…

— Laisse faire, le coupa-t-elle. Approchez, ordonna-t-elle aux enfants, votre père et moi, on a des cadeaux pour vous autres.

Tous les quatre s'approchèrent, très excités. Elle tendit à chacun un paquet qui fut rapidement déballé.

— Hé! C'est un sucre d'orge! s'exclama Duncan, les yeux brillants de plaisir.

— Moi aussi, fit son frère.

Les deux filles de la maison avaient, elles aussi, reçu comme étrennes un gros sucre d'orge rouge. Les enfants, heureux, se mirent à comparer les animaux qu'ils représentaient. Puis ils remercièrent leurs parents avec effusion. Liam se borna à hocher la tête.

— Tant mieux s'ils font votre affaire, déclara Camille. À cette heure, vous allez les mettre de côté, c'est le temps de dîner.

Le repas se prit dans une joyeuse animation, pour le plus grand plaisir de Camille. L'oncle de son mari sembla faire un peu grise mine en constatant que la maîtresse de maison servait une simple fricassée, mais cette dernière ne se donna pas la peine de lui expliquer que, le soir même, il pourrait manger tant et plus chez sa mère.

Après le repas, Camille encouragea les enfants à aller se reposer une heure ou deux dans leur chambre pour pouvoir veiller plus tard. Ceux-ci furent précédés à l'étage par Paddy Connolly, grand amateur de sieste après le repas du midi.

Quand la cuisine fut correctement rangée, elle alla rejoindre son mari qui venait de se déchausser dans l'intention de s'offrir une sieste.

— Veux-tu ben me dire ce qui t'a pris de gaspiller de l'argent pour acheter des cochonneries aux enfants ? demanda-t-il à sa femme en se laissant tomber sur le lit.

— C'est le jour de l'An, fit-elle. On donne des cadeaux aux enfants d'habitude.

— Voyons donc !

— Es-tu en train de me dire que t'as jamais donné d'étrennes à tes enfants ce jour-là ?

— Avec quel argent tu penses que j'aurais pu faire ça ? répliqua-t-il, vindicatif.

— Sais-tu qu'on peut pas dire que tu les gâtes trop, ces enfants-là ! dit-elle sur un ton convaincu.

— Toi, où est-ce que t'as pris l'argent pour acheter ça ? lui demanda-t-il, soupçonneux.

— Aie pas peur, c'est pas avec ton argent, répondit-elle sèchement. C'est avec de l'argent que je me suis fait l'hiver passé en cousant des courtepointes.

— Il aurait manqué juste ça, fit-il, l'air mauvais.

— C'est certain, rétorqua-t-elle, sarcastique. Toi, je suppose que si t'as des cennes, tu vas faire comme ton oncle et les garder pour toi.

— Pourquoi tu dis ça ?

— Au cas où tu l'aurais pas remarqué, ton oncle a rien donné aux enfants. D'ailleurs, il a rien donné à personne.

— Il est pas obligé.

— Bien non, nous autres, on est obligés de l'héberger et de le nourrir pour rien, fit-elle d'une voix acide. Lui, il doit rien à personne.

— Bon, si t'as fini, j'aimerais ben que tu me laisses dormir un peu. Il y a déjà ben assez que je vais être obligé d'aller endurer ta famille toute la soirée.

— T'es pas obligé pantoute de venir. Si t'aimes mieux passer la soirée avec ton oncle, les pieds sur la bavette du poêle, t'es bien libre, rétorqua-t-elle en lui tournant le dos après s'être glissée sous les épaisses couvertures.

Durant de longues minutes, la jeune femme chercha vainement le sommeil. Cet après-midi du jour de l'An ne ressemblait en rien à ceux qu'elle avait connus dans le passé. Après deux mois de vie commune avec son mari, elle découvrait peu à peu ce à quoi allait ressembler sa vie près de lui.

— Comme des animaux, murmura-t-elle pour elle-même. Travailler, manger et dormir. C'est tout ce qu'il veut qu'on fasse. C'est bien de valeur, mais c'est pas comme ça que ça va se passer ici dedans.

Elle prit la ferme résolution de faire de sa nouvelle famille une vraie famille où on a du plaisir à vivre.

— S'il veut pas changer, il restera tout seul dans son coin, murmura-t-elle pour elle-même alors qu'elle entendait les premiers ronflements de son mari.

Quelques minutes plus tard, incapable de trouver le sommeil, elle finit par se relever et s'habiller. Avant de quitter la chambre à coucher, elle prit une épaisse paire de moufles qu'elle avait tricotées et elle les déposa près de la tête de son mari. C'était là le cadeau qu'elle lui avait préparé avec l'espoir qu'il aurait pensé à lui en offrir un. Pendant un instant, elle avait songé à ne pas le lui donner puisqu'il n'avait apparemment rien prévu pour elle. Puis elle avait réalisé que ce n'était pas ainsi qu'il commencerait à lui offrir quelque chose.

À son entrée dans la cuisine, elle entendit des rires en provenance des chambres à l'étage. De toute évidence, les enfants n'avaient pas du tout envie de dormir. Elle monta et les invita à venir jouer aux cartes avec elle.

À la fin de leur sieste, Liam et son oncle les trouvèrent tous les cinq en train de s'amuser. Déjà le soleil baissait à l'horizon.

— Si ça te fait rien, je vais prendre de l'avance avec les filles et on va s'en aller chez ma mère, annonça-t-elle à son mari. Je vais pouvoir donner un coup de main à préparer le souper. Tu viendras nous rejoindre avec les garçons quand le train sera fini.

— C'est correct. Et vous, mon oncle ? Est-ce que vous m'attendez ? demanda-t-il à Paddy.

— Je pense que je vais y aller avec ta femme, si ça te fait rien. Ça va me permettre de faire la connaissance de tout le monde, ajouta-t-il.

— Vous les avez pas mal tous rencontrés à matin après la messe, mon oncle, lui fit remarquer Camille, peu contente de voir venir le quinquagénaire aussi tôt chez sa mère.

❧

Cet après-midi-là, Xavier s'était dépêché d'aller passer quelques heures chez sa promise après avoir prévenu Antonin qu'il serait revenu vers trois heures et demie pour faire le train.

— Après ça, on va se changer et on va aller souper chez ma mère. Elle nous attend.

À son arrivée chez les Benoît, il était passé au salon en compagnie de Catherine à qui il avait appris l'invitation inattendue de sa mère. Immédiatement, le visage de la jeune femme blonde changea d'expression et prit un air préoccupé.

— Je sais pas si je devrais y aller, dit-elle à Xavier.

— Mais t'es invitée, insista-t-il.

— Oui, mais probablement juste parce que ta mère tient à ce que tu y ailles, répliqua-t-elle avec bon sens. Je voudrais pas être la cause d'une chicane en plein jour de l'An. Je te connais. Si ta mère ou quelqu'un de ta famille m'insulte ou me reçoit mal, t'es capable de t'enrager, et on sera pas plus avancés qu'avant.

— Ben non, tu sais ben que personne va faire ça, dit-il sur un ton peu convaincu.

Catherine le regarda longuement et, devant son air malheureux, finit par se résigner à affronter sa future belle-famille.

— C'est correct. Je vais y aller avec toi, mais je t'aurai prévenu. Je veux pas de chicanes avec personne à cause de moi.

— Crains pas, il arrivera rien.

— Bon, j'aimerais te demander quelque chose de difficile, moi aussi, fit-elle en baissant sensiblement la voix.

— Quoi ?

— Ma mère et moi, on aimerait bien que tu fasses la paix avec mon frère et sa femme.

— Mais je suis pas en chicane avec eux autres, protesta Xavier. Ils me boudent. Moi, la seule fois où j'ai parlé à ton frère, c'est quand il s'est mis à te bardasser. Tout ce que j'ai fait, c'est que je lui ai promis une volée s'il recommençait. Rien de plus. Quant à ta belle-sœur, j'ai rien contre elle, même si elle me fait un air de beu depuis que j'ai commencé à te fréquenter.

— Ça nous soulagerait pas mal, ma mère et moi, si vous vous entendiez.

— Ben...

— Je te demande pas de les aimer, reprit Catherine en posant une main sur son bras. J'aimerais juste que vous arrêtiez de vous regarder de travers chaque fois que vous vous rencontrez.

Xavier réfléchit un bon moment avant de se lever. Piler sur son orgueil n'était pas chose facile pour lui, mais il aimait tellement la jeune femme qu'il consentit finalement à faire ce qu'elle venait de lui demander.

Il quitta le salon et passa sans un mot devant Laura Benoît qui les chaperonnait, assise non loin de la porte de la pièce. Le fils de Baptiste Beauchemin s'approcha de la table près de laquelle était installé Cyprien Benoît. En le voyant arriver, ce dernier se leva brusquement, prêt à se défendre.

— J'ai oublié de te souhaiter une bonne année, lui dit Xavier en lui tendant la main.

Surpris, le jeune fermier mit quelques secondes à serrer la main tendue et à souhaiter, à son tour et sans grande chaleur, une bonne année à son futur beau-frère. Sur sa lancée, Xavier s'approcha de Marie-Rose, la femme de Cyprien, et lui offrit aussi ses vœux.

Après avoir fait ce geste, il alla rejoindre Catherine qui était demeurée dans l'embrasure de la porte du salon pour assister à la scène. Au passage, Laura Benoît adressa un sourire de reconnaissance à l'amoureux de sa fille.

➤

Camille et ses deux filles arrivèrent chez les Beauchemin en même temps que les Lafond. À sa grande surprise, l'épouse de Liam Connolly découvrit en pénétrant dans la maison qu'on avait décidé de chauffer la cuisine d'été.

— Seigneur! s'exclama-t-elle en retirant ses bottes, vous avez l'air d'attendre pas mal de monde, si je me trompe pas.

— Pas tant que ça, fit sa mère qu'elle venait d'embrasser. Mais j'ai pensé que ce serait pas une vilaine idée d'envoyer les hommes boucaner de l'autre côté quand ce sera rendu irrespirable dans la cuisine, expliqua-t-elle.

— Je suis arrivée plus de bonne heure avec mes deux filles pour donner un coup de main.

— C'est fin d'y avoir pensé, intervint Bernadette, mais tout est presque prêt. Hubert a même trouvé un moyen d'allonger la table pour qu'on puisse faire deux tablées dans la cuisine.

— Ça va faire moins de voyages qu'avec une autre table dans la cuisine d'été, fit Eugénie en train de disposer des marinades dans des bols.

— Bon, je pense qu'on est aussi ben de s'installer de l'autre côté, déclara Rémi, avec bonne humeur, s'adressant à l'oncle de son beau-frère. J'ai comme l'impression que les femmes tiennent pas trop à nous voir dans leurs jambes.

— S'il y a un bon petit boire de l'autre côté, je suis ben prêt à te suivre, répliqua Paddy avec son sans-gêne habituel.

— Inquiétez-vous pas pour ça, intervint Marie. Donat et Hubert sont à la veille de revenir du train. Ils l'ont fait plus de bonne heure que d'habitude. Donat va vous servir un peu de bagosse pour vous ouvrir l'appétit.

Rose entraîna Flore et Joseph, les deux enfants d'Emma, dans la cuisine d'été, à la suite des deux hommes, en leur promettant de jouer à l'école. La petite fille de six ans avait un an de plus que Flore et trois de plus que son jeune frère.

Quand la porte se fut refermée derrière eux, Camille s'empressa de demander à Emma comment elle allait. La troisième grossesse de la jeune femme blonde semblait être passablement plus difficile que les deux précédentes.

— Il me reste trois mois à faire, répondit Emma, les traits tirés. Je vais passer à travers, inquiète-toi pas.

— Et toi, Bernadette, as-tu passé la journée toute seule ? lui demanda sa sœur aînée.

— Bien oui, comme une dinde, répondit l'institutrice, sans grand entrain.

— Prends pas cet air de martyre, l'enjoignit sa mère en tendant une miche de pain à Ann pour qu'elle aille la déposer sur la table. Si tu voulais que le petit Aubé vienne passer l'après-midi avec toi, t'avais juste à l'inviter hier soir quand il est venu veiller. Je t'avais dit qu'il pourrait rester à souper, si ça le tentait.

— Tu l'as pas invité ? s'étonna Eugénie.

— Non.

— Pourquoi ? s'enquit sa sœur aînée, intriguée.

— Il y avait une fête chez les Dionne cet après-midi et Angélique Dionne l'a invité. Ça fait que j'ai pas voulu qu'il se sente obligé de venir chez nous.

— T'es drôle, toi, ne put s'empêcher de lui dire Camille. C'est ton cavalier et t'es prête à laisser la fille de Télesphore Dionne te le voler.

— À la place de ce garçon-là, intervint sa mère, je me dirais que ma blonde tient pas trop à moi si elle fait ça.

— C'est pas ça, m'man, protesta Bernadette, mais…

Des bruits de bottes sur la galerie l'empêchèrent de compléter sa pensée. Elle fit trois pas vers la fenêtre pour tenter de voir qui venait d'arriver, comme si elle espérait, contre toute attente, que ce soit Constant.

— Ça peut pas être Xavier, laissa tomber Marie. On aurait entendu les grelots de son attelage.

D'ailleurs les voix de Donat et de Hubert confirmèrent ce qu'elle venait de dire. Peu après, ce dernier pénétra dans la cuisine pour y prendre des tasses dans lesquelles il allait servir de la bagosse.

— On n'est pas plus bêtes que les hommes, déclara soudainement Marie. Eugénie, sors donc le vin de cerise, on va en boire un peu.

Quelques minutes plus tard, Liam arriva en compagnie de ses deux fils. À peine venaient-ils tous les trois de retirer leur manteau que Xavier arriva avec Catherine et Antonin.

La jeune fille attendit que son compagnon ait jeté une épaisse couverture sur le dos de son cheval avant de se mettre en route vers la maison en sa compagnie et celle de l'adolescent.

— T'as pas à t'en faire, lui murmura Xavier. Tout va ben se passer, tu vas voir.

Les trois derniers invités poussèrent la porte de la cuisine d'été déjà passablement enfumée par Hubert, Paddy, Rémi et Donat.

— Blasphème! s'écria Xavier en guise de plaisanterie, il y a tellement de fumée ici dedans qu'on penserait qu'il y a le feu.

— Dis-toi que ça va être pire dans une couple de minutes parce que Antonin, Liam et toi vous fumez vous aussi, répliqua Donat en venant accueillir les nouveaux arrivés.

La porte séparant les deux cuisines s'ouvrit pour livrer passage à Marie. À la vue de sa future belle-mère, le visage de Catherine devint plus pâle et Xavier sentit la main de la jeune femme posée sur son bras trembler légèrement.

— Entrez, mettez vos manteaux sur le lit de ma chambre, leur ordonna-t-elle. Restez pas ici dedans à vous faire emboucaner. Et vous autres, les hommes, allez-y doucement avec la bagosse, prit-elle soin d'ajouter avant de faire signe à Catherine d'entrer dans la cuisine d'hiver.

— Bonsoir, madame Beauchemin, dit Catherine d'une toute petite voix, je vous souhaite une bonne année.

— Moi aussi, ma fille, dit Marie en lui plaquant un baiser sur une joue.

Mais les vœux de l'hôtesse étaient plutôt froids. Eugénie, Emma, Bernadette, Camille et Ann furent un peu plus chaleureuses dans leur accueil, autant envers Antonin, qu'elles n'avaient pas vu le matin même, qu'envers la fiancée de Xavier.

— Viens enlever ton manteau dans la chambre, proposa Camille à sa future belle-sœur.

Elle l'entraîna dans la chambre située au pied de l'escalier. Xavier les suivit. Catherine, consciente de la froideur de la mère de Xavier, retira son manteau. La jeune femme était mal à l'aise et se demandait comment elle allait pouvoir supporter cela durant toute la soirée. Camille se rendit compte de son malaise et lui souffla :

— Inquiète-toi pas trop, ça va passer. Ma mère est souvent comme ça avec le monde qu'elle connaît pas, mentit-elle.

Xavier lui adressa un sourire de reconnaissance avant d'entraîner Catherine dans la cuisine.

— Toi, tu vas pas traîner dans nos jambes pendant qu'on finit de préparer le souper, l'apostropha sa mère. Va donc rejoindre les hommes de l'autre côté et laisse-nous tranquilles un peu.

Xavier haussa les épaules et disparut dans la pièce voisine avec Antonin pendant que Bernadette entreprenait de mettre la table.

— Avez-vous un tablier pour moi, madame Beauchemin ? demanda Catherine en faisant un effort pour s'intégrer au groupe de femmes en train de préparer le repas.

— On devrait être capables de te trouver ça, répondit Marie. Bedette, il y en a un propre derrière la porte du garde-manger, ajouta-t-elle en se tournant vers sa fille cadette.

— On est six femmes ici dedans, déclara Emma. Jamais je croirai qu'on n'est pas capables de nourrir la bande de fainéants qui sont en train de jaser de l'autre côté.

L'éclat de rire général qui salua cette saillie eut le don de détendre un peu l'atmosphère empruntée qui s'était installée dans la cuisine.

Quand tout fut prêt, Marie décida qu'on devait faire manger les plus jeunes à une première tablée. Elle ouvrit la porte de la cuisine d'été pour déclarer aux enfants qui s'étaient réfugiés là :

— Les jeunes, on va vous servir à manger d'abord. Nous autres, les plus vieux, on se tassera à la deuxième tablée.

— Moi, ça me dérange pas pantoute de manger en premier, intervint Hubert en calculant qu'il y aurait beaucoup trop d'adultes au deuxième service.

— Je vais y aller avec lui, si ça vous arrange, madame Beauchemin, proposa Antonin.

— Vous êtes bien fins tous les deux, fit l'hôtesse. Consolez-vous en vous disant que vous allez manger la même chose que les autres. Il y a de la soupe aux légumes, des patates, du jambon et de la tourtière. Pour le dessert, vous verrez.

— C'est ben correct pour nous autres, affirma Hubert avec bonne humeur. En plus, on va surveiller ceux qui mangent mal et on va leur taper sur les doigts, ajouta-t-il en adressant un regard féroce aux enfants que cette mimique fit rire.

Bref, Hubert et Antonin prirent place à table en même temps que les sept enfants. Ils furent rapidement servis, surveillés de près par une Emma armée d'une grosse louche, l'air mauvais.

— Veux-tu bien me dire ce que t'as à rester plantée près de la table avec ta grosse cuillère? lui demanda sa mère.

— J'attends d'en entendre un seul critiquer ce qu'on vient de lui servir, il va en manger un bon coup.

Les enfants de Liam se figèrent pendant que la petite Flore se mettait à rire.

— M'man fait une farce, dit la petite fille de cinq ans, contente de la plaisanterie de celle qu'elle considérait maintenant comme sa mère.

— Enlève-toi de là, ordonna Marie à sa fille, et arrange-toi pas pour leur couper l'appétit.

Après le mets principal, les enfants eurent droit à un morceau de gâteau et à des beignets. Pendant qu'ils mangeaient leur dessert, Bernadette commença à laver la vaisselle et Catherine, sans dire un mot, s'empara d'un linge pour l'essuyer en compagnie de Camille. Il y avait beaucoup de bruit dans la cuisine et on parlait fort.

— Xavier t'a-t-il fiancée? murmura Camille à la fille de Laura Benoît.

— Non, pas encore, répondit la jeune fille sur le même ton.

— Il t'a demandée en mariage, non ?

— Oui, samedi passé, mais je sais que ça fait pas l'affaire de tout le monde, ajouta Catherine d'une voix un peu tremblante.

— Laisse faire, fit Camille d'une voix apaisante. L'important, c'est que vous vous aimiez tous les deux. Le reste va s'arranger.

Catherine lui adressa un sourire de reconnaissance pour la remercier de son encouragement.

— Bon, les enfants, vous allez à côté pendant que nous autres on va manger, annonça Marie quand le dernier eut avalé son dessert. Ann, est-ce que tu peux t'occuper d'Alexis pendant qu'on mange ?

— Oui, madame Beauchemin.

— Antonin et moi, on va rester ici dedans, proche du poêle, pour vérifier que vous mangez proprement, déclara Hubert à l'instant où les hommes venaient s'installer autour de la table à leur tour.

— Vous pouvez rester, mais vous nous emboucanez pas pendant qu'on mange, ordonna la maîtresse de maison.

— Tiens, toi, tu peux aussi bien nous surveiller en essuyant un peu de vaisselle, ajouta Bernadette en lui tendant un linge.

— C'est ça, et moi, je vais laver, dit Antonin, plein de bonne volonté. Ça va nous aider à digérer ce qu'on a mangé.

— J'aime pas ben ça, cette affaire-là, déclara Hubert. C'est donner un ben mauvais pli aux femmes que de commencer à faire leur ouvrage. Elles sont une demi-douzaine ici dedans…

— Si tu veux pas, t'es pas obligé, intervint sa mère au moment de remplir une assiette. C'est vrai que c'est pas un ouvrage d'homme. La même chose pour toi, Antonin.

— Mais vous pouvez faire un spécial au jour de l'An, les taquina Camille.

— C'est correct, on va le faire, consentit Hubert en faisant signe à l'adolescent de se mettre à laver la vaisselle empilée près de lui.

Camille, Emma, Eugénie et Marie eurent tôt fait de déposer une assiette bien garnie devant chacun des convives.

— Catherine, lâche ton linge à vaisselle et va t'asseoir à côté de Xavier, dit Marie à la jeune fille qui n'avait pas osé s'approcher. Tout le monde est servi, il est temps qu'on mange. Donat, dis le bénédicité avant que ça refroidisse, commanda-t-elle à son fils.

Le silence tomba sur la pièce et seule la voix de Donat se fit entendre. On se signa à la fin de la prière. Entassés sur le banc placé derrière la table, Catherine et Xavier étaient assis aux côtés d'Emma et de Rémi. En face d'eux mangeaient Liam, Camille et Paddy Connolly, alors qu'à une extrémité Bernadette et sa mère faisaient face à Donat et à Eugénie.

Si certains avaient craint que la présence de la fille de Laura Benoît ne jette un froid sur ce repas de fête, ils furent rassurés. Il y eut bien un moment de tristesse engendré par une remarque de l'hôtesse qui mentionna, la gorge apparemment nouée, l'absence de son mari pour la première fois à cette fête de famille, mais Paddy Connolly, avec sa verve habituelle, se chargea de dérider les convives entassés autour de lui. Pendant tout le repas, on n'entendit pratiquement que lui. Il raconta, entre autres, le grand incendie de Montréal en 1852 dans lequel avait brûlé la cathédrale Saint-Jacques, située au coin des rues Saint-Denis et Sainte-Catherine. Il parla longuement de la décision plutôt controversée de monseigneur Bourget de faire construire la nouvelle cathédrale dans l'ouest de la ville. Selon ses dires, le clergé montréalais n'était pas peu fier de clamer que le nouvel édifice allait ressembler à Saint-Pierre-de-Rome.

— Cette construction-là est supposée commencer dans deux ou trois ans, déclara l'oncle en adoptant un air avantageux.

— Comment vous êtes au courant de tout ça? lui demanda Rémi, impressionné autant par la faconde que par les grands airs du quinquagénaire rubicond.

— L'ingénieur est passé me voir pour savoir si je serais à même de fournir une partie du fer qui va entrer dans cette construction-là, laissa-t-il tomber.

Plusieurs convives, admiratifs, hochèrent la tête. Paddy Connolly en profita aussi pour parler de la grande patinoire ouverte sur le port de Montréal ainsi que des nouveaux tramways tirés par des chevaux, dont la ville venait de se doter. Son long monologue dériva ensuite sur les récentes exigences sanitaires des autorités municipales pour lutter contre les épidémies de variole qui frappaient trop souvent la population montréalaise.

Alors que l'oncle de Liam se taisait un court instant pour boire une gorgée de thé, Xavier se leva pour prendre la parole. Il était visiblement ému. Il tira une petite bourse en tissu de l'une des poches de son veston. Un lourd silence tomba immédiatement sur la pièce et Marie, les traits figés, fixa son fils, se doutant un peu de ce qui allait suivre à la vue de ce qu'il tenait à la main. Catherine, mal à l'aise d'être le point de mire de toute la tablée, baissait les yeux.

— J'ai attendu que toute la famille soit réunie pour vous annoncer que j'ai demandé la main de Catherine à sa mère, dit Xavier, la voix changée. Elle a accepté et nous avons décidé de nous marier au mois de juin, le dernier samedi.

Cette annonce ne suscita aucune réaction. Le jeune homme regarda les gens assis autour de la table les uns après les autres avant de poursuivre.

— À soir, j'en ai pas encore parlé à Catherine, mais ce sont nos fiançailles, ajouta-t-il sur un ton déterminé en obligeant la jeune femme à se lever à ses côtés.

Puis, sans plus attendre, il sortit une petite bague en or blanc de la bourse et la passa à l'annulaire de la main droite de sa promise, rougissante.

Il y eut un temps mort avant que Paddy, ignorant de tout ce qui entourait cette histoire, se mette à applaudir bruyamment, imité avec un temps de retard par tous les autres invités. Marie fut la dernière à s'exécuter.

On quitta bientôt la table et les hommes se réfugièrent dans la cuisine d'été pendant que les femmes rangeaient la pièce et lavaient la vaisselle. Catherine s'empressa de se rapprocher de Camille dont elle sentait intuitivement la sympathie. Pour sa part, Marie était allée chercher Alexis dans la cuisine d'été et avait annoncé qu'elle montait le préparer pour la nuit.

— Je le savais pas qu'il ferait ça, murmura Catherine à Camille.

— C'est pas important, lui dit sa future belle-sœur à voix basse. Inquiète-toi pas, il fallait que ce soit fait. Ma mère va finir par s'habituer à l'idée d'avoir une nouvelle bru, sentit-elle le besoin d'ajouter pour apaiser l'angoisse de la fiancée de son frère.

Quelques minutes plus tard, on frappa à la porte et Hubert alla ouvrir à Constant Aubé, le visage rougi par le froid.

— Dis-moi pas que t'es venu à pied, même s'il gèle à pierre fendre, dit-il au cavalier de sa sœur.

— C'est pas si pire. J'espère que j'arrive pas en plein milieu du repas, s'inquiéta le meunier en enlevant sa tuque et ses moufles.

— Inquiète-toi pas, on a fini de manger depuis un bon bout de temps. La vaisselle est même lavée, dit Bernadette qui venait d'apparaître dans le dos de son frère.

Hubert se retira pour aller rejoindre les hommes installés autour de la table de la cuisine d'été, les laissant seuls.

— Ça me surprend que tu sois venu me voir à soir, fit la jeune fille d'une voix acide pendant que son cavalier déboutonnait son manteau.

— Pourquoi tu me dis ça? s'étonna Constant à mi-voix.

— Je pensais jamais que tu lâcherais la fête chez les Dionne assez de bonne heure pour venir veiller.

— Mais je suis pas allé là, se défendit le jeune homme.

— T'es pas allé passer l'après-midi avec la belle Angélique? demanda Bernadette, incapable de dissimuler plus longtemps sa jalousie.

— Pantoute.

— Qu'est-ce que t'as fait d'abord toute la journée?

— Ben, je suis resté chez nous en attendant de venir te voir.

— Avoir su, je t'aurais invité à venir passer l'après-midi avec moi, regretta Bernadette, repentante. J'étais certaine que t'étais allé chez Dionne.

— Ben non, si je me fie à ce que j'ai entendu à matin, les Dionne avaient invité tellement de monde que la maison devait être pleine à craquer.

— T'aurais bien pu y aller, consentit à dire la jeune institutrice maintenant rassurée. Tu sais bien qu'ici on chantera pas et on dansera pas à cause de notre deuil.

— J'avais pas le temps, je devais finir tes étrennes, murmura Constant en lui tendant un paquet qu'il avait conservé sous l'un de ses bras.

— Qu'est-ce que c'est? demanda-t-elle, tout excitée en cherchant à s'emparer du colis.

— Si t'es assez fine pour m'inviter à enlever mon manteau, je vais te le donner, dit-il, taquin.

Elle prit son épais manteau d'étoffe du pays et, pendant qu'elle allait le déposer sur le lit de sa mère, Constant souhaita une bonne année aux hommes dans la pièce. À son retour dans la cuisine d'été, la jeune fille l'entraîna dans la pièce voisine. En rougissant un peu, il dut faire le tour de toutes les femmes présentes pour les embrasser sur une joue après leur avoir offert ses vœux. S'il fut étonné de voir Catherine Benoît, il le cacha bien.

— J'espère que vous avez pas l'intention de passer la soirée tout seuls dans le salon comme des coqs d'Inde ? plaisanta Emma.

— C'est Bernadette qui décide, déclara Constant avec un sourire.

— Laissez-lui le temps de me donner mes étrennes et on va venir s'amuser avec vous autres, fit Bernadette en prenant une lampe et en faisant signe à son amoureux de la suivre au salon.

— Ann, va surveiller ce qui va se passer là, ordonna Emma pour plaisanter.

— Toi, arrange-toi pas pour faire haïr ma fille, intervint Camille en riant. Bouge pas, Ann.

Dans le salon, Constant n'avait pas pris la peine de s'asseoir sur le canapé. Il s'était borné à tendre à Bernadette le paquet qu'il n'avait pas encore lâché.

— C'est pour aller avec les bottes de l'année passée, dit-il.

La jeune fille déchira l'emballage assez grossier et découvrit un magnifique manchon dont l'extérieur était fait du même cuir que ses bottes. Il était doublé d'une épaisse fourrure.

— Aïe, mais c'est bien beau ça ! s'exclama Bernadette, ravie.

— Je sais pas si c'est beau, mais ça devrait être pas mal chaud. Ah ! pendant que j'y pense, ajouta-t-il en sortant une lanière de cuir souple de la poche de son veston, je t'ai fait une courroie pour ton sac d'école. Comme ça, tu pourras le porter sur l'épaule et mettre tes deux mains dans ton manchon. Tu te gèleras plus les doigts.

Incapable de se retenir, Bernadette l'embrassa avec fougue pour le remercier. Le jeune meunier en resta pantelant.

— Ouf! une chance que ma mère m'a pas vue, s'empressa-t-elle de déclarer. Je te dis que je me ferais parler. Attends-moi une minute, j'ai quelque chose pour toi, dit-elle avant de sortir du salon.

Elle revint dans la pièce moins d'une minute plus tard, portant un paquet joliment emballé. Elle le lui tendit.

— C'est pour moi? demanda-t-il, étonné.

— Oui, tu peux l'ouvrir.

Constant trouva dans le paquet une tuque et une paire de chaussettes en laine grise qu'elle avait tricotées. Il la remercia, apparemment très ému qu'elle ait songé à lui donner quelque chose.

— C'est la première fois qu'une fille me fait un cadeau, murmura-t-il.

— Je l'espère bien… rétorqua-t-elle en prenant un air sévère. Comme ça, tu vas avoir chaud aux deux extrémités, ajouta-t-elle, mutine.

À leur sortie du salon, Bernadette ne put s'empêcher de montrer le cadeau qu'elle avait reçu de son amoureux. Chacune voulut essayer le manchon et s'extasia sur sa beauté et son confort.

— Il y en a qui sont chanceuses de se faire gâter comme ça, ne put s'empêcher de déclarer Camille.

Sa mère remarqua son dépit et sa peine et s'empressa de dire:

— Quand ça vient pas tout seul à son mari, il faut le dompter.

— C'est ce que j'ai fait, déclara Emma à voix basse. Il faut surtout pas l'habituer à tout recevoir sans jamais rien donner, précisa-t-elle.

Peu à peu, les hommes revinrent dans la cuisine d'hiver pour tenir compagnie aux femmes. On parla des jours de l'An passés et des mésaventures survenues à des membres de la famille durant l'année. Ensuite, on se mit à raconter des histoires en les enjolivant. Le meilleur dans ce domaine fut naturellement Paddy, peut-être parce qu'il s'agissait de récits que personne ne connaissait.

Au milieu de la soirée, l'hôtesse offrit du sucre à la crème et des fondants. Ensuite, Liam et son oncle se mirent à raconter des légendes où le diable jouait un grand rôle. Le premier conta *Le diable bâtisseur d'église* et Paddy enchaîna avec *Rose Latulippe*, ce qui impressionna beaucoup les enfants. Pour ne pas être en reste, Rémi les relança en contant *La chasse-galerie*. Les enfants écoutaient, tentant de combattre bravement leur peur. Quand l'horloge indiqua dix heures, Liam se leva.

— Bon, il est pas mal tard, déclara-t-il. Je pense qu'il est temps d'y aller.

— Et il y en a qui vont faire des cauchemars en dormant, poursuivit Camille en faisant allusion aux enfants.

Sans le vouloir, le couple avait donné le signal de la fin de la soirée. En quelques minutes, tous les invités se retrouvèrent avec leur manteau sur le dos, prêts à partir.

— Je peux ben aller vous conduire chez vous avant de rentrer à la maison, proposa Xavier à Camille et Liam.

— Ben non, refusa son beau-frère. On reste juste à quelques arpents. Ça va juste nous faire du bien de prendre l'air un peu avant d'aller nous coucher.

— C'est comme tu veux. Toi, Constant, veux-tu qu'on te laisse en passant?

— C'est pas de refus, accepta le jeune meunier.

Au moment de partir, Catherine, comme les autres invités, remercia chaleureusement Marie de son invitation et de son bon repas.

— Si t'as aimé ça, t'as juste à revenir, dit l'hôtesse assez froidement.

Dès que le dernier invité eut quitté la maison, Hubert et Donat enlevèrent la rallonge temporaire de la table et se chargèrent de remplir le coffre de bûches pendant que

Bernadette, Eugénie et Marie remettaient un peu d'ordre dans la cuisine.

— Catherine avait l'air bien contente d'avoir été invitée, fit remarquer Bernadette sans s'adresser directement à sa mère.

— Tu sauras, ma fille, que je l'ai reçue pour que ton frère se sente pas rejeté par la famille en plein jour de l'An. Mais fais-toi pas d'idée, j'ai pas changé d'avis. Cette fille-là est pas pour lui.

— M'man! je…

— Parle pas pour rien dire, lui ordonna sèchement sa mère. Il y a pas un garçon qui se respecte qui marierait une fille comme elle… Bon, je suis fatiguée. Vous direz votre prière tout seuls. Je vais me coucher.

Là-dessus, la maîtresse de maison disparut dans sa chambre, à la grande surprise de tous.

— Torrieu! j'étais sûr que c'était fini cette histoire-là, s'exclama Donat à mi-voix.

— On dirait bien que c'est pas l'idée de ta mère, fit sa femme en allumant une lampe de service avant de monter à l'étage.

— Elle va ben finir par se calmer, intervint Hubert, optimiste.

Le retour à la maison chez les Connolly fut beaucoup moins agréable parce que le poêle avait eu le temps de s'éteindre quelques heures plus tôt. Comme la température était bien au-dessous du point de congélation en ce 1er janvier 1872, la maison était glaciale et humide.

— Vous gardez votre manteau sur votre dos et vous attendez que je vous dise de l'ôter, dit Camille aux enfants en s'empressant d'allumer le poêle.

— Moi, je boirais ben une bonne tasse de thé pour me réchauffer, dit Paddy Connolly en se laissant tomber dans l'une des deux chaises berçantes.

— Pour ça, mon oncle, vous allez devoir attendre que le poêle chauffe, lui dit-elle avec un rien d'impatience dans la voix.

— Les enfants ont de la misère à garder les yeux ouverts, dit Liam en apercevant Rose qui somnolait.

— Les enfants, vous pouvez aller vous coucher, mais restez habillés, dit Camille après une courte hésitation.

Ils ne se firent pas prier et montèrent se coucher, laissant les trois adultes près du poêle dans lequel les bûches enflammées s'étaient mises à crépiter.

— Ta famille, c'est du ben bon monde, dit Paddy à sa nièce par alliance.

— C'est vrai, reconnut Camille, et ils sont généreux. Ils sont toujours prêts à rendre service et à donner tout ce qu'ils ont.

— Ça empêche pas que ta mère a eu l'air d'avoir invité Catherine Benoît pas mal à reculons, laissa tomber Liam en allumant sa pipe.

— Peut-être, mais elle l'a fait quand même. En passant, as-tu vu le beau cadeau que Constant Aubé a fait à ma sœur ?

— Le manchon ?

— Oui.

— C'est facile pour lui, il travaille le cuir, dit son mari sur un ton désinvolte.

— Peut-être, mais c'est le geste qui est important, répliqua-t-elle. Il a du cœur, cet homme-là.

— Moi, je trouve ça niaiseux de passer son temps à se donner des cadeaux, laissa-t-il tomber.

Paddy hocha la tête comme s'il approuvait ce que son neveu venait de dire.

— Si c'est comme ça, je vais garder le foulard et les mitaines que je t'ai tricotés, riposta-t-elle abruptement. Quand t'auras changé d'idée sur les étrennes, je te les donnerai.

Surpris par cet éclat, Liam jeta un coup d'œil à son oncle qui ne broncha pas. Camille alluma une autre lampe.

— Je vous souhaite une bonne nuit. Je suis fatiguée, je m'en vais me coucher.

La jeune femme entra dans sa chambre et referma la porte derrière elle. Pendant un court moment, elle songea à se déshabiller pour passer son épaisse robe de nuit, mais elle y renonça tant il faisait froid dans la pièce.

Au moment où elle s'asseyait sur son lit pour enlever ses chaussures, elle aperçut quelque chose sur son oreiller. C'était un mouchoir et une feuille ornée de quatre belles roses dessinées de façon un peu malhabile sur laquelle on avait écrit: «Bonne année! Nous t'aimons très fort». Elle était signée des quatre enfants.

Les larmes lui vinrent immédiatement aux yeux tant le geste la touchait. Elle se leva, prit la lampe et quitta la chambre.

— Où est-ce que tu vas? lui demanda Liam.

— Voir si les enfants ont pas trop froid, se borna-t-elle à lui répondre.

Camille entra d'abord dans la chambre des filles. Rose dormait déjà, pelotonnée contre sa grande sœur. Elle remercia Ann et les embrassa toutes les deux après les avoir bordées. Elle passa ensuite dans chacune des chambres des garçons. Ils ne dormaient pas encore. Elle les remercia pour leur cadeau et les embrassa aussi avec reconnaissance avant de descendre au rez-de-chaussée. Ce simple geste de ses enfants adoptifs la consolait du peu d'égards de leur père à son endroit. Quand elle se mit au lit, elle sombra immédiatement dans un sommeil réparateur, malgré l'humidité et le froid qui régnaient dans la pièce.

Chapitre 5

La peur

Le lendemain matin, Paddy Connolly fut le dernier membre de la famille à se présenter dans la cuisine. Il s'approcha de l'une des fenêtres et devant l'épaisseur du givre qui couvrait la moitié de la vitre, il eut du mal à réprimer un frisson.

— Calvinus ! ça a pas l'air d'être ben chaud dehors, dit-il à Camille, occupée à préparer le gruau qu'elle allait servir au déjeuner.

— On gèle à matin, mon oncle. Je viens juste d'aller nourrir les cochons et les poules. Je vous dis que c'est pas le temps de traîner dehors.

— Liam a pas encore fini son train ?

— Il devrait achever. J'ai vu les garçons sortir de l'étable il y a deux minutes. Ils doivent être en train d'apporter du bois pour le poêle.

Peu après, la porte s'ouvrit sur Patrick et Duncan, les bras chargés de bûches qu'ils laissèrent tomber bruyamment dans le coffre à bois.

— Va me chercher de l'eau au puits avant de te déshabiller, demanda Camille à Patrick.

— Ann pourrait ben y aller, elle, se rebiffa-t-il.

— Ta sœur est en train de trancher le pain pour le déjeuner. Grouille avant que ton père rentre.

Le garçon de onze ans sortit avec un seau et revint en même temps que son père. Tout le monde passa à table et

Camille servit à chacun un bol de gruau chaud. À la fin du repas pris dans un silence presque complet, Liam déclara qu'il n'irait pas bûcher ce jour-là et qu'il nettoierait plutôt l'étable et l'écurie avec ses deux fils.

Camille ne fit aucun commentaire. Quand il avait mis les pieds dans la cuisine ce matin-là, elle s'était empressée de lui montrer le cadeau que lui avaient fait les enfants. Il n'avait rien dit, mais elle avait deviné à son air renfrogné qu'il n'appréciait pas de n'avoir rien reçu de leur part.

— Nous autres, on va remettre de l'ordre dans les chambres et faire le lavage, annonça Camille.

— En plein milieu de la semaine ? s'étonna son mari.

— Lundi, c'était la veille du jour de l'An. Je l'ai passée à cuisiner et à cuire le pain, lui rappela-t-elle.

— Et vous, mon oncle, qu'est-ce que vous allez faire ? demanda-t-il à Paddy qui venait d'allumer l'un de ses cigares malodorants.

— Je sais pas trop, répondit son oncle en hésitant.

— Avez-vous dans l'idée de partir cet avant-midi ou cet après-midi ? lui demanda plus directement Camille, qui commençait à en avoir assez de le servir depuis près d'une semaine sans jamais recevoir le moindre remerciement pour sa peine.

— À ce propos, je voulais te dire deux mots, mon neveu, dit Paddy Connolly en s'adressant exclusivement à Liam.

— Qu'est-ce qu'il y a, mon oncle ?

— Sais-tu, j'ai pensé à mon affaire, répondit le retraité. J'ai rien de pressant qui m'attend à Montréal. Qu'est-ce que tu dirais si j'hivernais avec vous autres ?

Camille sentit le sang se retirer de son visage. La dernière chose qu'elle souhaitait était bien d'avoir continuellement dans ses jupes cet homme qui allait traîner dans la maison du matin au soir. Elle sentit son mari hésiter et elle décida d'intervenir.

— Ce serait pas bien intéressant pour vous, mon oncle, déclara-t-elle. Liam passe d'habitude ses journées dans le bois et les enfants sont tous à l'école.

— C'est pas ben grave, répliqua Paddy avec un grand sourire. Quand je m'ennuierai, j'attellerai et j'irai passer une heure ou deux au magasin général.

— Je veux bien le croire, mais vos affaires?

— Je te l'ai déjà dit, j'ai tout vendu. À mon âge, je pense avoir le droit de me reposer un peu.

— Mais il vous reste vos maisons à Montréal. Qui va s'en occuper? demanda-t-elle, à court d'arguments.

— Inquiète-toi pas pour ça. J'ai un homme de confiance ben capable, répondit-il avant de se tourner vers Liam. Puis, mon neveu, qu'est-ce que tu penses de mon idée?

— Ben...

— Tu peux être certain que tu y perdras rien, ajouta l'ex-homme d'affaires montréalais en affichant un air bon enfant.

— C'est correct, mon oncle. Ça va nous faire plaisir de vous garder, accepta finalement le maître de maison en évitant de croiser le regard furieux de sa femme.

— T'as juste à le dire si ça vous dérange, dit sans trop insister l'importun.

— Pantoute, mon oncle, vous êtes chez vous ici dedans.

Le sourire suffisant de l'homme ne fit qu'ajouter à la colère de Camille, qui entreprit de laver la vaisselle du déjeuner avec ses deux filles pendant que son nouveau pensionnaire décidait de monter à sa chambre pour y faire sa toilette.

Dès qu'elle entendit la porte de la chambre se refermer à l'étage, elle déposa l'assiette qu'elle s'apprêtait à laver.

— J'aimerais te dire deux mots dans notre chambre, dit-elle à mi-voix à son mari.

— Ben là, je m'en vais aux bâtiments, fit-il en s'approchant du crochet auquel était suspendu son manteau.

— Si ça te fait rien, ça va attendre un peu, répliqua-t-elle, les dents serrées, en se dirigeant vers leur chambre à coucher.

Liam laissa son manteau et la suivit. Il referma la porte derrière lui.

— Veux-tu bien me dire à quoi tu penses de garder ton oncle tout l'hiver ? lui demanda-t-elle, agressive. Il me semble que t'aurais pu me demander mon avis, non ?

— Il dérangera rien.

— Toi, il te dérangera pas parce que c'est pas toi qui vas l'avoir dans les jambes toute la sainte journée, riposta-t-elle, exaspérée.

— Tu commences à le connaître, il va toujours être à gauche et à droite.

— Oui, et il va rentrer pour chaque repas. Et moi, la folle, je vais être sa servante. Je vais le nourrir et le blanchir. As-tu pensé qu'il prend la chambre de Rose ?

— La petite peut ben coucher avec Ann cet hiver, elle en mourra pas.

— C'est bien beau tout ça, mais t'as même pas parlé du montant de sa pension.

— C'est de la famille, se justifia-t-il.

— Est-ce que ça veut dire qu'on va le garder ici dedans sans rien lui demander ? fit-elle stupéfaite. Si c'était un parent dans la misère, je comprendrais, mais il est riche, bien plus riche qu'on le sera jamais.

— Tu comprends rien, toi, dit-il en élevant la voix. Je te l'ai déjà dit. Je suis sa seule famille. Tout son argent va me revenir. À qui veux-tu qu'il le donne ? Ça fait que tu vas arrêter de faire ta tête de cochon et lui faire une belle façon. Arrange-toi pas pour qu'il nous déshérite, tu m'entends ?

Sur ces mots bien sentis, Liam quitta la chambre et alla endosser son manteau. Patrick et Duncan l'avaient précédé à l'extérieur. Folle de rage, Camille revint à l'évier poursuivre sa tâche. Elle avait la nette impression que Paddy Connolly les exploitait et cela la mettait dans tous ses états. Quand l'oncle de son mari annonça quelques minutes plus tard qu'il s'en allait au magasin général, elle ne dit pas un mot.

＞

Les jours suivants, un froid sibérien s'abattit sur la région, rendant tout travail à l'extérieur très pénible. Camille sentait que Patrick et Duncan avaient hâte de retourner à l'école pour échapper aux durs travaux que leur père exigeait d'eux chaque jour. Il était évident que les deux garçons redoutaient surtout les jours où ils devaient l'accompagner en forêt pour charger le traîneau avec le bois débité. Les longues heures d'exposition au froid semblaient les épuiser.

— Sois pas trop dur avec les garçons, finit-elle par dire à son mari après avoir remarqué leur fatigue au retour d'une longue journée de travail.

— C'est pas en les gardant sous tes jupes qu'ils vont apprendre ce que c'est que l'ouvrage, rétorqua-t-il avec humeur.

— Ils sont encore pas mal jeunes, lui fit-elle remarquer sur un ton maternel.

— Ils ont l'âge pour apprendre à gagner ce qu'ils mangent, laissa-t-il tomber sur un ton définitif.

À la fête des Rois, Camille se leva tôt pour préparer la galette dans laquelle elle dissimula un pois et une fève. Au retour de la messe dominicale, elle servit aux siens des pommes de terre et du rôti de bœuf. Quand arriva le moment du dessert, elle déposa devant chacun un morceau de galette après avoir expliqué que ceux qui allaient découvrir le pois et la fève dans leur galette seraient le roi et la reine du jour et pourraient se permettre de faire ce qu'ils dési-raient le reste de la journée, dans les limites du raisonnable, bien entendu.

Liam poussa un soupir d'exaspération en adressant une grimace d'agacement à son oncle, qui n'avait rien dit.

Évidemment, la maîtresse de maison savait exactement qui allait hériter du pois et de la fève. Elle avait fait en sorte de servir les morceaux de galette les contenant à Rose et à Duncan.

— Faites bien attention de pas vous casser une dent sur le pois ou la fève en mangeant, prévint la cuisinière en reprenant sa place au bout de la table.

Tous les convives se mirent à manger leur dessert avec précaution. Camille appréciait à leur juste valeur les regards brillants de plaisir des quatre enfants assis à table.

— Moi, j'ai quelque chose, s'écria brusquement Duncan en retirant le pois de sa bouche.

— Bravo! fit Camille.

— Moi aussi! s'exclama la petite Rose, tout excitée.

— Parfait, on a une reine et un roi, dit leur mère adoptive en feignant de ne pas voir l'air dépité de Patrick et de sa sœur aînée.

— Est-ce que ça veut dire que je peux décider de rester dans la maison tout le reste de la journée? demanda Duncan en tournant sa tête rousse vers son père.

Ce dernier allait refuser quand sa femme le prit de court et répondit à sa place qu'il était le roi pour la journée et qu'il avait le droit de ne rien faire, s'il le voulait. Liam sembla avoir du mal à ne pas la contredire.

— Et moi, déclara Rose, je pense que j'essuierai pas la vaisselle.

— T'as le droit, ma puce, fit Camille.

— Je vais faire comme mon oncle et passer ma journée à rien faire, affirma Duncan en se dirigeant vers l'une des chaises berçantes.

— Toi, mon petit désespoir, essayes-tu de me faire passer pour un sans-cœur? demanda Paddy, finalement amusé par le jeu.

— Il y a pas à dire, t'as eu une autre bonne idée, dit Liam à sa femme.

Il quitta la table de fort mauvaise humeur.

— Tu sauras, Liam Connolly, que la galette des Rois, c'est une tradition, s'empressa-t-elle de répliquer. Je te gage qu'il y a pas deux maisons à Saint-Bernard où on la fait pas.

— Si ça avait été moi qui avais trouvé le pois, j'aurais fumé la pipe toute la journée, dit Patrick, envieux. Là, c'est pas ben juste, je vais être tout seul à travailler avec p'pa cet après-midi.

— Toi, arrête de dire n'importe quoi et avance, lui ordonna durement son père. On a assez perdu de temps avec ces niaiseries-là.

Camille adressa un clin d'œil de connivence à Ann avant de commencer à desservir la table. Quand Patrick eut suivi son père à l'extérieur et après que l'oncle fut monté faire sa sieste, Ann lui demanda à voix basse :

— Est-ce que c'était arrangé ?

— Pantoute, pourquoi tu me demandes ça ?

— Si c'est pas arrangé, comment ça se fait que c'est pas deux garçons ou deux filles qui trouvent le pois et la fève ? lui fit remarquer l'adolescente.

— Voyons, Ann ! Quand on fait la galette, on met le pois dans une moitié de la galette et la fève dans l'autre et on fait un tout petit signe sur la pâte pour reconnaître chaque partie. Quand on la sert, on s'organise pour servir une moitié aux filles et l'autre aux garçons.

En cette dernière journée des vacances scolaires, Camille occupa une bonne partie de son après-midi à vérifier l'état des vêtements qu'allaient porter les enfants le lendemain pour leur retour à l'école. Elle était heureuse qu'Ann ait accepté de retourner en classe après les fêtes.

Au début du mois de décembre, la mère de famille avait dû déployer des trésors de patience pour persuader son aînée d'aller s'asseoir sur les bancs de la classe de sa sœur Bernadette. L'adolescente de treize ans n'avait jamais fréquenté l'école. Elle était demeurée à la maison pour aider sa mère malade aussi longtemps qu'elle avait vécu, puis elle était restée avec sa grand-mère durant les deux années suivantes. Après le départ de celle-ci, Ann avait dû finalement se charger seule de la maisonnée malgré son jeune âge.

Quand Camille lui avait suggéré d'aller à l'école quelques semaines plus tôt, Ann avait craint de devenir la risée des enfants beaucoup plus jeunes qui fréquentaient l'école au bout du rang Saint-Jean. La jeune mère adoptive avait dû employer toutes sortes d'arguments autant pour convaincre l'adolescente de faire un essai que pour persuader son nouveau mari de la laisser y aller. Elle avait même avancé qu'ainsi Ann pourrait lui apprendre à lire et à écrire quand elle aurait fini ses devoirs et ses leçons à son retour à la maison.

Pour amener Liam à laisser sa fille fréquenter l'école, Camille avait plaidé qu'elle n'avait pas besoin d'elle à la maison toute la journée et que ce ne serait que justice qu'Ann jouisse des mêmes avantages que ses trois autres enfants. Il avait cédé de guerre lasse tout en déclarant qu'une fille n'avait pas besoin de savoir lire ni écrire pour tenir une maison.

Les jours suivants, Camille avait été heureuse d'apprendre par Bernadette que l'adolescente était très douée et qu'elle apprenait très rapidement. Mieux, l'institutrice l'utilisait déjà pour l'aider dans sa tâche, ce qui la valorisait encore plus. Bref, l'avant-veille de Noël, Ann avait déclaré à Camille qu'elle entendait retourner en classe après les fêtes, ce qui avait comblé de joie la jeune femme.

Ce soir-là, le roi et la reine virent leur règne singulièrement raccourci quand Camille annonça vers sept heures trente qu'il était temps de faire la prière et de monter se coucher.

— Est-ce que j'ai le droit de dire non ? demanda Rose.

— Non, la fête des Rois est finie. À cette heure, tu es redevenue ma petite Rose et tu obéis, répondit Camille en riant.

Le lendemain matin, il faisait encore plus froid que la veille quand les enfants s'habillèrent pour aller à l'école. Le soleil venait de se lever dans un ciel dépourvu de nuages et on entendait les têtes de clous éclater dans les murs. Avant le départ des enfants, Camille vérifia qu'ils avaient bien enfoncé leur tuque sur les oreilles et leur recommanda de se protéger le visage avec leur écharpe.

À leur départ, elle dut poser sa paume contre une vitre de la fenêtre pour faire fondre un peu le givre qui la couvrait presque entièrement afin de les voir partir. Elle les regarda s'engager sur la route avec un léger serrement au cœur.

— J'espère qu'ils gèleront pas trop, dit-elle à Liam et à son oncle en train de fumer près du poêle. Ça leur fait tout de même un peu plus qu'un mille à marcher.

— Ils en mourront pas, déclara Liam. Il faut qu'ils s'endurcissent.

— C'est sûr, la vie est pas facile pour personne, ajouta Paddy Connolly, croyant qu'il était autorisé à le faire.

— Vous, mon oncle, je suis pas certaine pantoute que vous en ayez arraché tant que ça durant votre vie, laissa-t-elle tomber, sceptique.

— Eh bien là ! ma petite fille, si tu savais, répliqua-t-il en affichant un air très satisfait de lui.

❧

En ce début d'année, la routine reprit ses droits. Saint-Bernard-Abbé semblait figé dans une gangue de glace, et la fumée se dégageant des cheminées des maisons était le seul signe de vie. Durant les deux semaines suivantes, la température se maintint entre 20 et 25 degrés sous zéro, incitant souvent les bûcherons à ne travailler à l'extérieur qu'une demi-journée tant le froid était insupportable.

Chaque midi, quand Bridget Ellis revenait à la maison, elle disait à son mari que monsieur le curé se plaignait sans arrêt du froid qui régnait dans la sacristie.

— Il dit que ses pieds ont pas dégelé depuis trois jours, dit-elle au président des syndics.

— Voyons donc ! fit Samuel, qui avait bûché toute la matinée au bout de sa terre. C'est pas si froid que ça. T'as ben travaillé tout l'avant-midi dans la sacristie et t'es pas morte gelée.

— C'est vrai, reconnut-elle, mais c'était pas chaud.

— Dans ce cas-là, il a juste à se mettre les pieds sur la bavette du poêle, trancha son mari, mécontent d'entendre toujours les mêmes plaintes. Il a fait aussi froid l'hiver passé et j'ai jamais entendu le curé Ouellet se lamenter une seule fois. En plus, avant-hier, on a eu une réunion du conseil dans la sacristie, et on n'a pas eu froid pantoute, ajouta-t-il avec tout de même une certaine mauvaise foi.

Au bout du rang Sainte-Ursule, Xavier et son jeune employé auraient eu bien plus de raisons de se plaindre du froid. En effet, poussés par l'ambition de remplir le contrat qui les liait à la compagnie Price qui avait promis d'acheter la plus grande partie du bois abattu, ils travaillaient toute la journée à l'extérieur.

— Travailler, ça réchauffe, avait déclaré Xavier à Donat et à Hubert, rencontrés le dimanche précédent à la sortie de la chapelle.

— Le seul problème, c'est de garder la maison chaude, sacrifice ! était intervenu Antonin. La plupart du temps, le poêle a eu le temps de s'éteindre quand on revient dîner ou souper, et la maison est gelée ben dur.

— C'est sûr que c'est pas comme notre cabane de l'année passée, avait repris son jeune patron. C'est pas mal plus grand à réchauffer.

Pour sa part, Paddy Connolly avait trouvé un moyen de faire plaisir à son hôtesse à peu de frais. Parfois, il s'arrangeait pour aller passer une heure ou deux au magasin général de Télesphore Dionne et attendait la sortie des enfants de l'école, située en face, pour les ramener à la maison. C'était la seule utilité que Camille reconnaissait à son pensionnaire. Par ailleurs, l'épouse de Liam Connolly avait entrepris de « dompter le vieux garçon », comme elle disait, en cessant d'aller faire son lit chaque matin et de ramasser ses vêtements qui traînaient un peu partout dans sa chambre. L'oncle s'était fait sèchement rabrouer quand il avait osé s'en plaindre le premier jour où cela s'était produit.

— As-tu oublié de faire ma chambre, ma nièce ? avait-il demandé en prenant place à table en même temps que Liam, ce midi-là.

— Non, mon oncle, avait-elle répondu, désinvolte.

— Ben, mon lit a pas été fait et mon linge a pas été ramassé, avait-il eu le culot de lui faire remarquer.

— Écoutez, mon oncle, avait-elle sèchement répliqué, les mains sur les hanches. C'est pas une auberge, ici dedans, et je pense pas que vous soyez infirme.

Les enfants l'avaient regardée, les yeux ronds d'étonnement.

— Ben non, avait marmonné le pensionnaire.

— Dans ce cas-là, moi, je suis pas votre servante. Si les enfants sont capables de faire leur lit et de ranger leur chambre le matin, je pense que vous en êtes capable, vous aussi.

— Et pour mon lavage ? avait-il demandé à demi dompté.

— Quand vous aurez un morceau à faire laver, vous le descendrez le lundi matin et vous le laisserez sur la table dans la cuisine d'été. Je le laverai avec le reste du linge.

Paddy Connolly ne revint pas sur le sujet et mangea le contenu de son assiette. Durant l'échange, Liam avait semblé avoir du mal à se retenir d'intervenir, mais il s'était tu, se contentant d'adresser à sa femme un regard furieux.

Quand le couple se retrouva seul ce soir-là, Liam, mécontent, lui reprocha sa sortie.

— Tu donnes tout un exemple aux enfants en parlant comme ça à mon oncle, lui dit-il.

— Je me suis contentée de lui dire ce que j'avais sur le cœur, répliqua-t-elle en brossant ses cheveux avant de se mettre au lit. Il y a tout de même des limites à ambitionner sur le pain bénit.

— Faire sa chambre, c'est pas la fin du monde, osa-t-il dire.

— Ah bien là, j'aurai tout entendu ! explosa-t-elle. Comme je l'ai dit à ton oncle, je suis pas une servante ici dedans. À part ça, c'est pas moi qui pense hériter. Si t'imagines qu'il va te laisser plus d'argent en faisant sa chambre, tu peux y aller, ça me dérange pas.

— T'as un vrai caractère de cochon ! s'emporta-t-il. C'est pas surprenant que pas un gars a voulu te marier, à part moi.

— Si c'est juste ça que tu penses, t'aurais pu faire comme les autres et me laisser tranquille chez mon père. J'étais pas malheureuse pantoute et j'étais pas mal mieux traitée, rétorqua-t-elle sur le même ton.

Quand il voulut se faire pardonner à sa façon dès qu'elle eut éteint la lampe, elle ne montra aucun empressement à le satisfaire.

❧

À l'heure du souper le lendemain, toute la famille mangeait de bon appétit.

— Ça fait du bien d'avoir un peu de temps doux après avoir gelé aussi longtemps, fit Paddy en se servant une seconde portion de fèves au lard.

— C'est juste le redoux de la fin de janvier, mon oncle, lui fit remarquer son neveu. Ça va durer une journée ou deux et, après ça, le froid va revenir.

— À soir, on va en profiter. On va aller faire un tour chez ma mère, déclara Camille. C'est sa fête et j'ai préparé un gâteau pour elle.

— Dis-moi pas qu'à cette heure on est poignés pour nourrir la famille Beauchemin au complet, dit le maître de maison.

— J'espère que c'est une farce, répliqua sèchement Camille en le foudroyant du regard.

Son mari n'ajouta rien.

En ce 22 janvier, Marie Beauchemin célébrait son cinquante-deuxième anniversaire et Camille savait fort bien que ses frères et sœurs ne laisseraient pas passer l'occasion sans souligner l'événement.

— Moi, je bouge pas de la maison, affirma Liam sur un ton sans appel.

Camille refusa de commencer une scène à ce sujet et s'adressa plutôt aux enfants.

— Qui veut venir avec moi? demanda-t-elle en se tournant vers eux.

Tous les quatre s'empressèrent d'accepter de l'accompagner.

— Je vais attendre que vous ayez fini vos devoirs et on va y aller tous ensemble, dit-elle.

Quand vint le moment de partir moins d'une heure plus tard, Camille eut la surprise de voir Paddy Connolly quitter sa chaise berçante en annonçant:

— Je vais y aller avec vous autres. Ta mère m'a ben reçu au jour de l'An. Elle mérite au moins que je lui souhaite une bonne fête.

Liam esquissa une grimace de contrariété et ne put qu'imiter son oncle.

Quelques minutes plus tard, toute la famille Connolly vint frapper à la porte de Marie Beauchemin et trouva sur place Rémi Lafond et les siens.

— Il manque juste Xavier pour que tout le monde soit là, dit Bernadette à sa sœur aînée en se chargeant des manteaux des enfants pour aller les déposer sur le lit de sa mère.

— Vous êtes bien fins de vous être dérangés pour venir me souhaiter bonne fête, déclara Marie, rayonnante.

— On pouvait pas laisser passer une occasion comme ça, madame Beauchemin, dit Rémi, et...

— Fais bien attention à ce que tu vas dire sur mon âge, toi, le mit en garde sa belle-mère, en riant. Je suis pas si vieille que ça.

— Mais j'ai rien dit, belle-mère, se défendit le mari d'Emma. Moi, je vous trouve encore ben jeune.

— Je te dis que t'as un beau licheux comme mari, plaisanta Camille en s'adressant à sa sœur Emma.

— Je le connais. Il sait de quel côté son pain est beurré, dit Emma en riant. En plus, il prie pour m'man chaque soir pour remercier le bon Dieu de lui avoir donné une si bonne femme.

— Il faudrait peut-être pas exagérer, fit Rémi, taquin.

— En tout cas, ça a tout l'air qu'on manquera pas de gâteau de fête à soir, intervint Bernadette en déposant sur la table un troisième gâteau. Eugénie et moi, on en a fait un avant le souper, Emma en a fait un et t'arrives avec un autre, dit-elle à Camille.

Le bruit de grelots d'un attelage entrant dans la cour incita Donat à soulever le rideau de cretonne qui masquait l'une des fenêtres.

— On dirait ben qu'on aura pas trop à s'en faire avec les gâteaux, v'là de l'aide pour les manger, dit-il. C'est Xavier et Antonin qui arrivent.

Le fils cadet pénétra dans la maison à la suite de son employé qui portait, lui aussi, un gâteau enveloppé dans une serviette.

— Ben, voyons donc! s'exclama Marie. Dis-moi pas que vous vous êtes donné le mal de me cuisiner un gâteau, vous autres aussi.

— Je vous dirais ben oui, m'man, mais ce serait une menterie, déclara Xavier en l'embrassant sur les deux joues après lui avoir souhaité un bon anniversaire. C'est Catherine qui vous envoie ça pour votre fête.

Les femmes présentes dans la pièce se jetèrent des regards avertis.

— T'aurais bien pu l'amener avec toi, dit Marie sans grand enthousiasme.

— J'y ai pas pensé, m'man, mentit son fils.

— En tout cas, on dirait ben que Rémi est pas tout seul à vouloir absolument faire plaisir à la belle-mère, déclara Liam.

— Je trouve ça normal d'être aimée par tous ceux à qui je donne mes enfants, affirma Marie à demi sérieuse. Ça prouve juste que j'ai pas affaire à des ingrats.

À cet instant, Camille ne put s'empêcher d'adresser un sourire narquois à son mari.

Ensuite, Marie s'occupa un peu des sept enfants regroupés autour d'elle, ne faisant apparemment aucune distinction entre Alexis, ceux d'Emma et ceux de Liam. Un peu plus tard, on servit un morceau de gâteau à chacun et la maîtresse de maison parla longuement de son enfance et de sa jeunesse.

Vers neuf heures trente, Camille donna le signal du départ en rappelant que les enfants devaient aller se coucher pour être frais et dispos le lendemain à l'école. Pendant que les invités s'habillaient, Marie eut un geste qui fit énormément plaisir à son fils cadet. Elle trancha un morceau de chacun des gâteaux, les déposa dans l'assiette qui avait contenu le dessert offert par Catherine et couvrit le tout avec un linge.

— Tiens, tu donneras ça à ta fiancée et tu la remercieras pour moi pour son gâteau. Dis-lui que tout le monde l'a bien aimé.

❧

Le surlendemain, comme l'avait prédit Liam, le redoux n'était plus qu'un souvenir. Après les abondantes chutes de neige la veille, le froid était revenu en force sur la région.

Vers trois heures, Camille entendit bouger au-dessus de sa tête, signe que l'oncle Paddy était en train de se lever après une longue sieste. Au moment où elle passait devant l'une des fenêtres de la cuisine, elle vit se déplacer une ombre à l'extérieur. Elle poursuivit pourtant son chemin vers la table avant de s'immobiliser, soudain alertée par le fait qu'elle n'avait pas entendu de bruit de pas sur la galerie.

— Veux-tu bien me dire ce qui vient de passer là ? se demanda-t-elle à haute voix avant de rebrousser chemin pour aller soulever le rideau.

Elle eut beau scruter la cour dans toutes les directions alors que le soleil commençait déjà à baisser, elle ne vit rien. Elle allait retourner à son repassage quand un hurlement tout proche la fit sursauter.

— Voyons donc ! s'exclama-t-elle en regardant plus attentivement.

Elle aperçut alors une sorte de gros chien un peu efflanqué qui venait de contourner le poulailler. Immédiatement, elle songea à Rose et à sa peur depuis qu'elle avait été mordue par un chien errant l'été précédent. Il ne fallait pas qu'elle aperçoive cette bête-là près de la maison.

— Lui, il va décamper et ça prendra pas goût de tinette, dit-elle, prête à s'habiller pour aller chasser l'animal.

Un autre hurlement à glacer le sang se fit à nouveau entendre et Camille aperçut alors quatre autres bêtes, identiques à la première, se diriger vers la maison.

— Seigneur, mais ce sont des loups ! s'écria-t-elle. D'où est-ce qu'ils sortent ?

Il arrivait, certains soirs d'hiver, d'entendre les hurlements des loups dans la région, mais ils semblaient toujours provenir des bois environnants et bien peu d'habitants en avaient vu ces dernières années. De temps à autre, l'hiver, des bûcherons trouvaient une carcasse de chevreuil à moitié dévorée par les loups, mais tout laissait croire qu'ils fuyaient l'homme.

— D'où ça vient, ce cri-là? demanda Paddy Connolly, qui se tenait au pied de l'escalier menant aux chambres à coucher.

Camille sursauta violemment, elle ne l'avait pas entendu descendre.

— Je pense qu'il y a des loups qui rôdent dans la cour, lui répondit-elle dans un souffle.

— C'est pas possible, dit-il en se penchant à la fenêtre à son tour. T'es sûre de ça, toi?

— C'est pas des chiens, en tout cas, répondit-elle en se dirigeant vers le crochet auquel était suspendu son manteau.

— Qu'est-ce que tu fais là? fit-il, étonné.

— Les enfants s'en reviennent bientôt de l'école, mon oncle. Je sais pas pantoute ce que ces bêtes-là vont faire quand elles vont les voir.

— Tu sais ben qu'elles vont prendre le bord.

— Non, mon oncle, je le sais pas. Il y a rien qui dit que les loups les attaqueront pas s'ils sont affamés, expliqua-t-elle en chaussant ses bottes.

Elle se dirigea vers le garde-manger au fond duquel Liam suspendait son fusil et elle prit une poignée de balles qu'elle enfouit dans l'une de ses poches.

— Qu'est-ce que t'as dans l'idée de faire? lui demanda Paddy.

— Je vais les faire partir et, après ça, je vais atteler pour aller chercher les enfants.

L'oncle sembla hésiter un court moment avant de se décider à dire:

— Attends une minute, je vais sortir avec toi. Laisse-moi le temps d'aller chercher ma grosse canne en haut. Je reviens tout de suite.

Moins de cinq minutes plus tard, Paddy et Camille ouvrirent la porte de la maison avec mille précautions, craignant qu'un ou des loups ne soient en embuscade sur la galerie. Il n'y avait aucune bête là, uniquement de nombreuses pistes qui prouvaient leur passage.

— Il faut que ces loups-là aient faim en jériboire pour s'approcher comme ça d'une maison habitée, dit Paddy dans un souffle en inspectant la cour devant lui, tous ses sens en alerte.

Camille, le fusil à la main, dut faire un effort extraordinaire pour quitter la galerie et s'avancer prudemment dans la cour d'où les loups avaient subitement disparu.

— Où est-ce qu'ils sont passés? lui demanda l'oncle de son mari.

— Ils doivent pas être loin. Et Liam qui est dans le bois. J'espère qu'il lui est rien arrivé. Il est tout seul là-bas.

— À l'heure qu'il est, il doit être sur le chemin du retour, lui fit remarquer l'oncle de son mari. Pour moi, on est mieux de l'attendre avant de faire quelque chose.

— Non, mon oncle, on peut pas attendre, le contredit Camille. Il y a rien qui dit que ces bêtes-là sont pas tout près et qu'elles sauteront pas sur les enfants.

Un hurlement tout proche parut lui donner raison et les incita à presser le pas vers l'écurie où ils pénétrèrent en catastrophe. Les chevaux semblaient avoir senti la présence des prédateurs parce qu'ils étaient particulièrement nerveux.

— Tenez, mon oncle, prenez le fusil, lui ordonna Camille en lui tendant l'arme. Je vais atteler notre cheval.

La jeune femme parvint à calmer un peu la bête en lui parlant doucement, puis elle lui passa une bride et l'entraîna avec peine à l'extérieur. Elle eut beaucoup de mal à faire reculer le cheval entre les brancards de la *sleigh* abandonnée près de la porte pour l'atteler. Pendant ce temps, Paddy regardait nerveusement autour d'eux à la recherche du moindre signe de la présence des loups.

Au moment où ils montaient tous les deux dans le véhicule, ils en aperçurent un au coin de l'étable. Immédiatement, Camille tendit les guides à l'oncle de son mari et lui arracha le fusil des mains avant même qu'il songe à l'utiliser. Elle prit à peine le temps d'épauler et tira. Elle rata la cible, mais le loup décampa et disparut derrière le bâtiment.

— Envoyez, mon oncle ! Il faut aller chercher les enfants, ordonna-t-elle à Paddy que le coup de feu semblait avoir paralysé.

Il fouetta alors le cheval qui traversa rapidement la cour et tourna sur le rang Saint-Jean. Pendant que la *sleigh* avançait sur le chemin étroit balisé par des branches de sapinage, Camille ne lâchait pas son arme et regardait attentivement de chaque côté comme si des bêtes se préparaient à attaquer.

Un peu avant d'arriver au pont, elle aperçut une *sleigh* venant dans leur direction et elle reconnut Constant Aubé.

— Arrêtez, mon oncle. Il faut que je lui parle. C'est le cavalier de Bernadette.

Paddy immobilisa son véhicule. Constant fit de même et sursauta en apercevant l'arme sur les genoux de la passagère.

— Tabarnouche ! Qu'est-ce que tu fais avec un fusil ? lui demanda-t-il, stupéfait.

— Il y a une bande de loups qui rôde. On est venus chercher les enfants.

— Je viens de les voir en train de sortir de l'école, lui apprit-il. Je tourne dans la cour de Bélanger et je vous suis pour aller chercher Bernadette.

— C'est correct.

— En revenant, arrêtez juste une minute en passant devant chez nous. Je vais prendre mon fusil, moi aussi.

Constant Aubé fit demi-tour avec son attelage dans la cour de Tancrède Bélanger, voisin des Lafond, et il suivit de près la *sleigh* conduite par Paddy Connolly. Ce dernier arrêta son véhicule dès qu'il aperçut les quatre enfants de son neveu, une centaine de pieds après le pont.

— Montez, leur ordonna Camille.

— Pourquoi t'as le fusil de p'pa ? lui demanda Duncan qui avait remarqué l'arme.

— Au cas où, se borna-t-elle à répondre.

Pendant ce temps, Constant avait dépassé leur *sleigh*, traversé le pont et immobilisé la sienne devant la petite école blanche située en face du magasin général. Il se précipita vers la porte. Celle-ci s'ouvrit avant même qu'il eût à frapper.

— Qu'est-ce qui se passe ? lui demanda l'institutrice qui s'apprêtait à quitter sa classe pour rentrer chez elle.

— Je suis venu te chercher.

— T'es bien fin, Constant, mais tu sais bien que ma mère appréciera pas trop de me voir arriver toute seule dans une *sleigh* avec un garçon.

— Ben là, elle va l'endurer parce qu'il paraît qu'il y a des loups qui rôdent.

— Mon Dieu, les enfants ! s'écria Bernadette, atterrée.

— Aie pas peur, j'en ai pas vu dans le rang en venant. Dépêche-toi, ta sœur Camille et l'oncle de son mari nous attendent de l'autre côté du pont. Ils ont fait monter les enfants. Je vais aller les aider à rentrer à la maison.

Bernadette ne se fit pas répéter l'invitation. Elle saisit son manchon, enfonça sa tuque et ferma la porte derrière elle après avoir saisi son sac. Elle monta dans la *sleigh* de son amoureux et se couvrit les jambes de l'épaisse couverture de fourrure pendant qu'il incitait son cheval à reprendre la route. Ils rejoignirent la *sleigh* de Camille à l'arrière de laquelle les quatre enfants s'étaient entassés. Les deux véhicules se remirent en route et s'arrêtèrent à l'entrée de la cour de chez Constant, située quelques arpents avant la ferme des Beauchemin, du côté de la rivière.

Constant confia les guides à Bernadette et disparut dans sa maison quelques instants, le temps de revenir armé d'un fusil qu'il déposa entre eux. Il laissa descendre Bernadette à la porte de la maison de sa mère et reprit la route derrière la *sleigh* conduite par Paddy.

Leur arrivée coïncida avec celle de Liam, de retour du bois. Il eut du mal à dissimuler sa surprise en apercevant Camille armée de son fusil en train de faire descendre les enfants.

— Calvaire! Veux-tu ben me dire ce qui se passe? demanda-t-il à sa femme en s'avançant vers les *sleighs*.

— Il y a une bande de loups qui est venue tourner autour de la maison et des bâtiments cet après-midi, lui dit-elle en lui tendant son fusil.

— Voyons donc! J'ai jamais vu ça, fit-il, incrédule.

— Demande à ton oncle, fit-elle.

— Il y en avait une demi-douzaine, répondit Paddy. C'est pour ça qu'il a fallu que ta femme tire une fois pour leur faire peur. On a attelé pour aller chercher les enfants. T'as juste à regarder, il y a des pistes partout autour de la maison et des bâtiments.

— Et moi, je suis venu au cas où ils auraient continué à rôder, poursuivit Constant. On sait jamais. Ces animaux-là, en bande et affamés, peuvent être dangereux.

— Ah ben, on aura tout vu! s'exclama Liam. Je passe mes journées dans le bois et j'en ai jamais vu un. Si c'est comme ça, il va falloir faire une battue pour s'en débarrasser avant qu'ils fassent des dégâts.

— Il faudrait peut-être pas trop tarder, fit remarquer Constant. Qu'est-ce que tu dirais si on s'en occupait demain matin?

— C'est correct, accepta Liam, au grand soulagement de sa femme. À soir, après le souper, je vais faire le tour du rang pour essayer de ramasser le plus de monde possible.

Un peu avant huit heures le lendemain, la cour de la ferme des Connolly fut prise d'assaut par une dizaine d'hommes armés chaussés de raquettes et engoncés dans d'épais manteaux.

Constant Aubé eut la délicatesse de rassurer Camille en offrant d'aller conduire les enfants à l'école. Évidemment, le jeune meunier s'arrêta au passage chez les Beauchemin pour faire monter Bernadette.

— On va être ben chaperonnés par les petits Connolly, prit-il soin de dire à Marie avant d'entraîner Bernadette vers la *sleigh* immobilisée devant la galerie.

— Ça, c'est toi qui le dis, se moqua la mère de famille en vérifiant tout de même par la fenêtre la présence des enfants dans le véhicule.

Constant Aubé revint chez les Connolly à temps pour participer au départ de la battue vers le boisé situé au bout de la terre de Liam.

À peu de chose près, les participants étaient les mêmes que ceux qui avaient pris part à la battue, l'année précédente, pour traquer l'incendiaire Ignace Houle. Toutefois, au lieu de constituer de petits groupes, les hommes se déployèrent sur une seule ligne dès l'orée de la forêt, à la recherche des pistes laissées par les loups.

Durant toute la matinée, ils s'enfoncèrent profondément dans le bois, ne relevant que quelques pistes de renards et de chevreuils. Il fallut attendre un peu avant onze heures pour que Joseph Gariépy et Conrad Boudreau, les voisins immédiats des Beauchemin, trouvent quelques empreintes ayant probablement été laissées par des loups. Finalement, harassés et passablement gelés, les hommes se consultèrent et décidèrent de mettre fin à la battue.

— Pour moi, ils ont dû traverser de l'autre côté de la rivière sur la glace, déclara Rémi Lafond. On les reverra plus dans le coin de sitôt.

— C'est ça, approuva John White. Si jamais on aperçoit des traces de loup sur nos terres, on fera une autre battue.

Les hommes revinrent lentement dans la cour de Liam Connolly. Dès leur arrivée, Camille s'empressa de les inviter à se réchauffer à l'intérieur où les attendaient du thé bouillant et des biscuits à la mélasse frais sortis du four.

Chapitre 6

Du nouveau

En ce début du mois de février 1872, Paddy Connolly pouvait se vanter d'avoir trouvé un moyen imparable de devenir le centre d'intérêt des quelques traîne-savates de Saint-Bernard-Abbé qui passaient une bonne partie de leurs journées assis près de la fournaise du magasin général de Télesphore Dionne. L'oncle de Liam s'était abonné au journal *La Minerve* le lendemain de la fête des Rois et le facteur, Hormidas Meilleur, le lui apportait chaque avant-midi, après en avoir pris livraison à la gare avec le reste du rare courrier à distribuer dans la mission.

À sa plus grande satisfaction, le Montréalais était devenu la principale source des informations circulant dans la paroisse, et il n'en était pas peu fier. Il monopolisait ainsi toute l'attention et il pouvait donner libre cours à son bagout en commentant abondamment chaque nouvelle, ce qui n'était pas peu dire.

Ainsi, le retraité prit rapidement l'habitude de guetter l'arrivée du facteur qu'il régalait d'un petit verre de bagosse de son neveu dès qu'il lui tendait son journal. Selon le petit homme au nez rubicond, Paddy Connolly était le seul abonné à un journal dans la région, ce qui en faisait un être à part qui méritait beaucoup de considération. Dès le départ du facteur, l'oncle s'installait dans sa chaise berçante et lisait attentivement les nouvelles qu'il jugeait importantes à transmettre. Habituellement, il avait terminé sa lecture à l'heure du dîner. Après sa sieste, il s'habillait avec soin et vérifiait qu'il avait bien en poche un ou deux cigares avant d'aller atteler sa *sleigh*.

Quand Camille le voyait partir, engoncé dans son épais manteau de chat sauvage, elle poussait un soupir de soulagement. C'était le seul moment de la journée où elle se retrouvait enfin seule dans sa maison.

Parvenu au magasin général, Paddy Connolly déposait une couverture sur le dos de sa bête et entrait, salué par les habitués de la place. Le nouvel arrivant prenait le temps de retirer son manteau et sa toque de fourrure avant de s'asseoir au bout de l'un des deux bancs qui flanquaient la grosse fournaise ventrue qui réchauffait les lieux. Habituellement, on lui laissait le temps d'allumer son cigare.

— Puis, qu'est-ce qu'il y a de nouveau dans le journal? lui demandait Télesphore.

C'était ainsi que les habitants de Saint-Bernard-Abbé avaient appris qu'une épidémie de petite vérole avait fait dix-huit morts à Valleyfield à la fin du mois précédent, que Charles-Louis Coursol venait d'être élu maire de Montréal et qu'on discutait sérieusement au gouvernement de ne plus permettre qu'un député ait un double mandat. Si on se fiait aux derniers articles parus dans le journal de Paddy, les politiciens allaient être obligés de choisir de représenter leurs électeurs à Québec ou à Ottawa, mais pas aux deux endroits en même temps.

Évidemment, la notoriété dont jouissait l'Irlandais faisait des envieux et certains ne se gênaient pas pour mettre en doute tout ce qu'il disait, particulièrement quand il se vantait de sa richesse. À dire vrai, Paddy Connolly jouait facilement au citadin qui connaissait tout au milieu de cultivateurs ignorants.

En fait, Hormidas Meilleur avait dû baisser pavillon depuis l'arrivée du nouveau venu. Il n'était plus l'unique source des informations circulant à Saint-Bernard-Abbé.

Bien sûr, il aurait pu montrer de la mauvaise volonté à livrer le journal ou même essayer de couper l'herbe sous le pied de l'abonné en révélant aux gens les nouvelles avant lui, mais cela aurait exigé des efforts qu'il n'était pas prêt à déployer. Secrètement mortifié de voir son rôle diminué, le facteur n'avait tout de même pas renoncé à rapporter tous les ragots circulant dans la mission, un domaine où Paddy ne pouvait le concurrencer.

Bref, au fil des jours et sans se consulter, les deux hommes firent en sorte d'occuper chacun un domaine bien particulier. Cependant, il était évident que le petit facteur au visage de gnome n'aurait jamais le panache de l'oncle de Liam Connolly.

Deux jours auparavant, le retraité avait donné un aperçu de son caractère quand Samuel Ellis et Thomas Hyland, présents au magasin lors de son passage, s'étaient mêlés d'interrompre l'un de ses longs commentaires.

— Vous, vous êtes un vrai Irlandais ! lui avait déclaré Samuel Ellis pour flatter celui qui commentait les dernières nouvelles à la poignée de clients rassemblés près de la fournaise.

— Pantoute, s'était contenté de rétorquer le retraité. Moi, je suis un Canadien. Mon père était Irlandais, mais moi, je suis venu au monde proche de Québec.

— Mais vous êtes l'oncle de Liam Connolly, lui avait fait remarquer Hyland, surpris par cette déclaration.

— Lui aussi est Canadien, pas Irlandais. La preuve, essayez de lui parler en anglais pour voir s'il va vous comprendre, avait répondu Paddy en riant.

Les deux hommes, un peu dépités, n'avaient pas insisté.

— *Goddam !* c'est une vraie honte d'entendre des affaires de même, avait dit Samuel au patron du moulin à bois quand ils s'étaient retrouvés seuls à l'extérieur. C'est la première fois que j'entends un Irlandais refuser de dire qu'il en est un.

Hyland s'était contenté de hausser les épaules.

Maintenant, presque tous les après-midi, Paddy Connolly s'arrangeait pour quitter son auditoire dès qu'il apercevait les premiers enfants qui sortaient de l'école située en face du magasin. Il faisait monter Bernadette et les enfants de Camille et les ramenait chez eux.

— C'est bien le seul temps où il sert à quelque chose, se répétait Camille en voyant descendre les enfants de la *sleigh*, devant la maison.

Le mois de février suivait son cours et rien n'indiquait que le froid avait l'intention de relâcher son étreinte. De mémoire d'habitant de Saint-Bernard-Abbé, on n'avait pas connu un hiver aussi rigoureux depuis près de quinze ans. Fait étonnant, même s'il n'y avait eu aucune tempête importante durant le mois de janvier, les petites chutes régulières de neige faisaient en sorte que les piquets de clôture avaient disparu depuis longtemps sous l'épaisse couverture blanche.

Dans la maison des Beauchemin du rang Saint-Jean, la lueur d'une lampe à huile venait d'apparaître à l'une des fenêtres. Comme d'habitude, Marie Beauchemin était la première à s'être levée en ce mardi matin et elle était occupée à tisonner les braises qui restaient dans le poêle quand elle entendit la porte de la cuisine d'été s'ouvrir dans son dos. La veuve sursauta, se tourna tout d'une pièce et découvrit sa bru, les épaules couvertes d'un châle de laine, tenant une lampe à la main.

— Ma foi du bon Dieu, tu m'as fait peur ! s'exclama la veuve en jetant une bûche sur les tisons. Je t'ai pas entendue pantoute descendre.

— J'étais aux toilettes, se contenta d'expliquer Eugénie d'une voix si misérable qu'elle piqua la curiosité de sa belle-mère.

— Pourquoi tu t'es pas servie du pot de chambre? lui demanda-t-elle.

— J'étais malade et je voulais pas risquer de réveiller le petit.

— Tu digères pas?

— Ça fait trois matins que j'ai mal au cœur, avoua la femme de Donat en s'approchant du poêle pour se réchauffer un peu.

— Bon, dis-moi pas que t'attends du nouveau, déclara Marie en regardant la petite femme au chignon noir à demi défait.

— On le dirait bien, madame Beauchemin.

— C'est normal, conclut la veuve. T'es jeune et ta famille commence à peine. Ça, ça veut dire que cette année, la famille Beauchemin va augmenter de deux enfants, ajouta-t-elle, comme si elle se parlait à elle-même. Emma attend ça pour la fin de mars. Toi…

— Si je me trompe pas, ce serait pour l'automne prochain, compléta Eugénie. Bon, je pense que je vais remonter dormir un peu. Je me sens pas bien.

Sur ces mots, la jeune femme monta l'escalier et disparut dans sa chambre.

— On n'a pas fini d'en entendre parler, murmura Marie à mi-voix pour elle-même.

Elle se rappelait trop bien tous les embarras que sa bru avait faits quand elle était enceinte d'Alexis. À la voir, on aurait cru qu'elle était la première femme à attendre un enfant et, selon elle, Eugénie en avait largement profité pour cesser complètement de travailler à l'intérieur et autour de la maison. Tout avait alors été prétexte pour aller se reposer dans sa chambre. Il ne s'était guère passé de jour où la femme de Baptiste Beauchemin n'avait pas été obligée d'élever la voix pour inciter sa bru à faire sa part des travaux ménagers. L'indolence de la femme de son fils l'avait rendue folle et, plus d'une fois, Camille et Bernadette avaient dû intervenir pour l'empêcher de faire une crise. Elle avait eu beau répéter à la femme de son fils qu'attendre un petit était quelque chose de naturel et que cela ne faisait pas d'elle une infirme incapable de travailler, il n'y avait rien eu à faire. Elle jouait les martyres et disparaissait durant des heures dans sa chambre pour se reposer.

— Seigneur, on n'est pas sortis du bois! s'exclama-t-elle. J'espère qu'elle va se montrer plus raisonnable que quand elle a attendu son premier.

Quand le thé fut chaud, elle s'en versa une tasse et le but à petites gorgées, toujours debout devant le poêle. Sa pensée dériva vers son aînée. Camille la préoccupait depuis quelque temps. Elle sentait que sa fille n'était pas très heureuse et s'en voulait de ne pas avoir tenté de l'empêcher d'épouser Liam Connolly. Bien sûr, la jeune femme de vingt-neuf ans ne se plaignait pas, mais elle avait la nette impression que ça n'allait pas très bien entre elle et son mari.

— Lui, il va falloir que je lui dise deux mots, murmura-t-elle. S'il est pas capable d'en prendre soin, il va avoir affaire à moi.

Des pas dans l'escalier la tirèrent de ses pensées. Donat, Bernadette et Hubert entrèrent dans la cuisine dans l'intention d'aller soigner les animaux.

— Eugénie descend pas? demanda la maîtresse de maison à son fils.

— Elle se sent fatiguée, m'man. Je lui ai dit de dormir encore un peu.

— Le petit dort encore? s'étonna-t-elle.

— Non, il est réveillé.

— Je suppose que s'il se met à brailler, sa mère va au moins se lever pour s'en occuper, fit-elle remarquer d'une voix acide.

— Ben oui, m'man, répondit Donat en finissant de chausser des bottes alors que son frère, son manteau sur le dos, venait d'allumer un fanal.

Hubert précéda son frère à l'extérieur et prit la direction de l'étable. Donat quitta à son tour la maison quelques instants plus tard.

— Est-ce qu'Eugénie est malade? demanda Bernadette, curieuse, à sa mère.

— Non.

— Pourquoi elle se lève pas d'abord pour aider?

— Il paraît qu'elle attend du nouveau, lui répondit sa mère.

— Dites-moi pas ça! s'exclama la jeune institutrice, excitée par la nouvelle.

— Il y a pas de quoi en faire toute une histoire, fit sèchement sa mère. Est-ce que t'as déjà oublié ce qui s'est passé quand elle attendait Alexis? Il y avait pas moyen de rien lui faire faire ici dedans.

— ...

— Là, ma fille, si t'as oublié, tu vas vite t'en rappeler parce que Camille est plus dans la maison pour faire sa part de besogne et que c'est toi et moi qui allons être obligées de faire son ouvrage.

— Il faudrait tout de même pas qu'elle exagère.

— Je vais y voir, promit sa mère.

Ce matin-là, au déjeuner, Eugénie annonça avec une fierté évidente qu'elle attendait un enfant.

— À cette heure que tu sais ce que c'est que d'avoir un petit, je suppose que ça va moins t'énerver, lui fit remarquer sa belle-mère.

— Ayez pas peur, madame Beauchemin, je me rappelle encore à quel point c'est épuisant de porter un enfant.

— Ce qui est important, c'est surtout de pas trop s'écouter, rétorqua la veuve de Baptiste Beauchemin. Toutes les femmes mariées connaissent ça et arrêtent pas pour autant de s'occuper de leur maisonnée.

Eugénie fit semblant de ne pas avoir entendu la remarque. Il y eut un court silence avant qu'elle ne déclare:

— Avec l'arrivée de cet enfant-là, on va avoir un sérieux problème de place en haut, dit-elle sans avoir l'air d'y toucher.

— Comment ça ? lui demanda sa belle-mère en feignant, à son tour, de ne pas saisir l'allusion.

— Ben, deux enfants avec nous autres dans la petite chambre verte…

— Voyons donc, Eugénie ! la réprimanda Marie. Tu sais bien que l'ancienne chambre de Camille est vide et que tu vas pouvoir mettre là le lit d'Alexis l'automne prochain, quand l'autre va arriver. Inquiète-toi donc pas pour rien.

La maîtresse de maison saisit le regard de dépit que la jeune femme adressa à son mari assis au bout de la table et elle s'en réjouit secrètement. De toute évidence, la femme de son fils avait cru pouvoir la chasser de sa grande chambre du rez-de-chaussée en prenant pour prétexte sa nouvelle grossesse.

❧

Ce soir-là, Donat fit sa toilette après le souper en enviant son frère Hubert de pouvoir se reposer en fumant sa pipe bien au chaud pendant qu'il allait devoir assister à une autre réunion du conseil à la sacristie.

— Après toute une journée dans le bois, je serais ben resté tranquille, à me chauffer proche du poêle, ne put-il s'empêcher de dire en endossant son manteau.

— Quand on court les honneurs, il faut en payer le prix, le taquina Bernadette, déjà installée à la table pour préparer ses classes du lendemain.

— En plus, on gèle ben dur dehors, ajouta son frère comme s'il n'avait pas entendu la remarque de la jeune fille.

— Tu salueras monsieur le curé pour nous autres, intervint sa mère qui venait de prendre place derrière son métier à tisser.

— Ça dépendra de son humeur, m'man, répliqua Donat en allumant le fanal qu'il allait suspendre à l'avant de la *sleigh*.

Il sortit de la maison et attela la Noire. L'attelage quitta la cour au bruit des grelots et emprunta le rang Saint-Jean. Au moment où il passait devant la maison de Constant Aubé, il aperçut trois raquetteurs se déplaçant lentement sur les eaux gelées de la rivière. Au bout du rang, il traversa le pont et fit escalader la pente abrupte du rang Sainte-Ursule à son cheval en déplorant de ne pas avoir songé à s'entendre avec Antonius Côté pour faire route ensemble.

Il s'arrêta dans la cour de la sacristie en même temps qu'Anatole Blanchette du rang Saint-Paul.

— On dirait ben que les autres sont déjà arrivés, lui fit remarquer le gros homme en jetant une couverture sur le dos de son cheval.

Deux *sleighs* étaient stationnées tout près de la sacristie pour mettre les chevaux à l'abri du vent qui soufflait. Il s'agissait sûrement des voitures de Côté et de Hyland.

Thomas Hyland vint leur ouvrir quand ils frappèrent à la porte. Samuel Ellis et Antonius Côté étaient debout près du poêle, aux côtés du curé Désilets. Les deux hommes s'empressèrent d'enlever leur manteau et de les rejoindre.

— Bon, le conseil est complet, déclara Josaphat Désilets. Je pense qu'on peut commencer la réunion. Il est déjà sept heures et quart.

Tous les hommes se dirigèrent vers la table placée près d'une fenêtre et attendirent que le prêtre récite la courte prière habituelle avant de se signer et de s'asseoir. Quelques minutes suffirent aux syndics pour regretter d'avoir enlevé leur manteau tant l'endroit était glacial. L'air froid de l'extérieur s'infiltrait dans la pièce et le poêle ne suffisait pas à réchauffer convenablement les lieux.

Samuel Ellis, président du conseil, donna la parole à Thomas Hyland, le seul syndic capable de lire et d'écrire.

Ce dernier lut un résumé de la dernière réunion et mentionna les sommes que les quêtes des quatre derniers dimanches avaient rapportées.

— Est-ce que vous avez des besoins particuliers, monsieur le curé? demanda Samuel Ellis.

— Il va falloir commander d'autres cierges pour l'autel, une douzaine de lampions et du vin de messe.

— Est-ce qu'on a assez d'argent en caisse pour payer ça? demanda le président à Hyland, devenu trésorier de la mission par la force des choses.

— Juste assez, se borna à répondre le propriétaire du moulin à bois.

— En passant, est-ce qu'on a enfin eu des nouvelles de monseigneur au sujet de notre demande de devenir une vraie paroisse? demanda le président au curé Désilets.

— Non, pas encore, répondit le pasteur en repoussant ses lunettes qui avaient glissé sur son nez. Pourtant, je suis certain que l'abbé Desmeules a remis son rapport.

— Je trouve que ça prend ben du temps, cette affaire-là, déclara Blanchette.

— L'abbé a dit que ça prendrait à peu près trois mois, ça fait pas encore tout à fait trois mois depuis qu'il a fait son enquête, lui fit remarquer Donat.

— Mais monseigneur nous a écrit, annonça Josaphat Désilets en tirant une feuille d'une enveloppe qu'il avait déposée ostensiblement devant lui dès le début de la réunion.

— Il nous a écrit? s'étonna Antonius Côté.

Le visage de Samuel s'était rembruni, comme s'il avait deviné le contenu de la missive.

— Je vais vous la lire avant de la lire en chaire dimanche prochain, comme l'exige monseigneur, déclara le curé de Saint-Bernard-Abbé en dépliant la feuille et en attirant vers lui la lampe à huile déposée au centre de la table.

«*Mes bien chers frères, mes bien chères sœurs de Saint-Bernard-Abbé*, commença à lire le prêtre.

Votre évêque n'ignore pas les difficultés auxquelles on doit faire face dans l'établissement d'une nouvelle mission. Il comprend tous les sacrifices que vous avez déjà consentis tant pour la construction d'une chapelle que pour l'entretien d'un prêtre. Toutefois, je manquerais à mon devoir en ne me préoccupant pas du bien-être de mes représentants.

Le mois dernier, j'ai demandé à votre pasteur de vous lire un court message dans lequel je vous faisais part de mon inquiétude face aux conditions de vie qui mettaient en danger la santé de votre curé. Il semble que mon appel n'ait pas été entendu. Par conséquent, je me vois obligé de vous faire savoir qu'il est hors de question que votre pasteur ou tout autre prêtre passe un autre hiver dans les conditions actuelles. Il faudra absolument voir à la construction d'un presbytère dans les prochains mois. Si rien ne change, je me verrai dans l'obligation de ne plus faire desservir votre mission.

Votre frère en Jésus-Christ,
Louis-François Richer Laflèche,
Évêque de Trois-Rivières»

Un long silence suivit cette lecture. Josaphat Désilets, le visage neutre, replia la feuille et la remit dans l'enveloppe d'où il l'avait tirée.

— Qu'est-ce que ça veut dire ? demanda finalement Donat Beauchemin.

— Ça veut tout simplement dire que vous n'avez plus à vous préoccuper si monseigneur va accepter ou non que Saint-Bernard devienne une paroisse, laissa tomber froidement le prêtre. Il n'est même plus certain que ça reste une simple mission, si rien ne change, bien sûr.

— Je comprends pas pourquoi monseigneur nous envoie tout à coup cette lettre-là, intervint Antonius, stupéfait.

On fait pourtant de la bonne besogne. On a fait construire un jubé avant les fêtes et...

— Tu comprends rien à l'affaire, intervint Samuel Ellis, les dents serrées. Monsieur le curé s'est plaint à monseigneur avant les fêtes qu'il gelait dans la sacristie et que c'était pas vivable. Ça a tout l'air qu'il a écrit une nouvelle lettre à monseigneur pour lui faire savoir que rien avait changé et qu'il gelait toujours autant. Est-ce que je me trompe, monsieur le curé ?

— Non, c'est vrai, reconnut le prêtre sans fausse honte. Comme vous pouvez le constater vous-mêmes ce soir, on gèle dans la sacristie et ça fait deux jours que je sens même plus mes pieds tellement ils sont glacés. Il y a tout de même des limites.

— Mais on peut pas faire plus ! s'écria Anatole Blanchette.

— C'est ben ce que je pense, moi aussi, ajouta Côté.

— On est déjà endettés jusqu'au cou avec la chapelle et le jubé qu'on vient d'ajouter, fit le président du syndic.

— On a peut-être vu trop grand trop vite, avança Thomas Hyland sur un ton raisonnable.

— C'est ben ce que je suis en train de me dire, avoua Samuel avec un rien de rancune envers le prêtre qui lui faisait face.

Donat avait été le seul à ne rien dire et Antonius Côté avait remarqué le silence du plus jeune membre du conseil.

— Et toi, Donat, qu'est-ce que t'en penses ? lui demanda-t-il.

Le jeune homme prit quelques secondes avant de s'exprimer d'une voix hésitante.

— Moi, je me dis qu'on s'énerve peut-être trop vite pour rien. Il y a un moyen de se sortir de là sans perdre la mission.

— Je voudrais ben le connaître, ce moyen-là ! s'écria le président.

— Si j'ai ben entendu, monseigneur dit qu'il a ben compris toute la misère qu'on a à trouver l'argent pour payer la chapelle et l'entretien de monsieur le curé.

— Oui, puis après? demanda Anatole.

— Il veut qu'on construise un presbytère et, je suppose, qu'on achète un terrain sur lequel on va le bâtir.

— C'est ce qui est écrit, reconnut Thomas Hyland, mais on n'a pas d'argent pour payer ça.

— Et c'est pas demain la veille qu'on va l'avoir, intervint sèchement Samuel Ellis en jetant un regard de réprobation au prêtre qui, les bras croisés, se contentait d'assister à la discussion.

— Monseigneur doit ben savoir que la mission est endettée, reprit Donat, comme s'il réfléchissait à haute voix. Je suppose qu'il est prêt à nous aider à trouver l'argent qu'il faut.

— Ça veut dire quoi, ce que tu nous dis là? lui demanda Samuel, intrigué.

— Ça veut dire qu'il est peut-être prêt à garantir l'argent que Saint-Bernard-Abbé va être obligé d'emprunter pour construire un presbytère.

Cette déclaration fut suivie par un court silence que brisa Josaphat Désilets.

— Je trouve pas ça bête, cette idée, dit-il. Et le meilleur moyen de savoir si ça pourrait marcher, c'est d'envoyer le président du conseil à l'évêché pour voir si c'est possible.

— Whow! monsieur le curé, fit Samuel en élevant légèrement la voix. Avant de faire ça, il va falloir réunir tous les cultivateurs de Saint-Bernard pour savoir s'ils acceptent qu'on s'endette encore plus pour garder la mission ouverte. Moi, j'ai dans l'idée qu'il y en a pas mal qui vont plutôt choisir de retourner dans la paroisse où ils étaient avant. Sainte-Monique et Saint-Zéphirin sont des vieilles paroisses où l'église est payée depuis ben longtemps. Si le monde veut pas embarquer, on n'aura pas le choix de fermer la chapelle et ce sera fini, ajouta le président du conseil, l'air sombre.

— Il faudrait peut-être voter au conseil pour savoir si on doit tenir une réunion là-dessus, suggéra Thomas Hyland.

Tous les membres du conseil hochèrent la tête en signe d'approbation. Le vote ne posa aucun problème. On décida de tenir une assemblée le dimanche suivant, à la chapelle, immédiatement après la grand-messe. Josaphat Désilets accepta d'annoncer la réunion à la fin des deux messes après avoir fait la lecture de la lettre pastorale de l'évêque du diocèse, comme il en avait reçu l'ordre de son supérieur.

La réunion du conseil prit fin un peu après huit heures trente et les cinq syndics quittèrent la sacristie après avoir souhaité assez froidement une bonne nuit à leur pasteur.

— Bout de cierge, on n'aurait aucun de ces troubles-là s'il avait pas passé son temps à se plaindre à monseigneur qu'il gelait dans la sacristie ! déclara Anatole Blanchette, de fort mauvaise humeur, dès que la porte de la sacristie se fut refermée derrière lui.

— Moi, j'en reviens pas, poursuivit Côté. Le curé Ouellet a passé l'hiver là, l'année passée, et pas une fois il s'est plaint et, pourtant, il a ben fait aussi froid que cet hiver.

— Qu'est-ce que tu veux qu'on y fasse, intervint Donat. On est tombés sur un curé feluette qui peut rien endurer.

— En attendant, on risque de se ramasser avec une chapelle qui servira plus à rien si le monde veut pas payer un presbytère, conclut Samuel, l'air inquiet.

— Avant de s'énerver, on va voir ce que les gens de Saint-Bernard vont décider dimanche prochain, fit Thomas d'une voix apaisante en montant dans sa *sleigh* où venait de prendre place son voisin, le président du conseil.

❧

Cinq jours plus tard, Josaphat Désilets lut la lettre de monseigneur Laflèche avant d'insister lourdement sur l'importance de l'assemblée convoquée par les syndics immédiatement après la grand-messe.

— Vu l'urgence de la réunion, il n'y aura pas de salut au Saint-Sacrement après la grand-messe, prit-il soin de préciser.

L'objet de la réunion n'était plus un mystère pour personne depuis plusieurs jours puisque le contenu de la lettre de l'évêque avait été rapporté par les membres du conseil et amplement commenté durant toute la semaine. Chaque franc-tenancier était bien conscient des conséquences cruciales de la réunion et il n'était pas question de ne pas y participer, même si les leurs devaient les attendre à l'extérieur dans le froid glacial de ce dimanche matin de février. Les gens qui avaient assisté à la basse-messe quelques heures plus tôt attendirent la sortie d'une bonne partie des fidèles après la grand-messe pour se glisser de nouveau dans la chapelle.

— Maudit que j'ai faim ! se plaignit le gros Tancrède Bélanger en prenant place dans un banc aux côtés de John White, son voisin du rang Saint-Jean.

— T'es pas tout seul, se contenta de lui dire l'Irlandais.

Comme la plupart des participants étaient à jeun depuis la veille pour pouvoir communier à la messe, la faim les tenaillait en cette fin d'avant-midi.

Les syndics, l'air important, circulaient dans la chapelle et s'adressaient à voix basse à certaines de leurs connaissances en attendant que le curé Désilets ait retiré ses habits sacerdotaux dans la sacristie. Quand ce dernier revint dans le chœur, vêtu de sa soutane noire sur laquelle il avait passé un surplis, les murmures se turent et les syndics vinrent le rejoindre à l'avant de la sainte table.

— Je vous ai lu, ce matin, la lettre que notre évêque m'a fait parvenir cette semaine, déclara le prêtre d'une voix forte. Quand j'en ai fait lecture au syndic de la mission lors de notre dernière rencontre, il a été décidé de réunir tous les cultivateurs de Saint-Bernard pour savoir ce qu'il convenait de faire. Je laisse le président du conseil vous expliquer ce qui se passe.

Sur ces mots, Josaphat Désilets céda la place à Samuel Ellis qui lissa nerveusement l'un de ses larges favoris roux avant de s'éclaircir la voix.

— Si vous avez ben écouté la lettre lue par monsieur le curé à matin, vous avez tous compris que monseigneur est décidé à fermer la mission si on construit pas un presbytère le printemps prochain.

— Il peut pas faire ça, le coupa Tancrède Bélanger. Il sait qu'on a fait construire une chapelle l'année passée.

— On a même ajouté un jubé, ajouta un nommé Comtois du rang Saint-Paul.

— Tout ça, c'est de l'argent en Jupiter ! s'exclama Angèle Cloutier.

— Où est-ce que monseigneur pense qu'on va le trouver, cet argent-là ? ajouta Rémi Lafond, le mari d'Emma.

— On est déjà endettés par-dessus la tête, intervint Cléomène Paquette.

— Ce qui est certain, c'est qu'on peut pas donner plus, fit Léon Allaire sur un ton définitif. Déjà, ça nous coûte le double de ce qu'on payait dans notre vieille paroisse. Il y a tout de même des limites.

— En plus, je fais remarquer à tout le monde qu'on m'a même pas encore remboursé la moitié de l'argent que le conseil me doit pour le lot où on a construit la chapelle et où se trouve le cimetière, reprit Angèle Cloutier, vindicative.

— Aie pas peur, Angèle, on n'est pas des voleurs, dit Antonius Côté d'une voix moqueuse. Tu vas être payée.

— Ben oui ! fit-elle, sarcastique. Dans la semaine des quatre jeudis, je suppose.

Le curé Désilets frappa du plat de la main sur la sainte table pour ramener l'ordre.

— Là, c'est pas le temps de se chicaner, reprit Samuel, l'air grave. On doit décider ce qu'on va faire…

— Le choix est pas ben compliqué, reprit avec autorité Donat Beauchemin, qui parlait pour la première fois depuis le début de la réunion. Ou on accepte de s'endetter encore plus en achetant un autre lot pour construire le presbytère que monseigneur veut absolument, ou Saint-Bernard disparaît et on retourne à nos deux vieilles paroisses… C'est clair, non?

Les murmures reprirent de plus belle dans l'assistance et il en ressortait que les avis étaient partagés.

— Attendez! ordonna le président du conseil en élevant la voix. Tout est peut-être pas si noir que ça. Je pourrais aller voir monseigneur à Trois-Rivières pour lui demander de garantir les emprunts de Saint-Bernard. Il me semble qu'il devrait comprendre qu'on commence et qu'on n'est pas ben riches.

— S'il dit non, qu'est-ce que tu vas faire? lui demanda Angèle.

— On fera une autre réunion et ce sera à vous autres de décider ce qu'on va faire, déclara Samuel.

— En tout cas, ce serait ben dommage d'avoir gaspillé autant d'argent et de temps pour rien, conclut Hormidas Meilleur, assis dans le même banc que la veuve.

L'assistance l'approuva.

— Il vous faudrait quelqu'un habitué à brasser de grosses affaires pour aller discuter à l'évêché, intervint Paddy Connolly en se levant, l'air avantageux.

Apparemment, personne n'avait osé dire à l'oncle de Liam Connolly qu'il n'avait aucun droit de faire partie de l'assemblée puisqu'il n'était pas propriétaire à Saint-Bernard-Abbé.

— Qu'est-ce qui vous fait dire ça? lui demanda Donat, tout de même étonné de le voir là.

— Voyons donc! C'est clair qu'un homme d'affaires en imposerait ben plus qu'un simple cultivateur qui connaît pas grand-chose aux finances, rétorqua le retraité sur un ton un peu méprisant.

À voir les réactions, les gens dans l'assistance ne semblaient pas loin de partager son opinion. Thomas Hyland se pencha à l'oreille de Samuel Ellis pour lui murmurer quelques mots. Le président du conseil n'avait pas pardonné à l'homme d'avoir renié ses racines irlandaises et c'est sur un ton sans appel qu'il reprit la parole.

— Je suis pas sûr pantoute que vous ayez raison, monsieur Connolly. En plus, monseigneur trouverait pas mal drôle qu'on envoie un pur étranger qui est même pas un franc-tenancier de la mission quand il y a un conseil des syndics à Saint-Bernard. Si les gens sont d'accord pour demander à l'évêché de garantir nos emprunts, moi, le président du conseil, j'irai à Trois-Rivières.

Paddy, toujours debout, haussa les épaules et se rassit aux côtés de son neveu. Il paraissait tout de même un peu dépité qu'on ait refusé si cavalièrement son offre de service.

— Je pense qu'il est temps de passer au vote, reprit Samuel. Je vous rappelle que seuls les propriétaires ont le droit de voter, prit-il soin d'ajouter en jetant un regard mauvais en direction de Paddy Connolly.

Les gens votèrent à main levée. À la stupéfaction de certains membres du conseil, la grande majorité se déclara en faveur d'une démarche auprès de l'évêque. Cette décision prouvait bien que les gens tenaient à la survie de Saint-Bernard-Abbé.

Chapitre 7

Le notaire Valiquette

Dès le lundi matin, à la suggestion du curé Désilets, Thomas Hyland écrivit une lettre à l'évêché pour demander une audience à monseigneur Laflèche.

— Il aurait ben pu l'écrire lui-même, cette lettre-là, fit remarquer Samuel Ellis d'une voix acide quand le propriétaire du moulin à bois le mit au courant de son geste quelques jours plus tard.

— Monsieur le curé m'a dit que ça paraîtrait mieux que ce soit un membre du conseil qui écrive cette lettre-là plutôt que lui.

— En tout cas, j'espère que monseigneur se pressera pas trop pour répondre. Moi, j'ai du bois à bûcher et je peux pas passer mon temps à courir les chemins pour la mission.

Le président du conseil des syndics en avait gros sur le cœur depuis quelque temps. Ce poste qu'il avait tant envié à Baptiste Beauchemin lui pesait et il avait de plus en plus souvent envie d'y renoncer. Il avait cru naïvement qu'il lui conférerait un prestige enviable à Saint-Bernard-Abbé. Or, il lui avait principalement apporté des ennuis et des critiques, surtout depuis l'arrivée du curé Désilets, qui n'était jamais satisfait de rien. De plus, celui-ci ne faisait pas mystère qu'il continuait à chercher dans la mission une ménagère qui lui conviendrait mieux que sa femme. Il n'acceptait pas d'avoir une servante à mi-temps qui s'éclipsait chaque jour avant midi, après avoir préparé ses repas pour le reste de la journée.

— Il comprend pas que Bridget ne demande rien au conseil pour toute cette besogne-là, répétait-il aux syndics.

— Sauf ta dîme, lui faisait remarquer Anatole Blanchette.

— Ben oui, mais c'est tout de même pas mal moins que les gages qu'une ménagère va exiger, par exemple, rétorquait-il.

Ce jour-là, Samuel Ellis venait à peine de rentrer à la maison après avoir soigné ses bêtes qu'on vint frapper à sa porte.

— Veux-tu ben me dire qui vient nous déranger juste à l'heure du souper ? demanda-t-il à Bridget en quittant la chaise berçante où il venait à peine de s'asseoir.

— Va ouvrir, c'est le meilleur moyen de le savoir, lui répondit sa femme, occupée aux derniers préparatifs du repas.

Samuel alla ouvrir et se retrouva nez à nez avec un parfait inconnu.

— Entrez, vous allez faire geler toute la maison, ordonna-t-il à l'homme en s'effaçant pour le laisser passer.

L'étranger pénétra dans la cuisine et enleva le casque à oreillettes qu'il portait.

— Bonsoir, est-ce que je suis chez monsieur Ellis ?

— En plein ça, répondit l'Irlandais, intrigué.

— Je ne veux pas vous déranger longtemps, dit-il d'une voix grave et bien timbrée. Je m'arrête juste en passant. Je suis le notaire Eudore Valiquette et je viens de m'installer dans la maison d'un cousin germain de mon père, Euclyde Bérubé du rang Saint-Paul. Tout à l'heure, j'ai croisé monsieur le curé et il m'a dit que vous étiez le président des syndics et l'un des hommes les plus influents de Saint-Bernard-Abbé.

En entendant ces paroles, Samuel se rengorgea et Bridget s'empressa d'offrir au notaire de retirer son manteau et de s'approcher du poêle pour se réchauffer un peu. Le nouveau venu ne se fit pas prier et enleva sa pelisse de chat sauvage qu'il suspendit à l'un des crochets fixés au mur près de la porte d'entrée.

— Vous êtes bien aimable, madame, dit-il avec un sourire.

La bonhomie et la politesse de l'étranger sonnaient faux au point de susciter la méfiance du président du conseil.

Pendant qu'il retirait son manteau, Samuel examina le visiteur avec curiosité. L'homme était petit et paraissait très maigre, sanglé dans un strict costume noir. Durant un court moment, l'attention de l'hôte fut attirée davantage par la pomme d'Adam saillante de l'homme, qui montait et descendait au-dessus de son col dur, que par son étrange menton fuyant. En outre, l'homme de loi avait un visage étroit passablement ridé éclairé par de petits yeux bleus et encadré de longs favoris gris. Son crâne n'était couvert qu'en partie de quelques rares mèches de cheveux soigneusement étalés. Comme la plupart des personnes de petite taille, Eudore Valiquette se tenait très droit, soucieux de ne pas perdre un centimètre.

— J'espère que je ne vous dérange pas dans votre souper, s'excusa le visiteur.

— Il est pas encore prêt, mentit Bridget pour le mettre à l'aise.

— Mon cousin germain m'a parlé des problèmes du conseil avec monseigneur et je me suis dit que je pourrais peut-être vous être utile.

— Vous êtes ben bon de venir offrir votre aide, fit le président des syndics, mais vous savez, on a l'habitude de faire affaire avec le notaire Letendre de Sainte-Monique.

— Oui, je comprends, dit l'homme de loi en levant les mains en signe d'apaisement. Je ne viens pas essayer de voler la clientèle d'un confrère. En réalité, je ne pratique plus. Ma santé ne me le permet plus. Non, je me suis dit, après avoir écouté tout à l'heure ce que monsieur le curé me racontait, que je pourrais bien vous faire un prix spécial pour rédiger les actes de la mission. Comme vous n'avez pas l'air d'avoir de l'argent à jeter par les fenêtres, ce serait toujours ça de sauvé. Je vous ferais ça pour une partie du prix exigé par mon confrère, uniquement pour aider la mission et faire ma part, même si je suis encore un étranger.

— Ah ben, là! Ça, c'est une autre paire de manches, déclara Samuel, ravi. Si vous pouvez nous sauver de l'argent, le conseil refusera pas votre aide, c'est certain.

— Bon, c'est une affaire entendue.

— Est-ce que vous venez de la région? se hasarda à demander Bridget Ellis en tendant une tasse de thé au visiteur.

— Non, madame. J'ai vécu toute ma vie à Saint-Hyacinthe.

— Votre femme va trouver que c'est pas mal plus tranquille à Saint-Bernard.

— Je suis veuf depuis plus de dix ans et je n'ai pas d'enfant.

Pendant qu'il parlait, Samuel ne pouvait s'empêcher de fixer la pomme d'Adam du visiteur qui montait et descendait sans arrêt.

— En tout cas, monsieur le curé va être content d'avoir un autre bon paroissien, intervint la ménagère.

— Pas si bon que ça, rétorqua Eudore Valiquette avec un petit rire. Au risque de vous choquer, madame, je n'ai rien d'une grenouille de bénitier et je dois admettre que mon départ de Saint-Hyacinthe a dû faire pas mal plaisir à mon curé. J'ai bien peur qu'il ne m'ait jamais aimé bien gros.

— Vous exagérez certainement, protesta son hôtesse.

— Pas du tout, ma bonne dame. Je n'ai jamais beaucoup aimé les soutanes et ne m'en suis jamais caché. Je trouve que nos curés prennent trop de place dans nos villages et se mêlent de bien des affaires qui ne les regardent pas. Comme mon curé n'aimait pas se le faire dire, il m'en voulait. Pour être clair, mon offre de service s'adresse au syndic de la mission, pas à votre curé.

Samuel regarda sa femme, mais ne dit rien.

— Pendant que j'y pense, ajouta le visiteur. Si vous avez de l'argent à placer, je suis à votre disposition. Vous pourriez trouver ça pas mal plus pratique de venir me voir plutôt que d'aller courir à Sainte-Monique et, en plus, vous allez vite vous apercevoir que j'offre des intérêts pas mal intéressants.

— Vous venez pas de dire que vous pratiquiez plus? s'étonna Samuel.

— C'est vrai, affirma Eudore Valiquette, et j'ai pas l'intention de me faire une autre clientèle à Saint-Bernard. Non, à mon âge, j'ai décidé de me reposer un peu. Mais je vais continuer à prêter et à placer de l'argent pour les gens qui sont intéressés, juste pour me tenir un peu occupé.

Là-dessus, le petit homme se leva.

— Bon, je vous dérangerai pas plus longtemps, déclara-t-il avec un large sourire.

— Vous dérangez pas pantoute, lui dit Samuel par politesse en l'aidant à endosser son lourd manteau de fourrure.

Le notaire Valiquette quitta la maison du rang Sainte-Ursule après avoir salué les Ellis.

— Drôle de bonhomme! se borna à décréter le maître des lieux après avoir refermé la porte derrière lui. C'est à se demander pourquoi il est venu s'enterrer à Saint-Bernard s'il a toujours vécu en ville.

— En tout cas, j'ai pas aimé l'entendre parler contre les prêtres, décréta Bridget.

— Moi, ce que je comprends pas, c'est pourquoi il nous dit qu'il fait plus l'ouvrage de notaire quand il nous offre de faire des contrats et même de placer de l'argent, conclut son mari, un pli soucieux au front. Il a beau raconter que c'est pour se désennuyer, je trouve ça bizarre.

Le lendemain, à la fin de l'après-midi, le président du conseil esquissa une grimace en apercevant Paddy Connolly en train de commenter les dernières nouvelles au magasin général. Il salua de la tête Blanchette, Paquette, Bélanger et l'oncle de Liam avant de demander à Télesphore Dionne un gallon de mélasse. Il aurait bien consacré quelques minutes à discuter avec les hommes sur place si Paddy n'avait pas été là, mais il n'aimait vraiment pas le nouveau venu dans la paroisse.

Il allait prendre congé après avoir pris possession de son gallon de mélasse quand Hormidas Meilleur fit son entrée dans les lieux. Le visage rougi par le froid, le petit homme semblait de fort mauvaise humeur.

— Maudit Hérode ! on gèle tout rond, jura-t-il en s'approchant de la grosse fournaise sans se soucier de couper la parole à celui qui commentait les nouvelles. À part ça, je dois être le seul facteur du comté à desservir du monde aussi gratteux ! Pas un capable de m'offrir une goutte de bagosse depuis que j'ai commencé ma tournée !

— C'est sûr que c'est un manque de charité chrétienne, se moqua Télesphore Dionne en riant.

— Toi, tu peux ben rire, mon Hérode ! s'emporta le facteur. Tu passes ta journée les fesses ben au chaud dans ton magasin.

— Attention à ce que vous dites, le père, le mit en garde le propriétaire. Il y a une créature ici dedans, précisa-t-il en lui indiquant sa fille Angélique en train de garnir une tablette avec de nouveaux produits.

— Mes excuses, mam'zelle, fit Hormidas, en décochant à la jeune fille un regard égrillard.

— Il y a pas d'offense, monsieur Meilleur.

— Bon, j'allais oublier de vous en apprendre une bonne, s'empressa d'ajouter Hormidas avant que Paddy reprenne la parole. Vous devinerez jamais qui vient de s'installer dans le rang Saint-Paul…

— Le notaire Eudore Valiquette, annonça Samuel, l'air sérieux.

— Comment ça se fait que tu sais ça, toi? demanda le facteur, frustré d'être privé de son petit succès.

— Parce qu'il est venu me voir à la maison hier après-midi.

Tous se turent, curieux.

— En quel honneur? osa demander Hormidas.

— Si on vous le demande, le père, vous direz que j'ai pas voulu vous le dire. C'est confidentiel.

— Je suppose que tu sais aussi qu'il a l'air en moyens, le notaire? reprit le facteur, l'air narquois.

— Ça, je pourrais pas vous le dire, le père.

— Moi, je peux te le dire. Hé! quand je l'ai croisé, il avait attelé en flèche deux chevaux à sa catherine… pas à une *sleigh* ou à un berlot comme tout le monde. Non, à une catherine. C'était de toute beauté à voir. En plus, moi, j'ai jamais vu deux beaux chevaux comme les siens. Des vrais chevaux pour la course avec des pattes fines…

— Une catherine! intervint Cléomène Paquette. C'est pas pratique pour deux cennes, cette affaire-là. C'est trop haut sur patins et ça verse à rien. On m'en donnerait une et j'en voudrais pas, ajouta-t-il, l'air dédaigneux.

— Ben oui, Cléomène, fit Anatole, goguenard. Tout le monde de Saint-Bernard sait que t'aimes ben mieux ton vieux berlot à moitié rafistolé.

Le cultivateur pris à partie piqua un fard alors que les hommes présents ricanaient.

— En attendant, le ciel est en train de devenir ben noir et je serais pas surpris pantoute qu'on ait une bonne tempête la nuit prochaine, pronostiqua un Paddy Connolly désireux de reprendre le contrôle de son auditoire.

— Ça se peut qu'il tombe rien avant un bon bout de temps, le contredit le facteur, un rien agressif. La température a encore baissé.

— Vous saurez me le dire, s'entêta le retraité.

— Depuis quand le monde de la ville connaît quelque chose à la température ? se moqua Samuel, trop heureux de rabaisser ce faux Irlandais.

— Tu sauras… commença Paddy.

— Ah, j'y pense, l'interrompit Hormidas, j'ai une lettre pour toi, Samuel.

Sur ces mots, l'homme fouilla dans le vieux sac en cuir qu'il portait en bandoulière et il en tira une enveloppe qu'il lui tendit. Ellis la prit et la regarda un court moment, comme s'il était en mesure de déchiffrer ce qui était écrit dessus. Hormidas, toujours aussi curieux, attendit qu'il l'ouvre. Quand il se rendit compte que le président du conseil s'apprêtait à quitter les lieux, il lui proposa :

— Veux-tu que je te lise ce que ça dit ?

— Merci, père Meilleur, mais il y a rien qui presse, répondit Samuel qui venait d'apercevoir par la fenêtre du magasin Bernadette Beauchemin sur le point de verrouiller la porte de son école, en face.

Ellis salua les gens présents et sortit précipitamment du magasin général. Il héla la jeune institutrice alors qu'elle s'apprêtait à partir avec les quatre enfants de Liam Connolly qui l'attendaient au bord de la route. Au moment où il traversait le chemin, il se rendit compte que la porte du magasin venait de s'ouvrir dans son dos pour livrer passage à Paddy qui, comme il en avait pris l'habitude, avait l'intention de faire monter les enfants et leur institutrice dans sa *sleigh* pour les ramener à la maison.

— Est-ce que je peux te demander de me lire une lettre que je viens de recevoir ? demanda-t-il à la fille de Baptiste Beauchemin au moment où les grelots de l'attelage de Paddy se faisaient entendre dans son dos.

— Bien sûr, monsieur Ellis, répondit gentiment Bernadette. Les enfants, montez dans la *sleigh*, j'en ai pour une minute, ajouta-t-elle en tendant son manchon et son sac à Ann pour se libérer les mains.

La jeune fille décacheta la lettre et la lut à voix basse de manière à ce que le conducteur de la *sleigh*, qui venait de s'immobiliser quelques pieds plus loin, ne puisse pas l'entendre.

— Ça dit : «*Monsieur, monseigneur sera heureux de recevoir le ou les syndics de Saint-Bernard-Abbé jeudi, le 14 février prochain, à deux heures.*» Et c'est signé : *Eugène Dupras, secrétaire*.

— Merci, ma belle fille. Tu pourras raconter à ton frère ce que tu viens de me lire parce que ça regarde tout le conseil.

— J'aime autant pas, monsieur Ellis. Comme c'est votre lettre, je vais vous laisser lui raconter vous-même ce qui est écrit dedans. Je voudrais pas que mon frère me prenne pour un porte-panier, rétorqua l'institutrice avec un sourire avant de s'éloigner pour monter à bord de la *sleigh*.

❦

La tempête de neige annoncée par Paddy Connolly ne tomba finalement que vingt-quatre heures plus tard, comme si le ciel avait eu besoin de faire plus ample provision de neige avant d'ouvrir ses vannes sur la région. Un ciel couleur de plomb aux allures menaçantes empêcha certains hommes d'aller bûcher sur leur terre de crainte de devoir revenir précipitamment pour échapper à la tempête.

Ce répit inattendu permit aussi aux syndics de la mission de se réunir chez Samuel Ellis, hors de la présence du curé Désilets, ce qui était très inhabituel, pour ne pas dire désobligeant. Les cinq hommes se rassemblèrent donc après le souper. Samuel avait pris la peine d'avertir son épouse de ne pas répéter au curé un mot de ce qui se dirait ce soir-là dans sa cuisine.

Le président du conseil apprit aux quatre syndics qu'il avait reçu une réponse de l'évêché à la lettre envoyée par Thomas Hyland et que monseigneur les invitait à le rencontrer le 14 février, à l'évêché, à Trois-Rivières.

— Est-ce qu'on peut savoir pourquoi tu fais la réunion chez vous plutôt qu'à la sacristie, comme on fait d'habitude ? lui demanda Antonins Côté, apparemment intrigué.

— Parce que je voulais pas que monsieur le curé vienne mettre son grand nez dans l'affaire. Je suis à peu près certain qu'il voudrait venir avec nous autres et moi, je pense que c'est pas sa place, déclara tout net le président.

— Pourquoi pas ?

— Parce qu'il arrête pas de demander toutes sortes d'affaires et nous autres, on est poignés pour payer. S'il vient, comme je le connais, il va être le seul à parler, et nous autres, les niaiseux, on n'aura rien à dire. Moi, je me dis que comme c'est nous autres qui allons payer, c'est à nous autres de dire ce qu'on pense.

— Sans parler qu'il pourrait ben demander un gros presbytère et là, on serait pris pour le lui construire si monseigneur accepte, poursuivit Donat. Là, est-ce que ça veut dire que vous voulez pas qu'on dise un mot de la lettre à monsieur le curé et qu'on s'arrange entre nous autres pour aller à Trois-Rivières sans qu'il le sache ?

— Pourquoi pas ! fit Ellis.

— Moi, j'ai rien contre, même si je sais que ça fera pas plaisir à monsieur le curé quand il va le savoir, conclut Donat.

Le fils de Baptiste Beauchemin était le seul membre du conseil à vouvoyer Samuel Ellis parce qu'il avait l'âge d'être son fils. Mais il ne fallait pas se méprendre sur cette politesse toute de façade. À titre d'organisateur du parti conservateur dans la mission, le jeune homme de vingt-six ans n'éprouvait guère de sympathie – tout comme son père avant lui – pour l'Irlandais, organisateur libéral et adversaire politique.

Il n'avait pas oublié l'existence d'un sérieux contentieux entre eux depuis les dernières élections provinciales. Donat soupçonnait toujours le vieux roux d'une cinquantaine d'années d'avoir mis du séné dans la bagosse servie aux partisans conservateurs réunis à Sainte-Monique l'année précédente.

Les autres syndics se consultèrent du regard et acceptèrent la suggestion de Samuel à l'unanimité.

— Bon, c'est ben beau tout ça, mais qui va aller là-bas? demanda le président. Est-ce qu'on y va tous?

Un silence embarrassé suivit cette question.

— Je pensais qu'il avait été entendu que t'étais pour être tout seul à y aller, finit par répondre Blanchette.

Les autres membres approuvèrent en hochant la tête.

— Moi, aller là, tout seul…

— Est-ce que tu penses que tu vas être gêné devant monseigneur? osa lui demander Hyland, qui n'avait pas encore parlé.

— Pantoute, mentit l'Irlandais, mais j'aimerais ben qu'il y en ait au moins un parmi vous autres qui vienne avec moi au cas où j'oublierais quelque chose.

Chacun s'empressa de se trouver une excuse pour éviter ce déplacement difficile et onéreux, ce qui dépita passablement le président du conseil.

— À ben y penser, je pense que je vais y aller avec vous, monsieur Ellis, finit par dire Donat après un long moment de réflexion.

— Ah oui! fit Samuel, surpris.

— Ben oui, confirma Donat, ce serait pas normal que monseigneur parle à un libéral sans être surveillé de près par un bon conservateur.

— Aïe! le jeune, c'est pas de la politique qu'on va aller faire là-bas, se rebiffa le mari de Bridget Ellis.

— Je le sais, dit en souriant le jeune cultivateur, mais c'est au cas où monseigneur voudrait pas vous parler parce que vous êtes un Rouge.

— Ah ben, je voudrais ben voir ça! rétorqua Ellis, menaçant.

Le visage de Samuel se rembrunit tout de même à cette pensée. Il n'était pas sans savoir que le clergé voyait d'un très mauvais œil tous les libéraux, qu'il avait tendance à considérer comme des suppôts de Satan parce qu'ils prônaient divers moyens pour restreindre son rôle dans la société.

— Pendant que j'y pense, finit-il par dire aux quatre hommes assis autour de sa table de cuisine, le notaire Valiquette est passé me voir.

— Qui ça? demanda Antonius Côté.

— Le notaire Valiquette, répéta patiemment le président du conseil.

— D'où est-ce qu'il sort, ce notaire-là?

Samuel fut d'abord obligé d'expliquer à ceux qui ne le savaient pas déjà qu'Eudore Valiquette venait de s'installer dans la demeure de son cousin germain Euclyde Bérubé.

— C'est qu'on commence à être importants en bout de cierge! s'exclama Blanchette. On a un notaire à cette heure. Saint-Zéphirin en a même pas encore un.

— Fais pas le coq trop vite, Anatole, lui ordonna Samuel. Il m'a dit qu'il a pas l'intention de pratiquer et de voler la clientèle du notaire Letendre.

— C'est de valeur, il aurait pu être pas mal utile au monde de Saint-Bernard, regretta Donat à haute voix.

— Il va peut-être nous être ben utile, reprit le président. Il est venu me proposer de faire tous les contrats que le conseil pourrait passer en chargeant ben moins cher que le notaire Letendre. Qu'est-ce que vous dites de ça?

— Enfin une bonne nouvelle! déclara Antonius, la mine réjouie.

— Il va nous être utile tant que Saint-Bernard va continuer à exister, ajouta Donat Beauchemin, ce qui eut pour effet d'éteindre la flambée d'enthousiasme de ses confrères.

— En plus, il m'a dit qu'il était prêt à placer l'argent de ceux qui en auraient à placer, se sentit obligé d'ajouter Samuel.

— Ben, dans ce cas-là, je comprends pas pourquoi tu nous as dit qu'il voulait plus pratiquer, lui fit remarquer Anatole avec un certain bon sens. Si je me fie à ce que tu viens de dire, il est prêt à faire tout ce qu'un notaire fait d'habitude.

— C'est vrai, ça, fit Côté.

— Moi, je vous ai juste rapporté ce qu'il m'a dit, tint à préciser Samuel.

Avant de clore la réunion, il fut donc entendu que Samuel et Donat quitteraient Saint-Bernard-Abbé très tôt le matin de l'entrevue à moins qu'il n'y ait apparence d'importantes chutes de neige. Si c'était le cas, les deux hommes partiraient la veille et dormiraient dans une auberge de Trois-Rivières de manière à être sur place pour rencontrer le prélat à l'heure prévue.

On se sépara en jurant de garder le silence sur cette ambassade à laquelle Josaphat Désilets ne serait pas invité à se joindre.

À leur sortie de la maison du président du conseil, les hommes se rendirent compte qu'il faisait soudainement plus doux et que la neige s'était enfin mise à tomber doucement.

Chapitre 8

Une naissance

Le lendemain, la pire tempête de l'hiver 1872 ensevelit la région sous près de trois pieds de neige. Des vents violents soufflèrent durant vingt-quatre heures, paralysant toute activité humaine. Claquemurés dans leur maison, les habitants de Saint-Bernard-Abbé attendaient avec impatience que la neige cesse enfin de tomber.

Chez Xavier Beauchemin, la poudrerie avait fait en sorte que la neige recouvrait les fenêtres du rez-de-chaussée jusqu'aux deux tiers.

— Blasphème! si ça arrête pas, il va falloir passer par les fenêtres du deuxième pour sortir de la maison, déclara le jeune homme à Antonin.

— Il y a pas de danger si on continue à pelleter le devant de la porte toutes les heures, répondit l'adolescent en rejoignant son jeune patron à l'étage où ils étaient occupés à terminer la construction des chambres.

— Regarde par la fenêtre, lui ordonna Xavier. Tout est blanc. On voit pas plus le chemin que la rivière. Je te dis que ça va prendre du temps pour nous désembourber de tout ça.

Antonin ne dit rien. Il devinait que malgré la tempête son patron n'aurait pas la moindre hésitation à chausser ses raquettes après le souper pour aller veiller chez sa fiancée.

La situation était identique chez Liam Connolly. Les hurlements du vent qui fouettait la neige contre les vitres donnaient l'impression qu'il essayait d'arracher la maison de son solage. Aller chercher de l'eau au puits ou des bûches dans la remise devenait une véritable expédition pour les garçons qui se plaignaient de ne voir qu'à quelques pouces devant eux. Par conséquent, inquiète, Camille ne quittait pas la fenêtre pour les surveiller quand ils devaient aller dehors. Pour y parvenir, elle devait s'étirer sur la pointe des pieds tant la neige couvrait une bonne partie des fenêtres de la cuisine.

Depuis son lever, la jeune femme était tiraillée par l'angoisse. Elle ne cessait de penser à sa sœur Emma dont l'heure de la délivrance approchait dangereusement. Elle n'osait pas en parler ouvertement devant les enfants, mais…

— Il faudrait pas que Rémi soit pris tout seul à ce moment-là, finit-elle par dire à son mari en train de se bercer près du poêle en compagnie de son oncle.

— De quoi tu parles ? lui demanda Liam.

— Je parle d'Emma.

— Arrête donc de t'en faire pour ça, lui ordonna-t-il, désinvolte. Tu sais ben que ta mère doit être là pour l'aider.

— Je suis pas sûre pantoute de ça. Elle rajeunit pas et c'est pas certain que Donat l'ait laissée prendre le chemin en pleine tempête.

— Elle reste plus près des Lafond que nous autres, lui fit remarquer Liam.

— Ça change rien.

Durant de longues minutes, Camille demeura debout devant la fenêtre, comme si sa présence allait inciter la tempête à se calmer. Soudain, elle se dirigea vers ses bottes placées sous les crochets auxquels étaient suspendus les manteaux et elle entreprit de les chausser.

— Qu'est-ce que tu fais là, ma nièce ? lui demanda Paddy en retirant son cigare de sa bouche.

— Je m'habille et je m'en vais chez ma sœur, lui répondit-elle sur un ton déterminé.

— Es-tu devenue folle ? s'insurgea son mari. On voit même pas l'étable au fond de la cour.

— J'y vais pareil. Je suis pas pour la laisser toute seule. Les derniers temps ont été difficiles pour elle et je suis certaine qu'il y a personne pour l'aider. S'il y a des complications et qu'elle perd son petit, je vais m'en vouloir jusqu'à la fin de mes jours.

— T'es complètement folle, laissa tomber Liam. En tout cas, il est pas question d'atteler pour aller te conduire là. Il y a pas une *sleigh* capable de passer sur le chemin avec toute la neige qui est tombée.

— Tu seras jamais capable de te rendre chez ta sœur, déclara Paddy d'une voix docte. On voit même pas à un pied en avant. Tu vas sortir du chemin sans t'en apercevoir et on va te retrouver morte gelée. Ta sœur sera pas plus avancée.

— Laissez faire, mon oncle. Les raquettes, c'est pas pour les chiens et je suis capable de faire attention.

— Veux-tu que j'y aille avec toi ? proposa Ann en s'avançant vers elle.

— T'es bien fine, mais j'aime mieux que tu restes ici dedans pour prendre soin de ta sœur et de tes frères et pour t'occuper des repas. Je sais pas quand je vais pouvoir revenir.

— Tu trouves ça normal, toi, de laisser ta famille se débrouiller toute seule pendant que tu t'en vas courir les chemins ? lui demanda son mari, exaspéré. J'ai ben envie de te défendre de sortir de la maison.

— Tu peux toujours le faire, répliqua-t-elle en endossant son manteau, mais il y a rien qui te dit que je t'obéirais.

Avant même que Liam ait trouvé une réplique cinglante, elle enfonça une tuque sur sa tête et sortit. Elle dut se battre contre le vent et la neige pour pouvoir refermer la porte derrière elle. Liam quitta sa chaise berçante et s'approcha de l'une des fenêtres de la cuisine assez rapidement pour la voir se frayer un chemin vers la remise voisine où étaient entreposées les raquettes. Peu après, il l'aperçut avançant lentement et péniblement, la tête penchée vers l'avant pour lutter contre le vent. Elle disparut très vite au milieu des tourbillons de neige et il ne put s'empêcher d'éprouver une certaine admiration pour celle qu'il avait épousée à la fin de l'automne.

— Maudite tête dure ! se contenta-t-il de dire en regagnant sa chaise berçante.

Il feignit d'ignorer les regards réprobateurs que lui décochèrent ses enfants.

— Tu devrais te faire obéir pas mal mieux que ça par ta femme, fit Paddy. J'ai beau avoir jamais été marié, je sais ben qu'il doit y avoir juste un maître dans une maison pour que ça marche comme du monde… surtout quand ça se passe devant les enfants. Je pense que c'est pas un ben bon exemple à leur donner.

Liam ne dit rien, mais il se promit d'imposer plus sévèrement son autorité. Son oncle avait raison. Camille Beauchemin n'allait pas faire tout ce qu'elle voulait dans sa maison.

Pendant ce temps, la jeune femme marchait à l'aveuglette sur la route étroite du rang Saint-Jean. Même si on n'était qu'au début de l'après-midi, on aurait juré que le soir était déjà en train de tomber. La bouche couverte par une épaisse écharpe de laine, elle n'ouvrait les yeux qu'à demi pour se protéger des flocons que le vent poussait à l'horizontale, attentive avant tout à ne pas sortir du chemin. Le souffle coupé, elle s'efforçait de soulever ses raquettes qui s'enfonçaient profondément dans la neige.

Après ce qui lui sembla une éternité, elle crut apercevoir la maison de sa mère, étonnée de n'avoir pas parcouru plus de chemin depuis son départ. Le trajet de quelques arpents lui avait pris presque une demi-heure. Pendant un court moment, elle se demanda si elle allait s'arrêter à la maison paternelle ou si elle allait tenter de poursuivre jusque chez sa sœur, qui résidait presque à l'autre extrémité du rang.

Elle décida finalement qu'il était plus sage de faire un arrêt pour se réchauffer avant de continuer sa route.

À bout de souffle et à demi aveuglée, elle frappa à la porte. Donat vint lui ouvrir. Le jeune cultivateur ne cacha pas sa stupéfaction de la découvrir sur le pas de la porte en pleine tempête.

— Dis-moi pas qu'il est arrivé un malheur chez vous! s'exclama-t-il en s'effaçant pour la laisser entrer.

— Pantoute, le rassura Camille en tentant de reprendre son souffle tout en secouant la neige qui couvrait sa tuque et son manteau. Je voulais juste m'assurer qu'Emma était pas toute seule.

— Mais t'es complètement folle d'avoir pris le chemin dans une tempête pareille, intervint sa belle-sœur Eugénie en s'approchant d'elle. Des plans pour te perdre!

— Bien non, c'est pas si pire que ça, fit Camille pour la rassurer.

— En tout cas, pour Emma, crains rien, fit Hubert. Tu connais m'man. Quand le temps a commencé à se gâter hier matin, elle m'a obligé à atteler pour aller la conduire chez Rémi. Elle est là depuis hier soir. Quand Donat est rentré de sa réunion, elle était déjà partie.

— Ça me rassure pas mal, fit Camille en poussant un soupir de soulagement.

— Là, qu'est-ce que tu vas faire? s'enquit Donat. Tu t'en retournes chez vous?

— Non, je vais aller donner un coup de main à m'man. Je pense qu'on sera pas trop de deux pour aider Emma.

— Je vais y aller avec toi, annonça Bernadette avec détermination. T'es pas pour aller là toute seule.

— T'es bien fine, Bedette, mais c'est pas une place pour toi. Tu sais bien que m'man serait pas contente de te voir arriver pour aider Emma à accoucher. Elle a toujours eu pour son dire que c'était pas la place d'une femme pas mariée.

— Je pourrais toujours prendre soin de Flore et de Joseph, s'entêta l'institutrice.

— Il y a Rémi pour ça.

— Camille a raison, intervint Donat. Je pense que t'es mieux de rester ici dedans. Mais, toi, Camille, t'es pas pour aller là à pied, poursuivit-il. Tu te rendras jamais.

— Je pense être capable, s'entêta sa sœur aînée.

— Non, c'est trop risqué, déclara Hubert. Tu vas attendre un peu et je vais aller atteler le traîneau. La Noire devrait être capable de nous amener tous les deux jusqu'au bout du rang.

— Voyons donc ! protesta faiblement Camille, reconnaissante. Penses-tu que la Noire va être capable de tirer le traîneau jusqu'à chez Rémi dans une tempête où on voit ni ciel ni terre ?

— Inquiète-toi pas, elle est vaillante. Je vais apporter des raquettes au cas où je serais obligé de l'aider à avancer, prit-il la précaution d'ajouter. Attends et réchauffe-toi un peu. Ce sera pas long.

— C'est ça, fit Bernadette d'une voix acide. M'man va être encore plus contente de te voir arriver là, toi, un homme.

— J'ai pas pantoute l'intention de rester là. Je vais aller mener Camille et je vais revenir, expliqua le jeune homme.

Il s'habilla rapidement et quitta la maison au moment où Eugénie tendait une tasse de thé bouillant à sa belle-sœur.

— Emma est bien chanceuse de pouvoir compter sur sa mère et sur toi, dit-elle à sa belle-sœur.

— T'as pas à t'en faire, répliqua Camille. On va faire la même chose pour toi quand ton heure sera venue.

Quelques minutes plus tard, la jeune femme entendit le bruit de grelots de l'attelage qui approchait de la maison. Elle boutonna rapidement son manteau, coiffa sa tuque et sortit après avoir souhaité le bonsoir aux trois adultes demeurés dans la pièce.

164

— Prends tes raquettes et monte, lui cria Hubert, debout en équilibre instable sur le gros traîneau en bois utilisé par les frères Beauchemin pour le transport du bois.

Camille obtempéra.

— Envoye ! Avance, ma Noire ! cria-t-il dans la tourmente pour inciter sa bête à se remettre en route.

La jument, les naseaux fumants et de la neige presque jusqu'au poitrail, se mit lentement en route en tirant difficilement sa charge. Debout devant la fenêtre obstruée en grande partie par la neige, Donat ne put s'empêcher de dire à Bernadette et à sa femme, qui s'apprêtait à aller mettre au lit le petit Alexis :

— Je sais pas trop quelle sorte d'homme est Liam Connolly, mais il m'a pas l'air de tellement tenir à Camille. Pour la laisser partir comme ça en pleine tempête, il faut être un maudit sans-cœur ! Il me semble qu'il aurait pu au moins essayer d'atteler pour aller la conduire chez Emma.

— Moi, j'en reviens pas, fit Bernadette.

— C'est vrai que c'est un drôle d'homme, reconnut Eugénie.

— En tout cas, il me semble que ma sœur mériterait d'être mieux traitée. Après tout, elle prend soin de ses enfants comme si c'étaient les siens, torrieu !

Au milieu des bourrasques de neige aveuglantes, le traîneau sortit de la cour de la ferme et tourna à droite. Hubert conduisait au jugé puisqu'il lui était impossible d'apercevoir les branches de sapinage qui balisaient la route étroite longeant la rivière. Sa bête peinait à tirer le traîneau sur lequel Camille avait beaucoup de mal à se tenir assise tant il risquait de verser lorsqu'il escaladait les congères. Hubert aperçut une lueur sur sa gauche et en déduisit que sa sœur et lui se trouvaient devant la maison de Constant Aubé, seule maison construite du côté gauche de la route dans le rang Saint-Jean. Il devina plus qu'il ne vit la maison de Conrad Boudreau quelques minutes plus tard, puis celle de son voisin, John White. Avant d'arriver face à la ferme de Gratien Ménard, le conducteur dut descendre du traîneau, chausser ses raquettes et aller saisir la Noire par le mors pour l'aider à sortir du banc de neige dans lequel elle venait de s'enliser. Camille quitta le véhicule à son tour pour l'alléger.

Plus loin, après avoir dépassé la ferme d'Ernest Gélinas, le voisin de Rémi Lafond, le traîneau versa. Par chance, Camille et son frère eurent le temps de sauter avant qu'il ne bascule, mais ils ne furent pas trop de deux pour le remettre à l'endroit.

— Coliboire de maudite misère noire! jura Hubert, aveuglé par la neige qui continuait à tomber. Est-ce qu'on va finir par arriver?

— Je pense qu'on y est presque, lui cria Camille pour l'encourager. Regarde, c'est chez Rémi.

De fait, il ne leur restait que quelques centaines de pieds à parcourir avant de pénétrer dans la cour de la ferme de leur beau-frère où Hubert prit la précaution d'immobiliser son attelage près de la remise, à l'abri du vent. Pendant que Camille se dirigeait vers la maison, son frère jeta une couverture sur le dos de la Noire avant de la suivre.

Rémi, stupéfait, vint leur ouvrir.

— Sacrifice! J'étais sûr que c'était le diable qui venait frapper à la porte par un temps pareil.

— Je suis certaine que t'es déçu, se moqua Camille en secouant la neige qui la couvrait de la tête aux pieds.

— Un peu, plaisanta son beau-frère. Ce qui m'a fait penser au diable, c'est la tête de Hubert.

— Toi, laisse-moi le temps de dégeler un peu avant de m'étriver, plaisanta le frère de sa femme.

— Dégreyez-vous et venez vous réchauffer, proposa le maître de maison. Mais qu'est-ce qui vous a fait sortir sur le chemin en pleine tempête?

— L'état de ta femme, se borna à répondre sa belle-sœur. Où sont passées m'man et Emma ? demanda-t-elle en ne les voyant pas dans la pièce où trônait un gros poêle à deux ponts.

— Emma est partie se reposer il y a une heure et ta mère est montée avec les enfants pour leur faire faire un somme. Elle devrait être à la veille de se lever. En attendant, je vais aller vous chercher quelque chose à boire qui va vous réchauffer, annonça-t-il en se dirigeant vers la porte du garde-manger.

Il sortit un cruchon de grès et entreprit de servir des petits verres de bagosse.

— Pas pour moi, si ça te fait rien, le prévint Camille, j'aimerais mieux une tasse de thé bien chaud.

— Sers-toi, lui proposa Rémi. La théière est sur le poêle. Toi, qu'est-ce que t'attends pour ôter ton manteau ? demanda-t-il à Hubert qui le dominait de plus d'une demi-tête.

— Je reste pas longtemps, répondit le jeune homme. Juste le temps de me réchauffer un peu et de laisser la Noire retrouver son souffle. L'heure du train approche et je vais retourner donner un coup de main à Donat. À part ça, cette maudite tempête-là va ben finir par arrêter un jour. À ce moment-là, je pense que l'ouvrage pour tout nettoyer manquera pas.

Rémi ne chercha pas à retenir son jeune beau-frère trop longtemps, sachant fort bien que le cheval devait souffrir du froid, même à l'abri de sa remise.

Quelques minutes plus tard, Hubert se leva et annonça son intention de retourner à la maison. Camille le remercia d'avoir eu le courage de venir la conduire chez Emma et lui conseilla la plus grande prudence pour le retour.

— Il commence déjà à faire noir, lui fit-elle remarquer alors qu'il enfonçait son casque sur sa tête.

— Ça fera pas une ben grosse différence, rétorqua le jeune homme. Il me semble qu'il a fait noir toute la journée. Bon, j'y vais, fit-il en ouvrant la porte pour sortir, à la revoyure!

Camille se posta devant la fenêtre et le vit passer peu après, debout sur le traîneau et invectivant sa bête pour l'inciter à avancer plus vite. Quand il eut disparu de sa vue, elle se retourna vers Rémi pour lui demander ce qui avait été prévu pour le souper.

— Je le sais pas trop, admit ce dernier.

— Bon, laisse faire, je vais bien trouver quelque chose, décida-t-elle. Tu peux aller faire ton train, je m'en occupe.

Le maître des lieux venait à peine de quitter la maison, un fanal à la main, pour se rendre à l'étable que Camille entendit des voix à l'étage. Peu après, elle vit la petite Flore descendre lentement l'escalier qui conduisait aux chambres, suivie de près par sa grand-mère qui portait le petit Joseph dans ses bras.

— Mais qu'est-ce que tu fais là, toi? demanda abruptement Marie en apercevant sa fille aînée occupée à peler les pommes de terre, assise à la table de la cuisine. J'étais sûre que c'était Emma qui venait de se lever.

— Bien non, m'man, c'est juste moi. Comme vous pouvez le voir, je suis venue vous donner un coup de main.

— Où est Liam?

— Il n'est pas là, se contenta de répondre Camille sur un ton neutre. Je suis allée chez vous à pied et c'est Hubert qui est venu me conduire en traîneau. Il vient juste de repartir.

— Bonne sainte Anne, si ça a du bon sens! s'exclama Marie. Veux-tu bien me dire ce qui t'a pris de prendre le chemin par un temps pareil?

— J'avais peur qu'Emma soit toute seule. J'étais trop inquiète. J'étais bien décidée à venir jusqu'ici pour lui donner un coup de main. Il me semble qu'elle en a pas mal arraché depuis une couple de mois.

— C'est ce que je pense aussi, admit sa mère, le front soudain barré par un pli soucieux. J'espère juste que tout va bien se passer quand son heure arrivera.

Les deux enfants vinrent s'asseoir à table, attendant la tartine de sucre du pays que leur grand-mère leur avait promise pour les inciter à faire une sieste. Tout en coupant deux épaisses tranches dans une miche de pain frais, Marie poursuivit à mi-voix pour ne pas réveiller Emma.

— Il aurait ben fallu que les enfants soient ailleurs, déclara-t-elle. C'est pas normal qu'ils soient ici dedans quand ça sera le moment.

— C'est certain. Pourquoi Hubert les a pas ramenés à Eugénie ou même chez nous quand il est venu vous conduire hier, avant la tempête ?

— C'est Emma qui a refusé. Elle a dit qu'elle voulait pas encombrer la famille avec ses enfants avant que le temps soit venu. D'après elle, il y a rien qui prouve que ça va arriver avant le commencement de la semaine prochaine… mais moi, j'en doute pas mal. En tout cas, si ça se produit après la tempête, Rémi aura juste à atteler pour aller les mener à la maison. Eugénie et Bernadette s'en occuperont.

La grand-mère tendit les tartines aux deux enfants en leur recommandant de ne pas faire de bruit pour ne pas réveiller leur mère.

— On va laisser Emma dormir pendant qu'on prépare le souper, suggéra Camille. J'ai vu qu'il y avait un reste de bœuf. On pourrait faire une fricassée.

— Parfait, accepta Marie. Je vais juste aller voir si Emma est correcte, ajouta-t-elle en se dirigeant vers la porte de la chambre des maîtres située au fond de la cuisine.

Elle entrouvrit doucement la porte et tendit l'oreille. La future mère avait l'air de dormir profondément.

— On la réveillera pour souper, annonça-t-elle à Camille en allant chercher un couteau pour l'aider à peler les pommes de terre.

Rémi revint à la maison près d'une heure plus tard après avoir soigné ses animaux. Il secoua la neige qui le couvrait et éteignit son fanal qu'il suspendit à un clou, près de la porte.

— On dirait que le vent commence à tomber, mais il neige toujours autant, annonça-t-il à sa belle-mère et à sa belle-sœur. Il y a de la neige jusqu'en haut de la porte de l'étable. J'ai jamais vu ça. Une chance que j'ai entré du bois en masse pour chauffer jusqu'à demain matin, conclut-il en retirant ses bottes.

— J'espère que Hubert a pas eu trop de misère à retourner à la maison, fit Camille en finissant de dresser le couvert.

La cuisine baignait dans une agréable odeur de nourriture en train de mijoter sur le poêle.

— Je pense qu'il est temps d'aller réveiller Emma, dit Marie en se dirigeant vers la chambre.

Elle resta absente deux ou trois minutes avant de revenir dans la pièce après avoir refermé la porte derrière elle.

— Est-ce qu'elle se lève? lui demanda Camille.

— Elle dit qu'elle a pas faim et qu'elle aime mieux dormir encore un peu, lui répondit sa mère. Approchez, les enfants, venez souper, ajouta-t-elle. Toi aussi, Rémi.

Tous s'assirent autour de la table éclairée par une unique lampe à huile. À l'extérieur, les hurlements du vent avaient brusquement cessé, faisant place à un silence inquiétant.

— Je serais pas surprise pantoute que ce soit pour la nuit prochaine, avança Marie au moment où elle déposait un plat de fricassée au centre de la table.

— Qu'est-ce qu'on va faire des enfants? s'inquiéta brusquement Rémi.

— On va faire ce qu'on va pouvoir, déclara Camille sur un ton ferme. Tu vas t'en occuper dans leur chambre en haut. On peut rien faire de mieux. T'es tout de même pas pour prendre la chance d'aller les conduire chez m'man ou chez nous.

Le repas se prit en silence et les deux femmes s'empressèrent de ranger la cuisine dès que Rémi et ses deux enfants eurent fini de manger. Quand Emma, les traits tirés et les yeux largement cernés, apparut dans la pièce un peu avant sept heures, elle s'étonna de trouver sa sœur aînée chez elle.

— Je suis venue voir si je pouvais être utile à quelque chose, expliqua l'épouse de Liam Connolly en taisant les difficultés qu'elle avait eues à se rendre chez sa sœur.

— Veux-tu manger quelque chose ? lui proposa sa mère.

— Non, m'man, j'ai pas faim. On dirait que le dîner passe mal.

— C'est correct. Je vais te servir une bonne tasse de thé et juste un ou deux biscuits à la mélasse. Ça va te faire du bien.

Camille regarda sa jeune sœur se déplacer lourdement, l'air pataud. Elle ne se rappelait pas l'avoir vue aussi mal en point lors de ses deux précédentes grossesses.

— Assois-toi proche du poêle et berce-toi, lui conseilla Camille. Non, mon cœur, maman peut pas te bercer, elle est fatiguée, prit-elle soin d'ajouter à l'intention du bambin de trois ans qui voulait prendre place sur les genoux de sa mère. Ma tante va te bercer, elle, ajouta-t-elle en prenant Joseph dans ses bras.

À huit heures, on décida de mettre au lit les deux enfants. Emma annonça son intention de retourner se coucher. Camille se chargea de préparer son neveu et sa nièce pour la nuit et revint dans la cuisine où il ne restait plus que sa mère et son beau-frère. Les trois adultes discutèrent durant un long moment à mi-voix avant de se retirer pour la nuit.

— Au moindre signe, viens m'avertir, ordonna Marie à son gendre avant de suivre Camille à l'étage. Les deux femmes se séparèrent sur le palier et allèrent se coucher.

La veuve de Baptiste Beauchemin avait l'impression de venir à peine de s'endormir quand elle entendit frapper doucement à la porte de sa chambre. Celle-ci s'ouvrit et Rémi apparut, une lampe à la main.

— Madame Beauchemin, je pense que le petit s'en vient, murmura-t-il sans oser entrer dans la pièce.

— Quoi ? Qu'est-ce qu'il y a ? demanda-t-elle, mal réveillée.

— Emma commence à avoir des douleurs.

— Quelle heure il est ?

— Un peu plus que deux heures.

— Bon, je descends, lui dit-elle. Va t'occuper de bien chauffer la maison.

La porte se referma et elle alluma en tâtonnant la lampe déposée sur l'unique bureau de la pièce. Elle s'habilla rapidement, sortit de sa chambre et alla réveiller Camille, dans la chambre voisine.

— Camille, c'est commencé, se contenta-t-elle de dire à sa fille aînée en la secouant doucement par une épaule.

Un peu plus tard, les deux femmes entrèrent dans la chambre d'Emma, laissant dans la cuisine un Rémi nerveux à qui elles avaient confié le soin de s'occuper du poêle. Dehors, le vent était définitivement tombé et la neige avait cessé. En cette nuit glaciale du mois de février, le monde entier semblait enseveli sous une épaisse couche blanche surveillée par une lune qui venait enfin d'apparaître entre les nuages.

— Va chercher une autre lampe, ordonna Marie à Camille après avoir demandé à la future mère comment elle se sentait.

Emma lui apprit qu'elle avait ressenti les premières contractions quelques minutes plus tôt et qu'elle avait déjà perdu ses eaux. Au moment où Camille rentrait dans la pièce en tenant une autre lampe, de nouvelles contractions firent grimacer sa jeune sœur qui avait empoigné à pleines mains son ventre alourdi.

— Tu vas te lever une minute, dit Marie une fois passée la douloureuse crampe, on va changer ton drap.

On aida la jeune femme à s'asseoir sur le coffre placé au pied du lit et on s'empressa de changer le drap. Elle put regagner son lit à l'instant où une autre vague de contractions surgissait. Haletante, la sueur au front, Emma crispa les poings et émit une plainte étouffée pour ne pas réveiller les enfants qui dormaient à l'étage.

— Ça revient rapidement, déclara Marie. Prends courage, pour moi, ton petit va arriver vite.

— Si c'est comme ça, je vais aller préparer tout ce qu'il faut sur la table de cuisine, annonça Camille.

— J'ai tout mis dans l'armoire, lui apprit sa sœur.

Camille, les bras chargés d'un drap et de tout ce qui serait nécessaire pour laver et vêtir le nouveau-né, quitta la chambre. Elle trouva Rémi en train de faire les cent pas dans la cuisine. Sans rien dire, elle se dirigea vers le réservoir d'eau du poêle pour en vérifier le contenu.

— C'est dommage, le beau-frère, mais tu vas être obligé de t'habiller pour aller me chercher une chaudière d'eau au puits. On va avoir besoin de plus d'eau chaude que ça.

— J'y vais, fit Rémi, apparemment soulagé d'avoir quelque chose à faire.

L'épouse de Liam Connolly entreprit de placer sur la table de cuisine tout ce qu'elle avait rapporté de la chambre et, avant de revenir dans celle-ci, elle prit la précaution d'apporter un bol à main rempli d'eau tiède et une serviette. À son arrivée auprès de sa sœur, celle-ci sortait d'une série de contractions qui l'avaient laissée pantelante. Sans dire un mot, Camille trempa la serviette dans l'eau tiède et essuya le visage de sa sœur qui semblait au bord de l'épuisement. Pourtant, elle donnait l'impression d'attendre courageusement les prochaines douleurs qui ne manqueraient pas d'arriver.

— Restez pas debout à côté du lit, finit-elle par dire à sa mère et à sa sœur avec un pauvre sourire. Je me sens obligée d'accoucher tout de suite. Allez chercher les deux chaises dans le salon.

Marie hésita quelques instants avant d'obtempérer. Les douleurs étaient si rapprochées que la délivrance allait sûrement se produire dans les minutes suivantes. Finalement, quand elle se rendit compte que les contractions se faisaient soudainement attendre, elle décida de demander à Rémi de les apporter.

Et l'attente commença. Inexplicablement, le travail cessa. À tel point qu'Emma commença à somnoler puis s'endormit. Une heure passa sans que sa mère ni Camille n'osent quitter la chambre.

— J'aime pas ça pantoute, murmura Marie à sa fille aînée en regardant les traits tirés d'Emma. C'est pas normal, cette affaire-là.

Les deux femmes n'entendaient que le bruit du rond du poêle quand Rémi y jetait une bûche. Un peu avant trois heures trente, de vives contractions arrachèrent un cri à Emma brutalement tirée de son sommeil et le travail reprit. Puis les douleurs revinrent, plus rapprochées cette fois, au point que sa mère et sa sœur crurent que le moment de la délivrance approchait enfin.

Malheureusement, au bout d'une heure, tout s'arrêta encore une fois, laissant la future mère, trempée de sueur et au bord de l'épuisement total.

— Ça a pas d'allure, chuchota Camille. Elle passera jamais à travers si ça continue comme ça.

— On va prier, décida sa mère en tirant un chapelet de la poche de son tablier.

Les deux femmes se mirent à prier à voix basse pendant qu'Emma cherchait à récupérer suffisamment de forces pour enfin donner naissance à son enfant. Vers cinq heures trente, Camille sortit de la chambre alors que son beau-frère endossait son manteau et chaussait ses bottes.

— Je vais aller faire mon train, lui annonça-t-il en allumant un fanal. Là, je sers à rien et ça me rend fou.

— C'est ça, vas-y, l'encouragea Camille. Elle est en train de se reposer. Ça sera pas pour tout de suite.

— Mais veux-tu ben me dire ce qui se passe ? lui demanda-t-il. Pour les deux premiers, ça a jamais pris autant de temps.

— Je le sais pas, mais inquiète-toi pas, elle va finir par l'avoir, son petit.

Rémi enfonça sa tuque sur sa tête et quitta la maison. Quand Camille rentra dans la chambre, sa mère lui dit d'une voix basse chargée d'inquiétude :

— Je serais bien plus tranquille si le docteur Samson était ici dedans pour s'occuper de ta sœur.

— Là, m'man, on va bien être obligées de se débrouiller sans lui. Je serais surprise que les chemins soient ouverts avant la fin de la journée avec toute la neige qui est tombée. Je pense que...

La plainte sourde émise par Emma lui coupa la parole. Marie se leva et s'approcha de sa fille. Les contractions reprirent, mais cette fois-ci elles se firent de plus en plus violentes et rapprochées. La mère se mit à encourager la jeune femme en douleur à pousser de plus en plus fort pendant que Camille rafraîchissait le front de sa sœur avec un linge humide.

— Envoye, Emma, il s'en vient, lui ordonna Marie. T'en as plus pour longtemps. C'est presque fini.

Emma gémissait de plus en plus fort, en proie à ce qui semblait des douleurs insupportables.

— Continue, tu y es presque, fit sa mère quelques minutes plus tard alors que la tête du bébé venait enfin d'apparaître. Vas-y, je le vois.

Dans un effort suprême, la jeune mère expulsa enfin l'enfant qu'elle portait et perdit conscience, épuisée par les efforts qu'elle avait dû déployer pour donner naissance à son bébé.

— Occupe-toi de ta sœur, ordonna sèchement Marie à sa fille aînée qui fixait sans réaction le nouveau-né encore rattaché à sa mère. Éponge-lui le visage pendant que je coupe le cordon. Dépêche-toi !

— C'est un garçon ou une fille ?

— Une fille.

Sans plus s'occuper d'elle, la veuve de Baptiste Beauchemin coupa le cordon ombilical, saisit le bébé par les pieds et lui donna une tape sur le derrière pour le faire crier et ainsi dégager ses voies respiratoires. Une fois qu'il eut crié, elle s'empressa de l'envelopper dans un linge et le tendit à Camille au moment où Emma reprenait pied dans la réalité.

— À cette heure, va nettoyer le petit, commanda-t-elle à sa fille. Je vais finir de m'occuper de ta sœur.

Camille prit l'enfant tout rouge et quitta la chambre. La cuisine était suffisamment chaude pour ne pas mettre la santé du bébé en danger. Elle allait le déposer sur la table quand elle aperçut Flore, à demi réveillée, debout sur la première marche de l'escalier. Elle s'empressa de lui tourner le dos pour qu'elle ne voie pas ce qu'elle tenait dans ses bras.

— Qu'est-ce qu'il y a, ma tante ? demanda la petite fille de cinq ans.

— Rien, ma belle fille. Reste en haut et retourne te coucher. Il est trop de bonne heure pour que tu te lèves.

— J'ai entendu m'man crier.

— Ta maman a fait un cauchemar. Elle s'est rendormie. Fais la même chose qu'elle. Va te recoucher. Ma tante va aller te chercher tout à l'heure. Et fais attention de pas réveiller Joseph.

Camille attendit que sa nièce ait obéi avant de déposer le poupon sur la table. Elle s'empressa de préparer un bol d'eau tiède et se mit en frais de le laver et de l'emmailloter soigneusement. Le visage de l'enfant n'avait pas été trop marqué par sa naissance, mais sa largeur, ses yeux légèrement bridés ainsi que le petit bout de langue rose qui dépassait de ses lèvres avaient quelque chose de surprenant. Par ailleurs, sa tête lui semblait un peu plus grosse que la normale. Tout en préparant le nouveau-né avant d'aller le déposer dans les bras de la mère, la jeune femme ne cessait de se dire qu'il ne ressemblait en rien à sa sœur et à son frère qu'elle avait vus bébés.

La porte de la chambre s'ouvrit sur Marie portant des linges souillés ainsi que le placenta. Elle avait les traits tirés par la fatigue.

— Ta sœur est correcte, dit-elle à sa fille aînée en se débarrassant de son fardeau. Sa toilette est faite et je pense qu'elle a juste envie de dormir. J'ai soufflé une des deux lampes.

— Le bébé dort déjà, lui fit remarquer Camille en lui montrant l'enfant qu'elle tenait dans ses bras.

— Montre-moi donc ce bout de chou que je voie de quoi elle a l'air une fois bien propre, demanda Marie en retrouvant le sourire malgré sa fatigue.

Camille lui présenta l'enfant et guetta la réaction de sa mère. Celle-ci eut un léger sursaut à la vue du visage de sa petite-fille, ce qui ne l'empêcha pas de déposer un baiser sur le front du bébé.

— Vous trouvez pas qu'elle ressemble pas à Flore et à Joseph quand ils sont venus au monde? chuchota Camille.

— Ça veut rien dire, répondit sa mère d'une voix neutre. Un enfant, ça change vite. Déjà dans deux ou trois jours, on va avoir de la misère à le reconnaître.

Mais Camille ne se trompait pas. Elle était certaine que sa mère cherchait surtout à se rassurer.

— Bon, va le porter à Emma. Elle a hâte de voir sa fille, lui ordonna Marie. Rémi devrait être à la veille de rentrer, et lui aussi va être content de la voir.

— Pas juste lui, Flore est déjà réveillée et j'ai bien l'impression que Joseph va suivre.

Camille retrouva sa sœur souriante malgré son épuisement. Elle la félicita en déposant le bébé dans ses bras. La pièce était mal éclairée et tout de même assez fraîche parce qu'on avait tenu la porte fermée durant tout l'accouchement. Emma serra son enfant contre elle et l'embrassa, apparemment sans remarquer quoi que ce soit d'anormal. Elle allait demander si Rémi l'avait vue quand elle l'entendit entrer dans la maison. Marie l'invita à aller voir sa femme et sa fille, et Camille s'esquiva pour laisser le couple vivre ensemble ce moment privilégié.

Quelques instants plus tard, Flore apparut avec son petit frère sur la première marche de l'escalier.

— Vous pouvez descendre, leur permit leur grand-mère. Venez voir ce que les sauvages vous ont apporté pendant la nuit.

Les deux enfants descendirent l'escalier et Marie les fit entrer dans la chambre où ils retrouvèrent leur père, assis près de leur mère étendue. Il y eut des exclamations excitées. La grand-mère laissa passer quelques minutes avant de revenir dans la chambre.

— Bon, vous allez laisser votre mère dormir un peu, et moi je vais coucher votre petite sœur dans son berceau, annonça-t-elle sur un ton sans réplique. Vous autres, vous allez rejoindre votre tante Camille qui va vous aider à vous habiller avant de déjeuner.

Rémi Lafond comprit que le message s'adressait aussi à lui. Fatigué par sa nuit de veille, il sortit de la pièce derrière ses enfants. Pendant que Camille montait à l'étage avec Joseph et Flore, sa belle-mère lui dit :

— Il va falloir que tu trouves le moyen d'aller chercher le docteur Samson à Saint-Zéphirin.

— Est-ce que c'est pressant ? lui demanda son gendre, soudain inquiet. Il y a pas un chemin ouvert à matin.

— C'est sûr qu'à matin, tu pourras jamais te rendre, mais il faudrait que ce soit fait aujourd'hui, insista Marie. Il faut qu'il voie Emma et surtout la petite. L'accouchement a pas été facile pantoute et on sait jamais. On a fait notre possible, mais ce serait mieux si le docteur venait les voir, ajouta-t-elle, cherchant à faire taire l'inquiétude perceptible chez le mari d'Emma.

— C'est correct, madame Beauchemin. Je déjeune et, après ça, je déneige ma cour et mon bout de chemin. Après le dîner, je pense que les chemins devraient être pas mal ouverts. À ce moment-là, je vais y aller.

— Fais donc ça, mais garde-toi une heure ou deux pour dormir un peu, lui conseilla sa belle-mère. Si un de mes garçons vient aujourd'hui, je lui demanderai d'aller prévenir monsieur le curé pour qu'il vienne ondoyer la petite. Il faudrait pas prendre le risque que cette enfant-là aille dans les limbes s'il lui arrivait quelque chose.

— Vous m'inquiétez, madame Beauchemin, on dirait que vous avez peur que…

— Ben non, Rémi, c'est juste une précaution. C'est pas parce qu'on l'a pas fait pour Flore et Joseph qu'il faut pas le faire. À part ça, penses-tu que je vais finir par savoir un jour comment va s'appeler cette enfant-là? ajouta-t-elle sur un ton léger qui sonnait un peu faux.

— On a pensé l'appeler Marthe.

— C'est un bien beau nom, fit Marie avec un sourire. C'est le nom de ma grand-mère Camirand.

Chapitre 9

L'épreuve

Après le déjeuner, Camille exigea que sa mère aille dormir quelques heures pendant qu'elle s'occuperait des deux enfants.

— Tu veux pas rentrer chez vous ? lui demanda Marie.

— Je pense que je vais être plus utile ici dedans qu'à la maison, lui répondit sa fille. Là-bas, ils sont pas en perdition, il y a Ann pour s'occuper de la maisonnée.

Fatiguée par sa nuit de veille, Marie ne se fit pas prier pour aller dormir et Rémi quitta la maison pour procéder au déneigement. Camille vit à ce que Flore et Joseph n'empêchent pas sa mère, Emma et le bébé de dormir.

Un peu après onze heures, Marie apparut dans la cuisine en déclarant qu'elle avait assez dormi et insista pour que sa fille aille se reposer à son tour. Cette dernière monta à l'étage et, sans se déshabiller, s'enfouit sous les épaisses couvertures encore chaudes qui couvraient le lit que sa mère venait de quitter. Elle mit quelques instants avant de trouver le sommeil, taraudée par ce à quoi elle avait assisté durant la nuit. Courageuse, elle était moins habitée par la crainte des souffrances de l'enfantement que par la terreur de donner naissance à un bébé… à un bébé différent des autres.

Camille fut tirée du sommeil sur le coup de trois heures par des voix masculines en provenance du rez-de-chaussée. Elle se leva rapidement, remit de l'ordre dans sa coiffure et ses vêtements et se dépêcha de descendre à la cuisine où elle trouva Rémi en train d'aider le curé Désilets à retirer son manteau.

— J'ai été chanceux, madame Beauchemin, dit le maître de la maison à Marie. Au moment où j'arrivais à la sacristie, j'ai rencontré Xavier qui s'en allait au magasin général. Le rang Sainte-Ursule est déjà ouvert sur toute sa longueur. Quand je lui ai dit qu'on venait d'avoir du nouveau et que je devais aller avertir le docteur Samson, il m'a dit qu'il s'en chargeait et de me contenter d'aller prévenir Antonin qu'il rentrerait pas avant le début de la soirée.

— Il est bien de service, se borna à dire Marie.

— Il va arrêter voir sa sœur et sa nièce en revenant, ajouta le jeune père.

— Bon, où sont la mère et l'enfant? demanda Josaphat Désilets, en manifestant une certaine impatience.

Le prêtre avait assisté à l'échange sans dire un mot.

— Je dois vous dire qu'il était pas nécessaire que je vienne ondoyer l'enfant, tint-il à préciser. N'importe qui dans la maison aurait pu le faire à ma place s'il jugeait la vie du bébé en danger ou si l'accouchement a été particulièrement difficile.

— Il a été difficile, monsieur le curé, répliqua la mère de l'accouchée, mais je savais pas quoi faire pour ondoyer la petite. J'ai pas voulu prendre de chance.

— C'est correct, laissa-t-il tomber sèchement.

Marie le précéda jusqu'à la chambre de sa fille pour lui ouvrir la porte et elle l'invita du geste à entrer en compagnie de Rémi. Elle referma la porte derrière eux.

— Seigneur qu'il est bête, ce prêtre-là! ne put s'empêcher de dire Camille.

— C'est un bon prêtre, ma fille. C'est ça qui est le plus important, la tança sa mère.

La cérémonie fut très brève et le curé de Saint-Bernard-Abbé revint dans la cuisine moins de dix minutes plus tard. Pendant qu'il endossait son manteau avec l'aide de Camille, il s'adressa à Rémi en train de s'habiller lui aussi.

— Est-ce que le docteur a vu cet enfant-là ?

— Pas encore, monsieur le curé, répondit le père.

— En tout cas, ce serait une bonne idée de venir le faire baptiser après-demain, dimanche après-midi.

— On va faire ça, monsieur le curé.

Après le départ du prêtre et de Rémi, Camille annonça à sa mère qu'elle allait rentrer chez elle avant que Liam perde patience. Elle la laissa à la préparation du souper pour aller dire quelques mots à sa sœur avant de partir.

Les traits un peu moins tirés, Emma avait la mine rayonnante de la nouvelle mère. Fait étonnant, elle ne semblait pas du tout inquiétée par le fait qu'on avait jugé bon d'ondoyer son bébé.

— Monsieur le curé est parti ? demanda-t-elle à sa sœur aînée.

— Il vient de partir avec Rémi. Il veut que le baptême se fasse dimanche.

— Mais il vient de baptiser la petite, protesta la mère.

— Il l'a ondoyée, pas baptisée, Emma, la corrigea Camille. C'est pas la même chose. Pour le baptême, il faut un parrain et une marraine.

Le visage d'Emma se rembrunit légèrement. Elle ne s'était pas inquiétée parce qu'elle avait confondu ondoiement et baptême.

— Qui avez-vous choisi comme parrain et marraine ? poursuivit Camille.

— Si ç'avait été un garçon, c'est le frère de Rémi qui aurait été dans les honneurs, mais là, c'est une fille. Les honneurs vont être dans ma famille. Est-ce que Liam et toi, vous voulez être le parrain et la marraine de Marthe ?

— Rien pourrait nous faire plus plaisir, accepta Camille avec un large sourire.

Il y eut un bref silence dans la chambre. Le bébé bougea dans son berceau et Camille vérifia s'il était bien couvert.

— Je viens de penser à quelque chose, murmura-t-elle à sa sœur. As-tu songé que tu pourrais demander à Xavier et à sa Catherine d'être dans les honneurs ?

— T'es pas sérieuse ? fit Emma, surprise par la suggestion de sa sœur aînée.

— Ça serait un bon moyen d'obliger m'man à accepter Catherine dans la famille.

— Je suis certaine qu'elle serait enragée bien noir, protesta sa jeune sœur.

— Peut-être sur le coup, mais après, elle aurait plus le choix. Moi, ce que je t'en dis… Va surtout pas croire que je veux pas être dans les honneurs… Je pensais seulement à la famille.

— Là, je le sais plus, admit Emma d'une voix hésitante. Normalement, ça devrait être toi la marraine, t'es la plus vieille de la famille. P'pa et m'man ont été dans les honneurs pour Flore.

— Écoute, parles-en à Rémi, lui conseilla sa sœur. Si vous acceptez, Liam et moi, on sera pas pantoute insultés. Ann pourrait même être la porteuse, si tu le veux. Tu nous feras savoir ce que vous aurez décidé. Bon, là, je rentre à la maison. M'man reste pour tes relevailles, mais si jamais t'as besoin de quelque chose, envoie-moi Rémi.

Celui-ci rentra à la maison au moment où sa belle-sœur s'apprêtait à partir. Il alla la conduire chez elle après avoir promis à sa belle-mère de s'arrêter en chemin pour annoncer à Bernadette, Donat et Eugénie la bonne nouvelle.

— Dis-leur tout de même d'attendre demain pour venir voir Emma et la petite, prit-elle soin de préciser. Explique-leur qu'on attend le docteur Samson et qu'Emma est encore pas mal faible.

Le soleil commençait à se coucher au-dessus des eaux gelées de la rivière quand la *sleigh* de Rémi Lafond quitta la ferme. Le chemin du rang Saint-Jean avait déjà été non seulement tapé par les rouleaux des cultivateurs, mais aussi soigneusement balisé avec des branches de sapinage. Il était stupéfiant de voir avec quelle rapidité les gens de l'endroit étaient parvenus à se sortir de l'énorme tempête qui avait laissé derrière elle près de trois pieds de neige. De loin en loin, seuls les toits des maisons semblaient émerger de toute cette neige.

À son arrivée à la maison, Camille trouva la table mise et le souper en train de cuire sur le poêle. L'oncle de Liam se berçait tranquillement près du poêle pendant qu'Ann était occupée à trancher du pain. Quand elle entra dans la maison, la petite Rose se précipita dans ses bras et le sourire de bienvenue de la petite fille réchauffa le cœur de sa mère adoptive.

— P'pa est à la veille de revenir du train, lui annonça Ann. Duncan et Patrick sont avec lui.

— C'est parfait.

— Est-ce que tout va ben? finit par lui demander Paddy Connolly, sans manifester trop d'intérêt.

— Tout est rentré dans l'ordre, mon oncle, se borna-t-elle à dire. Ma sœur a eu une belle petite fille.

Ann et sa sœur furent tout excitées par la nouvelle. Quand Liam rentra quelques minutes plus tard, il arborait son visage fermé des mauvais jours. Il retira son manteau et ses bottes sans dire un mot alors que ses fils semblaient heureux de revoir Camille et ne le cachaient guère. Celle-ci remarqua que Duncan arborait une joue enflée et elle en déduisit qu'il avait été encore frappé par son père. Aidée par Ann, elle servit le repas puis mangea. Le silence régna autour de la table durant tout le souper. Comme son mari ne semblait pas désireux de savoir comment les choses s'étaient passées pour elle depuis la veille, Camille ne lui dit rien.

Après le repas, Ann et Rose l'aidèrent à laver la vaisselle et à ranger la cuisine pendant que les deux garçons remplissaient le coffre à bois avec des bûches qu'ils allaient chercher dans la remise voisine.

Un peu avant huit heures, Camille annonça aux enfants qu'ils allaient faire la prière parce qu'elle avait trop sommeil pour continuer à veiller.

— Tu peux aller te coucher tout de suite sans t'occuper de nous autres, lui proposa Patrick. Hier soir, Ann nous a fait faire notre prière. Elle peut faire la même chose à soir.

Camille eut un sourire d'appréciation à l'endroit de l'adolescente et la remercia d'y avoir pensé.

— J'ai pas dormi la nuit passée, expliqua-t-elle, davantage à l'intention des enfants qu'à celle de Liam et de son oncle. Si Ann veut bien vous faire réciter votre prière, je pense que je vais aller me coucher tout de suite.

Sur ces mots, elle embrassa chacun des enfants, alluma une lampe et disparut dans sa chambre.

Après avoir déposé Camille chez elle et annoncé aux Beauchemin la naissance de son troisième enfant, Rémi Lafond revint à la maison. Il alla soigner ses animaux et il rentra chez lui quelques minutes avant que le repas soit prêt. Il retira son manteau et ses bottes avant d'aller jeter un coup d'œil dans la chambre pour s'assurer que sa femme avait tout ce dont elle avait besoin. Marie le regarda faire sans dire un mot, attendrie par l'attachement que son gendre manifestait à l'endroit de sa fille.

— Entre, chuchota Emma à son mari.

Rémi pénétra dans la pièce plongée dans l'obscurité et s'assit sur le bord du lit.

— Est-ce que t'es correcte ? lui demanda-t-il à voix basse.

— Oui, mais je veux te parler de quelque chose.

— De quoi ?

— Du parrain et de la marraine de la petite.

— Qu'est-ce qu'il y a ? Il avait pas été entendu que ce serait Liam et Camille si c'était une fille ?

— Oui, mais j'ai pensé à quelque chose. Qu'est-ce que tu dirais si on demandait à Xavier et Catherine d'être dans les honneurs ?

— T'es pas sérieuse ? fit son mari. Tu vas insulter Camille et Liam à mort si tu fais ça.

— Bien non, le contredit sa femme. C'est même Camille qui me l'a suggéré. Elle pense que ce serait une bonne façon de faire accepter Catherine Benoît dans la famille. En plus, je suis sûre que ça ferait bien plaisir à Xavier.

— Écoute, fit Rémi sur un ton qui se voulait raisonnable, j'aime ben ton frère, mais je voudrais pas mettre la chicane avec ta mère. Tu sais à quel point elle peut pas sentir la petite Benoît…

— Moi, je pense que m'man va peut-être ruer un peu dans les brancards en apprenant ça, puis après elle va s'habituer à l'idée. Qu'est-ce que t'en penses ?

— Fais ce que tu veux, finit-il par dire après une brève hésitation. Mais, à ta place, je lui en parlerais avant.

— Je vais même le faire tout de suite, dit Emma sur un ton résolu. Dis-lui que j'aimerais lui parler.

Rémi quitta la pièce et demanda à sa belle-mère d'aller voir sa fille. Marie s'empressa d'entrer dans la chambre, croyant que la nouvelle maman avait un besoin particulier à satisfaire.

— M'man, j'aimerais vous dire quelque chose, chuchota Emma en faisant signe à sa mère de s'asseoir sur le bord du lit.

— Qu'est-ce qu'il y a ?

— On avait décidé de demander à Camille et Liam d'être la marraine et le parrain du bébé si c'était une fille.

— C'est normal, c'est leur tour. Camille est la plus vieille de la famille.

— C'est vrai, mais Camille m'a donné une idée. Je viens d'en parler à Rémi, il est d'accord.

— Quelle idée? demanda Marie, soudainement sur ses gardes.

— Qu'est-ce que vous diriez qu'on demande plutôt à Xavier et à Catherine? fit Emma, s'attendant à ce que sa mère explose en entendant ses paroles.

Il y eut un long silence entre les deux femmes dans le noir.

— Vous êtes bien libres de faire ce que vous voulez, déclara sèchement la femme d'une cinquantaine d'années. Après tout, c'est votre enfant.

— C'est pas parce qu'on veut faire un passe-droit, m'man, se défendit la jeune femme. On essaye juste de faire comprendre à Xavier qu'il fait toujours partie de la famille, comme les autres, même s'il va marier une fille qu'on n'aime pas bien gros.

— Ouais, se borna à laisser tomber sa mère.

— Je sais que ça vous fait pas plaisir, mais…

— C'est correct, laisse faire, la coupa-t-elle. Je suppose qu'on va s'habituer à l'idée, et qu'à la longue il va bien falloir qu'on endure cette fille-là.

— Je savais que vous comprendriez, m'man.

— Bon, à cette heure, t'as assez jacassé. Dors un peu avant d'avoir à nourrir la petite. De toute façon, j'ai bien l'impression que le docteur est à la veille d'arriver, si Xavier a pu se rendre jusqu'à Saint-Zéphirin, comme de raison.

Marie sortit de la chambre. À vrai dire, la quinquagénaire était beaucoup plus préoccupée par la visite du médecin que par le fait qu'Emma ait décidé de demander à son plus jeune frère d'être le parrain de la petite.

❧

Vers sept heures, un «Whow!» sonore crié à l'extérieur attira Rémi à la fenêtre. Il faisait un magnifique clair de lune et il aperçut deux berlots qui venaient de s'immobiliser près de la galerie de sa maison.

— V'là Xavier et le docteur Samson, annonça-t-il à sa belle-mère qui venait d'aller coucher Flore et Joseph à l'étage.

— Ça, c'est une bonne nouvelle, fit la veuve de Baptiste Beauchemin en retirant son tablier.

Son gendre ouvrit la porte aux deux hommes avant même qu'ils aient eu à frapper et il les invita à entrer.

— Bonsoir, docteur, fit Marie en s'avançant pour le débarrasser de sa vieille trousse en cuir et ainsi lui permettre de retirer son épais manteau.

— Bonsoir, madame Beauchemin, fit l'homme au visage sévère en la reconnaissant.

— Maudit blasphème ! jura le grand Xavier en secouant bruyamment ses pieds pour en faire tomber la neige, on gèle ben dur à soir.

— Pas tant de bruit, lui ordonna sa mère, tu vas réveiller la petite.

— Toutes mes excuses, j'y pensais pas, reprit-il un ton plus bas.

— C'est vrai qu'il fait pas mal plus froid que cet après-midi, reconnut Eugène Samson en tendant son manteau à Rémi, qui le suspendit derrière la porte. Mais au moins, ce froid-là a durci le chemin et le cheval a eu moins de misère à tirer le berlot.

— C'est presque pas humain de vous forcer à faire autant de chemin en plein hiver, s'excusa Rémi.

— Ça fait partie de la vie d'un docteur de campagne, répliqua le médecin sans sourire.

— Vous allez bien prendre quelque chose pour vous réchauffer un peu, proposa Marie.

— Peut-être après avoir vu la mère et l'enfant, fit Eugène Samson en mettant son lorgnon et en s'emparant de sa trousse.

— Je vous montre le chemin, dit Marie.

Alors que le médecin disparaissait dans la chambre, Marie revint dans la cuisine et sortit du réchaud une assiette de pommes de terre et de saucisses qu'elle déposa sur la table à l'intention de Xavier.

— Approche et viens manger, lui ordonna-t-elle.

— C'est pas de refus, accepta le jeune homme en s'attablant.

— En tout cas, je te remercie ben gros d'être allé chercher le docteur, fit Rémi, très reconnaissant, en déposant devant lui un demi-verre de bagosse. J'espère que t'en as pas trop arraché pour te rendre là-bas.

— Non, c'était pas si pire. Il y a juste dans le bas des côtes où la neige s'était pas mal ramassée, mais il y avait moyen de passer avec un berlot. Avec une *sleigh*, ça aurait été une autre paire de manches, par exemple.

Rémi et Marie le laissèrent manger en paix durant quelques minutes. À l'instant où le jeune homme finissait son repas, Eugène Samson sortit de la chambre à coucher en portant le bébé dans ses bras.

— Allez donc me chercher une couverture. Je vais examiner la petite ici dedans, déclara le praticien.

Marie s'empressa d'aller chercher une couverture qu'elle étala sur la table pendant que Rémi débarrassait celle-ci de la vaisselle sale.

— C'est correct. Vous pouvez me laisser faire, fit le médecin, incitant ainsi les trois adultes présents dans la pièce à se retirer à l'écart pour qu'il puisse examiner l'enfant.

Il déshabilla le bébé et l'ausculta longuement, apparemment hésitant à poser un diagnostic. Finalement, le front soucieux, il se tourna vers la grand-mère pour lui demander de rhabiller l'enfant et de le remettre dans son berceau.

— Venez dans la chambre avec moi, monsieur Lafond, commanda le docteur Samson en retirant son lorgnon. J'ai à vous parler, à vous et à votre femme.

Sans plus attendre, le médecin se dirigea vers la pièce voisine, suivi de Rémi. Il prit la précaution de refermer la porte de la chambre derrière le père dès que Marie eut quitté la pièce. Emma, adossée contre ses oreillers, regarda les deux hommes s'approcher d'elle sans rien dire.

— Votre femme va bien, déclara d'entrée de jeu le médecin de Saint-Zéphirin. Elle est faite forte. Dans trois ou quatre jours, elle va pouvoir reprendre sa besogne.

— C'est une bonne nouvelle, reconnut Rémi.

— Pour la petite, j'ai une moins bonne nouvelle, poursuivit Eugène Samson, le visage assombri.

— Qu'est-ce qu'elle a, ma petite ? demanda Emma, soudain alertée par le ton grave du praticien.

— Il va falloir que vous vous montriez courageux tous les deux, prit la précaution d'ajouter le médecin.

Angoissée, la jeune mère mit une main devant sa bouche, comme pour s'empêcher de crier.

— Écoutez, leur ordonna Samson, vous avez dû remarquer que votre petite fille était différente des autres enfants que vous avez eus.

Un coup d'œil vers la mère lui apprit qu'elle s'en était déjà rendu compte.

— La petite souffre de ce qu'on appelle en médecine le mongolisme.

— C'est quoi, ça ? demanda Rémi, dont le visage avait pâli.

— Ça veut dire qu'elle va rester toute sa vie une enfant attardée. Elle va apprendre à s'asseoir, à marcher et à parler bien plus lentement qu'un enfant normal. La science connaît pas grand-chose sur le mongolisme, mais ce qui est certain, c'est que votre fille va avoir besoin de vous durant toute sa vie qui va être beaucoup plus courte qu'une vie normale.

— Non ! s'écria Emma, horrifiée. Qu'est-ce que j'ai fait au bon Dieu pour mériter ça ? demanda-t-elle en se mettant à pleurer convulsivement.

Rémi demeura silencieux, comme tétanisé par la nouvelle qu'il venait d'apprendre.

— Qu'est-ce qu'on peut faire ? finit-il par demander d'une voix éteinte au médecin.

— Rien, monsieur Lafond. Il y a rien à faire, sauf l'accepter. Votre femme et vous n'êtes pas à blâmer. Vous n'êtes pas responsables. C'est un accident de la nature. Votre fille n'est pas malade à proprement parler. Elle sera tout simplement pas comme les autres.

— J'ai mis au monde un monstre, hoqueta Emma.

— Non, madame, répliqua sèchement Eugène Samson. Vous avez donné naissance à un petit enfant différent des autres. Il va vous falloir du courage et l'accepter.

Le médecin laissa planer un long silence dans la chambre avant de reprendre la parole, un ton plus bas.

— Écoutez, dit-il aux parents. Si vous pensez pas être capables de supporter ce qui vous arrive, vous aurez toujours la possibilité d'aller porter votre fille à l'orphelinat de Sorel. Les sœurs refusent aucun enfant... Mais pensez-y bien avant de faire ce geste. Donnez-vous le temps de bien réfléchir. C'est tout ce que je peux vous dire.

Sur ces mots, il sortit de la chambre en compagnie de Rémi, conscient du drame que le couple vivait. Il fit signe à Marie de s'approcher de lui.

— Vous êtes la mère de madame Lafond ? lui demanda-t-il.

— Oui, docteur.

Il lui annonça alors la terrible nouvelle qu'il venait d'apprendre à sa fille.

— Je m'en doutais, fit-elle.

— Ce serait une bonne idée que vous alliez lui parler, conclut-il.

Marie n'eut pas la moindre hésitation. Elle se dirigea vers la chambre alors que le médecin acceptait la tasse de thé que lui offrait Rémi. Son cœur se serra à la vue de sa fille en larmes et elle dut faire un effort énorme pour ne pas se mettre à pleurer à son tour. Elle tira un mouchoir de l'une des manches de sa robe et le tendit à Emma.

— Essuie-toi les yeux et écoute-moi, lui dit-elle avec une certaine brusquerie.

Emma obéit. Elle s'essuya les yeux et renifla bruyamment.

— Là, tu vas arrêter de te lamenter pour rien, ma fille.

— Mais, m'man…

— Le bon Dieu vous envoie une épreuve et t'as pas le choix de l'accepter. Cette enfant-là, même retardée, c'est ta fille et tu dois l'aimer comme tes autres enfants, même plus que tes autres enfants parce qu'elle a été moins chanceuse en venant au monde, tu m'entends?

— Oui.

— C'est ni de ta faute ni de la faute de Rémi si elle est comme ça… Et c'est encore moins de la sienne!

Emma sécha encore ses larmes.

— T'es sa mère, c'est ton devoir de la protéger. T'as pas le choix, tu dois remonter le moral de ton mari et voir à ce que Flore et Joseph aiment leur petite sœur.

— Qu'est-ce que les voisins vont dire quand ils vont s'en apercevoir? finit par dire Emma.

— Ça les regarde pas pantoute, déclara Marie sur un ton définitif. Ils diront ce qu'ils voudront, ça changera rien.

Marie continua à parler à sa fille durant quelques minutes et quand elle sortit de la chambre, elle découvrit que le docteur Samson était déjà parti.

— J'ai invité le docteur à venir coucher à la maison, dit Xavier, mais il tenait absolument à rentrer à Saint-Zéphirin. Il paraît qu'il y a un vieux qui est très malade au village.

— C'est presque pas humain de l'obliger à faire tout ce chemin-là à soir, dit-elle.

— Est-ce qu'Emma prend ça un peu mieux? demanda-t-il, apparemment inquiet pour sa sœur.

Marie comprit que Rémi lui avait tout raconté.

— Je pense que oui.

— Et toi, Rémi ? demanda-t-elle, inquiète, à son gendre.

— C'est ma fille, et moi, je veux la garder, déclara-t-il, l'air résolu. Viens voir Emma, dit-il à son jeune beau-frère en se tournant vers lui.

— Je serais peut-être mieux d'attendre demain.

— Non, viens. Ça va lui changer les idées et je pense qu'elle a quelque chose à te demander, insista Rémi.

Les deux hommes pénétrèrent dans la chambre où ils trouvèrent Emma en train de s'essuyer les yeux, la tête tournée vers le berceau dans lequel dormait paisiblement son bébé.

— Je voulais juste savoir comment t'allais avant de partir, fit Xavier en s'approchant du lit. J'ai vu la petite tout à l'heure dans la cuisine, elle est loin d'être laide, ajouta-t-il assez maladroitement.

— T'es bien fin d'être allé chercher le docteur, fit Emma en faisant un effort pour sourire malgré sa tristesse.

— Rémi vient de me dire que tu voulais me demander quelque chose…

Il y eut un bref silence, le temps qu'elle se rende compte qu'elle devait lui parler du baptême à venir.

— Oui, on voulait te demander si t'accepterais d'être le parrain de la petite.

— Et qui serait la marraine ? demanda son jeune frère, surpris.

— Ta fiancée.

— C'est sûr que j'accepte, dit-il, enthousiaste, mais est-ce que ça insultera pas personne ? Là, tu me fais passer devant Camille et Donat qui sont plus vieux que moi.

— Ça a aucune importance. C'est vous deux qu'on veut comme parrain et marraine. Camille est déjà au courant et ça la dérange pas.

— Et m'man, elle ? demanda-t-il, un ton plus bas.

— M'man a rien dit, mentit Emma.

— Comme ça, c'est correct, fit-il, rassuré. Quand est-ce que vous la faites baptiser ?

— Après-demain, au commencement de l'après-midi.

— Vous pouvez être certains qu'on va être là, affirma Xavier, incapable de cacher sa fierté.

Au moment où le jeune homme, de retour dans la cuisine, allait prendre congé pour rentrer chez lui, Marie prit sur elle de lui demander de passer à la maison.

— Arrête donc une minute pour dire à Donat, à Eugénie et à Bernadette que le docteur est passé et qu'Emma va bien.

— Dis-leur aussi pour la petite, poursuivit Rémi, un ton plus bas de manière à ce que sa femme ne l'entende pas. Je voudrais pas qu'ils aient l'air surpris quand ils vont venir la voir, précisa-t-il.

Xavier se contenta de hocher la tête avant de leur souhaiter une bonne nuit. Il sortit et, quelques minutes plus tard, alla frapper à la maison paternelle. Donat vint lui ouvrir.

— Torrieu ! Tu fais tes visites tard, mon frère, s'exclama-t-il.

— Je fais juste arrêter, déclara Xavier sans esquisser le geste d'enlever son manteau.

— Prends au moins le temps de te dégreyer, lui proposa son frère Hubert, assis au bout de la table en train de faire une réussite.

— J'ai pas le temps, fit le visiteur en restant planté près de la porte. Je voulais juste vous dire que je suis allé chercher le docteur Samson pour Emma. Il vient de partir.

— Puis ? demanda Bernadette en s'approchant.

— Emma est ben correcte.

— Tant mieux, fit Eugénie.

— On peut pas dire la même chose pour la petite, par exemple, poursuivit Xavier.

— Qu'est-ce qu'elle a ? lui demanda sa belle-sœur.

Xavier expliqua l'état du bébé qui venait de naître.

— Pauvre Emma! s'exclama Bernadette, émue par la mauvaise nouvelle.

— C'est toute une épreuve, dit Hubert en secouant la tête.

— Mon Dieu! fit Eugénie. S'il fallait que…

Donat comprit tout de suite que sa femme enceinte pensait que la même chose pourrait lui arriver.

— Commence pas à t'imaginer toutes sortes d'affaires! lui ordonna-t-il.

— Bon, je vous ai fait la commission que Rémi voulait que je vous fasse, déclara Xavier. Ah! En passant, Emma et Rémi m'ont demandé d'être le parrain de la petite. Le baptême est supposé être dimanche après-midi.

— Qui va être la marraine? demanda Bernadette, curieuse.

— Voyons, Bedette, Catherine, répondit son frère, comme si la chose allait de soi.

Sur ces mots, le jeune homme prit congé et partit.

— Je sais pas comment m'man a pris une affaire comme ça, fit Bernadette.

— Est-ce que tu parles de la petite ou d'avoir demandé à Xavier d'être parrain? lui demanda Hubert.

— Que Catherine Benoît devienne la marraine, expliqua l'institutrice en entreprenant de ranger ses effets scolaires éparpillés à un bout de la table.

— Je le sais pas, mais au fond, c'est pas de ses affaires, intervint Donat.

— En tout cas, je trouve ça pas mal drôle que ta sœur Emma et Rémi soient passés par-dessus Camille et nous autres pour demander à ton frère d'être parrain, fit Eugénie. On est tous plus vieux que lui.

— Ils devaient avoir leurs raisons pour faire ça, déclara Hubert en remettant les cartes à jouer dans leur boîte.

Deux jours plus tard, au retour de la grand-messe, Liam ne put s'empêcher de dire à sa femme d'une voix acide :

— Une chance que monsieur le curé a annoncé que ta sœur avait accouché, sinon je l'aurais jamais su.

— Tu me l'as pas demandé, répliqua-t-elle sur le même ton en retirant la grande épingle qui retenait son chapeau en place.

— Et pour le baptême, cet après-midi ? demanda-t-il sur un ton rogue.

— Naturellement, on va y aller. T'étais pas encore descendu du jubé quand ma mère nous a invités. Bedette est allée lui donner un coup de main pour préparer un peu à manger chez Rémi. En plus, Rémi a demandé tout à l'heure à Ann d'être la porteuse.

— Comment ça se fait que je suis toujours le dernier à connaître les nouvelles ? s'enquit-il sèchement.

— Là, c'était parce que t'étais encore avec la chorale.

— C'est pas ce que je veux dire. Si je me trompe pas, t'es la plus vieille chez vous et comme c'est une fille que ta sœur a eue, c'est nous autres qui allons être dans les honneurs. Rémi Lafond a chanté avec moi à matin et il m'a pas demandé si j'acceptais.

— Il te l'a pas demandé parce que c'est pas nous autres qui allons être parrain et marraine. Ils ont demandé à Xavier et à Catherine de l'être.

— Comment ça ? C'est insultant en maudit, une affaire comme ça ! s'emporta-t-il.

— Calme-toi donc un peu, lui conseilla sa femme, excédée. C'est moi qui l'ai suggéré à Emma. C'était pour faire plaisir à Xavier et aider à faire accepter Catherine dans la famille.

— Ça va se savoir dans Saint-Bernard et ça va faire jaser.

— Eh bien, ça jasera, fit-elle sur un ton définitif.

— En tout cas, je pense que j'irai pas à ce baptême-là.

— T'es bien libre de rester ici. J'irai toute seule avec les enfants, déclara-t-elle en faisant signe à Ann de commencer à dresser le couvert pour le dîner.

Pendant tout cet échange, Paddy Connolly ne dit pas un mot. Il s'était contenté d'allumer l'un de ses cigares malodorants et de s'asseoir dans l'une des chaises berçantes. Au moment de passer à table quelques minutes plus tard, l'oncle finit par demander à sa nièce par alliance :

— Moi, est-ce que je suis invité au baptême ?

— Je suppose que, comme n'importe qui, vous pouvez venir à la chapelle si ça vous tente, mon oncle, répondit Camille. Pour la petite fête après, là, je le sais pas.

En fait, Camille ne tenait pas du tout à voir l'oncle de son mari participer à la petite fête familiale. Il verrait le bébé et il colporterait probablement qu'il n'était pas normal. Elle s'estimait déjà chanceuse qu'il n'ait pas entendu Bernadette lui chuchoter après la messe ce que le docteur avait appris à Emma et à Rémi à propos de l'enfant.

Après le repas, la maîtresse de maison houspilla les enfants pour qu'ils l'aident à remettre de l'ordre dans la cuisine et aillent se préparer. Quand elle se rendit compte que son mari n'avait apparemment pas l'intention d'aller atteler la *sleigh*, elle décida de le faire elle-même avec l'aide de Patrick. Quand elle rentra dans la maison pour presser les enfants de monter dans le véhicule, Liam et son oncle s'étaient esquivés dans leur chambre pour leur sieste dominicale.

— Il va me payer ça, lui, murmura-t-elle, folle de rage.

Il faisait beau et froid. Un léger vent de l'ouest soulevait une petite neige folle. Patrick, Duncan et Rose s'entassèrent sur la banquette arrière et prirent soin de se couvrir jusqu'à la taille avec l'épaisse couverture de fourrure un peu mitée qui s'y trouvait. Ann monta aux côtés de la conductrice et celle-ci incita sa bête à avancer.

Alors qu'elle pénétrait dans la cour de la ferme de Rémi Lafond, Donat en sortait, transportant uniquement Eugénie et Hubert. Ils venaient de laisser le petit Alexis aux soins de Marie, chez Emma. Elle salua son frère et sa belle-sœur au passage et s'arrêta à son tour chez Rémi pour laisser descendre Ann, la porteuse du bébé.

— Tu diras à mon beau-frère qu'on vous attend à la chapelle, recommanda-t-elle à l'adolescente avant de reprendre la route.

À son arrivée à la chapelle, elle retrouva Catherine, Xavier et Antonin en compagnie de Donat, de Hubert et d'Eugénie sur le parvis.

— Où est passé ton mari? lui demanda son plus jeune frère, surpris de la voir arriver seule avec les trois enfants.

— Il doit couver quelque chose, mentit-elle. Il était pas dans son assiette en revenant de la messe. Je lui ai dit qu'on pouvait se passer de lui.

Xavier ne fit pas de commentaires, mais le coup d'œil qu'il échangea avec Hubert en disait long sur ce qu'il pensait de ce malaise.

— Où est Bedette? l'interrogea-t-elle à son tour.

— Elle s'en vient avec Constant Aubé. Pour éviter que Rémi soit obligé d'atteler, il a proposé de transporter Bedette, Rémi et la porteuse, expliqua Donat.

— Seigneur! voulez-vous bien me dire ce qu'on a à rester dehors à grelotter avec ce vent-là? fit Camille en réprimant difficilement un frisson. Pourquoi vous entrez pas?

— Parce que le père Moreau a pas encore débarré la porte, répondit Donat avec humeur.

— Tu parles d'un vieux sans-dessein, fit Hubert. Il sait pourtant ben qu'il y a un baptême à deux heures. Je vais aller le chercher.

Au moment où il descendait les quelques marches du parvis, prêt à traverser la route pour se rendre chez Delphis

Moreau, il aperçut le vieil homme venant tranquillement dans leur direction.

— Ça va être chaud encore pour la petite là-dedans, fit remarquer Xavier. Le poêle va être éteint.

— Les voilà, annonça Catherine en montrant la *sleigh* conduite par Constant Aubé qui venait d'apparaître au sommet de la côte du rang Sainte-Ursule.

— On va geler dans la chapelle, monsieur Moreau, dit Donat au vieux bedeau.

— C'est pas important, déclara le père de Delphis Moreau, monsieur le curé m'a dit qu'il baptiserait dans la sacristie. Là, je suis pas venu pour chauffer. Je veux juste balayer le jubé. Vous feriez mieux de vous en aller à la sacristie. Monsieur le curé doit vous attendre.

— Ah bon! fit Donat. Constant! continue jusqu'à la porte de la sacristie, cria-t-il au meunier alors qu'il arrêtait son attelage près de la chapelle. C'est là que ça va se faire. On vous rejoint tout de suite.

Constant Aubé fit un signe de la main pour indiquer qu'il avait entendu et il poursuivit son chemin jusqu'à la sacristie, une soixantaine de pieds plus loin. Ann, toute fière, descendit en serrant contre elle le bébé bien emmitouflé, aussitôt rejointe par Rémi, Bernadette et Constant. Rémi frappa à la porte de la sacristie que Josaphat Désilets s'empressa d'ouvrir pour les laisser entrer.

— Êtes-vous tout seuls? demanda-t-il.

— Non, monsieur le curé, lui répondit Rémi. Les autres s'en viennent. Ils attendaient à la porte de la chapelle.

Pendant que le reste de la famille pénétrait dans la pièce, le curé de Saint-Bernard-Abbé se rendit à l'armoire d'où il tira un surplis et une étole blanche qu'il passa. Il plaça ensuite au centre de la table un grand bol de pierre faisant office de fontaine baptismale pendant que les gens se débarrassaient de leur lourd manteau. Sans perdre un instant, Ann avait entrepris de dévêtir le bébé. Quand Bernadette et

Eugénie s'étaient avancées pour aider l'adolescente, Camille leur avait fait signe de la laisser faire.

— Est-ce que tout le monde est arrivé ? demanda Josaphat Désilets avec un rien d'impatience dans la voix.

— Oui, monsieur le curé, répondit Rémi.

— Qui sont les parrain et marraine ? Qu'ils s'avancent avec l'enfant.

Un peu intimidés, Catherine et Xavier s'approchèrent de la table en compagnie d'Ann portant le bébé. Le silence tomba sur la pièce et la cérémonie religieuse commença.

— Le parrain et la marraine répondront au nom de l'enfant qui va s'appeler…

— Marthe, monsieur le curé, répondit Catherine d'une voix claire.

Le prêtre prononça des exorcismes en latin dans le but de chasser le démon avant de tracer un petit signe de croix sur le front de l'enfant avec de l'huile sainte. Il enchaîna avec d'autres prières et mit quelques grains de sel dans la bouche de l'enfant avant de faire signe à la porteuse de confier le bébé au parrain et à la marraine. Il leur demanda de le tenir au-dessus de la fontaine baptismale pendant qu'il versait trois fois de l'eau sur la tête de l'enfant en disant : « *Ego te baptizo in nomine Patris, et Filii et Spiritus Sancti.* » Marthe, bien réveillée, la langue à demi sortie de sa petite bouche rose, ne pleura pas, ce qui fit sourire l'assistance. Un peu en retrait, Camille, les traits impénétrables, fixait l'enfant.

À la fin de la courte célébration liturgique, le curé rappela le rôle essentiel que le parrain et la marraine allaient être appelés à jouer auprès de l'enfant qui venait d'être baptisée. Pendant qu'il parlait, Ann avait repris Marthe et s'était empressée de la vêtir pour qu'elle ne prenne pas froid. La température régnant dans la sacristie était loin d'être confortable.

Rémi remercia le prêtre et lui glissa quelques sous dans la main en signe de reconnaissance avant de sortir, suivi par le reste de l'assistance. Donat s'apprêtait à quitter les lieux comme les autres quand Josaphat Désilets le retint en posant une main sur son bras.

— Dis-moi, mon garçon, si j'ai bien compris, cette enfant-là est ta nièce ?

— En plein ça, monsieur le curé.

— Le docteur l'a vue ?

— Mon beau-frère m'a dit qu'il était passé, oui, lui répondit Donat qui devinait où le prêtre voulait en venir.

— Je suppose qu'il a dû dire que cette enfant-là était pas normale ?

— Oui, fit sèchement le jeune syndic en serrant les dents.

— Les parents ont dû commettre une faute bien grave pour mériter une pareille épreuve, ajouta le prêtre sur un ton pénétré.

— Ça, c'est vous qui le dites, monsieur le curé, fit Donat sur un ton rageur avant d'ouvrir la porte et de sortir dans le même élan sans prendre la peine de saluer le prêtre.

Il était si en colère contre Josaphat Désilets qu'il ne desserra les dents qu'à son arrivée chez son beau-frère.

— Veux-tu ben me dire ce que t'as à faire cette face-là ? lui demanda Eugénie en descendant de la *sleigh*.

— Laisse faire, laissa-t-il tomber. C'est encore une niaiserie du curé Désilets qui m'a fait enrager.

Hubert, passager du véhicule, ne dit rien et les précéda dans la maison de sa sœur.

Si Marie remarqua l'absence de Liam Connolly à la petite fête qu'elle avait préparée avec l'aide de Bernadette, elle n'en fit pas mention. Dès leur arrivée, les gens furent invités à déposer leur manteau dans le salon avant d'aller voir la mère encore alitée.

Emma s'était soigneusement coiffée et sa mère avait fait en sorte que la chambre à coucher soit impeccable quand les invités vinrent la voir. On vanta Marthe qui n'avait pas pleuré durant son baptême et on félicita la mère pour sa bonne mine. Les hommes se retirèrent dans un coin de la cuisine pour boire un verre de bagosse et fumer leur pipe pendant que les femmes déposaient de la nourriture sur la table.

Emma remercia Catherine d'avoir accepté d'être la marraine de son bébé. La jeune fiancée tendit à la mère un petit mantelet en laine blanche à titre de cadeau pour Marthe. La fille de Marie Beauchemin comprit que ce vêtement avait probablement été destiné à son propre enfant…

— Inquiétez-vous pas, madame Lafond, on va toujours aimer Marthe et en prendre soin comme si c'était notre propre enfant, promit-elle à la mère.

Debout à ses côtés, Xavier se borna à hocher la tête en signe d'approbation.

— Tu vas commencer par m'appeler Emma et pas madame Lafond, dit la sœur de Xavier, émue. Quand tu m'appelles comme ça, j'ai l'impression d'être une vieille grand-mère.

De retour dans la cuisine avec les autres femmes quelques instants plus tard, Catherine ne put faire autrement que se rendre compte que Camille et Bernadette la traitaient comme un membre de la famille. Si leur mère montrait encore quelques signes de froideur, il y avait une nette amélioration dans son comportement à son égard.

À la fin de l'après-midi, les invités prirent congé des Lafond. Il était entendu que Marie allait demeurer chez sa fille au moins jusqu'au jeudi suivant pour lui offrir des relevailles décentes. Sur le chemin du retour à la maison, Camille ne put que convenir que sa sœur semblait apparemment avoir surmonté le choc. Elle n'avait décelé chez elle aucun signe de dépression. À son arrivée à la ferme, son mari était déjà en train de soigner les animaux, elle se chargea de dételer le cheval avec l'aide de Patrick.

Une heure plus tard, quand Liam rentra, il découvrit qu'il n'y avait que deux couverts sur la table.

— Les enfants mangent pas ? demanda-t-il alors que son oncle venait s'asseoir à table.

— Ils ont pas faim. Il y avait en masse à manger chez Rémi.

S'il avait imaginé qu'elle lui raconterait la cérémonie et la petite fête qui avait eu lieu durant l'après-midi, il dut déchanter. Elle ne lui raconta rien.

— Comment ça a été ? finit par demander Paddy Connolly, curieux.

— Bien, mon oncle, comme tous les baptêmes, fut le seul commentaire qu'il reçut de Camille qui, leur tournant le dos, avait entrepris de laver la vaisselle.

Chapitre 10

La surprise

Trois jours plus tard, au petit matin, Samuel Ellis vint immobiliser sa *sleigh* près de la maison des Beauchemin. Le soleil n'était pas encore levé et il faisait toujours aussi froid. L'homme descendit et jeta une couverture sur le dos de sa bête. Au moment où il allait frapper à la porte, celle-ci s'ouvrit et Donat, tout endimanché, invita le visiteur à entrer.

— Venez boire une tasse de thé pendant que je finis de me préparer, offrit Donat au président du conseil en s'effaçant pour le laisser entrer.

— C'est pas de refus, ça pince à matin, accepta l'Irlandais.

Ce dernier salua Bernadette et Eugénie qui finissaient de déjeuner. L'épouse de Donat se leva et lui versa une tasse de thé pendant que Donat disparaissait un bref instant dans sa chambre. Il revint, endossa son manteau et attacha son casque à oreillettes avant de signifier à son compagnon de voyage qu'il était prêt à partir.

— S'il fait beau, on devrait revenir au commencement de la soirée, dit-il à Eugénie en prenant avec précaution les deux briques qu'il avait mises au fourneau. S'il neige, on couchera en chemin.

Là-dessus, les deux hommes sortirent de la maison et montèrent dans la *sleigh* d'Ellis. Ils posèrent les pieds sur les briques chaudes avant de se couvrir les jambes avec une épaisse couverture de fourrure. Le cocher fouetta légèrement son cheval pour qu'il se mette en marche.

Durant de longues minutes, les deux hommes gardèrent le silence. Seul le crissement des patins de la *sleigh* sur la neige durcie troublait la paix de ce matin de février.

— J'espère que ça va ben se passer, finit par dire Donat.

— On va faire notre possible, rétorqua Samuel. On va présenter notre affaire à monseigneur de manière à ce qu'il nous donne un coup de main.

— C'est certain que ça va ben nous aider de pas avoir monsieur le curé dans les pattes, laissa tomber son jeune compagnon.

— *You bet!* confirma le président du conseil. Mais je me demande comment il va prendre ça quand il va apprendre qu'on est allés rencontrer monseigneur sans lui. Pour moi, il va faire une sainte crise.

— Ben, il la fera, déclara Donat d'une voix indifférente. Ça aura plus aucune importance, ce sera fait. C'est facile de demander toutes sortes d'affaires quand on n'a pas à se casser la tête pour savoir comment ça va être payé, ajouta-t-il.

— T'as raison là-dessus et on va faire comprendre à monseigneur que les gens de Saint-Bernard peuvent pas faire plus que ce qu'ils font déjà.

Lorsqu'ils entrèrent dans Sainte-Monique, Donat convainquit facilement Ellis de s'arrêter chez son oncle Armand pour se réchauffer et permettre au cheval de se reposer un peu. Le gros cultivateur fut heureux de recevoir des visiteurs, cela lui donnant l'occasion de souffler un peu. Il offrit une tournée de bagosse à son neveu et à Samuel Ellis avant de prendre des nouvelles de la famille qu'il n'avait pas vue depuis l'enterrement de son frère Baptiste. Donat lui apprit la naissance de l'enfant d'Emma en prenant bien garde de faire allusion à son anomalie.

Peu après, les deux syndics reprirent la route. Arrivés à Nicolet, ils apprirent que le pont de glace était passablement plus loin, à Bécancourt, où ils ne parvinrent qu'un peu après onze heures.

— On est aussi ben de traverser tout de suite avant de manger quelque chose, suggéra Samuel. On sait jamais, on peut être retardés et il est pas question d'arriver en retard.

Un passant indiqua à l'Irlandais où se trouvait le pont de glace qui franchissait le fleuve jusqu'à Trois-Rivières. En descendant sur la berge quelques minutes plus tard, les cultivateurs de Saint-Bernard-Abbé découvrirent un chemin assez large soigneusement balisé par des sapins se dirigeant en droite ligne vers la rive opposée. Le cours d'eau à cet endroit était si large que les deux voyageurs devinèrent plus qu'ils ne virent des habitations de l'autre côté.

— J'ai entendu dire par le père Meilleur qu'il y a ben une centaine d'hommes qui l'entretiennent ce chemin de glace là, dit Donat. Il paraît qu'ils mettent même des billots un peu partout pour qu'il soit plus solide.

— Moi, ce que raconte le père Meilleur, j'en prends et j'en laisse, se contenta de répondre le président du conseil, la tête rentrée dans les épaules pour mieux se protéger du vent.

Dès que la *sleigh* fut engagée sur le pont de glace, ses passagers durent subir les assauts d'un vent glacial auquel rien ne faisait obstacle. Durant le trajet, ils croisèrent trois traîneaux lourdement chargés et les conducteurs les saluèrent de la main au passage.

Parvenus enfin sur l'autre rive du fleuve, les deux hommes durent demander encore une fois leur chemin pour se rendre à la cathédrale. Ils auraient pu s'en abstenir tant l'imposant édifice inauguré à peine quatorze ans auparavant par le premier évêque du diocèse de Trois-Rivières, monseigneur Cooke, se voyait de loin. Lorsqu'ils furent enfin à proximité, rassurés, Samuel Ellis et Donat Beauchemin décidèrent d'aller manger dans une auberge voisine, dans la rue Royale. Cet arrêt leur permit de se restaurer et leur offrit surtout l'occasion de se réchauffer les mains et les pieds.

Après un repas frugal composé de fèves au lard et d'une tranche de jambon, Samuel consulta sa montre de gousset et découvrit qu'il était déjà un peu plus d'une heure.

— Il faut y aller, déclara-t-il à son jeune compagnon. J'aime mieux attendre un peu que risquer d'arriver en retard.

Donat quitta la table sans protester et paya son repas à la servante de l'auberge avant de suivre son aîné. Les deux hommes revinrent devant la cathédrale, donnèrent une ration d'avoine au cheval et le couvrirent d'une couverture. Avant de s'éloigner de la *sleigh*, Samuel prit un sac de toile sous la banquette avant.

— Je pense qu'on a ben le temps de jeter un coup d'œil dans la cathédrale, suggéra Samuel. On est encore pas mal en avance et c'est pas tous les jours qu'on peut voir ça.

Ils montèrent les marches conduisant au parvis de la cathédrale de l'Assomption et pénétrèrent dans le temple somptueusement éclairé par de magnifiques vitraux. Ils se rendirent à l'un des bénitiers placés à l'arrière pour y tremper le bout de leurs doigts et se signer.

— Une petite prière pour que monseigneur décide de nous aider sera pas de trop, déclara Donat en fixant le maître-autel à l'avant.

— T'as raison, se borna à dire son compagnon.

Ils restèrent pieusement silencieux durant quelques instants avant de se signer à nouveau et de sortir. Ils dirigèrent ensuite leurs pas vers ce qui ressemblait plus à un gros presbytère qu'à un palais épiscopal. Samuel sonna et une petite religieuse vint leur ouvrir.

— Bonjour, ma sœur, la salua l'Irlandais en retirant vivement sa tuque, on a rendez-vous avec monseigneur.

— Entrez, les invita la religieuse.

Les deux cultivateurs de Saint-Bernard-Abbé pénétrèrent dans l'entrée.

— Comment vous appelez-vous ? demanda-t-elle à Samuel.

Il se nomma.

— Je vais vérifier si monsieur l'abbé Dupras, le secrétaire de monseigneur, peut vous recevoir. En attendant, vous pouvez enlever vos bottes et suspendre votre manteaux à la patère, ajouta-t-elle aimablement en indiquant un porte-manteau près de la porte.

La religieuse parcourut une douzaine de pieds dans le couloir avant de frapper discrètement à une porte. Elle chuchota quelques paroles à une personne à l'intérieur de la pièce, referma la porte et revint vers les visiteurs.

— Monsieur l'abbé va vous recevoir. Suivez-moi, ordonna-t-elle aux deux hommes à l'allure empruntée dans leur costume noir, le cou un peu étranglé par leur col dur.

Donat et Samuel la suivirent jusqu'à la porte qu'elle leur ouvrit. Ils se retrouvèrent devant un jeune abbé aux traits ascétiques retranché derrière un bureau. L'ecclésiastique ne leva même pas les yeux à leur entrée dans la pièce. Il finit de rédiger ce qu'il avait entrepris d'écrire et déposa sa plume avant de s'intéresser aux deux visiteurs debout devant son bureau.

— Qu'est-ce que je peux faire pour vous ? demanda-t-il d'une voix haut perchée pendant que ses petits yeux gris les fixaient, à travers des lunettes à fine monture métallique.

— Nous sommes supposés rencontrer monseigneur à deux heures, monsieur l'abbé, répondit Samuel en tirant de son sac de toile la lettre d'invitation qu'il avait reçue.

L'abbé Dupras s'en empara et prit soin de la lire avant de la lui rendre.

— Bon, encore un visiteur de Saint-Bernard-Abbé pour monseigneur, laissa-t-il tomber de sa petite voix de fausset. Et vous, monsieur ? ajouta-t-il en s'adressant à Donat.

— Je suis avec lui, lui répondit le fils de Baptiste. Je suis un syndic de la mission.

— Très bien, vous pouvez aller vous asseoir dans la salle d'attente à côté, leur dit-il en désignant une porte ouvrant au fond de son bureau. Il est possible que vous ayez à attendre un peu parce que monseigneur a un peu de retard sur son horaire.

Tous les deux remercièrent le jeune prêtre, traversèrent son bureau et pénétrèrent dans une petite salle éclairée par deux hautes fenêtres et autour de laquelle une quinzaine de chaises étaient disposées. À leur entrée, Donat et Samuel sursautèrent violemment en découvrant Josaphat Désilets en train de lire tranquillement son bréviaire, près de l'une des fenêtres.

— Le monde est petit, hein! fit le curé de Saint-Bernard-Abbé en refermant son bréviaire avec un sourire acide.

— Monsieur le curé! Je m'attendais pas pantoute à vous voir ici! ne put s'empêcher de s'exclamer Samuel, le premier à retrouver son aplomb.

— Avoir su que vous aviez à faire à Trois-Rivières, on aurait pu faire le chemin tous les trois, finit par dire Donat d'une voix changée.

— Bien sûr, fit sèchement le prêtre. Mais pour ça, il aurait fallu que je sache que vous veniez à Trois-Rivières… et que vous m'invitiez à votre dernière réunion, pas vrai?

— Allez surtout pas croire que c'était par malveillance, monsieur le curé, reprit le président du conseil en prenant tout de même soin de s'asseoir assez loin de son curé.

— Je m'en suis douté, répliqua Josaphat Désilets, mi-figue, mi-raisin. J'ai supposé que c'était surtout pour pas me fatiguer. Une chance que le secrétaire de monseigneur m'a fait parvenir une lettre pour me faire savoir que monseigneur recevrait un syndic de la mission cet après-midi. Je pensais pas que vous seriez deux.

— Je suis juste venu pour lui tenir compagnie, se justifia Donat, sans se donner la peine d'essayer de se montrer agréable.

Il avait encore sur le cœur la remarque du curé au sujet de sa sœur Emma et de son beau-frère Rémi, le dimanche précédent, après le baptême.

— J'ai décidé, moi aussi, de venir rencontrer monseigneur. Je voudrais pas qu'il croie que je m'entends pas bien avec mon conseil, ajouta le curé sur un ton perfide.

Puis, il sembla tout à coup se désintéresser de ses deux paroissiens. Il rouvrit son bréviaire et se remit à le lire. Samuel jeta un regard d'intelligence à Donat qui se contenta de hausser les épaules en signe d'ignorance. Le silence retombé sur la salle d'attente fut brisé quelques minutes plus tard par l'arrivée de deux religieuses venues rencontrer, elles aussi, l'évêque de Trois-Rivières.

Un peu avant deux heures trente, l'abbé Dupras ouvrit la porte et invita les deux syndics et le curé Désilets à le suivre. Les trois hommes se levèrent et lui emboîtèrent le pas. Le secrétaire s'arrêta devant une porte, frappa et l'ouvrit :

— Monsieur le curé Désilets et deux syndics de Saint-Bernard-Abbé, monseigneur, annonça-t-il à l'occupant de la pièce.

Très intimidés, les trois hommes pénétrèrent dans le vaste bureau de l'évêque qui se leva pour les accueillir. Quand Josaphat Désilets s'avança pour embrasser la bague de son évêque, Donat et Samuel s'empressèrent de l'imiter.

Le prélat âgé d'une cinquantaine d'années était de taille moyenne et d'apparence robuste. Cet ancien missionnaire avait un visage glabre aux traits énergiques et des yeux bruns dissimulés en partie sous d'épais sourcils. Ses cheveux étaient blancs et courts.

— Assoyez-vous et voyons ce qu'on peut faire pour régler votre problème, déclara monseigneur Laflèche en leur indiquant les chaises placées devant son grand bureau en chêne. Si je me rappelle bien, monsieur Désilets, vous m'avez écrit à deux ou trois reprises depuis le début de l'hiver pour vous plaindre du froid de la sacristie où vous vivez. Est-ce exact?

— Oui, monseigneur, acquiesça le prêtre.

— J'ai envoyé moi-même une lettre à vos paroissiens pour les prévenir qu'il n'était pas question que vous passiez un autre hiver dans ces conditions et qu'il fallait, de toute urgence, qu'ils fassent bâtir un presbytère pour leur curé.

— C'est exact, monseigneur, fit Josaphat Désilets avec une humilité inhabituelle.

— Alors, je ne vois pas pourquoi le conseil de la mission a demandé à me rencontrer.

— Moi non plus, mentit le curé de Saint-Bernard-Abbé, l'air faux.

Comme Samuel Ellis semblait tétanisé depuis le début de la rencontre et serrait contre lui l'enveloppe de toile qu'il n'avait pas lâchée, Donat se décida à prendre la parole d'une voix d'abord hésitante qui se raffermit cependant peu à peu.

— Monseigneur, les syndics vous ont écrit parce qu'on a un gros problème sur les bras. On n'a pas d'argent pantoute pour faire construire. C'est aussi simple que ça. On voudrait bien, mais on peut pas.

— On a fait construire la chapelle l'année passée, monseigneur, intervint enfin le président du conseil. Il a fallu acheter un lot en plus.

— N'avez-vous pas reçu un don important pour la chapelle? demanda le prélat, prouvant ainsi qu'il était bien au fait de ce qui se passait dans son diocèse.

— C'est vrai, monseigneur, reconnut Donat, mais il a fallu faire construire en plus un jubé pas plus tard que l'automne passé parce que la chapelle était déjà pas assez grande pour le monde de Saint-Bernard. Ça a ajouté un gros montant à notre dette, conclut-il.

Josaphat Désilets allait prendre la parole quand Samuel Ellis le devança.

— J'ai apporté le registre de la mission où toutes les dépenses de Saint-Bernard sont notées depuis le commencement, monseigneur, dit-il en tirant de son sac de toile le grand cahier noir dans lequel Thomas Hyland notait tout depuis le début.

Il le tendit au prélat qui l'ouvrit et le consulta rapidement. Un pli soucieux apparut sur son front quand il lut la somme totale due par la mission.

— Bon, je vois, fit-il en se grattant le menton d'un air songeur.

— Si on est pris pour bâtir un presbytère, intervint Donat, il va falloir aussi acheter un autre lot.

— Je vois.

— Il va de soi, monseigneur, qu'il va me falloir aussi une écurie et une remise où entreposer les produits de la dîme et le bois de chauffage, crut bon de spécifier le curé Désilets.

Les deux syndics sursautèrent et se regardèrent, surpris. Leur étonnement n'échappa pas à l'évêque.

— Tout ça, ça va coûter cher sans bon sens, monseigneur, et Saint-Bernard n'aura jamais les moyens de payer autant, s'empressa de dire Donat.

— Il faut ce qu'il faut quand on veut devenir une paroisse, laissa tomber sèchement le curé Désilets, l'air désagréable.

— C'est vrai, fit l'évêque de Trois-Rivières. J'allais oublier que vous avez demandé l'automne dernier de devenir une paroisse.

— Oui, monseigneur, reconnut Samuel Ellis.

— L'abbé Desmeules ne m'a pas encore remis son rapport, mais quand je l'ai rencontré il y a quelques semaines, il m'a dit qu'il y avait un certain nombre de francs-tenanciers de la mission qui avaient demandé de retourner dans leur paroisse d'origine.

La nouvelle abasourdit aussi bien les deux syndics que le curé de la mission.

— J'espère que ça met pas notre demande en danger, monseigneur ? fit Josaphat Désilets.

— Il est encore trop tôt pour le dire, admit le prélat. Je n'ai pas encore le rapport de l'enquêteur.

— Est-ce que ça veut dire qu'on s'énerve pour rien avec l'histoire du presbytère ? demanda carrément Donat.

— Pourquoi me demandez-vous ça ? fit l'évêque, intrigué.

— Ben, si la mission doit perdre ben du monde, c'est certain qu'on va avoir encore moins les moyens de faire construire le presbytère. Et si on le fait pas, vous nous dites qu'on n'aura plus de prêtre l'hiver prochain.

Monseigneur Laflèche réprima un sourire avant de poursuivre.

— Écoutez, on ne mettra pas la charrue devant les bœufs. L'abbé Desmeules va me remettre sous peu son rapport et je serais étonné qu'il y ait assez de cultivateurs de Saint-Bernard-Abbé qui demandent de quitter la mission pour mettre sa survie en danger.

— Vous nous soulagez ben gros, monseigneur, admit Samuel.

— Attention ! Je n'ai pas dit que j'allais accepter de faire de la mission une paroisse, prit-il soin de préciser aux trois visiteurs assis devant lui.

— C'est certain, fit Donat.

— Qu'est-ce que vous voulez faire ? finit par demander le prélat en jetant un coup d'œil vers l'horloge installée dans un coin de son bureau. Voulez-vous renoncer à la mission ou bien essayer de trouver le moyen de construire le presbytère ?

— Je pense que tout le monde de Saint-Bernard est prêt à se serrer la ceinture pour construire ce qu'il faut, annonça le président du conseil. Le problème, c'est qu'on n'a plus une cenne et qu'on est tellement endettés qu'on trouvera jamais assez d'argent pour y arriver.

— C'est un gros problème, reconnut l'évêque.

— Le seul moyen de s'en sortir, monseigneur, ce serait que vous serviez de garantie à notre emprunt, suggéra Donat. Je suis sûr qu'on trouverait un prêteur de cette façon-là.

— J'avoue que vous tombez bien mal, dit le prélat, l'air soucieux. Le diocèse s'est tellement endetté qu'il n'a pas les moyens de loger convenablement son évêque dans un palais épiscopal. On remet sa construction d'année en année. On ne prévoit pas être capable de le bâtir avant sept ou huit ans.

L'évêque se leva et alla se planter devant l'une des fenêtres. Un silence pesant tomba sur la pièce. Après une ou deux minutes de réflexion, il finit par se tourner vers ses visiteurs comme s'il venait de prendre une décision.

— Bon, c'est entendu. Je vais vous faire confiance. Le diocèse va se porter garant de votre prochain emprunt. Le syndic recevra d'ici quelques jours une lettre de garantie et je demanderai qu'on y ajoute les noms de trois ou quatre institutions qui prêtent déjà au diocèse en pratiquant des taux d'intérêt très bas.

En entendant ces paroles, les visages du curé Désilets, de Samuel et de Donat s'illuminèrent. Tous les trois se levèrent pour remercier l'évêque, qui prit tout de même la précaution de les mettre en garde avant de leur donner congé.

— Je vous recommande toutefois la plus grande prudence, crut-il bon de spécifier. N'oubliez pas que l'argent est rare et ne faites pas de dépenses inconsidérées. Dites-vous que l'argent prêté, il faut finir par le remettre.

— Si c'est pas abuser de votre patience, monseigneur, intervint Josaphat Désilets au moment où son supérieur les reconduisait jusqu'à la porte de son bureau, j'aurais voulu vous parler de la cloche qu'il faudrait bien finir par acheter. Saint-Bernard a un clocher, mais pas de cloche et ça...

— Si ça vous fait rien, monsieur Désilets, votre cloche peut attendre. À ce que je viens de comprendre, Saint-

Bernard-Abbé s'apprête à faire des dépenses autrement plus onéreuses pour votre confort.

Les visiteurs saluèrent leur évêque et se dirigèrent en silence vers le porte-manteau. Ils s'habillèrent et sortirent à l'extérieur.

— Est-ce qu'on fait route ensemble, monsieur le curé ? proposa un Samuel Ellis, euphorique.

— Non, je couche à Trois-Rivières, répondit abruptement le prêtre.

— Dans ce cas-là, au revoir, monsieur le curé.

— C'est ça, au revoir, fit Josaphat Désilets en descendant les marches devant ses deux paroissiens.

Donat regarda autour et ne vit pas trace de la *sleigh* du curé de Saint-Bernard-Abbé. Ellis avait suivi son regard et s'apprêtait probablement à proposer au prêtre de le faire monter pour le laisser là où il comptait passer la nuit quand Donat lui fit signe de n'en rien faire.

Au pied de l'escalier, les deux syndics tournèrent le dos à l'ecclésiastique et se rendirent à leur *sleigh*. Après avoir enlevé la couverture qui protégeait le cheval, ils montèrent à bord et se mirent en route.

— Je comprends pas qu'il ait l'air aussi bête après ce que monseigneur vient de nous donner, fit Samuel, encore tout heureux d'avoir obtenu l'appui de l'évêque du diocèse.

— Comme vous avez pu l'entendre avant de partir, il voulait une cloche en plus. Torrieu ! Est-ce qu'il va comprendre un jour qu'il y a des limites à ce qu'on peut payer ?

— Ouais ! On dirait que monseigneur comprend plus vite que lui, rétorqua Ellis.

— En tout cas, on n'a pas fait le voyage pour rien et on revient pas les mains vides, déclara Donat en ne faisant aucun effort pour réprimer un sourire satisfait.

— Moi, j'ai ben hâte de voir la tête de Hyland, de Côté et de Blanchette quand on va leur apprendre la nouvelle.

— Moi aussi, reconnut le fils de Baptiste Beauchemin, mais je me demande encore qui a mis le curé au courant de notre petite réunion de la semaine passée.

◆

À son retour à la maison, Donat Beauchemin retrouva sa mère en train de tisser à la lueur vacillante d'une lampe à huile. Bernadette tricotait, assise non loin de Hubert occupé à réparer un attelage, la pipe à la bouche.

— À ce que je vois, m'man, les relevailles d'Emma sont finies, dit-il en enlevant son manteau.

— En plein ça, mon garçon. Et je te dis qu'il était temps que je revienne ici dedans mettre de l'ordre. Une chatte y retrouverait plus ses petits.

Bernadette adressa à son frère un léger signe de tête et celui-ci comprit que le retour de sa mère après une semaine d'absence ne s'était pas fait dans l'harmonie. Elle avait dû faire sentir à Bernadette et surtout à Eugénie qu'elles avaient mal tenu la maison pendant qu'elle n'était pas là.

— Et toi, est-ce que ton voyage à Trois-Rivières s'est bien passé? demanda-t-elle à son fils.

— Tout est arrangé, se contenta-t-il de dire.

— Veux-tu manger quelque chose? proposa Bernadette, prête à abandonner son tricot pour le servir.

— Non, on a mangé en chemin. Où est passée Eugénie?

— Elle vient de monter, lui répondit sa mère.

— Je pense que je vais faire la même chose, fit-il. Le voyage m'a éreinté.

Il souhaita une bonne nuit aux siens et monta à l'étage rejoindre sa femme. À sa grande surprise, il la trouva, assise sur leur lit, les épaules couvertes d'un épais lainage et un tricot à la main.

— Veux-tu ben me dire pourquoi tu tricotes en haut quand on gèle tout rond pendant que tu serais si ben en bas, proche du poêle? lui demanda-t-il.

— Tout simplement parce que j'en pouvais plus d'endurer ta sainte mère, admit la petite femme au chignon noir d'une voix acide.

— Bon, qu'est-ce qui s'est encore passé ? fit-il, excédé.

— Il s'est passé qu'elle a pas arrêté de critiquer tout ce que j'ai fait dans la maison depuis qu'elle a remis les pieds ici. À l'entendre, tout a été fait de travers et la maison est une vraie soue à cochons. Même Bernadette a fini par se fâcher.

— Tu la connais...

— Oui, je la connais, ta mère ! Et je te dis qu'elle commence à me tomber sérieusement sur les nerfs, ajouta-t-elle, les larmes aux yeux. Mautadit ! On dirait qu'elle comprend pas que je fais le mieux que je peux...

Donat s'assit sur le lit, prit sa femme par les épaules et la berça doucement pour la consoler.

— Là, c'est ton état qui te rend nerveuse sans bon sens. Ma mère est pas si pire. Puis, inquiète-toi pas, je vais lui parler demain matin.

Eugénie renifla et mit de côté son tricot. Son mari éteignit la lampe et entreprit de se déshabiller dans le noir.

Chapitre 11

Un concours

Les syndics de Saint-Bernard-Abbé purent constater que le curé Désilets avait la rancune tenace quand ils allèrent lui rendre visite à la sacristie le dimanche suivant pour lui demander s'il ne convenait pas d'annoncer aux fidèles les résultats de la rencontre avec monseigneur Laflèche.

— Tiens! Tout à coup, vous vous rendez compte que votre curé peut vous être utile, leur fit-il remarquer d'une voix coupante en mettant sa chasuble.

— C'est pas ça, monsieur le curé, dit le président du conseil, mais il me semble que le monde a le droit de savoir ce qui s'est passé.

— Il y a rien qui presse dans cette affaire-là, trancha le prêtre en posant sa barrette sur sa tête. S'il doit y avoir une construction, elle va se faire seulement au printemps, je suppose. On aura bien le temps d'en parler. En attendant, il me semble qu'il serait plus avisé d'aller demander à madame Cloutier combien elle voudrait pour le lot à côté de la chapelle.

En entendant le nom de la veuve d'Herménégilde Cloutier, Samuel Ellis ne put réprimer une grimace.

— Il y a rien qui oblige à acheter son lot, monsieur le curé, protesta Anatole Blanchette, guère plus enchanté qu'Ellis à la perspective d'aller discuter avec cette femme au caractère bouillant.

— Ah non ! fit Josaphat Désilets, sarcastique. Je suppose que vous allez construire le presbytère à l'autre bout du village…

— On sait ben, intervint Antonius Côté, l'air songeur.

— Peut-être pourriez-vous en toucher un mot à la veuve, monsieur le curé ? suggéra Thomas Hyland sur un ton raisonnable.

— Il en est pas question, trancha le prêtre. Vous avez vous-mêmes décidé que vous étiez capables de vous passer de moi pour aller rencontrer monseigneur. Bien, continuez et débrouillez-vous.

Sur ces mots, il fit signe à ses deux servants de messe qui s'étaient tenus à l'écart durant ce bref entretien et il se dirigea vers la porte qui communiquait avec le chœur.

— Il y a pas à dire, on a un curé qui est ben d'adon, laissa tomber Donat au moment où la porte se refermait derrière le prêtre.

— Qu'est-ce qu'on va faire ? demanda Anatole Blanchette.

— On va faire ce qu'on a à faire, et pas plus tard que cet après-midi, déclara Ellis. Je vais aller voir Angèle Cloutier pour voir si elle est intéressée à vendre une couple d'arpents à la fabrique.

— Au fond, c'est peut-être mieux comme ça, reconnut son ami Hyland. J'ai comme l'impression qu'elle aime pas trop notre curé.

— Elle n'est pas la seule, se sentit obligé de compléter Donat.

— Qui va venir avec moi ? demanda Samuel.

Les syndics se consultèrent rapidement du regard, mais aucun ne se proposa pour accompagner le président du conseil à la petite maison située au pied de la pente du rang Sainte-Ursule.

— Êtes-vous en train d'essayer de me faire croire que l'Angèle vous fait peur ? demanda-t-il, sarcastique.

— Pantoute, déclara Anatole, mais j'ai pas le goût d'aller là.

— Moi, j'attends du monde cet après-midi, fit Hyland.

— Moi, je peux ben y aller avec vous, dit Donat, après une courte hésitation.

— Moi aussi, je vais y aller, décida Antonius Côté. Tu me prendras en passant, Donat.

— C'est parfait. On se retrouve là vers une heure et demie, dit Samuel, apparemment très soulagé de ne pas devoir affronter seul la veuve Cloutier.

La grand-messe dura deux bonnes heures, allongée assez considérablement par un sermon prononcé dans les deux langues, comme c'était maintenant coutume à Saint-Bernard. Les célébrations incontournables du Mardi gras deux jours plus tard inspirèrent de sévères mises en garde au pasteur qui se méfiait des débordements habituels, la veille du mercredi des Cendres.

— C'est bien long, se plaignit Bernadette à voix basse à l'oreille de son frère assis près d'elle.

— On lui a suggéré de faire son sermon une semaine en français et une semaine en anglais, il a pas voulu écouter, chuchota Donat.

— Il a tellement l'air d'avoir peur qu'on s'amuse un peu.

— Là, il fait juste sa besogne, lui fit remarquer son frère.

— Chut! fit leur mère en leur faisant les gros yeux.

Ce matin-là, Josaphat Désilets ne dit pas un mot de la rencontre qui avait eu lieu quelques jours auparavant à l'évêché. Par contre, il annonça qu'à compter du dimanche suivant, soit le 25 février, il célébrerait le salut au Saint-Sacrement immédiatement après la grand-messe.

— De cette manière, vous aurez plus à donner comme excuse que ça fait un trop long chemin à parcourir pour venir honorer Dieu puisque vous allez déjà être sur place, conclut-il d'une voix cinglante.

Après la messe, les gens assemblés sur le parvis de la chapelle discutèrent plus de cette décision de leur curé que du fait qu'on ne leur avait communiqué aucune nouvelle de la visite du syndic à monseigneur Laflèche. La raison en était probablement que les membres du conseil avaient largement diffusé la décision de l'évêque de garantir tout emprunt de la mission pour la construction d'un presbytère.

— Je trouve que monsieur le curé a eu une bien bonne idée, déclara Marie à Camille et à Alexandrine Dionne, arrêtée auprès d'elle pour prendre des nouvelles d'Emma et de son bébé.

— C'est vrai que c'est pas bête, reconnut la mère d'Angélique. Comme ça, le monde va se sentir obligé de rester. Ça va même être pas mal gênant de sortir de la chapelle.

— Après tout, ça va prendre juste un peu plus qu'une demi-heure, précisa la veuve de Baptiste Beauchemin.

— Avez-vous pensé, m'man, que bien des hommes seront jamais capables de se priver de fumer pendant trois heures ? Si je me trompe pas, on pourra pas sortir de là avant midi, midi et demi.

— Ils en mourront pas, fit la femme du propriétaire du magasin général. En plus, ça tombe bien. Dimanche prochain, ça va être juste trois jours avant le mercredi des Cendres. Nos hommes vont enfin commencer à se priver un peu.

Sur le chemin du retour, Liam ne cessa de pester contre cette nouvelle idée du curé de la mission.

— Calvaire ! jura-t-il. Est-ce qu'il s'imagine qu'on va passer notre journée du dimanche à genoux ?

— Fais attention à ce que tu dis devant les enfants, le mit en garde sa femme.

— En tout cas, s'il pense que je vais rester après la grand-messe, il se trompe, reprit-il sans tenir compte de ce qu'elle venait de dire.

— Je sais pas comment tu vas faire pour t'en aller sans te faire remarquer, fit Camille. La chorale va sûrement avoir à chanter pendant le salut au Saint-Sacrement.

Liam ne répliqua pas, mais il était de fort mauvaise humeur au moment de laisser les siens près de la maison avant d'aller dételer son cheval.

❧

Un peu avant une heure et demie, Donat Beauchemin alla chercher Antonius Côté, parcourut tout le rang Saint-Jean, traversa le petit pont et vint immobiliser sa *sleigh* à l'entrée de la cour de la ferme d'Angèle Cloutier, voisine de la forge. Au même moment, l'attelage de Samuel Ellis dévala la pente du rang Sainte-Ursule et les deux hommes décidèrent d'attendre le président du conseil avant de frapper à la porte de la veuve.

— On dirait qu'il y a personne, dit Antonius, surpris de ne pas apercevoir la maîtresse des lieux à l'une de ses fenêtres.

— Il y a certainement quelqu'un, le contredit Samuel en descendant de sa *sleigh*. J'ai vu un berlot attelé entre l'étable et la remise quand j'étais en haut de la côte.

— C'est drôle pareil, fit Donat en se mettant en marche vers la maison en compagnie des deux autres. Est-ce que ça veut dire qu'il y a quelqu'un qui veut pas que ça se sache qu'il est chez madame Cloutier?

— Dis-moi pas qu'elle reçoit un galant en cachette, plaisanta Antonius, sur un ton paillard. Si c'est ça, il doit avoir de la santé, le bonhomme, parce que l'Angèle, c'est tout un morceau.

— Hé! Fais pas de farce avec ça, lui ordonna Samuel. C'est pas le temps pantoute de chercher à l'étriver. On s'en vient lui demander de nous vendre un morceau de sa terre. Tu la connais. Si on la prend à rebrousse-poil, elle va nous jeter dehors avant même qu'on ait pu s'expliquer et après ça, ça va être la croix et la bannière pour la décider à nous reparler.

— C'est correct, j'ai compris, fit Côté en adressant un clin d'œil égrillard à Donat qui feignit de ne pas le remarquer.

Samuel frappa à la porte de la petite maison blanche et les trois hommes attendirent en tapant du pied sur la galerie pour faire tomber la neige qui couvrait leurs bottes. La porte s'ouvrit sur une Angèle Cloutier endimanchée qui ne sembla pas particulièrement heureuse de voir les visiteurs.

La veuve d'Herménégilde Cloutier n'avait jamais été une jolie femme. Son visage aux traits très accusés était paré depuis quelques années d'un soupçon de moustache, qui ne le rendait guère attirant. Toutefois, c'était une grande et forte femme à qui le dur travail de la terre n'avait jamais fait peur. Après le décès de son mari, cinq ans plus tôt, elle n'avait jamais songé à vendre son bien. Elle avait continué seule à cultiver courageusement sa terre.

— Dites-moi donc, c'est presque la moitié de Saint-Bernard qui vient me déranger en plein dimanche après-midi! s'exclama-t-elle, l'air un peu revêche.

— Ben, on a pensé que ça vous dérangerait moins dans votre ouvrage si on venait vous voir un dimanche après-midi, intervint poliment Donat.

— Qui est-ce qui est à la porte, ma douce? fit une voix d'homme au fond de la pièce voisine.

Quand Antonius Côté entendit cette voix, ses yeux s'arrondirent et il fallut un solide coup de coude de Donat pour l'empêcher de parler.

— De la visite, p'tit père, répondit la veuve d'une voix douce qu'aucun des visiteurs ne lui connaissait. Bon, ben, entrez puisque vous êtes là. Restez pas plantés là comme des piquets, finit-elle par dire, comme à contrecœur, en ouvrant plus grand la porte pour les laisser passer devant elle.

— Écoute, Angèle, on voudrait pas te déranger si t'as de la visite, fit Samuel Ellis.

— Vous dérangez pas pantoute. On jouait aux cartes. Ôtez votre manteau et passez dans la cuisine, à côté.

Ellis, Beauchemin et Côté obéirent et la suivirent dans la pièce voisine où ils découvrirent Hormidas Meilleur, assis à table, devant un paquet de cartes à jouer. L'air contrarié, le petit homme à la tête ronde se leva.

— On dirait ben que notre partie de cartes est sur le diable, dit-il à la maîtresse de maison.

— Tu peux rester si tu veux, p'tit père, minauda Angèle d'un air tout aussi contrarié.

— C'est pas ben grave, ma douce, on se reprendra une autre fois, dit le facteur célibataire en lui adressant un sourire enjôleur.

Angèle accompagna Hormidas jusqu'à la patère placée près de la porte et l'aida à endosser son manteau. Il y eut quelques chuchotements entre les deux dans l'entrée avant que le facteur ne quitte la maison après avoir salué, apparemment mal à l'aise, les trois visiteurs.

Dès que la porte se fut refermée, le visage d'Angèle se transforma du tout au tout. Toute trace de douceur et de féminité disparut comme par enchantement.

— Bon, assoyez-vous et dites-moi pourquoi vous êtes là, ordonna-t-elle aux trois syndics en prenant place au bout de la table.

— Angèle, t'as entendu comme nous autres ce que monseigneur racontait dans sa dernière lettre, dit Samuel Ellis. Il est pas question que notre curé passe un autre hiver dans la sacristie. Ça veut dire que si on lui construit pas un presbytère ce printemps, Saint-Bernard risque de disparaître parce qu'il y aura plus personne pour venir dire la messe dans notre chapelle.

— Ben oui, je sais tout ça, fit abruptement la veuve. Puis après ?

— À ce moment-là, tu dois ben te douter pourquoi on est venus te voir, reprit Samuel.

— Tu veux encore un morceau de ma terre, c'est ça ?

— En plein ça. Mais on va te payer le prix que ça vaut, crains rien, voulut la rassurer le président du conseil.

— Et si je suis pas intéressée de vendre ?

— Ben, on n'aura pas le choix. Il y aura pas de presbytère. Tu connais monsieur le curé, il voudra jamais que son presbytère soit loin de la chapelle. Penses-y ! Si on n'arrive pas à s'entendre avec toi, on va être poignés pour acheter une couple d'arpents à Delphis, mais sa terre est ben trop loin pour que ce soit pratique pour notre curé.

— Ouais, fit Angèle, l'air songeur.

Il y eut un long silence dans la cuisine de la veuve. Donat et Antonius n'osaient pas intervenir. Ils préféraient laisser Samuel discuter avec Angèle. Ils avaient à peu de chose près le même âge et semblaient se comprendre.

— En admettant que j'accepte de te vendre. De combien d'arpents t'as besoin ?

— Pour moi, trois arpents de front feraient l'affaire, annonça le président du conseil.

— Trois arpents, mais sur toute la profondeur de ma terre, en haut de la côte, tint à préciser Angèle. Pourquoi autant ?

— Ben, monseigneur a eu l'air de nous dire qu'on ferait mieux de construire une remise et une écurie avec le presbytère, expliqua Samuel.

— Et qu'est-ce que t'as en tête exactement ?

— Je pensais que si tu vendais au syndic trois arpents à droite de la chapelle, ce serait parfait. On aurait là toute la place qu'il faut pour bâtir. Penses-y, tu cultives rien sur ce bout-là, lui fit-il remarquer.

— Ça, c'est pas de tes affaires, Samuel Ellis, fit-elle sèchement. Où est-ce que tu penses que je prends mon foin ?

— C'est correct, j'ai rien dit.

— Et si je décidais de vendre au conseil, combien tu serais prêt à me donner ?

— Soixante piastres.

— Soixante piastres! s'exclama-t-elle en adoptant un air horrifié.

— Oui, et dis-toi que tu serais payée en signant le contrat chez le notaire, à part ça, dit-il en prenant un air avantageux. Monseigneur a accepté de garantir tous les emprunts de Saint-Bernard.

— Ben, tes soixante piastres, tu peux les garder, Samuel Ellis! fit la veuve. T'auras jamais un bout de ma terre à ce prix-là. C'est rire du monde…

— Voyons, madame Cloutier, intervint Donat. Combien vous demandez pour les trois arpents qu'on veut?

— Au moins le double, mon garçon, déclara-t-elle sur un ton décidé.

— Vous savez, madame, que le conseil pourra jamais donner autant pour trois arpents, même si c'est de la ben bonne terre. Monseigneur comprendrait pas qu'on ait dépensé autant juste pour le terrain.

— Je donnerai jamais mon bien, répliqua-t-elle, catégorique.

— Je comprends, mais est-ce que vous pourriez pas faire un petit effort pour Saint-Bernard?

— Un petit effort jusqu'où? demanda-t-elle, l'air peu commode.

— Je sais pas, moi, madame, mais qu'est-ce que vous diriez si on coupait la poire en deux? Quatre-vingt-dix piastres. C'est ben de l'argent pour le conseil, mais on pourra jamais donner plus que ça, c'est certain.

Samuel secouait la tête en signe de dénégation, mais il se gardait bien de parler.

— Voulez-vous y penser, madame Cloutier? reprit Donat Beauchemin sur un ton raisonnable. On peut vous donner tout le temps qu'il faut pour vous faire une idée. De toute façon, on fera pas construire avant trois bons mois, pas vrai? demanda-t-il à ses deux confrères.

— Je vais y penser, consentit Angèle en se levant pour signifier que la réunion avait assez duré.

Les trois hommes la suivirent dans l'entrée, endossèrent leur manteau et chaussèrent leurs bottes, puis ils la saluèrent et sortirent.

— *Goddam!* Elle est complètement folle, la mère Cloutier! s'écria Samuel dès qu'il se fut suffisamment éloigné de la maison de cette dernière. Voyons donc! Il y a pas une maudite terre de Saint-Bernard qui vaut cent vingt piastres pour trois arpents! En plus, il y en a une partie qui va être perdue de l'autre côté du chemin parce que ça descend trop à pic vers la rivière pour servir à quelque chose. Si elle pense qu'on va se laisser voler tout rond, elle se trompe, moi, je vous le garantis.

— Mais si elle accepte de vendre pour quatre-vingt-dix piastres… commença Antonius.

— Ce serait encore trop cher pour ce que ça vaut, déclara le président du conseil avec mauvaise humeur.

Il n'avait pas approuvé la proposition de Donat, et là, il le lui faisait savoir.

— Peut-être pas si cher que ça, se défendit le fils de Baptiste Beauchemin. Oubliez pas, monsieur Ellis, que si on n'arrive pas à lui acheter les trois arpents qu'on veut, il y aura tout simplement pas de presbytère.

— C'est vrai, ce qu'il dit, approuva Antonius en montant dans la *sleigh* de son voisin.

— En tout cas, il y a rien de décidé. Elle va y penser, reprit Donat. On verra ben.

— On pourrait peut-être demander à monsieur le curé de lui parler, suggéra Antonius.

— T'es pas malade, toi! s'écria Samuel. Elle peut pas le sentir. Ce serait assez pour qu'elle dise carrément non.

Durant la semaine suivante, il y eut quelques chutes de neige sans conséquence et la plupart des hommes de Saint-Bernard-Abbé profitèrent de la légère hausse de la température pour bûcher plus longtemps chaque jour.

Le jeudi après-midi, un peu après quatre heures, plus d'une demi-douzaine d'hommes se retrouvèrent au magasin général de Télesphore Dionne pour une raison ou une autre. La rencontre était si animée que Paddy Connolly en oublia Bernadette et les enfants qui durent rentrer à pied à la maison.

Chacun comparait la quantité de bois abattu et scié depuis le début de l'hiver sur sa terre et on en vint à parler des hommes forts de la région.

— Moi, je me dis qu'on devrait organiser un beau jour un concours de tir au poignet, déclara le forgeron Évariste Bourgeois qui avait toujours été passablement fier de sa force physique.

Il faut reconnaître que l'homme était pratiquement aussi large que haut et qu'il possédait une musculature impressionnante.

— C'est la place qu'on n'a pas pour organiser ça, fit remarquer Athanase Auger, un solide gaillard lui aussi qui ne le cédait en rien à ses trois frères.

— Pourquoi vous feriez pas ça dans votre forge, monsieur Bourgeois ? lui demanda Xavier Beauchemin. Il me semble qu'il y aurait là ben assez de place pour une trentaine d'hommes, si vous faites un peu de ménage, comme de raison.

— Tu peux être certain, mon jeune, que si on fait ça là, tous ceux qui vont vouloir entrer vont venir aider au ménage, prit soin de préciser l'homme à la figure rubiconde.

— Moi, je suis partant n'importe quand, affirma Amable Fréchette, l'ex-petit ami de Bernadette, l'air toujours aussi avantageux.

— Vous devriez faire ça dimanche après-midi, suggéra Paddy. Je me propose même comme juge.

— Comment ça! Vous voulez pas tirer au poignet! s'exclama Xavier pour se moquer de lui.

Le jeune homme n'était pas loin de partager l'antipathie que sa sœur Camille éprouvait à l'endroit du petit homme bedonnant qu'il jugeait un peu trop suffisant et effronté.

— Ce serait peut-être mieux d'avoir quelqu'un qui connaît ça, osa-t-il dire devant le groupe d'hommes rassemblés près de la fournaise de Télesphore Dionne.

— J'ai l'expérience de ce genre d'affaire-là, fit Paddy avec hauteur, peu habitué à se faire contester.

— Je sais pas trop si… reprit Xavier.

— Tu sauras, mon garçon, que dans la vie il y a des gens qui ont une tête et d'autres qui ont juste des bras, le coupa le retraité en le mettant au défi de le contredire.

— Et vous, je suppose, vous avez une tête, fit Xavier.

— En plein ça. Puis, qu'est-ce que vous pensez de mon idée de faire ça dimanche après-midi, monsieur Bourgeois? demanda l'oncle de Liam à Évariste en se tournant vers le forgeron.

— Ben…

— Envoyez donc, monsieur Bourgeois, le supplia Fréchette. Mercredi, ça va être le commencement du carême et c'est pas sûr pantoute que monsieur le curé va accepter qu'on fasse une affaire comme ça pendant le carême.

Le forgeron hésita encore un bref moment avant de dire, bourru:

— C'est correct, mais à la condition que j'aie du monde samedi après-midi pour nettoyer la forge.

— On va y être, promit Paddy.

La discussion venait à peine de prendre fin qu'Hormidas Meilleur pénétra dans le magasin général, suivi, un moment plus tard, par Antonius Côté. Lorsqu'il aperçut le facteur coiffé de son casque à oreillettes et portant en bandoulière son vieux sac de cuir avec lequel il distribuait quotidiennement le courrier, un air malicieux se peignit sur les traits du cultivateur. Il laissa le vieux célibataire se frotter longuement les mains au-dessus de la fournaise pour les réchauffer, mais il adressa quelques signes de connivence aux hommes présents qui se demandaient ce qu'il pouvait tramer.

— Hé, vous autres! Avez-vous su que monsieur le curé va célébrer ce printemps les premières noces dans notre chapelle? demanda Antonius à la cantonade.

— Qui se marie? s'enquit Angélique Dionne, retranchée derrière son comptoir, comme d'habitude.

— Tu me feras pas croire, ma belle, que t'es pas au courant pantoute, feignit de s'étonner Antonius.

— Non.

— Ta voisine, la belle affaire, lui apprit le plaisantin sur un ton triomphant.

— La sœur de Xavier Beauchemin? demanda Alexandrine Dionne, qui venait d'apparaître aux côtés de sa fille.

— Pas ma sœur, déclara tout net Xavier. En tout cas, moi, j'en ai pas entendu parler pantoute.

— Ben non, pas la petite maîtresse d'école, reprit Côté. Je vous ai dit votre voisine.

— Pas madame Cloutier quand même! s'écria Angélique, prête à se mettre à rire.

— Ben oui, ma belle.

Les traits du visage d'Hormidas Meilleur s'étaient soudainement figés, mais il choisit de ne rien dire.

— Là, tu fais une farce, fit Télesphore en se mettant à rire.

— Pantoute, je suis sérieux comme un pape, protesta le cultivateur, la main sur le cœur.

Il y eut des murmures de stupéfaction parmi les clients présents.

— Qui est le brave? demanda Amable Fréchette.

— Il est juste devant toi, le jeune, déclara Antonius en montrant le facteur.

— C'est pas vrai! intervint Évariste Bourgeois, hilare. Moi, j'ai ben de la misère à croire ça.

— T'as raison, Évariste, déclara le petit homme en se tournant tout d'une pièce vers ceux qui ricanaient. Vous voyez ben que Côté rit de vous autres.

— Pourquoi il raconte une affaire comme ça, si c'est pas vrai, père Meilleur ? lui demanda Xavier.

— Parce que c'est une langue sale et parce qu'il aime raconter n'importe quelle niaiserie, fit le facteur en élevant la voix. Il m'a vu chez Angèle Cloutier dimanche après-midi. On jouait aux cartes quand il est arrivé avec Ellis et ton frère.

— C'est vrai, reconnut Antonius, sans se démonter. Et vous savez pas comment notre Angèle l'appelle ?

— Non, répondirent plusieurs.

— Elle l'appelle « p'tit père ». C'est pas beau, ça ?

Un éclat de rire général accueillit la révélation, ce qui fit violemment rougir le facteur.

— Tu joues aux cartes avec Angèle ? répéta le forgeron, le premier à retrouver son sérieux, en s'adressant à Hormidas.

— Ben oui, c'est pas un crime, bout de corde ! protesta le célibataire en retirant son casque à oreillettes pour passer ses doigts dans sa maigre chevelure poivre et sel.

— Et il l'appelle « ma douce », se moqua Antonius.

— Ayoye ! s'écria Fréchette.. Pour moi, le père, vous buvez trop.

— Toi, mêle-toi de ce qui te regarde, le jeune, répliqua sèchement le facteur, exaspéré. Ça a même pas le nombril sec et ça se mêle des affaires des grands.

— Tu fais juste ça, hein ? Tu joues aux cartes avec elle ? intervint John White, qui n'avait pas dit un mot depuis le début de la discussion.

— Oui, monsieur ! proclama Hormidas. Madame Cloutier est une femme honnête.

— Et qui a tout ce qu'il faut pour se défendre, renchérit Évariste, goguenard.

— C'est sûr, confirma Hormidas qui ignora volontairement le sarcasme.

— Quand même, c'est pas ben correct que vous soyez tous les deux tout seuls, sans chaperon, affirma Antonius en feignant subitement d'être sérieux. Ça pourrait faire jaser si ça se savait.

— On dirait ben que là, ça se sait à cause de ta grande gueule, répliqua le facteur, de mauvaise humeur. En tout cas, partez pas de ragots. Je fréquente pas madame Cloutier et il y aura pas de mariage ce printemps, même si une commère de Saint-Bernard répand la rumeur.

Sur ces mots, le petit homme remit son casque sur sa tête, boutonna son manteau et quitta les lieux en claquant la porte derrière lui.

— Ah ben, petit Jésus ! s'exclama Bourgeois. J'aurai tout entendu. Si c'est vrai que le père Meilleur va veiller avec ma voisine, il va falloir faire brûler un lampion pour lui, le pauvre homme. Il va passer par là avec elle. Avec les battoirs qu'elle a, il va avoir intérêt à marcher droit.

Un éclat de rire général salua la saillie. Chacun visualisait la différence importante de taille entre la veuve d'Herménégilde Cloutier et le petit facteur.

Quand Samuel Ellis apprit le lendemain avant-midi qu'Antonius Côté s'était moqué du facteur devant un groupe d'habitants de Saint-Bernard-Abbé, il piqua une belle colère.

— Le maudit sans-dessein ! s'emporta-t-il devant sa femme. Ça, c'est peut-être le meilleur moyen pour pousser la Cloutier à refuser de nous vendre son lot. Trop bête pour fermer sa grande gueule quand il le faut.

Inutile de dire que lorsqu'il vit le syndic le dimanche matin, il l'attira à l'écart pour lui passer un savon.

— C'était pas ben méchant, se défendit Antonius, secoué par la colère du président du conseil.

— Peut-être, mais t'as pas pensé que si le bonhomme va raconter cette affaire-là à la Cloutier, elle va nous envoyer chez le diable, répliqua sèchement l'Irlandais, toujours aussi furieux.

— Tu sais ben qu'il lui dira rien.

— Je l'espère pour nous autres, rétorqua Samuel avant de lui tourner le dos pour regagner son banc dans la chapelle.

En ce dernier dimanche de février, Josaphat Désilets avait toutes les raisons du monde d'être dépité et mécontent. Tout d'abord, son idée de célébrer le salut au Saint-Sacrement immédiatement après la grand-messe ne connut pas le succès escompté. Il avait cru que l'ensemble des fidèles déjà sur place pour assister à la grand-messe n'oserait pas quitter les lieux à la fin de la célébration du saint sacrifice et demeurerait pour la cérémonie qui durerait, tout compte fait, moins d'une heure. Il s'était lourdement trompé. Dès qu'il eut prononcé l'*Ite missa est*, il vit des hommes se lever et se diriger vers la porte de la chapelle. Le mouvement d'abord hésitant prit peu à peu de l'ampleur. Plusieurs femmes suivies de leurs enfants leur emboîtèrent finalement le pas.

Quand le prêtre entreprit la célébration de la cérémonie, plus de la moitié des bancs avaient été désertés.

Il était encore furieux quand il prit place à table pour dîner dans sa sacristie, alors que son bedeau, Agénor Moreau, vint remplir de bûches le coffre placé près du poêle.

— Vous auriez bien pu attendre après le dîner, lui dit le curé de Saint-Bernard-Abbé en faisant un effort pour se montrer aimable envers le vieil homme.

— Je le sais, monsieur le curé, mais cet après-midi, j'ai l'intention d'aller voir le concours de tir au poignet chez Bourgeois.

— Quel concours? demanda le prêtre, surpris.

— Les hommes de la paroisse ont décidé de faire un concours de tir au poignet. Il paraît qu'il va y avoir pas mal de monde, répondit le père de Delphis Moreau sans se rendre compte de la frustration de son curé.

Après le départ de l'homme, Josaphat Désilets remâcha longuement sa rancœur. Personne n'avait jugé bon de le prévenir de l'événement, comme si on souhaitait ne pas l'y voir. À ses yeux, c'était absolument inadmissible et cela représentait un manque de considération inexcusable envers leur pasteur. Puis il se demanda durant de longues minutes s'il n'allait pas se rendre quand même à la forge pour assister à la compétition, songeant que ce serait une agréable distraction à la veille du carême. Mais sa rancœur était telle qu'il choisit de bouder le concours tout en se promettant de parler du respect dû à son curé lors de son prochain sermon.

～

Un peu après une heure, la cour commune entre la forge et le magasin général commença à être envahie de berlots et de *sleighs* occupés uniquement par des hommes. Peu à peu, la forge d'Évariste Bourgeois se remplit d'une foule bruyante d'hommes de tous âges.

La veille, une demi-douzaine de jeunes hommes de Saint-Bernard-Abbé s'étaient présentés sur les lieux pour aider le forgeron à ranger et à installer de longs bancs de fortune à l'aide de vieux madriers.

Chez les Beauchemin, Marie avait dû élever la voix pour empêcher Bernadette d'assister à la compétition.

— Voyons, m'man, avait-elle protesté. Il va y avoir là les plus beaux hommes de la paroisse. C'est pas un crime de vouloir aller voir comment ça va se passer.

— Bedette, je t'ai déjà dit hier que c'était pas la place d'une jeune fille.

— Je suis sûre que Constant va dire oui si je lui demande de m'emmener, plaida l'institutrice.

— Non, veux-tu faire rire de toi, Bedette Beauchemin ? lui demanda sa mère, excédée. Il y aura pas une fille qui se respecte qui va mettre les pieds dans cette place-là cet après-midi. Voyons donc ! Il va y avoir juste des hommes.

— Et tu vas avoir l'air d'une écornifleuse, intervint son frère Hubert.

— Toi, mêle-toi pas de ça. Ça te regarde pas, répliqua Bernadette, déçue. Les dimanches après-midi sont ennuyants à mourir, ajouta-t-elle dans une dernière tentative de persuader sa mère de la laisser y aller.

— Tu feras comme nous autres, tu tricoteras ou tu fileras. Tiens, tu pourras même commencer à assembler la courtepointe.

— De l'ouvrage, par exemple, ça, j'ai toujours le droit d'en faire, fit-elle d'une voix acide.

Bernadette aurait probablement été un peu consolée si elle avait su qu'Angélique Dionne avait rencontré la même résistance de la part de ses parents quand elle s'était approchée de la patère dans l'intention de mettre son manteau.

— Où est-ce que tu vas ? lui avait demandé Alexandrine, intriguée.

— Je vais juste jeter un coup d'œil à côté, m'man.

— Il en est pas question, déclara son père en train de chausser ses bottes. Tu restes ici dedans avec ta mère. Il y a pas de femme là-dedans.

— Mais, p'pa…

— T'as entendu ce que ton père vient de te dire. Tu vas pas aller faire rire de toi là-dedans.

Au moment où Télesphore Dionne quittait sa maison, une catherine attelée à un magnifique cheval vint s'immobiliser près de la galerie de son magasin. Le conducteur, un petit homme frêle, le salua avant d'entraver sa bête et il le suivit dans la forge déjà envahie par un épais nuage de fumée.

— Bonjour, notaire, salua Évariste en s'approchant d'Eudore Valiquette. Trouvez-vous une place. Ça commence dans une couple de minutes.

Il y avait déjà une quarantaine d'hommes sur place. Si plusieurs jeunes se défiaient ouvertement, quelques vieillards avaient entrepris de rappeler le souvenir d'hommes forts du passé et des tours de force qu'ils se plaisaient à réaliser.

— Monsieur Bourgeois, il me faudrait une chaise, demanda Paddy Connolly qui venait de retirer son épais manteau de chat sauvage.

— Quoi ? Un bon banc en bois est trop dur pour des fesses de la ville ? se moqua Rémi Lafond en adressant un clin d'œil à son beau-frère Donat.

— C'est pas ça, se défendit l'oncle de Liam, mais le juge doit être mieux installé que les spectateurs, et surtout, il doit être assis plus près.

— Il y a des quarts de clous en masse pour vous asseoir, intervint Cléomène Paquette.

— Non, il a raison, déclara le forgeron. Fréchette, va me chercher une chaise à la maison, demanda-t-il à Amable Fréchette, debout près de la porte.

— Moi, ça me dérangerait pas d'être juge quand vous serez fatigué, monsieur, se proposa Eudore Valiquette en s'approchant de Paddy.

Les deux hommes avaient la même taille et, à peu de chose près, le même âge. Cependant, le notaire était maigre alors que l'Irlandais était plutôt grassouillet.

— Qu'est-ce que le gagnant remporte ? demanda Eudore Valiquette que la plupart des hommes présents ne connaissaient pas.

Les spectateurs se regardèrent, incapables de répondre à la question du nouveau venu.

— Ce serait normal qu'il y ait un prix, insista celui-ci.

Après un instant d'hésitation, le maître des lieux répondit :

— Je suis tellement sûr de gagner, que j'offre de ferrer gratis le cheval du gagnant.

— Tu t'organises pour que ça te coûte pas trop cher, mon Évariste, plaisanta Ellis.

— Je peux même te dire que ça me coûtera rien pantoute, plastronna le forgeron, parce qu'il y en a pas un qui va me battre.

Amable Fréchette revint avec une chaise qui fut placée près d'une table en bois. À chacune des extrémités de celle-ci, Évariste avait disposé un vieux quart de clous qui allait servir de siège aux concurrents.

— Comme c'est moi qui reçois, déclara Évariste Bourgeois en prenant place à un bout de la table, je vais être le premier à tirer au poignet. Qui veut venir m'essayer? demanda-t-il, sûr de sa force.

— Moi, déclara Cléomène Paquette en s'avançant pour prendre place en face de lui.

— T'es pas sérieux, Cléomène, s'écria Antonius Côté. Tu vas te faire manger tout rond. T'es pas de taille!

— Il va pas souffrir longtemps, dit Xavier Beauchemin en riant.

En fait, le cultivateur du rang Saint-Jean fut écrasé en quelques secondes et dut céder sa place à Delphis Moreau. Celui-ci offrit une meilleure opposition au forgeron, mais finit par déclarer forfait après quelques instants d'efforts.

— Un autre! cria Évariste après avoir récupéré durant quelques secondes.

Samuel Ellis vint s'asseoir devant lui. Les deux hommes plantèrent résolument un coude sur la table, présentant à leur adversaire une main que l'autre empoigna. Paddy posa une main sur les deux mains de manière à s'assurer qu'elles étaient bien à la verticale et il donna le signal de l'engagement. Durant un bon moment, l'Irlandais parvint à résister à la poussée du forgeron, puis, peu à peu, son bras se mit à pencher et sa main finit par venir claquer sèchement contre le bois de la table. Le président du conseil s'était défendu honorablement et obtint quelques applaudissements mérités.

— Thomas, ouvre une porte, bout de cierge! On est en train de mourir emboucanés, cria soudainement Anatole

Blanchette. C'est rendu qu'on voit même plus qui tire au poignet, exagéra-t-il.

Le maître des lieux vainquit trois autres adversaires sans trop de peine et il ne cachait pas son orgueil. C'était rendu au point où la compétition avait perdu passablement de son intérêt et plusieurs parlaient déjà de rentrer à la maison.

— Un autre brave ? demanda Évariste en tournant sa grosse tête vers les spectateurs.

— Moi, je veux ben essayer, déclara Constant Aubé en s'avançant.

— Vas-y, Constant ! Fais-le souffrir un peu ! l'encouragea Rémi Lafond.

L'ami de cœur de Bernadette Beauchemin prit place sur le quart de clous libéré par le dernier vaincu, releva la manche droite de sa chemise, planta solidement son coude sur la table et tendit la main vers celle de son adversaire. La musculature du bras de Constant était surprenante pour un meunier, peut-être pas l'égale de la largeur du bras du forgeron, mais tout de même de quoi imposer le respect.

Dès le début de l'affrontement, les bras des deux hommes demeurèrent à la verticale durant un très long moment, chacun étant apparemment incapable de faire fléchir l'autre. Si le visage du meunier demeurait impénétrable alors que tous ses muscles étaient bandés, une grosse veine bleue finit par apparaître au front d'Évariste, signe qu'il déployait tous ses efforts pour vaincre son adversaire. Puis, les bras commencèrent à s'incliner lentement, très lentement. De toute évidence, le forgeron commençait à faiblir, même s'il parvint, à un certain moment, à redresser son bras. Mais cela ne dura guère. Peu à peu, son bras baissa, accompagné par les acclamations des spectateurs excités par le duel. Finalement, le bras d'Évariste entra en contact avec la table et son poignet claqua contre le meuble.

Essoufflés par tant d'effort, les deux adversaires demeurèrent un instant sans bouger. La surprise était si grande que, durant un court instant, la foule demeura sans réaction. Puis des cris d'excitation se firent entendre alors que le forgeron quittait lentement son siège.

— Là, je commençais à être un peu fatigué, déclara Évariste Bourgeois. Ça fait trois quarts d'heure que je tire au poignet. Lui était reposé.

— C'est certain, monsieur Bourgeois, reconnut Constant Aubé, de bonne grâce. Ça aurait été une autre paire de manches si vous aviez été reposé.

Cette déclaration de son adversaire mit un peu de baume sur l'orgueil écorché du forgeron qui dit aux hommes près de lui avec une admiration évidente :

— Ce petit calvaire-là, il est raide en pas pour rire.

Le meunier remporta trois victoires rapides avant d'affronter Amable Fréchette qui ne lui avait pas pardonné de l'avoir remplacé dans le salon des Beauchemin, aux côtés de la belle Bernadette. Par ailleurs, Constant n'avait pas oublié que l'autre avait délibérément cherché à le frapper avec son boghei alors qu'il transportait une boîte au magasin général.

C'est donc avec des yeux pleins de feu que les deux jeunes hommes s'empoignèrent, chacun bien décidé à terrasser l'autre pour lui prouver qu'il ne le craignait nullement. Amable résista près de cinq minutes avant de céder. Rouge autant à cause de l'effort fourni que de rage, il quitta immédiatement les lieux après sa défaite sous les quolibets de certains spectateurs. Il fut finalement remplacé par Hubert Beauchemin que Constant parvint tout de même à vaincre non sans difficulté.

— Ôte-toi, mon petit frère, je vais m'occuper de lui, moi, ordonna Xavier à son frère cadet. Il sera pas dit que ce maudit meunier-là va faire manger de l'avoine à tous les Beauchemin, ajouta-t-il pour plaisanter en donnant une bourrade à Constant qu'il aimait bien.

— C'est ça, viens faire le jars, répliqua Constant. Si tu me bats, je vais crier partout que c'est parce que j'étais fatigué.

— Tu vas pas te servir de l'excuse de notre forgeron. On la connaît celle-là.

Ce fut la rencontre la plus intéressante de l'après-midi parce que les adversaires étaient de force égale. Il fallut attendre de longues minutes avant que Constant Aubé ne cède la victoire à un Xavier Beauchemin qui n'en revenait pas de la force et de la résistance de celui qu'on avait si longtemps surnommé « la Bottine » dans le village.

— Blasphème ! Je sais pas ce que t'as mangé à midi, toi, s'écria-t-il après que Paddy l'eut déclaré grand vainqueur, mais on peut pas dire que t'es feluette.

Le sourire aux lèvres, l'ami de Bernadette lui serra la main et quitta le quart de clous sur lequel il était assis depuis de longues minutes.

— Il était temps que tu te lèves de là, plaisanta Anatole Blanchette. T'étais en train de prendre racine.

Après cette rencontre, Xavier n'eut à affronter que le fils aîné de Samuel Ellis avant d'être couronné champion de la compétition, faute de concurrents prêts à lui faire face.

— Ben là, je peux dire que c'est un bon après-midi, déclara le jeune homme. Je viens de gagner de faire ferrer mon cheval gratis.

— Je vais le ferrer gratis, mais tu vas payer les fers, répliqua Évariste.

— Il a jamais été question de faire payer les fers au gagnant, lui fit remarquer Dionne.

— C'est vrai, ça, intervint Hyland, qui avait été un spectateur très intéressé durant tout l'après-midi.

— Vous êtes sûrs de ça, vous deux ?

— C'est certain.

— Bon, ben, c'est correct, le jeune, je vais te donner aussi les fers neufs, calvaire !

En quelques minutes, la forge se vida de ses spectateurs qui partirent en commentant les affrontements qu'ils avaient le plus appréciés. Rémi Lafond et Donat s'approchèrent de Constant Aubé en compagnie de Hubert. Les deux premiers avaient perdu aux mains du forgeron.

— C'est ben de valeur que t'aies laissé gagner le grand fanal, déclara Rémi en désignant de l'index Xavier qui venait vers eux. Il me semble que ça lui aurait fait du bien une petite leçon d'humilité. Qu'est-ce que vous en pensez, vous autres ? demanda-t-il à ses deux beaux-frères.

— Là, t'as raison. On n'a pas fini d'en entendre parler, fit Donat.

— Et il va s'en vanter pendant des mois, ajouta Hubert, narquois.

— Vous pouvez ben parler, vous trois, intervint Xavier avec bonne humeur. Vous allez être les premiers dans Saint-Bernard à aller raconter ça partout.

— C'est dommage que Liam ait pas pu venir, fit remarquer Rémi.

— Il a aimé mieux passer l'après-midi avec sa femme, dit Paddy, au passage. Vous oubliez que c'est un nouveau marié. Il y a un paquet d'affaires qui l'intéressent plus que le tir au poignet.

Les hommes qui l'entendirent se mirent à rire. Déjà le soleil baissait à l'horizon et le vent venait de se lever.

Durant le souper ce soir-là, Paddy raconta en détail la compétition qui avait opposé les hommes forts de la mission. À l'entendre, il y avait joué un rôle de premier plan comme arbitre. Quand il mentionna que Xavier avait gagné le concours en battant de peine et de misère le meunier, Camille ne put s'empêcher de dire avec un sourire :

— On n'a pas fini d'en entendre parler.

— Pourquoi, p'pa, vous y êtes pas allé ? demanda Patrick à son père. C'est certain que vous auriez gagné.

— J'ai pas de temps à perdre avec ces niaiseries-là, laissa tomber Liam.

Ce soir-là, Constant eut à subir les moqueries de Hubert et de Donat lorsqu'il se présenta chez les Beauchemin pour veiller au salon avec Bernadette.

— Je sais pas si on doit laisser entrer un perdant ici dedans, déclara Donat en l'accueillant à la porte.

— Ben, je pense qu'il y en a déjà un dans la place, non? fit le meunier en désignant Hubert qu'il avait battu au tir au poignet.

— Aïe! Ça va faire, vous deux, intervint Bernadette en aidant le visiteur à se débarrasser de son manteau. Laissez-le donc tranquille. Vous avez dit qu'il avait battu monsieur Bourgeois et trois autres hommes avant de perdre.

— Whow, la petite sœur! Monte pas sur tes grands chevaux! fit Donat en riant. Nous autres, c'était juste pour l'étriver un peu.

— Moi, je trouve qu'elle le protège pas mal trop, son cavalier, fit Hubert, moqueur.

— C'est vrai, ça. Il me semble qu'il est capable de se défendre tout seul.

— Vous deux, ça va faire, fit Marie. Allez donc me remplir le coffre à bois qui est presque vide. Ça fera au moins quelque chose d'utile que vous aurez fait dans votre journée.

Bernadette en profita pour entraîner son amoureux à sa suite après avoir allumé une lampe qu'elle transporta au salon.

Chapitre 12

Le Mardi gras

Deux jours plus tard, tout travail sembla cesser à Saint-Bernard-Abbé pour qu'on puisse célébrer dignement le Mardi gras. Comme chaque année, la perspective de devoir se priver durant les quarante jours du carême incitait les gens à manger et à s'amuser tout leur soûl ce jour-là.

— T'aurais pu me permettre de dire aux petits de rester à la maison aujourd'hui, fit Bernadette, dépitée, alors qu'elle finissait son déjeuner.

— Il y a pas de raison de fermer l'école, déclara tout net son frère, président de la commission scolaire. T'es payée pour faire l'école, pas pour te reposer à la maison.

— Mais c'est Mardi gras, bonyenne! Les enfants vont avoir bien plus le goût de se déguiser pour passer d'une maison à l'autre que de travailler, plaida-t-elle.

— L'école doit rester ouverte, trancha Donat.

— Ton frère a raison, intervint Marie. En plus, tu sais très bien que monsieur le curé aurait été le premier à en parler à l'inspecteur si t'avais pas fait l'école aujourd'hui.

— Je te gagerais même qu'il va passer ce matin, plaisanta Hubert, juste pour voir si tu fais la classe.

— De toute façon, Bedette, les enfants s'amuseront à soir, comme nous autres, lui fit remarquer Eugénie en essuyant la bouche d'Alexis, assis sur ses genoux.

— Pendant que vous allez avoir de la visite et vous bourrer, moi, la folle, je vais avoir les enfants sur les bras.

— T'oublies qu'on est en deuil, fit sa mère, sévère.

La jeune institutrice quitta la maison pour l'école sans grand enthousiasme et la neige qui s'était mise à tomber doucement ce matin-là n'avait rien pour la réjouir, malgré l'atmosphère féérique qu'elle conférait au paysage. Cependant, la fille cadette des Beauchemin ne rata pratiquement rien parce que les célébrations ne débutèrent vraiment qu'avec le coucher du soleil. Joseph Gariépy fit la tournée des voisins du rang Saint-Jean au début de l'après-midi pour inviter tout le monde chez lui pour une soirée. À l'entendre, deux cousins de Saint-Zéphirin allaient venir jouer du violon et de l'accordéon pour faire danser tout le monde jusqu'aux petites heures du matin. Il recommanda aux hommes d'apporter de la bagosse parce qu'il n'était pas certain d'avoir une provision suffisante pour désaltérer tous ses invités. Un peu plus tard, on apprit que Delphis Moreau avait lancé une invitation identique à tous ceux qui voulaient célébrer le Mardi gras.

Marie Beauchemin avait remercié le jeune voisin pour son invitation et avait argué du deuil récent qui avait frappé la famille pour décliner.

— Si on fête pas, pourquoi on fait à manger depuis le matin? demanda Eugénie à sa belle-mère.

— J'ai jamais dit qu'on fêterait pas, se défendit Marie. On peut pas danser et chanter à cause du deuil, mais il y a rien qui nous empêche de jouer aux cartes et de jaser jusqu'aux petites heures du matin, si ça nous tente.

En entendant cela, Hubert et Donat décidèrent d'un commun accord qu'ils ne travailleraient pas cet après-midi-là.

— Si c'est comme ça, on est aussi ben de commencer à fêter tout de suite, déclara l'aîné avec bonne humeur.

— Qu'est-ce que vous diriez si on invitait toute la famille chez nous, à soir? leur demanda leur mère.

— Moi, j'ai rien contre, s'empressa de répondre Hubert.

— Là, on n'a pas arrêté de cuisiner depuis qu'on est levés à matin, on a de quoi nourrir une armée, intervint Eugénie.

— Ça fait que vous pourriez peut-être atteler et aller inviter Camille et Emma à venir souper avec nous autres. Après, on jouera aux cartes et on se racontera des histoires.

— C'est ben correct, accepta Hubert en quittant la chaise berçante sur laquelle il venait de s'asseoir. Qu'est-ce que je fais pour l'oncle de Liam ? Lui, il va vouloir suivre, ça me surprendrait pas pantoute.

— Il y a pas moyen de faire autrement que de l'inviter avec les autres, consentit un peu à contrecœur la maîtresse de maison.

Depuis quelque temps, la veuve de Baptiste Beauchemin nourrissait de sérieuses réserves à l'endroit de l'oncle de son gendre. À la lumière de ce que lui racontait avec une certaine réticence son aînée, elle trouvait l'homme particulièrement effronté et sans cœur. Par ailleurs, elle avait de plus en plus de mal à cacher ses véritables sentiments à l'égard de celui qui avait épousé Camille. Si elle n'avait pas autant craint qu'il défende à sa femme la fréquentation de sa mère, elle lui aurait dit ses quatre vérités depuis longtemps. Toutefois, elle avait de plus en plus de mal à se retenir en sa présence.

«Il mériterait que je lui envoie un de mes garçons lui parler dans la face», se répétait-elle parfois.

— Arrête donc chez le petit Aubé en passant, recommanda-t-elle à Hubert. Dis-lui qu'on l'invite à souper, lui aussi. Il est tellement de service, ce garçon-là…

— Et ça vous ferait peut-être un bien bon gendre, pas vrai, madame Beauchemin ? se crut autorisée à dire sa bru.

— Ça, c'est pas de mes affaires, fit Marie, cassante. Bedette choisira bien qui elle veut marier.

— Et pour Xavier, qu'est-ce qu'on fait ? intervint Donat.

Marie garda le silence un bref moment avant de répondre.

— Tu peux aller inviter ton frère, mais insiste pas trop s'il a prévu d'aller fêter chez les Benoît.

— S'il y a rien chez les Benoît ?

— Ben, tu lui diras qu'on l'attend pour souper avec Antonin.

— Et qu'est-ce que je fais pour Catherine ?

— Tu lui diras de l'emmener, s'il y a pas moyen de faire autrement, conclut sa mère d'une voix lasse. Mais insiste pas, tu m'entends ?

Donat jeta un coup d'œil vers sa femme. Il était évident que sa mère n'acceptait toujours pas sa future bru.

— Si c'est comme ça, finit-il par dire à son jeune frère, je vais atteler la Noire à la *sleigh* pour aller inviter Xavier. Je te laisse le Blond et le berlot.

Hubert commença sa tournée en s'arrêtant chez sa sœur Emma. Son mari et elle acceptèrent l'invitation sans se faire prier. Au retour, il alla chez le meunier qu'il trouva en train de réparer un attelage dans ce qui était appelé à devenir une cuisine d'été.

— Pour moi, t'es dans les petits papiers de ma mère pour qu'elle t'invite comme ça, lui fit remarquer un Hubert narquois.

— Pour te dire la vérité, j'aimerais mieux être dans les petits papiers de ta sœur, répliqua Constant avec un grand sourire.

— Es-tu en train de me dire que Bedette te maltraite ? demanda le jeune homme.

— Pantoute, se défendit Constant, mais il y a des fois que je me demande si elle tient un peu à moi.

— Inquiète-toi pas pour ça, voulut-il le rassurer. Tant qu'elle accepte que t'ailles veiller avec elle au salon, il y a de l'espoir.

En sortant de chez Constant Aubé, Hubert se rendit compte que la petite neige folle qui tombait sur la région depuis le début de l'avant-midi n'avait pas cessé. Il passa devant la ferme paternelle et poursuivit son chemin jusque chez les Connolly. Quand il frappa à la porte, ce fut Camille qui vint lui ouvrir.

— Dis-moi pas que ton mari est parti bûcher? fit-il en entrant dans la maison.

— Penses-tu! répondit-elle avec le sourire. Il est comme tout le monde. Il fête, lui aussi. Il dort dans la chambre. Si tu veux lui parler, je peux bien aller le réveiller, proposa-t-elle.

— Non, c'est pas nécessaire. J'arrête juste pour t'inviter à souper à la maison. M'man et Eugénie ont cuisiné pas mal et on a dans l'idée de ramasser toute la famille à soir.

— Dis à m'man qu'on va y être dès que les enfants vont revenir de l'école.

— Attends-les pas. Avertis seulement l'oncle de Liam de les laisser à la maison en passant. Pendant que j'y pense, il est invité, lui aussi.

— Il est à la veille de finir son somme de l'après-midi, déclara la maîtresse des lieux. Je vais lui dire ça. Tu pourras dire à m'man que je vais arriver de bonne heure pour donner un coup de main à préparer le souper.

Quelques minutes après le départ de Hubert, Liam sortit de la chambre à coucher, ses bretelles battant sur ses cuisses et bâillant sans retenue.

— On est invités à souper chez ma mère à soir, lui apprit Camille.

— C'est correct, accepta-t-il sans manifester un grand enthousiasme.

— Quand il se lèvera, tu diras à ton oncle d'arrêter chez ma mère avec les enfants en revenant du magasin général.

— Une chance qu'il est là pour rendre service, lui fit remarquer Liam en se versant une tasse de thé bouillant après avoir passé ses bretelles.

— Je pense que c'est pas trop lui demander si on calcule qu'on le garde, lui et son cheval, sans jamais rien exiger, répliqua-t-elle d'une voix égale. En passant, moi, je commence à trouver ça pas mal gênant de me faire recevoir tout le temps par ma famille sans jamais la recevoir à manger.

— On n'est pas obligés d'y aller, laissa tomber son mari.

— Non, mais on n'arrête pas d'y aller quand même, lui fit-elle remarquer. C'est pas toujours aux mêmes de recevoir, tu sauras. On arrive six et même sept chaque fois. Là, je vais avertir tout le monde à soir que je vais les recevoir à souper à Pâques.

— T'es pas malade, toi ! s'exclama son mari. Combien ça va nous coûter, cette folie-là ?

— Pas plus cher que ce que ça leur coûte quand ils nous reçoivent, répliqua-t-elle sèchement. Puis, Seigneur, arrête d'être regardant comme ça ! Tu me fais honte.

Liam choisit de ne rien dire, mais à voir sa mine renfrognée, il était évident qu'il était loin d'être enchanté par la perspective de recevoir tous les Beauchemin.

— Là, je m'en vais chez ma mère aider à préparer le souper, déclara Camille à son mari en endossant son manteau. Oublie pas de dire à ton oncle de prendre les petits et de s'arrêter chez ma mère.

— Et s'il a pas le goût de souper chez ta mère ? demanda Liam, sans trop y croire.

— Là, ça me surprendrait bien gros, ne put s'empêcher de dire sa femme sur un ton sarcastique. Mais si jamais il dit qu'il a pas le goût, il aura juste à revenir se faire à souper lui-même ici dedans. Mais à ta place, je m'en ferais pas trop avec ça.

Un peu avant quatre heures, Paddy Connolly arrêta son attelage dans la cour de la ferme des Beauchemin pour laisser descendre Bernadette et les enfants. Pendant que le retraité s'occupait de sa bête, la jeune institutrice entra dans la maison en compagnie des enfants. Elle avait les traits légèrement tirés par la fatigue.

— Mautadit que les enfants étaient pas endurables aujourd'hui ! s'exclama-t-elle en enlevant son manteau. Je le savais qu'ils seraient pas tenables.

Camille adressa un regard de reproche aux quatre enfants en train de retirer, eux aussi, leur manteau.

— Pas nous autres, Camille, se défendit Patrick, en prenant la défense de ses deux sœurs et de son jeune frère.

— C'est vrai, reconnut Bernadette. Tes enfants ont été tranquilles, eux autres.

— En tout cas, t'en es tout de même pas morte, fit sa mère, occupée à touiller la soupe sur le poêle. Arrête de te lamenter pour rien.

— C'est correct, j'ai rien dit, reprit Bernadette en adressant un clin d'œil de connivence à ses quatre élèves qui la regardaient. Vous autres, les enfants, j'espère que vous trouvez que ça sent bon quand on entre ici.

L'institutrice obtint des « oui » enthousiastes qui firent sourire toutes les personnes présentes dans la cuisine.

— On a cuisiné toute la journée parce qu'on attend plein de monde pour souper, annonça Eugénie, occupée à dresser le couvert.

— Comment ça ? s'étonna Bernadette.

— On a invité toute la famille pour fêter un peu. On dansera pas, mais on s'ennuiera pas pour autant, lui expliqua sa mère. J'ai même invité Constant Aubé.

— Vous auriez pu m'en parler avant de faire ça, m'man, s'offusqua la jeune fille.

— Pourquoi ? Tu t'es chicanée avec lui ?

— Non, mais j'aurais aimé l'inviter moi-même, par exemple.

— T'auras pas à le faire, intervint Hubert, il m'a dit qu'il arriverait aussitôt après avoir soigné ses animaux.

— Je pense que nous autres aussi, on va aller faire notre train de bonne heure, déclara Donat en se levant.

Après le départ des deux hommes, Bernadette parla de ses élèves qui avaient l'intention de célébrer le Mardi gras en passant de porte en porte, déguisés, pour obtenir des friandises.

— Ça se fait aussi à Montréal, déclara Paddy en suspendant son manteau à un crochet près de la porte.

— Ça se fait à Montréal ? répéta Eugénie, surprise.

— Il y a pas juste les enfants qui se déguisent à Mardi gras, poursuivit l'oncle de Liam. Il y a ben des adultes qui le font pour jouer des mauvais tours aux voisins et s'amuser.

— Nous autres, on n'a jamais fait ça, avoua Duncan en masquant mal ses regrets.

— C'est vrai, confirma son frère.

— Nous autres non plus, reconnut Bernadette, mais on aurait aimé ça.

— Ici, ça se faisait pas quand vous étiez jeunes, lui fit remarquer sa mère.

Camille était restée silencieuse durant cet échange entre ses enfants et sa sœur. Puis elle sembla prendre une décision.

— Au fond, m'man, il y a rien qui empêche les enfants de passer aujourd'hui. On pourrait prendre un peu de suie sur le poêle pour leur faire des moustaches et des barbes…

Marie tourna la tête vers les quatre jeunes dont les yeux s'étaient soudainement mis à briller et elle ne put résister à la tentation de leur faire plaisir.

— Pourquoi pas ! Bedette, va me chercher la boîte de vieux linge dans l'armoire de la chambre jaune, en haut, et descends-la, commanda-t-elle à sa fille cadette. On va trouver quelque chose pour chacun.

— Moi, est-ce que je suis pas trop vieille pour faire ça ? demanda Ann, mourant d'envie d'accompagner ses frères et sa jeune sœur.

— Pantoute, fit Camille en commençant à lui dessiner une magnifique moustache avec la suie recueillie sous le rond du poêle.

En moins de dix minutes, les quatre enfants, vêtus d'oripeaux et le visage grossièrement maquillé avec de la suie et un peu de poudre de riz, furent prêts à partir. Au moment de leur départ, Emma et sa famille entrèrent dans la maison en même temps que Constant Aubé, qui fit semblant d'avoir peur en voyant ceux que Marie appelait les « quêteux ».

Immédiatement, la petite Flore voulut accompagner ses cousins.

— Tu vas y aller, toi aussi, lui promit Camille.

— Il commence à faire noir dehors, lui fit remarquer sa mère.

— Si ça peut vous rassurer, madame Beauchemin, je peux ben aller faire la tournée avec les enfants, proposa Constant.

— Tu serais pas mal fin de faire ça. Je serais moins inquiète. Je les trouve bien trop jeunes pour être sur le chemin à la noirceur.

— Le souper est prêt, m'man. Je peux y aller moi aussi, offrit Bernadette. On va faire juste une couple de voisins dans le rang avant de revenir.

Sa mère hésita un court moment avant d'accepter.

— Je vais aller vous rejoindre avec Flore dès qu'elle va être prête, promit Rémi.

Les enfants passèrent moins d'une heure à l'extérieur, mais ils s'amusèrent beaucoup des faux airs effrayés des gens qui leur ouvrirent leur porte. Quand ils revinrent à la maison, ils avaient fait ample provision de sucre à la crème, de bonbons aux patates et de fondants. Leur retour coïncida avec l'arrivée de Xavier et de Catherine Benoît.

— Ça aurait été ben plus utile qu'ils viennent me donner un coup de main à faire le train plutôt que de courir les chemins, fit Liam, mécontent, en voyant rentrer ses enfants, le visage maculé de suie.

— Ils vont passer leur vie à faire le train, le beau-frère, intervint Rémi. Mais ils vont être jeunes juste une fois.

Dès qu'elle eut retiré son manteau, Catherine s'approcha d'Emma en train de bercer la petite Marthe. Apparemment, elle ne semblait pas trop affectée par l'accueil assez peu chaleureux de la mère de son fiancé.

— Comment va ma filleule ? demanda-t-elle à la mère.

— Une vraie soie, répondit Emma. Elle fait déjà ses nuits. On l'entend pas.

— Est-ce que je peux la bercer un peu ?

— À ta guise, répondit Emma en quittant la chaise berçante qu'elle occupait.

Elle lui tendit l'enfant. Immédiatement, le visage de la fiancée de Xavier se transforma. Il exprimait un tel bonheur de serrer contre elle un enfant qu'il aurait fallu être aveugle pour ne pas le voir. Camille s'en rendit compte et fit signe à sa mère de regarder la scène. À son tour, son air s'adoucit lorsqu'elle vit la fille de Laura Benoît murmurer des mots tendres au bébé qu'elle berçait doucement.

— Elle va faire toute une mère, chuchota Emma à Eugénie et Camille qu'elle venait de rejoindre près des armoires.

Donat et Hubert furent les derniers à rentrer dans la maison et ils furent l'objet de quelques plaisanteries des invités déjà sur place.

— Sacrifice, les beaux-frères ! s'exclama Rémi, avez-vous fait un somme dans la grange avant de rentrer. On vous attend depuis une éternité. Un peu plus, vous passiez sous la table.

— C'est le Blond qui nous a retardés, déclara Donat en cachant mal son inquiétude.

— Qu'est-ce qu'il a ? intervint sa mère.

— Je le sais pas trop, il veut pas manger et il a pas l'air d'équerre pantoute.

— On lui a préparé un mélange de soufre et de mélasse pour le remettre d'aplomb, poursuivit Hubert. On verra ben comment il va demain matin.

Encore une fois, les hôtes durent faire deux tablées. Les femmes servirent d'abord les enfants qu'elles envoyèrent jouer ensuite dans la cuisine d'été après le repas. On avait allumé le poêle dans la pièce depuis le milieu de l'après-midi pour la rendre confortable.

Les cuisinières servirent aux invités une généreuse portion de bœuf et de pommes de terre après qu'ils eurent savouré un bol de soupe aux pois. Pour terminer, chacun eut droit à une grosse portion de gâteau.

Si le repas se prit dans un silence relatif, les langues se délièrent à la fin du dessert. Marie raconta aux siens une fête de Mardi gras organisée par ses beaux-parents la première année de son mariage. La veille, toute la parenté des environs était venue coucher dans la grande maison de Sainte-Monique et on avait commencé à manger et à boire dès le début de l'avant-midi. Après le souper, de nombreux voisins s'étaient joints à la fête et tout le monde avait dansé jusqu'aux petites heures du matin, pour le plus grand déplaisir du curé de l'époque.

— Si vous trouvez le curé Désilets sévère, vous autres, vous avez pas connu le curé Tremblay, affirma-t-elle aux gens réunis autour de la table. Vous auriez dû voir la crise qu'il a faite en chaire le lendemain quand on est allés recevoir les cendres. Il a obligé mon beau-père à se lever en pleine église pour le traiter de tous les noms et le menacer d'aller brûler en enfer pour avoir pas mis tout le monde dehors avant minuit. Pas nécessaire de vous dire que le père de mon mari était blanc comme un drap parce que tout le monde le regardait. Finalement, le curé Tremblay a obligé monsieur et madame Beauchemin à aller se confesser de ça.

— Blasphème ! il était pire que le curé Lanctôt, je crois ben, ne put s'empêcher de s'écrier Xavier. Moi, à leur place…

— T'aurais fait la même chose, mon garçon, le coupa sa mère. Dans ce temps-là, quand monsieur le curé parlait, t'avais intérêt à faire ce qu'il te disait.

— Moi, mon meilleur souvenir de Mardi gras, intervint Rémi Lafond en déposant sa tasse de thé vide, c'est quand mes deux frères ont pris un gros cruchon de bagosse de mon père et qu'on s'est retrouvés tous les trois dans la grange pour le vider.

— Puis ? demanda Hubert, curieux.

— Ben, mon homme, on a été tellement malades, lui avoua son beau-frère, que mon père, pour nous punir, nous a laissés passer la nuit dans la grange. Mais on s'est ben amusés quand même.

À tour de rôle, chacun finit par raconter le Mardi gras dont il se souvenait avec le plus grand plaisir, même si toutes les femmes de la maison avaient entrepris de laver la vaisselle et de ranger la cuisine. Quand tout fut remis en ordre, Ann accepta de se charger d'amuser les plus jeunes. Les adultes, eux, constituèrent des équipes qui s'affrontèrent dans une partie de cartes endiablée. D'ailleurs, lors d'une main, Bernadette s'emporta contre Catherine, sa partenaire, qui venait de se faire ravir une levée sans réagir.

— Bondance, défends-toi ! lui cria-t-elle, mécontente. Laisse-toi pas manger la laine sur le dos sous prétexte que c'est Xavier qui joue contre toi. Ce grand fanal-là est en train de nous battre.

— Laisse faire, j'ai une surprise pour lui, lui promit Catherine en cachant bien ses cartes.

En fait, fine joueuse, elle emporta la manche grâce aux deux atouts qui lui restaient.

Un peu avant onze heures, Camille déclara qu'il était temps de rentrer parce que les enfants devaient aller à l'école le lendemain matin et aussi parce que la maîtresse avait besoin de se reposer un peu si elle voulait avoir la patience de les endurer toute la journée.

— C'est vrai qu'il est pas mal tard, reconnut Xavier en levant les yeux vers l'horloge. La mère de Catherine va finir par penser que j'ai enlevé sa fille.

Tous les invités commencèrent à se lever. Pendant qu'Emma habillait chaudement son bébé, ses sœurs aidaient Joseph et Flore à s'emmitoufler.

— Je vous annonce tout de suite que je vais tous vous attendre pour le souper de Pâques, déclara Camille en endossant son manteau.

— Blasphème ! tu fais tes invitations de bonne heure, ne put s'empêcher de dire Xavier. Le carême est même pas commencé.

— C'est pour être certaine que personne va accepter d'aller ailleurs que chez nous, à Pâques, précisa l'épouse de Liam.

Ce dernier se garda bien d'insister.

Ce soir-là, tout le monde se coucha très fatigué, mais satisfait de sa journée. Si Camille était heureuse d'avoir offert aux enfants de passer de porte en porte dans le rang, pour sa part, sa sœur Emma était contente d'avoir effectué sa première sortie depuis son accouchement.

Après le départ des invités, Donat s'habilla pour aller jeter un coup d'œil aux bâtiments et surtout pour vérifier l'état de son cheval. Il eut l'agréable surprise de constater que le Blond semblait beaucoup mieux et il rentra à la maison, rassuré.

Seule dans sa chambre, la veuve de Baptiste Beauchemin ne s'endormit pas avant d'avoir prié pour la petite Marthe. Son cœur de grand-mère avait souffert toute la soirée chaque fois qu'elle avait regardé la figure aux traits mongoloïdes du bébé. Elle aimait cette enfant autant que ses autres petits-enfants.

Chapitre 13

Le carême

Le lendemain, l'atmosphère avait changé du tout au tout dans la plupart des foyers de Saint-Bernard-Abbé. On était entré dans la longue période des sacrifices du carême.

Ce matin-là, Marie Beauchemin crut bon de rappeler aux siens de ne pas oublier de prendre une résolution qu'il leur faudrait tenir durant les quarante jours à venir.

— Ça, c'est le temps que j'haïs le plus dans l'année, fit Bernadette dans un souffle en tartinant sa rôtie avec de la confiture de fraises. Comme si l'hiver était pas déjà assez long...

— J'espère que votre promesse de carême va être assez difficile pour vous valoir des indulgences, poursuivit la mère en feignant de ne pas avoir entendu la remarque de sa fille cadette.

— Torrieu, m'man, je pense que si vous étiez un homme, vous feriez un ben bon curé! tenta de plaisanter Donat.

— Fais pas de farce avec ça, mon garçon. C'est le rôle d'une mère de voir à ce que tout un chacun dans sa maison soit un bon catholique. Moi, si vous voulez le savoir, j'ai promis de réciter à genoux mon chapelet tous les soirs pendant le carême.

— En plus de la prière? demanda Eugénie, surprise.

— Oui.

— Pauvre vous, vous allez bien avoir les genoux usés à l'os rendue à Pâques.

Cette remarque légère lui mérita un regard furieux de sa belle-mère.

— Et toi, Bedette, quelle résolution vas-tu prendre? voulut savoir sa mère.

— J'y ai pas encore pensé, m'man, avoua l'institutrice en quittant la table pour se préparer à aller à l'école.

— Tu pourrais promettre de faire la vaisselle tous les soirs, lui suggéra Eugénie, avec un rien d'espoir dans la voix.

— Laisse faire, toi. Je suppose que pendant ce temps-là, t'aurais juste à te reposer.

Rabrouée, l'épouse de Donat se tut.

— Bon, m'man, je pense qu'on est tous assez vieux pour décider nous-mêmes de notre résolution de carême, vous pensez pas? fit Hubert.

— Je veux bien te croire, mon garçon, mais en autant que vous en preniez une, laissa tomber sa mère, mécontente. Moi, j'avais espéré que ton frère et toi vous vous seriez privés de tabac durant le carême.

— Non, je promets pas ça! ne put s'empêcher de dire Donat. L'année passée, c'était ma promesse et...

— T'as pas été endurable du carême, compléta Bernadette, sérieuse.

— En plein ça, reconnut son frère.

— En tout cas, comme chaque année, il va y avoir de la viande juste au souper, prévint Marie.

— Torrieu! On va encore travailler le ventre vide toute la journée, déclara Donat.

— Il faut faire maigre, lui rappela sa mère. Déjà, on est chanceux de pouvoir manger de la viande un repas par jour parce que, normalement, ça devrait être maigre et jeûne jusqu'à Pâques.

— C'est drôle, mais j'ai l'impression qu'on va manger pas mal de binnes, dit Hubert sur un ton léger.

— Tu te trompes pas, mon frère, reconnut Donat. Mais oublie pas que m'man enlève le lard du chaudron avant de nous les servir.

❧

Chez les Connolly, plus loin dans le rang Saint-Jean, les résolutions de carême étaient aussi l'objet de la conversation autour de la table. Camille, en digne fille de sa mère, se préoccupait de ce que ses enfants adoptifs avaient décidé de promettre durant les prochains quarante jours.

— C'est quoi, cette affaire-là? demanda Ann, qui n'avait apparemment jamais entendu parler de promesse de carême.

— Comment! Votre père vous a jamais demandé de prendre une résolution au commencement du carême? s'étonna Camille.

— Imagine-toi donc que j'avais ben d'autres choses à faire que ça, se défendit Liam, la mine renfrognée.

— J'en reviens pas, fit sa femme. Mais t'es un vrai petit païen!

Elle prit la peine d'expliquer aux quatre enfants assis autour de la table ce qu'était une résolution du carême ainsi que son but.

— Mais on est libres de promettre ce qu'on veut? demanda Duncan, tout de même un peu inquiet d'avoir à s'imposer une obligation durant aussi longtemps que quarante jours.

— Oui, reconnut Camille, mais il faut pas que ce soit trop facile parce que tu vas perdre tout mérite. À cette heure, pensez à ce que vous allez promettre, ordonna-t-elle aux siens.

Durant quelques instants, le silence se fit autour de la table. Liam et son oncle ne disaient rien. Ils attendaient.

— Je promets de m'occuper de Rose tous les soirs pour l'aider à faire ses devoirs et ses leçons, déclara finalement Ann, sans la moindre hésitation.

— Moi, je vais faire mon lit tous les matins, affirma Duncan.

— Tu peux pas promettre ça, tu le fais déjà, comme tu fais ton ménage de chambre, lui rappela Camille. Qu'est-ce que tu dirais de remplir le coffre à bois tous les jours et sans chialer ?

— Ben, si je fais ça, il restera rien à faire à Patrick, plaida le garçon de dix ans.

— Inquiète-toi pas, ton frère va trouver quelque chose. Pas vrai, Patrick ?

— Je pourrais balayer la cuisine après le souper.

— C'est une bonne idée, approuva Camille. En plus, tu pourrais te charger d'aller chercher l'eau au puits.

— D'accord, fit-il, peu enthousiaste.

— Et toi, Rose ?

— Je voulais balayer, dit la petite fille de six ans.

— Ton frère le fait déjà, mais tu pourrais épousseter le salon, par exemple.

— C'est correct.

— Est-ce que je peux savoir maintenant ce que les hommes vont faire ? demanda Camille en se tournant vers son mari et son oncle. Moi, je mangerai pas de sucré durant tout le carême.

— Moi, à mon âge… commença Paddy en déposant sa tasse de thé sur la table.

— Justement, mon oncle, à votre âge, insista la maîtresse de maison sur un ton léger, il est important de vous préparer une belle place au ciel.

— Whow ! s'offusqua le petit homme bedonnant en devenant tout rouge. Es-tu en train de m'enterrer déjà ? J'ai pas pantoute l'intention de mourir demain matin.

— Je le sais, mon oncle, mais un petit sacrifice pendant le carême vous tuera pas.

— Je vais y penser, déclara le retraité sur un ton définitif.

— Et toi, Liam ? demanda-t-elle à son mari qui venait d'allumer sa pipe après avoir essuyé un reste de sirop d'érable dans son assiette avec un morceau de pain.

— Moi, je travaille d'une étoile à l'autre, répondit sèchement son mari. J'ai pas de temps à perdre avec des promesses inutiles.

— C'est pas inutile, lui fit-elle remarquer, sévère. T'oublies que t'as à donner l'exemple à tes enfants.

— Calvaire ! explosa-t-il. Est-ce que je pourrais au moins déjeuner tranquille le matin ?

— Tiens ! tu viens de la trouver ta résolution, répliqua-t-elle, peu impressionnée par sa saute d'humeur.

— Quoi ?

— Pas sacrer devant les enfants durant tout le carême.

Liam prit le temps de jeter un regard à ses enfants qui le fixaient avant de dire :

— Je verrai ça.

Ce soir-là, un peu avant sept heures, la chapelle de Saint-Bernard-Abbé fut prise d'assaut par les fidèles impatients de recevoir les Cendres. Agénor Moreau avait allumé une demi-douzaine de lampes et les cierges de l'autel avant de s'occuper du poêle placé au fond du temple. Une heure auparavant, le vieil homme avait déneigé les marches du parvis. Depuis quelques minutes, les berlots et les *sleighs* ne cessaient d'arriver et les gens s'engouffraient à l'intérieur, heureux de trouver un peu de chaleur en cette avant-dernière soirée glaciale du mois de février.

Le curé Désilets, vêtu de ses habits sacerdotaux violets, apparut dans le chœur, encadré par deux servants de messe. La foule se leva et les murmures cessèrent. Avant de procéder à la bénédiction des Cendres, le prêtre expliqua qu'en recevant les Cendres chacun reconnaissait être un pécheur, et il rappela sur un ton apocalyptique que la mort pouvait survenir n'importe quand, comme un voleur. Il récita quelques prières, aspergea les Cendres en les bénissant puis commença l'imposition.

Les syndics virent à ce que les fidèles se placent en une seule file, sans bousculade, avant de venir s'agenouiller devant la sainte table où le prêtre déposait sur la tête de chacun une petite pincée de Cendres. Quand l'imposition eut pris fin, le célébrant retourna à l'autel et récita une dernière prière, non sans avoir insisté sur l'importance du jeûne comme moyen de purification durant le carême.

À la sortie de la chapelle, Angèle Cloutier se dirigea vers Samuel Ellis. Quand ce dernier vit la veuve approcher, il crut immédiatement qu'elle avait eu vent des plaisanteries d'Antonius Côté à son sujet et il se prépara à faire face à l'assaut.

— Si t'as le temps cette semaine, tu pourrais peut-être t'arrêter une minute à la maison, lui dit-elle, sans donner plus de précision.

— Si ça te dérange pas, je passerai demain après le souper, fit le président du conseil, soulagé de ne pas avoir à affronter la colère de la mégère.

Le lendemain soir, Samuel Ellis se prépara à aller chez la veuve, sitôt son souper terminé.

— Pour moi, elle veut discuter du prix du terrain que le conseil veut lui acheter, avait-il dit à sa femme avant de partir.

Dès son arrivée à la petite maison située au pied de la pente du rang Sainte-Ursule, Angèle le fit passer dans la cuisine où tout était soigneusement rangé.

— Ôte ton manteau et assois-toi, lui dit-elle en lui montrant l'un des deux grands bancs placés de chaque côté de la table.

Elle prit place en face de lui.

— J'ai bien réfléchi à ton offre, fit-elle. Je suis même allée en parler au notaire Letendre lundi après-midi.

Si elle s'était donné la peine d'aller à Sainte-Monique pour en parler au notaire, c'était un signe qu'elle était intéressée. Cette constatation réconforta l'Irlandais qui ne put empêcher un sourire d'illuminer sa figure. Angèle remarqua immédiatement sa réaction et se renfrogna un peu.

— C'est sûr que ton offre de soixante piastres pour trois arpents de bonne terre a bien fait rire le notaire, prit-elle soin de préciser.

— Bon, d'après lui, combien ça vaut ? demanda le visiteur.

— Je le lui ai pas demandé, fit la veuve d'une voix tranchante. C'est pas lui qui vend, c'est moi.

— C'est correct, oublions les soixante piastres, consentit Samuel, apparemment plein de bonne volonté et prêt à négocier. Combien tu veux pour ton morceau de terre ?

— Il me semble te l'avoir dit quand t'es venu avec le petit Beauchemin et Côté.

— Oui, t'as parlé de cent vingt piastres, mais tu sais ben qu'on n'a pas pantoute les moyens de te donner ça, laissa tomber le président du conseil.

— Tu l'as déjà dit.

— Fais-moi un prix plus raisonnable, Angèle, lui demanda-t-il sur un ton légèrement suppliant. Donne-nous une chance…

— Si je comprends bien, tu me demandes de faire un gros sacrifice, reprit la veuve.

— Ça nous aiderait ben gros. Tu le sais aussi ben que nous autres qu'on n'a pas d'argent et qu'on est endettés jusqu'au cou.

— Qu'est-ce que tu dirais si j'acceptais l'offre faite par le petit Beauchemin ?

— Quelle offre ? fit-il, feignant de ne pas s'en souvenir.

— Aïe, Samuel Ellis ! fais-moi pas parler pour rien. Tu sais aussi bien que moi qu'il a parlé de quatre-vingt-dix piastres.

— C'est ben de l'argent, fit Samuel, l'air sombre.

— Je le sais que c'est ben de l'argent, reconnut-elle, mais c'est mon dernier prix. Déjà, je fais un gros sacrifice pour aider Saint-Bernard, m'en demande pas trop. Je te laisse jusqu'à vendredi de la semaine prochaine pour accepter. Si le contrat est pas signé vendredi, tu peux oublier ma terre. Je te vendrai rien. Est-ce que c'est clair?

— C'est bien clair, accepta Ellis. Je vais réunir le conseil. Si tout le monde accepte, je vais revenir te voir avec le notaire pour signer le contrat.

— C'est correct comme ça, fit-elle en se levant pour lui signifier qu'elle n'avait plus rien à lui dire.

Samuel l'imita, mit son manteau et rentra chez lui.

⤙

Deux jours plus tard, le président des syndics convoqua une réunion extraordinaire du conseil après avoir mis le curé Désilets au courant de l'offre de la veuve Cloutier.

Quand les syndics apprirent qu'elle était prête à céder trois arpents de sa terre à droite de la chapelle pour la construction du presbytère et de certaines dépendances pour quatre-vingt-dix dollars, ils furent unanimes à s'en réjouir.

— Mais ça empêche pas que quatre-vingt-dix piastres pour trois arpents, c'est payer ce bout de terre là la peau et les os, ronchonna Anatole Blanchette.

— Elle en demandait cent vingt, lui fit remarquer Donat.

— Là, il est pas question d'essayer de la faire descendre plus bas, prit la peine de préciser le président. C'est son dernier prix et il faut que le contrat soit signé la semaine prochaine, sinon elle nous vendra rien pantoute.

— Il faut accepter, déclara Josaphat Désilets, qui n'avait rien dit depuis le début de la réunion. Le conseil peut emprunter ce montant-là sans problème puisqu'il a la garantie de monseigneur.

— C'est ben beau la garantie, monsieur le curé, mais il va falloir avoir les moyens de rembourser, par exemple, laissa tomber Côté, qui se méfiait de la propension du prêtre à endetter facilement la mission. Oubliez pas qu'on a encore et la chapelle et le jubé à payer à Bélisle. On n'a même pas encore payé le contrat du notaire Letendre pour le jubé, si je me trompe pas.

— Parlant de notaire, intervint le président, on va faire affaire avec le notaire Valiquette qui nous fera presque rien payer pour le contrat. Je vous l'ai dit qu'il est venu me voir pour me l'offrir.

Si Samuel continuait à éprouver de la méfiance envers le nouveau venu, son offre de rédiger les contrats à moitié prix lui semblait fort intéressante dans les circonstances.

— C'est ben beau d'avoir affaire à lui, mais qui est-ce qui va nous trouver l'argent? demanda Thomas Hyland. Si je me rappelle ben, tu m'as dit que Valiquette pratiquait plus. Je te rappelle que c'est Letendre qui nous a trouvé de l'argent pour financer la chapelle et le jubé.

— Je suppose que Valiquette est au courant et qu'il peut nous trouver l'argent qu'il faut, fit Samuel d'une voix pas trop assurée.

— Moi, en tout cas, j'ai pas trop confiance dans le bon-homme, déclara Donat. D'abord, on le connaît pas pantoute. Il vous a dit qu'il avait plus l'intention de s'occuper d'affaires et qu'il voulait se reposer… C'est drôle, mais j'ai entendu dire qu'il a commencé à offrir à du monde de Saint-Bernard de placer leur argent s'ils en avaient. Mon oncle Armand de Sainte-Monique a même appris qu'il était allé voir du monde de là-bas.

— C'est vrai ce qu'il dit, confirma Anatole Blanchette. Il est arrêté me voir samedi passé pour m'offrir de placer mon argent, si j'en avais.

— Je vois pas ce qu'il y a d'effrayant là-dedans, s'entêta Samuel Ellis. Il est notaire. Il y a rien qui l'empêche de faire ça. Au fond, on devrait être contents d'en avoir un à

Saint-Bernard. C'est pas mal plus pratique que d'avoir à courir à Sainte-Monique chaque fois qu'on en a besoin.

— En tout cas, mon père a toujours fait ses affaires avec le notaire Letendre et il a toujours été satisfait, déclara le jeune cultivateur du rang Saint-Jean. Moi, j'ai ben l'intention de continuer avec lui.

À la fin de la réunion, il fut entendu que le président du conseil allait rencontrer Eudore Valiquette et lui demander s'il pouvait trouver un prêteur et rédiger un contrat de vente pour la fin de la semaine suivante.

Quand les syndics croisèrent Ellis quelques jours plus tard, celui-ci leur apprit, la mine réjouie, que tout était réglé. Valiquette avait vite trouvé un créancier qui avait accepté de prêter à un intérêt de quatre pour cent et le contrat avait été rédigé et signé. Bref, la vente était conclue et il ne restait qu'à contacter l'architecte Bélisle de Saint-Zéphirin pour lui demander de tracer les plans d'un modeste presbytère, d'une remise et d'un petit bâtiment qui pourrait aussi bien servir d'étable que d'écurie.

— Je vais m'occuper de ça avant la fin du carême, promit le président du conseil. Là, j'ai demandé à Thomas d'écrire une lettre à monseigneur pour l'informer qu'on avait déjà acheté le terrain.

— Ce serait peut-être pas une mauvaise idée de savoir si Saint-Bernard va être une vraie paroisse avant de se lancer dans d'autres dépenses, lui fit remarquer Donat.

— Inquiète-toi pas. J'ai aussi demandé à Thomas de rappeler à monseigneur qu'on attendait toujours des nouvelles au sujet de notre demande de devenir une paroisse.

Chapitre 14

La chambre

Durant la plus grande partie du mois de mars, la vie à Saint-Bernard-Abbé sembla tomber dans une sorte de léthargie. On eut à subir deux tempêtes majeures qui laissèrent derrière elles près de deux pieds et demi de neige, et à aucun moment on n'eut l'impression de l'arrivée prochaine du printemps.

À la fin de la troisième semaine, Xavier Beauchemin et Antonin arrivèrent très tôt chez le meunier, devançant de quelques minutes Hubert, Donat et Rémi Lafond.

— Au moins, on n'aura pas à endurer du vent, déclara Donat en déposant sur son traîneau deux tarières et trois scies que son frère Xavier venait de lui tendre.

— C'est la première année où je coupe ma glace si tard, dit Donat, hors de propos. D'habitude, je fais toujours ça en février.

— Moi aussi, reconnut Xavier, mais cet hiver, on a eu tellement de mauvais temps…

— De toute façon, la glace est encore ben épaisse sur la rivière et il est pas trop tard, affirma Rémi. Et on est mieux de s'y mettre si on veut faire une bonne journée, ajouta-t-il.

— Pour moi, on va perdre ben du temps à pelleter la neige, déclara Antonin.

Le dimanche précédent, les frères Beauchemin et Rémi Lafond avaient convenu avec Constant de faire ensemble une corvée de coupe de glace sur la rivière.

— Et ce serait pas une mauvaise idée de faire ça proche de la roue de ton moulin de manière à ce que quand les glaces vont lâcher, elles l'arrachent pas, se crut obligé d'expliquer Xavier. C'est fort en maudit, les glaces. On se rappelle encore comment elles ont démoli le pont de Tancrède Bélanger il y a deux ans.

— C'est sûr que ça pourrait être ben utile de dégager la roue en coupant la glace autour, avait acquiescé le meunier. Si on fait ça, la semaine prochaine, je vais faire comme Hyland, en face, avec son moulin à bois. Il a toujours bâti une sorte de mur avec des billots en avant de sa roue pour faire dévier les glaces qui descendent le courant.

— Au fond, couper la glace proche de ta roue ou ailleurs, pour nous autres, c'est la même besogne, avait conclu Rémi avec bonne humeur. Pourvu qu'on se fasse notre provision de glace pour conserver notre viande, on demande pas plus.

— C'est dommage que Liam ait pas voulu venir, déplora Hubert.

— Il m'a dit qu'il aimait mieux finir de bûcher son bois avant de s'occuper de ça, dit Donat.

Ce matin-là, personne ne monta sur le traîneau tiré par le Blond. Les hommes, chaussés de raquettes, le firent descendre la pente douce qui conduisait à la rivière et ils l'entravèrent avant de s'emparer des pelles déposées sur le large traîneau en bois. Même s'il ne ventait pas, il faisait tout de même zéro.

— On a intérêt à se grouiller si on veut pas geler tout rond, déclara Rémi en enfonçant plus profondément sa tuque sur sa tête pour mieux couvrir ses oreilles.

— On est chanceux en blasphème! s'exclama Xavier en constatant qu'il y avait moins d'un pied de neige qui couvrait la glace de la rivière près de la roue du moulin. Pour moi, le vent a soufflé fort depuis la dernière tempête pour qu'on n'ait pas plus à pelleter avant de rejoindre la glace.

En moins d'une demi-heure, les six hommes parvinrent à déneiger une importante portion de la rivière autour de l'énorme roue en bois du moulin. Constant Aubé s'empara de l'une des tarières et se mit en frais de percer la glace alors que Xavier faisait de même une vingtaine de pieds plus loin.

— Sacrifice ! elle a au moins deux pieds d'épaisseur, déclara le meunier en retirant son outil qui venait d'atteindre l'eau sous la glace.

— C'est correct, fais un autre trou plus loin, suggéra Hubert en s'emparant de l'une des scies dont il glissa la lame dans le trou que Constant venait de forer.

En quelques minutes, les hommes constituèrent trois équipes de deux travailleurs qui scièrent en alternance. Dès que le premier bloc fut dégagé de la rivière, le travail devint beaucoup moins ardu. Tout en faisant bien attention de ne pas glisser dans l'eau glaciale, ils découpaient des blocs de deux à trois pieds de longueur qu'ils déposaient sur le traîneau en s'armant de pinces et de leviers.

Quand ils jugèrent que le traîneau était suffisamment chargé, Donat et Rémi décidèrent de faire escalader la faible pente de la rive au cheval pour transporter la première demi-douzaine de blocs.

— Comme on est chez vous, Constant, ces blocs-là sont pour toi, déclara Rémi. On va aller les porter dans un coin de ta grange. Tu t'organiseras toi-même pour les couvrir avec une bonne épaisseur de grain.

Le meunier fit signe qu'il avait compris et il poursuivit sa tâche avec les autres, demeurés sur place. Lorsque midi approcha, le second transport était prêt et destiné à Donat.

— Qu'est-ce que vous diriez de dîner avec moi ? demanda Constant aux hommes avec qui il travaillait déjà depuis plusieurs heures.

— Les femmes doivent nous attendre, fit Rémi, indécis.

— J'ai fait chauffer un plein chaudron de binnes pendant toute la nuit, expliqua le meunier.

— C'est ce qu'on allait manger chez nous, intervint Hubert.

— Peut-être, répliqua Constant. Mais moi, je mets plein de jambon dans mes binnes. J'ai entendu dire par Bernadette que vous mangiez des binnes pas mal maigres par les temps qui courent, ajouta-t-il en riant.

— C'est pas vrai ! s'exclama Rémi, la main sur le cœur. Ah ben là, t'as un client. Ma femme...

— Emma fait comme m'man, le coupa Donat. Elle a peur que tu manges de la viande le midi.

— En plein ça.

— Si ça te dérange pas, on va manger avec toi, déclara Hubert. Des bonnes binnes avec de la viande, c'est ce qu'il nous faut pour nous réchauffer le dedans.

— Nous autres, on pensait aller manger chez ma mère, dit Xavier en parlant de lui et de son jeune employé, mais je pense qu'on va plutôt aller goûter à tes binnes, nous aussi.

— En apportant la glace chez m'man, oublie pas de la prévenir qu'on reste à dîner chez Constant, recommanda Donat à Hubert qui avait décidé d'aller porter la glace dans leur grange en compagnie d'Antonin.

Les quatre hommes ne travaillèrent que quelques minutes après le départ du traîneau. D'un commun accord, ils décidèrent qu'ils avaient besoin de se réchauffer. Ils laissèrent leurs outils sur place, remirent leurs raquettes et traversèrent le champ jusqu'à la maison du meunier. Une odeur appétissante de fèves au lard flottait dans la cuisine.

Dès que ses invités eurent retiré leur manteau et leurs bottes, Constant leur servit un verre de bagosse.

— Ça, c'est pour vous réchauffer en attendant les deux autres.

On l'aida à dresser le couvert et Donat sortit chercher quelques brassées de bûches pour alimenter le poêle. Quand Hubert et Antonin arrivèrent, on passa à table. Après avoir déposé au centre de la table une grosse miche de pain, le maître de la maison servit une généreuse portion de fèves au lard à chacun en prenant soin de déposer dans chaque assiette un bon morceau de jambon.

— Mangez à votre faim, il en reste, les invita Constant.

— Calvinus ! Veux-tu ben me dire qui t'a montré à cuisiner ? demanda Rémi Lafond en se tapant sur la panse après avoir dévoré une seconde assiettée de fèves.

— Un peu tout le monde, répondit Constant. Ma mère est morte de bonne heure. Mon père, mes frères et, plus tard, mon grand-père m'ont montré à faire à manger. Il le fallait ben si on voulait pas mourir de faim.

— Joualvert, je trouve que t'as le tour en pas pour rire, fit Hubert.

— Parle pas trop vite, lui ordonna Constant en riant. J'ai juste un peu de crème et du sirop d'érable pour dessert.

— Ça va faire l'affaire, déclara Rémi. Chez nous, ma femme mange pas de sucré du carême et…

— Et naturellement, elle fait pas de dessert, le coupa Donat en riant. C'est la même chose chez nous.

Après une courte pause, les hommes reprirent leur travail sur la rivière et parvinrent, cet après-midi-là, à découper toute la glace dont ils auraient besoin pour conserver la viande quand la chaleur reviendrait. Rémi et Xavier rapportèrent chez eux une demi-douzaine de blocs, comme les autres.

Après leur départ, Constant prit la peine de planter des branches de sapinage autour du trou important fait sur la glace de la rivière pour éviter que quelqu'un ne tombe à l'eau en traversant. La probabilité d'un tel accident près de son moulin était plutôt faible, mais il ne voulait courir aucun risque.

Le lundi suivant, Marie finissait le lavage des vêtements quand elle aperçut sa bru pliée en deux, appuyée contre la table, le front couvert de sueur.

— Veux-tu bien me dire ce qui t'arrive encore ? lui demanda-t-elle en déposant son panier rempli de vêtements mouillés qu'elle s'apprêtait à aller étendre sur les cordes à linge tendues dans la cuisine d'été.

— Je le sais pas, madame Beauchemin, répondit la jeune femme sur un ton misérable.

Marie se méfiait. Elle connaissait assez bien la femme de Donat pour savoir qu'elle ne reculait habituellement devant rien pour pouvoir s'octroyer quelques heures de repos. Depuis le début de sa deuxième grossesse, il n'y avait guère eu de semaine sans qu'elle se soit plainte d'un malaise ou d'un autre.

— Bon, assois-toi un peu, ça va passer, lui ordonna-t-elle, un peu excédée.

Là-dessus, elle quitta la pièce et alla étendre le linge. Quand elle revint quelques minutes plus tard, Eugénie était assise dans une chaise berçante, le teint blafard et grimaçante.

— Je pense que j'ai des contractions, madame Beauchemin, haleta-t-elle.

— Ben voyons donc ! T'as juste trois mois de faits, protesta la veuve de Baptiste Beauchemin.

— Ça revient, se contenta de dire la jeune femme en se pliant en deux de douleur.

Soudain inquiète, Marie se décida à agir.

— Bouge pas de là, commanda-t-elle. Je vais aller avertir Donat. Il doit être en train de nettoyer l'étable.

Elle mit son manteau et sortit prévenir son fils. Ce dernier revint en courant à la maison.

— Arrête de bretter, fit sa mère, légèrement essoufflée, en entrant dans la maison derrière lui. Attelle et va chercher le docteur Samson. On sait jamais.

Son fils n'hésita pas un instant. Il sortit atteler la Noire à la *sleigh*, prévint Hubert et partit pour Saint-Zéphirin. Aussitôt après son départ, sa mère décida d'installer Eugénie dans son propre lit, dans sa chambre à coucher. Il n'était pas question de prendre le risque de faire monter la future maman à l'étage. Elle s'empressa de changer les draps et les taies d'oreiller avant d'aller chercher Eugénie pour l'aider à s'étendre.

— Reste tranquille, ça va finir par passer, conseilla-t-elle à la jeune femme avant de retourner dans la cuisine autant pour confectionner le dîner que pour surveiller le petit Alexis en train de s'amuser avec des blocs de bois.

Tout en préparant la soupe qu'elle avait l'intention de servir aux siens ce midi-là, elle songeait à sa bru étendue dans son lit.

— Je le savais donc qu'elle finirait par arriver à ses fins, la petite démone! murmura-t-elle avec rage. Mais ça se passera pas comme ça! Il y a personne qui va venir mener dans ma propre maison! Il y a tout de même des limites.

Par ailleurs, en même temps que la maîtresse de maison se parlait, elle savait fort bien que son combat était perdu d'avance. Elle le savait depuis le jour où sa bru lui avait annoncé qu'elle attendait un deuxième enfant.

Jusque-là, elle avait farouchement résisté aux tentatives de Donat et de sa femme de s'approprier la chambre des maîtres située au rez-de-chaussée, au pied de l'escalier. C'était la plus grande chambre de la maison et elle lui revenait de droit. C'était là qu'elle avait mis au monde ses cinq enfants. Elle y dormait depuis plus de trente ans… Elle avait tellement de souvenirs rattachés à cette pièce qu'elle ne pouvait envisager le jour où elle en serait chassée.

Et pourtant, elle le savait, ce jour viendrait bientôt. Quand Eugénie aurait mis au monde son deuxième enfant, il allait être impossible, sinon inconvenant, que son fils, sa femme et les deux enfants s'entassent à l'étage, même avec la petite pièce libérée depuis le départ de Camille, alors qu'elle prendrait ses aises, seule, dans la plus grande chambre de la maison. Non! Mais le fait de le savoir ne rendait pas le sacrifice moins pénible.

— La vie est donc mal faite! dit-elle avec rage à mi-voix.

Elle se rendait compte tout à coup que son père avait probablement vécu la même chose après le décès de sa mère puisqu'il avait abandonné à son frère aîné et à sa femme la grande chambre du rez-de-chaussée de la vieille maison de Saint-Zéphirin.

— Pauvre p'pa! Il a pas dû aimer ça plus que moi, murmura-t-elle en ayant une pensée attendrie pour le grand vieillard disparu plusieurs années auparavant.

Donat revint avec le docteur Samson un peu après l'heure du dîner. L'homme d'une quarantaine d'années, le visage rougi par le froid, retira son manteau et ses bottes après avoir salué Marie et Hubert qui s'étaient levés à son entrée.

— Il me semble que je viens souvent chez les Beauchemin depuis quelque temps, dit le praticien au visage glabre en s'emparant de sa trousse qu'il avait déposée à ses pieds.

— C'est pas pour le plaisir, docteur, lui fit remarquer Marie.

— Où est la malade?

— Je l'ai installée dans ma chambre, expliqua la maîtresse de maison en lui indiquant la pièce voisine de la cuisine, dont la porte était ouverte.

— Bon, je vais aller l'examiner, déclara Eugène Samson en se dirigeant vers la chambre dont il referma la porte derrière lui.

Le médecin ne demeura que quelques minutes avec la patiente. Quand il sortit de la chambre de Marie, il retira son lorgnon et déposa sa trousse sur un banc. Donat, Hubert et leur mère attendaient avec une impatience mal déguisée son diagnostic.

— Énervez-vous pas, prit-il la précaution de dire, la petite dame est épuisée et elle a besoin de se reposer.

— Épuisée ! s'étonna Marie. Pourtant, elle fait pas grand-chose dans la maison par les temps qui courent.

Eugénie avait dû parler au médecin des exigences de sa belle-mère parce que le praticien se fit beaucoup plus sévère quand il s'adressa à elle.

— Écoutez, madame Beauchemin, c'est pas toutes les femmes qui ont votre constitution. La femme de votre garçon est pas faite forte. Elle est capable de rendre son bébé à terme, mais en se ménageant.

— Si vous le dites, répliqua Marie, un peu sceptique.

— Là, je veux qu'elle reste au lit durant quinze jours.

— Deux semaines complètes ? demanda Marie, interloquée.

— En plein ça, deux semaines. Et pour elle, il est pas question de jeûner ou de faire maigre, sauf le vendredi, bien sûr.

— J'ai porté cinq enfants, et ça m'a jamais empêchée de faire mon carême, protesta la maîtresse de maison.

— Vous, peut-être, mais votre bru est pas faite comme vous, madame Beauchemin. Je viens de vous le dire, riposta sèchement le médecin. À part ça, il vaudrait mieux qu'elle évite de monter et de descendre des escaliers. On sait jamais. S'il lui prenait un étourdissement et qu'elle perde l'équilibre…

— Seigneur ! s'exclama Marie, qui n'en revenait pas.

— Inquiétez-vous pas, madame, tout va finir par se replacer si la jeune mère prend ces précautions-là et fait tout ce que je viens de vous dire, tint à préciser Eugène Samson en se méprenant sur le sens de l'exclamation de la quinquagénaire.

— On va y voir, docteur, promit Donat.

Après le départ du docteur, le jeune cultivateur prit la peine d'aller s'assurer que sa femme avait bien tout ce dont elle avait besoin, avant de retourner travailler avec son frère Hubert.

Le visage impassible, Marie alla retirer le linge sec étendu sur des cordes dans la cuisine d'été et entreprit de le plier. Ensuite, elle monta à l'étage autant pour laisser sur les lits de Bernadette et de Hubert leurs vêtements propres que pour changer les draps du lit de sa bru.

Quand Bernadette rentra à la fin de l'après-midi, cette dernière fut surprise de trouver sa mère seule dans la cuisine.

— Où est passée Eugénie ? demanda-t-elle.

— Dans ma chambre, se borna à lui répondre sa mère sans cesser de peler les pommes de terre qui allaient être servies au souper.

— Qu'est-ce qu'elle fait là ? s'étonna l'institutrice.

— Elle dort.

— Dans votre lit ? Ah ben, j'aurai tout vu, reprit la jeune fille, franchement stupéfaite.

— Elle est malade, poursuivit sa mère. Ton frère a dû aller chercher le docteur qui a décidé de la mettre au repos complet pour les deux prochaines semaines. Il a peur qu'elle perde son petit. Elle peut pas monter et descendre l'escalier.

— Pauvre vous ! la plaignit sincèrement Bernadette à mi-voix. Ça veut dire que vous allez être obligée de lui prêter votre chambre et…

— C'est ça, la coupa sa mère avec un rien d'agacement. Là, j'ai fini d'éplucher les patates. Tu vas venir m'aider à descendre le petit lit d'Alexis, et après ça on va monter mes affaires en haut et descendre les affaires de ta belle-sœur et de ton frère.

— Donat aurait pu s'en charger, quand même, protesta la jeune fille, fatiguée par sa journée d'enseignement.

— Il est aux bâtiments en train de soigner les animaux. Il a pas le temps de s'occuper de tout. Arrive qu'on en finisse, ajouta Marie sur un ton exaspéré.

Bernadette se rendit compte que ce n'était pas le temps de discuter avec sa mère. Elle la suivit à l'étage après avoir allumé une lampe parce que le soleil se couchait lentement. À leur entrée dans la chambre du rez-de-chaussée transportant avec quelque difficulté le petit lit d'Alexis, elles trouvèrent Eugénie confortablement adossée à deux oreillers en train d'amuser le garçon d'un an et demi.

— Vous êtes bien fines de descendre le lit du petit, fit la future maman.

— C'est normal qu'il dorme avec toi et Donat, répliqua Marie assez sèchement. S'il se réveille la nuit, vous pourrez vous en occuper.

— On est en train de vider vos tiroirs en haut. On va descendre toutes vos affaires, lui apprit Bernadette.

— Je vais t'apporter aussi tes oreillers parce que je veux reprendre les miens, poursuivit Marie. J'y suis habituée.

Quelques minutes suffirent pour descendre le contenu des quelques tiroirs et même échanger les couvertures.

— Il restera juste le gros coffre au pied de votre lit, en haut. Les hommes se chargeront de le descendre quand ils rentreront, déclara la maîtresse des lieux. Comme t'es là pour deux semaines, prit-elle soin d'ajouter, le visage fermé, c'est aussi bien que t'aies toutes tes affaires à portée de la main.

— Là, on a mis ça un peu n'importe comment dans les tiroirs, intervint Bernadette. Mais quand tu te sentiras mieux, tu pourras placer ça à ton goût.

— Merci, je suis mal à l'aise de vous donner autant de dérangements.

— C'est pas grave, dit sa jeune belle-sœur. Est-ce qu'on te laisse la porte de la chambre ouverte ? demanda-t-elle à l'alitée.

— Oui, ça va être plus chaud ici dedans.

De retour dans la cuisine, l'institutrice ne put s'empêcher de faire remarquer à sa mère :

— Je me demande bien comment elle et Donat vont faire avec un deuxième petit dans leur chambre en haut.

— Mêle-toi surtout pas de ça, la rembarra sa mère. Au lieu de te poser des questions inutiles, commence donc à mettre la table.

Au moment de se séparer pour la nuit, Marie ne manqua pas de rappeler à Donat que, puisqu'il dormait dans la grande chambre du rez-de-chaussée, il devrait se lever à deux ou trois reprises durant la nuit pour alimenter le poêle.

Cette nuit-là, elle se réveilla plusieurs fois, prête à aller jeter une bûche dans le poêle. Elle le faisait depuis si long-temps que c'était devenu un automatisme. Les oreilles aux aguets, elle guetta les bruits de la maison silencieuse jusqu'à ce qu'elle entende son fils aîné se lever pour accomplir le travail qu'elle avait fait durant les deux derniers hivers.

Dépaysée dans cette petite chambre, elle dormit mal, mettant son insomnie sur le compte d'une paillasse mal remplie. En fait, elle n'était pas habituée à ne pas voir son mobilier de chambre en chêne, cadeau de noces de ses parents. À son réveil, bien avant le lever du soleil, elle se pencha à la petite fenêtre pour découvrir qu'elle donnait sur les toits givrés de la ferme de Conrad Boudreau au loin.

Chapitre 15

De bonnes nouvelles

Au moment où on pensait ne jamais le voir arriver, le printemps fit une entrée timide dans la région à la fin du mois de mars. Quelques jours à peine après une grosse giboulée, la température s'adoucit sensiblement alors que la plupart des cultivateurs de la région travaillaient déjà à percer les érables pour planter des chalumeaux auxquels ils allaient suspendre des seaux destinés à recueillir l'eau d'érable. Il faisait encore froid la nuit, mais le soleil se mit à réchauffer suffisamment l'air durant la journée pour faire enfin couler les érables. Par ailleurs, on vit avec plaisir les piquets de clôture se dégager progressivement de leur gangue de neige.

— Pour moi, le beau temps est arrivé pour rester, déclara Xavier à sa fiancée ce samedi soir là. Le pied des arbres commence déjà à être cerné.

— Est-ce que tu vas faire du sirop ? lui demanda Catherine en venant prendre place à ses côtés sur le canapé.

— Ben là, j'ai installé des chaudières, mais je suis pas sûr pantoute d'être capable d'en faire du bon, reconnut le jeune homme. Tu comprends, chez nous, c'est ma mère et Camille qui ont toujours fait bouillir. Nous autres, les hommes, on s'occupait du reste.

— Comment tu t'es débrouillé l'année passée ?

— J'ai pas fait les sucres. Je suis allé donner un coup de main à Donat et il m'a donné une couple de gallons pour mes besoins.

— Mais cette année, il faudrait s'organiser autrement, lui fit-elle remarquer. Dans trois mois, on va être mariés et je vais avoir besoin de sirop pour cuisiner. Moi, j'irais bien faire bouillir, mais chez nous, ça a toujours été mon père et mon frère qui s'en sont toujours occupés.

— Ta mère?

— Ma mère a jamais eu le don de faire du bon sirop, avoua Catherine. Elle se fiait à mon père.

— Écoute. Est-ce que tu pourrais pas demander à Cyprien de te montrer comment faire? Après, tu pourrais venir faire bouillir dans notre cabane.

— Ce serait pas correct que je sois toute seule avec toi, lui dit-elle.

— Tu pourrais venir avec ta mère, si tu veux, si elle pense qu'Antonin fait pas un bon chaperon.

— Attends, je vais aller lui demander, fit-elle en se levant.

Catherine s'éclipsa un moment et revint quelques instants plus tard, la mine sombre.

— Il dit qu'il a pas de temps à perdre à me montrer ça, déclara-t-elle à voix basse.

— Toujours aussi de service, à ce que je vois, fit Xavier, sarcastique. Je vais me débrouiller autrement, ajouta-t-il sans trop savoir ce qu'il allait faire pour arriver à obtenir du bon sirop.

Ses relations avec son futur beau-frère et sa femme ne s'étaient vraiment pas améliorées, même s'il avait fait l'effort de leur tendre la main au jour de l'An. Ils étaient séparés par une antipathie naturelle que rien ne semblait en mesure de faire disparaître.

Le lendemain avant-midi, après la grand-messe, Xavier s'approcha des membres de sa famille en compagnie de sa fiancée pour les saluer, comme il le faisait pratiquement tous les dimanches. Laura Benoît avait signifié à son fils et à sa bru qu'ils pouvaient rentrer sans elle. Elle monterait dans le berlot de son futur gendre pour chaperonner le couple.

— Ça a tout l'air que cette année, on va avoir droit à une retraite, dit Marie après avoir salué Catherine et sa mère du bout des lèvres.

— Ça va nous rappeler des souvenirs de la vieille paroisse, poursuivit Camille.

— Pas tant que ça, la contredit sa sœur Emma. Au moins, à Sainte-Monique, on avait droit à un missionnaire qui venait prêcher. Cette année, c'est monsieur le curé qui va s'en occuper. Il va peut-être trouver ça dur de prêcher une retraite pour les femmes mariées, une pour les hommes, une pour les filles et une autre pour les gars de la paroisse.

— Je me demande pourquoi les deux premières vont durer trois soirs, tandis que celles pour les jeunes vont durer juste deux soirs, poursuivit Camille.

— Parce qu'on fait moins de péchés, cette affaire, plaisanta Hubert.

— En tout cas, moi, ce que je comprends pas, c'est pourquoi il fait pas comme le curé Ouellet, l'année passée, intervint Xavier. Lui, il nous avait dit qu'il y aurait pas de retraite à Saint-Bernard tant et aussi longtemps qu'on serait pas une paroisse.

— Il y avait aussi une autre bonne raison, ajouta Donat. On n'avait pas de place où faire coucher le prêtre qui serait venu prêcher.

— Moi, j'haïs ben ça d'avoir à m'habiller et à venir m'écraser sur un banc après une journée d'ouvrage, déclara Xavier.

— Voyons, Xavier, t'es plus un enfant, lui reprocha Catherine. Pâques s'en vient. C'est normal que tu te prépares à faire tes pâques. À part ça, ça dure juste trois soirs, du jeudi au samedi.

Cette remarque lui attira un signe d'approbation de sa future belle-mère.

— Ça fait rien, j'haïs ça quand même, riposta son fiancé.

— J'espère que tu feras un effet pour y aller, fit sa mère, sévère. Nous autres, les femmes, on ira.

Les femmes présentes l'approuvèrent bruyamment.

On se mit ensuite à parler de la saison des sucres puisque, la veille, on avait pu récolter la première eau de la saison.

— Ça coulait ben hier, dit Hubert. Chez vous? demanda-t-il à son frère.

— Ça coulait aussi. Mais là, même si Antonin et moi, on s'est organisés pour faire bouillir dans notre ancienne cabane, sur le vieux poêle, j'ai un blasphème de problème.

— Lequel?

— Je sais pas comment faire bouillir et Antonin est comme moi.

— J'irais bien t'aider, dit Bernadette, mais je fais l'école toute la journée.

— Catherine est ben prête à venir, mais il y a personne qui veut lui montrer comment on fait bouillir, reprit Xavier.

— J'aurais bien aimé être utile, fit Laura Benoît, mais c'est mon mari qui a toujours fait le sirop. J'ai pas la main.

Pendant un moment, les membres du petit groupe se turent, comme s'ils cherchaient une solution.

— Viens chez nous, finit par proposer Emma à Catherine. Moi, je suis prise à la maison avec la petite, mais Rémi est pas mal bon pour faire bouillir. Il va te montrer ça.

— Non, laisse faire, intervint Camille. Ce serait pas convenable. Viens donc passer la journée avec moi demain, tu vas voir que c'est pas compliqué pantoute. Après ça, tu vas être capable de faire du bon sirop. Oublie pas d'apporter tes raquettes.

— Si Xavier accepte de m'emmener chez vous demain et si tu penses que je te dérangerai pas, je vais y aller, c'est certain, accepta Catherine, reconnaissante.

Quand Camille apprit à Liam qu'elle avait proposé à Catherine de venir passer la journée avec elle le lendemain, ce dernier se renfrogna.

— J'aime pas trop l'idée qu'une fille comme ça vienne traîner chez nous, laissa-t-il tomber.

— Aïe, Liam Connolly ! s'emporta-t-elle. Catherine Benoît a pas la lèpre, que je sache.

— Ouais, mais calvaire on sait quelle sorte de fille c'est, par exemple ! dit-il en élevant la voix.

— Tu sacres encore en plein carême, lui fit-elle remarquer, sévère. Une chance qu'il y a une retraite qui s'en vient, ajouta-t-elle.

— Achale-moi pas avec ça et mêle-toi de tes maudites affaires, dit-il sèchement. En tout cas, arrange-toi pour que cette fille-là traîne pas plus longtemps que nécessaire à la maison, lui commanda-t-il.

Camille haussa les épaules. Depuis plus de deux semaines, son mari affichait une mauvaise humeur qui ne se démentait pas. Tout était sujet à ses critiques. La nourriture n'était pas assez chaude, les enfants perdaient leur temps à l'école, sa chemise du dimanche était mal repassée et, surtout, elle ne montrait pas assez d'empressement envers lui.

— Tu sauras qu'on n'attire pas les mouches avec du vinaigre, lui avait-elle dit la veille quand il s'était plaint de sa passivité au lit.

En fait, il n'y avait que son oncle qui échappait à ses critiques. Paddy Connolly était leur hôte depuis deux mois et demi. À aucun moment il n'avait offert un peu d'argent à titre de cadeau ou de pension. Il suivait la même routine chaque jour. En matinée, il lisait le journal. Après le dîner, il s'éclipsait durant deux bonnes heures pour sa sieste quotidienne avant d'aller pérorer au magasin général. Il rentrait à la maison à la fin de l'après-midi avec les enfants, soupait et allait se coucher tôt après avoir fumé l'un de ses cigares malodorants.

Camille avait supporté cet oncle par alliance durant tout l'hiver, mais elle cachait de moins en moins son impatience de le voir retourner chez lui à Montréal au début du printemps, comme il l'avait laissé entendre quand il s'était invité chez les Connolly en décembre.

— Le printemps est arrivé, bondance ! avait-elle fait remarquer à son mari en se déshabillant ce soir-là avant de se mettre au lit. Est-ce que ton oncle est à la veille de partir ?

— Il y a rien qui presse, avait laissé tomber Liam en se glissant sous les couvertures.

— On voit bien que c'est pas toi qui es obligé de le blanchir et de le nourrir. C'est moi qui l'ai dans les jambes du matin au soir. J'ai hâte aussi que les filles aient chacune leur chambre en haut. Ça fait des mois que ça dure, il y a tout de même des limites.

Tôt le lundi matin, Camille vit arriver son frère Xavier et Antonin en compagnie de Catherine. Les enfants venaient de partir pour l'école.

— T'es bien fine de me montrer à faire du sirop, déclara sa future belle-sœur.

— Tu vas voir, c'est pas sorcier pantoute, dit Camille en la faisant entrer dans la maison.

— À quelle heure est-ce que je dois revenir ? demanda Xavier.

— Au milieu de l'après-midi, ça devrait faire l'affaire, répondit sa sœur.

Dès que son frère et son employé furent partis, Camille endossa son manteau. Normalement, elle aurait dû être en train de faire son lavage hebdomadaire, mais sa promesse d'aider Catherine l'avait obligée à bousculer son horaire.

— J'ai demandé à mon mari d'allumer le poêle dans la cabane avant d'aller chercher du bois. Il a ramassé pas mal d'eau à la fin de l'après-midi, hier. On va pouvoir faire bouillir. Mon oncle, votre dîner est dans le fourneau, dit-elle à Paddy en prenant un panier déposé sur la table. Essayez d'entretenir le poêle le temps qu'on va être parties.

— Inquiète-toi pas, se contenta de dire le petit homme en train de noter des choses dans un vieux cahier.

Les deux femmes sortirent et chaussèrent leurs raquettes. Même si on n'était qu'au début de l'avant-midi, l'air était étrangement doux et une petite brise de l'ouest charriait des effluves agréables. On n'en était pas encore au point de voir des îlots de terre noire dans les champs, mais si le temps doux se poursuivait, cela ne devrait pas trop tarder. De l'autre côté de la rivière, elles pouvaient voir la fumée sortant des cheminées.

Elles longèrent sans se presser les deux grands champs qui séparaient les bâtiments de la ferme du boisé au milieu duquel Liam avait construit une cabane rudimentaire en bois pourvue d'une unique petite fenêtre. À leur arrivée, les deux femmes retirèrent leurs raquettes qu'elles appuyèrent contre un mur.

Dès que Camille ouvrit la porte, elle fut accueillie par une agréable chaleur provenant du vieux poêle passablement rouillé installé contre l'un des murs. Elle déposa son panier sur une table bancale placée sous la fenêtre avant de déposer sur le poêle une énorme marmite. Avec l'aide de Catherine, elle remplit celle-ci avec l'eau d'érable recueillie la veille.

— On va attendre à cette heure que ça bouille et que ça réduise.

— Mon père disait toujours qu'il faut à peu près quarante gallons d'eau d'érable pour faire un gallon de bon sirop, dit Catherine.

— Pour moi, il était pas loin d'être dans le vrai. Viens dehors, on va aller voir s'il fait assez chaud pour que ça coule.

Elle entraîna la jeune femme à l'extérieur et elles firent une courte tournée des seaux pour voir si la sève coulait. C'était le cas. Elle coulait abondamment.

— D'ici midi, Liam va venir faire une tournée pour ramasser l'eau, annonça Camille quand elles rentrèrent dans la cabane pour jeter quelques bûches dans le poêle et vérifier le degré d'évaporation de l'eau en train de bouillir.

Avant l'heure du dîner, l'épouse de Liam Connolly avait eu le temps d'enseigner à la jeune fille tout ce qu'elle savait sur l'art de faire du bon sirop.

— On va même y goûter à midi, annonça-t-elle à la fiancée de son frère. J'ai apporté de la pâte à crêpe. On va manger ça avec notre sirop qu'on vient de faire.

Quand Liam rentra dans la cabane en portant une pleine barrique d'eau d'érable, Camille fit d'abord des crêpes avant de l'aider à remplir la marmite servant d'évaporateur. Elle dit ensuite à son invitée :

— À toi, à cette heure. Je te laisse faire.

Tous les trois mangèrent avec un bon appétit. Étrangement, Liam faisait une belle façon à sa future belle-sœur et il poussa même l'amabilité, ce midi-là, jusqu'à féliciter sa femme pour son sirop d'érable.

— C'est la première fois que je mange de ton sirop, lui dit-il. Il est meilleur que le mien.

Après le repas, il retourna à son travail en promettant de recueillir encore de l'eau d'érable avant d'aller soigner les animaux.

— Si la récolte vaut la peine, je vais rester le temps qu'il faudra pour faire bouillir, lui annonça sa femme. T'auras juste à prévenir Ann de faire le souper. Il y a du lard sur la table de la cuisine d'été.

Au milieu de l'après-midi, Camille et Catherine virent arriver Xavier et Antonin en raquettes.

— Liam nous a dit qu'on n'avait qu'à suivre vos pistes pour vous trouver, dit Xavier avec bonne humeur. Puis, comment ça s'est passé ? demanda-t-il à sa fiancée.

— Inquiète-toi pas pour elle, s'empressa de répondre Camille à la place de la jeune fille. Elle est capable de faire du bon sirop. Attends, je vais te faire goûter à celui qu'elle vient de faire.

Elle lui présenta un morceau de pain qu'il trempa dans une soucoupe où elle venait de verser une petite quantité de sirop blond. Xavier mangea la bouchée de pain en prenant l'air d'un connaisseur.

— Ouais, il est pas mal ! déclara-t-il, l'air pénétré.

— Espèce de grand fendant ! feignit de s'emporter sa sœur. C'est tout juste capable de faire la différence entre de la mélasse et du sirop et ça vient prendre des grands airs.

L'éclat de rire d'Antonin fut communicatif.

— Il est ben bon, reconnut Xavier, redevenu sérieux. Je faisais ça juste pour t'étriver, dit-il à Catherine, heureuse. Demain, si t'es d'accord, tu pourras venir faire du sirop chez nous. Ta mère m'a dit qu'elle était pour venir avec toi. On n'aura pas besoin pantoute de ton frère, comme tu peux le voir.

Avant de partir, Catherine Benoît remercia chaleureusement Camille et lui promit une pinte de son premier sirop.

— J'espère qu'il sera pas trop mauvais, fit-elle avec un sourire.

— Je crains rien. Il va être bon, dit Camille pour la rassurer.

Le surlendemain, le beau temps n'avait pas cessé et c'est sans grand enthousiasme que Donat entreprit de faire sa toilette le mercredi soir pour aller participer à la réunion statutaire du conseil des syndics à la sacristie.

— Torrieu ! Il me semble qu'on pourrait ben laisser faire cette réunion-là quand il y a rien de spécial à discuter, maugréa-t-il en finissant de se raser devant le petit miroir de la cuisine. En plein temps des sucres ! On pourrait faire bouillir une bonne partie de la soirée ; mais non, on est pris pour aller au conseil.

— Si on avait encore en masse d'eau d'érable à faire bouillir, Hubert et moi, on serait capables de s'en occuper, lui fit remarquer sa mère. On n'aurait pas besoin de toi. Mais avec l'eau qui reste dans le baril, ça vaut pas la peine. On fera ça demain.

— Ça fait rien, poursuivit-il, de mauvaise humeur. Moi, quand j'ai rien de spécial, je fais pas de réunion pour rien pour la commission scolaire.

— Saint Donat, priez pour nous, se moqua Bernadette en train de préparer ses classes sur la table de la cuisine.

Le jeune cultivateur ne releva pas le sarcasme. Il se dirigea vers la chambre à coucher située au pied de l'escalier pour aller changer de vêtements. En quittant la pièce, il entraîna avec lui un Alexis récalcitrant.

— Je vous laisse le petit. Il empêche Eugénie de dormir.

— Ce serait peut-être mieux qu'elle se tienne réveillée une couple d'heures, fit sa mère, acide. Elle a dormi toute la journée. Pour moi, elle arrivera jamais à fermer l'œil la nuit prochaine.

— Viens voir ma tante Bedette, commanda l'institutrice au petit garçon en lui faisant signe de venir la rejoindre.

— Je serai pas parti longtemps, prévint Donat avant de sortir.

Quelques minutes plus tard, le fils de Baptiste Beauchemin retrouva les autres membres du conseil à la porte de la sacristie où Josaphat Désilets les fit entrer. Dès les premiers instants, Donat remarqua avec surprise l'air étrangement heureux de Samuel Ellis, de Thomas Hyland et même du curé de Saint-Bernard-Abbé.

— Qu'est-ce qui se passe ? chuchota-t-il à Anatole Blanchette et à Antonius Côté.

Ces derniers se contentèrent de hausser les épaules en signe d'ignorance. On s'assit autour de la grande table éclairée par une unique lampe et le prêtre récita la courte prière habituelle, face au crucifix suspendu au mur avant d'inviter les cinq hommes à s'asseoir. Thomas, Samuel et le curé Désilets affichaient un si large sourire que Donat demanda à haute voix si c'était indiscret de savoir ce qui les rendait de si bonne humeur.

— Une ben bonne nouvelle, déclara le président du conseil.

— C'est vrai, une ben bonne nouvelle, répéta Thomas Hyland, pourtant peu exubérant d'habitude.

— Bout de cierge ! Est-ce qu'on va finir par savoir ce qui arrive ? s'exclama Anatole Blanchette, réellement intrigué.

— On va laisser monsieur le curé l'annoncer, fit Samuel en invitant le prêtre à parler.

— On a reçu lundi une lettre de monseigneur, précisa Josaphat Désilets sur un ton théâtral. Le 15 mai prochain, Saint-Bernard va devenir officiellement une paroisse du diocèse. Il va venir lui-même procéder à l'érection canonique de Saint-Bernard-Abbé.

— C'est pas vrai ! s'écria Antonius Côté, ravi.

— Il était temps, conclut Donat, aussi content que le prêtre et ses confrères. Enfin, on sait qu'on n'a pas fait bâtir cette chapelle-là pour rien, et surtout qu'on n'a pas acheté inutilement un autre terrain à madame Cloutier.

— Viens-tu de nous dire que tu connais la nouvelle depuis lundi et que t'as pas trouvé le moyen de nous avertir avant à soir ? demanda un Anatole Blanchette furieux au président du conseil.

— Whow, Anatole ! Je peux pas passer mon temps sur le chemin, se défendit Samuel. Oublie pas que moi aussi, je fais les sucres.

— Ça fait rien, t'aurais dû trouver le moyen de nous faire savoir ça, s'entêta le gros homme.

— La nouvelle est pas sortie du village, fit l'Irlandais, parce qu'on a pensé que c'était à monsieur le curé que revenait l'honneur de l'annoncer à tout le monde dimanche prochain, en chaire. Il paraît même qu'il doit le faire deux dimanches d'affilée, en anglais et en français.

— De quel village vous parlez ? demanda Donat, l'air mauvais.

— On va pas recommencer, s'interposa Thomas qui se rappelait encore trop bien les prises de bec mémorables entre Baptiste Beauchemin et Samuel Ellis à ce propos. On est encore juste une mission. Quand on sera une vraie paroisse, il sera toujours temps de savoir où se trouve le village.

Samuel Ellis eut un petit sourire déplaisant qui fit serrer les poings à Donat.

— Il y avait pas juste une bonne nouvelle dans la lettre envoyée par monseigneur, rappela Thomas qui avait dû lire la missive à son voisin Ellis parce que ce dernier ne savait pas lire.

— C'est vrai, reconnut le président, l'air soudain assombri.

— Passe-moi la lettre, Samuel. Je vais finir de la lire aux autres.

— C'est inutile, intervint Josaphat Désilets en chaussant ses petites lunettes rondes et en tirant deux feuilles de papier d'une enveloppe déposée devant lui. Je vais le faire.

« Selon le rapport remis par l'abbé Desmeules, quatorze francs-tenanciers de Saint-Bernard-Abbé ont demandé à retourner à leur paroisse d'origine. À leur avis, la distance pour se rendre à la chapelle de la mission est beaucoup plus longue que celle les séparant de leur église paroissiale. Par conséquent, les limites de la nouvelle paroisse ont été ramenées de manière à exclure ces familles. »

— Sur la deuxième feuille, le nom des familles qui ont demandé à retourner à Sainte-Monique et à Saint-Zéphirin et les nouvelles bornes de Saint-Bernard-Abbé sont indiqués, ajouta Josaphat Désilets avant de replier la lettre.

— C'est fin en bout de cierge, cette affaire-là ! explosa Anatole. Quatorze familles de moins pour nous aider à payer les dettes qu'on s'est mises sur le dos !

— Et celles qu'on va ajouter ce printemps, poursuivit Côté, tout aussi secoué que son confrère.

— Faut se mettre à leur place, intervint Donat. Ces gens-là auraient été ben bêtes de rester avec nous autres si notre chapelle est plus loin que leur église. En plus, pourquoi venir s'endetter quand Sainte-Monique et Saint-Zéphirin sont des vieilles paroisses qui doivent probablement plus rien ?

— Ça fait rien, s'entêta Blanchette. Moi, je serais d'avis d'aller les voir pour essayer de les faire changer d'idée.

— Ce serait perdre son temps, laissa tomber le président. À cette heure qu'ils ont demandé officiellement à retourner dans leur paroisse, ils changeront pas d'idée pour nos beaux yeux.

— Il vaut mieux laisser faire, déclara le curé Désilets.

— Malgré tout ça, on a reçu la nouvelle qu'on attendait depuis des mois, reprit Samuel Ellis, et ça veut dire qu'il va falloir arrêter de bretter pour le presbytère. Là, avant tout, on va tous promettre de pas dire un mot de tout ça jusqu'à ce que monsieur le curé l'annonce, dimanche prochain.

Tous promirent et un sourire de contentement illumina le visage du prêtre, qui alluma sa pipe sans se presser.

— Avant la prochaine réunion, je vais essayer de trouver le temps d'aller voir Bélisle pour qu'il nous fasse les plans d'un presbytère, annonça Ellis.

— Et d'une bonne remise et d'un bâtiment qui pourra me servir d'étable et d'écurie, prit soin d'ajouter Josaphat Désilets.

— Calvince ! ça va nous coûter la peau des fesses, tout ça, ne put s'empêcher de s'exclamer Antonius Côté.

— Pas nécessairement, voulut le rassurer Thomas Hyland.

— J'ai une idée, intervint Donat. Est-ce qu'un presbytère de trente pieds par vingt-six pieds sur deux étages, avec une remise et une étable feraient pas l'affaire ?

— Voyons donc! protesta sèchement le curé de Saint-Bernard-Abbé, un presbytère comme ça serait bien trop petit.

— Comment ça, monsieur le curé? s'étonna le jeune homme.

— Tu oublies, mon jeune ami, qu'un presbytère, c'est pas seulement l'endroit où vit le curé de la paroisse. C'est aussi là où se font les réunions. Il y a des prêtres visiteurs. Un curé est même souvent obligé d'héberger des vicaires ou même des missionnaires venus prêcher une retraite. En plus, il a besoin d'un bureau pour recevoir les paroissiens qui veulent le rencontrer.

— Je comprends ben ça, monsieur le curé, mais un presbytère de cette grandeur-là devrait ben faire l'affaire. Après tout, normalement il y aura de la place pour quatre chambres en haut et, en bas, vous pourriez avoir une cuisine, un salon, un bureau et une petite salle de réunion.

— Je le penserais pas, fit sèchement Josaphat Désilets, mécontent.

— Vous connaissez tous la maison de Constant Aubé dans Saint-Jean? demanda Donat en s'adressant aux autres membres du conseil. Ben, si je me trompe pas, il me semble qu'il m'a dit que la maison que lui a construite Bélisle le printemps passé a ces dimensions-là. En plus, il lui a bâti une remise et un bâtiment qui lui sert aussi ben d'étable que d'écurie. Au fond, notre meunier a fait construire exactement ce qui nous conviendrait.

— Mais c'est tellement petit que c'est pas digne d'un presbytère, s'entêta le prêtre.

— Voyons, monsieur le curé, vous allez vivre tout seul là-dedans. Vous viendrez pas nous faire croire que c'est trop petit. Vous allez peut-être avoir la visite d'un ou deux prêtres de temps en temps, mais vous allez quand même avoir en masse de la place pour loger ce monde-là. Oubliez pas qu'il va falloir le chauffer, ce presbytère-là. Si on fait construire trop grand, vous allez geler l'hiver et vous serez pas plus avancé que vous l'êtes aujourd'hui. Ça va être comme ici, dans la sacristie.

— Je suppose, en plus, qu'il va être en brique et non en pierre ? fit le curé en se gourmant.

— À mon avis, ni l'un ni l'autre, monsieur le curé, répondit Donat sans se donner la peine de consulter les autres membres du conseil. Il me semble qu'il devrait être en bois, comme la chapelle. Le monde de Saint-Bernard pourrait trouver drôle que notre curé reste dans une maison qui a l'air plus riche que la maison du bon Dieu.

Comme les hommes autour de la table paraissaient approuver ouvertement la proposition du cadet du conseil, Josaphat Désilets n'osa pas poursuivre. Il se borna à jeter un regard venimeux au fils de Baptiste Beauchemin.

— On pourrait même économiser un peu d'argent, continua Donat, rassuré de voir l'appui dont il bénéficiait et peu impressionné par l'air buté du prêtre assis au bout de la table.

— Comment ça ? lui demanda le président du conseil.

— Ben, Bélisle aura pas à faire de plans parce qu'on va lui demander de nous construire la même chose qu'à Aubé.

— Il fréquente ta sœur, intervint Antonius. Est-ce que tu pourrais pas lui demander ce que ça lui a coûté ?

— J'ai pas besoin de lui demander, je le sais déjà, affirma Donat. Bélisle lui a chargé sept cents piastres.

— Bout de cierge ! s'écria Blanchette. C'est de l'argent en maudit.

— C'est vrai, mais il faut pas oublier que c'est pour trois bâtiments, lui fit remarquer Donat.

— C'est pas mal d'argent, dit Côté, l'air préoccupé.

— Quand monsieur Ellis va aller voir Bélisle, peut-être qu'il va accepter de nous charger un peu moins cher quand il va savoir que c'est pour la paroisse et qu'il a pas de plans à dessiner.

— As-tu noté les mesures, Thomas ? demanda Samuel à Hyland. Je vais aller le voir aussitôt que je vais en avoir le temps.

— S'il pouvait construire pour un peu moins cher, on pourrait envisager de se payer une cloche et peut-être même un chemin de croix dans la chapelle, ajouta le curé de la paroisse avec un rien d'espoir dans la voix.

— Sacrifice, monsieur le curé, je pense ben que vous êtes plus dépensier que ma femme ! plaisanta Antonius Côté.

— J'ai ben peur qu'avant que monseigneur accepte que la fabrique dépense pour commander une cloche ou un chemin de croix, mes poules vont avoir des dents, conclut Samuel. Oubliez pas, monsieur le curé, que Bélisle est un ben bon homme, mais on le paiera pas avec des prières. Après être allé le voir, il va falloir que j'aille rencontrer le notaire Valiquette pour savoir s'il peut nous trouver encore de l'argent pour payer tout ça. Il y a rien qui dit qu'il va y arriver.

Quand les membres du conseil se séparèrent ce soir-là dans le stationnement de la chapelle, ils étaient soulagés. Saint-Bernard-Abbé allait devenir une vraie paroisse et ils s'étaient entendus pour brider un peu la folie des grandeurs de leur pasteur. Il aurait son presbytère et ses deux autres bâtiments, mais ils allaient avoir des dimensions raisonnables.

— Moi, je serais ben curieux de savoir quelle résolution notre curé a prise pour le carême, fit Antonius Côté, hors de propos, avant de monter dans la *sleigh* de Donat.

— Je pense que t'es mieux de pas aller lui poser la question à soir, mon Antonius, lui répondit son voisin en mettant son cheval en marche. J'ai comme l'impression qu'il nous a pas pantoute en odeur de sainteté.

— Parle pour toi, rétorqua Côté en riant. Je suis sûr qu'il est pas prêt de te pardonner le petit presbytère qu'on va lui faire construire. Quand on est partis, il faisait une vraie face de carême.

— Ça tombe ben, on est en plein dedans, se borna à dire le conducteur de la *sleigh*.

Le lendemain, à la fin de l'après-midi, le vent changea de direction et se mit à souffler en provenance du nord, poussant devant lui de lourds nuages.

— On n'a pas trop à s'en faire pour la nuit prochaine, déclara Liam en pénétrant dans la maison après avoir soigné ses animaux. Ça va geler encore et demain, avec le soleil, les érables vont couler.

— Tant mieux, fit Camille en train de découper un rôti de bœuf pour le souper. On est déjà rendus à une douzaine de gallons de sirop.

Liam allait rejoindre son oncle assis près du poêle pour attendre le souper quand sa femme se tourna vers lui.

— Dis donc, j'ai pas vu de fumée sortir de la cheminée de la cabane à sucre des voisins. Ils font pas les sucres, eux autres ?

— Éloi Provost ? Ben oui, je l'ai encore aperçu aujourd'hui, répondit son mari en allumant sa pipe.

— Non, les Paquette.

— Cléomène Paquette ? Ça me surprendrait pas. Il doit rester chez eux, ben au chaud, à s'inventer une raison pour pas les avoir faits. Je te gagerais qu'on va le voir arriver avant la fin de la semaine prochaine pour quêter un gallon de sirop en prenant un air miséreux. Il fait ça une année sur deux.

— C'est drôle, il est souvent venu quêter du tabac à mon père, mais jamais du sirop, répliqua-t-elle.

— Si ça vous intéresse, il a passé une partie de l'après-midi au magasin général, intervint Paddy en éteignant son mégot de cigare après avoir craché dans le crachoir placé à gauche de sa chaise berçante.

— En tout cas, cette année, mon oncle, je vais avoir une surprise pour lui. Je vais lui en donner un gallon.

Deux jours auparavant, Liam Connolly avait profité du fait que sa femme avait quitté la cabane à sucre un peu plus tôt que d'habitude pour prélever un gallon d'eau d'érable à demi réduit. De retour à la maison, il y avait ajouté deux grandes cuillérées de mélasse et un demi-verre d'eau dans lequel avait trempé un peu de son tabac à pipe. Le tout avait été brassé de manière à ce que le mélange un peu brunâtre ait la consistance du sirop.

— Tu vas lui donner un gallon complet de sirop? demanda Camille, surprise de le voir soudain aussi généreux.

— Beau dommage! dit-il, la mine réjouie.

La jeune femme aurait bien eu envie de lui dire que ce don ne ferait qu'encourager la paresse bien connue de leur voisin, mais elle s'en garda, ne voulant pas lui ôter le mérite d'un acte aussi charitable.

Ce soir-là, la plupart des femmes de Saint-Bernard-Abbé se présentèrent à la chapelle malgré le froid pour assister au début de la retraite que le curé Désilets allait prêcher. Entassées dans les premiers bancs de la chapelle, elles eurent droit à un véritable sermon d'une sévérité exemplaire.

Durant deux longues heures, leur pasteur les menaça des flammes de l'enfer si elles ne remplissaient pas convenablement leurs devoirs de mère chrétienne et d'épouse. Il insista lourdement sur l'acte de chair qui ne devait être fait qu'en vue de donner naissance et il les encouragea à sanctifier tout cela en y prenant le moins de plaisir possible. Puis il passa aux pensées impures et à leurs effets pernicieux pour la pureté de l'âme. Il termina en leur rappelant leur responsabilité du respect de la religion et de ses prêtres dans leurs foyers respectifs.

À leur sortie de la chapelle, certaines femmes ne purent s'empêcher de commenter à voix basse ce qu'elles venaient d'entendre.

— Sainte Vierge! s'exclama Angèle Cloutier en s'adressant à Alexandrine Dionne et à la femme de Tancrède

Bélanger, je pense que notre curé est encore plus sévère que le curé Lanctôt.

— Les plaisirs de la couchette! chuchota Maria Bélanger, mariée depuis près de quarante ans. Pauvre homme! S'il savait…

— Parlez-moi pas de ça, moi, je suis une veuve et je me souviens plus de rien, déclara Angèle en riant.

— En tout cas, j'ai l'impression que la retraite va être longue, intervint Alexandrine.

— T'es pas obligée d'y aller les trois soirs, lui fit remarquer sa voisine.

— Si je fais ça, Télesphore va en profiter pour se servir de ça comme excuse pour pas y aller.

Étrangement, Camille disait la même chose à sa mère alors qu'elle la ramenait chez elle.

— J'espère juste que la retraite qu'il a l'intention de faire pour les jeunes au commencement de la semaine sainte ressemblera pas à celle d'aujourd'hui, poursuivit-elle quand elle se rendit compte que sa mère ne se décidait pas à critiquer le curé Désilets. Si c'est du même genre que ce qu'on a entendu à soir, Bedette va ruer dans le bacul, c'est certain.

— Elle ruera, se contenta de lui dire sa mère. Ça va lui faire du bien de se faire brasser un peu. Je trouve qu'elle a la vie pas mal facile depuis un bout de temps.

— Monsieur le curé va sûrement parler aux jeunes de leurs fréquentations, ajouta Camille.

— Là aussi, ça lui fera pas de tort. Avec elle, il y a pas moyen de savoir si c'est sérieux ou pas avec le petit Aubé. Il y a des fois que je me demande s'il se découragera pas de venir veiller avec elle et s'il choisira pas une fille plus sage.

Cette semaine-là, il n'y eut guère de surprise. Le curé Désilets fut égal à lui-même et sa dernière prédication fut aussi sévère que la première. Cependant, le dimanche matin, la joie des habitants de Saint-Bernard-Abbé faisait plaisir à voir quand il leur annonça que le 15 mai suivant la mission allait devenir une véritable paroisse et que déjà les syndics planifiaient la construction du futur presbytère. Inutile de mentionner que les discussions étaient joyeuses à la fin du salut au Saint-Sacrement, à la sortie de la chapelle.

— On doit aller dire deux mots à monsieur le curé, annonça Donat à son frère, sa sœur et sa mère. Ça devrait pas être long.

— Fais ça vite, lui dit Bernadette. Il est déjà passé midi.

Dès que le célébrant se retrouva dans la sacristie, les membres du conseil vinrent le rejoindre, ce qui l'étonna passablement.

— Qu'est-ce qui se passe ? demanda le curé en commençant à retirer ses vêtements sacerdotaux.

— C'est moi qui ai demandé aux autres de venir, monsieur le curé, répondit Samuel Ellis. Je voulais juste vous dire que je suis allé voir Bélisle, à Saint-Zéphirin, hier avant-midi.

— Puis ? demanda Donat.

— Il a rien contre l'idée de bâtir un presbytère et des bâtiments comme ceux qu'il a construits chez Aubé.

— C'est parfait, déclara Blanchette.

— Il y a juste le prix qui accroche, poursuivit le président du conseil comme s'il ne l'avait pas entendu.

— Vous lui avez rappelé qu'il avait fait la besogne pour sept cents piastres pour le meunier ? demanda Donat.

— Certain, mais il m'a répondu qu'il pouvait pas nous faire ça en bas de sept cent vingt piastres.

— Pourquoi ? demanda le curé Désilets.

— Il paraît que Constant Aubé l'a payé comptant avant même de commencer les travaux et, en plus, Saint-Bernard lui doit déjà pas mal d'argent. Il dit qu'il peut vraiment pas faire mieux.

— Bon, qu'est-ce qu'on fait ? dit Hyland.

— En revenant, je me suis arrêté chez le notaire Valiquette, dans Saint-Paul.

— Puis ?

— Une bonne nouvelle. Le notaire peut emprunter pour nous autres non seulement les sept cents piastres, mais tout ce qu'on doit déjà à Bélisle de façon à ce que la paroisse ait une seule dette à la même place.

— Les intérêts ? demanda Hyland.

— Cinq pour cent.

— Crédié ! s'exclama Côté. C'est ben haut.

— Il m'a expliqué que c'est parce que le montant est gros, répondit Samuel. Il paraît que les risques sont plus importants, même si Saint-Bernard est une paroisse.

— Est-ce que vous pensez, monsieur le curé, que monseigneur va accepter une affaire comme ça ? demanda Anatole Blanchette au prêtre. Après tout, c'est lui qui garantit.

— Je le sais pas, avoua Josaphat Désilets.

— D'après le notaire, le diocèse acceptera pas un prêt à cinq pour cent, poursuivit le président du conseil.

— Ben, à ce moment-là, pourquoi il le propose ? demanda Côté, qui ne comprenait plus rien.

— Le notaire va emprunter un peu plus que ce qui est nécessaire et il va se servir de cet argent-là pour payer le un pour cent de plus que d'habitude. Officiellement, dans les papiers, ça va être quatre pour cent, mais en réalité, ça va être cinq pour cent.

— Moi, j'aime pas ben gros des affaires comme ça, laissa tomber Donat. C'est pas clair et ça a pas l'air trop honnête.

— Il y a rien de malhonnête dans ça, s'insurgea Ellis. C'est juste une façon de faire accepter notre emprunt par monseigneur.

Chacun sembla s'abîmer dans une profonde réflexion jusqu'à ce que le président du conseil reprenne la parole.

— Comme on est tous là et que ça servirait à rien de tourner autour du pot pendant des jours et des jours, je suggère qu'on vote là-dessus. Si on vote contre, je vois pas comment on peut faire construire un presbytère. Oubliez pas qu'on peut faire confiance au notaire Valiquette. Il nous a trouvé de l'argent pour le terrain et il nous a fait un contrat à la moitié du prix demandé par le notaire Legendre, d'habitude. Il dit qu'il va faire la même chose pour le contrat à passer avec Bélisle.

Le vote fut pris à main levée. Tous levèrent la main, sauf Donat qui ne parvenait pas à faire confiance à ce notaire. Le seul qui sembla hésiter fut le curé Désilets. Le prêtre, soucieux, mit quelques secondes avant de lever la main à son tour.

— Bon, Thomas, quand t'écriras le rapport de notre réunion dans le cahier, t'oublieras pas de mentionner que Donat Beauchemin a voté contre, tint à préciser Ellis à celui qui servait de secrétaire au conseil. Si le notaire parvient à nous avoir cet argent-là, ça veut dire que Bélisle aura pas le choix de baisser son prix parce qu'on va lui avoir remboursé tout ce que Saint-Bernard lui doit.

Chapitre 16

Un peu de sirop

La semaine suivante, plus d'une femme mariée de Saint-Bernard-Abbé dut harceler son mari pour qu'il assiste aux prédications du curé Désilets prévues pour les trois premiers soirs de la semaine.

— Ça va durer juste trois soirs, avait plaidé Camille auprès de Liam. C'est pas la fin du monde.

— J'ai pas le temps. On est en plein dans le temps des sucres, répliqua-t-il, agacé par son insistance.

— Je vais m'arranger pour faire bouillir avant le souper. Si tu y vas pas, tu peux être certain que monsieur le curé va s'apercevoir que t'es pas là et, tu le connais, tu vas en entendre parler longtemps.

— Calvaire! explosa son mari.

— T'as promis de pas sacrer, lui rappela Camille, sévère.

— Toi, lâche-moi et occupe-toi du souper, lui ordonna-t-il. Comme si le curé avait des conseils à donner aux hommes mariés, maudit cal…

— Liam! le prévint sa femme en lui montrant de la main ses enfants qui écoutaient. Moi, je peux te dire que tu pourrais peut-être faire ton profit de ce qu'il va dire.

— Ben sûr! Toi, t'es comme ta sainte mère, rétorqua-t-il, sarcastique. S'il y avait moyen, tu passerais ta vie à genoux à l'église…

— Et vous, mon oncle, j'espère que vous irez avec votre neveu, reprit Camille qui ne désarmait pas. Je pense que ça va vous faire du bien à vous aussi.

— J'haïrais pas ça, déclara Paddy à la plus grande surprise de sa nièce par alliance. Mais t'oublies, ma nièce, que je peux pas aller là. J'ai jamais été marié.

— Est-ce que ça veut dire que vous êtes prêt à aller à celles des gars à partir de jeudi ?

— Là aussi, je peux pas y aller. Je suis ben trop vieux. Tout le monde va rire de moi.

— Si je comprends bien, vous allez vous sauver de la retraite, lui fit-elle remarquer d'une voix acide.

— Oui, mais si ça peut te consoler, j'ai ben l'intention de faire mes pâques.

— Ici ou en ville ? s'empressa-t-elle de demander à son locataire encombrant pour savoir s'il entendait plier bagages incessamment.

— *Goddam !* À Saint-Bernard, répondit-il, comme si la réponse allait de soi.

Encore la veille, la fille de Marie Beauchemin avait mentionné à son mari qu'il n'y aurait probablement pas grand-chose à mettre sur la glace qu'il avait enfouie sous une bonne épaisseur de grain, dans la grange.

— On n'a pourtant pas mangé tant de viande que ça, cet hiver, lui avait-il fait remarquer, apparemment surpris.

— C'est vrai, avait-elle reconnu, mais t'oublies qu'on a nourri ton oncle tout l'hiver et qu'il a pas l'air d'être bien pressé de partir.

Liam n'avait rien dit, mais elle espérait qu'il se déciderait bientôt à mettre les choses au point avec son parent envahissant. Il ne le fit pas, mais le maître-chantre de Saint-Bernard-Abbé assista toutefois à contrecœur à la retraite des hommes, ce qui consola sa femme.

Quelques jours plus tard, le jeudi soir, c'était la deuxième et dernière soirée consacrée à la retraite des jeunes filles.

— Grouille-toi, Bedette. À force de te traîner les pieds, tu vas finir par arriver en retard, dit Marie à sa fille cadette. Hubert est allé atteler pour toi. Arrête de te regarder dans le miroir et vas-y.

— Mautadit ! Comme si on avait bien besoin de ça, bougonna Bernadette Beauchemin, de mauvaise humeur. J'ai mes classes à préparer, moi. Avec ça, je vais être obligée de me coucher tard sans bon sens.

— Ça dure juste deux soirs, lui rappela sa mère. Arrête de te lamenter pour rien.

La jeune institutrice avait assisté à la première des deux soirées consacrées aux jeunes filles et n'était revenue à la maison que sur le coup de neuf heures.

— Puis ? lui avait demandé sa mère en train de réparer une culotte d'Alexis.

— Bah ! C'est la même chose qu'un sermon du dimanche, m'man, lui avait-elle répondu sans grand enthousiasme.

— Est-ce qu'il y avait bien des filles ?

— Pas mal. J'ai vu Catherine Benoît et même Angélique Dionne. Je leur ai parlé en sortant de la chapelle.

— Est-ce que c'est Xavier qui conduisait la fille de Laura Benoît ? s'enquit Marie Beauchemin.

— Non, elle conduisait elle-même sa *sleigh*.

— J'espère que le beau Xavier va suivre la retraite des garçons, la semaine prochaine, répliqua sa mère.

— D'après Catherine, c'est bien son intention. Dis donc, Hubert, ajouta-t-elle en se tournant vers son frère occupé à réparer une chaise dans un coin de la cuisine, on dirait bien que la belle Angélique te trouve pas mal à son goût.

— Pourquoi tu dis ça ? lui demanda immédiatement sa mère.

— Aussitôt qu'elle m'a vue, elle s'est dépêchée de me demander de ses nouvelles et elle s'est même plaint qu'il venait pas assez souvent au magasin général.

Hubert ne broncha pas, mais il était évident qu'il se sentait flatté d'être l'objet de l'attention de l'une des plus belles filles de Saint-Bernard-Abbé.

— J'espère que tu gardes ta place quand tu vas là, laissa tomber sa mère, sévère.

— Voyons, m'man, vous savez bien que monsieur et madame Dionne sont toujours là, intervint Bernadette.

— Toi, occupe-toi de tes affaires, la rembarra Marie.

➤

La période des sucres prit fin de façon inattendue au début de la semaine sainte après trois jours de pluies incessantes. Brusquement, la température s'était adoucie au point qu'il ne gela plus la nuit, la sève monta et l'eau d'érable devint amère. Des îlots de terre noire apparurent çà et là dans les champs, alternant avec des mares impressionnantes d'eau de fonte. En même temps, les chemins de la région devinrent presque impraticables tant ils étaient ravinés et envahis par l'eau que les fossés ne parvenaient plus à absorber.

— Pour moi, demain ou après-demain, les glaces vont lâcher sur la rivière, prédit Hormidas Meilleur en pénétrant dans le magasin général où Paddy et quelques hommes discutaient paisiblement.

C'était un temps de l'année où on pouvait souffler un peu, dans la région. Soudain, il n'y avait plus aucun travail pressant : les sucres étaient finis et il fallait attendre quelques semaines avant de pouvoir travailler la terre.

— Dites donc, père Meilleur, l'apostropha Xavier, comment ça se fait qu'on vous a pas vu à la retraite des jeunes ?

— Parce que je suis pas jeune, laissa tomber le facteur en secouant sa casquette mouillée par la petite pluie fine qui tombait depuis le début de l'avant-midi.

— Je veux ben le croire, poursuivit le jeune homme, mais monsieur le curé nous a donné de ben bons conseils pour avoir des fréquentations pures... Il paraît que c'est ben important de pas toucher à la fille chez qui on va veiller.

— Veux-tu ben me dire pourquoi tu me dis toutes ces niaiseries-là, le jeune? demanda Hormidas, apparemment intrigué.

— Ben, je vous dis ça parce que le bruit court dans Saint-Bernard que vous fréquentez sérieusement madame Cloutier.

Il y eut des ricanements chez les hommes présents.

— C'est pas vrai, affirma le petit homme avec force en fixant le jeune homme d'un œil féroce.

— Dans ce cas-là, voulez-vous ben me dire comment ça se fait que j'arrête pas de voir votre berlot proche de la maison de la veuve? demanda Cléomène Paquette, hilare.

— J'arrête là comme j'arrête partout ailleurs, pour lui remettre son courrier.

— Baptême, le père, la veuve en reçoit en maudit des lettres, se moqua Évariste Bourgeois. Pour moi, ça cache quelque chose, cette affaire-là.

— Monsieur le curé devrait être mis au courant de tout ça, intervint le gros Tancrède Bélanger. Je trouve que des fréquentations sans chaperon, c'est pas un exemple à donner aux jeunes de la paroisse.

— Faites-moi pas étriver avec ça, vous autres! s'emporta Hormidas, à demi sérieux. Il manquerait plus que monsieur le curé...

Soudain, le facteur se tut, incitant la demi-douzaine d'hommes présents près du comptoir à tourner la tête vers la porte du magasin qui venait de s'ouvrir sur Josaphat Désilets.

— Bonjour, salua le prêtre en refermant derrière lui.

Les personnes présentes s'empressèrent de lui rendre son salut, mais la conversation ne reprit pas.

— Monsieur Dionne, mon bedeau m'a dit tout à l'heure qu'il vous arrivait d'avoir du sirop d'érable à vendre, fit le curé de Saint-Bernard-Abbé.

— Oui, monsieur le curé, répondit Télesphore, le crayon sur l'oreille et la taille ceinte de son éternel grand tablier blanc. Je m'arrange toujours pour en avoir un ou deux gallons. Aujourd'hui, j'en ai un gallon, si ça vous tente. Je le vends cinquante cennes.

— Je vais le prendre, dit le prêtre après une courte hésitation.

Le propriétaire du magasin se pencha derrière son comptoir pour en sortir une cruche. Il la déposa sur le comptoir pendant que Josaphat Désilets tirait d'une vieille bourse en cuir la somme demandée.

— Est-ce que c'est pour manger tout de suite ou juste après le carême, monsieur le curé? demanda impudemment Paddy Connolly.

— Si on vous le demande, vous répondrez que ça vous regarde pas, répondit sèchement le prêtre avant de prendre la cruche. Messieurs, je vous souhaite encore une fois le bonjour, ajouta-t-il à l'adresse des gens qui l'entouraient.

— *Shitt!* Il entend pas à rire pantoute, déclara Paddy, dépité.

— C'est ce qu'on appelle se faire remettre à sa place, ne put s'empêcher de dire Hormidas Meilleur, pas mécontent d'avoir vu cet étranger se faire rembarrer.

— Dis donc, Télesphore, c'est le gallon de sirop que tu m'as acheté hier que t'as vendu à monsieur le curé? demanda Cléomène Paquette.

— Oui.

— Sacrifice! Tu m'as donné trente-cinq cennes et tu le vends cinquante cennes.

— Aïe! Cléomène, c'est ça, le commerce. Il faut vendre un peu plus cher que ce qu'on a payé, se défendit le marchand général.

— Avoir su, j'aurais fait le tour de la paroisse pour le vendre moi-même, ce sirop-là, fit l'autre, ne faisant rien pour cacher son dépit.

— C'est sûr, fit le commerçant, agacé. Mais je te ferai remarquer que je t'ai pas cassé un bras pour prendre ton sirop. C'est toi qui as insisté pour que je te l'achète.

La figure de fouine de Cléomène Paquette se ferma et il haussa les épaules avant de se mettre à écouter distraitement Paddy Connolly qui s'était remis à commenter les dernières nouvelles du journal, activité qui avait été interrompue par l'arrivée du facteur.

Le cultivateur du rang Saint-Jean s'était bien gardé de mentionner à Télesphore Dionne que le sirop qu'il désirait lui vendre venait de lui être donné par Liam Connolly. Depuis une semaine, il avait entrepris la tournée de ses voisins immédiats et de vagues connaissances de Sainte-Monique pour les inciter à lui donner un peu de sirop en arguant qu'il n'avait pu «faire les sucres» cette année à cause de son cœur qui lui causait de bien grandes inquiétudes. Même si plusieurs des personnes sollicitées ne l'avaient guère cru, elles lui avaient tout de même fait don d'un peu de sirop en se disant le plus souvent qu'il s'agissait d'un acte de charité chrétienne.

— Après tout, c'est pas sa faute s'il est sans-dessein comme pas un, avait dit Camille, étonnée de voir son mari s'empresser d'aller chercher un gallon de sirop dans la cuisine d'été pour le remettre au voisin.

Liam n'avait rien dit, mais le petit sourire qu'il affichait aurait dû alerter sa femme.

En fait, ce midi-là, Cléomène avait dit à sa Germaine avec un petit air satisfait :

— D'après moi, on va avoir un peu trop de sirop pour nos besoins cette année. Je vais en vendre un gallon à Dionne. Il enlèvera ça sur l'argent qu'on lui doit.

Moins d'une heure après son arrêt au magasin général, Josaphat Désilets rentra dans sa sacristie après avoir laissé son cheval et sa *sleigh* chez les Moreau, comme d'habitude. S'il n'avait eu à aller que chez les Dionne, le prêtre ne se serait pas donné la peine de faire atteler, mais il avait dû visiter deux dames malades dans le rang Saint-Paul, et ce déplacement avait été long à cause de l'état du chemin. Les ornières remplies d'eau avaient rendu le trajet particulièrement pénible. C'était le premier printemps qu'il vivait à Saint-Bernard-Abbé et il apprenait à la dure à quel point ses nombreuses côtes rendaient la route presque impraticable quand l'eau de fonte se mettait à les descendre.

Dès qu'il eut retiré son manteau et ses bottes, Josaphat Désilets déposa le cruchon de sirop d'érable sur la table en se promettant d'en manger un peu avec un croûton de pain au souper. Toutefois, quelques minutes plus tard, poussé par la gourmandise, il alla chercher une soucoupe pour y faire couler un peu de sirop dans l'intention d'y goûter.

Dès qu'il eut retiré le bouchon de liège du cruchon, une étrange odeur lui monta au nez et il s'empressa de renifler avec circonspection le contenu du contenant en grès.

— Mais bonyenne! Qu'est-ce qui sent aussi mauvais que ça? ne put-il s'empêcher de s'exclamer en fronçant le nez de dégoût.

Il se décida à laisser couler un mince filet de sirop dans la soucoupe et il sursauta devant le liquide brunâtre et malodorant. Il s'empressa de reposer le bouchon sur le contenant en ne faisant rien pour réprimer une grimace.

— Qu'est-ce que c'est que cette cochonnerie-là? fit-il, en colère, en allant rincer dans le lavabo la soucoupe. Est-ce que Télesphore Dionne rit du monde? demanda-t-il à haute voix. Attends donc, toi!

Sans perdre un instant, le prêtre remit son manteau et ses bottes, empoigna le cruchon et quitta le presbytère, bien décidé à en avoir le cœur net.

— Il y a personne qui va venir me rire en pleine face comme ça! marmonna-t-il en prenant le direction de la côte au bas de laquelle était situé le magasin général.

Le curé de Saint-Bernard-Abbé, faisant fi de la route détrempée et en partie boueuse, parcourut les quelque cent cinquante pieds qui le séparaient de la fameuse côte du rang Sainte-Ursule et il entreprit de la descendre avec certaines précautions pour éviter de s'étaler en glissant sur une plaque de glace dissimulée sous la neige. Arrivé en bas, il longea la ferme d'Angèle Cloutier ainsi que la maison et la forge d'Évariste Bourgeois avant d'entrer dans la cour du magasin général au moment même où les premiers enfants quittaient l'école construite de l'autre côté de la route étroite.

À sa grande surprise, le curé Désilets retrouva le même groupe d'hommes qu'une heure auparavant. La réaction de ces derniers fut identique à celle qu'ils avaient eue lors de sa précédente entrée. On le salua et le silence tomba encore une fois dans la grande pièce encombrée de toutes sortes de produits. Cette fois-ci, ce fut Alexandrine qui s'avança vers lui pour le servir.

— Qu'est-ce que je peux faire pour vous, monsieur le curé ? lui demanda-t-elle.

— J'aimerais bien dire deux mots à votre mari, répondit Josaphat Désilets, l'air peu commode, en déposant bruyamment son cruchon de sirop sur le comptoir devant lui.

— Je vais vous le chercher. Il vient de passer à côté, dit-elle, affable.

La femme fit quelques pas, ouvrit la porte de communication entre le magasin et sa maison et cria à son mari que monsieur le curé désirait lui parler. Moins d'une minute plus tard, Télesphore vint la rejoindre derrière le comptoir, affichant un sourire de circonstance.

— Vous voulez me dire quelque chose, monsieur le curé ? demanda-t-il.

— Oui, j'aimerais que vous alliez vous chercher une cuillère pour goûter au sirop que vous m'avez vendu tout à l'heure.

— Je peux ben faire ça, monsieur le curé, accepta le commerçant, tout de même assez surpris par la requête.

Il disparut un court moment et revint en brandissant une cuillère. Le prêtre attendit qu'il la tende pour déboucher le cruchon et en faire tomber quelques gouttes dans l'ustensile.

— Goûtez à ça, ordonna-t-il à Télesphore qui avait pris une mine dégoûtée en sentant l'odeur qui se dégageait du produit.

— Attendez, monsieur le curé, fit-il en se tournant vers Cléomène Paquette, j'ai justement ici dedans celui qui l'a fait, ce sirop-là. Approche, Cléomène! Viens goûter à ton sirop.

Les hommes sur place reculèrent légèrement pour laisser passer le cultivateur du rang Saint-Jean.

— Goûte à ton sirop, lui commanda le commerçant, monsieur le curé a pas l'air de le trouver pantoute à son goût.

Et sans lui laisser le temps de s'esquiver, Télesphore porta aux lèvres de l'homme la cuillère remplie du liquide brunâtre malodorant. L'interpellé ouvrit la bouche, goûta le liquide, eut un haut-le-cœur et cracha précipitamment ce qu'il avait en bouche.

— Ah ben, maudit bout de Christ! jura-t-il. C'est quoi cette cochonnerie-là?

— C'est le sirop que tu m'as vendu hier et que j'ai vendu à monsieur le curé tout à l'heure, désespoir! répondit Télesphore, en colère. Comment tu fais ton sirop, toi?

— Ben, j'en ai pas fait pantoute cette année, reconnut l'homme d'une quarantaine d'années au visage chafouin. J'avais pas le cœur assez solide pour faire une besogne aussi dure. Ce gallon-là, c'est Liam Connolly qui me l'a donné.

Il y eut des regards de connivence entre les hommes présents. Ils devinèrent que son voisin avait voulu donner une leçon à celui qu'ils appelaient entre eux « le quêteux ».

— S'il te l'a donné, comment ça se fait que t'es venu me le vendre? s'entêta Dionne, en faisant un effort méritoire pour ne pas rire de la mésaventure de son client le moins solvable.

— Le monde a été ben bon avec moi cette année, reconnut Cléomène. Ils m'ont donné trop de sirop. J'ai pensé qu'au lieu d'en perdre, j'étais aussi ben de t'en vendre un gallon ou deux.

— Sais-tu, je pense que tu vas laisser faire, déclara Télesphore en adoptant un air sévère. J'ai pas envie de perdre mes clients en leur vendant du sirop comme celui que tu m'as vendu. Là, je vais rajouter les trente-cinq cennes que j'avais enlevées à ton ardoise. Tu peux reprendre ton sirop.

Là-dessus, le marchand remboursa le curé Désilets qui n'avait pas ouvert la bouche durant tout l'échange.

— Monsieur le curé, je peux vous apporter un gallon de sirop demain matin, si le cœur vous en dit, proposa Xavier. Et je vous garantis que le mien sent pas ce que je viens de sentir.

— C'est correct, consentit le prêtre. Et vous, monsieur Paquette, oubliez pas de venir vous confesser pour avoir voulu rire de votre curé et pour avoir blasphémé le nom de Dieu. Vous devriez avoir honte, un homme de votre âge.

— Mais, monsieur le curé, j'ai...

— Laissez faire, lui jeta sèchement le prêtre.

Josaphat Désilets quitta le magasin après avoir adressé un sec signe de tête aux personnes présentes. Paddy le suivit de près, il venait d'apercevoir les enfants de son neveu entourant l'institutrice en train de verrouiller la porte de l'école.

— Lui, Liam Connolly, il l'emportera pas au paradis! s'exclama Cléomène, furieux. Il a voulu rire de moi et c'est à cause de lui que je me suis fait engueuler par monsieur le curé.

— Moi, je suis pas sûr de ça pantoute, intervint Xavier qui venait de voir entrer Samuel Ellis. Le mari de ma sœur est un Irlandais et ce monde-là aime peut-être le sirop qui a ce goût-là. On le sait pas.

— Ça se pourrait, fit Hormidas Meilleur, entrant dans le jeu du jeune homme. Ils sont ben surprenants, des fois.

— Qu'est-ce qu'ils ont, les Irlandais ? demanda Samuel en s'approchant du petit groupe.

— Ben, on se demandait s'ils aimaient pas un sirop d'érable un peu plus fort que le nôtre, répondit Xavier en faisant des efforts pour garder son sérieux. Monsieur Paquette a reçu un gallon de sirop en cadeau de mon beau-frère et il a pas l'air de trop l'aimer.

— Dis-moi pas, Cléomène, que t'es rendu difficile à cette heure ? fit Ellis en se tournant vers le petit homme.

— Pantoute, se défendit l'autre.

— Fais-lui goûter, lui commanda Hormidas Meilleur en faisant un clin d'œil à Télesphore. Il va te le dire si c'est comme ça que les Irlandais aiment leur sirop.

Sans attendre que Cléomène se décide à déboucher le cruchon, Xavier retira le bouchon du contenant, s'empressa de verser une pleine cuillérée de sirop et tendit l'ustensile à Samuel Ellis qui grimaça.

— Envoye, goûtes-y, Sam, l'invita Télesphore.

— *Shitt!* C'est quoi cette cochonnerie-là ? demanda le président des syndics en repoussant la cuillère malodorante.

— C'est le sirop de Connolly, répondit Paquette.

— Pour moi, t'es mieux de jeter ça au plus sacrant, lui conseilla Samuel. Il l'a manqué, c'est sûr. J'ai jamais senti un sirop qui sent aussi mauvais.

— Il paraît qu'il goûte la même chose qu'il sent, plaisanta Xavier.

Ce soir-là, au souper, Paddy attendit le dessert pour raconter la scène qui s'était déroulée au magasin général quelques heures plus tôt.

— C'est pas vrai! s'exclama Liam. Il a eu le front d'aller vendre mon sirop à Dionne. Tu parles d'un maudit effronté!

— Il a dit qu'on lui en avait donné trop, lui expliqua son oncle. Mais c'est effrayant comme ton sirop sent mauvais, ajouta le retraité en affichant une mine dégoûtée. Quand on l'a senti au magasin, c'était à lever le cœur.

Camille se leva précipitamment, alla chercher un cruchon de sirop dans le garde-manger et s'empressa de l'ouvrir pour en sentir le contenu.

— Mais mon sirop a l'air bon, dit-elle en en faisant couler une petite quantité dans son assiette.

Elle y trempa le bout d'un doigt et porta ce dernier à sa bouche.

— Il est bon, il y a rien à lui reprocher. Dis-moi pas que je vais être obligée d'aller ouvrir tous les cruchons pour vérifier s'il y a une cuvée que j'ai manquée.

— Ben non, calme-toi donc, lui commanda son mari. Le cruchon que j'ai donné à Paquette, c'était un mélange spécial pour lui.

— Comment ça? s'étonna-t-elle.

— Ben, je suis écœuré de le voir venir quêter ici à tout bout de champ. Ça fait que j'ai pris un peu de réduit et je l'ai mêlé à de la mélasse et à de l'eau où j'avais mis à tremper un peu de tabac. On dirait que ce sirop-là a pas été du goût de monsieur le curé, ajouta-t-il en se mettant à rire.

— J'espère que tu vas avoir encore le goût de rire quand il va te parler dimanche matin, lui annonça son oncle.

— Pourquoi il me parlerait?

— Tu penses tout de même pas que Cléomène Paquette s'est laissé manger la laine sur le dos quand monsieur le curé lui est tombé dessus. Il lui a dit que le sirop venait de toi. À mon avis, tu vas te faire parler.

— Ça m'inquiète pas pantoute, répliqua Liam. Il entend à rire.

— À ta place, je serais pas trop sûre de ça, intervint Camille sur un ton désapprobateur. Monsieur le curé a pas dû apprécier de retourner au magasin général pour se faire rembourser.

Ce soir-là, au moment de se mettre au lit, Camille se contenta de dire à son mari :

— Je suis pas fière pantoute de cette histoire-là.

— De quoi tu parles ? demanda-t-il en retirant son pantalon.

— Du sirop que t'as donné au voisin. C'est pas un exemple à donner aux enfants. Rire du monde, c'est pas charitable.

— Pour moi, t'étais faite pour être servante de curé ou bonne sœur comme ta tante Mathilde, toi, se contenta-t-il de lui dire en soufflant la lampe posée sur la table de chevet.

Chapitre 17

L'embâcle

Le mardi soir suivant, Hubert rentra trempé du second et dernier soir de la retraite consacrée aux jeunes gens non mariés.

— Salament! Ça a pas d'allure. Il mouille à boire debout! dit-il en suspendant son manteau trempé à l'un des crochets fixés derrière la porte après avoir éteint le fanal qu'il tenait. Pour moi, c'est fini pour la *sleigh* et le berlot cette année. Il y a presque plus de neige sur le chemin et la Noire en a arraché à me traîner. Le chemin est à moitié défoncé. Il va falloir sortir le boghei.

— As-tu jeté un coup d'œil aux bâtiments avant de rentrer? lui demanda sa mère.

— Oui, tout est correct.

— Si c'est comme ça, je monte me coucher, annonça-t-elle aux siens en se levant péniblement de sa chaise. Vous ferez votre prière sans moi.

Marie alluma l'une des lampes de service et monta lentement à l'étage, laissant derrière elle ses trois enfants et sa bru. Eugénie, qui avait quitté son lit une dizaine de jours plus tôt ses malaises ayant disparu, s'était attendue à ce que sa belle-mère lui signifie de regagner son ancienne chambre à l'étage, mais elle n'en avait rien fait, ce qui n'était pas sans l'intriguer. Bien sûr, elle aurait pu demander à la mère de Donat ses intentions, mais elle craignait trop que celle-ci exige de récupérer sa chambre dès maintenant, puisque ses deux semaines de repos étaient écoulées.

— Pour moi, ta mère est sur le point de nous dire de lui laisser sa chambre, avait-elle dit à Donat la veille avec une trace d'inquiétude dans la voix. Ce serait bien dommage parce que je trouve ça pas mal pratique de pas avoir à monter en haut cent fois par jour pour m'occuper du petit.

— C'est sa maison, et elle a encore le droit de choisir sa chambre, lui avait fait remarquer son mari.

— C'est sûr que tant qu'elle se sera pas donnée à nous autres...

— Commence pas avec cette affaire-là, lui avait-il ordonné en haussant la voix. Je t'ai déjà répété cent fois que c'était pas le temps de mettre ça sur le tapis.

Eugénie n'était pas revenue sur le sujet, mais il n'en restait pas moins que la possibilité que sa belle-mère exige d'un jour à l'autre de réintégrer son ancienne chambre l'obsédait.

La future mère avait bien tort de s'en faire. Marie avait fini par se faire une raison et avait définitivement renoncé à rentrer en possession de son ancienne chambre. En fait, elle aurait eu mauvaise conscience d'exiger que sa bru monte et descende constamment les escaliers durant les derniers mois de sa grossesse difficile. D'ailleurs, après la naissance du bébé, elle se serait sentie coupable de garder pour elle seule la plus grande chambre de la maison.

Au rez-de-chaussée, on attendit d'entendre la porte de la chambre se refermer avant de parler à mi-voix.

— Bonyenne, m'man vieillit! murmura Bernadette. Elle a l'air fatiguée sans bon sens. Ça fait longtemps que je l'ai pas vue aller se coucher la première sans faire la prière.

— Il faut dire qu'elle fait de bien grosses journées d'ouvrage, lui rappela Eugénie. Dans mon état, je suis pas d'une grosse aide.

— C'est peut-être le changement de saison, suggéra Donat en se levant pour aller remonter le mécanisme de l'horloge murale.

— Parlant de saison, reprit son jeune frère, j'ai l'impression que les glaces sur la rivière tiendront pas indéfiniment avec le poids de l'eau qu'il y a dessus.

— C'est normal, il arrête pas de mouiller depuis quatre jours, intervint Bernadette. Vous devriez voir dans quel état les enfants arrivent à l'école. Ils ont les pieds tellement crottés que je suis obligée de les faire déchausser dans l'entrée, sinon ils mettent de la boue partout sur mon plancher.

Pour confirmer ce qui venait d'être dit dans la cuisine des Beauchemin, il y eut comme un bruit violent à l'extérieur qui fit sursauter tous les occupants de la maison. Cette détonation fut suivie par plusieurs autres, un peu moins fortes cependant. Donat alla précipitamment vers l'une des fenêtres de la cuisine dont il souleva le rideau pour chercher à voir à l'extérieur.

— On voit rien dehors, annonça-t-il aux autres, mais je suis certain que ce sont les glaces qui viennent de lâcher.

Une heure plus tard, la dernière lampe s'éteignit chez les Beauchemin après que Donat eut jeté deux bûches dans le poêle.

❧

Le lendemain matin, les premières lueurs de l'aube tirèrent Marie du sommeil. La pluie crépitait autant sur le toit que contre les vitres de la fenêtre. Fidèle à son habitude, elle ne traîna pas au lit. Elle repoussa ses couvertures, se leva et déposa un châle épais sur ses épaules avant de s'approcher de la fenêtre. Dans le petit matin blafard, elle crut d'abord avoir mal vu et elle se frotta énergiquement les yeux.

— Ben voyons donc! s'exclama-t-elle à mi-voix. C'est pas Dieu possible!

Elle avait devant elle un spectacle absolument incroyable. Des blocs de glace de presque deux pieds d'épaisseur enchevêtrés les uns sur les autres avaient été poussés par la rivière sur sa terre. Aussi loin que portait la vue, elle ne voyait que de l'eau grise. Il y avait sûrement un gros embâcle pour que les eaux soient sorties du lit de la rivière et aient envahi aussi bien les champs de l'autre côté de la route que la route elle-même.

Même en cherchant bien dans ses souvenirs, elle ne se rappelait pas avoir vu l'eau monter si haut et menacer ainsi sa maison pourtant située sur une légère hauteur à plus de quatre cents pieds de la rivière.

Sans perdre un instant, elle alla réveiller Bernadette et Hubert qui dormaient dans les chambres voisines. Ensuite, elle descendit rapidement au rez-de-chaussée et jeta une bûche sur les tisons du poêle.

— Donat, lève-toi, ordonna-t-elle à son fils après avoir entrouvert la porte de sa chambre. Dépêche-toi. L'eau monte.

En quelques minutes, tous les Beauchemin étaient réunis dans la cuisine. Penché à la fenêtre, Donat maugréait.

— Torrieu! On avait ben besoin de ça. C'est sûr qu'il y a au moins un embâcle sur la rivière. Ça peut être aussi ben aux petites chutes, un peu plus haut que chez Xavier, que proche du pont. Peut-être même aux deux places.

— Seigneur, mon école! s'exclama soudain Bernadette qui venait de réaliser que l'école de rang située au pied de la côte devait avoir été envahie par les eaux durant la nuit.

— Ton école, le magasin général, chez Bourgeois et chez la veuve Cloutier. Tout ça doit être dans l'eau, poursuivit Hubert.

— Reste à savoir si le pont a pas été emporté comme celui de Tancrède Bélanger il y a deux ans, fit remarquer Donat. Là, on n'a pas le choix. On va aller soigner les animaux, et après ça il va falloir se débrouiller pour sortir de la cour et aller voir les dégâts.

— Qu'est-ce qu'on va faire si l'eau continue à monter ? demanda Marie, nettement dépassée par les événements.

— Il reste encore une bonne centaine de pieds avant qu'elle arrive à la maison, m'man, lui fit remarquer Bernadette. Si on voit qu'elle continue à monter, on ira essayer de sauver les légumes qui sont dans la cave. On n'aura pas le choix.

— J'espère que tout est correct chez Emma, fit sa mère, soudain inquiète pour sa fille qui demeurait au début du rang.

— On va aller voir après le déjeuner, lui promit Donat. Mais même si la maison de Rémi est un peu plus basse que la nôtre, ça me surprendrait pas mal que l'eau soit rendue là.

— Comment on va faire pour aller là ? l'interrogea son frère.

— On va sortir la vieille chaloupe qui est au fond de la grange. Elle devrait flotter encore, même si ça fait des années qu'elle a pas servi.

Marie ne s'interrogea pas au sujet de Camille parce que les berges de la rivière étaient beaucoup plus hautes de l'autre côté de la route, en face de la maison de Liam Connolly.

Donat et Hubert allèrent soigner les animaux pendant que les femmes remettaient un peu d'ordre dans la maison et préparaient le déjeuner. Plantée devant l'une des fenêtres de la cuisine, Eugénie vit Donat conduire par la bride le Blond qui tirait derrière lui la vieille embarcation. Le cultivateur immobilisa sa bête quand la barque à fond plat ne fut plus qu'à quelques pieds de l'eau.

Lorsque les deux hommes rentrèrent, le jour était définitivement levé et l'eau miroitait à perte de vue sur la route et dans les champs en face de la maison. De l'autre côté de la rivière, les maisons du rang Sainte-Ursule bâties au sommet de la rive abrupte n'étaient en rien menacées par l'embâcle.

— Je vous dis que ceux qui se sont installés dans Sainte-Ursule ont eu le nez creux, déclara Donat, envieux, en rentrant. Eux autres, tout ce qu'ils risquent, c'est de perdre un peu de terrain si la berge est minée par les glaces.

— Toi, t'es chanceux que p'pa soit plus là pour t'entendre, dit Bernadette en déposant le beurre sur la table. T'aurais reçu une claque sur les oreilles s'il était encore ici. T'as oublié que pour lui, il y avait rien de plus beau que notre rang et qu'il fallait être malade pour aller s'installer en haut de la côte.

— Il a pourtant rien dit quand Xavier s'est installé là, répliqua son frère.

— Oui, mais parce qu'il y avait pas de terre à vendre dans Saint-Jean quand Xavier a voulu s'établir.

— Approchez, le déjeuner est prêt, annonça leur mère en déposant sur la table un plat contenant une grande omelette.

Donat et Hubert vinrent prendre place à table.

— Pour moi, Aubé a dû pâtir de ce coup d'eau là, dit Donat à son frère dès que le bénédicité eut été récité.

— Si l'eau est montée sur le chemin dans son coin, c'est sûr qu'il a été touché, déclara Hubert. C'est le seul du rang à avoir sa maison de ce côté-là du chemin.

Sans dire un mot, Bernadette monta précipitamment à l'étage et entra dans la chambre de sa mère pour regarder par la fenêtre. De là, elle pouvait apercevoir la maison de son cavalier et son moulin, plus loin, sur le bord de la rivière. Moins d'une minute plus tard, elle descendit.

— Je suis allée voir en haut. On dirait qu'il y a de l'eau tout autour de la maison de Constant, annonça-t-elle sans parvenir à dissimuler son inquiétude.

— Ça veut rien dire, fit Donat, il faut pas oublier qu'il a construit sur une butte. C'est ben possible que l'eau soit pas arrivée à entrer dans sa maison.

— Est-ce que je peux monter dans la chaloupe avec vous autres pour aller voir ? demanda la jeune fille.

— Voyons donc, Bedette, c'est pas ta place pantoute, la réprimanda sa mère. À part ça, à quoi tu servirais si c'était le cas ?

— Est-ce que je peux au moins aller voir les dégâts que l'eau a faits dans l'école ? insista-t-elle.

— Ça te servirait à rien, décréta Donat en se versant une tasse de thé. Si l'eau est entrée dans la bâtisse, tu pourras rien faire.

— À la hauteur où est l'école, les murs ont ben pu être défoncés par les glaces, intervint Hubert, malicieux. Si ça se trouve, toutes les cochonneries qui étaient dans ta classe flottent dans le courant. Installe-toi devant une fenêtre, tu vas peut-être les voir passer.

— T'es pas drôle pantoute, Hubert Beauchemin, répliqua sa sœur avec humeur.

Évidemment, cela était impossible puisque l'école était située en aval, à l'autre bout du rang, à une centaine de pieds du pont.

— On va le savoir quand on sera allés voir, intervint Donat pour la rassurer.

— En tout cas, on dira ce qu'on voudra, mais quand il arrive une affaire comme ça, c'est Xavier qui est encore le plus chanceux, poursuivit Hubert. Là où il est, il risque rien. Je pourrais même gager que l'eau a à peine monté sur son terrain de l'autre côté du chemin. C'est pas comme nous autres. Avant que l'eau se soit retirée de notre champ, ça va prendre du temps.

Le reste du repas du matin se prit en silence. La pluie continuait à fouetter les vitres des fenêtres quand les deux frères endossèrent leurs manteaux pour aller voir ce qui se passait.

— Faites bien attention, vous deux, les mit en garde leur mère. Pas d'imprudence.

Ils la rassurèrent et sortirent. Ils traversèrent la cour en évitant les flaques d'eau et, arrivés à l'embarcation, ils la poussèrent jusqu'à ce qu'elle se mette à flotter. Alors, Hubert monta et s'empara des rames pendant que son frère prenait place à l'avant. Une petite pluie froide continuait à tomber.

— Cette maudite pluie-là va ben finir par arrêter un jour, dit Donat en remontant le col de son manteau.

À plus d'un endroit, la route étroite était occupée par des blocs de glace que le rameur devait contourner avec circonspection. Cependant, les frères Beauchemin finirent par arriver, quinze cents pieds plus loin, devant la maison de Constant Aubé, cernée de toutes parts par les glaces.

Le meunier devait guetter à l'une de ses fenêtres parce que, au moment où les deux jeunes hommes s'approchèrent, il sortit sur sa galerie.

— Tu parles d'une façon de se faire réveiller, leur cria-t-il alors qu'ils maintenaient difficilement la chaloupe à une vingtaine de pieds de la maison.

— As-tu des dégâts en dedans ? lui demanda Donat.

— Pantoute, répondit Constant. Bélisle a eu une sacrifice de bonne idée de me bâtir sur une butte comme ça. Par contre, comme vous pouvez le voir, je suis cerné par les glaces. Je pense que je risque rien tant que l'eau se remettra pas à monter. Si elle monte encore d'un pied, ça va être une autre paire de manches, par exemple.

— Et ton moulin ? lui demanda Hubert en regardant le moulin qui se dressait au loin, au bord de la rivière.

— Je peux pas dire. J'ai pas de chaloupe pour aller voir. De toute façon, ce serait peut-être pas mal dangereux de trop m'approcher.

— Je pense que t'as raison, l'approuva Donat.

— En tout cas, mon idée de protéger ma roue avec un muret de billes de bois, comme le fait toujours Hyland, a pas servi à grand-chose, poursuivit Constant. Les glaces l'ont écrasé comme rien. Regardez, le bois flotte partout dans le champ.

— Écoute, reprit Donat. Si tu peux rien faire, monte avec nous autres, on s'en va voir ce qui est arrivé au pont et à l'école. En revenant, si on peut, on essaiera d'aller voir de plus près si tout est correct au moulin.

— J'arrive, déclara Constant.

Il rentra chez lui un instant pour mettre un manteau et sortit en refermant la porte de la maison derrière lui. Donat et Hubert, un peu inquiets, le virent s'avancer en boitillant dangereusement sur les blocs de glace instables qui le séparaient de l'embarcation.

— Fais attention! le mit en garde Hubert. Tu vas te casser la gueule.

Constant fit comme s'il ne l'avait pas entendu et finit par atteindre la chaloupe dans laquelle il se laissa glisser avec soulagement.

— Ce qui est certain, c'est qu'il sera pas tard ce printemps que je vais me greyer d'une chaloupe, moi aussi, affirma l'ami de cœur de Bernadette. J'ai pas aimé pantoute aller soigner mes animaux à matin avec de l'eau à mi-jambe.

Les trois hommes se relayèrent pour manier les rames. Tel qu'ils l'avaient envisagé, aucun des cultivateurs du rang n'avait eu sa maison ou ses bâtiments touchés par la soudaine montée de l'eau. Dans les pires cas, l'eau et les glaces avaient envahi la cour de la ferme, sans toutefois se rendre jusqu'à un édifice. Ils passèrent devant les fermes de Conrad Boudreau, de John White, de Gratien Ménard et d'Ernest Gélinas en suivant approximativement la route sauf quand un bloc de glace les obligeait à faire un détour.

— Pour moi, le niveau de l'eau est au moins cinq ou six pieds au-dessus de la normale, déclara Hubert en arrivant enfin devant la ferme de Rémi Lafond. On vient de passer au-dessus des piquets de la clôture de Rémi.

La chaloupe toucha terre une vingtaine de pieds avant le seuil de la maison. Ils descendirent tous les trois et ils allaient frapper à la porte de la petite maison en bardeaux quand Emma sortit, passablement agitée.

— Arrivez, vous trois, leur ordonna-t-elle. Restez pas dehors à la pluie. Il y a déjà bien assez de Rémi qui est parti tout à l'heure en canot vers le pont pour voir ce qui se passe. Ça m'énerve sans bon sens.

Les trois enfants d'Emma étaient près du poêle et la maîtresse de maison offrit une tasse de thé aux visiteurs avant de s'enquérir des dégâts causés dans le rang par cette inondation.

— Il faudrait pas que l'eau monte encore, finit-elle par dire. Là, il faudrait s'installer en haut et j'ose même pas penser aux dégâts que ça ferait en bas.

— Pour moi, t'as pas à t'en faire, dit Donat. L'eau a plus l'air de vouloir monter.

Les trois hommes ne demeurèrent que quelques minutes chez les Lafond avant de reprendre place dans leur chaloupe.

— Vous direz à m'man de pas s'en faire. Les enfants sont corrects.

— On va lui faire la commission, lui promit Hubert qui venait de s'emparer des rames. En plus, on va dire à ton Rémi que tu t'inquiètes pour lui.

— Je le connais, c'est pas ça qui va le faire revenir plus vite à la maison, rétorqua-t-elle avec un sourire.

La chaloupe passa devant la dernière ferme du rang, celle de Tancrède Bélanger, avant de bifurquer à gauche vers le pont.

— Salament ! ne put s'empêcher de s'écrier Hubert. Avez-vous vu l'épaisseur de glace qu'il y a sur le pont ? Les garde-fous ont été arrachés.

— C'est un miracle qu'il soit pas encore parti avec la glace, comme l'ancien pont, fit Donat, catastrophé. Approche, Hubert, commanda-t-il à son frère qui maniait les rames. Veux-tu ben me dire ce qui est poigné entre les deux plus gros blocs, à gauche ?

Ces mots attirèrent l'attention de Constant Aubé qui chercha à mieux voir ce dont il s'agissait.

— Ah ben, taboire ! s'exclama le meunier. Mais on dirait ben que c'est une partie de la grande roue de mon moulin.

— T'es pas sérieux ? fit Donat en cherchant à reconnaître la grosse section en bois écrasée entre deux énormes blocs de glace.

— Je suis à peu près sûr, fit Constant, la mine sombre. Ça, ça veut dire que la grande roue va être à reconstruire et peut-être même le mur du moulin qui donne sur la rivière si la glace l'a défoncé. Maudite misère noire ! ne put-il s'empêcher de s'écrier, à l'évidence découragé par la catastrophe qui venait de le frapper.

Au moment où ils atteignaient le pont, ils aperçurent Rémi Lafond, de l'autre côté de la rivière, qui se dirigeait vers le magasin général.

— Par où t'es passé pour arriver là ? lui cria Donat.

— En avant de l'embâcle, à droite du pont. L'eau est libre. C'est pas dangereux pantoute.

Constant remplaça Hubert et se mit à ramer lentement pour contourner le pont et traverser la rivière à l'endroit où elle était le plus étroite et pratiquement dégagée de toute glace flottante.

— Vous avez vu l'école de Bernadette ? demanda le rameur aux deux frères. Il y a de l'eau jusqu'à la moitié des fenêtres.

— Ça doit être beau à voir en dedans, se borna à dire Hubert.

L'attention des trois hommes fut soudainement attirée par les cris de Xavier qui venait d'immobiliser sa vieille voiture à foin aux deux tiers de la pente du rang Sainte-Ursule. Le jeune homme et Antonin avaient déposé sur le véhicule l'embarcation qu'ils utilisaient chaque automne pour la chasse aux canards et ils s'apprêtaient à la mettre à l'eau.

Les deux chaloupes et le canot se rejoignirent devant la maison d'Angèle Cloutier.

— Est-ce qu'il y a un autre embâcle proche de chez vous ? demanda Donat à son frère.

— Non, s'il y en a un, il doit être pas mal plus haut sur la rivière parce que, devant chez nous, les glaces sont descendues et l'eau a presque pas monté.

— Si c'est comme ça, ce sera pas beau à voir quand ces glaces-là vont lâcher et venir s'empiler sur les glaces qui sont déjà devant le pont, intervint Hubert, l'air préoccupé. Pour moi, ce pont-là résistera pas.

— On verra ben, fit Constant.

— Blasphème ! jura Xavier en montrant la maison de la veuve. Il y a de l'eau à la moitié de la porte. Il manquerait plus qu'on retrouve l'Angèle noyée dans son lit. Si l'eau a monté vite, ça se peut qu'elle ait pas pu ouvrir la porte pour sortir à temps.

Les trois embarcations se rapprochèrent de la maison et on les attacha à un poteau de la galerie. Les six hommes descendirent et avancèrent péniblement dans l'eau. Sans se donner la peine de frapper, ils unirent leurs efforts pour forcer la porte malgré la résistance de l'eau à l'intérieur.

Ils découvrirent, stupéfaits, la maîtresse de maison assise sur l'une des plus hautes marches de l'escalier conduisant à l'étage en compagnie de nul autre qu'Hormidas Meilleur. Tous les deux étaient en train de manger paisiblement des tartines, enfouis sous d'épaisses couvertures.

— Il était temps que quelqu'un se décide à venir nous aider à sortir d'ici, déclara la veuve sur un ton revêche. Un peu plus et on mourait noyés.

— On a ben cru notre dernière heure arrivée, ajouta le petit homme en quittant la marche sur laquelle il était assis.

Apparemment, l'homme n'était pas gêné d'être découvert en compagnie de la veuve si tôt le matin. Comme il n'y avait aucune embarcation près de la maison, les sauveteurs ne pouvaient que déduire qu'il était sur place bien avant l'inondation survenue la nuit précédente...

— Blasphème, père Meilleur! C'est une drôle d'heure pour jouer aux cartes, ne put s'empêcher de dire Xavier en riant.

— Fais pas le comique, le jeune, lui ordonna sèchement le facteur. C'est pas le temps de rire pantoute.

— Bon, madame Cloutier, nos chaloupes sont dehors, sur le bord de votre galerie. Je vais vous porter jusque-là, proposa Hubert en s'avançant vers elle.

— C'est pas nécessaire pantoute, mon garçon. Je suis pas infirme. À cette heure que la porte est ouverte je suis encore capable de marcher sur mes deux jambes. Aide plutôt p'tit père.

Sur ces mots, elle descendit l'escalier et, malgré l'eau qui lui montait jusqu'à la taille, elle se dirigea vers la chaloupe dans laquelle elle monta sans aide. Hormidas Meilleur aurait eu de l'eau à mi-poitrine si Hubert et Xavier ne l'avaient pas soulevé pour l'aider à se rendre jusqu'à l'embarcation.

— Laisse la porte ouverte, commanda Angèle Cloutier à Constant Aubé. Cette maudite eau-là va bien finir par sortir un jour.

On ramena les deux sinistrés vers la côte du rang Sainte-Ursule en leur recommandant de chercher refuge pour se réchauffer chez les Moreau ou à la chapelle. Au moment où on les abandonnait sur la route boueuse, le curé Désilets descendait justement d'un pas précautionneux, apparemment peu désireux de couvrir de boue sa soutane.

— En passant, père Meilleur, chuchota Xavier au facteur avant de s'éloigner, ça serait peut-être pas une mauvaise idée de demander à monsieur le curé ce qu'il pense de vos parties de cartes la nuit avec la veuve...

L'homme lui décocha un regard meurtrier avant de suivre Angèle Cloutier qui avait entrepris d'escalader la côte.

— On va aller voir comment notre forgeron se tire d'affaire, déclara Donat.

Quelques minutes plus tard, ils aperçurent Évariste Bourgeois qui revenait de son étable, assis dans une vieille barque. À l'entendre, il n'y avait qu'à attendre que l'eau se retire. Sa femme était cantonnée à l'étage et lui s'apprêtait à aller prêter main-forte à Dionne dont le magasin était envahi par l'eau. Tous décidèrent alors de se rendre au magasin général pour aider.

À leur entrée dans le commerce, ils constatèrent qu'il y avait près d'un pied et demi d'eau à l'intérieur. Le propriétaire, sa femme et leur fille s'affairaient à mettre hors de portée de l'eau tous les produits qu'elle pouvait détériorer. L'arrivée soudaine des sept hommes leur fit le plus grand plaisir. Alexandrine demanda immédiatement de l'aide pour mettre quelques meubles à l'abri dans la maison attenante et Angélique s'empressa de choisir Hubert Beauchemin pour les accompagner de l'autre côté de la porte de communication.

En moins d'une heure, tout ce que Télesphore Dionne pouvait espérer sauver de l'inondation avait été rangé sur des tablettes que l'eau ne pouvait atteindre.

— J'aime autant pas penser à ce qui est dans la cave, dit le marchand en servant un verre de bagosse aux hommes qui lui étaient venus en aide.

— J'ai dans l'idée qu'il faudrait commencer à faire sauter l'embâcle, suggéra Constant. On peut pas attendre que la pluie fasse fondre la glace.

— C'est ben beau, ton idée, fit Rémi Lafond, mais comment tu veux faire ça ?

— Une année, il y en a eu un proche de chez mon grand-père. On a pris des pioches, des barres de fer et des pelles et on a dégagé un chenal. La glace a fini par partir. Aussitôt que ça s'est fait, l'eau a baissé.

Les hommes présents convinrent que c'était probablement l'unique moyen de sauver le pont et surtout d'éviter que l'eau fasse encore plus de dégâts. Avant de quitter le magasin, Donat demanda à Hubert s'il revenait avec lui. Son jeune frère lui répondit qu'il y avait encore pas mal à faire chez les Dionne et qu'il trouverait bien le moyen de revenir à la maison plus tard. Un coup d'œil vers Angélique apprit au fils aîné de Baptiste Beauchemin qu'il n'y avait pas que le travail qui retenait Hubert chez les Dionne.

À leur sortie du magasin général, les sauveteurs se rendirent compte qu'une quarantaine de cultivateurs s'étaient massés tant dans la côte du rang Sainte-Ursule qu'en face, près de la maison de Tancrède Bélanger.

Après une rapide consultation, il fut décidé qu'Évariste Bourgeois allait expliquer aux gens de Sainte-Ursule le travail à faire pour se débarrasser de l'embâcle et que Donat ferait la même chose avec ceux des rangs Saint-Jean et Saint-Paul prêts à venir aider.

Avant la fin de la matinée, presque tous étaient revenus sur les lieux de l'embâcle à bord d'embarcations diverses et armés de lourdes barres de fer, de pioches, de pelles et même de haches.

— On devrait commencer par dégager le pont avant qu'il s'écrase, déclara Évariste. Il y a au moins trois pieds de glace dessus.

Sans perdre un instant, les plus braves approchèrent leur embarcation du pont et les quittèrent pour monter sur la glace. Ils se mirent à frapper en cadence les énormes blocs qui, une fois morcelés, furent basculés dans le courant libre en aval. Moins d'une heure plus tard, la chaussée du pont était dégagée, mais toujours menacée par les glaces entassées contre ses piliers.

— Bout de cierge! il fait chenu, ce pont-là, sans ses garde-fous, dit Anatole Blanchette en s'essuyant le front.

Maintenant, les hommes qui s'étaient éparpillés par petits groupes sur les glaces devant le pont ressemblaient à des fourmis. Ils frappaient à coups redoublés pour briser les plus gros blocs et quand ils y arrivaient, ils unissaient leurs efforts pour les repousser avec les barres de fer dans le courant qui contournait le pont.

— Une chance que l'eau fait son chemin partout, déclara le gros Tancrède Bélanger, confortablement installé dans sa chaloupe, à l'écart des travailleurs.

Ce disant, il montrait l'eau qui finissait par s'écouler à chacune des extrémités du petit pont qui enjambait la Nicolet.

— J'espère que vous vous fatiguez pas trop, monsieur Bélanger? lui demanda Xavier, sarcastique, en soulevant sa casquette pour s'éponger le front.

— Moi, mon garçon, je suis pour la prudence, répliqua le cultivateur. Je suis là pour repêcher celui qui va tomber à l'eau.

— Ouais, intervint le forgeron, sceptique. Si t'es aussi vite pour ramer que tu l'es pour marcher, le pauvre gars va avoir le temps de boire une bonne tasse avant que tu le récupères.

Constant Aubé avait suivi Amable Fréchette et Rémi Lafond à l'un des postes les plus dangereux, entre les piliers du pont.

— Je vais prendre ta place, dit le boiteux au mari d'Emma.

— Pourquoi ça? s'étonna ce dernier alors qu'il s'apprêtait à donner un grand coup de barre.

— T'es père de trois enfants. Il manquerait plus qu'il t'arrive quelque chose. Laisse-moi la place.

Rémi reconnut le bien-fondé des paroles de l'ami de Bernadette et ignora le regard méprisant que lui adressa Amable Fréchette quand il céda sa place au meunier.

— Ah ben, moi… commença l'autre.

— Toi, ferme ta gueule ou ben tu vas partir avec le prochain morceau de glace, lui ordonna sèchement Constant, qui détestait toujours autant le bellâtre.

Puis, sans plus se préoccuper de lui, il se mit à frapper à grands coups la glace devant lui.

En ce mercredi saint, il n'y eut pas de pause pour le repas du midi. Au milieu de l'après-midi, on vit enfin un coin de ciel bleu, signe que la pluie ne reprendrait pas ce jour-là. Les hommes travaillèrent sans relâche jusqu'au coucher du soleil. En unissant leurs efforts, ils étaient parvenus à creuser un étroit chenal entre les deux piliers principaux du pont et, jusqu'au moment d'abandonner leur travail, ils avaient œuvré à l'élargir avec succès.

Sur le chemin du retour, Donat put constater que l'eau avait commencé à se retirer de la route, mais elle couvrait toujours la plus grande partie des champs. La bonne nouvelle était qu'elle avait baissé suffisamment pour libérer les alentours de la maison de Constant Aubé, laissant derrière elle de gros blocs de glace grisâtre.

— Si le chenal bloque pas pendant la nuit, je vais revenir demain et on va pouvoir aller voir les dommages à ton moulin, annonça Donat au meunier, apparemment très soulagé de constater le retrait des eaux.

Donat n'entra pas dans la maison après être descendu de son embarcation de l'autre côté de la route, en face de la ferme paternelle. Il se dirigea immédiatement vers les bâtiments pour soigner ses animaux. À peine venait-il de commencer son travail qu'il vit arriver sa sœur Bernadette dans l'étable.

— Où est passé Hubert ? lui demanda-t-elle.

— Il est resté chez Dionne pour aider à sauver leurs affaires. Il va revenir tout à l'heure.

— Et mon école ?

— Il y a de l'eau jusqu'au milieu des fenêtres. Pour moi, tu vas avoir tout un ménage à faire là-dedans avant de pouvoir faire l'école là, lui annonça-t-il.

— Sainte bénite! s'exclama-t-elle, catastrophée.

— Il y a pire, reprit son frère. Il y a une grosse partie de la roue du moulin qui a été arrachée. Constant est pas mal découragé. Surtout qu'il peut même pas encore savoir s'il y a pas un mur complètement défoncé.

— Et là, qu'est-ce qu'on va faire?

— On a déjà fait ce qu'on a pu. On a creusé un chenal et comme t'as pu voir, l'eau a commencé à baisser. Il reste juste à prier, comme dirait m'man, pour que le chenal se bloque pas.

— Bon, je suis sortie pour te donner un coup de main. Tu dois être pas mal fatigué.

Donat ne se donna pas la peine de lui répondre, mais sa sœur vit qu'il était content de pouvoir profiter de son aide. Durant le repas du soir, le jeune père de famille dut raconter aux siens tout ce qui avait été fait pour juguler la montée des eaux durant la journée.

— Mais veux-tu ben me dire ce que Hubert a à bretter comme ça chez les Dionne? finit par demander Marie en terminant de laver la vaisselle du souper.

— J'ai dans l'idée que la belle Angélique commence à l'intéresser un peu, répondit Donat en allumant sa pipe après avoir pris son jeune fils sur ses genoux.

— Tiens! Tiens! laissa tomber Eugénie.

— Comme ça, elle va peut-être arrêter de faire de l'œil aux cavaliers des autres filles de la paroisse, fit remarquer Bernadette d'une voix acide.

— Et Liam, lui, qu'est-ce qu'il a dit de ce coup d'eau là? demanda Eugénie à son mari.

— Je le sais pas, on l'a pas vu pantoute de la journée, répondit Donat. On était plus qu'une quarantaine à travailler sur l'embâcle, mais lui, on l'a pas vu.

Ce matin-là, Liam Connolly avait bien vu que la rivière était sortie de son lit et il en avait tout de suite déduit la présence d'un embâcle important. Quand il quitta la maison avec ses deux fils, il se dirigea vers la route pour tenter de voir à quel endroit l'eau avait commencé à l'envahir. À première vue, c'était à mi-chemin entre la ferme de Gariépy et celle des Beauchemin. Devant chez lui, l'eau s'était arrêtée au milieu des champs, de l'autre côté de la route.

— Grouillez-vous ! ordonna-t-il sèchement à Duncan et Patrick qui l'avaient suivi. Le train se fera pas tout seul.

Évidemment, Camille avait aperçu toute cette eau et s'était vivement inquiétée pour ses parents établis plus loin dans le rang Saint-Jean.

— Vas-tu aller voir si tout est correct chez ma mère et chez Emma ? demanda-t-elle à son mari quand il s'assit à table en compagnie des enfants et de Paddy.

— Ça servirait à quoi ? lui demanda-t-il.

— À me rassurer.

— Ben là, il va falloir que tu te fasses une raison, déclara-t-il tout net. J'ai pas l'intention pantoute de perdre ma journée à ramer. En plus, ça fait des années que je me suis pas servi du vieux canot au fond de la grange. Si ça se trouve, il est à moitié pourri.

Sa femme ne dit rien et prit place à l'autre bout de la table pour déjeuner.

— Aujourd'hui, j'ai une table à finir pour Aubé, ajouta son mari à titre d'excuse.

Depuis le début de l'hiver, Liam avait tenu parole. Il avait occupé toutes les journées où il n'avait pas pu aller bûcher à construire des meubles pour le meunier. Pour les premiers, ce dernier l'avait payé en attelages et en souliers, mais depuis la fin du mois de février il lui avait donné de l'argent pour chacun des meubles livrés.

Durant la matinée, Camille, aidée par ses deux filles, remit la maison en ordre et procéda au reprisage hebdomadaire. Après avoir mis le dîner sur le feu, elle s'habilla et se rendit dans la grange pour examiner le canot enfoui sous toutes sortes de matériaux. Il lui fallut plusieurs minutes pour le dégager. À première vue, il lui sembla en assez bon état pour flotter.

Elle rentra dans la maison et confia la garde de Rose à Paddy avant d'entraîner Ann à sa suite à l'extérieur.

— As-tu déjà ramé? demanda-t-elle à l'adolescente.

— Non.

— T'es chanceuse, lui dit-elle, tu vas commencer aujourd'hui. Viens avec moi. On va atteler la voiture à foin et on va mettre le canot dessus. D'après ton père, l'eau est montée sur la route en arrivant chez Gariépy. On va prendre le canot pour aller chez ma mère.

Quelques minutes plus tard, Liam sortit de la remise où il travaillait quand il entendit la voiture dans la cour.

— Veux-tu ben me dire où tu t'en vas avec ça? demanda-t-il à sa femme quand il aperçut l'embarcation.

— Voir si tout est correct chez ma mère.

— C'est fin, ton affaire, fit-il, sarcastique. Et tu vas faire quoi avec le cheval et la voiture?

— Patrick va venir nous conduire et il va les ramener.

Au lieu de se proposer pour aller voir chez les Beauchemin, il se borna à hausser les épaules et à rentrer dans son atelier improvisé. Un moment plus tard, Patrick sortit et monta dans la voiture.

— J'aimerais ça, moi, y aller avec vous autres, ne put-il s'empêcher de dire alors que la voiture quittait la cour de la ferme.

— T'as juste à venir, fit Camille.

— Je peux pas. P'pa m'a dit de revenir tout de suite après.

Camille et Ann n'eurent aucun mal à parcourir les quelques centaines de pieds qui les séparaient de la ferme des Beauchemin. Comme Donat était revenu chercher des outils pour travailler à l'embâcle quelques minutes avant l'arrivée des visiteuses, il avait pu rassurer sa mère sur le sort d'Emma et des enfants. Camille et sa fille étaient restées moins d'une heure et elles étaient rentrées sans problème. À aucun moment Marie n'avait demandé à sa fille où était Liam, persuadée qu'il travaillait avec les autres cultivateurs de la paroisse à démolir l'embâcle. Évidemment, peu fière du comportement de son mari, Camille s'était bien gardée de dire qu'il était à la maison. Cependant, avant de quitter sa mère, elle avait proposé d'aller aider Bernadette à nettoyer l'école le lendemain s'il faisait assez beau et si l'eau s'était retirée. Ainsi, elle compenserait la conduite égoïste de Liam.

❧

Dieu dut entendre les prières des habitants de Saint-Bernard-Abbé. Durant la soirée et la nuit, le chenal, loin de se refermer, s'ouvrit plus largement et permit aux glaces de suivre librement le courant et de descendre la rivière. Mieux, tout laissait croire que l'embâcle formé plus haut avait cédé sans faire de dégâts. À la plus grande satisfaction des riverains, le lendemain matin l'eau avait pratiquement regagné le lit de la rivière, laissant cependant d'importants blocs de glace dans les champs et sur la route, comme des îlots perdus dans une mer de boue.

— C'est un signe que le bon Dieu veut qu'on aille aux cérémonies à la chapelle à soir, déclara Marie. C'est jeudi saint. Pour moi, tout le monde va être là, ajouta-t-elle.

— Avant de pouvoir y aller, il va falloir atteler les chevaux et leur faire tirer les blocs de glace restés sur le chemin, lui fit remarquer Hubert. Si on fait pas ça, il y a pas un boghei qui va être capable de passer dans le rang Saint-Jean.

— C'est ce qu'on va faire cet avant-midi, annonça Donat. À part ça, il faut pas oublier que pour aller à la chapelle, il va falloir qu'on puisse grimper la côte, ajouta-t-il.

— Si le cheval peut pas, on la montera à pied, dit sa mère sur un ton sans appel. Après tout, ce sera pas la première fois qu'on arrivera tout crottés à la chapelle.

Pendant cet échange, Bernadette s'était approchée de l'une des fenêtres de la cuisine pour scruter le ciel où quelques nuages s'éloignaient.

— On dirait qu'il va faire beau, déclara-t-elle. Je m'en vais à l'école faire du ménage.

— Je vais t'emmener, lui proposa Donat. Hyland est supposé apporter du bois pour qu'on fasse de nouveaux garde-fous au pont à matin.

— Si c'est comme ça, je vais aller donner un coup de main à Bedette, déclara Marie.

— Mais m'man, vous avez déjà de la besogne par-dessus la tête ici dedans, lui fit remarquer l'institutrice. Je suis bien capable de me débrouiller.

— Laisse faire. Ça va être moins décourageant.

— Et toi, Hubert? Qu'est-ce que tu vas faire? lui demanda Donat.

— Moi, je vais partir en avant de vous autres avec le Blond. Je vais apporter des chaînes et je vais tirer une couple de blocs de glace en dehors du chemin parce qu'ils empêchent de passer. Si j'ai trop de misère, je t'attendrai.

— Après ça, j'espère que tu vas pas disparaître chez les Dionne?

— Crains rien, dit son jeune frère, le visage mi-figue, mi-raisin.

— Mais t'es rentré bien tard hier soir, intervint Bernadette. On a cru que tu t'étais perdu en chemin, ajouta-t-elle, sarcastique.

— Monsieur et madame Dionne ont insisté pour que je soupe avec eux autres, se défendit Hubert en lui jetant un regard peu amène.

— Mais ils soupent ben tard, eux autres, dit Donat, moqueur.

— C'est pas ça, mais on a pas mal jasé à table.

— Est-ce qu'on peut te demander de quoi vous avez parlé? lui demanda sa mère, curieuse.

— Ben, monsieur Dionne a ben des idées. Là, il m'a parlé d'un cousin qui a ouvert une fromagerie à Dunham. Il paraît que ça marche ben, cette affaire-là.

— Puis? lui demanda son frère, intrigué.

— Il m'a dit que, s'il avait pas à s'occuper du magasin, il irait apprendre à faire du fromage chez son cousin et qu'après il ouvrirait une fromagerie à Saint-Bernard.

— T'es pas sérieux? fit sa mère. Il me semble que ce serait une belle perte de temps. Toutes les femmes de la paroisse savent comment faire ça, du fromage.

— Peut-être, m'man, mais du bon fromage, il paraît que c'est autre chose, répliqua Hubert. D'après monsieur Dionne, tous les cultivateurs finissent par être pris avec des surplus de lait et ils seraient ben contents de le vendre à la fromagerie. En plus, selon lui, ben des femmes se donneraient plus la peine de faire leur fromage si elles étaient sûres d'en trouver du bon dans une fromagerie pas trop loin à un prix raisonnable.

— Ouais, c'est pas bête, reconnut Donat.

— Ça fait que j'ai proposé à monsieur Dionne d'aller à Dunham apprendre à faire du fromage si son cousin acceptait de me montrer comment faire, reprit Hubert avec fierté. Il est supposé lui écrire.

— C'est ben beau, ton affaire, intervint sa mère, mais une fois que tu vas savoir faire ça, qu'est-ce que tu vas faire?

— Monsieur Dionne est intéressé à faire bâtir une petite fromagerie et je serais son fromager.

— Si je comprends ben, je pourrai pas compter sur toi pour travailler sur la terre ce printemps? demanda Donat, passablement ennuyé par cette perspective.

— Ah! Il y a encore rien de fait, le rassura son frère. Il va falloir d'abord que le cousin accepte de m'apprendre.

— Es-tu bien certain que les Dionne essayent pas surtout de caser leur Angélique ? lui demanda sa mère, l'air sévère.

— Puis après, madame Beauchemin ? rétorqua sa bru. Angélique Dionne est loin d'être laide et c'est surtout un bien beau parti.

— Un beau parti, c'est vite dit, répliqua sa belle-mère en lui décochant un regard venimeux.

— En tout cas, c'est une belle fille, dit Hubert.

— Tiens ! On dirait que l'ancien frère se déniaise, se moqua Bernadette.

— Toi, surveille ton langage, la mit en garde sa mère.

Quelques minutes plus tard, Eugénie chuchota à son mari :

— As-tu pensé que ce serait une bien bonne affaire que ton frère marie Angélique Dionne ?

— Pourquoi tu dis ça ?

— Comme ça, il s'incrusterait pas ici dedans et plus rien empêcherait ta mère de se donner à nous autres.

— Et Bernadette, elle ?

— Elle, elle m'inquiète pas trop, répliqua sa femme. Elle va bien finir par se décider avec son boiteux.

— Je trouve que tu vas vite en baptême, toi, lui reprocha-t-il. Hubert a même pas encore parlé d'aller veiller avec la fille de Télesphore Dionne et ma sœur, aux dernières nouvelles, a jamais parlé de fiançailles.

Chapitre 18

Les jours saints

Moins d'une heure plus tard, Eugénie se retrouva seule dans la maison. Donat était parti quelques minutes après son jeune frère. Il avait attelé le boghei pour la première fois de l'année et il y avait fait monter Bernadette et sa mère.

— J'espère juste que Hubert est arrivé à ôter la glace du chemin pour qu'on puisse passer, dit Donat en quittant la cour de la ferme avec son attelage.

— Tu vas bien le voir, fit Bernadette, assise sur la banquette arrière du véhicule. Si ça passe pas, je vais continuer à pied. Il faut absolument que j'aille voir les dégâts qu'il y a eu dans mon école.

En fait, la route, bien que très boueuse, était carrossable. Au passage, Bernadette poussa un cri quand elle vit les amoncellements de glace qui cernaient encore partiellement la maison de Constant Aubé.

— Il a été pas mal chanceux de pas avoir de dégâts dans sa maison neuve, fit-elle, aussi stupéfaite que sa mère devant le spectacle offert par tant de blocs de glace si près de la route.

Quand le boghei arriva au pont, Donat ne fut pas étonné de voir une demi-douzaine d'hommes déjà sur place, à l'entrée du pont, en train de décharger une voiture sur laquelle étaient empilés des madriers et des planches. Thomas Hyland, encore une fois, avait donné la preuve de son efficacité et de sa générosité.

Dès que Donat immobilisa son boghei, Hubert s'avança vers lui.

— Je sais pas si le moulin de Hyland a été magané par les glaces comme celui d'Aubé, dit-il. Après tout, ces deux moulins-là sont presque en face l'un de l'autre.

— En tout cas, comme tu peux voir, ça l'a pas empêché de nous donner pas mal de bois, répliqua Donat.

— Il en a pas parlé hier quand je l'ai vu, se contenta de dire son jeune frère. Il paraît que ce bois-là était dans sa remise.

— Laisse-nous descendre, ordonna Marie au conducteur. On va traverser le pont à pied. Moi, j'ai peur de passer là-dessus en voiture quand il y a pas de garde-fous.

Donat aida sa mère et sa sœur à descendre et les regarda traverser le pont à pied.

— Je vous dis que ça doit être beau à voir en dedans, dit Bernadette à sa mère en arrivant devant son école dont les murs extérieurs portaient les marques de larges traînées de boue. Regardez, m'man. Le perron a été à moitié arraché.

Les deux femmes se hissèrent difficilement sur le perron et l'institutrice, le cœur battant, déverrouilla la porte, en espérant, contre toute logique, que l'eau n'avait pas pénétré à l'intérieur de sa classe. Dès le premier coup d'œil, ses espoirs furent déçus. Le parquet disparaissait sous quelques pouces d'eau qui n'était pas parvenue à s'écouler à l'extérieur et, à voir les traces laissées sur les murs en planches bouvetées, elle était montée jusqu'à trois pieds au moins. Elle avait bousculé plusieurs pupitres et même déplacé la vieille fournaise installée au fond du local. De la suie s'était écoulée des tuyaux de la fournaise et tout était souillé par la boue.

— Seigneur, que c'est décourageant! s'écria Bernadette, les larmes aux yeux. On n'arrivera jamais à remettre tout ça d'aplomb pour mardi prochain.

— On a le temps, la contredit sèchement sa mère. T'as une couple de jours pour y arriver. Là, on se met à l'ouvrage.

— Il va falloir d'abord replacer la fournaise et installer les tuyaux si on veut faire chauffer de l'eau, dit Bernadette en rassemblant son courage. Là, je sais pas si je vais être capable de trouver du bois sec dans la remise pour allumer le poêle, par exemple.

— Si t'en trouves pas, tu demanderas à un de tes frères d'aller en chercher à la maison.

Pendant que Marie entreprenait de remettre sur pied les pupitres qui avaient été bousculés par l'eau, sa fille sortit de l'école. Elle l'entendit s'exclamer. Il y eut ensuite un bruit de pas sur le perron et la porte s'ouvrit sur un Constant Aubé de bonne humeur.

— M'man, ça a tout l'air qu'on n'aura pas à aller courir le bois. Constant y a pensé avant nous autres et il nous en apporte.

— T'es bien fin, mon garçon, dit Marie. Comme tu peux le voir, il y a tout un barda à faire ici dedans avant que ce soit convenable.

— C'est aussi pour ça que je suis venu, madame Beauchemin. Je suis venu vous donner un coup de main.

— Mais t'as pas la roue de ton moulin à réparer? lui demanda Bernadette.

— C'est sûr, mais il y a rien qui presse. C'est pas demain la veille que je vais avoir à m'en servir. Ça peut attendre. Ensemble, on devrait être capables de tout remettre d'aplomb dans la journée.

— Que Dieu t'entende, conclut Marie.

Constant aida d'abord à éponger toute l'eau répandue sur le parquet. Il apporta ensuite plusieurs brassées de bois dans l'école, replaça les tuyaux et alluma la fournaise avant d'aller chercher de l'eau au puits situé derrière l'école. Quand il revint, il était accompagné de Camille et de ses quatre enfants.

— Je vous amène de l'aide! annonça-t-il en faisant passer devant lui les nouveaux arrivants.

343

— Ben voyons donc! s'écria Bernadette en s'avançant pour accueillir sa sœur et ses enfants.

— On a pensé qu'on serait pas de trop pour tout remettre d'aplomb, déclara Camille. Les enfants aussi tenaient à faire leur part. Après tout, c'est leur école.

— Vous serez pas de trop, confirma Bernadette. Il y a de la besogne pour tout le monde.

— Comme sur le pont, à ce que j'ai pu voir, répliqua sa sœur en retirant son manteau. Ils sont au moins une douzaine à scier et à clouer. Pour moi, ça va être réparé aujourd'hui.

— On l'espère tous, intervint sa mère. Moi, ça me fait peur sans bon sens, un pont sans garde-fous. Il suffirait que le cheval bronche pour envoyer la voiture en bas du pont.

Bernadette et sa mère confièrent des tâches à chacun pendant que Constant allait emprunter quelques bouts de madrier aux hommes en train de construire les garde-fous du pont, dans l'intention de réparer le perron endommagé. À midi, Camille invita tous les travailleurs dans l'école à dîner. Elle demanda à Patrick et Duncan d'aller chercher le panier de provisions laissé dans la voiture. Assis sur les marches de l'escalier qui conduisait à l'appartement à l'étage, tous mangèrent de bon appétit des tartines et des cretons.

— On mange de la viande à midi, ça veut dire qu'il va falloir faire maigre à soir, fit remarquer Marie.

Après ce repas improvisé, on se remit au travail. On finit de laver les murs, les pupitres, les fenêtres et les ardoises et on nettoya à fond le parquet. À la fin de l'après-midi, l'école du rang avait retrouvé son apparence habituelle. Patrick et Duncan avaient même trouvé le temps de faire disparaître les traces de boue qui maculaient les murs extérieurs. Quand vint le moment de rentrer, Bernadette se confondit en remerciements, heureuse de voir son école aussi propre.

Quand ils passèrent sur le pont, ils se rendirent compte que les nouveaux garde-fous avaient été installés.

Toutefois, ce soir-là, comme prévu, il fut impossible aux habitants des rangs Saint-Jean et Saint-Paul d'escalader la pente abrupte du rang Sainte-Ursule avec leur attelage pour se rendre à la chapelle. Le chemin était trop boueux. Ils durent donc se résigner à laisser leur voiture en bas, chez Dionne et Bourgeois, et à monter la côte à pied tant bien que mal.

— Ça, c'est à mon goût! fit Bernadette en affichant un air dégoûté devant ses bottes maculées de boue jusqu'à mi-jambe. Je vais en avoir pour une heure à les nettoyer. Puis regardez le bas de ma robe!

— Veux-tu bien arrêter de te lamenter, lui ordonna sèchement sa mère, au moment où elles entraient dans la chapelle. On n'est pas pires que les autres.

Elles allèrent rejoindre Eugénie dans le banc familial. Ce soir-là, Hubert avait proposé de garder Alexis pour lui permettre d'assister à l'office des ténèbres.

Quelques minutes plus tôt, le curé de Saint-Bernard-Abbé avait envoyé le bedeau chercher les syndics qui aidaient les gens à trouver des places dans la chapelle prise d'assaut par les fidèles.

— Prenez chacun une chaise et assoyez-vous dans le chœur, leur ordonna-t-il.

— Pourquoi, monsieur le curé? osa lui demander Donat, surpris.

— On est jeudi saint. Vous allez personnifier les apôtres lors de la dernière Cène.

Hyland, Côté, Blanchette, Ellis et Donat Beauchemin s'exécutèrent sans trop comprendre ce que voulait dire le prêtre. Ils précédèrent celui-ci de peu dans le chœur pendant qu'il revêtait sa chasuble violette.

Alors commença la longue célébration. Il y eut de nombreuses lectures et des psaumes avant que le pasteur ne célèbre la messe. Un peu avant l'offertoire, il annonça aux gens réunis qu'il allait procéder au lavement des pieds des syndics de la mission pour rappeler le geste plein d'humilité posé par le Christ le soir de la dernière Cène. Sur ce, il se retourna et fit signe aux servants de messe de lui apporter un bol d'eau et une serviette, et il s'agenouilla devant Samuel Ellis pour lui laver les pieds.

— Enlève tes souliers, commanda-t-il à l'Irlandais qui n'avait pas encore bougé.

Dès que Samuel eut enlevé ses souliers, un fumet assez peu appétissant fit froncer le nez au célébrant qui remarqua que son président du conseil portait d'épaisses chaussettes trouées dont le dernier lavage datait quelque peu.

— Ôte tes bas aussi, batèche! lui ordonna tout bas Josaphat Désilets au bord de la nausée. Il me semble que t'aurais pu changer de bas, ajouta-t-il les dents serrées en lui lavant les pieds.

— ...

— Rechausse-toi vite avant qu'on sente ça dans toute la chapelle, poursuivit le prêtre en passant à Donat.

Rouge de honte, Samuel Ellis s'empressa de remettre ses chaussettes et ses souliers, sous le regard goguenard des autres membres du conseil.

À la fin de la messe, les gens demeurèrent sur place pour assister au dépouillement solennel des autels. Avant de quitter le chœur, Josaphat Désilets prit soin de rappeler à ses ouailles l'obligation, sous peine de péché mortel, de se confesser afin de communier pour Pâques. Il annonça qu'il confesserait le lendemain et le surlendemain, tant l'après-midi que le soir.

Quand Samuel Ellis rejoignit sa femme à la fin de la cérémonie, Bridget s'empressa de lui demander ce que les autres syndics avaient à le regarder de travers durant le lavement des pieds.

— Monsieur le curé a pas aimé pantoute la senteur de mes pieds, se borna-t-il à dire, comme si la chose avait peu d'importance. En plus, il a trouvé que mes bas étaient pas mal sales.

— Bonyenne de sans-dessein! s'emporta-t-elle, rouge de colère. Là, c'est fin! Tu me fais passer pour une malpropre et tout ça, c'est ta faute. Je t'ai répété trois fois de changer de bas à matin quand tu t'es levé.

— C'est pas grave pantoute, laissa tomber Samuel. L'année prochaine, il aura juste à me sacrer patience quand il voudra laver les pieds du monde.

Le lendemain matin, les habitants de Saint-Bernard-Abbé furent accueillis à leur réveil par un ciel gris et un petit vent frisquet de mauvais augure.

— Il peut ben mouiller tant que ça va pouvoir à cette heure que les glaces sont parties, dit Hubert en se préparant à sortir de la maison pour aller aider Donat à soigner les animaux.

— J'aimerais autant pas, rétorqua son frère en chaussant ses bottes. J'ai dans l'idée d'aller voir si Constant a besoin d'un coup de main. L'eau s'est retirée assez pour qu'on soit capables de se rendre jusqu'au moulin. Il serait peut-être temps de voir les dégâts que les glaces ont faits là.

— J'ai entendu Hyland hier matin dire que depuis chez eux, il y avait pas apparence d'y avoir d'autres dommages que la roue. De toute façon, je vais y aller avec toi.

— Vous avez raison d'y aller, les garçons, approuva leur mère. Il y a pas plus serviable que ce garçon-là. Qu'est-ce que tu fais là, Bedette? demanda-t-elle à sa fille cadette qui avait entrepris de mettre le couvert.

— Je mets la table.

— À quoi tu penses, ma fille? On est vendredi saint. C'est maigre et jeûne toute la journée.

— Salament! C'est pas vrai! s'exclama Hubert.

— Pour un ancien frère, je trouve que t'oublies pas mal vite, mon garçon, lui fit remarquer sa mère, sévère.

— J'ai pas oublié, m'man, mais je trouve que ça tombe mal quand on a de l'ouvrage dur à faire aujourd'hui.

— Tu travailleras pas bien longtemps, lui rappela sa mère. Oublie pas que monsieur le curé a bien dit qu'on devait arrêter toutes nos besognes au commencement de l'après-midi.

— En attendant, ça changera rien à nos plans, conclut Donat. Il faut aller donner un coup de main à Aubé.

En fait, les frères Beauchemin trouvèrent Constant Aubé déjà affairé dans son moulin ce matin-là. Le meunier était en train de nettoyer les dégâts causés par l'eau à l'intérieur.

— Puis, ta roue? lui demanda Donat en entrant.

— Il y a une douzaine de pieds qui ont été arrachés, dit Constant, l'air sombre.

— On va t'aider à réparer ça, déclara Hubert, plein de bonne volonté.

— Je pense pas qu'on soit capables, lui apprit Constant. Le seul moyen d'y arriver, c'est de demander à Bélisle de revenir avec ses hommes. Eux autres ont les échafaudages et les treuils qu'il faut.

— Dans ce cas-là, on va te donner un coup de main à nettoyer ici dedans.

— Je peux ben le faire tout seul.

— Pantoute, t'es venu nous aider, c'est à notre tour.

En ce vendredi saint, tout travail cessa à l'heure du midi. Chez les Beauchemin, comme dans beaucoup de familles de la paroisse, on s'endimancha dès la fin du repas pour aller à la chapelle dans l'intention de se confesser avant la cérémonie célébrée traditionnellement à trois heures.

Comme prévu, un nombre impressionnant de fidèles faisait la queue patiemment, debout près du confessionnal dans lequel officiait Josaphat Désilets, vêtu de son surplis blanc et de son étole violette. À tour de rôle, chacun pénétrait dans la petite alcôve séparée du confesseur par un guichet et tenue à l'abri des regards des gens par un rideau.

— Il y a presque vingt-cinq personnes qui attendent, fit remarquer Eugénie à son mari. On en a au moins pour une heure à rester debout.

— On n'a pas le choix, on est rendus. Moi, j'ai pas le goût pantoute de revenir à soir.

Marie et Bernadette, résignées, avaient pris place derrière eux. L'institutrice avait même imité sa mère en sortant de sa bourse un chapelet et s'était mise à réciter.

— T'es rendue pieuse sans bon sens, lui chuchota sa belle-sœur, un peu moqueuse, en apercevant son chapelet.

— Ben non, je prends de l'avance sur la punition que monsieur le curé va me donner, lui expliqua Bernadette, sérieuse. En plus, ça fait passer le temps et…

— Quoi ? Qu'est-ce que vous venez de me dire là ? gronda la voix tonnante du confesseur qui fit sursauter les gens présents dans la chapelle.

Beaucoup de fidèles tournèrent la tête vers le confessionnal, cherchant à deviner à qui le prêtre s'adressait. Chacun ne pouvait voir que les pieds du pécheur dépassant sous le rideau qui masquait l'alcôve. On se regardait les uns les autres avec une certaine inquiétude, craignant soudainement que le confesseur ne fasse un éclat semblable quand son tour serait venu d'aller confesser ses péchés.

— J'ai jamais entendu une affaire comme ça ! Vous devriez avoir honte, vous m'entendez ! C'est du vice, ça ! poursuivit Josaphat Désilets, oubliant, à l'évidence, qu'on pouvait l'entendre. Si ça a de l'allure ! Un homme de votre âge !

Bernadette, curieuse, tendait le cou pour tenter de deviner qui était celui qui se faisait ainsi rabrouer. Elle n'eut pas à attendre très longtemps. Le rideau s'écarta finalement pour livrer passage à un Hormidas Meilleur au teint blafard qui alla s'agenouiller dans l'un des premiers bancs à l'avant de la chapelle, bien conscient que tous les regards le suivaient. Samuel Ellis vint prendre place dans la file et, au passage, il ne put s'empêcher de murmurer à Donat sur un ton moqueur :

— On dirait ben que le père Meilleur vient de se faire tirer les oreilles.

— Il paraît que ça arrive souvent aux hommes de plus de quarante ans, monsieur Ellis, répliqua le fils de Baptiste Beauchemin en prenant un air très sérieux.

— Petit baptême d'effronté ! jura l'Irlandais avant de poursuivre son chemin vers le bout de la file.

Quand les gens purent enfin quitter les lieux après la cérémonie religieuse, il était un peu plus de cinq heures.

— Maudit que c'est long la lecture de la Passion, se plaignit Bernadette. J'ai mal aux pieds.

— Arrête donc de te lamenter pour des niaiseries, la rabroua sa mère.

— Les vaches doivent ben se lamenter, elles aussi, fit remarquer Donat à son tour en s'emparant des guides après que tous les siens furent montés dans le boghei. L'heure du train est passée depuis un bon bout de temps.

— Qu'elles se lamentent, laissa tomber Marie. Le vendredi saint arrive juste une fois par année.

— En plus, m'man, on devrait pas leur donner à manger à soir, poursuivit Bernadette, sarcastique. Après tout, il y a pas de raison qu'on jeûne et qu'elles mangent.

— Et que t'es insignifiante, Bedette ! se contenta de dire sa mère.

— En tout cas, moi, j'ai bien hâte à Pâques, intervint Eugénie. Il est temps que le carême finisse. Je l'ai jamais trouvé aussi dur que cette année.

— Pourtant, à ma connaissance, tu t'es pas privée tant que ça, fit sa belle-mère d'une voix acide.

Le lendemain, la cuisine de Camille embaumait de toutes sortes de bonnes odeurs. Dans le four cuisait un gros jambon arrosé de sirop d'érable pendant que la cuisinière et Ann confectionnaient deux gâteaux après avoir préparé quatre tartes à la farlouche.

— Calvinus que ça sent bon! s'écria Paddy Connolly qui venait de descendre de sa chambre.

Il s'approcha des casseroles dans lesquelles mijotait un mélange qui lui mettait l'eau à la bouche.

— Enlevez votre grand nez de mes chaudrons, lui commanda Camille.

— On peut pas goûter? demanda le retraité avec un air gourmand. C'est un vrai sacrifice...

— Ça en fera au moins un que vous aurez fait pendant le carême, mon oncle, rétorqua la maîtresse de maison, le plus sérieusement du monde.

Celle-ci avait du mal à dissimuler son énervement. Depuis la veille, elle subissait la mauvaise humeur de son mari, fâché de constater qu'elle n'avait pas du tout renoncé à inviter toute sa famille à souper le jour de Pâques.

— Bondance, c'est pas une surprise! lui avait-elle dit deux jours plus tôt quand il s'était plaint de la dépense. Je te l'ai dit après les fêtes que c'était temps qu'on invite, nous autres aussi. On peut tout de même pas passer notre temps à se faire recevoir par tout un chacun sans jamais remettre rien. Oublie pas qu'on arrive six quand on va quelque part.

— Mais t'es pas obligée de vider le garde-manger, calvaire!

— Jure pas, tu viens d'aller te confesser, lui ordonnat-elle, agacée. On n'est tout de même pas pour recevoir le monde en leur servant de la soupane.

Bref, Liam s'était enfermé dans un mutisme boudeur et les enfants faisaient les frais de ses sautes d'humeur depuis deux jours. Camille avait les nerfs à fleur de peau et ne se sentait aucune envie de tolérer l'oncle de son mari tournant autour d'elle et d'Ann dans la cuisine.

Ce soir-là, tous les Connolly participèrent à la cérémonie de la lumière et Camille en profita pour renouveler son invitation à souper aux membres de sa famille.

— Je sais pas trop, fit Xavier, hésitant.

Il avait remarqué que son beau-frère battait plutôt froid à Catherine chaque fois qu'il la rencontrait.

— Toi, tu te cherches pas de défaite, le prévint-elle. Je t'avertis que si t'arrives à la maison sans ta fiancée, tu vas t'en retourner la chercher, le menaça Camille, sérieuse. Et toi, Bedette, tu dis à Constant Aubé de venir souper. Il est invité, lui aussi.

Sur le chemin du retour, Liam ne put s'empêcher de manifester sa mauvaise humeur.

— T'avais ben besoin d'inviter la Benoît, lui reprocha-t-il.

— Oui, j'avais besoin de le faire, répliqua-t-elle sèchement. Dans deux mois, elle va faire partie de la famille et c'est normal qu'elle soit là. C'est pas une si mauvaise fille que ça, ajouta-t-elle.

— Pas une mauvaise fille ! s'exclama-t-il. Qu'est-ce qu'il te faut ?

— Laisse faire !

— Et l'autre, la Bottine à Aubé ! Je suppose qu'il va faire partie de la famille, lui aussi.

— Tu devrais avoir honte, Liam Connolly. Constant a pas arrêté de nous rendre service depuis qu'il est revenu à Saint-Bernard. En plus, il t'achète tous les meubles que tu fais.

— Il me fait pas la charité.

— Je le sais, mais c'est un bon garçon et il est pas question de le laisser de côté, trancha-t-elle.

Le matin de Pâques, Camille n'eut pas à rappeler à son mari son devoir du dimanche pascal. Quand elle se réveilla, la place à côté d'elle dans le lit était vide. Elle se leva et trouva le poêle déjà allumé dans la cuisine et Liam en train d'endosser son manteau. La veille, avant de se coucher, la maîtresse de maison avait pris soin de déposer sur la table une cruche vide destinée à recueillir l'eau de Pâques.

Au moment où Liam allait sortir, Patrick descendit l'escalier et demanda à son père s'il pouvait l'accompagner. Apparemment de meilleure humeur que les deux jours précédents, ce dernier accepta et ils quittèrent tous les deux la maison. Le père tenait le fanal allumé et le fils s'était chargé de la cruche. Ils se dirigèrent vers la source d'eau vive qui passait au bout de la terre de Conrad Boudreau. Contrairement à l'année précédente, ils n'avaient pas besoin de raquettes. Par chance, le froid de la nuit avait durci la boue et ils purent rejoindre sans mal la dizaine d'hommes qui attendaient le lever du soleil avant de plonger leur contenant dans l'eau froide.

Ce matin-là, bien peu de gens de Saint-Bernard-Abbé se plaignirent de la température. Le ciel était dégagé et les fidèles purent faire monter la côte du rang Sainte-Ursule à leur attelage sans grande difficulté parce que le sol était maintenant durci. La semaine précédente, la plupart des femmes avaient sorti leurs vieux chapeaux et les avaient transformés en leur ajoutant un ruban neuf, une nouvelle voilette, des plumes ou même une petite cocarde. Même si les gens n'avaient pas encore mangé pour pouvoir aller communier et ainsi faire leurs pâques, ils arboraient un air réjoui en cette matinée d'avril ensoleillée. On avait enfin laissé derrière soi quarante jours de privations et on allait pouvoir fêter le jour de la résurrection du Seigneur et s'en mettre plein la panse après la messe.

Dans son sermon prononcé en anglais et en français, le curé Désilets eut des accents lyriques pour parler de la résurrection du Christ, ce qui ne l'empêcha pas de brandir les flammes de l'enfer pour ceux qui n'avaient pas encore fait leurs pâques. Avant de retourner à l'autel pour terminer la célébration de la messe, le pasteur de Saint-Bernard-Abbé rappela à ses ouailles qu'il ne restait plus que sept jours pour se préparer à recevoir dignement monseigneur l'évêque et qu'il comptait sur la bonne volonté de chacun pour faire de cette visite un événement digne de figurer dans les annales de la nouvelle paroisse.

— Rappelez-vous qu'il n'est pas donné à tout le monde d'assister dans sa vie à la naissance d'une paroisse, dit-il à l'assistance. Il faut que la chapelle soit décorée et que chacun se fasse un devoir de venir accueillir notre évêque.

À cet instant, alors que tout le monde s'attendait à voir le curé retourner enfin à l'autel, il fit une annonce qui surprit toute l'assistance.

— Première publication des bans, dit le prêtre en consultant une feuille. Il y a promesse de mariage entre Hormidas Meilleur de Saint-Bernard-Abbé, fils d'Athanase Meilleur et de Clémence Rompré de Saint-Zéphirin, et veuve Angèle Cloutier de cette paroisse, fille de Léon Parenteau et de Maria Jutras de Sainte-Monique.

Des murmures s'élevèrent dans la foule et plus d'un chercha le facteur et la veuve du regard. L'un et l'autre étaient invisibles. Ils semblaient avoir pris sagement la précaution d'aller à la basse-messe.

— Il est à mentionner que ce mariage sera le premier à être célébré dans notre nouvelle paroisse, prit la peine de préciser le célébrant avant de retourner à l'autel.

À la sortie de la chapelle, ce mariage entre la veuve et le petit facteur célibataire défraya la plupart des conversations et suscita bien des commentaires souvent accompagnés de remarques ironiques.

— Blasphème ! j'aurais jamais cru que c'était aussi dangereux de jouer aux cartes avec une créature, déclara Xavier Beauchemin à ses beaux-frères.

— Moi, j'ai dans l'idée qu'il sera pas tard que p'tit père va se faire secouer le prunier par la veuve, dit en riant Rémi.

— Ça m'étonnerait pas qu'elle lui mette vite le holà quand il va rentrer la première fois avec un coup de trop dans le nez.

— Un autre qui savait pas à quel point il était ben vieux garçon, osa dire Liam Connolly, qui venait de se joindre au petit groupe d'hommes debout sur le parvis.

— Moi, j'aurais ben voulu savoir pourquoi monsieur le curé l'a traité de « vicieux » quand il est allé se confesser jeudi passé, chuchota Donat, l'œil égrillard.

— Ça, c'est pas de tes affaires, Donat Beauchemin, intervint sa sœur Emma qui s'était rapprochée du groupe pour signifier à son mari qu'il était temps de rentrer.

— Pour moi, t'as une idée pourquoi monsieur le curé a dit ça, se moqua Xavier.

— Grand niaiseux ! le rabroua la femme de Rémi. Laissez-le donc tranquille, le pauvre homme. Il devait être assez mal à l'aise quand il est sorti du confessionnal.

— Ah ça, c'est vrai ! reconnut Donat. On peut même dire qu'il rasait les murs et qu'il avait l'air de trouver la porte de la chapelle pas mal loin.

— D'après vous autres, qui va aller les chaperonner tous les deux ? s'enquit Liam. Vous, belle-mère ? demanda-t-il à Marie qui venait de s'approcher à son tour.

— Arrêtez donc de parler pour rien dire, fit la veuve de Baptiste Beauchemin sur un ton sévère. Angèle Cloutier est une femme respectable et je suis certaine qu'elle va s'organiser pour que ses fréquentations fassent pas scandale.

— Ben là, m'man, c'est mal parti en maudit, fit Donat. Ça fait deux fois qu'on les poigne tous les deux tout seuls.

— Fais bien attention aux calomnies, mon garçon, le mit en garde sa mère.

Le groupe se sépara et chacun rentra chez soi après avoir promis à Camille d'arriver tôt à son souper.

Ce soir-là, on parla beaucoup de la visite de monseigneur Laflèche prévue pour le dimanche suivant et surtout des travaux de la terre qui allaient reprendre incessamment. Déjà, les journées allongeaient et le soleil commençait à se faire plus chaud au milieu de la journée. Les nombreux jours de pluie des deux semaines précédentes avaient fait disparaître les dernières traces de neige. La taille des blocs de glace laissés dans les champs par l'embâcle avait sérieusement diminué.

Les invités réunis autour de la table des Connolly ne tarirent pas d'éloge sur la nourriture qui leur fut servie. Camille en profita pour qu'une bonne partie des compliments soit adressée à Ann qui avait largement participé à la confection du repas.

Par ailleurs, si Marie et Liam continuèrent à battre froid à Catherine Benoît, Camille et Emma firent en sorte que la fiancée de leur frère se sente à l'aise et acceptée par les autres membres de la famille. La jeune marraine s'occupa beaucoup de la petite Marthe et sembla charmer Duncan qui ne la quitta pas des yeux de la soirée.

— Fais attention à ta fiancée, recommanda Hubert à son frère Xavier, j'ai l'impression qu'il y a un gars dans la place qui a un œil dessus.

Xavier eut un sourire quand il remarqua les attentions que le garçon de dix ans de Liam accordait à sa future femme. À l'autre bout de la pièce, Camille surveillait son mari. Depuis l'arrivée des premiers invités, elle le voyait fixer des yeux ses enfants, comme s'il cherchait une raison pour les disputer. Il avait l'air contraint et souriait peu. Finalement, elle parvint à lui parler sans témoin quand ils allèrent tous les deux chercher des victuailles dans la cuisine d'été.

— Tu sais, t'es pas obligé d'avoir l'air bête parce qu'on reçoit, lui murmura-t-elle. Le monde mangera pas moins si tu fais une face de beu.

— J'ai pas l'air bête, se défendit-il, le visage fermé.

— En tout cas, c'est bien imité... insista-t-elle. Puis, essaye de pas chercher à faire payer les enfants parce que t'es de mauvaise humeur.

Liam haussa les épaules avant de la suivre dans la cuisine d'hiver où étaient rassemblés tous les invités. Cependant, la mise au point de Camille eut de l'effet, car il se contraignit à faire meilleure figure devant les invités.

— Est-ce qu'il y a quelque chose qui va pas avec ton mari ? demanda Marie à sa fille quelques minutes plus tard. Tout à l'heure, il avait pas l'air dans son assiette.

— Un petit accrochage avec son oncle, mentit Camille, mais c'est arrangé.

Évidemment, Paddy fut celui qu'on entendit le plus durant toute la soirée. Aussitôt qu'on lui en donnait la chance, il se mettait à pérorer, les pouces passés dans les entournures de son gilet de satin noir. De toute évidence, les quatre mois passés chez son neveu n'avaient fait que lui confirmer sa supériorité de citadin et d'homme d'affaires averti sur ceux qu'il appelait sur un ton un peu méprisant « les pauvres habitants ignorants ». Il était intimement persuadé de leur faire un grand honneur lorsqu'il leur expliquait les nouvelles.

Ainsi, il commenta abondamment la dernière nouvelle voulant que le ministre fédéral George-Étienne Cartier s'apprêtait à présenter aux Communes un projet de loi autorisant la construction d'un chemin de fer allant de l'Atlantique au Pacifique.

— Ça, ça va nous coûter cher ! déclara l'homme d'affaires retraité, l'air convaincu.

— Cartier est un Bleu, ça a nécessairement du bon sens pour nous autres, les Canadiens français, avança Donat, se sentant obligé de défendre les conservateurs dont il avait été l'organisateur de campagne aux dernières élections.

— T'es ben jeune pour croire ça, rétorqua Paddy avec une certaine hauteur.

— On verra ben, s'entêta Donat.

— Les p'tits chars d'un bout à l'autre du pays, ça va surtout être bon pour les Anglais qui sont dans les affaires, le contredit Paddy. À part ça, Cartier doit penser qu'il y a une cenne à faire avec cette affaire-là pour ses amis Bleus.

— Faites attention à ce que vous dites, vous ! le mit en garde Donat en élevant la voix.

— L'avenir nous le dira ben, intervint Rémi, soucieux d'éviter que la discussion tourne en affrontement. Mais parlant affaires, est-ce que je suis tout seul dans le rang à avoir reçu la visite du notaire Valiquette ?

— Pour placer de l'argent ? demanda Xavier.

— Oui.

— Je sais pas dans Saint-Jean, mais il a fait presque toutes les maisons dans Sainte-Ursule, affirma Xavier. Il est passé me voir la semaine dernière, la veille de l'embâcle. Il venait de chez les Benoît.

— Puis ? lui demanda Donat.

— Moi, j'ai rien contre cet homme-là, répondit Xavier, mais j'ai fait affaire avec le notaire Letendre quand j'ai acheté ma terre et j'ai confiance en lui. C'est ce que je lui ai répondu.

— La même chose pour moi, fit Donat. Mais je sais qu'il y en a, comme Samuel Ellis, Tancrède Bélanger et Anatole Blanchette, qui lui ont donné leur argent pour qu'il le place pour eux. Il paraît qu'il leur a promis de bons intérêts.

— Moi, je me méfie d'Eudore Valiquette, reprit Rémi Lafond. On le connaît pas, ce notaire-là.

— Est-ce que ça veut dire que t'as pas voulu qu'il place ton argent ? lui demanda sa belle-mère.

— Voyons, madame Beauchemin, un petit cultivateur comme moi a pas d'argent à placer.

— Si je me fie à ce qu'on raconte partout dans Saint-Bernard, Eudore Valiquette est arrivé à emprunter tout l'argent qu'il fallait pour bâtir le presbytère et payer la dette de la chapelle, intervint Paddy. Moi, je suis habitué aux affaires, affirma-t-il en se rengorgeant. Je peux vous dire que s'il a pu trouver autant d'argent, ça signifie qu'il a les reins solides et qu'on a confiance en lui en dehors de la paroisse.

— En tout cas, ça doit marcher son affaire, si je me fie à ce que j'ai entendu, dit Constant Aubé. Il y a au moins cinq cultivateurs de Saint-Paul et John White de notre rang qui ont fait affaire avec lui.

Durant la soirée, Camille et Ann servirent du sucre à la crème, des bonbons aux patates et des fondants. Maintenant, on pouvait se sucrer le bec sans avoir mauvaise conscience puisque le carême était officiellement terminé.

Un peu avant le départ des invités, Hubert apprit aux gens présents son intention d'aller faire un stage dans une fromagerie si Télesphore Dionne lui obtenait l'autorisation de son cousin. Il sut immédiatement que l'idée du père d'Angélique d'ouvrir une petite fromagerie à Saint-Bernard-Abbé aurait du succès en voyant la réaction enthousiaste des femmes présentes dans la pièce.

— Avoir toujours du bon fromage frais sans avoir à le faire, ça nous sauverait pas mal de temps, déclara Emma.

Après le départ du dernier invité, Liam alluma un fanal pour aller jeter un coup d'œil aux bâtiments pendant que ses fils allaient remplir le coffre à bois. Camille, aidée par ses deux filles, remit un peu d'ordre dans la maison. Quand les enfants eurent regagné leur chambre, à l'étage, la jeune femme alla se préparer pour la nuit et son mari vint la rejoindre peu après.

— Une chance que ça revient pas trop souvent, une affaire comme ça, dit-il après avoir retiré ses pantalons. Calvaire, on aurait dit que certains avaient pas mangé depuis un mois.

Camille ne se donna pas la peine de lui répondre. Épuisée par sa journée de travail, elle se tourna sur le côté et le sommeil l'emporta.

Chapitre 19

Tel père, telle fille

Le surlendemain, Marie Beauchemin venait à peine de commencer son repassage quand elle entendit une voiture entrer dans la cour de la ferme et s'arrêter près de la maison. Elle déposa son fer sur le poêle et s'approcha de la fenêtre pour identifier le visiteur. Elle eut alors la surprise de voir descendre de son boghei son beau-frère Armand, encore engoncé dans son épais manteau d'hiver même si la température avait commencé à s'adoucir sérieusement.

— Il y a quelqu'un qui arrive, madame Beauchemin, lui cria Eugénie en train de remettre de l'ordre dans sa chambre.

— Je le sais, c'est mon beau-frère Armand, rétorqua-t-elle.

Toujours penchée à la fenêtre, elle vit Donat sortir de l'étable et se diriger vers son oncle. Les deux hommes entrèrent dans la maison en même temps.

— P'tit Jésus! s'exclama-t-il après avoir salué sa belle-sœur et sa nièce par alliance, je vous dis que c'est pas encore ben chaud pour un mois d'avril.

— Approche-toi du poêle si t'es rendu frileux à ce point-là, l'invita Marie. Je vais te servir une bonne tasse de thé, ça va te réchauffer.

— Avec une goutte de bagosse, mon oncle, ça va être encore mieux, fit Donat en adressant à l'invité un clin d'œil de connivence.

Armand Beauchemin ne refusa pas.

— Un peu plus, je vous amenais Mathilde hier matin, annonça le gros homme en guettant du coin de l'œil la réaction des personnes présentes.

Le visage à la fois inquiet et mauvais de sa belle-sœur lui apprit que cette visite n'était pas tellement souhaitée. Dans la famille, on ne le disait pas ouvertement, mais les visites de la religieuse autoritaire et bavarde impénitente étaient considérées comme des épreuves qu'on trouvait toujours trop longues et surtout trop fréquentes.

— Elle aurait bien pu venir, dit Marie du bout des lèvres.

— Elle a dit qu'elle se reprendrait ce printemps, lui apprit le frère de Baptiste Beauchemin. Là, elle était attendue à l'orphelinat et il paraît que les sœurs peuvent pas se passer d'elle plus qu'une couple de jours.

— Est-ce qu'elle est restée longtemps chez vous?

— Elle est arrivée jeudi passé.

— Pourquoi t'as pas amené Amanda avec toi? lui demanda sa belle-sœur.

— Tu la connais, elle a pas de santé. Depuis la semaine passée, elle tire de la patte. Le voyage entre Sainte-Monique et Saint-Bernard aurait été trop dur pour elle.

Marie eut du mal à dissimuler un petit sourire. Elle connaissait suffisamment sa belle-sœur pour savoir que c'était une hypocondriaque souffrant de tous les maux, à l'entendre. De plus, l'arrivée de Mathilde n'avait pas dû arranger les choses. Il était bien connu dans la famille que la femme d'Armand n'était pas particulièrement hospitalière.

— Ma pauvre tante! fit Eugénie sans grande conviction.

— Mais je suis pas seulement venu pour une visite de politesse, reprit le cultivateur de Sainte-Monique. Le curé Lanctôt m'a fait venir samedi passé pour me dire qu'on allait vider le charnier du cimetière cette semaine. Il y a eu des enterrements hier et ça me surprendrait pas qu'il reste pratiquement juste Baptiste. Ça fait qu'il faudrait que vous veniez le chercher sans trop perdre de temps. Il paraît que la terre est ben dégelée.

Marie regarda Donat qui prit la parole.

— S'il y a pas d'empêchement, mon oncle, on va aller chercher p'pa après-demain, le temps que je m'entende avec monsieur le curé pour acheter un lot dans le cimetière et avec Blanchette pour aller chercher le cercueil avec son corbillard.

— Ça a ben de l'allure, l'approuva son oncle. T'oublieras pas de me prévenir en passant quand vous arriverez à Sainte-Monique. Je vais vous attendre.

Armand Beauchemin resta à dîner chez sa belle-sœur et ne quitta les lieux qu'au début de l'après-midi. Après son départ, Donat se rendit au presbytère pour acheter un lot au cimetière paroissial, un lot situé près de la grande croix plantée l'automne précédent au centre de l'endroit. Baptiste Beauchemin serait le premier habitant de Saint-Bernard-Abbé à aller tenir compagnie au défunt curé Ouellet, enterré dans le cimetière paroissial.

Le curé Désilets fut d'accord pour officier une courte cérémonie de mise en terre et promit de voir à ce que la fosse soit creusée à temps.

Satisfait, le jeune cultivateur alla ensuite jusqu'à la ferme de son frère Xavier pour le prévenir avant de passer chez Blanchette pour s'assurer qu'il viendrait chercher la bière à Sainte-Monique. Après s'être arrêté chez ses sœurs Emma et Camille, il rentra à la maison.

À titre de président de la commission scolaire, il permit à Bernadette de donner congé à ses élèves le surlendemain pour qu'elle puisse assister à la cérémonie funèbre.

❦

Le jour venu, Ann accepta de se charger de la surveillance des enfants de la famille regroupés chez Emma. Xavier fut le dernier arrivé. À la surprise de tous, Catherine l'accompagnait. Marie lui battit froid en l'apercevant, mais ses enfants firent sentir à la jeune fille qu'ils appréciaient son geste. Ce matin-là, Marie Beauchemin sembla attacher plus d'importance à l'air renfrogné de son gendre Liam.

Un peu avant neuf heures, les adultes endimanchés prirent place dans les bogheis qui se dirigèrent vers Sainte-Monique. Le ciel gris et la petite pluie froide allaient bien avec la tristesse des participants au cortège funèbre qui suivait le corbillard noir d'Anatole Blanchette.

Il fallut presque une heure pour arriver au village. Sans descendre de voiture, on s'arrêta quelques instants devant la maison de l'oncle Armand, le temps de lui permettre de se joindre à la famille en compagnie de sa femme. Quelques minutes plus tard, les bogheis s'immobilisèrent en bordure du cimetière et Hubert alla prévenir le curé Lanctôt de l'arrivée de la famille Beauchemin.

Le pasteur de Sainte-Monique sortit du presbytère, suivi de près par Hubert et par son bedeau quelques instants après. L'homme d'Église salua les gens avant de les inviter à le suivre. Il semblait avoir oublié toute la rancune qu'il avait longtemps nourrie à l'encontre de Baptiste Beauchemin qu'il accusait, à juste titre, d'avoir travaillé à amputer sa belle paroisse d'une partie importante de ses fidèles en lançant la pétition qui avait conduit à la création de ce qui allait bientôt devenir la paroisse Saint-Bernard-Abbé.

Toutes les personnes présentes suivirent le prêtre dans les allées étroites du cimetière. L'homme s'arrêta non loin du charnier et fit signe aux hommes d'aller aider le bedeau déjà affairé à déverrouiller le petit édicule en pierre. Il sortit d'abord deux chevalets et Donat, Hubert, Xavier et Rémi portèrent le cercueil de Baptiste et le déposèrent dessus. Le prêtre s'avança alors et récita une courte prière avant de faire signe qu'on pouvait mettre la bière dans le corbillard qui attendait à l'entrée du cimetière. Les porteurs soulevèrent le cercueil et allèrent le placer dans la longue voiture noire d'Anatole Blanchette. Celui-ci s'empressa ensuite de le recouvrir d'une épaisse toile goudronnée.

La famille remercia le prêtre avant de remonter dans les voitures qui prirent la direction de Saint-Bernard-Abbé. La pluie avait cessé temporairement, mais le vent s'était levé. Le convoi funèbre arriva devant le cimetière de Saint-Bernard-Abbé un peu avant l'heure du dîner.

Cette fois-ci, ce fut Donat qui alla prévenir le curé de l'arrivée de la famille. Josaphat Désilets se dirigea vers une penderie pour y prendre la lourde chape noire qu'il déposa sur ses épaules.

— Avertis donc en passant Delphis Moreau et son père, ils sont dans la chapelle en train de laver le plancher, lui demanda le prêtre. Dis-leur de pas oublier les câbles.

Les deux hommes avaient creusé la fosse, la veille, et ils étaient chargés de jouer le rôle de fossoyeurs. Donat passa par la chapelle et prévint le père et le fils de l'arrivée du convoi. Les Moreau se ressemblaient étrangement, même si près de trente ans les séparaient. C'étaient deux petits hommes maigres à la figure chafouine tout en nerfs et en muscles.

— C'est correct, on y va, déclara Delphis, mais marche pas sur notre plancher frais lavé.

Au retour de Donat au cimetière, le cercueil dans lequel reposait son père depuis la fin du mois de décembre avait été transporté à moins de deux pieds de la fosse et la pluie s'était remise à tomber. À son grand étonnement, le fils aîné de Baptiste Beauchemin s'aperçut que Samuel Ellis, Thomas Hyland, Constant Aubé, la veuve Cloutier ainsi que quelques voisins du rang Saint-Jean s'étaient déplacés pour assister à la mise en terre.

Les Moreau prirent place à chacune des extrémités du trou d'environ six pieds de profondeur pendant que les autres personnes présentes se tenaient près du prêtre qui avait entrepris de réciter une dernière prière sur la tombe de son paroissien décédé. À la fin de l'oraison, Josaphat Désilets ferma son livre de prières et fit un léger signe de tête aux Moreau pour leur signifier qu'ils pouvaient glisser les câbles sous la bière pour la descendre au fond de la fosse.

Un instant plus tard, il se produisit un événement imprévu qui causa un véritable choc à l'assistance. Delphis Moreau prit un câble et voulut gagner du temps en se glissant entre la fosse béante et l'amoncellement de terre, le câble sur l'épaule. Mal lui en prit, l'un de ses pieds glissa sur l'herbe détrempée et le fossoyeur improvisé disparut dans le trou, accompagné par un «oh!» de stupéfaction de l'assistance.

Il fallut quelques secondes aux gens présents pour réaliser ce qu'ils venaient de voir et se précipiter vers le bord de la fosse.

— Christ de Christ! jura Delphis Moreau du fond du trou où il avait disparu.

L'homme, assis dans quelques pouces d'eau boueuse, paraissait passablement étourdi et jetait des regards furieux autour de lui, comme si la fosse était responsable de sa mésaventure.

— T'es-tu cassé quelque chose? lui demanda son père.

— Je pense pas, répondit Delphis en se remettant debout tant bien que mal.

— On va te sortir de là, lui promit Ellis qui avait déjà saisi l'autre câble pour lui en tendre un bout, alors que l'assistance laissait paraître un léger sourire devant la situation, malgré le caractère triste du cérémonial.

Xavier et Hubert s'empressèrent d'aider Delphis Moreau à sortir de sa fâcheuse position. C'est un homme au visage et aux vêtements maculés de boue que les gens présents virent apparaître.

— Bonyeu! Il me semble que t'es assez vieux pour faire attention où tu mets les pieds, lui reprocha son père à mi-voix.

Le cultivateur allait lui répondre quand Josaphat Désilets, la mine réprobatrice, s'approcha du rescapé pour lui suggérer de venir se confesser durant la semaine pour les sacres qu'il venait de proférer.

Les hommes présents décidèrent alors d'un commun accord de donner un coup de main aux deux fossoyeurs amateurs en les aidant à passer les deux câbles sous le cercueil qu'ils descendirent lentement au fond de la fosse. Dès qu'Agénor Moreau jeta la première pelletée de terre, Bernadette et Camille entraînèrent leur mère vers le boghei. Les trois femmes furent suivies par tous les autres participants à la courte cérémonie. Quand les voitures quittèrent les lieux, les Moreau se retrouvèrent seuls pour finir de combler la fosse.

Marie n'avait guère ouvert la bouche de la matinée, retrouvant intacte toute la douleur que le départ de son compagnon de toujours lui avait causée trois mois auparavant. Revoir son cercueil lui avait fait sentir encore l'énorme perte vécue la veille de Noël.

Ses enfants avaient compris à quel point cet avant-midi avait été difficile et ils préférèrent lui laisser un peu de temps pour se remettre. C'est pourquoi ils refusèrent tous de venir dîner à la maison. Camille et Liam s'arrêtèrent un bref moment chez Emma pour permettre à leurs enfants de monter dans leur boghei et ils rentrèrent chez eux. Personne n'osa revenir sur l'incident cocasse qui venait de se produire au cimetière.

De retour à la maison, on s'empressa d'aller changer de vêtements chez les Beauchemin. On improvisa un dîner rapidement avalé dans un silence presque complet. Toutefois, à la fin du repas, Marie ne put s'empêcher de faire remarquer :

— Il va bien falloir trouver un moyen d'installer une pierre tombale pour votre père.

— Ça traînera pas, il va y en avoir une, promit Donat, la mine sombre.

— Vous avez remarqué, m'man, que Catherine est venue avec Xavier. Je trouve que c'est pas mal fin de sa part, dit Bernadette.

— Ouais, fit sa mère sans esquisser le moindre sourire. Il en reste pas moins que ça se fait pas qu'une fille se promène sur les chemins avec un garçon sans chaperon.

— Voyons, madame Beauchemin, intervint Eugénie. On était tous là. Qu'est-ce que vous vouliez qu'il lui arrive ?

— On n'était pas toujours là, la contredit sa belle-mère. Elle a été toute seule avec Xavier entre la maison et l'église.

Bernadette regarda sa belle-sœur et lui fit un signe discret de ne pas insister.

— T'avais pas invité le petit Aubé à venir à Sainte-Monique avec nous autres ? demanda Marie en se tournant vers sa fille.

— Pourquoi j'aurais fait ça ? Il fait pas partie de la famille, à ce que je sache.

— Depuis le temps qu'il vient veiller ici dedans et avec tout ce qu'il a fait pour ton père, il aurait pu vouloir venir.

— Ça me tentait pas, laissa tomber l'institutrice. De toute façon, il était au cimetière.

— Qu'est-ce qui se passe encore ? lui demanda sa mère. T'es-tu encore chicanée avec lui ?

— Vous saurez, m'man, qu'on se chicane jamais. Constant est trop fin. Il fait toujours ce que je lui demande. Il est toujours prêt à me donner la lune.

— Ah bon !

— C'en est fatigant, avoua la jeune fille. J'ai envie de respirer un peu.

— Pauvre Bedette ! la plaignit sincèrement sa mère. Je me demande bien quel jour tu vas vieillir. Reprocher à son cavalier d'être trop fin… J'aurai vraiment tout entendu !

Le lendemain après-midi, Bernadette était en train de faire épeler quelques mots à ses élèves quand Patrick Connolly lui signala l'arrivée d'un visiteur. Sans cesser de faire travailler les élèves, l'institutrice s'approcha d'une fenêtre. Elle eut la surprise de reconnaître Amédée Durand, l'inspecteur scolaire qu'elle n'avait pas vu depuis le printemps précédent.

Pendant que le jeune homme à la moustache conquérante entravait sa bête et prenait possession de son porte-document, Bernadette ne pouvait s'empêcher de l'admirer. L'inspecteur avait fière allure dans son strict costume noir un peu lustré et coiffé de son chapeau melon de la même couleur. Elle sortit de sa courte rêverie au moment où il se dirigea vers l'école. Elle demanda aux enfants de se lever et de saluer poliment le visiteur tout en faisant signe à Patrick d'ouvrir la porte.

Amédée Durand, le visage éclairé par un large sourire, salua l'enseignante et les élèves avant de prendre place derrière le bureau de Bernadette. Il interrogea les enfants tant en arithmétique qu'en français. Il posa de nombreuses questions à Ann, l'élève la plus âgée de la classe, et sembla grandement satisfait des réponses obtenues.

— Je vais laisser à monsieur le curé le soin de vous interroger sur le catéchisme, conclut-il en notant certaines choses dans un dossier tiré de son porte-documents.

Avant qu'il n'annonce aux enfants qu'ils auraient droit à un congé le lendemain, Bernadette se pencha vers lui pour lui expliquer qu'ils avaient joui d'un congé involontaire la veille. Le jeune inspecteur qui avait eu l'occasion de rencontrer Baptiste Beauchemin l'année précédente lui présenta ses condoléances tardives et l'assura qu'il comprenait la situation. Il se borna à écourter la journée de travail des enfants en les renvoyant à la maison au milieu de l'après-midi.

Au moment où les enfants partaient, l'institutrice demanda à Ann de dire à son oncle de ne pas l'attendre.

L'inspecteur avait à lui parler. Elle rentra ensuite dans l'école pour aller rejoindre le visiteur.

Comme lors de ses visites précédentes, Amédée Durand vérifia les préparations de classe de l'enseignante ainsi que son cahier de présences.

— Tout est parfait, conclut-il en passant un doigt sur sa moustache gominée. Mais j'ai remarqué, mademoiselle Beauchemin, que vous avez cinq élèves qui ne parlent pas couramment français.

— C'est vrai, monsieur Durand, il y en a même six, reconnut-elle. Ce sont de petits Irlandais qui font ce qu'ils peuvent en classe et ils ne comprennent qu'à moitié ce que je dis.

— C'est vraiment pas idéal. Ça doit retarder les autres enfants, dit Amédée Durand, songeur.

— C'est certain que ça aide pas. Moi, je parle pas anglais. Je le comprends juste un peu.

— Il faudrait une autre école à Saint-Bernard avec une maîtresse capable de parler anglais. Je vais voir ce que le président de la commission scolaire peut faire.

— C'est mon frère Donat qui est président, monsieur l'inspecteur.

— Pensez-vous que je pourrais le voir aujourd'hui, mademoiselle? lui demanda-t-il.

— Il devrait être à la maison. C'est presque l'heure du train.

— Dans ce cas-là, vous me permettrez de vous ramener chez vous, fit-il aimablement.

— Là, je sais pas trop, monsieur Durand, dit Bernadette, un peu confuse. Ma mère aime pas beaucoup voir sa fille toute seule dans une voiture avec un étranger.

— Je comprends ça, mademoiselle Beauchemin. C'est tout à son honneur. Mais je suis certain qu'elle ne trouvera rien à redire si vous êtes assise sur le siège arrière du boghei. Je ne serai que votre conducteur.

Quelques minutes plus tard, l'inspecteur engagea son attelage dans le rang Saint-Jean après avoir traversé le petit pont. Lorsque la voiture passa devant la maison de Constant Aubé, le hasard voulut que le meunier aperçoive son amie de cœur lancée dans une conversation animée avec Amédée Durand. Elle ne tourna même pas la tête vers lui. Il en éprouva un pincement de jalousie.

À leur arrivée à la ferme, Marie et Eugénie, occupées à l'entretien de leurs serres chaudes, reconnurent immédiatement le visiteur. La maîtresse de maison appela Hubert qui était en train de corder du bois dans la remise et l'envoya chercher son frère dans la grange. À la vue du jeune homme qui venait à peine de célébrer ses vingt-sept ans, Amédée Durand ne put s'empêcher de le féliciter d'avoir été élu président de la commission scolaire malgré son âge.

— Il est aussi marguillier, intervint Bernadette avec une certaine fierté.

— Seigneur ! Vous êtes un homme occupé alors ! s'exclama l'inspecteur.

— Pas tant que ça, se défendit Donat.

— Je pense que vous êtes aussi bien de vous installer dans le salon pour parler, déclara Marie. Nous autres, on va préparer le souper dans la cuisine.

Donat indiqua le salon d'un signe de la main au visiteur. Quand la maîtresse de maison se rendit compte que Bernadette s'apprêtait à leur emboîter le pas, elle la retint.

— Reste ici dedans, lui ordonna-t-elle sèchement. Ce qu'ils ont à dire te regarde pas.

— Mais, m'man, …

— Va te changer. On a besoin de toi pour préparer le souper.

Dans la pièce voisine, Amédée Durand ne perdit pas de temps pour expliquer au jeune président de la commission scolaire que le moment était peut-être venu de songer à doter Saint-Bernard-Abbé d'une école de rang qui accueillerait surtout les Irlandais unilingues.

— Il faut comprendre que ces enfants-là n'apprennent pas grand-chose avec une institutrice qui ne parle pas anglais et ils retardent les autres enfants.

— Je comprends ça, le rassura Donat, mais là, c'est une grosse question d'argent. Je suis pas sûr pantoute que les Irlandais de Saint-Bernard aient les moyens de faire construire une école et de payer une maîtresse.

— Il va falloir le leur demander, et le plus tôt serait le mieux, lui fit remarquer l'inspecteur. La situation ne peut pas durer.

— Il va falloir aussi que j'en parle aux deux autres commissaires.

— Évidemment. Écoutez, monsieur Beauchemin, j'aimerais bien que tout ça soit réglé cette semaine, ajouta Amédée Durand. Est-ce que vous ne pourriez pas organiser une réunion demain soir ? J'y assisterai pour expliquer les choses, si c'est nécessaire.

— Une réunion de toute la paroisse prend plus de temps que ça à organiser, laissa tomber Donat, un peu embêté d'être ainsi bousculé.

— Pourquoi de toute la paroisse ? lui demanda l'inspecteur. Vous êtes président de la commission scolaire. Vous avez été nommé avec les deux autres commissaires pour gérer la commission scolaire. Vous n'avez pas à retourner auprès des électeurs. Vous avez le pouvoir de décider. Si les gens ne sont pas contents, à la prochaine élection, ils éliront quelqu'un d'autre… Mais, entre vous et moi, une seule école de rang pour trois grands rangs, c'est nettement insuffisant et tout le monde est capable de s'en rendre compte.

— C'est correct, accepta finalement Donat. On va se réunir demain soir à l'école. Je vais juste demander à Samuel Ellis et à Thomas Hyland de venir. Ce sont les deux Irlandais les plus pesants de Saint-Bernard.

Sur ces mots, les deux hommes quittèrent le salon. Par politesse, Marie invita le visiteur à partager le repas de sa famille. Amédée Durand la remercia, mais il devait rentrer chez lui.

— Vous avez une femme et des enfants qui vous attendent, fit-elle, compréhensive.

— Non, madame, je suis un célibataire de trente ans qui n'a pas encore trouvé la femme qui lui convient, rétorqua en riant Amédée Durand. On ne peut pas dire que ce soit bien facile de trouver aujourd'hui une jeune fille sérieuse.

— Vous êtes peut-être trop difficile, intervint Bernadette avec un sourire aguichant.

Sa mère lui adressa un regard sévère dont elle ne tint aucun compte.

— C'est bien possible, admit le visiteur en s'emparant de son porte-documents laissé sur une chaise.

— Vous êtes certain de ne pas vouloir rester ? insista-t-elle. Ça nous aurait fait bien plaisir.

— Certain, l'assura Amédée Durand. Vous êtes bien aimable.

Donat le raccompagna à l'extérieur, mais quand il rentra, ce fut pour assister à la réprimande que sa mère adressait à sa fille cadette.

— Quand est-ce que tu vas apprendre à te tenir comme du monde, Bedette ? demanda Marie, mécontente.

— J'ai rien fait de mal, se défendit l'enseignante.

— T'as une façon de manquer de tenue devant les hommes qui me fait honte. T'avais pas à tant insister pour garder cet homme-là à manger. C'est un étranger que j'invitais par simple politesse. D'ailleurs, lui, il l'a compris. Arrête de te jeter à la tête du premier venu, bondance !

— Mais m'man, c'est un inspecteur, protesta la jeune fille. En plus, il est pas laid pantoute.

— Il est pas laid et toi, t'as pas de plomb dans la tête, conclut sa mère en lui tournant résolument le dos.

Le lendemain après-midi, Bernadette eut du mal à se concentrer sur son enseignement. Chaque fois qu'elle entendait une voiture passer devant l'école, elle tournait la tête vers l'une des fenêtres, espérant voir Amédée Durand arriver. Pourtant, elle se doutait bien que le séduisant inspecteur n'avait aucune raison de s'arrêter à l'école ce jour-là puisqu'il ne devait assister à la réunion des commissaires qu'en soirée.

— Il va peut-être décider de venir souper à la maison, murmura-t-elle à plusieurs reprises durant la journée. Après tout, m'man l'a invité hier.

À la fin de l'après-midi, déçue, elle permit à ses élèves de partir et rentra à la maison en compagnie des enfants de Camille. Toute à sa déception, elle ne parla pratiquement pas durant le repas, mais quand elle vit Donat se préparer pour aller à la réunion, elle lui proposa de l'accompagner.

— Pourquoi t'irais là ? intervint sa mère, sévère.

— Ben, pour voir ce qui va être décidé, m'man.

— T'as pas d'affaire là pantoute, trancha son frère en endossant son manteau. C'est une réunion des commissaires avec l'inspecteur et le monde est pas invité.

— Mais je suis la maîtresse d'école, plaida-t-elle sur un ton qui n'était pas sans rappeler celui que prenait régulièrement, les années passées, Baptiste Beauchemin pour s'affirmer.

— Puis après ? T'es juste engagée par la commission, pas plus.

— Bonyenne ! Je suis toujours poignée pour rester enfermée ici dedans, soir après soir, se plaignit-elle.

Dépitée, la jeune fille ne trouva rien à ajouter et saisit son sac d'école avec mauvaise humeur dans l'intention de travailler à la préparation de sa classe du lendemain.

Quand Donat Beauchemin arriva à l'école, il retrouva Évariste Bourgeois et Télesphore Dionne, debout sur le perron, en grande conversation avec l'inspecteur Durand. Le temps de descendre de voiture, le jeune président de la commission scolaire aperçut le boghei de Samuel Ellis en train de descendre la grande côte du rang Sainte-Ursule.

— J'espère que vous m'attendez pas depuis trop long-temps, s'excusa-t-il auprès des trois hommes en déver-rouillant la porte.

— On vient juste d'arriver, le rassura Télesphore en s'empressant d'allumer la lampe à huile parce que le soleil était en train de se coucher à l'horizon.

— Est-ce qu'on a besoin d'attiser le poêle ? demanda Évariste.

— Si on garde notre manteau sur le dos, on devrait avoir assez chaud, répondit Donat en consultant les autres du regard.

Thomas Hyland et Samuel Ellis firent alors leur entrée dans le petit bâtiment. Donat leur présenta l'inspecteur qu'ils ne connaissaient pas. Chacun s'installa comme il le pouvait et Donat laissa la parole à Amédée Durand qui expliqua le motif de la réunion.

— Le problème, c'est de savoir si les Irlandais de Saint-Bernard sont prêts à payer cette école-là et les gages d'une maîtresse d'école.

— *Goddam!* Il faut avoir du front tout le tour de la tête pour poser cette question-là, s'insurgea Samuel en passant une main dans sa tignasse rousse. On dirait que vous oubliez que nous autres, les Irlandais, on a payé pour l'école où on est et pour le salaire de la maîtresse.

— C'est vrai ce qu'il dit, approuva Thomas Hyland sur un ton raisonnable.

— Si c'est vrai, je vois pas pourquoi on serait tout seuls à payer l'autre école, reprit Samuel en haussant le ton.

— Parce qu'il y aurait juste des enfants qui parlent anglais qui iraient là, intervint Évariste.

— On a juste à dire que n'importe quel enfant pourrait y aller, corrigea sèchement Samuel. Je suis certain que ça dérangerait pas que des Canadiens français envoient leurs enfants là.

— Au fond, si je te comprends ben, tu penses que tout le monde devrait payer pour une autre école, dit Télesphore après avoir retiré sa pipe de sa bouche.

— En plein ça, confirma Samuel.

— C'est vrai qu'on n'est pas obligés de dire que c'est une école pour les Irlandais. L'important, c'est que la nouvelle maîtresse soit bilingue et capable de s'expliquer en anglais quand c'est nécessaire, ajouta le propriétaire du magasin général.

— Je trouve que la proposition de monsieur Dionne est pleine de bon sens, fit Amédée qui n'avait pas encore pris part à l'échange.

— Moi, j'ai rien contre l'idée, accepta Donat, mais où est-ce qu'on va trouver une maîtresse qui parle anglais?

— Il est vrai qu'une institutrice bilingue, ça ne court pas les chemins, reconnut l'inspecteur, l'air songeur.

— Moi, j'ai peut-être la solution, dit Télesphore. Ma fille est bilingue et elle est instruite. Je suis presque certain qu'elle accepterait de faire la classe si on le lui demandait.

Tous les hommes présents parurent soulagés. Angélique Dionne serait une candidate idéale.

— Bon, admettons que la fille de monsieur Dionne accepte d'enseigner, reprit Donat, ça règle pas le problème de la construction d'une autre école.

— C'est sûr que c'est important de trouver la bonne place où la bâtir dans Sainte-Ursule, dit Samuel, sans avoir l'air d'y toucher.

— Dans Sainte-Ursule ou dans Saint-Paul, prit soin d'ajouter Donat pour l'agacer. Il faut pas oublier qu'il y a autant, sinon plus, d'Irlandais dans Saint-Paul que dans Sainte-Ursule.

— Oui, mais proche de la chapelle... commença Ellis.

— Les terrains proches de la chapelle appartiennent à Angèle Cloutier et là, je suis pas certain pantoute qu'elle va accepter de nous en vendre encore un morceau pour l'école. Déjà que ça a tout pris pour qu'elle accepte de nous vendre le terrain du presbytère.

Un lourd silence tomba dans le local. Les hommes présents cherchaient une solution au problème.

— Mais j'y pense, fit Évariste Bourgeois. Pourquoi on ferait pas une offre à Hormidas Meilleur pour sa maison? Il se marie à la fin de la semaine. C'est certain qu'il va aller rester chez Angèle Cloutier. Sa maison est la troisième du rang Saint-Paul. Ça ferait pas trop loin à marcher autant pour les enfants de Sainte-Ursule que pour ceux de Saint-Paul. Qu'est-ce que vous en dites?

— Ça, ça voudrait dire que les enfants de Sainte-Ursule seraient encore poignés pour monter et descendre la côte deux fois par jour, beau temps mauvais temps, fit remarquer Samuel avec humeur.

— De toute façon, ils le font déjà en venant à l'école de la petite Beauchemin, lui rappela le forgeron.

— Reste à savoir si le père Meilleur veut vendre et à quel prix, intervint Donat.

— Il m'a dit qu'il demanderait pas cher s'il se décidait à vendre, dit Évariste. En tout cas, ça nous coûterait moins cher que de bâtir une école neuve. Je connais sa maison, elle est d'aplomb et il y aurait pas grand-chose à faire pour en faire une bonne école.

La réunion prit fin quelques minutes plus tard à la plus grande satisfaction de tous. On s'était entendu pour tenter d'acheter la maison d'Hormidas Meilleur et engager Angélique Dionne à titre d'enseignante. On confia à Donat la tâche de négocier l'achat de la maison.

À son retour à la ferme, le président de la commission scolaire apprit aux siens les décisions qui avaient été prises.

— Je sais pas si tu vas pouvoir acheter la maison de monsieur Meilleur, lui fit remarquer Bernadette, mais pour Angélique Dionne, je suis pas certaine pantoute qu'elle soit capable de faire l'école.

— Là, tu parles sans savoir, lui dit sa mère. La fille d'Alexandrine Dionne est instruite et je vois pas pourquoi elle serait pas capable d'enseigner aux enfants de la paroisse.

— En plus, elle parle anglais, elle, lui signala son frère.

— Ça, c'est ce que son père dit, fit la jeune fille, qui cachait mal sa jalousie.

⟶

Trois jours plus tard, Donat était parvenu à acheter la maison d'Hormidas Meilleur pour un prix fort raisonnable, à la plus grande satisfaction des deux autres commissaires. Les trois hommes convinrent d'attendre la fin du mois de juin pour équiper les lieux du matériel nécessaire. Le lendemain de l'achat, Télesphore fit signer à sa fille son premier contrat d'enseignante.

— Ça va être comme pour ta sœur, dit le marchand à Donat. Ma fille aura pas à rester dans l'école le soir et on sera pas obligés de meubler le haut ni de le chauffer.

Chapitre 20

L'orgueil de Liam

La dernière journée du congé pascal des enfants fut pluvieuse et plutôt froide pour la mi-avril. Camille profita toutefois de la présence d'Ann qui l'aida à laver les vêtements et à les étendre dans la cuisine d'été pendant que la petite Rose balayait tout le rez-de-chaussée de la maison. Aussitôt le repas du matin terminé, les garçons suivirent, bien à contrecœur, leur père aux bâtiments pour une corvée de nettoyage.

Au milieu de l'avant-midi, l'oncle Paddy quitta sa chambre au moment même où Hormidas Meilleur s'arrêtait dans la cour de la ferme.

— Bon, v'là mon journal qui arrive, dit le retraité en contournant le banc sur lequel était déposé le bac rempli d'eau savonneuse où trempaient des vêtements sales.

Il ouvrit la porte au petit homme au nez bourgeonnant qui portait, pour la première fois de la saison, son vieux chapeau melon verdâtre. Comme d'habitude, l'oncle lui offrit une bonne rasade de la bagosse de Liam avec son sans-gêne coutumier.

— À la santé des habitants de la maison ! dit le facteur avec une bonne humeur qui n'était probablement pas étrangère aux nombreuses consommations prises depuis le début de sa tournée.

— Félicitations pour votre mariage prochain, monsieur Meilleur, lui dit Camille en s'essuyant les mains sur son tablier.

— Merci, mais il faut ben faire une fin, comme on dit.

— Je vous pensais plus intelligent que ça, plaisanta Paddy. Vous étiez pas ben, libre comme l'air?

— Voyons, mon oncle, le rabroua Camille. Monsieur Meilleur a peut-être pas la chance d'avoir un neveu pour l'héberger et prendre soin de lui.

— En plein ça, reconnut Hormidas avec bonne humeur. Bon, c'est pas tout, mais c'est pas en brettant que je vais finir ma *run*. Là, je vous laisse pas juste votre journal, j'ai aussi une lettre pour vous, ajouta-t-il, en tendant une enveloppe d'aspect officiel au retraité.

Paddy Connolly prit le journal et l'enveloppe et scruta cette dernière avant de raccompagner le facteur à la porte. Après le départ d'Hormidas Meilleur, le plus vieux des Connolly prit le temps de se verser une tasse de thé et de tartiner de beurre une épaisse tranche de pain. Ensuite, il alla s'asseoir confortablement près du poêle avant d'allumer un cigare. Camille et Ann s'étaient remises au lavage, mais il ne pouvait ignorer la curiosité qui semblait les dévorer. Après tout, ce n'était que la deuxième fois qu'il recevait du courrier à la maison depuis le début de l'hiver.

Il finit tout de même par ouvrir l'enveloppe d'où il tira une lettre qu'il lut après avoir déposé sur son nez ses vieilles lunettes à fine monture d'acier. Le sourire épanoui qui se répandit sur ses traits n'échappa pas à Camille qui l'épiait à la dérobée depuis de nombreuses minutes.

— Est-ce que ce sont des bonnes nouvelles, mon oncle? lui demanda-t-elle.

— Pas mal bonnes… Ouais, pas mal bonnes, répéta-t-il sans chercher à dissimuler son contentement.

Camille ne tenta pas d'en savoir davantage, sachant fort bien que le bavard ne saurait se taire bien longtemps au sujet du contenu de la missive. En fait, elle n'eut à attendre que quelques minutes avant qu'il lui déclare sur un ton pompeux :

— Ma fille, mon homme d'affaires m'a écrit qu'il a un acheteur sérieux pour mes cinq maisons, à Montréal. Il paraît qu'il m'en offre un ben bon prix, à part ça.

— C'est toute une bonne nouvelle, ne put s'empêcher de dire Camille, heureuse pour lui.

— Ça fait que je vais être obligé de partir demain matin de bonne heure. Il faut que j'aille signer toutes sortes de papiers pour régler ça, ajouta l'Irlandais, tout fier.

— Est-ce qu'il va vous rester au moins une maison où habiter ? lui demanda-t-elle, réalisant soudain ce que cela pouvait signifier.

— Inquiète-toi pas pour ça, s'empressa-t-il de répondre en se méprenant sur le sens de sa question. J'ai l'intention de vendre mes meubles avant de revenir rester ici avec vous autres.

Camille déglutit et sentit ses jambes se dérober sous elle. Tous ses espoirs d'être enfin débarrassée de cet hôte encombrant et sans gêne venaient de s'évanouir. Elle n'allait tout de même pas capituler sans se battre.

— Là-dessus, mon oncle, il va falloir se parler sérieusement, lui dit-elle d'une voix blanche.

— Comment ça ? s'étonna l'effronté.

— Écoutez. Si vous vous rappelez bien, vous êtes arrivé avant Noël pour deux ou trois jours et ça nous a fait plaisir de vous recevoir. Après les fêtes, vous avez décidé de rester jusqu'à la fin de l'hiver, même si, comme vous avez pu le voir, on roule pas sur l'or et qu'on n'a pas grand place pour vous garder avec les quatre enfants.

— Mon neveu m'a rien dit là-dessus, prétendit le retraité en exhalant la fumée de son cigare sur un ton indifférent.

— Vous avez jamais pensé que c'était parce que Liam était trop gêné pour vous le dire, mon oncle ?

— Ça me surprendrait, laissa-t-il tomber sèchement.

— En tout cas, moi, je vous le dis, s'entêta la maîtresse de maison en se campant devant lui. Je pense que j'ai le droit de dire ce que je pense dans ma propre maison. Après tout, c'est moi qui vous nourris et qui lave votre linge depuis presque cinq mois.

— Pourquoi tu me dis ça, là, aujourd'hui ? lui demanda Paddy en quittant brusquement sa chaise berçante pour se retrouver debout, en face d'elle.

— Parce que si vous avez l'intention de revenir rester chez nous, il va bien falloir parler de votre pension, mon oncle, lui déclara-t-elle, tout net. Je veux pas être regardante, mais une bouche de plus à nourrir, ça paraît.

— Je mange tout de même pas tant que ça, se défendit le petit homme bedonnant.

— Et là, je parle pas du surplus de besogne que je dois faire pour prendre soin de votre linge et de votre chambre.

— Bon, c'est correct. Je vais parler de tout ça avec Liam quand il rentrera. On verra ben ce qu'il dira. Après tout, je vais vous laisser tout l'argent que j'ai quand je vais lever les pattes.

— Bâti comme vous l'êtes, mon oncle, ça peut bien arriver dans vingt-cinq ou trente ans. Ça règle rien.

— Quand tu parles de pension, t'aimerais que je te donne quel montant ? finit-il par lui demander.

— Au moins deux piastres par semaine, affirma-t-elle sans la moindre hésitation.

— Deux piastres par semaine ! s'écria Paddy, l'air horrifié. Mais c'est presque le prix d'une chambre dans un hôtel de Montréal.

— Avec vos trois repas par jour et le lavage de votre linge ? s'enquit Camille, suspicieuse.

— Certain ! répondit-il avec force.

— Si c'est comme ça, à votre place, je choisirais l'hôtel, mon oncle, fit-elle, l'air moqueur. Comme ça, vous seriez pas enterré à la campagne.

— Il me semble qu'une piastre et quart par semaine, ce serait pas mal ben payé, suggéra le retraité, sans tenir le moindrement compte qu'il était hébergé gratuitement depuis près de cinq mois.

— Pour un homme qui se vante d'avoir pas mal d'argent, je trouve que vous vous débattez pas mal pour sauver une couple de cennes, ne put s'empêcher de lui faire remarquer la jeune femme, excédée.

— En tout cas, ça, c'est une affaire d'hommes. Je vais en parler à mon neveu et c'est lui, le maître de la maison, qui va décider, trancha-t-il.

— Faites donc ça, l'encouragea-t-elle, sur un ton qui cachait mal son sarcasme.

Moins de dix minutes plus tard, Camille vit l'oncle de son mari endosser son manteau et quitter la maison en direction des bâtiments. Elle était hors d'elle. De toute évidence, son pensionnaire avait décidé d'éclaircir la situation tout de suite avec Liam et hors de sa présence.

— Ça se passera pas comme ça ! dit-elle à haute voix, les dents serrées.

Elle se préparait déjà à avoir une conversation orageuse avec son mari quelques minutes plus tard. Elle finit son lavage et, avec l'aide de sa fille aînée, elle alla vider l'eau savonneuse dans l'auge des porcs, dans la porcherie.

Elle venait à peine de rentrer qu'elle aperçut Liam venant vers la maison à grandes enjambées.

— Montez donc en haut, les filles, dit-elle à Rose et à Ann. J'ai l'impression que votre père est pas de bonne humeur.

L'adolescente et la petite fille s'empressèrent de monter à l'étage. Leur père entra dans la maison en claquant violemment la porte derrière lui.

— C'est quoi cette histoire de vouloir obliger mon oncle à payer une pension ? lui demanda-t-il sur un ton rageur. Je pensais que c'était réglé une fois pour toutes, cette affaire-là.

— Pas quand j'apprends qu'il a l'intention de venir s'installer pour tout le temps chez nous, rétorqua-t-elle sur le même ton, bien décidée à ne pas céder d'un pouce. Il y a tout de même des limites à être effronté, bondance !

— C'est mon oncle !

— C'est peut-être ton oncle, mais t'as aussi quatre enfants et une femme. Je suis pas intéressée à devenir sa servante et à priver mes enfants pour permettre à quelqu'un qui a les moyens de vivre à nos crochets. Au cas où tu t'en serais pas aperçu, il mange, ton oncle !

— Calvaire, combien de fois il va falloir te répéter qu'il va me laisser tout ce qu'il a ? dit-il en colère.

— Répète-le tant que tu veux, mais à se ménager comme il le fait depuis qu'il reste ici dedans, il va tous nous enterrer, répliqua-t-elle, sans céder d'un pouce. Je lui demande pas la fin du monde. Juste deux piastres par semaine.

— Il dit que c'est le même prix qu'on lui chargerait à l'hôtel.

— Si c'est comme ça, qu'il nous débarrasse et qu'il aille vivre à l'hôtel, rétorqua-t-elle sur un ton définitif. Toi, ton oncle te dérange pas. C'est moi qui suis poignée pour le nourrir et le blanchir. S'il paie pas de pension, j'arrête ça. Tu lui feras à manger.

— Maudite tête de cochon ! s'écria Liam Connolly en levant la main comme pour la frapper.

S'il s'imaginait lui faire peur, il connaissait bien mal la fille aînée de Marie Beauchemin. Au lieu de reculer, elle fit un pas en avant, les yeux étincelants de fureur.

— Essaye donc de lever la main sur moi une seule fois pour voir, le provoqua-t-elle, les poings serrés, prête au combat. Je suis pas un de tes enfants et tu me fais pas peur pantoute, Liam Connolly.

Le cultivateur du rang Saint-Jean se rendit compte subitement que la femme qui lui faisait face n'était pas la faible Julia, sa première épouse. Camille Beauchemin avait pratiquement la même taille que lui et il vivait maintenant depuis assez longtemps avec elle pour connaître sa force physique.

Fou de rage, il tourna les talons et quitta la maison. Camille s'approcha de la fenêtre et regarda son mari s'entretenir avec son oncle à la porte de la grange où le retraité avait trouvé refuge. Elle n'entendit pas ce que les deux hommes se disaient, mais l'entretien dura quelques minutes. Peu après, Paddy rentra dans la maison et retira son manteau avant de reprendre sa place dans sa chaise berçante. Il déplia son journal, mais avant de se consacrer à sa lecture, il dit sèchement à sa nièce par alliance :

— Comme t'as l'air à ben gros y tenir, je me suis entendu avec Liam. Je vais vous donner une piastre et demie de pension chaque vendredi, même si je continue à croire que ça vaut pas ça.

— C'est correct, mon oncle, dit Camille qui avait entrepris d'éplucher les pommes de terre alors qu'Ann redescendait lui donner un coup de main. De toute façon, dites-vous que vous êtes pas obligé de rester avec nous autres. Vous serez toujours libre de partir quand vous voudrez.

Quand Liam rentra dans la maison pour dîner, il affichait un air mécontent qui ne le quitta pas de la journée. Camille feignit d'ignorer cette bouderie, trop contente d'être parvenue à ses fins. Avant de souffler la lampe, ce soir-là, elle prit tout de même la précaution de demander à son mari :

— Est-ce que c'est à toi ou à moi que ton oncle va payer sa pension ?

— Je lui ai pas dit, répondit-il sèchement.

— Si c'est comme ça, tu peux me laisser m'en occuper. Je pense qu'il va être plus gêné avec moi. De toute façon, je suppose que t'as dû t'arranger pour lui dire que c'était moi, la méchante, qui en voulait à son argent...

— En plein ça, se borna-t-il à dire.

— Ça me dérange pas pantoute, fit-elle, frondeuse. Comme ça, j'aurai moins l'impression qu'il rit de nous autres en pleine face.

— Là, tu vas l'avoir, ton argent, ça fait que je veux plus en entendre parler.

— J'espère que t'as tout de même remarqué qu'il s'est arrangé pour te faire baisser le prix de sa pension, ajouta-t-elle d'une voix acide.

— Calvaire, on n'est pas des quêteux ! protesta-t-il en élevant la voix.

— C'est vrai, mais ça empêche pas qu'on a besoin de cet argent-là pour les enfants.

— Whow ! J'ai mon mot à dire là-dedans.

— C'est ça, on en reparlera.

Dès que la lampe fut soufflée, Camille ne put s'empêcher de sourire dans le noir. Elle avait enfin obtenu ce qu'elle voulait, même si l'oncle avait coupé du quart la pension qu'elle exigeait. Si Paddy Connolly devenait trop malcommode ou trop exigeant sous le prétexte qu'il payait une pension hebdomadaire, elle allait faire en sorte de lui rendre la vie si difficile qu'il n'aurait pas d'autre choix que de partir. Mais en attendant, tout l'argent qu'elle allait lui arracher, son mari n'en verrait pas la couleur. Il allait servir à la réalisation d'un rêve qu'elle caressait pour Ann.

Devant les très bons résultats scolaires de l'adolescente, elle envisageait sérieusement de l'envoyer dans un pensionnat de Nicolet pour la préparer à devenir institutrice. Elle avait d'ailleurs commencé les travaux d'approche auprès de sa fille… Il ne resterait qu'à persuader Liam, ce qui n'allait pas être facile, mais elle en faisait son affaire.

❧

Le lendemain matin, le ciel était encore nuageux, mais la pluie avait cessé depuis quelques heures quand les enfants partirent pour l'école. Quelques minutes après leur départ,

Paddy Connolly descendit dans la cuisine en portant un maigre bagage qu'il déposa près de la porte. Depuis leur discussion de la veille, le quinquagénaire battait froid à son hôtesse et ne lui adressait la parole que lorsqu'il y était obligé.

— Il faut croire que c'est dans le caractère des Connolly, murmura Camille, nullement impressionnée par cette bouderie.

L'homme finit sa toilette devant le miroir suspendu près de l'armoire et se décida enfin à ouvrir la bouche.

— Est-ce que Patrick est déjà parti pour l'école ? demanda-t-il à sa nièce par alliance occupée à ranger la cuisine.

— Il vient de partir avec les autres, mon oncle.

— Tornon ! J'aurais ben voulu qu'il attelle ma voiture pendant que je déjeune.

— Là, j'ai bien peur que vous deviez vous débrouiller tout seul, laissa tomber Camille d'une voix neutre. Liam vient de partir pour le bois. Approchez, je vais vous préparer à déjeuner.

Paddy mangea seul, au bout de la table, et Camille entreprit son repassage sans se soucier davantage de lui. À la fin de son repas, il quitta les lieux après avoir dit qu'il ne savait pas exactement quand il reviendrait. La maîtresse de maison n'émit aucun commentaire. Elle le regarda se diriger vers l'écurie, sa petite valise à la main. Elle n'avait pas été sans remarquer que son pensionnaire n'avait pas daigné la saluer et la remercier pour tout ce qu'elle avait fait pour lui durant les mois précédents.

— Je crois bien qu'il me prend pour sa servante, murmura-t-elle, fâchée. Bon débarras ! J'espère qu'il reviendra pas trop vite !

Peu après, elle entendit passer le boghei de l'oncle de son mari près de la maison. Elle ne se dérangea pas pour le voir partir.

— Lui, quand il va remettre les pieds ici dedans, on va mettre les choses au clair, dit-elle à haute voix. J'ai déjà assez d'avoir à endurer le neveu sans m'encombrer de l'oncle.

◆

Ce soir-là, les syndics de Saint-Bernard-Abbé se réunirent dans la sacristie pour mettre la dernière main aux préparatifs de la fête qui allait être donnée à l'occasion de la visite de monseigneur Laflèche prévue le dimanche suivant. Josaphat Désilets, l'air sombre, fit entrer les cinq hommes et les invita à prendre place autour de la grande table après avoir récité la courte prière habituelle.

— J'ai une mauvaise nouvelle à vous annoncer, déclara d'entrée de jeu le prêtre.

— Bon, qu'est-ce qui nous arrive encore ? demanda Anatole Blanchette à mi-voix.

— Monseigneur pourra pas venir dimanche prochain, comme il était entendu. Son secrétaire m'a envoyé une lettre pour m'informer que monseigneur est tombé malade.

— Est-ce que ça veut dire qu'on va être obligés d'attendre encore durant des mois pour devenir une paroisse, monsieur le curé ? lui demanda Donat.

— Non, si je me fie au document officiel que j'ai reçu hier, l'érection canonique de la paroisse est faite. J'ai aussi reçu un exemplaire de la gazette officielle de Québec qui prouve que l'érection civile de Saint-Bernard a été enregistrée la semaine passée. De ce côté-là, il y a plus de problème. Maintenant, les limites définitives de notre paroisse sont fixées et plus personne va pouvoir dire qu'il appartient pas à Saint-Bernard s'il est sur notre territoire.

Ce dernier commentaire du prêtre fit comprendre aux hommes réunis dans la pièce que Josaphat Désilets n'avait pas plus apprécié qu'eux que certains francs-tenanciers aient exigé de retourner dans leur paroisse d'origine en prétextant que la distance les séparant de la chapelle du rang Sainte-

Ursule était encore plus grande que celle qui les séparait de leur vieille église paroissiale.

— Si je comprends ben, monsieur le curé, c'est juste la petite fête qu'on prévoyait qui tombe à l'eau, intervint Antonius Côté, la mine réjouie. C'est pas ben grave, non ?

— On pourrait juste dire au monde que la fête est remise à quand monseigneur pourra venir nous voir, suggéra Samuel Ellis, le président du conseil, pas du tout catastrophé, lui non plus, par la nouvelle.

Comme tous semblaient approuver la suggestion, Josaphat Désilets se rangea à l'opinion générale et dut promettre de faire l'annonce le dimanche suivant.

— Avec un peu de chance, vous allez peut-être être capable de recevoir monseigneur dans votre nouveau presbytère, monsieur le curé, l'encouragea Thomas Hyland, toujours positif. Ce serait tout de même mieux que dans votre sacristie.

— Pour ça, vous avez raison, reconnut le prêtre, visiblement très déçu d'être privé d'une belle cérémonie.

Il y eut un court silence et Samuel allait donner le signal de la fin de la réunion quand le prêtre reprit la parole en affichant un petit air supérieur.

— Avant de se quitter, il faut parler du nouveau conseil de fabrique qui doit remplacer le conseil des syndics, dit-il.

— Où est la différence ? demanda Ellis, surpris.

— Voyons, monsieur Ellis. C'est évident, il me semble. La mission Saint-Bernard-Abbé existe plus et donc son conseil de syndics non plus. Il va falloir retourner devant les francs-tenanciers pour élire le nouveau conseil de fabrique.

Les cinq hommes réunis autour de la table se regardèrent, médusés, durant un bref moment. Si le curé Désilets avait cru inquiéter et déstabiliser les membres de son conseil en annonçant sa dissolution, il en fut pour ses frais.

— C'est un bout de cierge de bonne nouvelle, ça, déclara Anatole Blanchette, apparemment content d'apprendre cela. Moi, en tout cas, je suis prêt à laisser ma place n'importe quand si quelqu'un la veut.

— Moi aussi, s'empressa de dire Côté avec le même enthousiasme.

— C'est sûr que je me battrai pas, moi non plus, pour devenir marguillier, fit Donat à son tour.

— C'est vrai que c'est ben des responsabilités sur le dos, expliqua Samuel.

— Pour ça, il y a pas de doute, reconnut Thomas Hyland.

L'air affiché par les deux Irlandais apprit au curé que les membres de son conseil pensaient la même chose que les autres, ce qui l'inquiéta sérieusement.

— Attention, prit-il la peine de préciser sur un tout autre ton, j'ai pas dit que vous deviez quitter le conseil. Vous avez fait bien des choses pour la mission et je suis certain qu'en bons chrétiens, vous êtes prêts à continuer à vous sacrifier pour les habitants de Saint-Bernard. On va réunir les gens après la grand-messe, dimanche prochain, à la place du salut au Saint-Sacrement, pour faire l'élection. Personnellement, je vais recommander de tous vous nommer marguilliers de la nouvelle paroisse.

L'ecclésiastique ne vit aucun sourire de reconnaissance apparaître sur les visages qui l'entouraient. Apparemment, le titre ne suscitait guère d'enthousiasme chez les syndics en place.

❧

Le dimanche suivant, Donat laissa sa femme, Bernadette et Hubert devant le parvis de la chapelle avant d'aller stationner son boghei près des autres véhicules dans le stationnement. Le jeune cultivateur se porta à la hauteur d'Anatole Blanchette et d'Antonius Côté qui venaient d'arriver.

— On a quelque chose à te dire, fit Antonius en abordant son jeune voisin du rang Saint-Jean.

— Quoi, monsieur Côté?

— Ben, tous les deux, on se présentera pas pour faire partie du nouveau conseil. Moi, monsieur le curé m'énerve trop.

— Et moi, je trouve qu'à mon âge je peux laisser ma place à un plus jeune, compléta Anatole.

— Mais si vous faites ça, vous allez laisser la place aux Irlandais, protesta Donat. Vous pouvez être certains que Hyland et Ellis, eux autres, lâcheront pas.

— C'est pas sûr pantoute, dit Antonius.

— Non, mais c'est un maudit risque, par exemple. Si les Irlandais sont en majorité au conseil de fabrique, les décisions vont toujours être en leur faveur. Ça me surprendrait même pas que monsieur le curé soit obligé de faire de plus en plus d'affaires en anglais, même les réunions...

Les deux hommes se regardèrent, puis haussèrent les épaules.

— Tu sais ben qu'il va y avoir des Canadiens français qui vont se présenter, avança Anatole Blanchette au moment où ils arrivaient à la porte de l'église. Là, moi, en tout cas, je vais avertir monsieur le curé.

— Attends-moi, reprit Antonius, j'y vais avec toi.

Donat, mécontent et inquiet, alla rejoindre les siens dans le banc loué par la famille Beauchemin.

Quelques minutes plus tard, Josaphat Désilets entra dans le chœur en compagnie de ses servants de messe. En conclusion de son prône, il annonça en anglais et en français dans un même souffle l'annulation de la visite de monseigneur Laflèche pour des raisons de santé et le remplacement du salut au Saint-Sacrement par la tenue de l'élection du premier conseil de fabrique de Saint-Bernard-Abbé, immédiatement après la célébration de la grand-messe. Par conséquent, il demandait aux francs-tenanciers de la paroisse de demeurer sur place après l'*Ite missa est*.

À la fin de la cérémonie, les femmes et les enfants quittèrent la chapelle, laissant derrière eux les propriétaires des fermes de Saint-Bernard-Abbé, ou leurs représentants, appelés à voter pour l'élection du nouveau conseil de fabrique. Angèle Cloutier était la seule femme à rester. Pendant que le prêtre allait retirer ses habits sacerdotaux dans la sacristie, les fermiers discutèrent à voix basse entre eux. Quand le curé de la paroisse revint dans le chœur, vêtu de sa soutane noire sur laquelle il avait passé un surplis, le silence tomba sur les lieux.

— Saint-Bernard-Abbé est maintenant une paroisse, déclara-t-il. Comme dans toutes les paroisses, il appartient à un conseil de fabrique de s'occuper de gérer les biens matériels de la paroisse. Depuis plus d'un an, vous aviez un conseil des syndics qui a bien et beaucoup travaillé. J'avais l'intention de vous demander de réélire en bloc tous les membres de ce conseil.

— Pourquoi pas! intervint Télesphore Dionne assez fort pour être bien entendu par une bonne partie de l'assemblée.

La majorité des gens présents approuvèrent.

— On peut pas faire ça parce que deux syndics m'ont appris ce matin qu'ils tenaient pas à faire partie de la fabrique. Monsieur Antonius Côté et monsieur Anatole Blanchette se retirent et je les remercie pour tous les services qu'ils ont rendus à la mission.

Quelques maigres applaudissements suivirent ces remerciements. Hormidas Meilleur, assis près de sa fiancée, se leva soudain pour demander au prêtre :

— Monsieur le curé, est-ce qu'on pourrait pas élire marguilliers les trois syndics qui restent, s'ils le veulent ? Il me semble qu'ils connaissent ben les affaires de la paroisse et qu'on peut leur faire confiance.

Devant l'approbation générale de l'assemblée, le curé Désilets, habile, demanda que ceux qui s'opposaient à cette élection automatique des trois syndics lèvent la main. Aucune main ne se leva et Donat Beauchemin, Thomas Hyland et Samuel Ellis furent élus marguilliers sans opposition.

— Il faut maintenant voir au remplacement des deux démissionnaires, poursuivit Josaphat Désilets, satisfait de la tournure des événements. Quelqu'un a-t-il un nom à proposer? demanda-t-il en regardant la foule devant lui.

— Je propose Liam Connolly, dit Rémi Lafond.

Le mari de Camille sursauta en entendant son nom, mais il ne put cacher la fierté qui illumina son visage.

— Qui vote pour notre maître-chantre? demanda le prêtre.

À peine quatre ou cinq mains se levèrent pour appuyer sa candidature, ce qui mortifia passablement l'Irlandais.

— Moi, je propose monsieur Meilleur, dit Angèle Cloutier d'une voix forte.

Il y eut quelques ricanements et on se poussa du coude dans l'assistance.

— L'Angèle pousse son p'tit père en avant, on dirait, chuchota Xavier Beauchemin à son frère, assis près de lui.

— Mieux vaut lui qu'un autre Irlandais, chuchota Donat.

— Aurais-tu dit la même chose si Liam avait été élu? lui demanda son jeune frère.

— Non, lui, c'est pas un vrai Irlandais. Il parle même pas anglais.

Le curé de la paroisse fit voter les gens et, au grand étonnement de plusieurs, Hormidas Meilleur fut élu marguillier. À voir son visage, le petit facteur semblait le premier surpris. Il se leva et salua les gens avant de se rasseoir.

— Il nous manque encore un marguillier, déclara Josaphat Désilets.

— Je me propose, fit une voix forte en provenance de l'arrière de la chapelle.

Toutes les têtes se tournèrent pour découvrir le notaire Eudore Valiquette, debout très droit pour ne rien perdre de sa petite taille. Son visage mince au menton fuyant encadré par ses épais favoris gris arborait un sourire sympathique.

— Il faut être propriétaire d'une terre pour être marguillier, s'interposa Tancrède Bélanger, humilié de constater
que personne ne songeait à lui.

— Mais je suis propriétaire de la moitié de la terre
d'Euclyde Bérubé du rang Saint-Paul, affirma avec aplomb
le notaire.

— Première nouvelle, laissa tomber Bélanger, le visage
renfrogné.

Eudore Valiquette avait beau s'être installé à Saint-
Bernard-Abbé moins de trois mois auparavant, le rôle qu'il
avait joué dans l'emprunt pour le presbytère et le fait qu'il
avait contacté presque tous les habitants de la paroisse pour
leur offrir ses services l'avaient rendu assez populaire. Il fut
élu à la majorité.

— On a évité le pire, murmura Donat à Xavier. Au
moins, nous autres, les Canadiens, on reste majoritaires au
conseil.

Un peu plus loin, Samuel Ellis était moins préoccupé par
le fait que les Irlandais soient demeurés en minorité que
par la nomination de Valiquette et l'importance qu'il allait
probablement tenter de se donner au sein du conseil.

— Pour moi, il va chercher à être le président, dit-il à
voix basse à Thomas Hyland alors que les gens sortaient de
la chapelle après l'élection.

— Ben non, il vient juste d'arriver à Saint-Bernard, dit
le propriétaire du moulin à bois pour le rassurer.

— Tu sauras me le dire, affirma le mari de Bridget Ellis,
dont l'inquiétude était palpable.

— On va ben voir à la prochaine réunion, rétorqua
Thomas d'une voix égale.

Ce jour-là, Liam Connolly rentra à la maison avec sa
famille après la messe en affichant un air renfrogné de
mauvais augure. Camille, assise près de lui sur le siège avant
du boghei, ne disait pas un mot. Avant de monter dans la
voiture, elle avait eu le temps d'apprendre que son mari

n'avait obtenu que de très rares votes pour faire partie du conseil. Elle comprenait ce que cela pouvait avoir d'humiliant, surtout du fait de l'élection du notaire Valiquette qui n'était qu'un nouveau venu dans la paroisse.

Son mari ne desserra pas les dents jusqu'au moment où il rentra dans la maison après avoir dételé son cheval.

— Enrage-toi pas pour rien, lui conseilla-t-elle, compréhensive. Regarde Rémi. Personne a pensé à le proposer, lui, et pourtant, c'est un bon père de famille comme toi. En plus, il est même pas maître-chantre.

— Je le sais, sacrement! Mais rien empêche que c'est insultant, une affaire comme ça, jura-t-il en conservant son visage fermé.

❧

À la fin de la semaine, Télesphore Dionne eut beaucoup de mal à empêcher quelques hommes de la paroisse de préparer un enterrement de vie de garçon mémorable à Hormidas Meilleur dont on devait célébrer le mariage le samedi suivant.

Xavier Beauchemin était le plus enthousiaste. Il avait suggéré d'enivrer le facteur avant de le rouler dans du fumier et de le couvrir de plumes. Avec quatre complices, il projetait de promener ensuite le futur marié dans une voiture dans tous les rangs de la paroisse.

— Tu peux pas faire une niaiserie comme ça, le réprimanda le propriétaire du magasin général. T'oublies que le père Meilleur a presque l'âge qu'avait ton père quand il a disparu. C'est pas un jeune. Il a droit à plus de respect et là, tout le monde va rire de lui.

— Mais il se marie, fit Xavier, rieur. Il faut fêter ça.

— Penses-tu que l'Angèle va vous pardonner cette folie-là si son futur lui arrive tout magané le matin des noces? Moi, à votre place, j'y penserais deux fois plutôt qu'une avant de faire ça.

— Ce sera pas si pire, insista Xavier qui sentait déjà fléchir la volonté de ses complices.

— Ce que monsieur Dionne dit est pas bête, intervint son frère Hubert, conscient qu'Angélique, debout derrière le comptoir, le couvait des yeux. Pense que tu te maries dans deux mois. Tu risques de te faire faire la même chose, et tu trouveras pas ça drôle pantoute.

Après une discussion de quelques minutes, il fut entendu que l'enterrement de vie de garçon du facteur se limiterait à l'encourager à boire autant de bagosse qu'il le désirerait la veille de son mariage. Le tout se passerait à la forge d'Évariste Bourgeois.

Le vendredi soir, plusieurs jeunes se présentèrent sur les lieux avec un cruchon de bagosse et Hormidas, tout heureux qu'on ait songé à lui organiser une petite fête, profita sans retenue des libations. En fait, il en profita si largement qu'il s'endormit au début de la nuit sur une pile de vieilles couvertures dans un coin de la forge, assommé par tout l'alcool ingurgité. D'un commun accord, les participants à la fête décidèrent de le laisser sur place cuver tout ce qu'il avait bu.

— À mon avis, il sera ja… jamais capable de se lever de… demain matin, déclara Amable Fréchette, la voix hésitante.

— Tant mieux pour lui, dit Tancrède Bélanger. Ça va lui éviter de faire une erreur demain.

La demi-douzaine de fêtards quitta la forge et Évariste laissa derrière lui le fiancé d'Angèle Cloutier ronflant comme un sonneur.

Quand le forgeron vint réveiller Hormidas, aux petites heures, le lendemain matin, le futur marié sembla d'abord passablement perdu et eut du mal à poser un pied devant l'autre.

— Grouillez-vous, père Meilleur, lui ordonna Évariste Bourgeois, goguenard. Vous devez rentrer chez vous vous laver et vous habiller pour vos noces. Là, vous sentez le putois et si vous vous présentez comme ça à l'église, votre promise va vous envoyer coucher dans la grange à soir, je vous en passe un papier. J'ai attelé votre boghei. Il est devant la porte.

Le petit homme retrouva son chapeau melon verdâtre qui avait roulé dans un coin, secoua ses vêtements, remercia son hôte et quitta les lieux. En ce dernier samedi d'avril, l'air était frais, mais il n'y avait pas un nuage.

Trois heures plus tard, Xavier et ses complices se réunirent sur le parvis de la chapelle, prêts à se moquer de l'air malade qu'allait sûrement afficher le futur marié après une telle soirée de beuverie.

— Avec tout ce qu'il a bu hier soir, il aurait presque pu prendre un bain dans la bagosse, déclara le fils de Marie Beauchemin.

— Pour moi, à matin, le bonhomme a pas été capable de se lever, ajouta le fils aîné de Samuel Ellis.

— Ce serait la moindre des choses, conclut Amable Fréchette. Il nous a coûté assez cher en bagosse, le « p'tit père ».

Pendant ce temps, Marie Beauchemin avait déposé un gâteau dans une boîte et l'avait transporté dans le boghei où l'attendait Donat avec impatience.

— Vous étiez pas obligée de venir au mariage, m'man, dit-il à sa mère. Moi et les autres marguilliers, on y va parce que le père Meilleur est au conseil.

— Madame Cloutier est une bonne femme et c'est normal qu'on lui apporte quelque chose pour ses noces. Tu vas voir, je suis certaine que les Bélanger, les Dionne et les Bourgeois vont être là et vont avoir fait la même chose.

En fait, à leur arrivée à la chapelle, la mère et le fils découvrirent qu'une vingtaine de personnes s'étaient déplacées pour assister à la célébration du mariage entre le facteur et la veuve. Quand Marie aperçut Xavier en train de discuter avec des amis, elle lui fit signe d'approcher.

— Je savais pas que t'avais l'intention de venir aux noces, lui dit-elle.

— Ben non, m'man. Je veux juste voir de quoi ont l'air les futurs mariés.

— Ah bon ! Mais comme t'es déjà là, j'espère que tu vas entrer assister à la messe.

— Ben…

— Arrive, mon garçon. Prier te fera pas de mal.

Au même instant, Évariste Bourgeois immobilisa son attelage devant la chapelle pour en laisser descendre Hormidas Meilleur et Tancrède Bélanger, son témoin. Les jeunes présents découvrirent avec stupéfaction un futur marié souriant aux traits détendus et ne portant aucun stigmate visible de la cuite mémorable prise la veille.

— Le vieux blasphème, il a même pas l'air d'avoir mal à la tête ! jura Xavier en cachant mal son admiration pour l'homme.

— C'est vrai qu'il a l'air frais comme une rose, ajouta Fréchette, dépité.

— Attendez que la mère Cloutier lui mette la main dessus, conclut Donat en riant. Il va frétiller pas mal moins, le bonhomme.

Hormidas, l'allure fringante, pénétra dans la chapelle avec son témoin.

Angèle Cloutier arriva dans la voiture de Télesphore Dionne en compagnie du propriétaire du magasin général et de sa femme quelques instants plus tard. La veuve portait un léger manteau de printemps sur une robe grise ornée d'un peu de dentelle. Elle sourit aux personnes rassemblées sur le parvis avant d'entrer dans la chapelle à son tour.

La cérémonie de mariage fut toute simple et dura moins d'une heure. À la sortie des nouveaux époux, on leur fit un petit cortège jusqu'au bas de la côte du rang Sainte-Ursule. Même si aucune fête n'avait été prévue, la mariée invita les gens à entrer chez elle.

Elle eut alors l'agréable surprise de constater que la plupart des femmes avaient songé à préparer des desserts. Tous les invités présents eurent donc droit à une pointe de tarte ou à un morceau de gâteau accompagné d'une tasse de thé.

Au milieu de l'après-midi, les gens commencèrent à quitter les lieux, heureux d'avoir improvisé une petite fête pour les nouveaux mariés.

Chapitre 21

Un printemps occupé

Le mois de mai commença par quelques journées de pluie, ce qui aida le curé de Saint-Bernard-Abbé à faire accepter que la récitation quotidienne du chapelet se fasse à l'abri de la chapelle plutôt qu'au pied de la croix de chemin du rang Saint-Jean, comme cela s'était toujours fait. Bien entendu, l'épouse de Tancrède Bélanger avait rechigné, mais le prêtre ne faisait que tenir la promesse faite à ses ouailles l'année précédente.

— Voulez-vous bien me dire à quoi ça sert que je fleurisse notre croix si plus personne vient prier là? répétait-elle chaque fois qu'elle rencontrait des voisins.

Tout le monde savait bien que ce que la fermière regrettait avant tout, c'était son rôle d'hôtesse parce que la croix était sur la terre de son mari.

Évidemment, cette pluie retardait également le redressement des clôtures, premier travail de la saison avant d'envoyer les vaches à l'extérieur.

Le premier mercredi du mois, Camille se réveilla avec la nette impression que quelque chose n'allait pas. Son mari ronflait à ses côtés et le jour commençait à peine à se lever. La jeune femme se passa une main sur le front: celui-ci était couvert de sueur et une nausée subite la fit se précipiter hors de la chambre. Frissonnante, elle se couvrit les épaules de son vieux châle et sortit rapidement de la maison pour aller dans les toilettes sèches situées près de la remise. Là, pendant plusieurs minutes, elle fut secouée par de douloureux spasmes. L'estomac vide et un peu flageolante, elle revint à la maison en se demandant ce qu'elle n'avait pas digéré dans le repas pris la veille.

Elle alluma le poêle et mit la théière sur le feu avant de se laisser tomber dans sa chaise berçante, encore toute secouée par cette indigestion anormale. Elle ne réveilla les siens qu'après avoir bu une tasse de thé bouillant.

Les deux jours suivants, Camille fut victime des mêmes malaises matinaux. Ce qu'elle avait tant redouté semblait s'être produit. Tout laissait croire qu'elle était enceinte de son premier enfant, elle qui aurait trente ans dans deux mois.

— Mon Dieu! Un cinquième enfant dans la maison! Comment les enfants vont prendre ça? Et Liam?

Ce matin-là, la fille aînée de Marie Beauchemin attendit que les enfants soient partis à l'école pour apprendre la nouvelle à son mari qui, apparemment, ne s'était pas aperçu de ses malaises matinaux.

— Ah ben, calvaire! jura-t-il. Il manquait plus que ça! Pas un autre!

Les traits du visage de sa femme se durcirent en entendant l'accueil qu'il faisait à ce qu'elle considérait comme une bonne nouvelle.

— Ça a l'air de te faire plaisir sans bon sens, répliqua-t-elle sèchement.

— On en a déjà quatre, dit-il en guise d'explication.

— Je te ferai remarquer qu'on est mariés et que c'est normal qu'on ait des enfants, rétorqua-t-elle. Il paraît que le mariage, c'est fait pour ça.

— Laisse faire tes sermons de curé, la rabroua-t-il. Je connais la chanson. En attendant, nous v'là poignés avec un autre petit qui s'en vient.

— Il y a un bien bon moyen pour que ça arrive plus, persifla-t-elle. T'as juste à aller dormir dans une des chambres en haut.

Liam ne se donna pas la peine de lui répondre. Il sortit de la maison en claquant la porte et se dirigea vers les bâtiments. Après son départ, Camille alla s'enfermer dans sa chambre et se laissa tomber sur son lit. Elle sanglota durant de longues minutes, incapable de contrôler la peine qui la submergeait.

— J'aurais jamais dû le marier, murmura-t-elle. Il a pas de cœur, cet homme-là !

Mais la femme énergique qu'elle était reprit rapidement le dessus. Elle finit par sécher ses larmes et mit de l'ordre dans la pièce avant de regagner sa cuisine où elle entreprit de préparer le repas du midi. À la fin de la matinée, elle alla bêcher son jardin.

Un peu avant l'heure du repas, un bruit de voiture approchant sur la route la fit se redresser pour identifier le voyageur qui passait.

— Ah non ! Pas lui ! Ça, c'est le restant des écus ! dit-elle à haute voix en reconnaissant l'oncle de son mari qui venait de faire entrer son attelage dans la cour de la ferme.

Paddy Connolly ne pouvait revenir chez son neveu à un pire moment. L'homme poursuivit son chemin jusqu'à l'écurie, détela sa bête et la fit entrer dans l'enclos, avant de revenir à la maison en portant sa valise cartonnée. Camille se remit à sa tâche en attendant que son pensionnaire se décide à la saluer. Celui-ci fit comme s'il ne l'avait pas vue dans le jardin. Il déposa sa valise sur la galerie et entreprit de transporter trois boîtes remplies de ses affaires personnelles qu'il monta dans sa chambre. Camille continua sa besogne jusqu'à ce qu'elle voie son mari se diriger vers la maison pour dîner. Elle lui emboîta le pas sans se presser.

— Mon oncle est arrivé ? lui demanda-t-il.

— Je l'ai pas vu, mentit-elle sur un ton indifférent.

— Son boghei est proche de l'écurie, lui fit-il remarquer.

Tous les deux pénétrèrent dans la maison et trouvèrent le retraité bedonnant confortablement installé dans l'une des chaises berçantes, en train de fumer l'un de ses cigares malodorants.

— Tiens! Vous êtes arrivé, mon oncle, dit-elle en feignant la surprise. Vous m'avez pas vue dans le jardin?

— Ben non, répondit Paddy avec une évidente mauvaise foi.

— Pour moi, vous avez besoin de lunettes, répliqua-t-elle d'une voix acide. À force de lire vos journaux, votre vue baisse.

Puis, sans plus se préoccuper de l'oncle de son mari, elle s'occupa de son dîner. Elle sortit du fourneau les fèves au lard et dressa le couvert, en écoutant d'une oreille attentive ce que son pensionnaire racontait à son mari.

À l'entendre, Paddy Connolly avait liquidé tous ses avoirs. Il avait obtenu un bon prix autant pour ses maisons que pour ses meubles. Dorénavant, plus rien ne l'appellerait à retourner à Montréal. Il avait même sur lui une lettre de crédit représentant toutes ses économies qu'il se proposait d'aller porter chez le notaire Valiquette après le dîner. Après mûre réflexion, il avait décidé de confier tous ses avoirs au notaire pour qu'il les fasse fructifier.

— Ça, mon neveu, c'est ben de l'argent, prit-il soin de préciser en adoptant un air important. Je serais pas surpris pantoute qu'Eudore Valiquette en ait jamais vu autant dans sa vie.

Il était visible que Liam mourait d'envie de demander à son oncle quelle somme il entendait confier au notaire, mais il n'osa pas. Il se contenta de lui dire:

— Vous savez, mon oncle, Valiquette a été nommé marguillier de la nouvelle paroisse, comme le facteur.

— *Shitt!* Si j'avais pu revenir à temps, le monde de Saint-Bernard aurait pu me nommer marguillier, moi aussi.

— Je pense pas, mon oncle. Il faut posséder des biens dans la paroisse pour être marguillier, intervint Camille.

— Ouais ! On sait ben. En passant, j'ai remarqué qu'on avait l'air à travailler pas mal au moulin du cavalier de ta sœur.

— Ce sont les hommes de Bélisle de Saint-Zéphirin qui sont en train de réparer la grande roue du moulin. Elle est partie avec les glaces, expliqua Liam.

À la fin du repas pris dans un silence presque complet, Paddy ne put s'empêcher d'apprendre à son neveu la nouvelle qui défrayait les manchettes à Montréal depuis quelques jours.

— Tu devineras jamais ce qui se passe, dit-il à Liam. Il y a des ouvriers de l'Ontario qui viennent de se mettre avec des gars de chez nous pour essayer d'obliger les *boss* à les faire travailler juste neuf heures par jour. As-tu déjà entendu une affaire écœurante comme ça, toi ?

— Ça va faire des petites semaines d'ouvrage, ça, reconnut Liam, surpris.

— Des semaines de cinquante-quatre heures au lieu de soixante-douze heures, au même salaire, à part ça. Il y a pas un *boss* qui va accepter ça. Moi, mes hommes travaillaient douze heures par jour et j'en ai jamais entendu un se lamenter. Les jeunes d'aujourd'hui veulent plus rien faire. Tous des paresseux !

Liam se borna à approuver en hochant la tête.

Après un court repos, le maître des lieux décida de retourner au travail pendant que sa femme finissait de ranger la cuisine.

— Si tu pouvais venir me donner un coup de main à placer mes affaires dans ma chambre, ma nièce, ça ferait ben mon affaire, déclara le retraité.

— Voyons, mon oncle, vous avez pas tant d'affaires que ça à placer, répliqua Camille. Je vais vous laisser cette besogne-là. Moi, j'ai du fumier à transporter dans mon jardin et je suis pas pantoute en avance. Il faut que je me grouille si on veut avoir des légumes cet été.

Sur ce, elle le laissa seul dans la maison et sortit. La jeune femme ignora si son oncle par alliance rangea ses effets personnels ou s'il se laissa aller à une sieste réparatrice, mais elle le vit atteler son cheval un peu après trois heures et se diriger vers l'extrémité du rang.

Ce soir-là, malgré une journée de travail épuisante, Camille servit le souper tôt dans l'intention de participer à la récitation du chapelet à la chapelle. Dès que la vaisselle fut lavée, elle se mit à houspiller son monde pour ne pas arriver en retard.

— Moi, je vais pas là, déclara tout net son mari.

— Moi non plus, s'empressa d'annoncer Paddy.

Elle jeta un regard désapprobateur aux deux hommes, mais elle se contenta de demander à Liam :

— Dans ce cas-là, est-ce que c'est trop te demander d'aller m'atteler le boghei ?

— Patrick est capable de faire ça, répondit-il sèchement avant de sortir s'asseoir sur la galerie.

Le garçon qui allait célébrer ses douze ans quelques semaines plus tard comprit et il se dirigea vers l'enclos où les deux chevaux paissaient. Peu après, Camille et les quatre enfants s'entassèrent dans la voiture qui prit la direction du village.

Après le chapelet, la jeune femme retrouva sa mère, Bernadette, Donat, Hubert, Emma et Rémi à la sortie de la chapelle.

— Liam est pas avec toi ? lui demanda sa mère.

— Non, il était trop fatigué pour venir, répondit Camille, évasive.

— Viens donc jouer aux cartes avec nous autres, l'invita sa sœur Emma. Eugénie est chez nous. Elle garde Alexis et mes enfants.

— T'es bien fine, mais je pense que je vais rentrer. J'ai eu une grosse journée, refusa sa sœur aînée.

Marie comprit intuitivement qu'il se passait quelque chose, car elle annonça à ses enfants qu'elle préférait rentrer à la maison, elle aussi.

— Si tes enfants veulent se tasser un peu, je monterais bien avec toi, dit-elle à Camille sur un ton détaché.

— On peut ben aller vous reconduire à la maison, proposa Hubert.

— Ben non, c'est pas utile, intervint Camille, je vais ramener m'man à la maison. Vous autres, allez vous amuser et essayez de pas trop tricher, pour une fois.

— Ah ben! T'es pas gênée, la belle-sœur, fit semblant de s'offusquer Rémi Lafond. Tu sauras que moi, j'ai jamais triché aux cartes.

— Aïe, Rémi Lafond! T'oublies que j'ai déjà joué avec toi. Je sais ce que t'es capable de faire, déclara Camille en riant.

— Je pense qu'on a intérêt à le surveiller, lui, dit Donat en se mettant en marche vers son boghei.

Les trois voitures descendirent la côte du rang Sainte-Ursule l'une derrière l'autre. Celle de Camille était la dernière. Au passage, Camille et sa mère saluèrent Angèle Cloutier, debout sur sa galerie. Quand le boghei entra dans la cour de la ferme des Beauchemin, Marie dit à sa fille, comme si elle venait d'y penser:

— Pourquoi tu passerais pas un petit bout de veillée avec moi? Je suis toute seule et j'ai bien l'impression que je verrai pas revenir les autres avant au moins deux heures.

Camille n'hésita qu'un court moment avant de confier les rênes à Patrick.

— Va pas trop vite, recommanda-t-elle au garçon. Ann, tu diras à ton père que je vais revenir tout à l'heure, ajouta-t-elle à l'intention de l'adolescente.

Les deux femmes descendirent de voiture et elles attendirent de la voir disparaître dans un léger nuage de poussière avant de monter sur la galerie.

— Je pense qu'on est aussi bien de s'asseoir en dedans, déclara Marie. Le soleil se couche et il commence à faire frais.

Elles entrèrent et la maîtresse de maison s'empressa de jeter un rondin sur les tisons dans le poêle avant de déposer dessus la vieille théière un peu noircie.

— Il me semble que ça fait un bon bout de temps qu'on n'a pas pu se parler toutes les deux, dit Marie d'entrée de jeu. Il y a toujours Eugénie ou une de tes sœurs dans les parages chaque fois qu'on se voit.

— C'est vrai, reconnut sa fille aînée. Vous m'avez jamais dit comment vous trouvez ça d'avoir votre chambre en haut.

— C'est pas la fin du monde et j'en mourrai pas, déclara sa mère. Il y a du pour et du contre. En haut, c'est plus petit, mais je suis plus obligée de me lever la nuit pour entretenir le poêle. En plus, il fallait bien que ça arrive un jour avec Eugénie qui attend son deuxième. Ça aurait pas été normal que je prenne la plus grande chambre de la maison toute seule...

— Vous avez pas tort, m'man.

— Parlant de petit, fit Marie en la scrutant. T'as rien de nouveau à m'annoncer ?

— Pourquoi vous me demandez ça ? feignit de s'étonner sa fille.

— Voyons, Camille. T'es mariée depuis six mois...

— Si ça peut vous contenter, m'man, je suis en famille, déclara sa fille d'une voix éteinte. Je l'ai annoncé à matin à Liam.

— Il y a pas à dire, ça a l'air de te faire plaisir sans bon sens, fit sa mère, un peu surprise.

— Moi, je suis bien contente, mais...

— Mais ton mari l'est pas mal moins. C'est ça que tu veux dire ?

— Oui, il trouve qu'on en a déjà quatre et que c'est bien assez.

— Je veux bien le croire, mais quatre enfants, c'est pas une bien grosse famille. À part ça, ces enfants-là, même si tu les aimes bien gros, ce sont pas les tiens.

Camille se contenta de pousser un gros soupir et sa mère se rendit compte qu'elle se retenait pour ne pas pleurer devant elle.

— À quoi il s'attendait exactement, Liam Connolly, quand il t'a mariée ?

— Je le sais pas, reconnut Camille d'une toute petite voix. Il y a des fois que je pense qu'il cherchait surtout une servante.

— Ah ben là, j'espère que tu te laisseras pas faire, ma fille, s'emporta soudainement Marie. Il y a tout de même des limites à ambitionner sur le pain bénit. Cet enfant-là, tu l'as pas fait toute seule. Que ça fasse plaisir ou pas à ton mari, il va venir au monde.

— C'est ce que j'arrête pas de me dire, l'approuva Camille avec un pauvre sourire.

— Si c'est comme ça, secoue-toi et le laisse pas te manger la laine sur le dos. S'il le faut, je vais envoyer un de tes frères lui parler dans le visage, moi, à Liam Connolly.

— Faites pas ça, m'man, la pria sa fille. Je suis capable de me défendre toute seule.

— Je l'espère pour toi. En tout cas, je veux pas que tu me fasses de cachette. Si ton mari se conduit pas comme du monde, je veux que tu m'en parles. On va y mettre bon ordre. Il est pas dit qu'un maudit Irlandais va faire manger du foin à une Beauchemin.

Camille ne put s'empêcher d'éclater de rire, ce qui eut le don de détendre l'atmosphère. Ensuite, les deux femmes parlèrent du degré d'avancement de leur jardin et de ce qu'elles planteraient bientôt dans leurs plates-bandes.

— Est-ce que vous avez un peu d'aide pour faire tout ça ? finit par demander Camille.

— Bedette m'aide un peu quand elle revient de l'école, avoua sa mère. Pour Eugénie, tu la connais comme moi. Moins elle en fait, mieux elle est. À l'écouter, c'est la première femme au monde à attendre un petit. Une chance qu'elle a pas ta besogne à faire, elle en mourrait, ajouta-t-elle, sarcastique.

Une heure plus tard, Camille prit congé de sa mère. Cette conversation entre mère et fille lui avait fait un bien énorme et elle rentrait à la maison bien décidée à se faire respecter par son mari. Elle trouva celui-ci en train de se bercer seul dans la cuisine éclairée par la lampe déposée au centre de la table.

— Je commençais à me demander où t'étais passée, lui dit-il en guise de bienvenue.

— Ann t'a pas dit que j'étais arrêtée chez ma mère ?

— Oui, mais je pensais pas que tu passerais toute la soirée là.

— T'étais pas obligé de m'attendre, répliqua-t-elle sur le même ton. Je suis encore capable de trouver mon chemin, même quand il fait noir.

— Ouais, je vois ben ça. Mon oncle vient de monter et les enfants sont couchés, précisa-t-il.

— C'est correct. Moi aussi, je suis fatiguée. Je vais aller me coucher, lui dit-elle en se dirigeant vers leur chambre.

Quelques minutes plus tard, Liam Connolly put réaliser à quel point sa réaction à l'annonce d'une prochaine naissance avait blessé sa femme. Celle-ci repoussa sèchement ses avances en lui disant carrément :

— Je sais pas comment t'étais avec ta défunte, mais si t'étais avec elle comme t'es avec moi, elle a dû finir par t'haïr.

— Qu'est-ce qui te prend ? lui demanda-t-il, tout étonné.

— Il me prend que je m'aperçois que t'as pas de cœur, Liam Connolly, répondit-elle au bord des larmes. T'es bête comme tes pieds et tu penses juste à toi.

Sur ces mots, elle lui tourna le dos.

Si Camille s'imaginait que cette scène aiderait son mari à prendre conscience de son manque de délicatesse, elle se trompait. Elle s'en rendit compte le lendemain matin à sa façon sèche de donner des ordres aux siens, sans prendre la peine de la consulter.

— À partir d'aujourd'hui, tout le monde ici dedans va travailler à ramasser les pierres dans nos champs. Vous retournerez à l'école seulement quand je vous dirai que j'ai plus besoin de vous autres. Il est dit nulle part que je vais être le seul à m'éreinter du matin au soir.

— Même moi, p'pa ? demanda la petite Rose.

— Toi, tu peux y retourner. T'es encore trop petite pour servir à quelque chose.

Les trois autres enfants ne bronchèrent pas. Après le lavage de la vaisselle, Ann alla rejoindre ses deux jeunes frères dans le champ. Moins d'une heure plus tard, Camille se joignit à sa famille et, malgré son état, abattit sa large part de cette besogne éreintante. Quand son mari annonça qu'il était l'heure d'aller manger, elle rentra à la maison avec sa fille pour préparer le dîner.

❧

En ce samedi soir, la chapelle se remplit aux trois quarts pour la récitation du chapelet. Le curé Désilets avait tout lieu d'être fier de la ferveur de ses paroissiens depuis le début du mois de Marie. Comme il faisait beau, les gens n'étaient pas pressés de rentrer chez eux après la courte cérémonie et des groupes se formèrent autant sur le parvis que sur le bord de la route.

Constant Aubé s'empressa de venir à la rencontre de Bernadette qu'il n'avait pas vue de la semaine.

— C'est ben ennuyant le mois de mai parce que ça coupe de moitié notre samedi soir, dit-il à la jeune institutrice.

— Il y a pas moyen de faire autrement avec ma mère, répliqua Bernadette sans enthousiasme en guettant son frère Hubert qui se dirigeait vers les Dionne. À part ça, c'est pas une obligation de veiller ensemble tous les samedis soir, ajouta-t-elle sur un ton indifférent.

Cette remarque sembla blesser le jeune homme et il fit un effort louable pour orienter autrement la conversation.

— Au moins, la vie va enfin redevenir normale, ajouta le meunier. Les hommes de Bélisle ont fini les réparations au moulin juste avant le souper.

— Tant mieux, intervint Donat, debout dans son dos, on se demandait quand est-ce qu'il commencerait la construction du presbytère.

— Si je me fie à ce que ses hommes m'ont dit aujourd'hui, ils sont supposés commencer au début de la semaine prochaine.

— Ça, c'est une bonne nouvelle, déclara le jeune cultivateur avant de s'éloigner du couple.

— Penses-tu, Bedette, qu'on va avoir le temps de passer une heure ensemble à soir? demanda Constant à son amie de cœur.

— On pourrait peut-être laisser faire à soir, je me sens fatiguée, répondit Bernadette, comme si la chose l'intéressait peu. J'espère juste que ma mère en a pas pour trop longtemps à jaser avec Bridget Ellis et Angèle Cloutier. J'aimerais bien pas être obligée de l'attendre encore une heure avant de retourner à la maison.

Constant se dit que la jeune fille avait l'une de ses sautes d'humeur inexplicables et s'efforça tout de même de se montrer aimable.

— Si t'es si fatiguée que ça, tu pourrais peut-être demander à ton frère Hubert de nous chaperonner pendant que je te ramènerais chez vous.

— Il voudra pas. Mon frère va veiller chez la belle Angélique à soir, à condition que les Dionne arrêtent, eux autres aussi, de jacasser avec tout un chacun.

— Bon, si c'est comme ça, je pense que je vais rentrer, lui annonça le meunier en ne parvenant pas à dissimuler totalement sa déception.

Depuis plusieurs semaines, le jeune homme se rendait compte que Bernadette soufflait alternativement le chaud et le froid. Souvent, il avait l'impression de l'importuner en venant veiller au salon. Il ne savait plus trop où il en était avec elle. Il était toujours aussi follement amoureux d'elle, mais il aurait juré qu'elle s'éloignait de plus en plus de lui, comme si elle cherchait ailleurs. Il s'en voulait de ne pas avoir le courage de lui demander carrément si elle préférait qu'il cesse ses fréquentations. Il avait bien trop peur qu'elle réponde par l'affirmative.

Malheureux comme les pierres d'avoir été encore une fois rabroué, Constant Aubé monta dans son boghei et rentra chez lui.

Après le départ de son amoureux, Bernadette s'approcha de sa mère pour lui faire sentir qu'elle l'attendait pour rentrer. Tout en suivant distraitement la conversation qu'elle avait avec Bridget Ellis et Angèle Cloutier, elle observait Hubert du coin de l'œil.

En fait, il n'y avait qu'à regarder le visage de Hubert Beauchemin pour se rendre compte que le jeune homme était follement heureux. Angélique lui avait chuchoté que son père avait reçu la veille la réponse de son cousin Antoine Grondin, fromager à Dunham, et que ce dernier acceptait de le prendre comme apprenti.

Quand Télesphore s'était finalement approché du jeune homme pour lui apprendre la nouvelle, Hubert, diplomate, avait feint de ne rien savoir.

— Là, mon jeune, t'es chanceux, lui fit remarquer le propriétaire du magasin général. Tu vas apprendre un beau métier qui a ben de l'avenir. Quand tu vas revenir, on fera des projets sérieux ensemble.

Hubert, rouge d'émotion, remercia le marchand, persuadé que la belle Angélique pourrait facilement trouver sa place dans les projets qu'il commençait à caresser.

— Quand est-ce que je peux y aller, monsieur Dionne ? demanda-t-il au marchand.

— Pour moi, le plus vite sera le mieux, répondit le père d'Angélique. À ta place, je bretterais pas trop. Si t'arrives vite, ça va prouver à mon cousin que t'es ben intéressé et ça va faire bonne impression.

Quand Hubert apprit la nouvelle aux siens à son retour à la maison à la fin de la soirée, Donat se réjouit beaucoup moins que sa femme.

— Ça tombe mal en torrieu, cette affaire-là, déclara-t-il à celle-ci en se déshabillant dans leur chambre du rez-de-chaussée. Juste au moment où on a le plus d'ouvrage sur les bras.

— T'engageras quelqu'un, ce sera pas la première fois, répliqua Eugénie. Avant, quand il était chez les frères, tu te débrouillais sans lui. Là, il part et j'ai bien l'impression qu'il travaillera plus sur une terre. Il va être fromager. Tu te rends compte qu'il reste plus que Bedette ici dedans. Une fois qu'elle va être casée, ta mère aura plus le choix de se donner à toi.

— Recommence pas avec cette histoire-là, la mit-il en garde avec humeur. Là, j'en ai pas mal sur le dos... à commencer par la réunion du conseil demain après-midi. C'est sûr qu'on va parler de la construction du presbytère.

Le lendemain après-midi, les marguilliers de la nouvelle paroisse se réunirent dans la sacristie. Il faisait si doux en ce deuxième dimanche de mai que le curé Désilets avait ouvert les fenêtres de la grande pièce pour aérer. L'air charriait toutes sortes d'effluves et on entendait les croassements assourdissants des corneilles qui avaient fait leur apparition dans la région quelques jours auparavant.

— Avant de parler de la construction du presbytère qui doit commencer mardi prochain, s'empressa de dire Josaphat Désilets, il faut élire un président du conseil et un secrétaire.

Donat jeta un rapide coup d'œil à Samuel Ellis assis au bout de la table, comme il en avait l'habitude, ainsi qu'à Thomas Hyland, qui servait de secrétaire au conseil depuis la fondation de la mission. Hormidas Meilleur, assis près de lui, gardait un silence prudent.

— Est-ce que le vote se fait à main levée ou en secret? demanda Eudore Valiquette, sanglé dans son costume noir et son cou maigre étranglé par son col dur.

— D'habitude, on fait ça à main levée, s'empressa de répondre Samuel, sans consulter le curé.

— Je propose monsieur le notaire comme président, intervint le petit facteur. Si j'ai ben compris, c'est lui qui a trouvé l'argent pour la construction du presbytère. En plus, il est instruit.

Les traits du visage d'Ellis se figèrent, mais il ne dit rien.

— On va voter, annonça le pasteur de Saint-Bernard-Abbé. Qui vote pour monsieur Valiquette?

Hormidas Meilleur leva immédiatement la main, imité par Josaphat Désilets. Donat Beauchemin hésita un court moment avant de se décider à les imiter. Il était trop heureux de se venger de son adversaire politique qu'il soupçonnait encore d'être celui qui avait trafiqué sa bagosse l'année précédente lors de la campagne électorale. Après s'être consultés du regard, Hyland et Ellis finirent par lever la main à leur tour.

— Je propose monsieur Hyland comme secrétaire, intervint ensuite le curé Désilets. Il a une belle écriture.

Thomas fut reconduit au poste qu'il occupait au conseil des syndics. Durant plusieurs minutes, il fut question du presbytère, mais Samuel Ellis ne participa guère à la discussion générale. Il était évident qu'il était blessé dans sa fierté de ne pas avoir été réélu à la présidence et, en même temps, l'homme aux cheveux roux semblait préoccupé.

— J'ai bien hâte de voir arriver les ouvriers de Bélisle mardi matin, déclara le prêtre avec enthousiasme.

— Je vais être là souvent pour surveiller les travaux, annonça le petit notaire en se rengorgeant. Contrairement à vous, messieurs, j'ai pas une terre à travailler et j'ai tout mon temps pour y voir.

— Moi aussi, je vais venir voir de temps en temps, déclara Hormidas Meilleur. J'oublie pas que ça va être construit sur un lot de ma terre…

— Comment ça, de votre terre, père Meilleur ? lui demanda Donat, étonné.

— Voyons, mon jeune ! Tu devrais savoir qu'en mariant Angèle Cloutier, son bien est devenu mon bien. Et là, je vais voir à ce qu'on respecte les bornes.

Samuel Ellis se rappela soudain que le facteur avait vendu son lopin de terre et sa petite maison du rang Saint-Paul à la commission scolaire et qu'il avait emménagé chez sa femme le jour même de son mariage. On racontait même qu'il avait confié au notaire Valiquette l'argent de cette vente. Soudain, tout s'éclaira. Il venait de comprendre pourquoi Meilleur avait proposé que la présidence soit confiée au notaire. Ils s'étaient entendus avant la réunion.

— Le vieux verrat ! Il va me payer ça, chuchota-t-il à Thomas Hyland qui ne comprenait apparemment pas de quoi il parlait.

— Il faudrait tout de même pas s'organiser pour qu'il y ait des changements aux plans qui ont été faits, intervint Donat qui se rappelait trop bien les interventions du curé lors de la construction du jubé. On le sait, à cette heure, que chaque changement coûte de l'argent, et de l'argent, on n'en a pas.

— Si vous êtes d'accord, je vais parler à monsieur Bélisle dès mardi matin, fit Eudore Valiquette. Et je vais lui dire que les seuls changements qui seront faits seront ceux que le conseil aura acceptés.

Un air de profond mécontentement se peignit sur le visage du prêtre quand il se rendit compte que tous approuvaient la suggestion. S'il avait imaginé avoir les coudées plus franches avec le nouveau président du conseil, il devait convenir que les choses se présentaient assez mal.

Après la réunion, Samuel rentra chez lui et laissa éclater sa mauvaise humeur devant Bridget.

— *Goddam!* que le diable les emporte tous! explosa-t-il. Valiquette est pas dans la paroisse depuis trois mois que tout le monde est en adoration devant lui. Ils l'ont nommé président du conseil à ma place.

— Voyons donc! fit sa femme, incrédule.

— Je te le dis! Le père Meilleur l'a proposé et il avait l'air de s'être entendu avec lui avant la réunion. Le petit Beauchemin a voté pour parce que c'est un maudit Bleu… Le pire, c'est monsieur le curé. Il a tout de suite voté pour le notaire. Arrache-toi donc le cœur pour aider, c'est comme ça qu'on te remercie.

— Si c'est comme ça, j'arrête d'aller travailler à la sacristie. Monsieur le curé se trouvera une autre servante.

Il y eut un bref silence dans la cuisine de la maison du rang Sainte-Ursule avant que Samuel reprenne la parole.

— Non, fais pas ça. Ça aurait trop l'air de vouloir se venger. On va attendre que monsieur le curé s'installe dans son presbytère. À ce moment-là, tu pourras toujours dire que c'est trop grand à entretenir pour toi et que t'as plus le temps.

Évidemment, la nouvelle de la nomination d'Eudore Valiquette à la présidence de la fabrique fit le tour de la paroisse et ce dernier en acquit un prestige certain.

Deux jours plus tard, les ouvriers de l'architecte Bélisle profitèrent du beau temps pour entreprendre l'excavation de la cave du futur presbytère. Avec cette nouvelle construction, le rang Sainte-Ursule allait évidemment devenir le village de Saint-Bernard-Abbé, ce que Baptiste Beauchemin avait craint.

Ce jour-là, Télesphore Dionne quitta son magasin général en compagnie de Hubert dans l'intention de l'accompagner jusqu'à Dunham où il désirait présenter le jeune homme à son cousin, le fromager. Angélique fut la dernière à rentrer dans le magasin après le départ de son père et du fils de Marie Beauchemin. Il était maintenant certain qu'un lien était en train de se tisser entre les deux jeunes gens. La meilleure preuve en était que, depuis un mois, Hubert apprenait à écrire sous la surveillance de sa sœur Bernadette auprès de qui il s'assoyait chaque soir quand la cuisine était rangée.

Chapitre 22

Une lutte à prévoir

Au milieu de la semaine suivante, Donat revint de chez le forgeron en affichant un air satisfait inhabituel.

— T'as l'air du chat qui vient de croquer une souris, lui dit sa mère. Qu'est-ce qui se passe?

— Je viens de parler à Elzéar Gingras. À partir de demain matin, son Ernest va venir travailler chez nous. Il a six autres garçons, m'man. Il dit qu'il peut se passer de celui-là aussi longtemps que j'en aurai besoin.

— Mais l'Ernest, c'est pas celui qui a le visage plein de tics et qui arrête pas de grouiller? demanda Eugénie.

— Peut-être, mais d'après son père, c'est un bon travaillant qui a pas peur de l'ouvrage dur.

— C'est correct, accepta Marie, on va lui préparer une chambre en haut.

Le lendemain avant-midi, Marie étendit un vieux drap sur la galerie pour y égrener les épis de maïs tressés et suspendus dans la grange depuis l'été précédent.

— On n'est pas en avance pantoute, déclara-t-elle à sa bru qui se traînait les pieds, comme à son habitude. Les hommes vont avoir besoin des semences de blé d'Inde et nous autres, on n'a plus de blé d'Inde à lessiver. Si on veut manger de la soupe aux pois qui a du goût, on a intérêt à se grouiller.

— On n'est pas obligées de tout faire aujourd'hui, madame Beauchemin, se défendit Eugénie, sans entrain.

— Si, il le faut. Viens m'aider à rapporter les tresses. Si on perd pas de temps, on devrait avoir fini pour midi.

Les deux femmes s'installèrent au-dessus du drap pour frotter les épis les uns contre les autres afin d'en détacher les grains. Elles jetaient les « cotons » dans un seau dans l'intention d'aller le vider ensuite dans l'auge des porcs. Elles avaient accompli la moitié de leur tâche quand le jeune Ernest Gingras se présenta à la ferme, portant un petit baluchon.

— C'est toi, l'Ernest d'Elzéar Gingras ? lui demanda Marie.

— Oui, madame Beauchemin, répondit le jeune homme, un peu intimidé.

Eugénie s'arrêta de travailler pour regarder le nouvel employé de la maison. Le garçon âgé d'environ dix-huit ans avait l'air solide malgré une relative maigreur. Cependant, la femme de Donat remarqua davantage les clignements de ses yeux et ses froncements de nez incessants que ses larges mains et ses bras musclés.

— Bon, suis-moi, je vais te montrer ta chambre, lui ordonna Marie en se dirigeant vers la porte de la cuisine d'été.

Le jeune homme la suivit à l'intérieur. La maîtresse de maison lui montra sa chambre et le laissa seul. Moins de cinq minutes plus tard, le jeune homme vint la rejoindre sur la galerie.

— Tu vas trouver mon garçon dans le champ, en arrière de la grange, dit Marie à l'adolescent qui quitta les deux femmes sur un signe de tête.

— Mon Dieu, ça va prendre du temps avant de l'engraisser, celui-là ! s'exclama Eugénie dès que le nouvel homme engagé se fut suffisamment éloigné pour ne pas l'entendre.

— J'aime mieux un homme engagé maigre comme lui qu'un Gros-Gras malfaisant et paresseux comme l'était

Ignace Houle, laissa tomber sa belle-mère en reprenant sa besogne.

Dès le premier repas, les deux femmes furent à même de se rendre compte qu'Ernest Gingras avait un solide appétit. Toutefois, Donat s'empressa de dire à sa mère, en dehors de la présence de l'intéressé, qu'il abattait sa large part de travail et qu'il n'était pas besoin de lui pousser dans le dos pour le faire avancer.

— Seigneur! c'est de quelqu'un comme ça que je voudrais dans ma cuisine, ne put s'empêcher de déclarer Marie.

Donat comprit que sa mère faisait allusion à sa femme, mais il fit comme s'il ne l'avait pas entendue.

Au souper, Ernest Gingras sembla perdre tous ses moyens quand il aperçut Bernadette dans la cuisine. Assis à ses côtés, il mangea si peu qu'Eugénie se sentit obligée de lui demander:

— Qu'est-ce qui se passe? T'aimes pas ce qu'on t'a servi?

— Non, madame, tout est ben correct, s'empressa-t-il de lui répondre en rougissant. C'est juste que j'ai moins faim à soir.

Quand l'employé se retira dans sa chambre après le repas, Bernadette s'approcha de sa mère et de sa belle-sœur.

— J'espère qu'il a pas l'intention de me regarder tout le temps comme un veau qui vient de retrouver sa mère, fit-elle.

— Il est pas habitué aux filles, lui expliqua sa mère. Les Gingras ont juste six garçons.

— S'ils sont tous aussi laids et pleins de tics, ça doit être beau à voir, rétorqua-t-elle.

— Tête folle! fit sa mère. Les Gingras sont du bon monde. Pour les tics, Ernest est pas responsable. Toi, je veux que tu restes bien à ta place et va surtout pas essayer de le gêner ou de lui faire de la façon. C'est un homme engagé et ton frère en a besoin.

Tout avait été dit et la jeune institutrice prit bien soin de ne pas susciter de problèmes dans la maison en adoptant un comportement neutre à l'endroit du nouvel employé de sa mère.

～

Le jour suivant, Donat et Ernest étaient occupés à la réparation de la porte de la grange quand un boghei vint s'immobiliser tout près des deux hommes. Donat sursauta quand il reconnut Anthime Lemire descendant difficilement de sa voiture.

— Ah ben, ça parle au diable! s'exclama-t-il en s'avançant vers le gros homme vêtu de noir. Avez-vous perdu votre chemin, monsieur Lemire?

— Pantoute, mon jeune, c'est ben chez vous que je m'en venais à matin, répondit l'homme qui arborait toujours les mêmes épais favoris poivre et sel qui contrastaient avec ses grosses joues rouges rebondies. C'est à toi que j'ai affaire, ajouta-t-il en soulevant son chapeau melon pour essuyer son front où perlait de la sueur.

C'était une magnifique journée de la mi-mai. Il faisait beau et chaud et les arbres portaient déjà leur épaisse frondaison de la belle saison.

— Si c'est comme ça, venez vous rafraîchir à la maison, lui offrit Donat en tendant son marteau à son homme engagé.

L'organisateur du parti conservateur dans le comté salua Marie et Eugénie en train de travailler dans le jardin, la tête protégée par un large chapeau de paille, et suivit Donat. Dès l'entrée du visiteur dans la fraîche cuisine d'été, le jeune cultivateur lui servit un verre de bagosse et l'invita à prendre un siège.

— Venez pas me dire qu'il va y avoir encore des élections, dit-il, mi-sérieux, au visiteur.

— Inquiète-toi pas. Il y aura pas d'élection de sitôt, en tout cas pas au Québec, prit-il la précaution de préciser.

Les Bleus font une ben trop bonne *job* pour que le monde pense à les ôter de là. Le garçon de Chauveau a même été élu dans Rimouski il y a quinze jours.

— Ça empêche pas que nous autres, dans Drummond, on est poignés avec un Rouge.

— Ça durera pas éternellement. Laurier est une grande gueule, mais j'ai entendu dire qu'il veut se présenter au fédéral aux prochaines élections.

— Ce serait une bonne nouvelle, reconnut Donat qui avait fait campagne l'été précédent pour le candidat conservateur Hemming.

— Mais c'est pas pour ça que je suis passé te voir, poursuivit Anthime Lemire avec une certaine impatience. Cette semaine, il y a quelqu'un du gouvernement qui va passer voir votre curé pour lui demander d'afficher une annonce à la porte de votre chapelle.

— Quoi?

— Es-tu au courant que Saint-Bernard est devenu une paroisse civile et que ça a été écrit dans la gazette officielle de Québec?

— Oui, je sais ça.

— Est-ce que tu sais ce que ça veut dire?

— Ben...

— Ça veut dire que Saint-Bernard-Abbé est devenu un village comme les autres et que le gouvernement va vous obliger à élire un maire et deux échevins, si je me fie à ce qu'on m'a dit.

— J'avais pas pensé à ça pantoute, reconnut Donat. Mais j'espère que vous avez pas fait tout le chemin entre Victoriaville et Saint-Bernard juste pour me raconter ça, ajouta-t-il pour plaisanter.

— Oui et non, fit l'autre, soudain mystérieux, ce qui eut pour effet d'alerter Donat. As-tu pensé qu'un maire dans un comté, c'est pas mal pesant? lui demanda Lemire.

— Ça se peut.

— Un maire qui est reconnu pour voter du bon bord peut apporter pas mal plus au monde de son village qu'un autre.

— C'est normal.

— Bon, je pense que tu commences à comprendre. Les gros du parti m'ont demandé qui je voyais comme maire de Saint-Bernard et j'ai tout de suite pensé à toi.

— Mais…

— Non, laisse-moi finir, le coupa l'organisateur du parti conservateur. On est au pouvoir depuis longtemps et il paraît que le premier ministre Chauveau apprécie pas pantoute que ce soit un Rouge qui est député de Drummond-Arthabasca. Il a demandé aux têtes dirigeantes du parti de s'organiser de manière à avoir au moins des maires Bleus dans le comté, quand c'était possible. Dans Saint-Bernard, je vois pas qui pourrait être un meilleur maire que toi, conclut le visiteur, sur le ton de la flatterie.

— Je veux ben vous croire, monsieur Lemire, dit Donat, mais là, je pense que ce serait un peu trop. Je viens d'avoir vingt-sept ans et je suis déjà marguillier et président de la commission scolaire. Vous trouvez pas que ça fait beaucoup pour un jeune de la paroisse ?

— Pantoute ! fit Anthime Lemire sur un ton péremptoire. Si t'es déjà marguillier et président de la commission scolaire, c'est que les gens de Saint-Bernard ont confiance en toi et pensent que t'es capable de faire la besogne. Je vois pas pourquoi ils t'éliraient pas maire.

— Mais ça a pas d'allure, déclara un Donat tout de même un peu tenté.

— T'as la carrure de ton père, le flatta le visiteur. Je suis certain qu'il serait ben fier de toi s'il te voyait.

— Si j'acceptais d'être candidat, qu'est-ce que j'aurais à faire ? finit par demander le jeune homme après une courte hésitation.

— Monsieur le curé va annoncer les élections dimanche prochain, si je me fie à ce que le fonctionnaire du gouvernement m'a dit avant-hier. Après, il devrait afficher la feuille des mises en candidature à la porte de votre chapelle. Chaque candidat doit s'inscrire sur la feuille, appuyé par deux secondeurs. Comme dans toutes les élections, il doit être propriétaire dans la paroisse. Si je me trompe pas, chez vous, l'élection est prévue pour le 30 juin.

— Je veux ben vous croire, mais là, il y a un maudit problème. Je suis pas pantoute propriétaire, déclara Donat, un peu dépité.

— Inquiète-toi pas pour ça, j'y ai pensé, fit Lemire en tirant une feuille de la poche de poitrine de son veston.

— Fais un « *x* » en bas de cette feuille-là, ordonna-t-il au jeune homme avec un bon gros rire.

— C'est quoi, cette affaire-là ? demanda le jeune culti- vateur, soudain méfiant.

— Ça, mon jeune, c'est une petite bande de terrain que tu possèdes dans la paroisse.

— Moi ?

— Ben oui.

— Elle est à moi ? Je peux la cultiver ? demanda Donat, tout réjoui de posséder enfin de la terre.

— Là, je pense pas que tu sois capable de la cultiver, dit en riant Anthime Lemire. Le terrain que t'as a juste deux pieds de large par un demi-arpent de profondeur. À dire vrai, t'as acheté un bout de fossé du chemin de la Price…

— Si je comprends ben, j'ai pas de terre.

— En plein ça, mais ça te donne le droit de te présenter. Si j'ai un conseil à te donner, organise-toi donc pour que les deux hommes qui vont t'appuyer soient tes candidats comme conseillers. C'est toujours plus facile de mener une paroisse quand les échevins sont de ton bord.

— Mais j'ai pas encore accepté, protesta Donat.

— Voyons donc ! Tu me feras pas croire que t'es pas tenté, se moqua Anthime Lemire. En plus, t'es certainement capable de trouver deux bons hommes pour t'appuyer.

— C'est sûr, reconnut Donat.

— Dans ce cas-là, présente-toi. Je peux te garantir que le parti est prêt à te donner un coup de main si t'en as besoin. Quand tu vas être élu, tu vas t'apercevoir que c'est pas mal intéressant d'être du bon bord. Tu vas voir que les emprunts sont pas mal plus faciles à obtenir. Pour les routes et les ponts, je pense que j'ai pas de dessins à te faire. Tu comprends.

L'organisateur garda le silence durant un long moment pour permettre au jeune cultivateur de prendre sa décision. Finalement, Donat se leva et tendit la main à son visiteur.

— Ça marche, je vais me présenter, lui annonça-t-il.

— Je suis sûr que tu vas y arriver, affirma le gros homme en se dirigeant vers la porte. Un conseil, laisse pas les Rouges prendre les devants. Là, t'as quelques jours d'avance sur eux. Ils sont pas encore au courant. Profites-en pour commencer à t'organiser. Trouve tes deux hommes au plus coupant.

Donat promit de s'en occuper très vite et reconduisit Lemire à sa voiture.

Après le départ de l'organisateur, Donat s'empressa de retourner au travail avant que sa mère et sa femme viennent l'interroger sur les raisons de la visite d'Anthime Lemire. Les deux femmes durent ronger leur frein jusqu'à l'heure du repas du midi.

Quand Donat leur apprit avec un certain orgueil qu'on voulait qu'il soit candidat à la mairie de Saint-Bernard-Abbé, elles eurent des réactions bien différentes. Si Eugénie ne cacha pas sa fierté de voir son mari sollicité pour occuper un si haut poste, par contre, sa mère était loin d'être enchantée.

— On dirait que t'as déjà oublié que ce Lemire-là t'avait fait un paquet de belles promesses l'été passé pour que tu t'occupes de l'élection de Hemming et il en a pas tenu une seule, lui dit Marie. Le lendemain des élections, il t'a complètement oublié.

— Je veux ben le croire, m'man, mais on a perdu.

— T'as pas remarqué qu'on lui voit la face seulement quand il a besoin de toi ?

— C'est la politique, m'man, fit Donat, un peu excédé. Il est arrivé la même chose à p'pa.

— T'as peut-être raison, concéda Marie, mais t'as pas le même âge qu'avait ton père quand il a commencé. Moi, je te le dis, mon garçon, tout ça, c'est des affaires pour se faire critiquer par tout un chacun.

— C'est certain, m'man, que si je reste tout seul dans mon trou, personne va rien avoir à redire sur moi. Ça me tente quand même d'essayer, avoua-t-il.

— Essaye, mais viens pas te plaindre après si ça marche pas à ton goût, conclut sa mère.

Ce soir-là, Donat Beauchemin quitta la maison assez tôt après le souper sans préciser aux siens l'objet de sa sortie. Il avait passé une bonne partie de l'après-midi à réfléchir aux deux hommes qui seraient prêts à se présenter avec lui à l'élection. Il avait rejeté d'emblée Liam Connolly au caractère un peu trop imprévisible pour jeter son dévolu sur son beau-frère, Rémi Lafond. Ensuite, il s'était dit qu'un conseiller un peu plus âgé rassurerait peut-être les électeurs de Saint-Bernard-Abbé et il avait pensé à Télesphore Dionne... Mais le marchand accepterait-il d'être associé à un parti, au risque de s'aliéner une partie de sa clientèle ? Finalement, il avait opté pour Anatole Blanchette parce qu'il le connaissait bien et qu'il habitait le rang Saint-Paul où il aurait besoin de trouver des appuis.

Son flair ne l'avait pas trompé. Rémi Lafond accepta sans discuter de se présenter comme conseiller, plus par esprit de famille que par soif de pouvoir. Quand Donat lui mentionna son intention d'aller proposer l'autre poste à Anatole Blanchette, ce choix le surprit.

— T'as pas pensé demander à Liam s'il serait intéressé ? lui demanda le mari d'Emma. Un Irlandais aurait pu t'attirer pas mal de votes, ajouta-t-il avec un certain bon sens.

— Oui, j'y ai pensé, mais là, à nous trois, ça aurait eu l'air surtout d'une affaire de famille et je suis pas certain que le monde de Saint-Bernard aurait ben aimé ça, mentit Donat.

— T'as peut-être raison, concéda un Rémi peu convaincu.

Donat n'eut pas à déployer beaucoup d'efforts pour convaincre Anatole Blanchette. L'homme semblait déjà regretter d'avoir refusé le poste de marguillier.

À son retour à la maison, Donat était très satisfait de sa soirée. Il était fin prêt, persuadé d'avoir une bonne longueur d'avance sur son ou ses adversaires. En l'occurrence, c'était faire preuve d'une belle naïveté. Deux jours auparavant, Samuel Ellis avait reçu la visite de Carolus Champagne, un conseiller de Wilfrid Laurier, le député du comté. Champagne était venu lui apprendre la tenue imminente d'une élection municipale à Saint-Bernard-Abbé et lui avait demandé conseil, à titre d'organisateur des libéraux dans la région.

La réponse d'Ellis aurait sûrement surpris Donat Beauchemin s'il l'avait connue. Cependant, fait certain, le choix du candidat libéral à la mairie ainsi que celui de ses deux conseillers étaient déjà arrêtés avant même la visite d'Anthime Lemire chez les Beauchemin.

Contrairement à ce qu'on aurait pu croire, Samuel Ellis avait déclaré sans ambages à Carolus Champagne qu'il était bien prêt à aider un bon libéral à se faire élire à la mairie, mais que le poste ne l'intéressait pas du tout.

— J'ai déjà assez d'être marguillier, affirma-t-il sur un ton résolu.

En réalité, l'homme à la tête rousse et aux tempes argentées en avait assez. Il était encore amer du fait qu'on lui ait préféré le notaire Valiquette pour occuper la présidence du conseil de fabrique. Toutefois, le conseiller de Wilfrid Laurier sut se montrer assez convaincant pour au moins l'inciter à briguer un poste d'échevin. Samuel dut accompagner son visiteur chez Thomas Hyland pour l'aider à persuader ce dernier de se présenter à la mairie de Saint-Bernard-Abbé.

Le propriétaire du moulin à bois mit plusieurs minutes à se laisser convaincre.

— Il faut qu'un Irlandais libéral soit maire, Thomas, insista Samuel. Si tu te présentes pas, c'est un Canadien français qui va l'être et on n'aura jamais un mot à dire.

Le propriétaire du moulin finit par accepter de poser sa candidature un peu à contrecœur à la condition que Samuel se présente comme conseiller municipal, à ses côtés.

— Il reste à trouver l'autre conseiller, leur fit remarquer Carolus Champagne, en dissimulant mal son impatience après avoir consulté sa montre de gousset.

— Il nous faut un autre bon Irlandais, suggéra Samuel, tout fier d'avoir pu convaincre son voisin et ami de postuler la mairie de Saint-Bernard-Abbé.

— Je sais pas trop, dit Thomas, le monde aimera peut-être pas trop ça qu'il y ait juste des Irlandais.

— Moi, je pense la même chose que vous. Il vaudrait mieux un bon libéral canadien-français, intervint Champagne.

— C'est pas ce qui manque à Saint-Bernard, déclara Ellis en exagérant un peu.

— Oui, mais il faut qu'il ait du répondant et que le monde ait confiance en lui, fit l'envoyé du député.

— Qu'est-ce que tu dirais du notaire? proposa soudainement Hyland.

— Tu parles de Valiquette?

— Oui.

— Moi, j'aime autant te dire tout de suite que j'aime pas trop le bonhomme, poursuivit Ellis sur un ton déterminé.

— Écoute, Samuel, je te demande pas de l'aimer, poursuivit son ami. Reconnais que les gens de Saint-Bernard ont pas l'air de l'haïr depuis qu'il est arrivé et qu'il est toujours prêt à rendre service au monde.

— Fais ce que tu veux, concéda Ellis.

— Bon, je vais passer le voir à soir pour voir s'il est intéressé, mais le contraire me surprendrait pas mal, conclut
Hyland.

Le soir même, le notaire, approché par le candidat à la
mairie, ne se fit pas prier pour accepter d'apposer son nom
sur la liste des mises en candidature qui allait être affichée
quelques jours plus tard. Hyland se garda bien, néanmoins,
de rapporter à Ellis que l'homme de loi avait même été
surpris qu'on n'ait pas songé à lui pour occuper le poste de
maire.

Chapitre 23

Des choix

Le vendredi suivant, Amédée Durand arrêta son boghei dans la cour du magasin général en face de la petite école blanche occupée par Bernadette et une douzaine d'élèves. Depuis près d'un mois, dix enfants ne se présentaient plus que très tôt le matin pour venir réciter leurs leçons et remettre leurs devoirs. Ils travaillaient maintenant à la ferme toute la journée, c'était le cas, entre autres, de Patrick et Duncan Connolly.

En cette fin du mois de mai, il régnait une première véritable chaleur estivale et l'institutrice enseignait depuis quelques jours dans une classe dont toutes les fenêtres étaient grandes ouvertes pour permettre à un peu d'air de pénétrer. Dès que le jeune inspecteur descendit de voiture, il entendit les enfants ânonner les réponses du catéchisme, ce qui le fit sourire. Durant un bref moment, il sembla hésiter entre pénétrer dans le magasin général ou traverser la route. Finalement, il se décida à traverser la petite route poussiéreuse pour aller frapper à la porte de l'école.

Une élève vint ouvrir et, à la vue de l'inspecteur, tous les enfants se levèrent d'un bloc. Il les salua avec un large sourire en faisant un signe discret à Bernadette qu'il désirait lui dire quelques mots. Le cœur de la jeune fille bondit dans sa poitrine. Elle le voyait pour la quatrième fois depuis le début du mois et, chaque fois, elle était victime du même émoi. Se pouvait-il qu'un homme si beau et si instruit soit tombé amoureux d'elle ? À cette seule pensée, elle sentait ses jambes se dérober un peu sous elle.

La jeune femme, le visage rosi, demanda aux enfants de s'asseoir et fit signe à Ann, son élève la plus âgée, de prendre la relève pendant qu'elle sortait sur le perron de l'école en refermant à demi la porte derrière elle.

— Bonjour, mademoiselle Beauchemin, la salua Amédée Durand. Vous allez finir par croire que je passe mon temps à venir vous déranger pour des riens, lui dit-il en enlevant son chapeau.

— Pas du tout, monsieur l'inspecteur, dit-elle, tout émue.

— Vous êtes vraiment très gentille. Ne vous inquiétez pas, je ne viens pas encore interroger vos élèves. Je veux seulement vous remettre un document pour votre frère, ajouta-t-il en tirant une enveloppe de son porte-documents. Dites-lui que je passerai le reprendre chez vous la semaine prochaine.

— Je vais le faire avec plaisir, minauda-t-elle en prenant l'enveloppe.

— Cet après-midi, je viens m'assurer que la demoiselle Dionne dont votre frère m'a parlé est vraiment bilingue. Elle demeure bien en face, n'est-ce pas ?

— Oui, monsieur Durand. C'est l'amie de cœur de mon frère Hubert, ajouta-t-elle, au cas où il se laisserait charmer par la fille de Télesphore Dionne.

— Bon, j'espère que c'est la dernière fois que je vous dérange.

— Vous me dérangez jamais, déclara-t-elle, aguichante.

Amédée Durand lui décocha un sourire enjôleur et la salua avant de remettre son chapeau sur sa tête. Il traversa la route. Plantée devant la fenêtre, l'institutrice le regarda se diriger vers le magasin général. À cet instant précis, elle aurait donné tout ce qu'elle avait pour être à la place d'Angélique Dionne qui allait sûrement le recevoir dans son salon.

— Apprenez les cinq autres réponses, commanda-t-elle aux enfants sans se retourner vers eux.

« Pas de saint danger qu'une affaire comme ça me serait arrivée ! » se dit-elle, toujours debout devant la fenêtre. Puis, elle se mit à s'inquiéter. Qu'est-ce qu'Amédée allait penser de la belle Angélique ?

— J'espère qu'il sera pas assez niaiseux pour se laisser prendre par ses grands airs, murmura-t-elle, ce qui fit relever la tête des élèves tout près d'elle.

Si elle s'était écoutée, elle aurait fait une prière pour que celle qu'elle considérait comme sa rivale rate son examen avec l'inspecteur. À son avis, il était impossible que la fille de Télesphore Dionne soit bilingue alors qu'elle-même ne l'était pas. Comment la Dionne aurait-elle pu apprendre à parler anglais ? Elle était certaine qu'elle s'était vantée et qu'Amédée allait s'en rendre compte immédiatement, pour la plus grande honte de la menteuse. Tant pis pour elle.

Un observateur aurait vite conclu, à voir le comportement de la fille cadette de Marie Beauchemin, qu'elle était tombée amoureuse d'Amédée Durand qui, sans le savoir encore, était appelé à succomber à son charme irrésistible. Il ne pouvait en être autrement, elle en était certaine.

À quatre heures, l'inspecteur était toujours chez les Dionne et Bernadette en déduisit, avec une joie mauvaise, que l'entrevue devait se dérouler difficilement. Elle signifia alors à ses élèves qu'ils pouvaient partir. Même si rien ne l'empêchait de quitter elle-même son école surchauffée, elle prit la peine de sortir sur le perron pour dire à Paddy Connolly, qui venait de faire monter Ann et Rose dans sa voiture, de ne pas l'attendre, qu'elle avait du travail à terminer. Sa mère allait probablement s'inquiéter de son retard, mais elle trouverait bien quelque chose à lui raconter à son retour à la maison.

Dès qu'elle se retrouva seule dans sa classe, elle ne laissa qu'une fenêtre ouverte et s'assit près de celle-ci de manière à voir Amédée Durand quitter la maison des Dionne. Elle projetait de sortir de l'école au moment même où il monterait dans sa voiture afin qu'il se sente obligé de la raccompagner à la maison. Une fois là, elle avait imaginé l'inviter à souper. À aucun moment elle n'eut une pensée pour Constant Aubé, son amoureux qui la fréquentait depuis près d'un an.

La jeune femme attendit près de quarante-cinq minutes avant que l'inspecteur sorte de chez les Dionne. Il était accompagné par une Angélique toute souriante et son père. Elle aurait bien aimé entendre ce qu'ils se disaient, mais ils ne parlaient pas assez fort. L'inspecteur salua le père et la fille et se dirigea vers son boghei. Immédiatement, Bernadette, saisie d'une sorte de frénésie, se jeta sur son sac d'école et se précipita vers la porte de peur qu'Amédée ne quitte les lieux sans la voir. Un peu essoufflée, elle ferma la porte de l'école derrière elle et s'empressa de descendre du perron pour qu'il ne puisse pas la manquer. L'inspecteur fit faire demi-tour à son attelage et aperçut la jeune femme qui se dirigeait vers la route. Il souleva poliment son chapeau et prit la direction de la côte du rang Sainte-Ursule.

Dépitée au-delà de toute expression de voir son beau plan tomber à l'eau, la fille de Marie Beauchemin entreprit de parcourir à pied le mille qui la séparait de chez elle. Tout au long du trajet, elle ne cessa de rager contre sa malchance et elle rentra à la maison de fort mauvaise humeur en laissant claquer la porte derrière elle.

— Veux-tu bien me dire d'où tu sors à une heure pareille ? l'apostropha sa mère, occupée à faire cuire des crêpes.

— De l'école, m'man. D'où voulez-vous que je vienne ? répondit-elle sur un ton hargneux.

— Bon, qu'est-ce qui se passe encore ? s'informa Marie en se tournant carrément vers sa fille.

— Il y a que j'ai dû chercher comme une folle quelque chose que je trouvais pas et j'ai été obligée de marcher, même s'il fait chaud à mourir, mentit-elle avec aplomb.

— Ça t'apprendra à avoir de l'ordre, fit sa mère d'une voix tranchante. En attendant, va te changer et viens nous donner un coup de main à mettre la table. Les hommes sont à la veille de rentrer.

Ce soir-là, Bernadette, incapable de cacher son exaspération et son anxiété, choisit de se retirer dans sa chambre. Par chance, le mois de mai prenait fin le lendemain, ce qui signifiait qu'elle ne serait plus obligée d'aller à la récitation du chapelet à la chapelle.

Une heure plus tôt, Camille, occupée à désherber ses plates-bandes, vit arriver le boghei conduit par l'oncle de son mari. Celui-ci immobilisa son attelage près de la maison pour laisser descendre ses deux petites-nièces et poursuivit son chemin jusque devant l'écurie pour y dételer sa bête et la faire entrer dans l'enclos voisin.

Fourbue, la jeune femme se redressa et invita Ann et Rose à aller changer de robe avant de venir l'aider à préparer le souper. Quelques instants après être rentrée dans la cuisine d'été, elle entendit son pensionnaire s'installer dans l'une des chaises berçantes sur la galerie.

Le retraité était revenu depuis trois semaines et, chaque vendredi, elle avait dû livrer une vraie bataille pour obtenir qu'il lui remette le dollar et demi que représentait le coût de sa pension. Chaque fois, c'était la même histoire : ou il n'avait pas l'argent sur lui ou il lui manquait vingt-cinq ou cinquante cents pour compléter la somme due. Évidemment, son mari s'était bien gardé d'intervenir, lui laissant, encore une fois, le mauvais rôle.

— Il me semble que c'est pas bien compliqué, murmura-t-elle à Ann. Il sait qu'on est le vendredi. Pourquoi il laisse pas sa pension sur la table, sans qu'on ait à le supplier ?

Le fait d'être encore une fois obligée de supplier son pensionnaire la mettait de mauvaise humeur. Elle décida de lui demander tout de suite, avant le souper, le montant de sa pension hebdomadaire. Elle s'approcha de la porte moustiquaire.

— Mon oncle, vous oubliez pas qu'on est vendredi, lui rappela-t-elle sans se donner la peine de sortir à l'extérieur.

— Il y a pas de danger que je l'oublie avec toi, répliqua Paddy, d'une voix où perçait l'agacement.

— Je serais pas obligée de vous le dire si vous preniez l'habitude de laisser votre pension sur la table le vendredi matin, après le déjeuner, lui fit-elle remarquer d'une voix acide.

Sans plus insister, elle retourna à son fourneau pour vérifier si les fèves au lard étaient assez cuites. Elle entendit alors la porte s'ouvrir et vit l'oncle de son mari s'approcher de la table, fouiller dans l'une des poches de son pantalon et en extraire avec difficulté un dollar tout froissé qu'il jeta, avec un geste de grand seigneur, sur le meuble. Camille ne dit rien et attendit que le quinquagénaire sorte les cinquante cents qui manquaient. Il n'en fit rien. Il tourna les talons et retourna s'asseoir sur la galerie.

La jeune femme prit le dollar et alla le ranger dans l'un des tiroirs de la commode dans sa chambre avant de se diriger d'un pas résolu vers le grand panier d'osier placé près de l'escalier, dans lequel les membres de la famille déposaient leurs vêtements sales. Elle en renversa le contenu sur le parquet. Elle choisit dans le tas cinq chemises blanches, deux paires de chaussettes, deux sous-vêtements et trois mouchoirs avant de remettre le reste des vêtements dans le panier.

Quand elle revint dans la cuisine d'été en portant ces vêtements sales, elle entendit son mari qui échangeait quelques mots avec son oncle avant d'aller soigner les animaux.

Elle choisit d'attendre que son mari soit parti à l'étable en compagnie de Patrick et Duncan pour reprendre le tas de vêtements extirpés du panier. Après leur départ, elle entrouvrit la porte moustiquaire et déposa sans un mot les vêtements près de la chaise berçante où se prélassait son oncle par alliance. Elle referma la porte.

Moins d'une minute plus tard, l'oncle de son mari entra dans la cuisine, l'air furibond.

— C'est quoi, cette affaire-là, ma nièce?

— Moi, je dirais que c'est votre linge sale, mon oncle, répondit-elle d'une voix neutre.

— Pourquoi tu viens me mettre ça proche de ma chaise?

— Parce que pour une piastre par semaine, je vous nourris, mais je vous blanchis pas.

— Comment ça? fit-il en adoptant un air stupéfait.

— Voulez-vous arrêter de me prendre pour une folle, mon oncle? lui demanda-t-elle en haussant le ton à son tour, les mains sur les hanches. Quand je vous ai demandé deux piastres par semaine pour votre pension, vous vous êtes dépêché de faire baisser le prix en allant pleurer dans le gilet de Liam. Lui, il a accepté une piastre et demie, si je me trompe pas... pas une piastre.

— Je le sais! s'emporta le petit homme bedonnant.

— Si vous le savez, voulez-vous bien me dire pourquoi je dois me battre avec vous chaque vendredi pour l'avoir, cette piastre et demie là? rétorqua Camille, à bout de patience. Là, j'aime autant vous le dire, mon oncle, vous avez fini de rire de moi. Votre pension, c'est une piastre et demie, pas une piastre...

— Toute cette histoire pour cinquante cennes, fit Paddy, dédaigneux, en prenant un air supérieur.

— Si ces cinquante cennes-là sont pas plus importants que ça pour vous, voulez-vous ben me dire pourquoi il faut vous les arracher avec une paire de pinces une semaine sur deux?

— Aie pas peur, tu vas les avoir, tes cinquante cennes! répliqua-t-il. Mais avant, laisse-moi te dire, ma fille, que t'as pas l'air de savoir ce que c'est la charité chrétienne, ajouta-t-il, pontifiant.

— Comme on dit, mon oncle, charité bien ordonnée commence par soi-même. En plus, faire la charité, ça veut pas dire se laisser manger la laine sur le dos.

Paddy Connolly ouvrit la bouche comme s'il allait répliquer, puis il sembla changer d'idée. Il se contenta de tourner les talons et de monter à sa chambre. Lorsqu'il en descendit quelques minutes plus tard, il laissa cinquante cents sur la table.

❧

Le lendemain, Marie Beauchemin se rendit compte que sa Bedette n'était pas dans son état normal et elle évita de la houspiller trop souvent.

— Je sais pas ce qu'elle a, elle, mais elle file un mauvais coton depuis une couple de jours, déclara-t-elle à sa bru en finissant de peler les carottes qui allaient être servies au souper.

Sur le coup de sept heures, Constant Aubé arriva à pied dans la cour de la ferme des Beauchemin. Bernadette, assise dans la balançoire installée près de la maison, avait regardé froidement son amoureux s'avancer vers elle en boitillant légèrement. Dans sa tête, elle le comparait à Amédée Durand et, à ses yeux, le meunier ne pouvait supporter la comparaison.

— Il est laid et il boite, murmura-t-elle pour elle-même, sans se donner la peine de se lever pour aller au-devant de son cavalier.

Constant prit le temps de saluer et de prendre des nouvelles des Beauchemin, assis à l'ombre sur la galerie, avant de se diriger vers la balançoire d'où Bernadette n'avait pas bougé. Le jeune homme remarqua aussitôt son air boudeur et chercha à en connaître la cause. Elle ne lui répondit que par monosyllabes.

Pendant de longues minutes, il fit seul les frais de la conversation. Le ciel s'était passablement assombri à la fin de l'après-midi et le tonnerre grondait de temps à autre au loin.

— Une bonne pluie va faire du bien, finit-il par dire, ne sachant plus quel sujet aborder. Pour moi, on va avoir un orage avant la fin de la veillée.

— Ça se peut, se borna-t-elle à dire.

— Bon, est-ce que je peux savoir ce qui va pas ? demanda-t-il enfin, à court d'imagination pour la faire parler.

— Je suis fatiguée de tout, avoua-t-elle.

— C'est normal, t'as enseigné toute l'année. Mais décourage-toi pas, l'école achève et tu vas avoir tout l'été pour reprendre le dessus.

— Non, c'est pas juste ça, poursuivit-elle, comme si elle venait de prendre une décision. J'étouffe. J'ai besoin de réfléchir.

— Réfléchir à quoi ? l'interrogea-t-il, la voix un peu changée, n'osant envisager ce qui venait.

— À nous deux. Tu viens veiller depuis plus qu'un an et...

— Et quoi ?

— Ben, j'aimerais ça qu'on arrête de se voir un bout de temps. Juste pour me permettre de voir clair, tu comprends ?

En entendant ces paroles, Constant sentit son visage pâlir, mais il ne chercha pas à faire changer d'avis la jeune fille. La veille, il avait complété le mobilier de sa maison et il avait eu l'intention d'inviter celle qu'il aimait et sa mère à venir admirer ce qu'était devenu l'intérieur de la maison qu'il avait fait bâtir le printemps précédent. Il ravala sa déception et sa peine pour dire dans un souffle :

— Je comprends ça, t'as ben le droit de prendre le temps de voir clair. Si ça te fait rien, je pense que je vais m'en retourner lentement chez nous avant que la pluie se mette à tomber. J'aurais l'air fin de rentrer chez nous mouillé comme une soupe.

Sur ces mots, Constant se leva et descendit de la balançoire.

— Si ta mère veut savoir pourquoi je suis parti si de bonne heure, t'as juste à lui dire que j'avais de la misère à digérer mon souper.

Bernadette se contenta de hocher la tête et l'accompagna cette fois jusqu'au bord de la route. Il la quitta sans se tourner une seule fois vers elle. Après l'avoir regardé aller durant quelques instants, elle revint lentement vers la balançoire.

— Torrieu ! Aubé a pas veillé tard à soir, lui fit remarquer Donat, assis sur la galerie.

— Il pense avoir une indigestion, se contenta-t-elle de dire avant de reprendre place dans la balançoire.

Ernest Gingras, assis à l'écart sur la galerie, avait cessé momentanément de sculpter un bout de bois pour écouter l'explication. Pour sa part, sans rien dire, Marie se dirigea vers sa fille et vint s'appuyer contre l'un des montants de la balançoire.

— Le petit Aubé a pas plus une indigestion que moi, déclara-t-elle sur un ton assuré. T'es-tu chicanée avec lui ?

— Non, m'man, je lui ai juste dit que j'étais fatiguée de le voir venir veiller toutes les semaines, que je voulais respirer un peu, avoua la jeune fille.

— Tu lui as pas dit ça comme ça, j'espère ?

— Comment vouliez-vous que je lui dise ça ?

— Bedette, il y a des fois que je me demande si t'as toute ta tête. T'as pas pensé à la peine que tu viens de faire à ce garçon-là ? Depuis que tu le connais, il a jamais arrêté de te gâter et de te donner tout ce que tu voulais...

— Je le sais bien, m'man, mais à la longue, il me tombe sur les nerfs.

— J'espère pour toi, ma petite fille, que tu regretteras pas un jour ce que tu viens de faire là.

La mère n'attendit pas la réponse de sa fille et regagna la galerie où elle reprit le tricot commencé l'avant-veille pour le premier enfant de Camille.

Quelques minutes plus tard, Bernadette se retira dans sa chambre. Malgré la chaleur accablante qui régnait dans la petite pièce, elle n'eut aucun mal à trouver le sommeil. Elle était convaincue d'avoir fait le bon choix. À son avis, il était impossible qu'Amédée Durand songe à la fréquenter s'il savait qu'un autre venait veiller avec elle. Ainsi, la situation était maintenant claire et il pourrait se déclarer. Il devait venir à la maison la semaine suivante et elle allait faire en sorte qu'il n'ait aucun doute sur son intérêt à son endroit.

Après le départ de sa jeune belle-sœur, Eugénie ne put s'empêcher de demander à sa belle-mère ce qui se passait avec Bernadette.

— Avec elle, c'est toujours la même affaire, déclara Marie, mécontente. Elle vient de dire au petit Aubé qu'elle voulait plus le voir, qu'elle avait besoin de respirer.

— Voyons donc, madame Beauchemin ! Elle lui a pas dit ça pour vrai ? fit la femme de Donat, incrédule.

— C'est ce qu'elle m'a raconté.

— J'en reviens pas, un si beau parti.

— Ça, ma fille, t'iras essayer de lui faire comprendre ça quand tu lui parleras, reprit Marie avec une nuance de découragement dans la voix.

Quand Donat et sa femme regagnèrent leur chambre une heure plus tard, Eugénie fut incapable de se contenir plus longtemps tant elle était mécontente de la décision de sa jeune belle-sœur.

— Si ça continue à ce train-là, finit-elle par dire à son mari qui venait de fermer la fenêtre à moitié parce que la pluie commençait à tomber, la Bedette se mariera jamais et on va l'avoir sur les bras encore pendant des années.

— Whow! ma sœur est pas encore une vieille fille, fit Donat en retirant ses chaussures. Elle a eu vingt et un ans au mois de mars. Elle a encore ben le temps de se trouver quelqu'un à son goût.

— Je veux ben te croire, mais en attendant, elle reste encore ici dedans et tant qu'elle va être avec nous autres, on pourra pas décider ta mère à se donner.

— Il y a pas à dire, rétorqua son mari en repoussant les couvertures parce qu'il faisait trop chaud, toi, quand t'as une idée dans la tête... Arrête donc de t'en faire avec ça. Ce qui doit arriver arrivera, et on pourra rien changer.

Sur ces mots, il l'embrassa sur une joue et lui tourna le dos, à la recherche d'une position confortable pour dormir malgré la chaleur. Dehors, un coup de tonnerre roula au loin. Des éclairs zébrèrent la nuit et la pluie se mit à marteler les vitres de la fenêtre.

~

Le lendemain matin, le soleil se leva dans un ciel chargé de lourds nuages. Pas la moindre petite brise ne faisait frissonner les eaux grises de la rivière. Les fortes pluies de la nuit n'avaient cessé qu'aux petites heures du matin et avaient laissé de larges flaques sur la route devenue boueuse.

— Un autre dimanche où on va arriver toutes crottées à l'église, ronchonna Marie en montant dans la *sleigh* où l'attendaient Donat et Bernadette.

Normalement, l'institutrice aurait dû demeurer à la maison ce dimanche-là pour garder Alexis, mais sa belle-sœur s'était découvert une terrible migraine quelques minutes avant de partir pour la messe. Durant le court trajet conduisant au sommet de la côte du rang Sainte-Ursule,

Donat ne cessa de s'interroger sur la tournure que prendrait, ce matin-là, la mise en candidature qu'allait annoncer le curé Désilets. Peut-être serait-il l'unique candidat à la mairie… Puis, non, les Irlandais allaient sûrement présenter un candidat et celui-là ne pourrait être que Samuel Ellis. Si Ellis se présentait contre lui, il était presque certain de pouvoir le battre. La majorité des habitants de Saint-Bernard-Abbé étaient tout de même des Canadiens français et ils voteraient pour l'un des leurs plutôt que de soutenir un étranger.

Dès son arrivée, Donat laissa sa mère et sa sœur prendre les devants pour aller demander à Rémi, déjà au jubé en compagnie des autres membres de la chorale paroissiale, de venir le rejoindre sans tarder sur le parvis après la messe pour inscrire sa candidature. Il descendit ensuite pour s'arrêter près d'Anatole Blanchette installé dans son banc et lui faire le même message.

La chapelle était déjà aux trois quarts pleine et Agénor Moreau était occupé à ouvrir les fenêtres du temple pour tenter d'en chasser la chaleur humide qui l'avait envahie. Dès qu'il eut pris place dans son banc, Donat jeta un regard à la dérobée à son possible adversaire maintenant installé dans le banc voisin. L'Irlandais avait dû céder le premier banc face à l'autel à Eudore Valiquette, le nouveau président du conseil de fabrique, ce qui lui rappelait chaque dimanche l'affront que les membres du conseil lui avaient fait quelques semaines plus tôt.

Pour sa part, Bernadette chercha discrètement à apercevoir Constant Aubé, mais elle ne le vit pas. Elle en déduisit qu'il avait choisi d'aller à la basse-messe ce dimanche-là. Tant mieux, elle n'aurait pas à supporter son air de chien battu.

Après son sermon, le célébrant annonça que madame Angèle Meilleur avait accepté de dresser un reposoir devant sa maison pour la Fête-Dieu, qui aurait lieu trois semaines plus tard.

— Qui c'est, Angèle Meilleur? demanda Bernadette à sa mère.

— Angèle Cloutier, Bedette. Elle s'appelle Meilleur à cette heure.

Ensuite, le célébrant annonça qu'à la fin du mois, Saint-Bernard-Abbé aurait comme toutes les paroisses de la province, un maire et un conseil. Le bedeau allait afficher à la porte de la chapelle, dès la fin de la messe, une feuille sur laquelle les candidats pourraient inscrire leur nom. L'élection était prévue pour le jeudi 27 juin. Il conclut en disant espérer que tout se passerait dans l'ordre et la dignité.

Dès la fin de la messe, Donat rejoignit son beau-frère et Anatole Blanchette et tous les trois s'avancèrent vers la feuille qu'Agénor Moreau venait de fixer à la porte de la chapelle. Beaucoup de gens encombraient le parvis et ils eurent du mal à s'approcher.

— Comment on va faire pour écrire notre nom? demanda Rémi à mi-voix. Aucun de nous trois sait écrire.

— Attends, lui ordonna Donat en faisant quelques pas pour saisir Bernadette par un bras.

— Qu'est-ce qu'il y a? lui demanda celle-ci, légèrement agacée.

— Viens écrire nos noms sur la feuille, l'enjoignit son frère.

— Je sais même pas si j'ai un crayon, dit-elle en ouvrant son sac à main.

Par chance, elle en découvrit un au fond de son sac et elle écrivit les trois noms sur la feuille en spécifiant que son frère postulait le poste de maire. À peine venait-elle de ranger son crayon que Samuel Ellis s'approcha de l'endroit d'où venaient de s'écarter Donat et ses deux candidats. L'Irlandais était accompagné de Thomas Hyland et d'Eudore Valiquette. Le propriétaire du moulin à bois écrivit trois noms sur la feuille sous ceux de Donat Beauchemin, Rémi Lafond et Anatole Blanchette.

— Torrieu, c'est ben ce que je pensais ! chuchota Donat à ses deux complices. Ellis a décidé de se présenter contre moi.

— C'est pas monsieur Ellis qui se présente contre toi, c'est monsieur Hyland, lui apprit sa sœur qui venait de consulter la feuille.

— Arrête donc, toi ! s'exclama-t-il à mi-voix.

— C'est ça qui est écrit sur la feuille. Monsieur Ellis et le notaire veulent juste se faire élire conseillers.

Aux yeux de Donat, cette nouvelle n'avait absolument rien de rassurant. Thomas Hyland était, d'abord et avant tout, un homme très apprécié dans la communauté tant pour sa pondération que pour sa générosité. Contrairement à Samuel Ellis, on le considérait beaucoup moins comme un Irlandais que comme un commerçant serviable toujours prêt à se dévouer.

Par conséquent, le fils de Baptiste Beauchemin rentra à la maison passablement inquiet de la tournure qu'allait prendre la campagne électorale. Évidemment, il n'était pas question d'essayer de décrier Thomas Hyland, ce qu'il ne se serait guère privé de faire s'il s'était agi de Samuel Ellis.

Bref, le jeune cultivateur passa le dimanche après-midi à chercher une façon de se faire élire malgré un adversaire aussi respectable. Finalement, il choisit de lui laisser faire les premiers pas et d'attendre au moins une semaine avant d'entreprendre une tournée des maisons de Saint-Bernard-Abbé.

Si Donat avait pu voir la tête qu'arborait son beau-frère Liam en retournant à la maison ce dimanche midi là, il aurait compris avoir fait un impair important. Le mari de Camille se tut durant la plus grande partie du trajet. Finalement, incapable de contrôler son caractère bouillant, il éclata.

— Je te dis qu'il est fin en maudit, ton frère, dit-il à sa femme sur un ton mordant.

— Pourquoi tu dis ça ? s'étonna-t-elle.

— Ben, il va demander à un pur étranger comme Blanchette de se présenter comme conseiller. Il me semble qu'il aurait pu me l'offrir avant.

— Viens pas me dire que cette affaire-là t'intéresse ? fit-elle.

— Un fou ! Je suis aussi capable que n'importe qui, tu sauras, reprit-il, l'air mauvais.

— Si tu penses être aussi bon que n'importe qui, t'as juste à te présenter comme maire, rétorqua-t-elle. T'as pas besoin de mon frère pantoute.

— Ben oui, j'aurais l'air fin, tout seul.

— Je suis certaine que tu finirais par trouver deux hommes dans la paroisse intéressés à t'appuyer.

— Si c'était pas de la famille, je le ferais, déclara-t-il comme si c'était une menace.

— Gêne-toi pas pour moi, répliqua-t-elle, un rien sarcastique. À part ça, inquiète-toi pas pour Donat. Je le connais assez pour savoir que ça le fâcherait pas.

Liam n'ajouta pas un mot, mais il garda son humeur sombre toute la journée et il s'isola dans un mutisme boudeur.

Cet après-midi-là, Camille alla rendre visite à sa mère. Bernadette, assise seule dans la balançoire, regardait les eaux de la rivière comme si elle ne les voyait pas.

— Qu'est-ce qui se passe avec Bedette ? demanda-t-elle à voix basse à sa mère en la rejoignant sur la galerie où elle tricotait. Elle a l'air d'une âme en peine. Constant Aubé est pas là. Est-ce que ça veut dire qu'elle s'est chicanée avec lui ?

— Elle lui a dit hier soir qu'elle veut plus le voir, répondit Marie sur le même ton.

— Qu'est-ce qui lui a pris ?

— Il était trop fin avec elle, d'après elle.

— Seigneur ! Il y a pas de danger que ça me serait arrivé, ça ! s'exclama Camille.

Sa mère comprit, mais elle se garda bien d'entamer une discussion sur le comportement de Liam. Cependant, sa fille ne put s'empêcher de lui demander pourquoi Donat n'avait pas proposé à Liam d'être candidat avec lui.

— Est-ce que ton mari s'est plaint de ça ? s'inquiéta Marie.

— Non, m'man, mentit sa fille aînée, c'est moi qui viens d'y penser.

— Donat y a pensé, mais il m'a dit que s'il était arrivé avec Rémi et Liam, ça aurait trop eu l'air d'une affaire de famille.

⤙

Au bout du rang Saint-Jean, Emma et Rémi recevaient à souper Xavier et sa fiancée. La température était redevenue très humide et le ciel s'était encore chargé de nuages mena-çants à la fin de ce dimanche après-midi. Quand Rémi se leva pour aller soigner ses animaux, Xavier le suivit pour l'aider.

— Ben non, protesta son beau-frère, t'es pas habillé pour venir faire le train.

— Laisse faire, plaisanta Xavier, il manquerait plus qu'un de nos échevins arrive épuisé à l'élection.

Catherine et Emma virent les deux hommes se diriger vers le champ pour rassembler les vaches.

— Franchement, t'étais pas obligée de nous inviter avec une chaleur pareille, dit Catherine à sa future belle-sœur.

— Il le fallait bien si je veux pouvoir me souvenir de quoi t'avais l'air avant de devenir la servante de mon frère. C'est dans trois semaines, votre mariage. Ça vient vite.

— T'as raison et tu devrais voir comment ma mère s'énerve avec ça. Il faut dire que la femme de mon frère l'aide pas trop, avoua-t-elle en baissant la voix malgré elle.

Les deux femmes s'occupèrent du souper dans la chaleur dégagée par le poêle à bois qu'il avait bien fallu allumer pour cuire le morceau de bœuf.

— C'est le dernier morceau qu'on avait sur la glace, reconnut la maîtresse de maison. Depuis hier, tout ce qui me reste de viande, je l'ai mis dans une chaudière dans le puits. La glace a déjà toute fondu.

— C'est la même chose chez nous, dit Catherine en commençant à dresser le couvert avec les assiettes de pierre que lui tendait la maîtresse de maison.

Après le souper, Emma décida de coucher ses trois enfants assez tôt. Flore et Joseph avaient été à la limite du supportable tout l'après-midi et Marthe n'avait pas cessé de rechigner après sa toilette du soir, ce qui était plutôt inhabituel.

— Il faut bien que ça arrive quand vous êtes là, fit remarquer la mère. Marthe, c'est un bon bébé qu'on n'entend jamais.

— Tout le portrait de sa marraine, plaisanta Xavier.

— Mais tu vas finir par m'entendre, dit en riant Catherine, surtout si tu cherches à m'étriver.

Après avoir couché les enfants, les adultes décidèrent d'aller prendre le frais sur la galerie malgré la nuée de maringouins que le temps humide avait fait apparaître.

À un moment donné, Emma rentra dans la maison pour s'assurer que les enfants ne chahutaient pas à l'étage et pour jeter un coup d'œil à son bébé. La porte de sa chambre au rez-de-chaussée avait été laissée ouverte pour faciliter la circulation de l'air et lui permettre d'entendre Marthe si elle pleurait. L'enfant semblait dormir, mais en s'approchant elle perçut une toux qui ressemblait à une sorte de jappement en provenance du berceau.

Soudain inquiète, la jeune mère avança la main pour toucher le front du bébé, il était bouillant de fièvre. L'enfant semblait avoir du mal à respirer et son nez coulait.

— Voyons donc! Elle allait bien il y a pas une heure, murmura-t-elle pour elle-même. Dis-moi pas qu'elle a attrapé le rhume en plein été.

Une autre quinte de toux sèche secoua l'enfant qui semblait éprouver beaucoup de difficulté à respirer. Au moment où elle allait revenir sur la galerie pour prévenir son mari et ses invités, elle trouva Catherine debout derrière elle.

— Je sais pas ce qu'elle a tout à coup. On dirait qu'elle a attrapé le rhume.

La fiancée de son frère, soucieuse, s'approcha à son tour du berceau et se pencha sur sa filleule, écoutant avec attention sa respiration haletante.

— Je veux pas t'énerver pour rien, chuchota-t-elle, mais je pense pas que ce soit juste un rhume.

— Comment tu saurais ça, toi? lui demanda Emma.

— J'ai travaillé un an à l'orphelinat à Montréal. Ça ressemble bien plus au croup qu'à un rhume. Écoute la petite, elle a de la misère à respirer.

— Mon Dieu! s'écria Emma, paniquée. Je demande tout de suite à Rémi d'atteler et d'aller chercher le docteur Samson.

La jeune mère sortit en catastrophe de la chambre et alla prévenir son mari. Rémi ne se donna même pas la peine de venir vérifier à l'intérieur. Il se précipita vers l'écurie en compagnie de Xavier pour atteler son boghei. Quand Emma rentra dans la maison, Catherine était en train de rallumer le poêle qu'on venait de laisser éteindre.

— Qu'est-ce que tu fais? lui demanda-t-elle.

— Il faut faire bouillir de l'eau et approcher la petite de la vapeur. C'est ce que les sœurs faisaient pour aider les enfants malades à respirer.

Emma s'empressa de remplir la grosse bouilloire avec de l'eau qu'elle déposa sur le poêle qui s'était remis à ronfler pendant que son invitée était allée chercher Marthe dans son berceau et s'était mise à la bercer doucement près du poêle.

— As-tu de l'alcool à friction?

— Oui.

— On va la frotter avec ça pour faire baisser sa fièvre. Ça devrait aider.

Le boghei passa près de la maison alors que les deux femmes finissaient de frotter le bébé qui geignait doucement.

— Xavier a décidé d'aller à Saint-Zéphirin avec Rémi, déclara Emma, tout énervée.

Catherine ne dit rien, trop occupée à maintenir le bébé assis bien droit sur ses genoux, à faible distance de la vapeur dégagée par l'eau qui bouillait.

— La petite commence à respirer un peu plus facilement, dit-elle à la mère pour la rassurer.

— Je vais prendre ta place. Tu dois crever de chaleur proche du poêle, fit Emma en s'avançant vers elle.

— Non, laisse-moi faire, répliqua la jeune fille. Après tout, c'est ma filleule.

Quand Rémi et Xavier rentrèrent, la soirée était passablement avancée et quelques gouttes de pluie s'étaient mises à tomber depuis quelques minutes.

— Le docteur était parti pour un accouchement, déclara Rémi. Sa femme m'a promis de nous l'envoyer aussitôt qu'il rentrerait. Et la petite, comment elle va ? demanda-t-il en s'approchant du bébé secoué soudain par une quinte de toux sèche qui le fit pleurer.

— Elle a ben l'air d'avoir de la misère à respirer, fit remarquer Xavier, aussi inquiet que le père.

— Ça va mieux, déclara Catherine en lui adressant un regard de reproche.

— Bon, il va falloir qu'on rentre avant que l'orage nous tombe dessus pour de bon, reprit le fils de Marie Beauchemin.

— Tu vas rentrer tout seul, lui dit Catherine. En passant, dis à ma mère que tu vas venir me chercher demain avant-midi.

— Mais t'es pas pour passer la nuit debout, protesta Emma.

— La petite est ma filleule, répéta Catherine. Le moins que je puisse faire, c'est de m'en occuper avec toi quand elle est malade.

Voyant que rien ne ferait changer d'avis sa fiancée, Xavier salua son beau-frère, sa sœur et Catherine avant de quitter les lieux. Rémi le suivit pour aller chercher des bûches qu'il laissa tomber dans le coffre placé près du poêle pendant que sa femme remplissait encore une fois la bouilloire dont toute l'eau s'était évaporée.

Les deux femmes prirent tour à tour la petite malade dans leurs bras, cherchant à la soulager chaque fois qu'elle semblait avoir plus de peine à respirer. Un peu avant onze heures, Emma se rendit compte que son mari s'était endormi à la table, la tête appuyée sur les bras. Elle alla le secouer doucement et lui conseilla de s'étendre une heure ou deux en promettant de le réveiller dès l'arrivée du médecin.

Quelques minutes plus tard, la mère offrit à Catherine de la décharger de l'enfant qu'elle berçait depuis près d'une heure.

— Laisse faire, chuchota son invitée. C'est comme si je berçais ma fille.

— Quand tu vas en avoir une… commença Emma.

— J'en ai une, dit tout bas Catherine. Elle est à la crèche, à Montréal.

Emma ne dit rien. Elle connaissait trop bien la rumeur qui avait circulé l'année précédente dans Saint-Bernard-Abbé. Catherine venait de reconnaître qu'elle était une fille-mère qui avait donné naissance à une petite fille. Cela ne changeait rien au fait qu'elle demeurait un sujet de honte et de scandale. Toute famille respectable refuserait toujours qu'elle franchisse le seuil de sa maison. Bien sûr, les Lafond lui avaient ouvert leur porte, mais cela n'avait pas été de gaieté de cœur. Emma et son mari n'avaient accepté de lui demander d'être la marraine de Marthe que parce qu'ils ne voulaient pas que Xavier soit rejeté par la famille alors qu'il s'apprêtait à épouser cette fille perdue.

Un silence contraint tomba dans la cuisine à peine éclairée par la lampe déposée à l'autre bout de la pièce pour ne pas nuire au sommeil agité du bébé. Dehors, la pluie avait redoublé d'intensité, mais comme il n'y avait aucun vent, les fenêtres pouvaient demeurer ouvertes sans que l'eau pénètre à l'intérieur.

— Elle s'appelle Constance, ajouta doucement Catherine dans un souffle. Tu peux pas savoir à quel point je m'ennuie d'elle. J'y pense tous les jours. Il y a pas un soir où je m'endors sans avoir prié pour elle. Je prie pour qu'elle soit adoptée par du bon monde.

— Comment tu peux savoir qu'elle a pas encore été adoptée? lui demanda Emma, sans manifester grand intérêt.

— Sœur Émérentienne, une cousine de ma mère, s'occupe de la crèche où est ma petite. Elle m'a promis qu'elle me l'écrirait quand elle serait adoptée.

La mère de Marthe se borna à hocher la tête, espérant que le sujet était clos. Après tout, il s'agissait de l'enfant du péché. Mais tout indiquait que la fiancée de son frère, mise en confiance par son silence, avait décidé de tout lui révéler. Sans entrer dans les détails, elle se mit à lui raconter comment l'homme engagé de son père, Magloire Delorme, avait sauté sur elle alors qu'elle se baignait dans la rivière. Elle décrivit la réaction violente de son père devant les signes de plus en plus évidents de sa grossesse. Elle narra l'intervention de sœur Émérentienne qui l'avait ramenée avec elle à Montréal, son séjour à Sainte-Pélagie qui accueillait les femmes dans sa situation ainsi que les mois passés à travailler à la crèche avant de pouvoir revenir à Saint-Bernard-Abbé.

— Ça aurait été moins pire si j'avais pas vu ma petite fille grandir pendant ces mois-là, avoua-t-elle. Mais je la voyais tous les jours et ça m'a fendu le cœur de partir en la laissant à la crèche.

Emma était une mère et n'imaginait que trop bien ce que la jeune femme avait vécu.

— Quand je suis retournée travailler à Montréal, au refuge, l'été passé, j'ai revu souvent ma petite. Elle avait déjà quinze mois et elle était belle comme un cœur, ajouta-t-elle en essuyant discrètement une larme.

— Comment ça se fait qu'on l'a pas encore adoptée ? lui demanda Emma, curieuse.

— Je le sais pas, reconnut Catherine. Il y a tellement d'orphelins à la crèche…

Catherine allait poursuivre quand elle entendit une voiture entrer dans la cour des Lafond.

— Ça doit être le docteur, dit Emma en se levant pour aller réveiller Rémi qui dormait dans la pièce voisine.

Ce dernier ouvrit la porte au médecin dont les vêtements trempés faisaient peine à voir. Emma s'empressa d'offrir une serviette à Eugène Samson pour qu'il puisse s'essuyer le visage et les mains.

— Pauvre vous ! le plaignit-elle. C'est vraiment pas un temps à être sur le chemin.

Le docteur, bien connu pour son caractère tranchant, ne se donna pas la peine de lui répondre.

— Lequel de tes enfants est malade ? lui demanda-t-il après s'être débarrassé de son manteau.

— La petite dernière, docteur, répondit Emma en montrant l'enfant que Catherine n'avait pas cessé de bercer.

— Bon, étends quelque chose sur la table que je puisse l'examiner, ordonna-t-il à la mère en s'emparant de sa trousse et en la déposant sur un banc à côté de lui.

Emma étendit une couverture sur la table et Catherine y déposa l'enfant qui fut secouée par la toux en quittant les bras de sa marraine. Eugène Samson sortit son stéthoscope et écouta le sifflement que faisait l'air en sortant des poumons de l'enfant.

— Ta fille a le croup, déclara le praticien sans aucun ménagement. Elle a la gorge enflée. C'est pour ça qu'elle a de la misère à respirer. Par contre, elle a pas l'air à faire trop de fièvre. Qu'est-ce que t'as fait pour la soulager avant que j'arrive ?

Emma expliqua ce que Catherine et elle avaient fait et le médecin approuva.

— Il y a pas autre chose à faire, continuez. Quand l'enfant se réveillera, vous pourrez lui faire boire un peu d'eau. Demain, je passerai dans le courant de la journée pour voir si tout est correct. D'après moi, ça devrait se replacer dans une couple d'heures.

Le médecin refusa de boire quelque chose avant son départ et il quitta les lieux aussi rapidement qu'il était arrivé. Soulagés, les parents voulurent que leur invitée monte dormir dans l'une des chambres libres à l'étage. Catherine n'accepta qu'à la condition qu'on la réveille vers trois heures trente pour qu'elle prenne soin à son tour du bébé malade. Rémi prit sa fille et Emma accompagna Catherine à l'étage après avoir allumé une lampe. Il avait été entendu que le père allait s'occuper de sa fille durant les deux prochaines heures avant de céder sa place à sa femme.

Catherine Benoît se réveilla seule dans une chambre obscure et il lui fallut quelques instants avant de se rappeler où elle se trouvait. Alors qu'elle se demandait quelle heure il pouvait bien être, elle entendit les quatre coups sonnés par l'horloge installée au pied de l'escalier. Elle alluma la lampe laissée par Emma, remit rapidement de l'ordre dans sa tenue et descendit dans la cuisine où elle trouva la jeune mère de famille sommeillant dans la chaise berçante, Marthe sur ses genoux. La fiancée de Xavier lui enleva doucement l'enfant avant de la secouer.

— Va te coucher, c'est à mon tour, lui chuchota-t-elle. Ça fait presque une heure que t'aurais dû me réveiller, ajouta-t-elle avec une nuance de reproche.

Emma se leva, apparemment un peu courbaturée d'être demeurée assise si longtemps dans la chaise berçante. Avant de prendre la direction de sa chambre, elle jeta quelques rondins dans le poêle et s'assura que la bouilloire contenait suffisamment d'eau. Catherine posa une main sur le front de sa filleule. La fièvre semblait avoir disparu et elle respirait beaucoup plus librement.

Il lui fallut combattre le sommeil jusqu'à ce que l'aube fasse timidement son apparition. Elle vit par la fenêtre les ténèbres reculer lentement. Voyant que Marthe dormait d'un sommeil profond qu'aucune quinte de toux ne venait troubler, elle se décida à aller la déposer sur la couverture sur la table, le temps de se glisser dans la chambre de ses parents pour en rapporter le berceau qu'elle déposa près du poêle.

Au moment où elle installait l'enfant dans son lit, elle vit Rémi sortir de sa chambre à coucher, la tête hirsute.

— Est-ce que j'ai rêvé ou tu viens de sortir de ma chambre ? lui demanda-t-il en passant ses bretelles.

— T'as pas rêvé, je viens d'aller chercher le berceau de la petite pour qu'elle puisse dormir. Ça a l'air d'être fini. Elle ne fait plus de fièvre et elle tousse plus.

— Là, tu me soulages, avoua-t-il. Quand je l'ai surveillée pendant la nuit, elle toussait encore pas mal.

— Moi, ça fait deux heures que je la berce et elle a pas toussé une fois. Elle dort comme un ange, ajouta-t-elle en se penchant, attendrie, sur le berceau.

Rémi annonça qu'il allait faire son train. Catherine ne dit rien, mais dès son départ vers les bâtiments, elle entreprit de préparer le déjeuner. Quand Flore et Joseph apparurent dans la cuisine, elle leur demanda de ne pas faire de bruit pour laisser dormir leur mère et elle leur servit une omelette baignant dans du sirop d'érable. Quelques minutes plus tard, Rémi eut droit au même menu.

Quand Emma se réveilla au milieu de l'avant-midi, sa future belle-sœur avait quitté sa maison depuis près d'une heure en compagnie de Xavier venu la chercher pour la ramener chez elle.

— Elle a été pas mal fine de faire tout ce qu'elle a fait, reconnut la femme de Rémi Lafond.

— En tout cas, elle a l'air d'aimer ben gros les enfants, dit son mari. On peut avoir ben des choses à redire sur ce qu'elle a fait, mais on peut pas lui ôter ce qu'elle a : elle a du cœur.

Le surlendemain, Marie accourut chez sa fille quand elle apprit que sa petite-fille avait failli être emportée par le croup.

— Est-ce que c'est vrai ce que Rémi a raconté à Camille ? C'est Catherine Benoît qui a veillé la petite avec toi toute la nuit pour en prendre soin.

— C'est en plein ça, m'man. Elle a jamais voulu repartir avec Xavier à la fin de la soirée quand elle s'est aperçue que la petite était malade. Une vraie marraine !

— On sait bien, admit sa mère comme à contrecœur. Même une fille comme elle peut avoir une qualité ou deux.

— Je pense même, m'man, qu'elle en a plus qu'une ou deux, ajouta Emma, plus pour faire rager sa mère que parce qu'elle le croyait vraiment.

— Commence pas ça, toi ! la mit en garde Marie Beauchemin. Il y a déjà bien assez que tu l'aies choisie comme marraine de la petite.

Chapitre 24

Une visiteuse encombrante

Il était écrit quelque part que le début du mois de juin ne se passerait pas sans qu'une épreuve ne vienne frapper la famille Beauchemin.

Depuis quelques jours, le sujet de conversation favori était le mauvais temps qui frappait maintenant la région depuis près d'une semaine. Les pluies se succédaient à un tel rythme qu'il était impossible de se rendre dans les champs pour y travailler et on déplorait que la récolte de fraises risque de pourrir sur place, faute de soleil.

Paddy Connolly avait repris sa place et son rôle au magasin général de Télesphore Dionne. Chaque jour, il s'installait sur la galerie en compagnie des traîne-savates de la paroisse pour commenter les dernières nouvelles, comme il l'avait fait durant les mois précédents en arborant toujours le même air supérieur. Ainsi, il avait longuement expliqué la nouvelle loi du gouvernement fédéral sur le chemin de fer du Pacifique adoptée le premier juin précédent, attachant beaucoup plus d'importance à cette nouvelle qu'à la construction d'un collège à Trois-Rivières et à l'inauguration d'une nouvelle église à Nicolet.

L'arrivée de Constant Aubé sembla distraire quelques instants son auditoire. Le jeune homme, le visage sombre, salua de la tête la demi-douzaine d'hommes rassemblés sur la galerie avant de pousser la porte du magasin général.

— Cybole! s'exclama Ludger Courtois du rang Saint-Paul, je sais pas ce qu'a notre meunier depuis un bout de temps, mais on dirait qu'il y a des affaires qui vont pas à son goût.

— Peut-être ses amours, suggéra Évariste Bourgeois.

L'oncle de Liam Connolly allait reprendre la parole quand une autre voiture détourna l'attention des hommes qui l'entouraient. Un vieil homme descendit de son boghei et tira deux valises de derrière la banquette arrière.

— Je vais pas plus loin, mes sœurs, déclara-t-il sur un ton sans appel aux deux religieuses qui n'avaient pas bougé de leur siège. Là, je rentre chez nous dans le rang Saint-Paul. Je suis sûr que vous allez trouver quelqu'un pour vous laisser chez les Beauchemin.

Une grosse et grande religieuse appartenant à la communauté des sœurs Grises se leva et descendit lourdement de voiture; sa compagne, une femme beaucoup plus chétive, l'imita.

— Je vous trouve bien malcommode, monsieur, déclara haut et fort Mathilde Beauchemin qui dominait le conducteur de près d'une demi-tête. Il reste juste un mille à faire. Ça vous aurait pas fait mourir de nous amener chez ma belle-sœur.

— Peut-être, mais mon cheval est ben fatigué, ma sœur, dit l'homme en remontant dans son boghei.

— Merci quand même, lui jeta sèchement la religieuse, apparemment très mécontente d'être laissée en cours de route.

Le bon Samaritain ne se donna pas la peine de lui répondre et fit faire demi-tour à son attelage pour rejoindre le rang Saint-Paul, laissant les deux sœurs Grises plantées dans la cour du magasin général. Mathilde Beauchemin n'esquissa pas un geste pour s'emparer de sa valise. Elle se contenta de tourner la tête vers la galerie où elle sembla découvrir pour la première fois les hommes qui y étaient assis.

Elle s'avança résolument vers eux.

— Est-ce qu'il y en a un qui a affaire dans le rang Saint-Jean ? demanda-t-elle avec aplomb.

Hormidas Meilleur reconnut immédiatement les deux religieuses qu'il avait conduites au moins à deux reprises chez Baptiste Beauchemin et un frisson rétrospectif le prit. Il pensa immédiatement à Paddy Connolly.

— Monsieur Connolly reste dans ce rang-là, affirma le petit homme, l'air réjoui. Je suis sûr qu'il va être ben fier de vous accommoder, ajouta-t-il en désignant le retraité de la main.

— Comme ça, ça vous dérangerait pas trop de nous laisser chez les Beauchemin ? demanda la grande et grosse religieuse à l'Irlandais, sans sourire.

Visiblement, il n'était guère enthousiaste à l'idée de transporter les deux voyageuses après avoir assisté à la scène qui venait de se dérouler devant lui dans la cour du magasin général.

— Ben, là, j'attends la petite maîtresse d'école et mes petites-nièces, prétexta le petit homme bedonnant pour échapper à la corvée. L'école est à la veille de fermer et je voudrais pas que ce monde-là marche dans la bouette.

— Vous pouvez aller reconduire les sœurs, monsieur Connolly, intervint Hormidas Meilleur, qui avait terminé sa tournée quelques minutes auparavant. Quand on va voir les enfants sortir, on va les avertir de vous attendre.

Paddy lui jeta un regard assassin, mais ne put que quitter sa place pour se diriger vers son boghei stationné au fond de la cour. À aucun moment il n'esquissa le geste de prendre les deux valises au passage pour les déposer dans sa voiture. Fidèle à elle-même, Mathilde Beauchemin, toujours aussi altière, fit signe à sa compagne de la suivre jusqu'à la voiture et de ne pas toucher aux bagages demeurés au centre de la cour. Paddy attendit avec impatience que les deux femmes aient pris place dans sa voiture avant de mettre son cheval en marche.

— Oubliez pas, mon brave, de prendre nos valises en passant, ordonna Mathilde Beauchemin au conducteur.

L'homme dut descendre de son boghei pour s'emparer des deux valises en cuir bouilli qu'il lança plus qu'il ne les posa dans sa voiture avant de remonter. Le conducteur ne put placer un mot – ce qui était pour le moins inhabituel – durant tout le trajet entre le magasin général et la maison de feu Baptiste Beauchemin. Ce fut avec un soulagement évident qu'il laissa les deux religieuses près de la galerie. Il tendit leurs valises aux deux visiteuses et s'empressa de reprendre la route avant que quelqu'un sorte de la maison.

Marie n'avait pas vu sa belle-sœur et sa compagne arriver. Elle était dans la tasserie en train de retirer d'une auge remplie d'eau les tresses de paille longues de plusieurs dizaines de pieds confectionnées l'automne précédent, quelques semaines avant le mariage de Camille.

Par contre, sa bru avait aperçu les deux religieuses et s'était retirée en hâte dans sa chambre à coucher en faisant signe au petit Alexis de la suivre.

— Il manquait plus qu'elle ! s'exclama-t-elle en faisant référence à la sœur de Baptiste. Je voudrais bien savoir pourquoi elle nous tombe toujours sur le dos… Elle pourrait bien aller s'installer chez Emma ou chez Camille.

La jeune femme, enceinte de six mois, s'était réfugiée au fond de sa chambre avec son fils de un an et demi et elle prit bien soin de ne pas bouger, même quand elle entendit que les visiteuses sondaient la porte pour vérifier si le crochet était mis.

— On dirait qu'il y a personne, sœur Marie du Rosaire, dit la petite religieuse à sa compagne demeurée debout au pied des marches conduisant à la galerie.

— Il doit y avoir quelqu'un, déclara tout net Mathilde Beauchemin. Ils doivent être aux bâtiments. Attendez-moi ici, ma sœur. Je vais revenir.

Mathilde Beauchemin eut à peine le temps de franchir la moitié de la cour de la ferme qu'elle vit sa belle-sœur sortir de la tasserie.

— Es-tu toute seule ? lui cria la religieuse en faisant sursauter violemment la maîtresse de maison.

— Seigneur que tu m'as fait peur ! fit Marie en apercevant sœur Marie du Rosaire devant elle. Je t'ai pas entendue arriver.

Elle réprima difficilement une grimace et s'avança vers sa belle-sœur pour l'embrasser légèrement sur une joue.

— Je suis pas toute seule, dit-elle à la visiteuse. Je comprends pas qu'Eugénie t'ait pas ouvert la porte, Donat et notre homme engagé sont dans le champ en train de creuser un canal pour permettre à l'eau de s'écouler. Il arrête pas de mouiller.

La maîtresse de maison salua sœur Sainte-Anne en arrivant à la galerie et invita les deux femmes à entrer.

— Eugénie ! Eugénie ! cria-t-elle à travers la porte moustiquaire. Où est-ce que t'es passée encore ?

La jeune femme apparut dans la cuisine en se frottant les yeux comme si elle venait de se lever.

— Pourquoi t'as mis le crochet sur la porte ? lui demanda sa belle-mère avec humeur.

— Je l'ai fait sans m'en rendre compte, madame Beauchemin. Le petit rechignait et cherchait à sortir de la maison. Je viens juste d'aller le coucher dans mon lit. Sans le vouloir, je me suis endormie avec lui, mentit-elle.

Eugénie souhaita la bienvenue aux deux sœurs Grises après avoir poussé la porte pour les laisser entrer.

— Comment ça se fait que tu dors en plein jour comme ça ? lui demanda sœur Marie du Rosaire sur un ton inquisiteur.

— Je suis en famille, ma tante, répondit Eugénie sur un ton geignard.

— S'il fallait que toutes les femmes qui attendent un petit passent leurs journées dans leur lit, ce serait beau à voir, rétorqua la religieuse en s'arrêtant au milieu de la cuisine d'été. Pour moi, tu t'écoutes trop, ma fille.

— Laisse faire, Mathilde, lui ordonna sèchement sa belle-sœur en venant au secours de sa bru. Là, c'est presque le temps de préparer le souper. Je vais vous montrer votre chambre avant d'éplucher les patates. Vous allez avoir le temps de vous installer.

Sans plus attendre, la maîtresse de maison se dirigea vers la porte ouvrant sur la cuisine d'hiver.

— Et nos valises ? lui demanda sa belle-sœur sur un ton impérial.

— Quoi, vos valises ?

— Qui va les monter en haut ?

— Vous autres, sinon elles vont rester sur la galerie, déclara tout net son hôtesse. Ici dedans, il y a pas de servante.

Sur ce, sans plus se préoccuper de ce qui se passait derrière elle, Marie traversa vers ce qu'elle appelait le «haut côté». Les deux religieuses la rejoignirent un instant plus tard après être allées prendre leurs bagages demeurés à l'extérieur.

— Où est-ce qu'on va coucher ? demanda Mathilde Beauchemin en arrivant à l'étage, légèrement essoufflée, suivie de près par la petite sœur Sainte-Anne.

— Dans la chambre bleue, au fond, à côté de ma chambre.

— Dis-moi pas qu'on va être obligées de dormir dans la même chambre ? s'offusqua la visiteuse.

— Bien oui, Mathilde, répondit Marie en cachant mal son impatience. Les trois autres chambres sont prises par Bernadette, moi et Ernest, notre homme engagé.

— Tu pourrais pas coucher avec ta fille une couple de jours ? eut le culot de demander sa belle-sœur. Moi, je suis pas habituée de coucher avec quelqu'un dans mon lit.

— Moi, c'est pareil, trancha Marie. Mais si vous êtes pas capables de coucher dans le même lit, il y en a une qui peut toujours aller coucher dans la grange, suggéra-t-elle d'une voix acide.

— On va s'arranger, madame Beauchemin, intervint sœur Sainte-Anne avec un petit sourire.

— Parfait. Bon, prenez tout le temps qu'il vous faut pour vous installer. Je descends m'occuper du souper.

Elle retrouva sa bru dans la cuisine en train de peler les pommes de terre.

— Bonyenne, on avait bien besoin de ça ! dit-elle à mi-voix en prenant place en face d'elle pour l'aider dans sa tâche.

— Il nous reste juste à prier pour qu'elle reste pas trop longtemps, poursuivit Eugénie sur un ton pénétré. Je veux pas être méchante, madame Beauchemin, mais chaque fois, tante Mathilde m'étourdit à me rendre malade.

— Penses-tu que ça me fait plaisir de l'avoir encore une fois sur les bras ? Il faut croire que le bon Dieu nous donne à tous une croix à porter. La sœur de mon mari est la mienne et…

Elle allait poursuivre quand la porte moustiquaire s'ouvrit pour livrer passage à Bernadette dont les traits étaient légèrement tirés par la fatigue.

— Dites-moi que c'est pas vrai, m'man, chuchota-t-elle en déposant son sac en cuir près de la porte.

— Quoi ?

— C'est pas ma tante Mathilde qui est là ?

— Bien oui, ma fille. Elle vient passer une couple de jours avec nous autres, pour nous faire plaisir, à part ça.

— C'est bien ce que j'ai pensé quand l'oncle de Liam m'a dit tout à l'heure qu'il avait laissé deux sœurs chez nous. Mautadit qu'on n'est pas chanceux ! se plaignit-elle.

— Arrête de te lamenter, lui ordonna sa mère. Ta tante est tout de même pas une des sept plaies d'Égypte.

— Elle en est pas loin en tout cas.

— Va te changer. On a le souper à préparer et t'iras nourrir les poules et les cochons pendant que les hommes vont faire le train.

Bernadette monta à sa chambre en faisant le moins de bruit possible pour ne pas attirer l'attention de sa tante.

Au souper, personne n'eut à faire un effort pour entretenir la conversation autour de la table. Sœur Marie du Rosaire en fit tous les frais en racontant tous les petits faits survenus à l'orphelinat de Sorel où elle œuvrait. Elle parla tant qu'on se demandait comment elle faisait pour manger en même temps.

Au moment du dessert, elle décida d'interroger à fond Ernest Gingras sur sa famille et elle osa même lui dire :

— Tu serais un assez joli garçon si t'avais pas tant de tics dans le visage.

Cette remarque mesquine fit violemment rougir l'employé des Beauchemin et attira à son auteure des regards courroucés de ses hôtes. Ensuite, fidèle à son habitude, la grande et grosse religieuse tourna son attention vers sa jeune nièce.

— Puis, Bernadette, est-ce que monsieur le curé est finalement satisfait de ta manière de montrer le catéchisme aux enfants ?

Évidemment, elle n'avait pas oublié la vague allusion du curé Lanctôt, plus d'un an auparavant, sur sa façon d'enseigner le catéchisme.

— Notre curé et l'inspecteur sont tous deux bien contents de moi, ma tante, répondit l'institutrice sans sourire.

— Et tes amours vont bien ? poursuivit la religieuse, toujours aussi curieuse.

— De quelles amours vous parlez, ma tante ?

— Je parle de ton boiteux, ma fille, répondit Mathilde Beauchemin avec un rien d'impatience.

— Ça, ma tante, c'est fini déjà depuis un bon bout de temps.

— Tant mieux, ma fille. C'était visible comme le nez au milieu du visage que ce garçon-là était pas fait pour toi.

— Qu'est-ce qui te fait dire ça? intervint sèchement Marie en se tournant vers sa belle-sœur.

— Il était pas bien beau et il était pas instruit.

— Un homme a pas besoin d'être beau pour faire un bon mari, rétorqua la maîtresse de maison d'une voix coupante. Pour l'instruction, ce garçon-là sait lire et écrire, ce qui est pas mal plus que la plupart des jeunes hommes de la paroisse. En plus, il est bien élevé.

Cette réprimande eut le mérite de faire taire durant quelques instants la visiteuse, ce qui permit à sœur Sainte-Anne de parler avec bonté au petit Alexis, assis près d'elle.

Pendant ce temps, le visage boudeur, Bernadette mangea sans appétit son dessert. Elle était mécontente et énervée. Rien ne se déroulait comme elle l'avait imaginé.

La semaine précédente, elle avait attendu avec une impatience croissante la visite d'Amédée Durand qui avait promis de venir chercher le document qu'il lui avait laissé à l'intention de Donat. Chaque après-midi, elle s'était attendue à le voir arriver à l'école, mais il n'en fut rien. Deux jours auparavant, à son retour de sa journée de travail, elle avait appris de sa mère que l'inspecteur était passé à la maison à la fin de l'avant-midi pour parler à Donat et reprendre le document en question. Comme le mois de juin était déjà entamé, il y avait de fortes chances que l'homme ne revienne pas à Saint-Bernard-Abbé avant l'automne suivant à moins que… Mais si elle l'avait vraiment intéressé, il aurait fait en sorte de s'arrêter au moins quelques instants à l'école.

Pire encore, elle avait appris par Paddy Connolly que l'inspecteur s'était arrêté le jour même au magasin général et avait parlé durant quelques minutes avec Angélique Dionne. Il était donc en face de l'école et ne s'était même pas donné la peine de venir la saluer. Elle n'y comprenait plus rien. Ne l'intéressait-elle pas?

— Je te parle, Bedette, entendit-elle sa mère lui dire.

— Quoi? Qu'est-ce qu'il y a?

— Je viens de te demander comment allait la petite de ta sœur. T'as pas dit à matin que t'irais la voir à midi?

— Oui, j'y suis allée. Marthe a l'air correcte.

— Marthe, c'est la petite dernière d'Emma? demanda sœur Marie du Rosaire.

— Oui.

— Il faudrait bien que j'aille la voir, déclara la religieuse, comme si c'était une nécessité.

— Vous aurez pas à vous déranger, ma tante, s'empressa de préciser Bernadette, Emma est supposée venir faire un tour à soir avec les enfants.

Un pli soucieux apparut au front de Marie. Elle songea soudain à la réaction de sa belle-sœur quand elle s'apercevrait que l'enfant était différent. L'idée dut effleurer aussi sa fille et sa bru parce que toutes les deux se lancèrent des regards vaguement inquiets avant de se lever pour commencer à ranger la cuisine. Ernest Gingras s'empressa de les imiter et s'esquiva dans sa chambre, probablement peu désireux d'être à nouveau la cible de la tante de son patron.

— Tenez, ma tante, vous allez m'aider à laver la vaisselle, dit Bernadette en tendant un linge à la religieuse qui s'apprêtait à s'asseoir dans l'une des chaises berçantes installées sur la galerie.

— Tu peux m'en donner un aussi, intervint sœur Sainte-Anne, prête à aider.

— Il fait pas mal chaud en dedans, se plaignit Mathilde Beauchemin en essuyant la sueur qui perlait à son front.

— Plus on va faire vite, plus on va pouvoir sortir vite sur la galerie pour prendre l'air, déclara Marie en train de desservir la table.

— Ça va être moins pire dans une couple de minutes, prédit Eugénie, le poêle est en train de s'éteindre.

En ce début de soirée, l'humidité rendait le fond de l'air lourd. Encore une fois, le ciel charriait de gros nuages menaçants et un autre orage se préparait.

Quelques minutes plus tard, Rémi arriva à la ferme avec sa petite famille. Flore et Joseph devancèrent leurs parents et vinrent embrasser leur grand-mère, leur oncle et leurs tantes qui venaient de prendre place sur la galerie. Toutefois, les deux enfants se tinrent prudemment à distance des deux religieuses dont les costumes semblaient les impressionner.

— Viens nous montrer cette petite merveille-là, ordonna Mathilde Beauchemin à sa nièce au moment où elle posait le pied sur la première marche de l'escalier conduisant à la galerie.

Emma tendit l'enfant à sa tante qui se pencha pour mieux l'admirer. À la vue de la petite langue qui pointait entre les lèvres entrouvertes et des yeux étirés à la paupière tombante, les traits de la religieuse se figèrent durant un bref moment.

— C'est un beau bébé, se contenta-t-elle de dire en donnant l'enfant à sœur Sainte-Anne qui tendait déjà les bras pour le prendre.

Cette réaction pleine de retenue soulagea et étonna beaucoup les membres de la famille. Donat sortit d'autres chaises pour les visiteurs et, durant les minutes suivantes, on parla surtout des candidatures à la mairie et à l'échevinage de Donat et Rémi. Ensuite, Mathilde s'informa longuement de Hubert, de Xavier et de Camille qu'elle espérait pouvoir rencontrer avant le dimanche après-midi, moment qu'elle avait choisi pour rentrer à Sorel.

Ses hôtes se jetèrent un regard exprimant un certain soulagement. En fin de compte, ils n'auraient à la supporter que deux jours.

— Armand le sait pas encore, mais il va venir nous conduire à Sorel, déclara sœur Marie du Rosaire sur un ton définitif.

— Il va venir vous chercher à Saint-Bernard ? lui demanda Donat, étonné.

— Bien non, mon garçon. Toi, tu vas nous emmener chez ton oncle à Sainte-Monique, dimanche.

— Dimanche, s'il ne pleut pas, je risque d'être trop occupé, déclara son neveu sur un ton qui n'acceptait pas la contestation. Je vais aller vous conduire samedi, si ça vous fait rien, ma tante.

Mathilde n'osa pas contester, trop occupée soudain à tuer les maringouins et autres insectes piqueurs qui l'avaient prise comme cible depuis quelques instants.

— Bonté divine ! je veux bien croire que c'est humide, mais voulez-vous bien me dire ce que les bibittes ont à être après nous autres comme ça, à soir ? finit-elle par déclarer en écrasant énergiquement un maringouin qui venait de la piquer sur une joue. Elles arrêtent pas de me piquer.

— C'est vrai que c'est humide, reconnut Marie, assise près d'elle, mais je me fais pas piquer pantoute. Vous autres ? demanda-t-elle aux autres personnes présentes sur la galerie.

Le « non » unanime surprit un court moment la religieuse.

— Vous vous faites pas piquer, vous, ma sœur ? demanda-t-elle, stupéfaite, en s'adressant à sa compagne.

— Non, ça va.

— Voyons donc ! Pourquoi juste moi ?

— Vous avez peut-être quelque chose dans le sang qui les attire, suggéra Emma.

— Mais j'y pense, ma tante, il me semble avoir vu sur une tablette dans la remise un reste de l'onguent qu'on se mettait pour pas se faire piquer quand on était jeunes avant d'aller pêcher au bord de la rivière, intervint Bernadette.

— De quel onguent tu parles, Bedette? lui demanda sa mère.

— De l'onguent que p'pa faisait. Venez en dedans, ma tante, je vais aller vous le chercher et vous allez pouvoir vous en mettre. Si je me souviens bien, c'était pas mal bon, cet onguent-là.

La femme à la carrure imposante suivit sa nièce à l'intérieur. Bernadette la laissa un bref instant dans la cuisine d'été, le temps d'aller chercher un petit pot en grès bouché par du papier huilé dans la remise communicante. De retour dans la pièce, Bernadette tendit l'onguent à la religieuse et revint s'asseoir sur la galerie.

— J'espère que ça sent moins mauvais que dans le temps, dit Donat à sa sœur au moment où elle reprenait son siège.

— Je le sais pas, le pot est bouché, déclara hypocritement l'institutrice.

Les Beauchemin n'eurent pas à attendre bien longtemps pour le savoir. Dès que sœur Marie du Rosaire revint sur la galerie, une odeur pestilentielle arriva avec elle.

— Mais ça sent bien mauvais, cette affaire-là! se plaignit-elle. Je m'en suis mis seulement sur le visage et sur les mains et le cœur me lève.

— C'est probablement pour ça que c'est bon pour chasser les maringouins, ma tante, dit Rémi en riant. Avec cette senteur-là, il y en a pas un maudit qui va oser s'approcher de vous.

— Mais est-ce qu'il y a quelqu'un qui sait avec quoi cet onguent-là est fait? demanda sœur Sainte-Anne en fronçant le nez de dégoût.

— Mon Baptiste faisait ça avec des herbes et du purin de porc, je crois bien, expliqua Marie.

— Ouach! fit sa belle-sœur. Je commence à comprendre pourquoi ça sent aussi mauvais. Dire que je m'en suis mis sur le visage!

L'odeur dégagée par la religieuse était si prenante que, dans les minutes suivantes, chacun trouva un prétexte pour éloigner sa chaise de la sienne. Une heure plus tard, les Lafond annoncèrent leur intention de rentrer sans tarder à la maison, car le ciel devenait menaçant.

Après leur départ, Bernadette s'empressa de se retirer dans sa chambre malgré l'humidité étouffante. Elle préférait encore cela plutôt que de continuer à sentir le fumet dégagé par sa tante. Donat et Eugénie l'imitèrent. Dès qu'ils eurent disparu à l'intérieur de la maison, sœur Marie du Rosaire se tourna vers sa belle-sœur, sans tenir compte de la présence de sa compagne, assise un peu à l'écart.

— Dis donc, Marie, la petite de ta fille est pas normale? demanda-t-elle sans aucun ménagement.

— Emma a pris l'enfant que le bon Dieu lui a envoyé, Mathilde, répondit Marie d'une voix neutre.

— Je veux bien le croire, mais rien l'oblige à la garder, par exemple, répliqua la religieuse.

— C'est sa fille.

— Tu sais comment ça se passe, reprit Mathilde Beauchemin. Quand cette enfant-là va vieillir, il y aura pas moyen de la cacher bien longtemps. Tout le monde de Saint-Bernard va s'en apercevoir qu'elle est pas normale et on va la montrer du doigt.

— Je le sais, laissa tomber sa belle-sœur d'une voix blanche.

— Tu serais bien mieux de lui conseiller de la placer, insista la religieuse. Sa sœur et son frère vont s'apercevoir à la longue qu'elle est pas comme eux autres et ils vont rejeter la pauvre enfant.

— La placer où?

— La placer dans un orphelinat. On en a deux ou trois comme elle chez nous, à Sorel. À mon avis, cette enfant-là serait mieux dans une institution.

— Écoute, Mathilde, dit Marie d'une voix soudain raffermie, Rémi et Emma accepteront jamais que leur fille parte. Ils l'aiment autant, sinon plus que les deux autres. Mêle-toi surtout pas de ça et va pas leur faire de la peine. C'est déjà assez dur comme ça.

— Bon, je ne dirai rien, fit la religieuse en haussant les épaules.

— Bien, la journée a été longue, conclut Marie en se levant. Pour moi, t'es mieux de te frotter avec du savon du pays avant de monter te coucher, conseilla-t-elle à sa belle-sœur. J'ai l'impression que sœur Sainte-Anne va trouver que tu sens un peu fort.

La petite religieuse eut un petit rire et se leva à son tour, prête à aller se préparer pour la nuit.

Le lendemain matin, la maîtresse de maison eut la surprise de découvrir sœur Sainte-Anne assise sur la galerie, même si le soleil n'était pas encore levé. La pluie venait de cesser et un petit vent doux en provenance du sud rafraîchissait l'air.

— Voulez-vous bien me dire ce que vous faites dehors aussi de bonne heure, ma sœur ? lui demanda Marie, étonnée.

— Disons que l'onguent de sœur du Rosaire dégage une odeur un peu trop forte, répondit la religieuse avec sa retenue habituelle.

— Êtes-vous en train de me dire qu'elle sent encore cette cochonnerie-là ? s'étonna-t-elle.

— Même si elle est descendue deux ou trois fois se laver, on dirait qu'il y a rien pour faire partir la senteur. Vers quatre heures, j'en pouvais plus. Je suis sortie de la chambre et je suis venue respirer du bon air. J'espère que je vous ai pas réveillée.

— Pantoute, ma sœur, affirma-t-elle, un peu gênée.

Quand Bernadette descendit à la cuisine pour participer à la préparation du déjeuner, sa mère ne put s'empêcher de lui dire :

— Je te dis, toi, que t'as eu une riche idée de faire mettre cet onguent-là à ta tante. Ça sent partout en haut.

— Je le sais, m'man. Quand je me suis levée, ça m'a pris à la gorge. Je pensais que c'était une mouffette qui était morte proche de la maison. Mais, bonyenne, il me semble qu'elle aurait dû se douter que la senteur resterait quand elle en a mis. En tout cas, c'est la première fois que je regrette d'avoir une journée de congé le vendredi. Je pense que la journée serait moins fatigante à faire l'école, ajouta-t-elle en pensant à la présence de sa tante dans la maison.

Ce jour-là, il fut encore impossible d'aller travailler dans le jardin détrempé. Après quelques moments d'hésitation, Marie décida de consacrer la matinée à dégermer les dernières pommes de terre qui restaient dans le caveau, sous la maison, et l'après-midi à confectionner les chapeaux de paille qui finiraient bien par servir quand le soleil daignerait sortir de l'épaisse couverture nuageuse derrière laquelle il se blottissait depuis plusieurs jours.

— J'aime mieux être avec vous dans le caveau que de rester en haut avec ma tante, déclara Bernadette. Même si elle est en train de s'arracher la peau du visage et des mains à force de se laver pour ôter l'odeur. Cette senteur-là continue à me tomber sur le cœur.

Quelques minutes auparavant, les deux visiteuses s'étaient offertes à aider Eugénie à préparer le dîner pendant que la mère et la fille travailleraient dans le caveau.

Après le repas du midi, Marie demanda à Bernadette d'aller chercher le pressoir et les tresses de paille suspendues dans la tasserie et d'apporter le tout sur la galerie. La pluie s'était remise à tomber et la maîtresse de maison crut que la confection des chapeaux de paille occuperait de façon utile cet après-midi pluvieux. Sœur Marie du Rosaire annonça qu'elle avait besoin d'une sieste parce qu'elle avait mal dormi la nuit précédente, mais sa consœur préféra s'installer avec les femmes de la maison sur la galerie pour les aider.

— Chaque printemps, j'aidais ma mère à faire ça quand j'étais chez mes parents, déclara-t-elle, tout heureuse. Ça va me rappeler des souvenirs.

— On fait ça à cette époque-là, nous autres aussi, déclara la maîtresse de maison, mais cette année on a eu tellement de dérangements qu'on n'a pas trouvé le temps de le faire.

Marie introduisit le bout d'une première tresse dans le pressoir constitué de deux rouleaux de bois et tourna la manivelle pour bien l'aplatir pendant qu'Eugénie, Bernadette et sœur Sainte-Anne passaient du fil dans le chas de leur aiguille, prêtes à coudre les tresses pour en faire des chapeaux de paille pour chacun des habitants de la maison. Évidemment, on conserva les plus belles tresses pour la confection des chapeaux du dimanche qu'on ornerait plus tard d'un ruban et d'un autre colifichet.

❧

Deux jours plus tard, le dimanche matin, tous les Beauchemin n'aspiraient plus qu'au départ de Mathilde tant son bavardage continuel leur donnait le tournis.

— Si encore elle pouvait se fermer la trappe juste cinq minutes, se plaignit Bernadette, au bord de la crise de nerfs. Là, j'en peux plus de l'entendre me donner des conseils et se mêler de tout ce qui la regarde pas.

— Bedette! dit sèchement sa mère, l'air sévère. Oublie pas que tu lui dois le respect. C'est ta tante, et une religieuse, à part ça.

— Ça lui donne tout de même pas le droit de mettre son grand nez dans nos affaires, m'man, protesta la jeune fille.

— Prends patience, elle s'en va après le dîner.

473

Comme il avait encore plu la veille, Donat, au plus grand mécontentement des femmes de la maison, avait renoncé à aller reconduire sa tante à Sainte-Monique.

— Le chemin est ben trop détrempé, argua-t-il au début de l'après-midi. Même si ça m'arrange pas pantoute, on va attendre demain, après le dîner, pour aller chez mon oncle Armand.

Pour sa part, ce matin-là, Marie se préparait en silence pour aller assister à la grand-messe. Elle n'en disait rien, mais elle craignait que sa belle-sœur ne lui annonce son intention de revenir pour le mariage de Xavier qu'on s'était pourtant bien gardé de mentionner durant sa visite.

Peu avant l'heure de la messe, Rémi et Emma eurent la bonne idée de venir offrir une place dans leur boghei à une Bernadette soulagée de ne pas avoir à supporter sa tante durant le trajet jusqu'à la chapelle.

— Le chemin est pas mal moins pire que je le pensais, dit le mari d'Emma à Donat qui venait de faire avancer sa voiture près de la galerie pour y laisser monter les deux religieuses et sa mère. Il a venté pas mal depuis hier soir et on dirait que ça a asséché un peu la route.

Malgré tout, les chevaux peinèrent passablement en escaladant la côte du rang Sainte-Ursule ravinée par les pluies, donnant une bonne idée à Donat de ce que serait le trajet jusqu'à Sainte-Monique l'après-midi même.

Ce dimanche-là, un bon nombre de paroissiens de Saint-Bernard-Abbé assistèrent à une scène pour le moins gênante qui eut lieu dans leur chapelle. Donat venait à peine de prendre place dans le banc auquel lui donnait droit son titre de marguillier qu'il remarqua avec un certain étonnement que Samuel Ellis et sa femme étaient confortablement installés dans le premier banc, face à l'autel, place réservée au président de la fabrique. Pendant un court moment, il se dit que l'ancien président du conseil avait dû se rendre compte que le notaire Valiquette avait assisté à la basse-messe et que, par conséquent, il pouvait occuper son ancien banc sans inconvénient pour personne.

Soudain, des murmures incitèrent le fils de Baptiste Beauchemin à tourner la tête. Il aperçut alors Eudore Valiquette, plein de dignité, qui s'avançait dans l'allée centrale en direction de son banc. Arrivé à l'avant de la chapelle, le petit homme sec s'arrêta devant son banc et attendit sans esquisser le moindre geste que les deux occupants lèvent la tête et l'aperçoivent, ce qui se produisit quelques secondes plus tard. Bridget donna un coup de coude discret à son mari assis près d'elle pour lui signaler la présence du président de la fabrique.

Pendant un court moment, l'Irlandais eut la tentation de feindre de ne pas avoir vu le notaire et de continuer à regarder l'autel devant lui. Mais comme l'autre n'avait pas l'air de vouloir renoncer à son privilège d'occuper le premier banc, Samuel, le visage rouge de honte, dut faire signe à sa femme de se lever et de sortir du banc avec lui.

L'homme de loi se borna à saluer sèchement de la tête son confrère marguillier avant de prendre place dans son banc. Sous le regard goguenard des gens présents, Bridget et Samuel s'empressèrent d'aller s'asseoir dans le quatrième banc.

Une heure plus tard, à la fin de son sermon, le curé Désilets rappela l'importance de la procession de la Fête-Dieu et mentionna, pour la deuxième fois, que le reposoir allait être chez madame Angèle Meilleur.

— C'est qui, Angèle Meilleur? demanda une Bernadette distraite à sa mère.

— Voyons, Bedette! Je te l'ai dit la semaine passée, monsieur le curé parle de madame Cloutier.

— Je m'habitue pas, murmura la jeune fille.

L'institutrice tourna légèrement la tête pour apercevoir celle qu'elle appelait encore madame Cloutier. Celle-ci se tenait droite, assise aux côtés d'Hormidas Meilleur qu'elle dominait largement par sa stature. Le petit homme n'avait jamais eu l'air aussi soigné que depuis son mariage.

Avant de regagner l'autel, le prêtre annonça :

— Il y a promesse de mariage entre Catherine Benoît, fille de feu Léopold Benoît et de Laura Lacroix, de cette paroisse, avec Xavier Beauchemin, fils de feu Baptiste Beauchemin et de Marie Camirand, également de cette paroisse. Si quelqu'un voit un obstacle à cette union, qu'il le dise ou qu'il se taise pour toujours.

— Quoi ? Ton garçon se marie ? demanda à voix basse sœur Marie du Rosaire stupéfaite à sa belle-sœur assise à ses côtés.

Celle-ci se contenta de hocher la tête avant de se lever comme tous les autres fidèles alors que le prêtre se rendait à l'autel pour poursuivre le saint sacrifice.

— Comment ça se fait que je l'ai pas su ? chuchota la religieuse.

— Parce que les Benoît vont faire des petites noces, laissa tomber Marie en lui faisant comprendre qu'elle voulait suivre la messe.

Le visage de la religieuse se renfrogna et elle reprit son missel. Cependant, à la fin de la messe, sœur Marie du Rosaire ne perdit pas une seconde.

— Qu'est-ce que tu veux dire par des « petites noces » ? insista-t-elle auprès de sa belle-sœur alors qu'elles se dirigeaient lentement vers la sortie.

— Les Benoît n'invitent que la parenté proche, répondit Marie, pour couper court.

— C'est qui cette Catherine Benoît ? s'enquit sa parente.

— Une fille de la paroisse, fit-elle, évasive. Les Benoît ont une terre à côté de celle de Xavier.

La veuve de Baptiste Beauchemin s'en voulait d'avoir oublié que la première publication des bans allait nécessairement se faire ce dimanche-là. Si elle s'en était souvenu, nul doute qu'elle aurait tout fait en son pouvoir pour que

Donat conduise les religieuses la veille chez Armand Beauchemin. Là, il était trop tard. Le mal était fait. Il ne lui restait plus qu'à entraîner le plus rapidement possible sa belle-sœur et sa compagne vers le boghei avant qu'elles puissent entendre des commentaires sur la future mariée, que certaines personnes de la paroisse allaient sûrement échanger entre elles après avoir entendu la publication des bans du mariage prochain de son fils. Elle était persuadée que les mauvaises langues n'allaient pas se priver de parler en mal de la fiancée de son fils.

— Je pense qu'on est aussi bien de pas traîner, dit-elle aux deux religieuses en les houspillant un peu. J'aimerais que vous ayez au moins le temps de dîner comme il faut avant de partir pour Sainte-Monique.

Parvenues au pied des marches, le hasard voulut que Mathilde Beauchemin aperçoive Xavier qui se dirigeait avec sa promise et Laura Benoît vers sa voiture.

— Xavier! le héla-t-elle en laissant sur place sœur Sainte-Anne, Marie et Bernadette pour s'approcher rapidement de son neveu.

Le jeune homme interpellé se tourna et aperçut sa tante sans manifester grand plaisir. Il eut le temps de murmurer quelques mots à Catherine et à Laura Benoît avant de faire quelques pas vers sa tante.

— Bonjour, ma tante, la salua-t-il.

— Eh bien, mon garçon, tu me fais des cachettes, à cette heure, lui dit-elle en s'approchant des deux femmes qui étaient demeurées sur place.

— Je savais pas que vous étiez à Saint-Bernard, ma tante, se défendit le grand jeune homme au sourire franc.

— Je suis chez ta mère depuis trois jours et t'as même pas trouvé le temps de venir lui rendre visite, lui reprocha la religieuse.

— Je suis pas toujours sur le chemin, ma tante, dit-il dans un éclat de rire. Comme vous venez de l'entendre, je me marie dans deux semaines et je manque pas d'ouvrage pour tout préparer.

— Qu'est-ce que t'attends pour me présenter ta promise ? demanda sœur Marie du Rosaire avec son aplomb habituel.

Marie et sœur Sainte-Anne avaient eu le temps de rejoindre Xavier au moment où celui-ci présentait sa fiancée et sa mère à sa tante. Catherine eut un sourire charmant à l'endroit de la sœur Grise et la salua ainsi que les autres personnes qui venaient d'arriver. Sœur Marie du Rosaire allait commencer à poser ses questions indiscrètes quand la nature décida de se porter au secours du jeune couple. La pluie se mit à tomber.

— Bon, on va sûrement se revoir, ma tante, déclara Xavier, mais là, on va y aller avant d'être mouillés.

Au même moment, Donat immobilisa son boghei près des deux religieuses et de sa mère qui n'eurent d'autre choix que de monter.

— C'est bien de valeur que j'aie pas eu le temps de parler un peu avec la future de ton garçon, Marie, se plaignit sa belle-sœur en prenant place dans la voiture. C'est un beau brin de fille qui a l'air d'avoir une belle façon.

— Une bien belle façon, laissa tomber Marie sans manifester beaucoup d'entrain.

Alors que Donat entreprenait de descendre la côte du rang Sainte-Ursule, son frère s'éloignait vers l'autre extrémité du rang, en direction de la ferme des Benoît et de la sienne.

— Toi, tu sais pas à quel danger tu viens d'échapper, plaisanta Xavier en s'adressant à Catherine, assise près de lui.

— Pourquoi tu dis ça ?

— Plus écornifleuse que ma tante Mathilde, ça se fait pas.

— C'est une sœur Grise comme ma cousine Émérentienne, fit remarquer Laura Benoît assise sur la banquette arrière.

— Oui, mais je vous garantis que ma tante a pas le même genre, madame Benoît.

Dans la maison du rang Saint-Jean, Marie profita de ce que les deux religieuses étaient montées préparer leurs bagages pour dire à mi-voix à sa bru et à ses enfants :

— On l'a échappé belle, à matin. S'il avait fallu qu'elle apprenne quel genre de fille Xavier va marier, on aurait entendu votre tante à n'en plus finir.

— Mais ça la regarde pas pantoute, m'man, protesta Bernadette. Xavier a bien le droit de marier qui il veut.

— Ouais, mais il y a tout de même pas de quoi s'en vanter, conclut sa mère en se dirigeant vers le garde-manger pour y prendre le beurre.

— Bedette, tu vas aller me chercher un peu de ouate, demanda soudain Donat à sa jeune sœur.

— Pourquoi t'as besoin de ça ?

— Parce que je pense avoir attrapé mal aux oreilles, déclara Donat. Grouille-toi avant qu'elles descendent toutes les deux.

— Mal aux oreilles ? fit sa mère en s'approchant.

— Ben non, m'man, dit-il un ton plus bas, je veux me mettre ça dans les oreilles pendant le voyage, sinon je tiendrai pas. Moi, je serai pas capable de me faire crier dans les oreilles pendant deux heures.

— C'est pas bien fin pour ta tante, lui fit remarquer Marie.

— C'est ça ou je vous la laisse toute la semaine, la menaça-t-il, plus ou moins sérieux.

Sa mère n'osa rien dire, mais quand Bernadette revint avec un peu de ouate prélevée dans la pharmacie, elle tendit la main pour s'en emparer en disant à sa fille :

— Donne-moi ça, je vais m'en occuper.

Le dîner se prit dans la bonne humeur. Les Beauchemin étaient heureux à la pensée d'être débarrassés dans quelques minutes de leurs encombrantes visiteuses. On servit du poulet dans une sauce blanche et un morceau de tarte à la mélasse comme dessert qu'on fit passer avec une tasse de thé.

— Bon, il va falloir y aller, déclara Donat en se levant, dès qu'il eut fini d'avaler sa dernière bouchée.

— Attends, mon garçon, lui ordonna Marie, il est pas question que tu prennes le chemin sans te mettre quelque chose dans les oreilles.

Ce disant, elle sortit la ouate de la poche de son tablier.

— Mets-toi ça dans les oreilles.

— Qu'est-ce qu'il a ? demanda sa belle-sœur, curieuse.

— Je pense qu'il a attrapé de la fraîche. Il a mal aux oreilles sans bon sens.

— Oui, mais arrangé comme ça, il entendra rien, s'inquiéta la religieuse.

— Il se fera une raison, conclut sa belle-sœur.

Pendant que Donat sortait pour s'occuper de son cheval, sœur Marie du Rosaire ne put s'empêcher de regretter de ne pas être allée rendre une petite visite à sa nièce Camille.

— Tu te reprendras une autre fois, dit la veuve de Baptiste Beauchemin pour la consoler. De toute façon, ces temps-ci, elle a tellement d'ouvrage qu'on la voit presque pas.

— Elle attend pas du nouveau ? demanda la curieuse. Elle est mariée depuis déjà un bon bout de temps.

— Pas aux dernières nouvelles, mentit sa belle-sœur.

Les deux religieuses remercièrent avec effusion leurs hôtes et montèrent dans le boghei. La pluie avait cessé durant le repas, à la plus grande satisfaction de Donat.

— Je vous remercie encore beaucoup, madame Beauchemin, dit sœur Sainte-Anne de sa petite voix douce. Je pense que moi aussi, je commence à avoir mal aux oreilles comme votre garçon, mais je vais offrir ça au bon Dieu, ajouta-t-elle avec un petit sourire narquois.

Chapitre 25

L'été se fait attendre

La troisième semaine de juin, le temps ne s'améliora guère, au plus grand dépit du curé Désilets qui rongeait son frein depuis les premiers jours du mois.

— Batèche de batèche, on dirait que le bon Dieu veut pas que j'aie mon presbytère cette année! ne cessait-il de répéter chaque fois que la pluie obligeait les ouvriers d'Eugène Bélisle à repousser le travail.

Il fallait tout de même reconnaître que le prêtre avait des raisons d'être mécontent de la situation qui perdurait depuis quelques semaines parce que les travaux étaient tout simplement au point mort.

Le maître d'œuvre de Saint-Zéphirin n'avait pu tenir parole. Il n'avait envoyé une équipe d'ouvriers qu'à la mi-mai en arguant qu'il avait été retardé par l'exécution d'un autre contrat. Une demi-douzaine d'hommes sous la direction d'un nouveau contremaître, un certain Théophile Dussault, parvinrent à creuser la cave et à édifier le solage du futur presbytère de Saint-Bernard-Abbé en profitant des quelques journées de beau temps du début du mois. Malheureusement, depuis que les ouvriers avaient entrepris de monter la charpente, le temps n'avait cessé d'être pluvieux, ce qui avait considérablement retardé les travaux.

Dès le premier jour où les ouvriers avaient fait leur apparition sur le chantier, Josaphat Désilets s'était fait un devoir de passer le plus clair de ses journées à surveiller de si près les travaux qu'il en était venu à mettre à rude épreuve la patience déjà fort limitée du nouveau contremaître de Bélisle.

Contrairement à Beaupré, l'ancien contremaître, celui-ci ne parvint pas à cacher longtemps son irritation d'avoir continuellement le curé de la paroisse dans les jambes. À plus d'une occasion, il mit Josaphat Désilets en garde contre les dangers de se déplacer au milieu de ses hommes en train de travailler, sans obtenir grand résultat.

Bref, les jours passaient et la construction n'avançait guère. On était parvenu à monter le plus gros de la charpente et on s'apprêtait à couvrir le toit ce matin-là, quand le ciel ouvrit encore une fois ses vannes, obligeant Dussault, un homme au caractère irascible, à crier aux hommes qui venaient de monter sur le toit de descendre. De dépit, un ouvrier lança un bout de madrier du haut de la toiture et le morceau de bois tomba à quelques pouces du curé Désilets qui fit un saut de carpe pour éviter d'être frappé. Il s'était imprudemment avancé pour voir comment les hommes allaient s'y prendre pour poser la tôle sur le toit.

— Attention, maudit sans-dessein ! hurla Dussault à son ouvrier. Regarde où tu lances tes affaires. Et vous, monsieur le curé, je vous ai dit cent fois que vous aviez rien à faire sur le chantier. Voulez-vous ben me sacrer votre camp de là ! lui cria-t-il hors de lui.

Secoué par ce qui venait d'arriver, Josaphat Désilets demeura un court moment sans réaction sous l'algarade. Puis, rouge de colère, il s'avança vers le contremaître.

— Savez-vous à qui vous parlez ? demanda-t-il, l'air mauvais, à Théophile Dussault.

— Oui, à quelqu'un qui comprend rien à ce qu'on lui dit, répondit l'autre sur le même ton, apparemment nullement impressionné par la soutane de son vis-à-vis. Je vous ai dit et répété que vous aviez rien à faire sur mon chantier, est-ce que c'est clair, ça ?

— J'ai le droit de voir comment vous bâtissez mon presbytère.

— Non, monsieur le curé, ça vous regarde pas pantoute. Eugène Bélisle m'a dit que je devais avoir affaire qu'au notaire Valiquette, le président de votre fabrique. Et là, je vous avertis, à partir d'aujourd'hui, aussitôt que vous allez mettre le pied sur le chantier, je vais commander aux hommes d'arrêter de travailler. Comme ça, je serai sûr qu'il vous arrivera pas d'accident.

— On va bien voir qui va gagner dans cette affaire-là, dit le curé Désilets avec hauteur avant de tourner les talons pour aller se mettre à l'abri dans sa sacristie.

La menace du prêtre ne sembla pas intimider le moins du monde Théophile Dussault qui se dirigea pesamment vers ses hommes rassemblés un peu plus loin.

— Vous êtes aussi ben de retourner chez vous, leur dit-il. Je pense que c'est parti pour la journée, ajouta-t-il en faisant allusion à la pluie qui s'était mise à tomber encore plus fort.

Les jours suivants, le curé de Saint-Bernard-Abbé n'eut d'autre choix que de regarder de loin les travailleurs. Il prit alors l'habitude de lire son bréviaire en faisant les cent pas sur le parvis de la chapelle d'où il avait une vue dégagée sur le chantier. Chaque fois qu'il se produisait quelque chose à cet endroit, il s'arrêtait brusquement de marcher et levait la tête pour tenter de voir ce qui se passait. De toute évidence, le contremaître était parvenu à le dompter et il avait eu beau se plaindre à Eudore Valiquette, le petit homme de loi lui avait répété avec ménagement qu'il était le seul à posséder le mandat de traiter avec Dussault.

⌐

Pour sa part, Donat Beauchemin avait longuement réfléchi à son avenir en revenant de Sainte-Monique le dimanche après-midi et il regrettait amèrement d'avoir trop rapidement accepté la proposition de Lemire de se présenter à la mairie de Saint-Bernard-Abbé. Il ne se sentait pas prêt à assumer de telles responsabilités et, surtout, il commençait à réaliser qu'il avait bien peu de chances de l'emporter sur Thomas Hyland. À son arrivée à la maison, il était pratiquement décidé à retirer sa candidature.

— J'espère que mon oncle était content de voir arriver ma tante Mathilde ? plaisanta Bernadette quand il rentra dans la maison.

— S'il était content, il l'a pas trop montré, répondit-il. Je pense qu'il avait pas le goût pantoute d'atteler pour aller reconduire les sœurs à Sorel, mais ma tante Amanda lui a pas laissé le choix.

Une heure plus tard, pendant qu'il soignait ses animaux, le jeune cultivateur se rendit compte qu'il ne pouvait laisser la voie libre aux Irlandais de la paroisse et il imagina une stratégie pour se tirer d'affaires.

— Pourquoi je pourrais pas faire comme Ellis ? se demanda-t-il à mi-voix. Au lieu de se présenter lui-même, il a demandé à Hyland de le faire. Pourquoi je ferais pas ça avec Rémi, ou mieux, avec Blanchette ? Blanchette a une cinquantaine d'années et le monde le respecte. À ben y penser, il a plus de chances que moi d'être élu.

Ce soir-là, dès la dernière bouchée du souper avalée, Donat attela son boghei et se rendit chez les Lafond pour discuter avec son beau-frère à qui il proposa d'abord de prendre sa place comme candidat à la mairie. Rémi s'empressa de refuser. Alors, son parent lui expliqua son idée de se faire remplacer par Anatole Blanchette.

— Ça va faire drôle en maudit que t'aies changé d'idée comme ça, en chemin, lui fit remarquer Rémi, plus ou moins d'accord avec son jeune beau-frère.

— Peut-être, mais on n'a pas encore commencé à aller voir le monde. Si Blanchette accepte, je vais me présenter comme conseiller, comme toi.

Rémi, toujours de bonne composition, accepta finalement de l'accompagner chez Anatole Blanchette, dans le rang Saint-Paul. Le gros homme écouta les explications de Donat sans dire un mot. Son sourire était le signe évident que le changement lui plaisait assez et il ne s'y opposa pas.

— Je pense qu'on a juste à changer ça sur la liste qui est sur la porte de l'église, conclut Donat.

— Non, il va falloir déranger monsieur le curé, le corrigea Anatole. Il l'a rentrée dans la sacristie à cause de la pluie qui arrête pas.

— On est aussi ben de se débarrasser de ça tout de suite, à soir, suggéra Rémi.

Le soir même, les trois hommes allèrent frapper à la porte de la sacristie pour demander au curé Désilets de procéder aux changements dans les mises en candidature.

— C'est plutôt inhabituel, ce que vous me demandez là, leur fit remarquer le prêtre d'une voix désagréable.

— C'est vrai, reconnut Donat, mais ma sœur a fait une erreur en écrivant les noms aux mauvaises places. Je pense que vous allez dire comme nous autres, monsieur le curé, c'est bien plus normal que monsieur Blanchette soit candidat comme maire que moi.

— Je me mêle pas de politique, laissa tomber le prêtre en procédant tout de même aux corrections demandées.

Les hommes le remercièrent et prirent congé. Avant de déposer Anatole Blanchette chez lui, il fut entendu qu'ils se déplaceraient tous les trois ensemble un soir sur deux, dès le lendemain soir, pour faire la tournée des foyers de Saint-Bernard-Abbé.

Ce soir-là, Donat se mit au lit fatigué, mais satisfait d'être parvenu à se tirer de ce qu'il en était arrivé à considérer comme un mauvais pas. Avant de s'endormir, il se promit d'être beaucoup plus prudent à l'avenir avant de s'engager.

Cette semaine-là, aucun habitant de la paroisse ne pouvait se vanter d'avoir vu Hormidas Meilleur traîner au magasin général. Après sa tournée de facteur, le petit homme au chapeau melon verdi par les intempéries disparaissait rapidement chez lui.

Ce vendredi après-midi-là, le ciel était uniformément gris et les champs gorgés d'eau étaient d'un vert soutenu. Quant au niveau de l'eau de la rivière qui coulait sous le pont, il était particulièrement élevé.

Au début de l'après-midi, les élèves de Bernadette avaient quitté l'école en criant leur joie d'être enfin en vacances pour la durée de l'été. En face, quelques clients désœuvrés de Télesphore Dionne qui s'étaient rassemblés sur la galerie du magasin général s'étonnaient de ne plus voir le facteur venir fumer une pipe avec eux.

— Dis-moi pas que le père Meilleur est encore en pleine lune de miel! s'exclama le gros Tancrède Bélanger avec un sourire égrillard. On le voit nulle part. Si l'Angèle le ménage pas plus que ça, le pauvre homme fera pas long feu, ajouta-t-il dans un éclat de rire.

— Riez pas, vous autres, intervint Évariste Bourgeois, en prenant un air sérieux. Moi, son voisin, je peux vous dire qu'il chôme pas.

— Ah! Ah! fit Paddy Connolly.

— Non, c'est pas ce que vous pensez. L'Angèle le fait travailler comme un fou sur le reposoir. Écoutez! Vous pouvez l'entendre clouer. Il est en train de faire un autel que lui et sa femme vont mettre sur leur galerie. Il m'a dit hier qu'il va y avoir des anges en carton et des draperies. Il paraît que ça va être de toute beauté, ce reposoir-là. Tout le temps qu'Angèle passe pas dans ses champs à cause de la pluie, elle l'occupe à préparer son reposoir.

— Et s'il mouille encore dimanche? demanda White.

— Elle va avoir fait tout ça pour rien, conclut Paddy sur un petit rire.

Personne ne sembla trouver la remarque amusante.

En face, dans l'école désertée par les enfants, Bernadette avait entrepris les derniers rangements avant de laver le plancher de la classe et de verrouiller l'école jusqu'au mois de septembre. La veille, elle avait signé son contrat pour l'année suivante. Lors de la signature, elle avait appris, sans grand plaisir, qu'Angélique Dionne avait finalement été engagée pour enseigner dans la nouvelle école.

— Est-ce que l'inspecteur est venu pour lui apprendre cette nouvelle-là ? avait-elle demandé à son frère en train de ranger le contrat.

— Non, ça le regarde pas pantoute. Par contre, la fille de Dionne a eu une idée qui est pas trop bête, avait-il ajouté en guettant sa réaction.

— Quelle idée ?

— Elle a proposé d'enseigner dans ton école. Comme ça, elle serait juste en face de chez eux et comme pas mal de ses élèves vont venir de Sainte-Ursule, ça leur ferait moins loin à marcher.

— Ah ben là ! Elle a tout un front de beu, elle ! s'était-elle emportée, rouge de colère. Et moi, dans tout ça ? Comme une belle dinde, j'aurais à marcher du rang Saint-Paul jusqu'à chez nous matin et soir ? Je t'avertis, Donat, si tu penses faire ça, je vais rester dans l'appartement en haut de l'école et la commission scolaire va être obligée de le meubler et de me chauffer tout l'hiver.

— Énerve-toi pas pour rien, l'avait rassurée son frère. Je lui ai dit que t'avais le premier choix parce que t'étais celle qui était la plus ancienne.

Bernadette avait éprouvé un véritable soulagement en apprenant la nouvelle, mais cela n'avait pas fait disparaître son principal sujet de préoccupation : Amédée Durand. Si l'inspecteur ne se présentait pas à l'école avant la fin de l'après-midi, il était certain qu'elle ne le reverrait plus avant le début de l'automne suivant. Et dire qu'elle ne savait même pas où il demeurait. Si elle l'avait su, elle n'aurait pas hésité à lui écrire pour l'inviter discrètement à l'accompagner au mariage de son frère qui allait avoir lieu dans huit jours.

Cet après-midi-là, quitte à susciter la colère de sa mère, elle ne se pressa nullement de quitter son école après avoir achevé son ménage. Il existait encore une maigre chance qu'Amédée Durand passe à l'école et elle ne voulait surtout pas courir le risque de le rater.

Quand Paddy Connolly s'arrêta pour lui offrir de la laisser chez elle en passant, comme il le faisait habituellement, elle le remercia et lui mentit en lui disant qu'elle avait encore beaucoup de choses à faire avant de pouvoir fermer définitivement l'école.

À cinq heures, la jeune institutrice, à bout de patience, décida soudain qu'elle avait suffisamment attendu son prince charmant. Elle sortit sur le perron de l'école et verrouilla la porte.

— Lui, il va me payer ça un jour, marmonna-t-elle en rangeant la clé dans son sac avant de se diriger vers la route et de traverser le pont.

Au moment où elle quittait le pont, la pluie se mit à tomber et elle eut beau presser le pas, elle dut s'arrêter chez sa sœur Emma, complètement trempée.

— Veux-tu bien me dire à quoi tu penses en prenant le chemin sans parapluie avec le mois de juin qu'on connaît cette année ? lui reprocha sa sœur en repoussant Flore qui cherchait à sortir de la maison. Entre, viens te sécher un peu.

— Je l'ai oublié en partant à matin, dit Bernadette.

— En tout cas, on peut pas dire que t'as l'air trop contente pour une fille qui travaillera pas pendant au moins deux mois, fit Emma sur un ton narquois.

— Aïe, Emma Beauchemin ! Essaye pas de me faire croire que t'as déjà oublié comment m'man est capable de nous occuper du matin au soir pendant l'été. Si c'est pas travailler, je me demande bien ce que c'est.

— Dans ce cas-là, marie-toi, lui conseilla sa sœur. C'est sûr que tu vas travailler autant, mais au moins, il y a personne qui va te donner des ordres du matin au soir… à moins que t'aies un mari aussi détestable que…

— Que qui ?

— Ben, que Liam Connolly, par exemple.

— Il est comme ça, lui ? demanda naïvement l'institutrice.

— Voyons, Bedette, ouvre les yeux. M'man pense comme moi. Il est pas plus fin qu'il faut avec notre sœur. Entre Liam et Camille, ça doit faire des flammèches.

— C'est vrai qu'il a pas l'air d'avoir bon caractère, le beau-frère.

— C'est certain qu'il a pas le caractère de Constant Aubé, lui fit remarquer Emma en riant.

Bernadette ne répliqua pas. Quelques minutes plus tard, elle laissa sa sœur aux préparatifs de son souper et décida de rentrer à la maison au moment où la pluie avait temporairement cessé. Lors de son passage devant la maison de son ex-amoureux, elle tourna ostensiblement la tête de l'autre côté pour bien lui montrer son indifférence s'il était embusqué derrière l'une de ses fenêtres.

Toutefois, une averse la rattrapa alors qu'elle n'était plus qu'à quelques centaines de pieds de la ferme familiale. À son entrée dans la maison, elle trouva sa mère sur son chemin.

— As-tu vu dans quel état tu es, Bedette Beauchemin ? l'apostropha Marie. Si ça a de l'allure !

— Je pouvais pas savoir qu'il était pour mouiller encore, se défendit Bernadette en s'emparant d'une serviette pour essuyer son visage.

— Les gens du rang vont te prendre pour une vraie folle d'être sur le chemin par un temps pareil, lui reprocha sa mère. Ma foi du bon Dieu, on dirait que t'as pas de tête, ma pauvre fille !

— Bon, là, je vais aller changer de robe, fit sèchement Bernadette, excédée. J'ai pas arrêté de travailler de la journée et je suis fatiguée.

— C'est ça, va te changer. Après, tu viendras nous aider à préparer le souper.

Ce soir-là, la jeune fille se réfugia tôt dans sa chambre, mécontente d'elle et des autres. Elle commençait à réaliser qu'elle s'était fait des idées sur le jeune inspecteur et, pour la première fois, elle se demanda si elle n'avait pas agi trop précipitamment avec Constant Aubé. Mais lui, il ne posait pas de problème. Elle n'aurait qu'à claquer des doigts pour qu'il lui revienne.

— En attendant, j'ai l'air fine, se plaignit-elle à mi-voix, je vais aller aux noces de Xavier sans cavalier.

❧

Le lendemain avant-midi, Xavier s'arrêta quelques minutes chez sa mère. Le jeune homme venait de rapporter un outil emprunté à Rémi Lafond et profitait de l'occasion pour prendre des nouvelles de la famille. Depuis le début du mois, on l'avait peu vu dans le rang Saint-Jean.

— Entre boire une tasse de thé et souffler un peu, lui offrit sa mère en l'apercevant à travers la porte moustiquaire. Donat s'en vient, il est juste allé voir si notre homme engagé avait fini de nettoyer l'étable.

Xavier entra, embrassa sa mère, Eugénie et Bernadette avant de s'asseoir dans l'une des chaises berçantes.

— J'espère que vous avez pas encore invité ma tante Mathilde pour passer une couple de jours chez vous ? fit-il en guise de plaisanterie.

— Fais pas de farce avec ça, toi, lui ordonna sa mère. Je veux bien gagner mon ciel, mais il faut quand même pas exagérer. Comment est le chemin ? lui demanda-t-elle.

— Il devrait faire l'affaire pour la procession demain s'il mouille pas encore aujourd'hui, répondit-il, sachant pertinemment que sa mère posait la question pour cette unique raison.

— Tant mieux, ce serait bien de valeur qu'Angèle ait autant travaillé à son reposoir pour rien.

— Quand même, m'man, j'ai ben l'impression que le monde va se plaindre d'avoir à descendre et à monter la grande côte pour ça.

— C'est l'idée de monsieur le curé. Il a sûrement ses raisons, affirma Marie, toujours prête à prendre la défense d'un prêtre.

— En tout cas, je suis certain qu'il y aura pas grand monde dans la paroisse qui va savoir avant le temps de quoi a l'air son reposoir. Le père Meilleur était en train de clouer une toile goudronnée devant sa galerie à matin, quand je suis passé.

— Pour moi, il fait ça parce qu'il a peur que la pluie vienne gâcher le reposoir, supposa Marie avec un certain bon sens.

— Je voulais vous dire que Catherine a écrit un petit mot à mon oncle Armand et à mon oncle Anselme pour les inviter aux noces la semaine prochaine. Ils ont répondu tous les deux qu'ils allaient venir.

— C'est fin de sa part.

— Là, toute la famille a été invitée et madame Benoît a déjà commencé à se préparer.

— Tu lui offriras mon aide, dit sa mère.

— Camille a déjà offert de venir lui donner un coup de main, mais elle a dit qu'elle et Catherine allaient être capables de se débrouiller. Après tout, on sera pas si nombreux que ça. Ils vont être seulement quatre du côté des Benoît et nous autres.

— Il y a pas juste Catherine qui peut l'aider, fit sa mère. Sa bru aussi doit donner un coup de main.

— Pas trop, m'man. Marie-Rose est pas de service pantoute.

— C'est vrai qu'elle a pas l'air plus aimable que son mari, reconnut Marie Beauchemin.

— C'est le moins qu'on puisse dire.

— Et toi, as-tu tout ce qu'il te faut? intervint Donat en entrant.

— Je pense que oui, répondit son frère. La maison va être ben propre et tout est en ordre. Antonin et moi, on a tout nettoyé, c'est tellement propre qu'on pourrait manger à terre. Après les noces, on va partir deux ou trois jours et mon homme engagé va s'occuper de mes animaux.

— Où est-ce que t'as l'intention d'aller? demanda Bernadette, curieuse.

— Ça, c'est un secret, répondit son frère en riant. Une sorte de petit voyage de noces.

— Je pensais bien que tu viendrais me voir pour faire arranger ton linge avant ton mariage, reprit sa mère en faisant les gros yeux à sa fille.

— C'est ce que je voulais faire aussi, mais Catherine a pas voulu que je vous encombre avec mes guenilles. Elle a réparé ce qui était réparable et elle m'a obligé à m'acheter un habit neuf pour les noces.

Marie Beauchemin eut besoin d'un court moment pour combattre une certaine jalousie.

— Tant mieux si elle a été capable de faire ça, approuva-t-elle du bout des lèvres. Pour l'habit, elle a bien fait. C'est une grosse dépense, mais c'est pas le temps de faire pitié le jour de son mariage.

❧

À leur réveil, le lendemain matin, les paroissiens découvrirent que le vent de la nuit était enfin parvenu à chasser les nuages. Finalement, ce dimanche promettait d'être une belle journée ensoleillée.

Debout sur le pas de la porte de la sacristie, le curé Désilets n'était pas le dernier à se réjouir du beau temps. Sa paroisse allait enfin connaître sa première procession de la Fête-Dieu. Celle-ci n'aurait peut-être pas tout le panache qu'on lui donnait dans les vieilles paroisses, mais elle aurait le mérite d'être fervente.

Après avoir jeté un coup d'œil désenchanté vers la structure de son futur presbytère dont la construction n'avait pratiquement pas progressé depuis la semaine précédente, il rentra dans la sacristie pour relire une dernière fois son sermon rédigé à moitié en anglais à moitié en français. La veille, le prêtre avait pris la précaution de faire venir Hyland et Blanchette à la sacristie pour leur demander de ne pas faire de rencontre politique sur le parvis de l'église avant ou après les cérémonies du lendemain. Ils avaient promis.

Maintenant, il n'y avait plus un habitant de Saint-Bernard-Abbé qui ignorait qu'Anatole Blanchette était l'adversaire de Thomas Hyland et que Donat Beauchemin et Rémi Lafond étaient ses deux candidats aux postes de conseillers, face à Samuel Ellis et à Eudore Valiquette.

Après avoir relu son sermon, le curé se mit à noter ses projets pour l'été. Évidemment, son emménagement dans son nouveau presbytère allait occuper beaucoup de son temps, mais cela ne devrait pas l'empêcher de mettre sur pied des mouvements paroissiaux aussi importants que celui des Enfants de Marie et des Dames de Sainte-Anne. Cette année, il s'était limité à la création d'une chorale, mais il fallait comprendre que Saint-Bernard-Abbé n'était une véritable paroisse que depuis deux mois et qu'il fallait du temps pour tout mettre en place.

— C'est dommage, laissa-t-il tomber à voix haute au moment où Bridget Ellis frappait à la porte.

Le prêtre la fit entrer et la laissa aux préparatifs du dîner et du souper pendant qu'il allait trouver refuge dans la chapelle.

— C'est dommage, répéta-t-il pour lui-même, en reprenant le monologue interrompu par l'arrivée de sa ménagère. Là, j'aurai même pas de dais pendant la procession et il y aura pas une seule bannière. Mais ça va changer de poil l'année prochaine...

Deux heures plus tard, Josaphat Désilets, vêtu de ses vêtements sacerdotaux blancs, célébra la messe. Plus d'un cultivateur pria alors pour que le beau temps perdure enfin. Après le long sermon du pasteur, les gens présents eurent droit à la deuxième publication des bans pour le mariage de Xavier Beauchemin et à quelques recommandations pour assurer la bonne marche de la procession qui allait avoir lieu dès la fin de la grand-messe. Avant la célébration, le curé avait envoyé le bedeau chercher Donat Beauchemin qu'il venait de voir arriver avec sa famille. Il avait demandé à ce dernier de prévenir son frère Xavier et sa fiancée qu'il désirait les rencontrer au début de l'après-midi, le jour même.

Après l'*Ite missa est*, la chapelle s'était rapidement vidée et les gens s'étaient rassemblés en petits groupes dans le stationnement et sur le bord de la route pour parler entre eux en attendant les directives des marguilliers. Il faisait beau et le temps était frais. Une température idéale pour participer à une procession.

Finalement, les marguilliers prirent place sur le parvis et Eudore Valiquette, à titre de président de la fabrique, expliqua comment le curé Désilets voulait que les choses se passent. Il allait sortir dans un instant de la chapelle en portant l'ostensoir, précédé par les servants de messe et lui-même, porteur de la croix. Les membres de la chorale paroissiale suivraient et entonneraient des chants. Il demanda aux gens de prendre place derrière eux en manifestant leur piété en priant et en chantant.

— Comme vous le savez tous, la procession va s'arrêter devant la maison de monsieur et madame Meilleur.

— De « p'tit père » et « ma douce », se moqua Xavier à mi-voix.

— Chut ! fit sa mère en lui adressant un regard sévère.

Catherine tapa légèrement sur le bras de son fiancé pour faire bonne mesure.

— Monsieur le curé va déposer l'ostensoir sur le reposoir, poursuivit le président, faire quelques prières et nous remonterons la côte dans le même ordre qu'on l'aura descendue.

Sur ces mots, le petit homme prit la croix que lui tendait Agénor Moreau, descendit du parvis et s'arrêta au bord de la route. Quelques instants plus tard, le prêtre, vêtu de sa chape dorée et précédé de quatre jeunes servants de messe, fit son apparition sur le parvis, en descendit les marches avec une lenteur étudiée et vint prendre place derrière le porte-croix qui se mit lentement en marche alors que la chorale paroissiale entonnait un premier hymne. La foule de fidèles suivit le mouvement en silence, couvrant toute la largeur de la route étroite. À la fin du premier chant, le prêtre commença la récitation d'une première dizaine de chapelet, imité immédiatement par les fidèles. Les voix pleines de ferveur de ses paroissiens s'entendaient de loin.

Lorsque la procession arriva en haut de la côte, Josaphat Désilets se rendit compte rapidement qu'il n'allait pas être facile de tenir l'ostensoir à bout de bras et de maintenir son équilibre sur une route profondément ravinée par les pluies incessantes des derniers jours. Toutefois, il entreprit la descente en ralentissant le pas, soucieux de la foule qui le suivait. S'il entendit des protestations murmurées dans son dos durant la pénible marche, il ne le montra pas, concentré à diriger les prières et les chants des fidèles.

Quand il parvint enfin à la petite maison blanche des Meilleur, au bas de la pente, il jeta un regard derrière lui pour constater qu'il restait la moitié de la côte à parcourir à un bon nombre de fidèles. Soulagé d'être enfin rendu au reposoir, le curé de Saint-Bernard-Abbé s'empressa de monter les deux marches conduisant à la galerie et déposa l'ostensoir sur l'autel improvisé.

Avant que tous les participants aient pris place devant la maison, face au reposoir, Josaphat Désilets eut tout le loisir de détailler celui-ci. À sa plus grande satisfaction, la nouvelle épouse d'Hormidas Meilleur était parvenue à fabriquer un reposoir magnifique avec des moyens très limités. La façade de la maison était décorée de bandes de jute blanchie. Angèle avait étalé sur l'autel improvisé sa plus belle nappe brodée sur laquelle elle avait déposé deux énormes bouquets de pivoines. De plus, pour ajouter un peu de couleur, le tout était orné de nombreux angelots découpés dans du carton peint en rose et en bleu.

Le prêtre prononça une courte homélie dans les deux langues quand il vit tous ses paroissiens rassemblés devant lui. Avant d'entreprendre le retour vers la chapelle, il n'oublia pas de féliciter Angèle et Hormidas Meilleur pour le magnifique reposoir qu'ils avaient confectionné. La plupart des gens applaudirent le couple en signe d'appréciation, ce qui eut le don de faire rougir de plaisir une Angèle qu'on ne soupçonnait pas si timide.

Puis Josaphat Désilets reprit l'ostensoir et la procession se reforma derrière lui pour la dernière étape, soit le retour à la chapelle. En fait, la montée de la côte abrupte se révéla beaucoup plus difficile, surtout pour les personnes âgées qui avaient le souffle coupé. Le célébrant le premier, tenu de porter l'ostensoir à bout de bras, n'en pouvait plus quand il parvint enfin au sommet de la pente. Il dut même s'arrêter un moment avant de poursuivre sa route pour permettre à son cœur de retrouver un rythme normal.

Enfin, le curé de Saint-Bernard-Abbé ne put dissimuler son soulagement quand il s'immobilisa sur le parvis de la chapelle pour attendre l'arrivée des fidèles qui finissaient de se regrouper devant lui. Il brandit alors une dernière fois l'ostensoir et s'engouffra dans le temple, sur les talons de ses servants de messe et du notaire Valiquette.

— C'est la première et la dernière fois qu'on fait la procession de la Fête-Dieu en bas de la côte, déclara le prêtre en retirant sa pesante chape dorée. Je pensais que j'arriverais jamais à la remonter.

— Moi aussi, je l'ai bien cru, monsieur le curé, affirma Eudore Valiquette en s'épongeant le front. Pour moi, on n'a pas fini d'entendre les plaintes des vieux de la paroisse à ce sujet-là.

— C'est bien possible.

À l'extérieur, la foule se dispersa rapidement. Avant de quitter les lieux, Donat prévint son jeune frère que le curé Désilets désirait le rencontrer avec Catherine l'après-midi même.

— J'espère qu'il va au moins nous laisser le temps de dîner, dit Xavier, agacé par cette convocation.

— Moi, je te fais juste la commission, se défendit Donat avant de faire avancer son boghei.

— Qu'est-ce que monsieur le curé peut bien leur vouloir ? demanda Bernadette, curieuse, à sa mère, assise près d'elle à l'arrière de la voiture.

— Ça te regarde pas, ma fille, la rabroua Marie.

— Qu'est-ce que monsieur le curé peut ben nous vouloir ? demanda Xavier à sa fiancée en mettant son attelage en route.

— C'est probablement pour le certificat de confession, intervint Laura Benoît assise derrière le couple.

— Blasphème ! je pensais plus pantoute à cette affaire-là, s'exclama le jeune homme.

— Comme tu peux le voir, monsieur le curé, lui, l'a pas oublié, dit en riant sa future belle-mère.

Cette possibilité sembla rassurer Xavier Beauchemin. Si ce n'était que ça, il n'y aurait pas de problème. Il n'était pourtant pas entièrement rassuré. À plusieurs reprises durant les deux dernières semaines, il avait été effleuré par l'idée que la publication des bans pouvait amener quelqu'un à rapporter au curé de la paroisse une bonne raison pour s'opposer à son mariage. À cette seule pensée, son cœur se serrait.

Il n'avait pas oublié l'accueil du prêtre lors de son passage à la sacristie, quelques semaines plus tôt, pour la publication des bans. Il avait eu droit à un véritable sermon du prêtre qui l'avait mis en garde contre un entêtement qui, selon lui, était souvent le propre des jeunes.

— As-tu bien réfléchi à ce que tu vas faire là ? lui avait demandé Josaphat Désilets, sévère.

— Oui, monsieur le curé.

— Tu sais qu'une bonne partie du monde de la paroisse va te tourner le dos parce que tu maries une fille qui a mis au monde un enfant du péché.

— Ça m'empêchera pas de vivre, avait déclaré sèchement le fils de Baptiste Beauchemin.

— Est-ce que tu te rends compte que même certains membres de ta famille accepteront pas ça ?

— Tant pis pour eux autres, s'était-il entêté. J'ai l'intention de marier quand même Catherine Benoît, que ça fasse leur affaire ou pas.

— Et t'as pas peur pour l'avenir en mariant une fille qui a pas été honnête ?

— Pantoute, monsieur le curé. Allez-vous nous marier ? avait-il fini par demander, blanc de colère, en se levant.

— J'aurai pas le choix, si personne m'apporte une bonne raison de pas le faire. C'est à ça que sert la publication des bans, mon garçon. Mais réfléchis quand même à tout ce que je viens de te dire, avait insisté le prêtre.

Un peu après deux heures, cet après-midi-là, Xavier s'arrêta chez les Benoît pour faire monter sa fiancée dans son boghei et ils parcoururent tout le rang Sainte-Ursule avant de s'arrêter près de la sacristie. Le prêtre les vit arriver et eut un rictus en s'apercevant qu'ils s'étaient déplacés sans chaperon. Il se leva et alla ouvrir la porte à ses visiteurs.

— Vous vouliez nous voir, monsieur le curé ? lui demanda Xavier, sur ses gardes et un peu remonté.

— Oui, entrez.

— Est-ce qu'il y a quelque chose qui va pas ? poursuivit le jeune homme.

— Non, tout est correct, le rassura le prêtre en repoussant ses lunettes sur son nez. Mais on a dû vous dire que, pour vous marier, vous avez besoin d'un certificat de confession émis par un prêtre dans les sept jours avant la cérémonie. Il fallait que je vous le rappelle.

Soulagé, Xavier se tourna un bref moment vers Catherine, comme pour quêter son approbation. Puis, sur un signe discret de celle-ci, il demanda au curé de Saint-Bernard-Abbé :

— Est-ce qu'on pourrait pas se confesser cet après-midi, pendant qu'on est ici, monsieur le curé ?

Josaphat Désilets n'hésita qu'un instant avant d'accepter.

— Vous pouvez aller vous préparer à la chapelle. Je vais aller vous rejoindre dans quelques minutes, leur offrit-il en leur ouvrant la porte de communication.

Quand le prêtre pénétra dans la chapelle un peu plus tard, après avoir passé un surplis et son étole, il découvrit les futurs époux, agenouillés dans des bancs différents, apparemment plongés dans leur examen de conscience. Il alla s'asseoir dans le confessionnal et attendit que l'un ou l'autre des fiancés vienne s'agenouiller dans l'isoloir.

Catherine fut la première à aller se confesser et elle céda sa place à Xavier quelques minutes plus tard. Peu après, tous les deux quittèrent la chapelle où ils ne remettraient les pieds que six jours plus tard pour se marier.

Josaphat Désilets les vit remonter en voiture en hochant la tête, persuadé que le jeune homme prenait un bien grand risque en épousant la fille de Laura Benoît.

Chapitre 26

Avant les noces

Le surlendemain, Xavier et Antonin se présentèrent chez les Benoît en début de soirée pour prendre livraison du coffre renfermant le trousseau de Catherine. Le fiancé eut alors la surprise de découvrir dans la cuisine de Laura Benoît sœur Émérentienne en train de broder un napperon.

Un peu intimidé par la vieille religieuse au visage tout ridé, le jeune homme la salua ainsi que les autres membres de la famille réunis dans la pièce. Comme à leur habitude, Cyprien et sa femme, Marie-Rose, répondirent à peine à son salut.

— Tu te souviens de sœur Émérentienne? lui demanda sa future belle-mère. Elle est venue exprès de Montréal pour assister à vos noces.

— Vous êtes ben fine de vous être dérangée, fit Xavier.

— En plus, elle va nous donner un coup de main à cuisiner, ajouta la maîtresse de maison.

— Et ça va quand même être mangeable, crut bon de préciser la petite religieuse en riant de bon cœur.

— Je suis sûr que ça va être bon, dit Xavier. Bon, je suis venu chercher le coffre de Catherine, poursuivit-il.

— T'étais pas obligé de venir avec ton homme engagé, lui fit remarquer Laura. Cyprien aurait pu te donner un coup de main pour le transporter chez vous.

— Antonin est plus un ami de Xavier que son homme engagé, tint à faire remarquer Catherine, en adressant à l'adolescent un sourire chaleureux.

— C'est vrai ce que votre fille dit, madame Benoît. C'est presque un frère pour moi.

Le jeune homme de dix-sept ans se rengorgea.

— Et comme je suis presque un frère, il a aimé mieux me déranger que de déranger votre garçon, plaisanta l'adolescent.

— En tout cas, le coffre est encore en haut, dans la chambre de Catherine. Ce serait plus convenable qu'Antonin monte avec Cyprien pour le descendre, précisa Laura avec la nette approbation de sa cousine.

Son fils se leva apparemment à contrecœur et monta lourdement à l'étage, suivi de près par Antonin. Les deux hommes descendirent le coffre avec une certaine difficulté tant il semblait lourd.

— Il a bien l'air pesant, ce coffre-là, fit la religieuse.

— Pour moi, ma sœur, Catherine a mis des pierres au fond pour qu'on soit certains qu'il y a quelque chose dedans, dit Antonin à mi-voix à sœur Émérentienne.

— Toi, mon haïssable, j'ai dans l'idée qu'il va falloir que je te dompte, dit Catherine en riant.

Ce rire fit plaisir à Xavier qui se chargea de transporter le coffre avec son homme engagé après avoir souhaité une bonne soirée aux Benoît.

Tout en regagnant sa maison, le jeune homme réalisa à quel point sa fiancée était triste et tendue à l'approche de leur mariage. Elle ne riait plus et souriait de moins en moins. Le mois précédent, la couleur de sa robe de mariée l'avait longuement préoccupée. Elle était tellement tiraillée à ce sujet qu'elle avait fini par le consulter.

— Qu'est-ce que les gens vont dire si je me marie en blanc ? lui avait-elle demandé, angoissée.

— En quoi ça les regarde ? avait-il répliqué.

— Ils sont tous au courant de…

— Pantoute, avait-il tranché. Ils savent rien et, en plus, c'est pas de leurs affaires. C'est moi que tu maries et je veux que tu portes une robe blanche.

Cette décision avait semblé la rassurer durant quelques jours. Puis elle avait commencé à s'en faire avec la réaction de certains membres de sa famille lors des noces.

— Inquiète-toi pas pour ça, l'avait-il prévenue sèchement. Chez nous, ils savent se tenir. Tu sais déjà que tu peux compter sur Camille et Emma. Ma mère t'haït pas non plus, même si elle le montre pas encore. Pour les autres, j'en fais mon affaire.

Et voilà que l'arrivée de sœur Émérentienne semblait avoir tout remis en question. À son entrée dans la maison, il avait tout de suite remarqué l'humeur sombre de sa fiancée. Serait-ce que celle-ci lui aurait apporté de mauvaises nouvelles au sujet de la petite ? L'enfant avait-elle été adoptée ? Était-elle malade ?

Tout en déposant le coffre au pied de son lit, Xavier se promit de s'arrêter quelques minutes chez sa promise le lendemain soir pour s'informer de ce qui la tracassait.

❧

Chez les Beauchemin du rang Saint-Jean, les femmes s'étaient réunies ce soir-là pour discuter de la toilette à porter pour le mariage le samedi suivant. Camille était venue rejoindre sa mère, ses sœurs et sa belle-sœur en compagnie d'Ann qu'elle se plaisait à traiter de plus en plus en adulte depuis qu'elle avait eu ses quatorze ans, le 28 mars précédent. Pour une rare fois, Liam avait accepté de rendre visite à sa parenté.

— Il faut surtout pas oublier qu'on est en deuil, tint à préciser Marie.

— Je veux bien le croire, m'man, déclara sa fille aînée, mais on peut au moins rafraîchir nos chapeaux et ajouter quelque chose à nos robes noires.

— C'est vrai ce qu'elle dit, approuva Bernadette, sinon on va toutes avoir l'air d'une bande de corneilles à ce mariage-là.

— Rien nous empêche d'ajouter un petit collet de dentelle, par exemple, madame Beauchemin, suggéra Eugénie. Je pense pas que ce serait trahir notre deuil.

— À part ça, est-ce que quelqu'un sait de quelle couleur va être la robe de la mariée ? chuchota Bernadette de manière à ne pas être entendue par Xavier en train de veiller avec Donat, Rémi et Liam sur la galerie.

— Je vois pas pourquoi tu poses cette question-là, Bedette, lui reprocha Emma sur le même ton. Catherine Benoît a bien le droit de choisir la couleur de robe qu'elle voudra. Elle, elle est pas en deuil. D'après moi, sa robe devrait être blanche.

Les femmes présentes dans la pièce se regardèrent. Il était évident que toutes pensaient à la même chose. Finalement, on s'entendit pour orner de nouveaux rubans de couleur le chapeau du dimanche et pour ajouter un peu de dentelle ou des colifichets à sa robe pour l'occasion.

Pendant ce temps, les discussions allaient bon train sur la galerie. Après avoir parlé du retour de Hubert qui était attendu de Dunham le lendemain, on discuta de la tournée des foyers de Saint-Bernard-Abbé que Rémi et Donat allaient terminer en compagnie d'Anatole Blanchette la veille du mariage.

— Il y a pas moyen de savoir ce que ça va donner, déclara le mari d'Emma. Blanchette est un bon diable, mais je trouve qu'il a pas ben le tour de parler au monde.

— On a tout de même l'avantage d'être passés les premiers dans la plupart des maisons, lui fit remarquer son jeune beau-frère. Là, il nous reste juste à aller voir une demi-douzaine d'habitants du rang Saint-Paul.

— Et on a pu voir notre nouveau marié, dit Rémi en riant.

— Quel nouveau marié ? demanda Liam en intervenant pour une rare fois dans la conversation.

— Pas moi, en tout cas, se défendit en riant Xavier, je le suis pas encore.

— T'es ben chanceux, laissa tomber son beau-frère.

Ce commentaire créa un certain froid et Rémi reprit la parole pour parler du couple formé par Angèle Cloutier et Hormidas Meilleur.

— Je voulais parler du père Meilleur, expliqua-t-il à Liam et Xavier. J'en reviens pas encore ! dit le mari d'Emma avec un petit rire. J'aurais jamais cru qu'il parviendrait à dompter la veuve. Elle doit peser au moins cinquante livres de plus que lui et elle est plus grande d'au moins six pouces.

— S'il lui en prenait l'envie, elle pourrait te l'aplatir comme une crêpe n'importe quand, intervint Xavier. On le sait tous qu'elle est solide comme un homme et qu'il y a pas grand-chose qui lui fait peur.

— C'est vrai ce que tu dis là, affirma Donat, mais depuis son mariage, elle est plus reconnaissable. Aussitôt que son « p'tit père » parle, elle devient douce comme un agneau du printemps.

— Blasphème ! Il va falloir que je lui demande des conseils avant samedi, plaisanta Xavier.

— Reste à savoir si ça va durer ben longtemps, cette affaire-là, dit Liam en se levant pour faire savoir à sa femme et à sa fille qu'il était temps de rentrer.

Rémi consulta alors sa montre de gousset et décida, lui aussi, que le moment était venu de se retirer. Après le départ des visiteurs, Donat alla faire la tournée des bâtiments. De retour à la maison quelques minutes plus tard, il éteignit son fanal. Les trois femmes de la maison l'attendaient pour la prière en commun.

— Je sais pas ce que Liam Connolly a de travers depuis une couple de semaines, dit-il à haute voix sans s'adresser à quelqu'un en particulier, mais on dirait qu'il est pas content pantoute d'être marié.

— Pourquoi tu dis ça ? lui demanda sa mère, l'air sévère.

— Je le sais pas. Juste sa façon de parler contre le mariage. Encore à soir, il a dit qu'il trouvait ben chanceux ceux qui l'étaient pas.

— Lui, s'il se replace pas bien vite, il va avoir affaire à moi, déclara la veuve sur un ton menaçant. Camille lui élève ses quatre enfants. Elle entretient la maison et leur linge. Elle cuisine et donne un coup de main sur la terre quand il en a besoin. Toute la famille a jamais eu l'air si propre ! En plus, il trouve le moyen de critiquer ! Là, ça va faire ! Si jamais je l'entends, il va le regretter.

Sur ces fortes paroles, Marie s'agenouilla, imitée par les siens. Elle récita la longue prière du soir habituelle.

❧

La veille du mariage, le ciel était nuageux, mais la température était plutôt douce. À son lever, Camille avait éprouvé les nausées matinales coutumières depuis le début de sa grossesse. À son retour dans la cuisine, la jeune femme s'était longuement regardée dans le petit miroir suspendu près de l'armoire. À son avis, rien ne paraissait encore de son état de future mère.

Elle prépara le déjeuner avec Ann pendant que les garçons se chargeaient de soigner les animaux avec leur père. Après le repas, elle laissa les soins du ménage du vendredi à Ann pour aller désherber son jardin et ses plates-bandes avec Rose. Au début de l'après-midi, elle examina attentivement les vêtements des siens pour s'assurer que chacun serait correctement habillé au mariage de son frère.

— Ça en fait tout un aria pour des noces, laissa tomber Liam, l'air mécontent, en l'apercevant en train d'examiner un pantalon.

Le cultivateur, occupé dans le poulailler, venait d'entrer dans la maison pour y boire un verre d'eau.

— J'ai pas envie que les enfants fassent rire d'eux autres, se borna à répliquer sa femme.

— En attendant, ce serait peut-être une bonne idée que tu lâches le linge pour t'occuper des fraises qui sont en train de pourrir dans le champ, ajouta-t-il sur un ton revêche.

— Je suis allée voir avant-hier, et elles étaient pas prêtes.

— Ben là, elles le sont.

— Les garçons pourraient peut-être…

— J'ai besoin d'eux autres. Ils viennent travailler avec moi pour m'aider à remplacer une partie du plancher du poulailler, affirma-t-il sèchement.

Il sortit sur ces mots en laissant claquer la porte moustiquaire derrière lui. Camille poussa un soupir d'exaspération et déposa quelques vêtements sur une chaise.

— Venez, les filles, on va aller ramasser des fraises, dit-elle à Ann et à Rose. Le repassage, on pourra toujours le faire après le souper.

— Qu'est-ce qu'on va faire pour le souper ? lui demanda Ann.

— On va manger de la galette de sarrasin. La pâte est déjà prête. On n'aura qu'à faire cuire les galettes en revenant.

Quelques minutes plus tard, Camille et ses filles, armées de petits seaux, pénétrèrent dans le carré de fraises aménagé derrière la grange. C'était une mauvaise année pour les fraises à cause de la pluie et du faible ensoleillement des dernières semaines. Avec plusieurs jours de retard, les petits fruits avaient fini par rougir, mais la récolte était loin des attentes.

— Elles ont pas grand goût, se plaignit Ann après avoir mangé une grosse fraise. Je trouve qu'elles goûtent l'eau.

— Il a trop mouillé, laissa tomber Camille, penchée au-dessus d'un plant.

Pendant deux bonnes heures, Camille et ses filles ramassèrent des fraises. À un certain moment, la mère adoptive se releva en se massant les reins pour déclarer :

— Là, on arrête. Ça sert à rien de continuer, ce qui reste est pas mûr.

Elles rentrèrent toutes les trois à la maison et se mirent à équeuter les fruits cueillis. Le poêle fut allumé en vue du souper et la maîtresse de maison en profita pour préparer ses premières confitures de la saison avec les fraises équeutées et lavées. Quand Liam rentra avec ses fils, il demanda à sa femme :

— As-tu vu mon oncle ? Son cheval est pas dans le clos.

— Il est allé chez le notaire Valiquette. Inquiète-toi pas, il va être là pour souper. Je me souviens pas l'avoir vu manquer un repas.

— C'est ben le moins, il paie pour ça, laissa-t-il tomber d'une voix désagréable.

Cette remarque ne fit que rappeler à Camille à quel point Paddy Connolly demeurait un pensionnaire plutôt récalcitrant à acquitter sa pension. Malgré la leçon qu'elle lui avait donnée deux semaines auparavant, elle était toujours obligée de lui rappeler à plusieurs reprises qu'on était le vendredi… Le retraité avait toujours une bonne raison pour remettre à plus tard le paiement. La semaine précédente, exaspérée, elle avait fini par dire à l'oncle de son mari :

— Savez-vous, mon oncle, que je pense pas que le propriétaire d'un hôtel vous courrait après comme je suis obligée de le faire chaque semaine ?

— Certain, avait affirmé avec morgue l'Irlandais, mais il faut dire que je suis pas à l'hôtel, mais chez mon neveu.

Si elle n'avait pas autant craint une violente réaction de son mari, elle aurait mis depuis longtemps toutes les affaires du retraité sur la galerie en le priant d'aller se faire héberger ailleurs.

— Ann, mets une assiettée de galettes dans le réchaud pour l'oncle de ton père, ordonna Camille. Il mangera quand il arrivera. Nous autres, on n'a pas le temps de l'attendre à soir. Il y a le repassage à faire et il faut que chacun prenne un bain.

— Ah non, Camille! s'écrièrent Duncan et Patrick à l'unisson.

— Oh oui! répliqua-t-elle sur le même ton. Vous commencez à sentir le putois et vous avez besoin de vous laver les cheveux. Avant de t'asseoir à table, Patrick, tu vas aller me chercher de l'eau au puits. On va la faire chauffer pendant le souper.

Paddy ne parut pas à la maison durant le repas du soir. Camille servit des fraises avec un peu de crème pour le dessert. Dès que tous furent rassasiés, Patrick fut envoyé se laver pendant qu'Ann et sa jeune sœur aidaient à ranger la cuisine.

— Arrange-toi pour pas mettre de l'eau partout sur le plancher, le prévint sa mère. Et lave-toi bien, partout. Duncan, tu iras te laver après lui, ordonna-t-elle. En attendant, tu peux aller nettoyer tes souliers pour demain.

— Camille, je vais commencer le repassage pendant que tu raccommodes la robe de Rose, proposa Ann dès que la dernière pièce de vaisselle eut été lavé.

Sans plus attendre, l'adolescente sortit le fer à repasser et le déposa sur le poêle pour le faire chauffer avant d'aller chercher la vieille planche à repasser qu'elle installa tout près.

Liam avait quitté la cuisine pour la galerie après le repas et il se berçait tranquillement en regardant les eaux de la rivière qui coulaient paresseusement, en face de chez lui, au bout du champ, de l'autre côté de la route.

— Ah non! s'écria soudainement Ann.

L'exclamation de l'adolescente fit sursauter sa mère adoptive qui venait de s'asseoir sur la galerie dans l'intention de recoudre l'ourlet de la robe que Rose devait porter le lendemain.

— Qu'est-ce qu'il y a ? demanda-t-elle en se levant déjà pour s'approcher de la porte moustiquaire. T'es-tu brûlée sur le fer ?

— Non, j'ai brûlé une chemise, avoua la jeune fille tout énervée.

Camille ouvrit la porte et ne l'entendit pas se refermer derrière elle pour la bonne raison que son mari la suivait de près.

— Quelle chemise ? demanda Camille en s'approchant.

— Celle de p'pa, dit nerveusement Ann en lui montrant la trace roussie du fer sur une manche. J'ai pas fait exprès…

— Maudite sans-dessein ! hurla son père en s'avançant, fou de rage et la main levée, prêt à frapper sa fille.

La jeune fille recula peureusement de quelques pas, heurtant de la hanche la chaise sur laquelle étaient déposés les vêtements à repasser. Elle se mit à pleurer, attendant les premiers coups. Duncan, debout à l'autre extrémité de la cuisine, avait nerveusement lâché ses souliers qu'il venait d'entreprendre de nettoyer.

— Whow, Liam Connolly ! s'interposa Camille en se campant devant lui, les traits durcis par la fureur.

— Toi, tu t'enlèves de mon chemin ou c'est toi qui vas en recevoir une, la menaça-t-il.

— Ah ben, je voudrais bien voir ça ! s'écria-t-elle, les dents serrées, en le repoussant du plat de la main. Essaye donc pour voir !

Ce disant, elle lui empoigna durement le bras levé et, sans effort apparent, l'obligea à le baisser. Pour la première fois, Liam Connolly sembla réaliser que sa femme était dotée d'une force peu commune, probablement héritée de son père, et qu'elle n'hésiterait pas à l'utiliser pour se défendre ou pour protéger l'un des enfants.

— Tu m'empêcheras pas de dompter mes enfants ! cria-t-il.

— Je t'ai déjà répété souvent que des enfants sont pas des chiens qu'on traite à coups de pied et à coups de poing. Va donc t'asseoir sur la galerie pour retrouver tes sangs, lui conseilla-t-elle sèchement.

— Elle vient de gâcher ma chemise, plaida-t-il. Tu penses tout de même pas que je vais laisser les enfants gaspiller mes affaires !

— C'est un accident. Elle a pas fait exprès. Le mal est fait, on va réparer les dégâts. Calme-toi donc un peu.

Fou de rage, il tourna les talons et retourna s'asseoir sur la galerie en l'invectivant. Camille prit quelques secondes pour retrouver son calme. Ann et Duncan semblèrent la regarder avec de nouveaux yeux. Ils réalisaient soudain que leur mère adoptive n'avait rien de commun avec leur défunte mère qui ne s'était jamais opposée à leur père quand il les frappait. Ils venaient de constater, stupéfaits, que leur père ne parviendrait pas à faire peur ni à faire reculer leur amie quand il se laissait emporter par l'une de ses colères impré-visibles.

— Comment t'as fait ton compte ? demanda Camille d'une voix calme à l'adolescente, qui retrouvait peu à peu ses couleurs.

— Je sais pas ce qui est arrivé, reconnut celle-ci. La moi-tié du fer était trop chaude et l'autre moitié était correcte.

— Ça peut arriver, la consola sa mère adoptive. Arrête de pleurer pour rien. Donne-moi la chemise, elle est brûlée juste en dessous de la manche. Je vais la réparer pendant que tu finis le repassage. Mais fais attention au fer.

La jeune mère choisit de ne pas retourner prendre place aux côtés de son mari à l'extérieur. Elle s'installa à la table pour réparer les dommages causés à la chemise de son mari.

Quelques minutes plus tard, Paddy Connolly entra dans la cour de la ferme et immobilisa son boghei devant la galerie un court moment, le temps de demander que l'un de ses petits-neveux vienne dételer sa bête. La maîtresse de maison devança son mari qui s'apprêtait à répondre à son oncle.

— Ils iraient bien, mon oncle, lui dit-elle à travers la porte moustiquaire, mais ils sont tous les deux en train de se laver.

— C'est que j'ai pas encore soupé, moi, et il est ben près de huit heures, plaida le petit homme bedonnant.

— C'est correct, mon oncle, allez manger, dit Liam sur un ton contrarié. Je vais m'occuper de votre cheval.

Paddy Connolly descendit de voiture, tendit les guides à son neveu et entra dans la cuisine d'été, son éternel journal roulé sous le bras.

— Qu'est-ce qu'il y a de bon à manger? demanda-t-il, tout content de ne pas avoir à dételer sa bête.

— Je vais vous dire ça, mon oncle, en échange de votre pension de la semaine, répondit Camille en souriant.

— Dis-moi pas qu'on est encore vendredi? demanda le pensionnaire avec une évidente mauvaise foi.

— Il paraît que ça revient tous les sept jours, mon oncle, lui fit remarquer avec humour sa nièce par alliance.

— Maudit que la vie coûte cher! s'exclama Paddy en fouillant dans l'une de ses poches de pantalon pour en extraire difficilement un dollar et demi qu'il laissa tomber sur la table.

— À qui le dites-vous, mon oncle, fit Camille en prenant l'argent et en le déposant dans la poche de son tablier. Assoyez-vous, je vous sers tout de suite.

Elle prit l'assiette laissée sur la table et alla la remplir de galettes laissées au fourneau. À la vue du contenu de son assiette, l'oncle de Liam esquissa une grimace, mais n'osa rien dire. C'était le plat servi habituellement chez son neveu le vendredi soir. Par contre, les fraises trempant dans de la crème fraîche semblèrent lui plaire.

Au moment où il finissait son dessert, Paddy dit à la maîtresse de maison assise en face de lui, occupée à son travail de raccommodage :

— J'ai rencontré ton frère. C'est ça qui m'a retardé.

— Donat ?

— Non, l'autre, Hubert.

— Tiens ! Il est revenu de Dunham.

— Ben oui. J'étais au magasin général quand il s'est arrêté pour saluer les Dionne.

Camille entendit Liam rapprocher sa chaise berçante de la porte moustiquaire. Sans le faire voir, il voulait entendre ce que racontait son oncle.

— Je te dis qu'il a l'air d'aimer ce qu'il fait, celui-là. Si je me fie à ce qu'il a raconté à Télesphore Dionne, il paraît qu'il est presque prêt à faire du bon fromage. Selon lui, le cousin de Dionne lui aurait dit que dans un mois ou deux, il aurait fini son apprentissage.

— Je suis bien contente pour lui.

— Je me suis laissé dire que c'est un ancien frère ? demanda Paddy, curieux.

— Oui, mais il a jamais prononcé ses vœux. Là, il a décidé de rester avec nous autres, affirma Camille.

— Je commence à comprendre pourquoi la petite Dionne a l'air si intéressée par ton frère. Elle l'a pas lâché des yeux tout le temps qu'il a été au magasin. Il paraît même qu'il lui a demandé de l'accompagner aux noces de ton autre frère, demain.

— Puis ?

— Elle a dit oui tout de suite, mais j'ai eu l'impression que son père et sa mère avaient pas l'air trop contents qu'elle ait accepté son invitation. As-tu une idée pourquoi, toi ?

— Je le sais pas, mon oncle, mentit Camille.

Elle avait tout de suite deviné que Télesphore et Alexandrine Dionne ne tenaient pas beaucoup à voir leur

Angélique assister au mariage d'une fille perdue comme Catherine Benoît.

～

En cette veille de son mariage, Laura Benoît et sœur Émérentienne cherchaient à calmer l'angoisse qui semblait avoir envahi Catherine.

— T'as pas à t'inquiéter, tout va être prêt à temps, lui dit la petite religieuse avec un sourire rassurant. Ton frère a fini d'installer la table et les bancs dehors et on va avoir bien assez de place pour asseoir tout le monde demain midi.

Depuis le début de la semaine, Laura Benoît n'avait pas cessé de pousser dans le dos son fils Cyprien et sa femme pour qu'ils participent activement aux préparatifs de la noce. Devant le manque de bonne volonté évident du couple, sœur Émérentienne avait même dû élever la voix et les traiter de « sans-cœurs » pour les inciter à faire leur part.

Maintenant, la maison reluisait de propreté et la nourriture était prête. Les femmes de la maison avaient fait cuire trois grosses poules qu'elles avaient l'intention de servir dans une sauce blanche et elles avaient cuisiné huit tartes aux raisins et à la mélasse, en plus d'une soupe aux pois très nourrissante. Sœur Émérentienne avait même trouvé le temps de cuisiner deux recettes de bonbons aux patates pour sucrer le bec des invités. Les cruchons de vin de cerise et de bagosse étaient déjà rangés sur l'armoire.

— Vous pouvez pas savoir comment j'ai hâte que tout ça soit passé, finit par déclarer la fiancée d'une voix éteinte en séchant sa longue chevelure blonde qu'elle venait de laver.

— Il faut pas que cette journée-là passe trop vite, fit sa mère, réprobatrice. C'est supposé être la plus belle journée de ta vie. Tu dois en profiter… À moins que tu penses pas aimer assez Xavier Beauchemin, suggéra-t-elle en fixant sa fille.

Marie-Rose, debout un peu à l'écart, attendait la réponse qu'allait donner sa belle-sœur.

— C'est pas ça, m'man. C'est le reste qui m'énerve. Le monde qui vont venir fouiner pour…

— Dis-toi qu'ils auront plus rien à dire une fois que tu seras passée devant monsieur le curé, ma fille, intervint sœur Émérentienne. Le passé, c'est le passé. Pense seulement à toutes les belles années qui t'attendent avec le garçon que t'as choisi.

— C'est vrai, ma sœur, reconnut la jeune fille en lui adressant un sourire timide.

— Maintenant, si tu veux bien, reprit sa mère, tu vas aller accrocher ton chapelet sur la corde à linge pour être certaine qu'il va faire beau demain et après, tu devrais aller te coucher, pour être belle demain matin.

Catherine ne discuta pas. La journée avait été longue et fatigante. Après avoir suspendu son chapelet à la corde à linge, elle alluma une lampe et alla se réfugier dans sa petite chambre, à l'étage. Le soleil était en train de se coucher en ce dernier vendredi de juin. Elle resta longtemps debout devant sa fenêtre à regarder le paysage qu'elle ne verrait probablement plus jamais sous cet angle. Puis elle se secoua et entreprit de passer sa robe de nuit tout en se disant que son départ allait alléger l'atmosphère de la maison et, malheureusement, laisser les coudées franches à son frère et à sa femme. Elle espérait que sa mère n'aurait pas trop à souffrir de se retrouver seule face à ce couple peu aimable.

Chapitre 27

Le mariage

L'un des vœux de Catherine fut au moins exaucé. Lorsque sœur Émérentienne vint la tirer du sommeil le lendemain matin, la jeune fille se réveilla dans une chambre inondée par un soleil éblouissant.

— Debout, la paresseuse ! lui ordonna la petite religieuse avec bonne humeur. Je t'ai monté de l'eau chaude. Fais ta toilette et dépêche-toi de descendre pour que ta mère ait le temps de te coiffer avant de mettre ta robe.

Catherine remercia la cousine de sa mère, s'étira un bref moment et se leva pour procéder à sa toilette. Avant de quitter sa chambre, elle prit le temps de faire son lit et d'étaler la toilette de jeune mariée qu'elle endosserait un peu plus tard. Elle regarda ensuite par la fenêtre en direction de la maison qui allait devenir la sienne dans quelques heures. S'il n'y avait pas eu encore ce mince rideau d'arbres qui séparait la terre de Xavier de celle de sa mère, elle aurait vu facilement son futur foyer.

À son entrée dans la cuisine, elle découvrit sa mère déjà prête et Marie-Rose en train d'essayer de fermer le col de la chemise de son mari.

— Tu m'étouffes, baptême, lui reprocha Cyprien avec sa mauvaise humeur habituelle.

— C'est pas de ma faute, t'as encore engraissé, rétorqua la petite femme.

La future mariée prit place sur un banc devant sa mère qui lui faisait signe de s'asseoir. Laura se mit à brosser les longs cheveux blonds bouclés de sa fille avant de les rassembler dans une toque retenue par un ruban blanc.

— Je trouve que c'est faire ben des embarras pour pas grand-chose, laissa tomber Cyprien que son col enfin fermé étouffait à moitié.

— C'est probablement ce que les parents de ta femme ont dû se dire le matin de vos noces, laissa tomber sœur Émérentienne.

— Il reste encore une bonne heure et demie avant de partir pour la chapelle, intervint Laura Benoît. T'as le temps d'aller voir si le boghei est bien propre et d'atteler pendant que ta sœur va finir de s'habiller. Nous autres, on va voir si tout est paré pour recevoir le monde après le mariage.

La veille, il avait été décidé que la religieuse allait demeurer à la maison pour surveiller la cuisson de la nourriture et procéder aux derniers préparatifs pendant la cérémonie. La mariée aurait préféré que sœur Émérentienne, à qui elle devait tant, assiste à son mariage, mais elle n'ignorait pas que sa mère ne pouvait faire appel à aucune voisine ou à une autre parente pour se charger de cette tâche.

Tout en endossant la petite robe blanche toute simple ornée d'une petite dentelle à l'encolure et aux poignets, la future madame Xavier Beauchemin redoutait plus que jamais de se faire insulter à son arrivée ou à sa sortie de l'église par une ou des commères qui ne lui reconnaîtraient pas le droit de se marier en blanc. Avant de descendre rejoindre sa famille qui attendait dans la cuisine, elle se maquilla légèrement avec de la poudre de riz devant le petit miroir fixé au mur au-dessus de l'unique bureau de la pièce. Le miroir lui renvoya l'image d'une mince jeune femme blonde qui avait eu vingt et un ans au mois de février précédent. Son visage aux hautes pommettes était éclairé par deux grands yeux noisette un peu assombris par l'inquiétude.

— Est-ce que j'ai raison de me marier? se demanda-t-elle à mi-voix.

Cette question mettait moins en doute son amour pour Xavier que son propre droit au bonheur.

Il était maintenant trop tard pour reculer. Elle secoua doucement la tête et mit son missel et son chapelet dans sa bourse avant d'aller rejoindre les siens qui étaient prêts à partir.

Avant de quitter la maison, la jeune fille posa un geste inhabituel. La tradition voulait qu'une fille demande à son père de la bénir le matin de son mariage, au moment de quitter définitivement le toit familial. Or, Léopold Benoît était décédé. Toutefois, à la plus grande surprise de Laura, sa fille vint s'agenouiller devant elle pour lui demander sa bénédiction. Émue, sœur Émérentienne cessa son va-et-vient dans la pièce pour regarder la scène. Marie-Rose elle-même eut un hochement de la tête en signe d'approbation.

Après une courte hésitation, la mère bénit sa fille avant de l'embrasser sur les deux joues en lui murmurant qu'elle lui souhaitait beaucoup de bonheur.

Quand Cyprien prit la route, transportant sa mère, sa femme et sa sœur, Xavier et Donat, son témoin, l'avaient devancé depuis près de vingt minutes. Au début de la matinée, Antonin avait attelé le boghei de son patron et ami et avait pris la direction du rang Saint-Jean pour aider au transport des membres de la famille Beauchemin. Pour leur part, les Lafond avaient carrément refusé l'offre de Camille qui avait proposé qu'Ann aille garder les enfants durant la cérémonie.

— J'ai demandé à la petite voisine de venir et elle va garder aussi Alexis, expliqua Emma à sa sœur. Il y a pas de raison que ta fille manque le mariage.

Un peu avant neuf heures trente, il n'y avait que trois ou quatre bogheis stationnés près de la chapelle. En descendant de voiture, Xavier et Donat découvrirent Anselme Camirand et leur tante Françoise en grande conversation avec leur oncle Armand et sa femme au milieu d'une douzaine de curieux rassemblés au bas du parvis.

— Comment ça se fait que vous vous êtes pas arrêtés à la maison ? s'étonna Donat après avoir serré la main de ses deux oncles.

— Parce qu'on était un peu juste dans le temps, expliqua l'oncle Anselme, le visage tout à fait sérieux. Tu sauras, mon jeune, que quand t'es pris avec une vieille femme, t'es mieux de lui donner ben des heures pour qu'elle ait le temps de se rendre présentable, sinon t'es toujours en retard partout.

— Vieux haïssable ! se borna à laisser tomber sa femme.

— On se revoit tout à l'heure, déclara Xavier en faisant signe à son témoin qu'il était temps d'entrer dans la chapelle.

Xavier retira son chapeau melon noir et pénétra dans le temple où quelques personnes avaient déjà pris place. Suivi par Donat et affichant un aplomb qu'il était bien loin d'éprouver, il parcourut l'allée centrale. Après une courte hésitation, il s'assit sur l'une des deux chaises placées face à la sainte table.

À l'extérieur, les voitures se mirent à arriver. Antonin déposa Bernadette, sa mère et Eugénie devant le parvis alors que Rémi s'arrêtait un peu plus loin pour revenir à la chapelle en compagnie de sa femme et de Hubert, tout fier de s'exhiber avec Angélique Dionne à son bras. Paddy Connolly les suivit de près avec ses petits-neveux, Liam et Camille ayant insisté pour que leurs deux filles soient assises dans leur voiture.

Camille se serait bien passée de la présence de l'oncle de son mari aux noces de son frère, mais Catherine avait tenu à lui faire plaisir ainsi qu'à Liam en l'invitant.

Quand Cyprien Benoît vint immobiliser sa voiture au pied des marches du parvis pour permettre aux deux femmes qu'il transportait de descendre, il y eut des murmures dans la petite foule rassemblée à la porte de la chapelle. Catherine eut un sourire un peu craintif et regarda à peine les quelques étrangers qui se tenaient à l'écart des membres de la famille Beauchemin qui avaient attendu son arrivée. Agénor Moreau, serviable, proposa au conducteur de lui laisser les guides et d'accompagner immédiatement sa sœur à l'intérieur.

Le jeune cultivateur, mal à l'aise dans ses vêtements du dimanche trop étroits, donna le bras à sa sœur et tous les deux pénétrèrent dans la chapelle, suivis de Marie-Rose et Laura Benoît. Les gens encore à l'extérieur s'empressèrent alors d'entrer et de prendre place dans les bancs.

Catherine vint s'asseoir à la gauche de Xavier devant la sainte table. Le regard admiratif de son fiancé la rassura quelque peu et la fit sourire. Derrière les deux futurs mariés, il y avait une nette disproportion entre les deux familles.

La famille Benoît n'occupait que deux bancs. Seuls l'oncle Ulric et sa femme se tenaient derrière Laura, son fils et sa bru. Cela contrastait étrangement avec les nombreux Beauchemin massés du côté droit de la chapelle.

Peu après, le curé Désilets fit son entrée dans le chœur pour célébrer le mariage du jeune couple. Une fois son calice déposé sur l'autel, le célébrant s'avança vers les futurs mariés et fit signe à leurs témoins de s'approcher. Il interrogea d'abord brièvement les futurs mariés, non sans leur avoir rappelé le caractère sacré du mariage. Il les bénit ainsi que les anneaux avant de les déclarer officiellement unis par les liens du mariage. Finalement, il retourna à l'autel pour la célébration de la messe.

Lors de son bref sermon, le prêtre tint à souligner les devoirs que les époux avaient l'un envers l'autre et le caractère indissoluble du mariage.

— Aux yeux de Dieu, vous ne faites plus qu'un, conclut-il avec une certaine grandiloquence. Vous avez le devoir d'aimer l'autre plus que vous-même et, surtout, d'élever vos enfants dans la foi chrétienne, ajouta-t-il.

Sur ces mots. il retourna à l'autel pour poursuivre la célébration du saint sacrifice.

Céleste Comtois, installée au clavecin dans le jubé, joua quelques morceaux durant la cérémonie. Quand le curé Désilets bénit l'assistance à la fin de la messe, les nouveaux époux empruntèrent l'allée centrale pour quitter la chapelle, suivis par leurs invités apparemment d'excellente humeur. Tous ces gens semblaient soudainement pressés de s'amuser et de se restaurer.

Antonin s'était empressé d'avancer le boghei pour le stationner devant le parvis et permettre aux jeunes mariés d'y prendre place dès leur sortie de la chapelle. L'ami de Xavier attendit que tout le monde ait eu le temps de monter à bord de sa voiture pour se mettre lentement en route vers la ferme de Laura Benoît, dans le rang Sainte-Ursule. Le convoi formé de près d'une dizaine de voitures soulevait un petit nuage de poussière sur la route.

Assise aux côtés de son nouveau mari sur la banquette arrière du boghei, Catherine était rayonnante de fierté. Tout s'était bien déroulé. Personne de la paroisse n'avait osé venir les chahuter ou la montrer du doigt à son entrée ou à sa sortie de la chapelle, ce dont elle avait tellement eu peur. Elle se lova dans les bras de Xavier, profitant au maximum de ce moment de pur bonheur.

À l'arrivée des invités chez les Benoît, la cour de la ferme fut vite encombrée par toutes ces voitures et Cyprien eut fort à faire pour que les cochers les stationnent loin des deux grandes tables installées sous les arbres, près de la maison. Rémi fut le seul à ne pas dételer sa bête. Après avoir laissé descendre de voiture Angélique Dionne et Hubert, il fit demi-tour en compagnie de sa femme pour aller chercher les enfants parce que Catherine avait beaucoup insisté pour qu'ils participent à la fête.

Laura Benoît avait déjà pris place sur la galerie aux côtés des nouveaux mariés pour remercier chacun des invités d'être venu aux noces. Chaque couple avait apporté un cadeau qui était déposé sur une table improvisée sur la galerie. Xavier et Catherine reçurent surtout des pièces tissées : des draps, des nappes, des linges à vaisselle, des taies d'oreiller et des serviettes. Armand et Amanda Beauchemin, pour leur part, s'étaient distingués en offrant un ensemble de vaisselle en pierre et Anselme Benoît et sa femme avaient eu la bonne idée et les moyens financiers de donner quatre belles marmites et une poêle.

À la demande de sœur Émérentienne, Marie-Rose se mit à offrir du vin de cerise aux femmes pendant que son mari distribuait sans entrain de la bagosse aux hommes rassemblés près des voitures.

— Bondance que ce couple-là a l'air bête, ne put s'empêcher de murmurer Camille à sa mère, debout près d'elle.

— Elle, je sais pas si elle a de la misère à digérer quelque chose, fit Marie à voix basse, mais on dirait que le Cyprien vient de se faire arracher une dent. Je te dis que ton frère vient d'entrer dans une drôle de famille, ma fille.

— En tout cas, m'man, je trouve que la mère de Catherine fait pitié, reprit la jeune femme. Elle a l'air à plus savoir où donner de la tête. Je vais aller lui donner un coup de main en dedans. Je viens de la voir entrer dans la maison.

— J'y vais avec toi, décida Marie.

Un peu en retrait, Bernadette s'ennuyait ferme. Elle n'avait personne à qui parler. Hubert et Angélique se tenaient à l'écart et semblaient échanger des secrets. Un peu plus loin, la tante Amanda avait entrepris de raconter ses récentes maladies à Catherine et à sœur Émérentienne. Au retour d'Emma, elle ne trouva rien de mieux à faire que d'aller aider Ann à s'occuper des enfants.

Paddy Connolly était parvenu à monopoliser l'attention d'un bon nombre d'hommes en leur apprenant que, d'après le journal, Macdonald avait annoncé des élections générales du 20 juillet au 12 octobre et que George-Étienne Cartier, un homme que tous admiraient, allait probablement se présenter dans un quartier de Montréal. Comme tous les hommes présents étaient d'allégeance conservatrice, il n'y eut pas de dispute. On s'interrogea seulement sur le nombre de députés que le premier ministre allait parvenir à faire élire.

— À la campagne, je pense pas qu'il va y avoir de problème, déclara Anselme Benoît, en parlant assez fort pour couvrir la voix de Paddy. Mais en ville, je suis pas si sûr que les Bleus vont se faire élire facilement.

— En tout cas, ce serait pas juste, dit Paddy avec une certaine hauteur. Le gouvernement a fait passer une loi qui rend légales toutes les unions. Si les ouvriers votent pas pour Macdonald après ça, je me demande ce qu'il va falloir faire pour les contenter. Moi, j'ai eu des employés toute ma vie, ajouta-t-il en prenant un air important. Je suis pas pour cette loi pantoute. Avec cette affaire-là, un *boss* est même plus maître. Ses employés ont le droit de se mettre en grève pour un oui ou pour un non et il est obligé de discuter avec eux autres. *Shit!* Il me semble que c'était pas nécessaire, cette loi-là. Si quelqu'un est pas content de son salaire, il a juste à aller voir ailleurs.

Comme ses auditeurs étaient tous des cultivateurs qui se sentaient peu concernés par le problème, on préféra parler de l'effet des dernières pluies abondantes sur les prochaines récoltes.

Laura Benoît mit fin aux discussions en invitant les gens à passer à table. La mère de la mariée aurait aimé compter le curé de la paroisse parmi ses convives, comme cela se faisait habituellement, mais Josaphat Désilets avait prétexté la nécessité de terminer la préparation de son sermon du lendemain pour refuser son invitation.

Camille et Emma exigèrent que leur mère et celle de Catherine aillent s'asseoir aux côtés des nouveaux mariés pendant qu'elles aidaient sœur Émérentienne et Marie-Rose à servir le repas. Au même moment, Angélique vint rejoindre Hubert après avoir aidé Ann et Bernadette à servir le repas aux enfants installés dans la cuisine, à l'intérieur.

Le repas ne donna pas lieu aux blagues à double sens habituelles. On tapa sur les tables pour demander aux nouveaux mariés de s'embrasser, ce qu'ils firent avec plaisir, mais ce furent bien les seules manifestations qui vinrent troubler les conversations qui allaient bon train.

C'était une magnifique journée de juin et une petite brise agréable rafraîchissait l'air et incitait à la bonne humeur. Après avoir fait aussi bonne chère, on déboutonna les cols de chemise et on recula les ceintures de quelques crans. Les hôtes furent félicités avec enthousiasme pour un si bon repas.

Quand on se mit à desservir les tables, les hommes s'éloignèrent pour fumer à leur aise et poursuivre les discussions entreprises à table. À un certain moment, Catherine se pencha pour dire quelque chose à l'oreille de son mari et se leva pour aider à desservir.

Xavier, désœuvré, se retrouva soudain en compagnie de ses beaux-frères Rémi et Liam et de Paddy Connolly. Ce dernier, plus par méchanceté que par besoin de se faire valoir, dit au nouveau marié :

— Je trouve que t'es pas mal courageux, mon jeune.

— Pourquoi vous me dites ça ? lui demanda Xavier, intrigué.

— De marier une fille avec la réputation qu'elle a à Saint-Bernard, eut le mauvais goût de poursuivre le petit homme bedonnant.

Immédiatement, les traits du visage de Xavier se figèrent. Il dominait les trois hommes de plusieurs pouces et sa musculature puissante mettait à dure épreuve les coutures de son costume neuf. Il se pencha lentement vers le retraité en arborant un air si menaçant que les trois hommes firent un pas en arrière.

— Écoutez-moi ben, monsieur Connolly, lui ordonna-t-il, les dents serrées, le premier enfant de chienne qui va dire un mot contre ma femme, il va avoir affaire à moi, même s'il a des cheveux blancs, vous m'entendez?

Paddy, secoué, se borna à hocher la tête.

— Là, vous allez m'excuser, il faut que j'aille voir où se cache ma femme, ajouta Xavier en tournant les talons, non sans avoir lancé au préalable un regard de défi au vieux Connolly.

❦

Xavier allait s'éloigner quand une voiture entra dans la cour. En même temps que Donat, il reconnut le gros Anthime Lemire qui descendit avec difficulté de son boghei sous le regard inquisiteur de la plupart des hommes présents dans la cour de la ferme. Donat et Xavier s'approchèrent en même temps du visiteur.

— Je sais que je tombe mal, dit l'organisateur conservateur. Je suis passé à Saint-Bernard pour voir Donat et le voisin m'a appris que je le trouverais ici. Je voudrais pas être effronté et venir déranger la noce, ajouta-t-il en guise d'excuse.

— Il y a pas de mal, fit Xavier.

— Je t'offre mes meilleurs vœux de bonheur, déclara Lemire en lui tendant la main. Inquiète-toi pas, j'ai pas pantoute l'intention de m'inviter à tes noces. Je veux juste dire deux mots à ton frère, si ça te dérange pas trop, tint-il à préciser en se tournant vers celui-ci.

— Je vous laisse parler de politique, dit Xavier en s'éloignant déjà. Je vais aller m'occuper de ma femme.

Liam Connolly dit quelques mots à l'oreille de son oncle qui ne quittait pas des yeux le nouvel arrivant. Quand il apprit qu'il s'agissait de l'un des organisateurs du parti conservateur du comté, le retraité fit quelques pas en direction de Donat et du gros homme. Donat l'aperçut et entraîna Anthime Lemire vers la route pour savoir ce qu'il lui voulait.

— J'ai appris que t'as changé d'idée et que tu te présentais plus comme maire, lui dit l'organisateur avec une note de reproche dans la voix.

— Je l'aurais fait si Ellis s'était présenté, lui expliqua le jeune cultivateur. Mais quand je me suis rendu compte que c'était un bon homme comme Hyland, j'ai décidé un bon Bleu comme Anatole Blanchette de se présenter et moi, j'ai choisi d'être conseiller, avec mon beau-frère. Hyland est ben aimé dans la paroisse, comme Blanchette.

— T'as ben fait, l'approuva Lemire en lui tapant sur l'épaule.

— Là, la campagne est presque finie. L'élection a lieu lundi. On va ben voir ce qui va arriver. Mais on a fait le tour des maisons et on a fait tout ce qu'on a pu pour se faire élire.

— C'est correct… Bon, tu devines un peu pourquoi je suis venu te voir?

— Pourquoi?

— On va avoir besoin de toi, on a des élections qui s'en viennent.

— Pas encore! s'exclama Donat, peu enthousiaste.

— Ben oui et on a confiance en toi, à part ça. T'as ben travaillé aux provinciales la dernière fois. Je suis sûr que t'es capable de faire encore mieux.

— En plein été! Moi, j'ai de l'ouvrage à faire sur ma terre.

— Inquiète-toi pas pour ça, voulut le rassurer le gros homme avec un bon rire. On est tous comme toi. Mais dis-toi que Macdonald sera pas un ingrat et qu'il oubliera pas ceux qui auront fait jeter dehors Sénécal. Ça fait cinq ans que ce Rouge-là nous fatigue. Il est temps qu'il aille se faire voir ailleurs.

— Qui est-ce que vous présentez contre lui? demanda Donat, curieux.

— C'est pas un as de pique, mon garçon. C'est Pierre-Nérée Dorion, un arpenteur-géomètre ben connu qui parle ben et qui a de l'expérience. Tu vas voir, lui, il va entrer dans Drummond-Arthabasca comme dans du beurre.

— Ouais.

— Embarques-tu avec nous autres comme la dernière fois ? Oublie pas que t'es en train de te faire tout un nom dans le parti. Ce serait de valeur que tu lâches déjà.

Donat réfléchit quelques instants avant d'accepter de se charger de Saint-Bernard-Abbé et de Sainte-Monique. Satisfait d'avoir bien rempli sa mission de recrutement, Anthime Lemire lui serra la main en lui promettant de lui donner des nouvelles quelques jours plus tard.

— Et bonne chance pour les élections à Saint-Bernard, lui souhaita-t-il au moment de remonter dans son boghei.

Paddy Connolly s'approcha dans l'intention évidente de s'entretenir avec Lemire, mais ce dernier l'ignora totalement et fit faire demi-tour à son attelage avant de reprendre la route.

❧

Xavier allait se diriger vers sa femme quand il se retrouva face à face avec sa sœur Camille.

— J'aimerais te dire deux mots, dit-elle à voix basse à son jeune frère en l'attirant à l'écart.

— Qu'est-ce qu'il y a ? lui demanda-t-il, intrigué par son air sérieux.

— Je voudrais te parler de Catherine.

— De Catherine, qu'est-ce qu'elle a ? s'étonna-t-il.

— Écoute-moi, lui ordonna-t-elle, c'est important, ce que je vais te dire là.

— Je t'écoute.

— À soir, sois pas brusque avec elle, sois pas trop pressé. Donne-lui le temps de s'habituer à toi. Vous avez toute la vie devant vous autres.

— C'est certain, reconnut-il, gêné par une telle conversation.

— Dis-toi que si tu sais la ménager, elle va juste t'aimer plus. C'est tout ce que je voulais te dire.

Xavier comprit soudain à quel point cette entrevue avait dû coûter à sa sœur plutôt prude et il lui en fut reconnaissant. Il se contenta de l'embrasser rapidement sur une joue pour la remercier avant d'aller retrouver sa femme.

Moins d'une heure plus tard, Antonin s'esquiva quelques minutes avant de revenir en conduisant par la bride le cheval de Xavier attelé à sa voiture. L'adolescent immobilisa l'attelage près de la maison au moment où Laura Benoît annonçait à ses invités que les nouveaux mariés s'apprêtaient à partir en compagnie de sœur Émérentienne parce qu'ils avaient un train à prendre pour Montréal.

— Montréal! s'exclama Bernadette. Mais ils sont donc chanceux d'aller là en voyage de noces, dit-elle, tout excitée, à sa sœur Emma debout près d'elle.

— Chaperonnés par une sœur, j'ai dans l'idée que ça va faire un voyage de noces où il se passera pas grand-chose, déclara d'une voix un peu avinée Armand Beauchemin.

— Armand, tiens-toi comme du monde! lui ordonna sa femme, mécontente. C'est pas des farces à faire.

Hubert abandonna un instant Angélique Dionne pour aller se charger de la valise que tenait Cyprien Benoît, debout derrière sa mère. Le jeune homme alla la déposer à l'arrière de la voiture. Après avoir quitté ses invités le temps d'enlever sa robe blanche, Catherine apparut vêtue de sa robe du dimanche et vint rejoindre un Xavier éclatant de fierté.

Le jeune couple prit la peine de faire une rapide tournée des convives pour les remercier d'avoir assisté à leur mariage. Marie embrassa sa nouvelle bru et recommanda la prudence à son fils quand le couple s'arrêta devant elle. Catherine et Xavier se retrouvèrent finalement devant Laura Benoît, les yeux gonflés de larmes. La jeune femme embrassa sa mère et la remercia avant de monter dans la voiture aux côtés de son mari. Antonin aida ensuite sœur Émérentienne à prendre place sur la banquette avant, près de lui, avant de reprendre les guides et de diriger l'attelage vers la route.

Le départ des jeunes mariés donna le signal de la fin de la fête. D'ailleurs, les enfants étaient de plus en plus agités et couraient partout. Les hommes se dirigèrent sans se presser vers le clos où paissaient tranquillement leurs chevaux et ils les attelèrent à leur voiture. On remercia les hôtes et on quitta les lieux.

— Au fond, il manquait juste ma tante Mathilde, déclara Eugénie, assise près de son mari, sur la banquette avant de la voiture conduite par Donat. C'est un peu dommage qu'elle ait pas été invitée.

— Torrieu, exagère pas! s'écria son mari avec un petit rire. T'aurais été la première à te plaindre si elle était venue. En plus, elle serait arrivée avec une autre sœur. Déjà avec la cousine de madame Benoît…

— On était très bien comme on était, se contenta de répondre sa mère, le visage sombre.

Marie Beauchemin avait subitement réalisé au départ des nouveaux époux que son fils avait uni pour de bon sa destinée à celle de Catherine Benoît, et elle était loin d'être rassurée sur l'avenir du couple. Qui sait quelle sorte d'épouse et de mère une fille comme ça allait faire. Si son mari avait encore été vivant, il n'aurait jamais accepté une telle union, elle en était persuadée. En participant à ce mariage, elle avait un peu l'impression de l'avoir trahi.

Pour sa part, Bernadette broyait du noir parce qu'elle n'avait nullement apprécié les noces de son frère.

— Qu'est-ce que t'as, toi, à faire la baboune? lui demanda soudain sa mère en sortant de ses réflexions moroses.

— Je suis jamais allée à des noces aussi plates, laissa tomber la jeune fille sur un ton désabusé.

— Pourquoi ? Parce que t'as pas pu danser ? intervint Eugénie, assise près de son mari.

— Pantoute, mais passer des noces à s'occuper des enfants, c'est pas ce que j'appelle un mariage amusant, moi.

— Personne te forçait à le faire, lui fit remarquer sa mère.

— J'avais pas autre chose à faire.

— T'avais juste à demander de te faire accompagner par Constant Aubé, fit sèchement Marie. Il aurait peut-être pas demandé mieux.

— Ça m'aurait surpris, dit Donat en tournant la tête vers sa mère. Rémi m'a dit qu'il est parti la semaine passée pour Québec.

— Qui s'occupe de ses animaux ? lui demanda Marie.

— Son homme engagé.

Bernadette aurait bien aimé savoir pour combien de temps son ex-amoureux devait s'absenter, mais elle eut peur qu'on devine son regret.

— C'est drôle pareil qu'il parte comme ça au commencement de l'été, fit remarquer Marie Beauchemin. Je me demande s'il aurait pas l'intention de retourner s'installer avec ses frères, ajouta-t-elle en jetant un regard en biais vers sa fille cadette.

— Il fera jamais ça, ne put s'empêcher de déclarer Bernadette avec une assurance qu'elle était loin d'éprouver. Il vient de se faire bâtir un moulin et une maison dans notre rang, m'man.

— Tout ça, ça se vend, dit sa mère.

— À moins qu'il soit allé se chercher une femme dans le coin où il a été élevé, poursuivit Eugénie. Il doit être connu là-bas pour avoir du bien et il y a bien des filles qui cherchent juste à s'établir. Moi, ça me surprendrait pas de le voir revenir, mais pas tout seul.

— C'est possible après tout, ajouta Marie. C'est un homme qui a une tête sur les épaules et je vois pas pourquoi il se trouverait pas facilement une femme, ici ou ailleurs.

À la vue de l'air de doute qui se peignit sur le visage de sa fille, la mère crut bon de préciser :

— Ça apprendra à certaines à se montrer capricieuses comme des enfants gâtées. Un homme, ça a aussi sa fierté et, à force de se faire rejeter, il finit par aller voir ailleurs.

❧

Les voitures de Liam et de son oncle arrivèrent l'une derrière l'autre dans la cour de la ferme du rang Saint-Jean. Dès leur entrée dans la maison, Camille s'empressa de demander aux enfants d'aller changer de vêtements. Avec l'aide d'Ann et de Rose, elle entreprit de préparer le souper pendant que les garçons allaient faire le train avec leur père. Pour sa part, Paddy s'était laissé tomber dans la chaise berçante placée près de l'une des fenêtres ouvertes de la cuisine et avait allumé un mégot de cigare qu'il venait de tirer de l'une de ses poches.

La maîtresse de maison venait à peine de s'installer à la table pour peler les pommes de terre et les carottes qui allaient être servies au souper que l'oncle de son mari lui dit :

— Sais-tu, ma nièce, que ton frère a pas l'air d'avoir trop bon caractère.

— Duquel de mes trois frères vous parlez ?

— De ton frère Xavier.

— Pourquoi vous dites ça ? s'étonna Camille en cessant momentanément de peler une pomme de terre.

— Ben, un peu plus, il me frappait quand je lui ai dit que je le trouvais pas mal brave de marier une fille comme Catherine.

— Vous êtes pas allé lui dire une affaire pareille ! s'exclama la jeune femme.

— Ben, il y avait rien de mal dans ce que je lui ai dit, protesta le retraité. C'est pas ma faute si sa femme a la réputation d'être une fille de rien.

— Faites bien attention à ce que vous dites, dit rageusement Camille. Là, vous faites juste rapporter des ragots. Si jamais ça vient aux oreilles de mon frère, vous allez passer un mauvais quart d'heure, ça, je peux vous le jurer.

Ce soir-là, elle profita de ce que Paddy Connolly s'était retiré assez tôt pour raconter à Liam ce que son oncle lui avait dit.

— Je le sais, j'étais là, lui apprit son mari sans s'émouvoir.

— Tu l'as laissé insulter mon frère sans rien dire ? s'étonna sa femme.

— Qu'est-ce que tu voulais que je fasse ? Après tout, c'était vrai, ce que disait mon oncle.

— Peut-être, reconnut Camille, mais ça le regarde pas pantoute et c'était surtout pas le temps de sortir ça en pleines noces.

— Ça change rien, s'entêta Liam après avoir allumé sa pipe. Le monde de Saint-Bernard va toujours se rappeler quelle sorte de fille était Catherine Benoît.

— C'est bien dommage, laissa tomber sa femme. Catherine a du cœur et je suis certaine qu'elle va faire une bien bonne femme à mon frère.

— J'espère que ce sera pas juste une bonne femme dans la cuisine, fit Liam, amer.

Camille comprit à quoi son mari faisait allusion et elle garda le silence un bon moment avant de dire :

— Elle pourra certainement être une bonne femme à Xavier ailleurs aussi, s'il sait s'y prendre, lui.

Le rictus qui apparut sur la figure de son mari lui apprit qu'elle avait fait mouche.

Chapitre 28

Le voyage de noces

Antonin avait laissé le jeune couple et sœur Émérentienne à la gare une trentaine de minutes avant l'arrivée du train et était reparti seul pour s'occuper de la ferme de son patron. À leur entrée dans la petite gare, ils trouvèrent une demi-douzaine de voyageurs attendant impatiemment le train.

Xavier jeta un coup d'œil agacé vers la religieuse qui venait de s'asseoir aux côtés de Catherine. Il aurait bien aimé trouver un moyen d'effectuer le voyage sans la présence encombrante de sœur Émérentienne, mais il n'y avait rien eu à faire. La religieuse devait rentrer à Montréal le jour même et comme il n'y avait qu'un train ce jour-là, il devait faire contre mauvaise fortune bon cœur.

Le jeune homme sursauta en entendant le train approcher de la gare. Immédiatement, les voyageurs se levèrent et sortirent sur le quai alors que l'énorme locomotive tirant cinq wagons s'arrêtait dans un nuage de vapeur. Xavier était mal à l'aise. Il n'avait jamais pris le train. Il dut suivre les deux femmes qui avaient l'habitude de prendre ce moyen de transport. Il se hissa dans un wagon derrière elles. Avant même de le réaliser, il se retrouva assis aux côtés de sa femme sur une banquette de bois, dans le sens contraire de la marche. En face, sœur Émérentienne avait pris place près d'un homme d'une cinquantaine d'années aux larges favoris poivre et sel. Après le «*All aboard!*» hurlé par un employé, le train se remit lentement en marche dans un bruit assourdissant.

Toutes les banquettes du wagon semblaient occupées par des voyageurs et un nuage de fumée de tabac stagnait près du plafond.

— On devrait ouvrir la fenêtre, suggéra Xavier, à demi levé, prêt à passer aux actes.

— Je pense que t'es mieux de pas faire ça, mon garçon, l'avisa le voyageur assis près de sœur Émérentienne. Quand on fait ça, on reçoit souvent de la suie ou des morceaux de charbon.

— C'est vrai, confirma la religieuse. C'est pour ça que la plupart préfèrent endurer la chaleur.

Xavier se rassit.

Le train ne se déplaçait pas très rapidement et le jeune cultivateur de Saint-Bernard-Abbé ne cessait de regarder le paysage qui défilait devant lui en ce début de soirée du mois de juin. Déjà, le soleil commençait à décliner quand le train passa lentement sur le pont traversant la rivière Richelieu. Beaucoup de voyageurs avaient commencé à manger les provisions qu'ils avaient apportées et rangées le plus souvent dans le compartiment au-dessus de leur tête.

Sœur Émérentienne ouvrit son grand cabas pour en extraire un paquet enveloppé dans un linge blanc. Il s'agissait d'épaisses tranches de pain qu'elle avait pris soin de beurrer. Elle en offrit aux jeunes gens et à l'étranger qui partageait son siège.

— Vous savez que c'est ici, en 46, qu'a eu lieu un des plus gros accidents de train au pays, dit l'homme après avoir avalé une grosse bouchée de pain.

— Quel accident? lui demanda Xavier, curieux.

— Ben, le train était rendu au milieu du pont quand on a commencé à le lever pour laisser passer un bateau. Le train a plongé dans la rivière. Il y a eu quatre-vingt-dix-neuf morts, si j'ai bonne mémoire.

— Mon Dieu! s'exclama Catherine.

— Oui, madame, ça a été toute une histoire.

L'obscurité venait tout juste de tomber quand le train pénétra dans la gare Bonaventure de Montréal. Un peu étourdi par la foule de voyageurs qui venait d'envahir les quais, le fils de Baptiste Beauchemin agrippa sa valise et celle de la religieuse avant de suivre Catherine et sœur Émérentienne vers la sortie.

— On va prendre un tramway jusqu'à la crèche et je vais vous montrer une pension où vous allez pouvoir avoir une chambre pas trop chère, annonça la petite religieuse en prenant place dans une file constituée de trois ou quatre voyageurs.

— Émilia Boisvert reste juste dans la rue à côté, dit Catherine à son mari.

— Qui?

— Tu sais, la fille avec qui j'ai travaillé au refuge l'été passé. Je t'en ai parlé souvent. On s'entendait bien. Elle s'est loué un appartement sur cette rue-là, proche de la gare. À cette heure, elle travaille plus au refuge. Elle est couturière, elle travaille chez eux. Elle m'écrit presque tous les mois. C'est dommage qu'il soit si tard, j'aurais aimé aller la saluer, ajouta-t-elle avec une note de regret dans la voix.

— Tu vas peut-être avoir la chance de la voir avant qu'on reparte, dit Xavier, sérieusement distrait par toute l'animation autour de lui.

Le jeune homme n'avait pas assez de ses deux yeux pour regarder tout ce qui l'entourait. Il ne remarqua pas le petit sourire entendu que les deux femmes échangèrent devant sa stupéfaction. Il n'avait jamais quitté la campagne. Pour la première fois de sa vie, Xavier prenait conscience d'un monde qu'il ne soupçonnait même pas. Il voyait autour de lui des immeubles de quatre ou cinq étages et une rue éclairée par des becs de gaz et pourvue de trottoirs en bois. Même à cette heure relativement tardive, il ne cessait de passer toutes sortes de voitures tirées par un, deux et même quatre chevaux.

Il ne put s'empêcher de sursauter violemment quand un tramway tiré par quatre chevaux s'immobilisa soudain devant lui. Catherine lui dit que cela coûtait un cent pour y prendre place. Il tendit l'argent au cocher et alla s'asseoir près de sa femme. Durant le trajet, la religieuse montra avec fierté les nouveaux magasins que les sœurs Grises venaient de faire construire dans les rues De la Commune et Saint-Pierre.

Quelques minutes plus tard, elle fit signe aux tourtereaux qu'ils étaient arrivés. Ils descendirent tous les trois devant la crèche d'Youville. Sœur Émérentienne fit quelques pas en compagnie des jeunes mariés pour leur montrer une maison à deux étages rue Saint-Amable, non loin.

— Vous devriez être capables de vous trouver une chambre là, dit-elle. Mais avant ça, vous allez entrer avec moi à la crèche et on va se trouver à manger. La cuisinière est une vieille amie.

Un peu intimidés, tous les deux pénétrèrent à sa suite dans l'institution et longèrent les longs couloirs. De loin en loin, ils entendaient les pleurs d'un enfant, ce qui avait pour effet de crisper Catherine qui jetait des regards nerveux autour d'elle.

Sœur Émérentienne les fit entrer dans le réfectoire réservé aux religieuses et s'esquiva quelques minutes pour aller parler à la cuisinière. Moins d'une demi-heure plus tard, celle-ci leur servit avec bonne humeur des pommes de terre rissolées et des saucisses. Ils la remercièrent et mangèrent ce repas avec un bel appétit. Au moment de se séparer, sœur Émérentienne fit promettre à Xavier et Catherine de venir la saluer avant de rentrer à Saint-Bernard-Abbé.

Lorsqu'ils se retrouvèrent enfin seuls, debout sur le trottoir, les deux jeunes gens hésitèrent un peu avant de se diriger vers la maison où il était possible de louer une chambre pour la nuit. Xavier se secoua, s'empara de leur valise et prit la direction de la maison en pierre. Il sentait Catherine nerveuse à ses côtés. Il sonna à la porte et une dame entre deux âges vint leur ouvrir.

— Est-ce qu'on peut vous louer une chambre pour une journée ou deux ? lui demanda Xavier.

— C'est quarante cennes par jour, se borna à dire la logeuse, sans sourire, en leur faisant signe d'entrer.

— C'est correct, accepta-t-il en tirant la somme demandée de l'une de ses poches et en la lui tendant.

La femme prit l'argent et les invita à la suivre. Elle monta au second étage par un escalier vermoulu dont le centre des marches était pourvu d'un vieux tapis élimé. Arrivée à l'étage, le souffle un peu court, elle s'arrêta devant une porte qu'elle déverrouilla et ouvrit. Elle pénétra dans une petite pièce où presque tout l'espace était occupé par un grand lit. La logeuse se dirigea vers l'unique fenêtre pour l'ouvrir et aérer un peu les lieux qui sentaient le renfermé. Le mobilier de la chambre était aussi constitué de deux chaises et d'une commode sur laquelle trônaient un grand bol à main bleu et une cruche.

— Je vous donne la chambre 8, dit-elle à ses jeunes clients. Vous allez être bien tranquilles, il n'y a qu'un autre client à votre étage. Mais à l'étage en dessous, toutes les chambres sont occupées. Ça fait que si vous avez à sortir ou à rentrer tard, faites pas de bruit pour pas déranger les autres. Les toilettes sont au bout du couloir, prit-elle soin d'ajouter.

Sur ces mots, elle tendit la clé à Xavier et sortit après leur avoir souhaité une bonne nuit.

Une fois la porte refermée derrière la dame, Xavier et Catherine étaient seuls dans une pièce pour la première fois depuis qu'ils se connaissaient. Intimidés tous les deux, ils ne savaient pas trop comment se comporter.

— Ben, je pense qu'il est quasiment l'heure de se coucher, finit par dire Xavier d'une voix changée. Qu'est-ce que t'en dis ?

— C'est vrai qu'il est pas mal tard, reconnut Catherine qui s'était approchée de la fenêtre pour regarder à l'extérieur.

— Aimerais-tu que j'aille fumer dehors pendant que tu te prépares ? finit par lui offrir son jeune mari.

— Tu serais bien fin, répondit sa femme en lui adressant un sourire de reconnaissance.

— Bon, j'y vais, fit-il, mais si tu vois que je suis pas revenu demain matin, c'est que je me serai perdu en chemin.

— Éloigne-toi tout de même pas trop, lui conseilla-t-elle en riant un peu nerveusement. Montréal, c'est pas Saint-Bernard. C'est pas toujours du bon monde qui traîne tard dans les rues.

Xavier quitta la chambre et n'y revint que trois quarts d'heure plus tard. Il était tendu et vaguement inquiet. Il n'avait qu'une vague idée des gestes à poser pour faire de Catherine sa femme. Parvenu sur le palier, il prit une grande inspiration et se rappela les paroles de sa sœur aînée.

Il ouvrit sans bruit la porte de la chambre et découvrit que sa femme s'était endormie à la lueur de la lampe en l'attendant. Il trouva qu'elle avait l'air d'un ange avec ses cheveux blonds étalés sur l'oreiller. Il enleva ses souliers sans faire de bruit, alla souffler la lampe et se déshabilla dans le noir. Il fit tant bien que mal une toilette rapide, écarta l'unique couverture et se glissa doucement dans le lit.

Étendu près d'elle, il entendait sa respiration régulière et en fut tout ému. Même s'il mourait d'envie d'explorer son corps, il parvint à se contenir, se contentant de l'embrasser doucement sur une joue et d'écouter son souffle régulier jusqu'à ce que le sommeil finisse par l'emporter.

Au matin, comme il n'avait pas songé à tirer les rideaux, un rayon de soleil vint frapper l'une de ses paupières et le força à ouvrir les yeux. Il découvrit alors la tête de Catherine lovée sur son épaule. La jeune femme avait une pose abandonnée qui l'attendrit. Un vague sourire courait sur ses lèvres.

— Est-ce qu'on peut savoir à quoi tu rêves, la marmotte ? lui chuchota-t-il.

Elle ouvrit les yeux et sembla soudain s'apercevoir que le jour était levé.

— Mon Dieu ! Est-ce que je me suis endormie ? demanda-t-elle, rouge de confusion.

— On le dirait ben, fit son mari avec bonne humeur. Il faut croire que t'as pensé que j'étais pas assez intéressant pour m'attendre, hier soir.

— J'en reviens pas ! s'exclama-t-elle. Tu dois bien m'en vouloir, non ?

— Ben non. J'ai ben aimé te regarder dormir, ajouta-t-il en l'embrassant sur le bout du nez. Là, par exemple, il va falloir se lever si on veut aller à la messe. Je vais essayer de trouver un peu d'eau chaude pour me raser et je vais aller m'habiller dans les toilettes au bout du couloir.

Sur ces mots, il mit son pantalon, prit ses effets personnels et quitta la chambre. Quand il revint, Catherine avait eu le temps de s'habiller, de se coiffer et de remettre de l'ordre dans la chambre.

— Je suis allé voir madame Legault, la propriétaire, dit-il à sa femme. Il y a une messe dans dix minutes à l'église au coin de la rue. On va pouvoir déjeuner en revenant. Elle sert des repas pour pas trop cher, ajouta-t-il.

Tous les deux assistèrent à la messe et revinrent lentement à la pension. Après un copieux déjeuner, Xavier accepta de se laisser piloter par sa femme dans un quartier de Montréal qu'elle semblait assez bien connaître. Pendant près de quatre heures, ils arpentèrent les rues environnantes afin d'admirer les vitrines des magasins qui ouvraient sur les rues Notre-Dame et de la Commune ainsi que les nouveaux grands immeubles en construction. Pour profiter du soleil, ils s'arrêtèrent quelques minutes place Jacques-Cartier pour y regarder les badauds se promener.

Un peu après trois heures, le couple, fatigué de toute cette agitation urbaine à laquelle il n'était pas habitué, décida de rentrer. Dès qu'ils se retrouvèrent dans leur petite chambre, Catherine tira les rideaux, enleva ses souliers et proposa à son mari de faire une sieste avant le souper. Elle replia soigneusement le couvre-lit et s'étendit.

Il vint la rejoindre. Quand il fut près d'elle, elle n'hésita pas une seconde à déposer sa tête sur son épaule et à lui tendre ses lèvres. Xavier comprit alors que le moment tant attendu était venu. Il déploya d'immenses efforts pour réfréner son envie et il se mit à la caresser doucement, attendant qu'elle guide ses mains pour aller plus loin. Après de longues minutes de préliminaires, Catherine exigea dans un souffle qu'il fasse d'elle sa femme. Même là, il sut se montrer délicat et procéder doucement, sans aucune violence, ce que sembla beaucoup apprécier celle qui partageait dorénavant sa vie. Tous les deux finirent par s'endormir dans les bras l'un de l'autre et se réveillèrent en sursaut un peu après six heures.

— On va passer en dessous de la table si on se grouille pas, dit Xavier avec entrain en se levant.

— Deux minutes et je suis prête, fit Catherine en l'imitant.

Toute espèce de gêne semblait maintenant disparue entre les nouveaux époux. Ils descendirent souper et allèrent ensuite faire une longue promenade avant de revenir s'enfermer dans leur petit nid d'amour.

❧

Le lundi matin, Xavier découvrit une Catherine à l'air inquiet et malheureux à leur réveil. Intrigué, il lui demanda ce qui n'allait pas. Elle refusa d'abord de le dire, mais devant son insistance, elle finit par lui avouer qu'elle ne cessait de penser à sa petite Constance et que le plus beau cadeau qu'il pourrait lui faire avant de rentrer à Saint-Bernard-Abbé serait de lui permettre de la revoir une dernière fois avant qu'elle soit adoptée.

Xavier, un peu mal à l'aise devant la situation, ne dit rien et la laissa finir sa toilette pendant qu'il fumait la pipe, sa première de la journée, debout devant la fenêtre ouverte. Peu après, ils descendirent déjeuner même si l'appétit n'était pas au rendez-vous. À la sortie de la petite salle à manger de madame Legault, le jeune homme, incapable de supporter plus longtemps de voir sa femme si malheureuse, consentit finalement à l'accompagner à la crèche d'Youville. Tout heureuse, elle lui sauta au cou pour le remercier.

Un peu après neuf heures, tous les deux se présentèrent à la crèche et demandèrent à parler à sœur Émérentienne. La sœur tourière les fit entrer dans un parloir qui sentait l'encaustique et les pria d'attendre.

— Vous êtes pas déjà sur votre départ? s'étonna la petite religieuse à la figure ridée quand elle vint les rejoindre, toute souriante.

— Non, ma sœur, la rassura Xavier. Ma femme aurait juste aimé voir Constance, si c'est possible.

Aussitôt le sourire s'effaça sur le visage de la sœur Grise.

— Es-tu bien certaine que c'est une bonne idée? demanda-t-elle à la jeune femme nerveuse qui se tenait debout devant elle.

— Je m'en ennuie trop, ma sœur.

— Oui, mais tu te fais du mal pour rien. Tu te souviens de ce que je t'ai dit chez vous la semaine passée. C'est cette semaine qu'un couple est supposé venir la voir. Il paraît que le mari et la femme sont même revenus la semaine passée et qu'ils sont bien intéressés, selon sœur Saint-Jérôme, expliqua-t-elle.

Catherine tourna un regard malheureux vers son mari.

— Vous êtes aussi ben de lui laisser voir la petite, si c'est ce qu'elle veut, dit-il à sœur Émérentienne.

— Bon, je vais aller la chercher, mais vous la gardez pas plus qu'un quart d'heure, ajouta-t-elle, intraitable.

Ils durent attendre une dizaine de minutes avant de voir la religieuse entrer dans le parloir en tenant par la main une petite fille qui faisait apparemment ses premiers pas. En la voyant, Catherine se mit à genoux et lui tendit les bras, mais la fillette blonde, intimidée, s'accrocha à la robe de la religieuse en refusant de faire un pas de plus.

— Viens-tu me voir? lui demanda sa mère d'une voix étranglée par l'émotion en lui tendant toujours les bras.

L'enfant sembla hésiter encore un court moment avant de se décider à s'avancer vers celle qui, les yeux pleins de larmes, voulait la prendre dans ses bras.

Ému, Xavier se tenait à l'écart et se taisait. Sœur Émérentienne se retira, pour les laisser tous les deux seuls avec l'enfant. Catherine prit sa fille dans ses bras et la serra contre elle en l'embrassant.

— Serre-la pas trop, lui conseilla Xavier, tu vas finir par l'étouffer, cette enfant-là.

Catherine finit par remettre par terre sa fille qui se dirigea vers Xavier en lui tendant les bras. Ce dernier ne put faire autrement que de la prendre et de l'asseoir sur ses genoux.

— Je te ferai remarquer que j'attire pas mal les blondes, plaisanta-t-il pour faire sourire sa femme. En tout cas, il y a personne qui peut dire qu'elle te ressemble pas, ajouta-t-il. Elle est belle comme un cœur.

Après quelques instants, Constance choisit de s'asseoir sur sa mère en jargonnant des mots incompréhensibles. Quand sœur Émérentienne réapparut dans le parloir, elle eut du mal à séparer la mère de l'enfant.

— Je te l'avais bien dit que c'était te faire du mal pour rien, dit la religieuse à la fille de sa cousine. Bon, embrasse-la et dis-toi qu'elle va être bien traitée chez les gens qui vont l'adopter.

En larmes, Catherine embrassa une dernière fois sa fille. Au moment où sœur Émérentienne quittait la pièce avec l'enfant, Xavier crut bon de préciser qu'ils rentreraient le lendemain à Saint-Bernard-Abbé. La religieuse leur souhaita un bon voyage de retour et disparut derrière la porte. Le jeune mari dut attendre quelques minutes pour permettre à sa femme de se remettre de ses émotions. Quand ils quittèrent la crèche, la porte de l'institution se referma derrière eux avec un bruit définitif.

Cette visite gâcha la dernière journée de leur voyage de noces. Rien de ce que put faire Xavier ne parvint à tirer Catherine de la tristesse dans laquelle elle s'était elle-même plongée. Ils firent une longue balade en tramway qui les conduisit jusqu'au pied du mont Royal et ils marchèrent longtemps sur les quais du port qui n'avaient jamais connu une activité aussi fébrile, mais au coucher du soleil Catherine proposa de se coucher tôt en prétextant la fatigue d'une longue journée.

Ils firent l'amour encore une fois et Catherine s'endormit dans ses bras. Incapable de trouver le sommeil, Xavier demeura éveillé durant de longues heures, à l'affût des bruits en provenance de l'extérieur.

～

Étrangement, ce premier lundi de juillet ne semblait pas avoir éveillé beaucoup de passion dans la population de Saint-Bernard-Abbé, même si on allait élire le premier conseil de l'histoire de la paroisse.

D'un commun accord, on avait accepté que la surveillance du scrutin soit confiée à Hormidas Meilleur et qu'il se tienne dans l'école de rang, face au magasin général.

— Pas de saint danger qu'ils aient fait ça dans l'autre école, ronchonna Bernadette. Là, je suppose que c'est encore moi, la folle, qui vais être obligée d'aller remettre de l'ordre dans la classe et de laver le plancher que j'ai lavé il y a pas deux semaines.

— On pouvait pas faire ça ailleurs, affirma Donat. L'autre école est pas encore prête, ajouta-t-il en parlant de la maison d'Hormidas Meilleur que la commission scolaire avait achetée au printemps pour en faire la seconde école de rang de la paroisse.

Ce matin-là, dès neuf heures, le facteur, l'air important, avait pris place derrière le bureau de l'enseignante après avoir ouvert toutes grandes les fenêtres pour aérer. Il s'était levé un peu avant cinq heures pour aller chercher le courrier à la gare, mais il ne le distribuerait que le lendemain. Il avait aujourd'hui une tâche beaucoup plus importante à remplir.

Il faisait beau et chaud et toute la campagne était paisible. Un peu plus tard, avant d'aller récolter les dernières fraises, sa femme traversa la route et vint voir comment il se tirait d'affaire.

— Calvinus! il est encore venu personne, se plaignit-il en passant une main sur son front où perlait un peu de sueur.

— Pauvre p'tit père! le plaignit sa femme, pourquoi tu restes enfermé comme ça? Ça fera pas venir le monde plus vite. À ta place, je sortirais une chaise sur le perron. Tu pourrais au moins prendre l'air.

Hormidas l'approuva et transporta sa chaise sur l'étroit perron de l'école pour s'y installer confortablement pendant que sa femme, chapeau de paille sur la tête, retournait au travail.

Le facteur finit par comprendre qu'il ne verrait proba-blement des électeurs qu'à l'heure du dîner et même, davan-tage, après le souper. Par une si belle journée, les cultivateurs de Saint-Bernard-Abbé allaient tous travailler dans leurs champs. Par conséquent, il finit par verrouiller la porte de l'école et traverser la route pour aller s'asseoir aux côtés de Télesphore Dionne sur la large galerie du magasin général.

— Je vois pas pourquoi je niaiserais tout seul dans l'école quand je peux aussi ben voir le monde arriver de chez vous, dit-il au propriétaire du magasin général qui s'étonnait de sa présence sur sa galerie. Quand quelqu'un viendra, je traverserai.

Cette journée s'écoula très lentement et le scrutateur volontaire ne vit arriver les premiers électeurs qu'à la toute fin de l'après-midi. Comme on ne lui avait pas prescrit d'heure de fermeture, il décida de prolonger les heures de scrutin jusqu'à neuf heures et ainsi de donner une chance aux retardataires d'exercer leur droit de vote.

Vers huit heures, on vit le curé Désilets descendre lentement la pente du rang Sainte-Ursule. Les deux candidats à la mairie lui avaient demandé, la veille, de superviser le comptage des votes. Le prêtre, d'abord un peu réticent à se mêler de politique, avait finalement accepté pour rendre service.

Le soleil était sur le point de se coucher quand les habitants de Saint-Bernard-Abbé commencèrent à se rassembler autour de l'école et dans la cour commune entre le magasin général et la forge d'Évariste Bourgeois. Thomas Hyland, Ellis, le notaire Valiquette et un fort groupe de partisans avaient pris place devant le magasin général. Un peu plus loin, Anatole Blanchette, Donat et son beau-frère Rémi échangeaient avec des cultivateurs du rang Saint-Jean sur leurs chances d'être élus.

Une quarantaine de minutes furent nécessaires à Hormidas Meilleur et au curé Désilets pour faire le décompte des votes. Quand les deux hommes parurent sur le perron de l'école, les gens se rapprochèrent immédiatement pour mieux entendre les résultats de l'élection.

L'air important et le chapeau melon incliné vers l'arrière, Hormidas Meilleur leva une main pour demander le silence.

— On a fini de compter. Je laisse monsieur le curé vous annoncer les résultats, ajouta-t-il en faisant signe au prêtre de parler.

— Pour le poste de maire de Saint-Bernard, monsieur Thomas Hyland est élu avec trente-deux votes de plus que monsieur Blanchette.

L'élection de l'Irlandais fut saluée par des applaudissements et des cris de victoire. Josaphat Désilets leva une main à son tour pour rétablir le silence.

— Il y avait quatre candidats pour les deux postes de conseillers. Celui qui a obtenu le plus de votes est monsieur Eudore Valiquette.

Autres applaudissements, tout de même un peu moins fournis que les précédents.

— Monsieur Rémi Lafond est le deuxième, conclut le curé.

— Est-ce qu'on peut demander à notre nouveau maire et à ses conseillers de venir nous rejoindre sur le perron? demanda Hormidas, jouant au maître de cérémonie.

Thomas Hyland se dirigea lentement vers le scrutateur et attendit d'être rejoint par ses deux conseillers pour monter sur le perron. On applaudit les trois hommes et on réclama un discours du nouveau maire. Le propriétaire du moulin à bois avait toujours été un homme de peu de mots et, dans les circonstances, son comportement ne changea pas.

— J'ai jamais été maire, se borna-t-il à dire à ses électeurs attentifs. Tout ce que je peux vous promettre, c'est que je vais faire de mon mieux.

Le curé Désilets choisit de se retirer discrètement au moment où certains exhibaient des cruchons de bagosse qu'ils avaient dissimulés dans leur voiture pour célébrer l'événement.

Anatole et Donat se consultèrent à voix basse avant de s'avancer vers les élus pour les féliciter. L'un et l'autre ne manifestèrent aucune amertume devant leur défaite. En fait, ils n'avaient jamais cru être en mesure de battre Hyland. Donat était même presque soulagé d'avoir perdu. Ses responsabilités de marguillier et de président de la commission scolaire prenaient déjà beaucoup de son temps. De plus, il y avait les élections fédérales…

Le plus surpris parmi les élus était peut-être Rémi.

— Je comprends pas pourquoi j'ai été élu plutôt que toi, dit-il à voix basse à son beau-frère Donat.

— C'est parce qu'ils ont confiance en toi. Moi, je suis sûr que tu vas faire un bon conseiller.

— As-tu vu la tête d'Ellis ?

— Ouais, on dirait ben qu'il est pas content pantoute, lui fit remarquer le fils de Baptiste Beauchemin. C'est à peine s'il a pris le temps de serrer la main de Hyland et du notaire avant de partir. Remarque que c'est pas mal insultant pareil d'être battu par Eudore Valiquette. Après tout, ça fait même pas six mois que le notaire reste à Saint-Bernard.

Ce soir-là, Liam Connolly rentra à la maison après avoir assisté au dévoilement des résultats de l'élection en compagnie de son oncle.

— Ton frère s'est fait battre, annonça-t-il sans faire aucun effort pour dissimuler une certaine jubilation.

— On dirait que ça te fait plaisir, fit Camille.

— Non, mais ça va lui faire du bien de s'être fait rabattre le caquet.

— J'espère que tu dis pas ça parce que t'es jaloux de lui, rétorqua-t-elle d'une voix acide.

Chapitre 29

Le cadeau

Lorsque Xavier rouvrit les yeux le lendemain matin, ce fut pour découvrir sa femme, déjà habillée, assise au bord du lit, les yeux rougis comme si elle avait pleuré.

— Qu'est-ce que t'as ? lui demanda-t-il en prenant appui sur un coude.

— C'est pas grave, répondit-elle en s'efforçant de sourire, juste un mauvais rêve.

Il feignit de la croire, se leva et alla faire sa toilette au bout du couloir pendant qu'elle déposait leurs affaires dans leur valise. Ils descendirent ensemble à la salle à manger pour prendre un dernier repas à la pension de madame Legault. Pendant le déjeuner, Catherine s'efforça de mettre une joyeuse animation dans sa voix, mais ses efforts ne trompèrent pas Xavier qui finit par lui dire :

— Écoute, il est neuf heures et le train part seulement à deux heures. Je pense que tu vas avoir tout le temps que tu veux pour aller voir ton amie Émilia.

— Tu viens avec moi.

— Ben non. Qu'est-ce que tu veux que je fasse là ? Vous allez être ben mieux si je suis pas dans vos jambes.

— Voyons, Xavier, on est en voyage de noces. Je peux pas te laisser comme ça, protesta-t-elle mollement, même si elle était visiblement attirée par la proposition.

— J'en mourrai pas. Moi, je vais me promener autour pour voir tout ce qu'il y a à regarder. J'ai dans l'idée que c'est pas demain la veille que je vais pouvoir revenir à Montréal. Aussi ben en profiter.

— T'es certain que ça te fait rien ? lui demanda-t-elle, hésitante.

— Pantoute, vas-y. On va se rejoindre à la gare pour prendre le train. Inquiète-toi pas, je me perdrai pas.

Catherine l'embrassa sur une joue et quitta la salle à manger. Xavier attendit quelques instants avant d'acquitter la facture de leur repas. Il monta ensuite à leur chambre pour y prendre leur petite valise. Avant de partir, il salua la logeuse et quitta définitivement la petite pension de famille de la rue Saint-Amable.

Pendant plusieurs minutes, le jeune homme déambula dans le quartier sans jamais s'éloigner de la crèche d'Youville. Il était déchiré par des sentiments contradictoires qui le tourmentaient depuis la veille.

— Maudit blasphème ! jura-t-il à haute voix. Ça va faire ! Il n'y a qu'une chose à faire.

Sur ces mots, il se mit résolument en marche vers l'institution et s'arrêta devant la porte. Après une dernière hésitation, il sonna et demanda à la sœur tourière s'il pouvait parler à sœur Émérentienne. La religieuse sembla se souvenir de lui et ne fit aucune difficulté pour le conduire au parloir où elle le pria d'attendre.

Xavier se retrouva dans la grande pièce où il était venu le jour précédent en compagnie de sa femme. Il resta debout devant une haute fenêtre pour regarder les enfants qui s'amusaient dans la cour sous la surveillance de quelques religieuses. Le bruit d'une porte qui s'ouvrait dans son dos le fit se retourner.

— T'es tout seul ? lui demanda la petite sœur Émérentienne, apparemment étonnée. Où est Catherine ?

— Elle est partie voir son amie Émilia, ma sœur.

— Et toi, t'es venu me dire bonjour avant que vous repartiez pour Saint-Bernard, poursuivit-elle avec un sourire, c'est très gentil de ta part.

— Pas seulement ça, ma sœur, lui dit le jeune homme. J'aurais quelque chose à vous demander.

— Quoi ? fit la religieuse, intriguée.

— Pensez-vous que je pourrais adopter la fille de Catherine ?

— Es-tu sérieux, Xavier ?

— Oui, ma sœur. Catherine est malheureuse comme les pierres depuis qu'elle sait que sa fille sera loin d'elle. Moi, je veux que ma femme soit heureuse.

— Mais c'est pas ton enfant, lui rappela la sœur Grise.

— Elle va le devenir, si je l'adopte. Je ferai jamais la différence entre elle et les enfants que nous aurons ensemble. Elle va être traitée comme les autres.

— Je trouve que t'as bien bon cœur, mon garçon, ne put s'empêcher de dire sœur Émérentienne. Mais es-tu bien sûr que c'est ce que tu veux ?

— Oui, ma sœur, répondit Xavier sur un ton ferme qui cachait bien toute l'inquiétude qù'un tel geste spontané impliquait.

— N'as-tu pas peur de la réaction du monde de Saint-Bernard quand ils vont te voir revenir de Montréal avec une enfant ?

— Ça me dérange pas, s'entêta le fils de Baptiste Beauchemin. Mes affaires regardent pas personne.

— Bon, je sais pas si la directrice va accepter, mais je vais aller lui parler tout de suite. Attends-moi, je ne serai pas longue.

La petite religieuse quitta le parloir pour n'y revenir qu'un quart d'heure plus tard.

— Puis ? demanda Xavier, inquiet et impatient.

— Viens avec moi, la directrice t'attend, se contenta de répondre la cousine de Laura Benoît.

Ils longèrent un long couloir sombre avant de s'arrêter devant une porte à la vitre dépolie. Sœur Émérentienne frappa et une voix la pria d'entrer. Xavier se retrouva devant une religieuse de taille moyenne dont le visage rayonnait de bonté.

— Comme ça, c'est le jeune monsieur qui veut adopter notre Constance? dit-elle d'entrée de jeu en priant ses visiteurs de s'asseoir sur les chaises disposées devant son bureau.

— Oui, ma sœur, répondit Xavier, impressionné.

— Sœur Émérentienne m'a expliqué que vous venez d'épouser la mère de Constance et que vous aimeriez avoir l'enfant.

— Oui, ma sœur.

— Un couple doit venir demain pour adopter l'enfant. Je suppose que vous êtes au courant.

— Oui, ma sœur, mais c'est la fille de Catherine.

— C'est certain que Constance serait mieux avec sa vraie mère… pourvu que vous, vous acceptiez bien l'enfant.

— Je promets de la traiter comme ma propre fille.

— Si c'est comme ça, vous pouvez l'adopter, déclara la religieuse avec un large sourire. J'ai déjà préparé les documents. Savez-vous lire et écrire?

— Non, ma sœur.

— Voulez-vous que je vous lise ce qui est écrit?

— C'est pas nécessaire. Je vous fais confiance.

— Dans ce cas-là, vous n'avez qu'à signer au bas de chacune des deux feuilles, précisa la directrice en lui tendant une plume.

Xavier traça un «x» au bas de chacune des feuilles. La religieuse plia l'un des documents et le glissa dans une enveloppe avant de le lui tendre et de se lever pour signifier que l'entrevue était terminée.

— Je suppose que vous aimeriez emmener l'enfant avec vous dès aujourd'hui? demanda-t-elle.

— Oui, ma sœur. On doit prendre le train à deux heures pour retourner chez nous.

— Bon, sœur Émérentienne va voir à ce qu'on prépare les affaires de votre fille, monsieur Beauchemin. On va aussi la faire manger avant de partir. Si vous voulez l'attendre, vous pouvez aller vous asseoir au parloir. On va vous l'amener quand elle sera prête.

— Merci, ma sœur.

En regagnant le parloir, Xavier se sentait libéré. Il était persuadé maintenant d'avoir pris la meilleure décision pour le bonheur de Catherine… et le sien. Sœur Émérentienne le laissa pour s'assurer que Constance allait être prête à le suivre dans quelques minutes. Le nouveau père de famille dut tout de même attendre près d'une heure avant de voir la religieuse revenir dans la pièce en tenant par la main la petite Constance qui sembla le reconnaître dès qu'elle l'aperçut.

Quand il lui tendit les bras, l'enfant n'eut pas la moindre hésitation pour se rapprocher de lui. Il la souleva et l'embrassa sur le bout du nez avant de l'asseoir sur une chaise pour prendre le léger bagage que lui remettait sœur Émérentienne.

— Il y a pas grand-chose là-dedans, lui dit-elle. Deux robes et quelques couches. Je suis sûre que Catherine va vite arranger ça.

Xavier ouvrit sa valise et y glissa les maigres possessions de Constance avant de la refermer.

— Merci pour tout, ma sœur, fit Xavier reconnaissant.

— Avant que tu partes, mon garçon, je dois te dire que j'aurais jamais cru que Catherine soit tombée sur un homme avec un aussi grand cœur. Le bon Dieu va te récompenser pour le geste que tu poses aujourd'hui.

Xavier la remercia encore, prit sa fille dans ses bras et empoigna sa valise avant de se mettre en marche vers la sortie. Lorsqu'il se retrouva sur le trottoir au milieu de la cohue, il prit conscience qu'il était maintenant responsable d'une autre vie. La matinée tirait déjà à sa fin et il décida de prendre le tramway pour retourner à la gare Bonaventure.

À son arrivée à la gare, il confia sa valise à la consigne et, avec Constance dans les bras qui ne semblait pas avoir les yeux assez grands pour tout voir, il se mit en quête d'un endroit où se restaurer. Il trouva dans un petit marché voisin un étal où on vendait des tranches de pain tartinées de cretons. Il en mangea et en fit manger à la petite qui sembla apprécier cette nourriture.

Un peu avant une heure, le nouveau papa se rendit compte que sa fille s'endormait. Il décida de retourner s'asseoir à la gare avec l'enfant. De nombreux bancs étaient libres. Il en choisit un à l'écart après être allé récupérer sa valise et avoir acheté deux billets. Après s'être assis, il étendit Constance sur le banc, la tête sur l'une de ses cuisses. La fillette s'endormit en quelques instants.

Quelques minutes plus tard, il aperçut Catherine qui entrait dans la gare. La jeune femme s'était immobilisée près de la porte qu'elle venait de franchir, cherchant à le repérer des yeux. Xavier leva une main pour lui signaler sa présence. En l'apercevant, elle sembla soulagée et se mit en marche dans sa direction. Il ne se leva pas pour ne pas réveiller Constance.

— J'avais peur de pas pouvoir te… commença-t-elle à dire quand son mari, un doigt sur les lèvres, lui fit signe de se taire.

Stupéfaite, la jeune femme ne comprit pas tout d'abord pourquoi il avait un si étrange comportement. Puis, soudain, elle réalisa qu'un enfant était étendu sur le banc sur lequel il était assis. À la vue de la petite fille, le cœur de Catherine eut un raté et son visage s'illumina subitement.

— Mais c'est… c'est Constance ! parvint-elle à dire en se penchant vers sa fille, les yeux émerveillés par la surprise.

— En plein ça, reconnut son mari.

— Qu'est-ce qu'elle fait là? demanda-t-elle d'une voix rauque en tendant la main vers l'enfant, comme si elle voulait s'assurer qu'elle ne rêvait pas.

— Elle est à sa place, déclara Xavier. Elle est avec sa mère et son père.

— Comment ça? fit sa femme, incapable de demeurer plus longtemps debout tant ses jambes flageolaient.

— Je l'ai adoptée ce matin. C'est notre fille maintenant.

Constance choisit ce moment pour ouvrir les yeux. Catherine, émue au plus haut point, la prit dans ses bras et la serra convulsivement contre elle. Des larmes de joie jaillirent tout à coup de ses yeux et elle posa sa tête contre l'épaule de son mari.

— J'oublierai jamais ce que tu viens de faire, lui promit-elle à voix basse.

Au même moment, on annonça l'entrée en gare du train qu'ils attendaient. Xavier empoigna la valise et laissa sa femme porter leur fille.

— À cette heure, il est temps qu'on rentre chez nous, déclara-t-il, soulagé.

À suivre
Sainte-Brigitte-des-Saults
décembre 2009

Table des matières

Suivez-nous

Achevé d'imprimer en janvier 2018
sur les presses de Marquis-Gagné
Louiseville, Québec